Dino

NOPILEOS X2™

HELGE T. KAUTZ

Dino

Die Deutsche Bibliothek – CIP-Einheitsaufnahme
Ein Titeldatensatz für diese Publikation ist bei der Deutschen Bibliothek erhältlich.

Dieses Buch wurde auf chlorfreiem, umweltfreundlich hergestelltem Papier gedruckt. In neuer Rechtschreibung.

X² – *Nopileos* von Helge T. Kautz

Lektorat: Manfred Weinland
Redaktion: Mathias Ulinski, Holger Wiest
Chefredaktion: Jo Löffler
Umschlaggestaltung: tab werbung GmbH, Stuttgart,
Cover art by Egosoft
Satz: Greiner & Reichel, Köln
Druck: Panini S. P. A.
ISBN: 3-8332-1041-9
Printed in Italy

1. Auflage, Januar 2004

www.dinocomics.de

„But I will pray for her, I will call her name out loud
I would bleed for her, if I could only see her now …“

IRON MAIDEN
The Evil That Men Do

KAPITEL I

Nif-Nakh („Schwärende Wunde") ist eine wunderschöne Welt. Wild wuchernder, planetenweiter Dschungel, saftiggrün, Abertausende kleiner, blutroter Teiche und Seen, überdacht von einem außergewöhnlich klaren, königsblauen Himmel. Gelegentlich ziehen verglühende Meteoriten ihre leuchtenden Spuren über das Firmament. Die Split, Herrscher über diesen Ort, mögen grausam und unduldsam sein Doch irgendwo, tief in ihrem grimmigen Innern, müssen sie sich einen Funken Bewunderung und Ehrfurcht vor der Schönheit bewahrt haben, dessen bin ich mir sicher.

MELISSA BANKS,
„Korridor der Sterne"

Es geschah alles so schnell, dass er nicht einmal Zeit fand, erschreckt „Eiersalat" auszurufen, einen der unanständigsten Flüche, den sich ein Volk griesgrämiger Brutpfleger überhaupt vorstellen konnte. In dem einen Moment noch hockte er im Kommandostand seines Schiffes, der wunderschönen *Nyanas Glück*, beide Arme bis zu den Gelenken in die Steuerungsschäfte getaucht, Flammen überall um ihn herum und seine letzte Sezura kommen sehend; im nächsten schon schwenkte die kardanische Aufhängung der Kommandobank mit einem Schwindel erregenden Ruck nach unten, wo eine Luke im Deck klaffte, der er nie zuvor Beachtung geschenkt hatte.

Einen Augenblick lang sah er die rötliche Beleuchtung des kugelförmigen Bordaufzugs hinter der Öffnung glimmen – *wie seltsam*, dachte er –, dann katapultierte ihn auch schon ein schmerzhafter Tritt in den Aufzug hinein, wo eine schäumende Substanz ihn abrupt, aber halbwegs schonend abbremste und auffing. Bevor er noch einen klaren Gedanken fassen konnte, wurde er von einem weiteren Stoß durchgerüttelt, dem ein halbsezuralanges Rumpeln folgte, dessen niederfrequente Vibration nichts Gutes verhieß. Danach wurde es schlagartig still, geradezu beängstigend ruhig, nur manchmal schien außen ein gespenstisches Rauschen vorbeizuflüstern.

Der junge Teladi – seine Retina war noch fast gelb und die sechseckigen Schuppen seiner ledrigen Haut schmal wie bei einem Schlupfling – lag mit angstbleicher Stirnschuppe halb versunken in einer Art hellblauem Rettungsschaum, der sich eng an ihn schmiegte, um Erschütterungen besser abzufedern. Sein Atem ging beklemmend flach, und die drei Herzen schlugen Angst erregend zäh und bleiern. Sein Körper war in die unwillkürliche Schutzkatalepsie verfallen – ein schon lange nicht mehr adäquates Vermächtnis der weit entfernten Vorfahren seine Art.

Nopileos, so lautete der informelle Name des Echsenjünglings, versuchte etwas zu sagen, doch die Körperstarre presste seine Kehle zusammen und ließ nur unartikuliertes Zischeln erklingen.

„Gsshh!“, kam heraus, als er nach Inanias, dem Bordcomputer der *Nyanas Glück*, rief. Eiskalte Furcht kroch seine Rückenfinne hinauf und legte sich um seinen Nacken. Was war geschehen? Hätten die mächtigen Schutzschilde seines Schiffes diesen Zusammenstoß nicht eigentlich überstehen sollen? Das hilflose Entsetzen über diese grauenvolle Ungerechtigkeit verlieh ihm für einen Moment zusätzliche Kräfte, sodass er seinen rechten Arm gegen den Widerstand der Lähmung und des Schaums zu bewegen vermochte. *Vielleicht war der Crash doch nicht so geringfügig gewesen*, mutmaßte er, während er mühsam testend die Schwimmhäute seiner rechten Klaue spreizte und wieder schloss. Immerhin waren die Energieschilde seiner eiförmigen Yacht durch den rasenden Abstieg in der planetaren Atmosphäre, der dem Zusammenstoß vorausgegangen war, bereits bis an die Grenze ihrer Kapazität beansprucht gewesen!

Ein weiterer frostiger Hauch durchfuhr ihn, als er an seine Freunde, die Sternenkriegerin Elena Kho und den immer zu Späßen aufgelegten Kyle Brennan, dachte, die beiden Menschenwesen von der Sagen umwobenen Erde, dem verlorenen Planeten der Argonen. Hatten sie es überlebt?

„Ohg! Bitte!“, schluchzte er leise. Wenn es etwas gab, das ihm wichtiger war, als die *Nyanas Glück*, dann waren es diese beiden wunderbaren Menschen! Vor den Angriffen des Split-Kriegers Cho t'Nnt hatte er ihre Schiffe bewahren wollen – dabei hatte er Chos Abfangjäger gerammt. *Gerammt?* Nein, das klang zu sehr nach einem Unfall. In Wirklichkeit hatte er seine Yacht mit voller Absicht auf Chos Maschine gestürzt – was sonst hätte er auch tun sollen? Die *Nyanas Glück* besaß schließlich keine Waffen!

„Ishanshniashh!“, nuschelte Nopileos erneut und versuchte mit der Kraft der Verzweiflung, die Starre ganz abzuschütteln. Der Bordcomputer antwortete noch immer nicht. Offensichtlich hatte Inanias ihn absichtlich in den Bordaufzug katapultiert, der von den Konstrukteuren auch als Aufprallkäfig für den Piloten im Falle einer Notlandung konzipiert worden war. Bei dem Gedanken daran, dass dies vermutlich bedeutete, dass die *Nyanas Glück* in diesem Moment unkontrolliert abstürzte, und er mit ihr, wäre um eine Schuppe die Schutzstarre zurückgekehrt. Doch mit einem entschlossenen Fauchen, das sein Aufbegehren gegen die vermeintliche Unabänderlichkeit des Schicksals dokumentierte, wischte der Teladi diesen beunruhigenden Gedanken beiseite und riss beide Arme hoch. Die Krallen und Schwimmhäute pflügten mit dem Geräusch einer Million zerstäubender Seifenbläschen durch den Rettungsschaum.

„Inaniassssh, tsssetzt antworte doshh! Tshhh!“, rief er, bereits deutlicher artikuliert als zuvor. Er bekam die Katalepsie zusehends in den Griff. Doch der Schiffscomputer schwieg sich weiterhin beharrlich aus, so als könne er nichts hören. *Aber das ist doch unmöglich,* dachte Nopileos verzweifelt. *Inanias bekommt immer alles mit, was an Bord gesprochen wird! Wo ist er, wenn man ihn wirklich mal braucht?*

Mit einem unangenehmen Knacksen, das plötzlich durch die Struktur der Aufzugskugel und dem Teladi durch Mark und Bein ging, veränderte sich die Schwerkraft. Sie nahm deutlich zu. Nopileos wäre gestürzt, hätte ihn der Rettungsschaum nicht gehalten. Er stemmte die Beine suchend in das poröse Material hinein, bis seine Krallen den metallischen Boden berührten. Er musste hier raus, um jeden Preis! Als Teladi kannte er zwar keine Platzangst, aber wenn es irgendetwas gab, das er tun konnte, um seine Lage zu verbessern – hier drinnen würde es ihm nicht gelingen!

Der Aufzug schwankte jetzt ein wenig, sackte nach unten durch, um aber sofort wieder nach oben aufzusteigen. *Verfluchter Debitor!* Was ging bloß vor?

Der Schaum leistete erheblichen Widerstand gegen alle Bewegungen – beinahe so, als besäße er einen eigenen, widerspenstigen Willen – aber letztendlich konnte Nopileos sich so weit vorkämpfen, dass er den manuellen Öffnungsmechanismus mit der linken Gehklaue erreichte. Er befand sich, wie alle teladianischen Licht- und Türschalter, auf Bodenhöhe. Er musste zunächst ein wenig herumtasten, um den Öffner unten im Schaum ausfindig zu machen, doch schließlich spürte er den kleinen Vorsprung zwischen den Krallen.

Einen Moment hielt er inne. War es wirklich klug, die Tür manuell zu öffnen? Er wackelte mit den Ohren. Ja – es war nicht nur klug, es war sogar die einzig vernünftige Alternative!

Entschlossen drückte er den Taster in die Fassung. Sezuralang geschah nichts. Verunsichert betätigte Nopileos den Schalter erneut, dann noch einmal, doch die Tür folgte ihrem eigenen Zeitplan.

Irgendwo in den Eingeweiden der Aufzugskugel begann es dumpf zu surren, kurz darauf ertönte ein schrilles Alarmsignal, das die Stirnschuppe des Teladi eine zusätzliche Nuance blasser werden ließ. Mit einem plätschernden Geräusch, ähnlich zusammenrutschenden Yalfurs, veränderte sich die Konsistenz des Rettungsschaums schlagartig von fest nach flüssig. Die hellblaue Substanz erwärmte sich während des Umwandlungsprozesses leicht und reichte Nopileos in ihrer verflüssigten Form nur noch bis zu den Knöcheln. Auf einmal füllte intensiv süßlicher Blütenduft die Kugel aus. Der überraschte Teladi kam jedoch nicht dazu, dies bewusst wahrzunehmen, denn mit einem urplötzlichen, heftigen Knall explodierte die Tür der Aufzugskugel und flog in hohem Bogen nach außen weg. Für einen Moment fiel helles Tageslicht durch die eben entstandene Öffnung herein. Doch Nopileos blieb keine Zeit, sich darüber zu wundern, dass die weggesprengte Tür nicht, wie erwartet, den Blick auf Deck A der *Nyanas Glück* freigab. Stattdessen schwappte ein gewaltiger Schwall roten Wassers gischtend ins Innere der Kugel, vermischte sich mit der blauen Flüssigkeit und stieg unaufhaltsam und rasend schnell immer weiter an. Durch die Gewalt der hineinströmenden Fluten wurde der völlig perplexe Teladi von den Gehklauen gerissen und an die gegenüberliegende Wand gespült, wo er sich – verwirrt und hilflos mit den Armen rudernd – instinktiv darauf vorbereitete, dass das Wasser in wenigen Augenblicken über seinem Kopf zusammenschlagen würde. Unwillkürlich nahm er einen tiefen Atemzug der abgestandenen, mit Blumenduft geschwängerten Kabinenluft, bevor sich seine Nüstern fest verschlossen. Teladi waren ausgezeichnete Schwimmer und Taucher. Die Vorstellung, sich in ein paar Sezurabruchteilen vollständig unter Wasser zu befinden, bereitete Nopileos folglich noch die geringste Sorge. Als viel beklemmender empfand er es, dass es immer dunkler in der Aufzugskugel wurde, je tiefer diese sank. Nun begann auch noch die künstliche Beleuchtung unstet zu flackern. Kurz darauf gab sie mit einem elektrischen Knistern vollends den Geist auf.

Unheimliches Dämmerlicht breitete sich aus. Auch das Wasser fühlte sich fremdartig an, es schien viel dünner, als es hätte sein dürfen. Gleich würde es wie Alkohol unter seine Schuppen kriechen und ihn in eine aufgeschwemmte Leiche verwandeln … *Unsinn*! Nopileos schüttelte die beängstigende Horrorvision rasch ab. So etwas konnte überhaupt nicht geschehen, seine Schuppen waren dank seiner Jugend noch fest miteinander verwachsen, nichts konnte darunterkriechen!

Jetzt, da der nachtdunkle Innenraum der Kugel bis auf eine kleine Luftblase an der Decke vollständig mit Flüssigkeit gefüllt war, ließ der Druck des hereinströmenden Wassers schnell nach. Nopileos nahm die Gelegenheit kurzerhand wahr: Er drückte sich mit einem kräftigen Stoß von der Wand ab und steuerte auf die Öffnung zu. Hier im Wasser konnte er sich wesentlich eleganter bewegen als an Land, denn viele Äonen lang hatten die Vorfahren seines Volkes in den ausgedehnten Sümpfen und Ufergewässern von Ianamus Zura gelebt und dieses Vermächtnis schließlich ihrer raumfahrenden Brut weitervererbt. Die empfindlichen Augen des Teladi passten sich rasch dem herrschenden Dämmerlicht an und so konnte er sich endlich einen Überblick über die Situation verschaffen. Er blickte zurück. Der Aufzug, schemenhaft sichtbar als kugelförmige Silhouette, setzte soeben auf dem Grund des trüben, mit dichten Schwebstoffen durchdrungenen Gewässers auf. Die Kugel kullerte eine schwerfällige halbe Drehung weit und wirbelte dabei Schlamm auf, der die ohnehin schon schlechte Sicht noch weiter trübte – dann blieb sie mit der Türöffnung nach unten liegen.

Nopileos' Pupillen weiteten sich in nachträglichem Entsetzen – niemals hätte er sich aus diesem Gefängnis befreien können, wäre er nicht rechtzeitig ausgestiegen! Ein paar Luftblasen lösten sich von seiner Schnauze und trudelten zielstrebig der Wasseroberfläche entgegen. Großes Ei, was hatte Inanias, dieser zu groß geratene Taschenrechner, bloß angestellt? Hatte er etwa die Rettungskugel aus der *Nyanas Glück* hinauskatapultiert, um ihn vor dem tödlichen Absturz zu bewahren? Er musste sich Gewissheit verschaffen, musste herausfinden, was geschehen war.

Hastig paddelte Nopileos nach oben, dem Licht entgegen. Das Erste, was er wahrnahm, als sein Kopf den Wasserspiegel durchbrach, war die heiße Luft, die in keinem Verhältnis zum vergleichsweise kalten Wasser stand. Er tat einen vorsichtigen Atemzug, blinzelte, schüttelte das bitter riechende und schmeckende Wasser ab und blickte dabei Wasser tretend einmal um sich. Hohe Bäume mit dünnen Stämmen und grünen Wipfeln drängten sich dicht an dicht um einen mittelgroßen See, dessen rote Oberfläche im Licht einer winterlich klein anmutenden Sonnenscheibe grelle Lichtreflexe verschickte. Sein Blick wanderte nach oben. Ein zerfasernder Streifen schmutziggelben Rauchs quoll über die Kronen der Bäume hinweg und zog sich quer über den tiefblauen und wolkenlosen Himmel, um am anderen Ende von Nopileos' Gesichtsfeld wieder über den Wipfeln zu verschwinden. Die Qualmspur schien sehr hoch in der Luft zu schweben, bestimmt mehrere tausend teladianische Längen.

Die Erkenntnis überkam ihn anfänglich nur zögernd, sprang ihm schließlich aber erschreckend plötzlich ins Gesicht: Dies musste die Spur sein, die der brennende Ionenmotor der *Nyanas Glück* über den Himmel gezogen hatte!

Offensichtlich zerrten in dieser Höhe beträchtliche Winde an der künstlichen Wolke, denn sie fächerte zügig auf und dünnte immer weiter aus. In ein paar Mizuras ließ sich vermutlich nicht mehr viel davon erkennen und schon in einer Inzura würde der Himmel über dem See wieder in makellosem Blau erstrahlen. Der Teladi schaute der sich auflösenden Wolke lange Zeit regungslos nach. Er spürte, wie ein flaues Gefühl in seinem Magen aufstieg. Es durfte einfach nicht sein, dass seine Yacht auf diesem Planeten abgestürzt war. Nein, das wollte er nicht glauben. Der Bordcomputer hatte ihn lediglich vorbeugend aus dem Schiff hinausgeschossen, nur für den Fall der Fälle! Inanias hatte sein wunderschönes Schiff sicher gelandet, irgendwo dort am Ende dieses Qualmstreifens, hinter dem Horizont. *Ganz bestimmt!*

Hinter ihm plätscherte etwas leise – ein Geräusch, das sich glucksend von der fremdartigen Geräuschkulisse des nahen Urwalds abhob, die er bisher gar nicht richtig wahrgenommen hatte. Aufgeschreckt wollte er sich umdrehen, doch bevor er dazu kam, stieß etwas Hartes und Kaltes unsanft gegen seinen Hinterkopf. Reflexartig machte er sich schwer und ließ sich ein paar Längen unter die Wasseroberfläche sinken. Der Blick zurück zeigte eine dunkle Fläche, eineinhalb Längen tief und breit, die vom Wasser leicht gewiegt wurde, ansonsten aber keine Eigenbewegung aufwies. Eiseidank, kein Tier! Doch was sonst mochte es sein? Ein Baumstamm? Ein Wrackteil? Vorsichtig näherte er sich dem Ding von unten. Je dichter er herankam, desto mehr wirkte es wie ein künstlich hergestellter Gegenstand. Schließlich sah Nopileos etwas, das er im ersten Moment für ein Schriftzeichen hielt, doch das Wasser war voller rostroter Schwebstoffe, die ein Erkennen nicht gerade erleichterten. Der zweite Blick vertiefte den Eindruck noch: Sollten dies dort *wahrhaftig* altteladianische Hieroglyphen sein? Er war jetzt dicht genug unter dem Gebilde, um festzustellen, dass das Objekt aus Metall bestand. Er strich mit der rechten Klaue über das Zeichen – weniger, um es dadurch besser erkennen zu können, als um seine eigene Ungläubigkeit wegzuwischen. Dies hier war das Wortzeichen des CEO, seines Großvaters!

Er stieß blubbernd ein wenig Luft durch die Nüstern. Das musste der Rumpf eines teladianisches Fahrzeugs sein, eines Boots! Nopileos' Herzen überschlugen sich beinahe vor Erleichterung. Jemand, der von seinem Großvater geschickt worden war, hatte ihn ausfindig gemacht und war zu seiner Rettung herbeigeeilt!

Durch einen gut dosierten Stoß seiner mit rudimentären Schwimmhäuten ausgestatteten Gehklauen beförderte sich der Teladi wieder an die Oberfläche, die einem wogenden Spiegel glich. In freudiger Erwartung blickte er sich blinzelnd um. Zunächst mochte er gar nicht glauben, was er sah. Er wollte etwas sagen, hielt inne und machte eine rasche Paddelbewegung um seine eigene Achse, um einen Überblick über den gesamten See zu bekommen.

„Aber …“, stammelte er, und vergaß, die Schnauze zu schließen. Er starrte mit unendlicher Enttäuschung den auf dem Wasser dümpelnden Gegenstand an, bei dem es sich keineswegs um das Fahrzeug eines Rettungstrupps handelte. *Wie sollte es auch,* schalt er sich selbst. Viele Lichtjazuras und enorme diplomatische Hürden standen zwischen einem teladianischen Rettungstrupp auf Nif-Nakh und ihm. Überdies lag der Absturz ja kaum eine Inzura zurück.

„Dumme Echse!“, rief er fauchend. „Sture Echse, naive Echse! Blöde Idee!“ Er klatschte mit der flachen Klaue aufs Wasser. Er hätte es wissen können, nein, *müssen*! Als Mensch wäre ihm jetzt zum Lachen und Weinen zugleich zumute gewesen. Teladi konnten weder das Eine noch das Andere, so brodelte in ihm nur namenlose Frustration. Er hatte sich von seinem eigenen Wunschdenken ins Bockshorn jagen lassen. Das, was dort vor ihm auf dem See dümpelte, war nichts anderes als die abgesprengte Tür des Aufzugs. Ein Luftschlauch hatte sich entfaltet, der sich um sie spannte und ihr den nötigen Auftrieb verlieh. Das Gebilde war gar nicht so sehr als Rettungsinsel gedacht, da die wassergewandten Echsen von Ianamus Zura auch ohne eine solche fast beliebig lang in, über und unter Wasser überleben konnten, und zwar durchaus auch unter rauen Bedingungen. Vielmehr bestand der Zweck eines derartigen Floßes darin, eine Funkboje sowie Notfallausrüstung zu beherbergen.

„*Eier* … Funkboje, gar nicht gut", murmelte Nopileos bei diesem Gedanken. Das Funkfeuer würde unvermeidlich die Häscher des Patriarchen von Chin auf ihn aufmerksam machen. Er musste es unbedingt abschalten, sofort! Er griff nach dem Floß und begann, sich daran hochzuziehen. Die Seite, an der er sich festhielt, wurde ein wenig tiefer ins Wasser gedrückt, die andere hob sich etwas empor. Seine krallenbewehrten Klauen fanden nur schwer Halt an dem rutschigen Gummi des Luftschlauches. Sie kratzten mit einem reißenden Geräusch darüber hinweg und glitten ab. Nach mehreren Versuchen brachte er es schließlich fertig, sich unter Flüchen in mindestens drei verschiedenen Sprachen auf die treibende Tür hinaufzuziehen. Keuchend blieb er dort auf dem Rücken liegen und starrte in den tiefblauen Himmel. Langsam verwehten weit über ihm die allerletzten Überreste der Rauchwolke. Eine Weile trieben seine Gedanken bleiern dahin, doch endlich gelang es ihm, das dumpfe Brüten abzuschütteln und zusammenhängende Gedanken zu fassen. Ihm blieb nur eines zu tun, wenn er nicht wollte, dass die Split ihn „retteten", das wusste er jetzt: Er musste dem Verlauf der Qualmspur folgen, bis dieser ihn entweder zum Landeplatz der *Nyanas Glück* führte, oder aber zu ihrer Absturzstelle. *Und er musste zu Elena finden, sich vergewissern, dass es ihr gut ging, ganz egal, wo sie sich befand.* Natürlich galt dasselbe für Kyle-William Brennan. Brennan war so etwas wie Elenas Gelege-Älterer, er bedeutete ihr sehr viel, und daher bedeutete er auch ihm, Nopileos, eine ganze Menge.

Nach einigen weiteren Sezuras drehte er sich schließlich auf den Bauch und richtete sich auf seine Knie auf. Mit den Klauen stützte er sich auf der Metallfläche ab, wie ein Sprinter vor dem Startschuss. Die Fläche war glitschig und schaukelte. Er musste aufpassen, wollte er nicht versehentlich zurück ins Wasser rutschen! Lange brauchte er nicht zu suchen, bis er die grellgrün markierten Umrisse einer Klappe entdeckte, zu der er vorsichtig hinüberglitt, um sie zu öffnen. In dem darunter liegenden, etwa acht mal acht Fäuste großen Fach fand er einen Rucksack aus schlammfarbenem Tarnstoff, den er, ohne hineinzusehen, auf seinem Rücken festzurrte. Links unterhalb der Stelle, an welcher sich der Rucksack befunden hatte, erhob sich eine faustgroße, quadratische Metallglasabdeckung, die einige Krallen breit nach oben ragte. Darunter sah Nopileos ein grünliches Licht in hypnotischem Halbsezurarhythmus blinken: der Sender!

Die Verriegelung der Abdeckung war mit einem einzigen Griff gelöst und schon hielt der Teladi das flache Gerät in der Hand, das außer der Funktionslampe nur ein weiteres Bedienteil aufwies: einen auf argonoteladianisch mit dem Wort für „aus“ beschrifteten Druckknopf. Der Schalter war mit einem dünnen Stift gesichert, den man zunächst herausziehen musste, wollte man das Funkfeuer deaktivieren. Nopileos tat dies und betätigte den Knopf. Augenblicklich erlosch das grüne Lämpchen, der Sender verstummte. Sezuralang kämpfte der Teladi gegen den Impuls, das Gerät weit von sich zu werfen, um es im See zu versenken. Dann besann er sich jedoch eines Besseren, nahm den Rucksack vom Rücken und verstaute den Sender sorgsam darin. Er wusste ja nicht, ob und wozu er ihn später noch würde gebrauchen können.

Bevor er den Rucksack wieder verschloss und überstreifte, warf er noch einen kurzen Blick auf dessen übrigen Inhalt: Es gab ein Piezozelt, einen Wasserkondenser, ein halbmechanisches Multifunktionswerkzeug, eine Zweihunderter-Packung Protein-Wontons, eine Stabtaschenlampe, ein Feuerzeug, ein Omnifrequenzfunkgerät, eine Schachtel wetterfester Signalmücken sowie eine schmucklose Geldbörse aus orangeblauem Kunststoff, in der er zwei schmale Banderolen mit je 22 teladianischen Banknoten à 43 Credits entdeckte. Zum ersten Mal seit vielen Stazuras richtete sich Nopileos' Schuppenfinne zur teladianischen Entsprechung eines Grinsens auf. Bündel mit je 22 Noten wurden umgangssprachlich Nesthocker genannt, aber außerhalb des Unterrichtsblocks „Vorbereitende Kreditgeschichte“ bei Oberstudienrat Wohalimis im Eibrütheim auf Platinball, hatte er so etwas noch nie gesehen. Er zischelte belustigt, während er das antiquierte Zahlungsmittel zwischen spitzen Krallen hin- und herdrehte. Das sah den Planern seines Volkes ähnlich! Wer sonst würde auf die grandiose Idee verfallen, einem Notfallpack eine Börse mit zwei Nesthockern in ungeraden Scheinchen beizulegen? Bei allem was gut und recht war – Absturz hin, Split her –, eine gewisse komische Note ließ sich dem nicht absprechen. Aber so waren sie nun mal, seine Leute.

Er prüfte noch einmal, ob der wasserdichte Rucksack wirklich dicht hielt, und warf einen flüchtigen Blick nach oben. Die Absturzwolke war inzwischen völlig verflogen, aber ihre Richtung hatte er sich gemerkt. Quer über den See, am anderen Ufer hinauf und hinaus, und dann mitten durch den Dschungel – vermutlich mehr als eine Stazura lang, vielleicht sogar zwei oder drei!

Nopileos bereitete sich innerlich auf einen anstrengenden Marsch vor, während er sich nahezu lautlos und ohne einen Spritzer ins Wasser gleiten ließ.

KAPITEL 2

Die Erde war so fern, weiter weg als die Sterne.
ELENA KHO,
„Erinnerungen“

„Ein Prachtschlitten, was, Major Kho?“, rief Ban Danna lachend, als Elena Kho den geräumigen Hangar betrat. Die Decke der Montagehalle, die sich über Ebene Null der Weltraumstation der Goner erstreckte, war niedrig und das grelle Kunstlicht tauchte alles in harte Kontraste mit Doppelschatten. Ein paar Techniker in ungewöhnlich gefärbten Overalls und Kitteln huschten umher, riefen Testdaten von Terminals ab und warfen Elena flüchtige, mäßig neugierige Blicke zu. Das Schiff, das von dem hageren Geheimdienstmann als „Schlitten“ bezeichnet worden war, stand mitten auf der Auskopplungsschleuse, die sich nach unten öffnen konnte, um Schiffe aus der Werkstatt direkt in den Raum zu entlassen. „Prächtig“ war der verbeulte Militärtransporter des Typs M4/Buster allerdings auf gar keinen Fall. Elena runzelte zweifelnd die Stirn, nahm ihr Kinn zwischen Daumen und Zeigefinger und blieb vor dem winzigen Raumschiff stehen, um es ostentativ zu begutachten. Natürlich kannte sie Raumer dieses Modells bereits; sie waren billig, entbehrlich und wurden vom argonischen Militär mittlerweile nach und nach ausgemustert.

„Na, kommen Sie!“, sagte Danna grinsend und kam mit ausgestreckter Hand zu Elena herüber.

Elena grinste. „Hallo Danna-san! Ja, ich bin einigermaßen beeindruckt, Ästhetik und Funktionalität fließen in diesem Meisterwerk der Ingenieurskunst aus allen möglichen Dimensionen zusammen – und auch aus ein paar unmöglichen!“

Danna prustete los und hielt sich den Bauch, während Elena um den Entkopplungstunnel herumging und das Schiff von allen Seiten betrachtete. Es war ein ganzes Stück kleiner als ihre *USC Getsu Fune*, aber ähnlich klobig. Von den sonstigen Leistungsdaten her sollte es dem alten, irdischen Schiff ebenbürtig sein – abgesehen davon, dass es keinen Sprungantrieb besaß. Elena blieb stehen und betrachtete die Arbeit des kleinen Wartungsroboters, der mit ruhigen, exakten Strichen den Namen, den sie ihrem neuen Schiff gegeben hatte, auf dessen Flanken sprühte: *AP Nikkonofune*, „Sonnenscheinschiff". Sie war versucht, dem Schiff einen von dunkelrot nach hellgelb verlaufenden Anstrich verpassen zu lassen, um seinem Namen alle Ehre zu machen. Da man sie aber auf Hewa erwartete, was immerhin knapp eine Wozura entfernt war, und sie noch am heutigen Abend aufbrechen wollte, blieb dazu keine Zeit.

„Aber mal im Ernst, Elena. Dass die Regierung Ihnen ein Schiff zur Verfügung stellt, ist keine Selbstverständlichkeit. Immerhin hätten Sie auch mit Senatorin Steen-Hilmarson und dem diplomatischen Korps nach Hewa reisen können."

„Aber nicht nach Profitbrunnen, wohin ich nach der Konferenz auf Hewa muss. Ihre Regierung scheucht mich in des CEOs Klauen, was sagen Sie dazu, Ban?"

„Ha, hören Sie, passen Sie bloß auf. Die alte Kaufechse ist gerissener, als man es einem Teladi zutrauen möchte."

„So was hab ich läuten hören. Nopileos hat mir von CEO Isemados erzählt." Elena machte ein betrübtes Gesicht, als sie an Nopileos dachte. Der liebenswerte Teladi hatte mit seiner beherzten Aktion auf Nif-Nakh nicht nur ihr, sondern auch Brennan und vielen anderen das Leben gerettet – sein eigenes dabei aber verloren.

Verwundert bemerkte Ban Danna Elenas Stimmungswechsel. Er hatte sie bislang als konstant guter Dinge kennen gelernt; dass nun ihre Trauer durchschimmerte, machte ihn fast ein wenig verlegen. „Wissen Sie, was Senator Gunnar gesagt hat, als Ihr Kollege Kyle Brennan ebenfalls ein M4 verlangte?", fragte er in einem Versuch, sie aufzuheitern.

Elena schüttelte den Kopf.

„Er sagte: ‚Malen Sie sich doch eins'."

„Nein!" Elena lächelte bereits wieder. Kyle Brennan war nicht nur ihr ehemaliger Vorgesetzter, sondern auch ihr bester Freund. Daher überraschte es sie keineswegs, dass er seine außergewöhnliche Position bei den Argonen manchmal ein kleines bisschen überstrapazierte. Ein wenig Gegenfeuer konnte ihm nicht schaden – genau genommen brauchte er es sogar zum Leben wie eine Pflanze das Licht.

„Doch, genau das waren seine Worte! Brennan hat ziemlich bescheiden aus der Wäsche geschaut, das sag ich Ihnen."

„Kann ich mir vorstellen. Also bekommt er kein Schiff?“

„Doch, natürlich. Die *AP Telstar*. Zwölf Jazuras alt, das Möhrchen. Noah Gaffelt hat Steen-Hilmarson beschwatzt, und die hat sich breit schlagen lassen. Aber wirklich glücklich war die Gute nicht. Sie hat wohl Angst um die alte Schüssel. Tun Sie mir einen Gefallen, Elena?“

„Wenn es in meiner Macht steht, gerne. Welchen?“

„Bringen Sie Ihr M4 in einem Stück zurück“, sagte Danna zwinkernd, „sonst werden die Damen und Herren Senatoren noch ungemütlich und streichen mir für eine Wozura den Nachtisch!“

Soeben beendete der Wartungsroboter seine Arbeit an der linken Flanke des Schiffes und schwebte nun leise surrend um die *AP Nikkonofune* herum, um den Schriftzug auch auf der anderen Seite aufzutragen. Danna wich dem Roboter behände aus und blickte ihm für einen Moment nach.

Elena kicherte leise und wandte sich dem Argonen so geschwind zu, dass ihre schulterlangen Haare nur so flogen. „Danna, Sie alter Charmeur! Sie haben es echt raus, einer Frau ein paar nette Worte zu sagen. Ich wette, alle Echsenmädchen des Universums liegen Ihnen zu Füßen!“

Danna grinste. „Sie kratzen nachts mit ihren schwarzen Krallen an meiner Tür und schreiben mir schwülstige Nachrichten.“ Er wurde wieder ernst. „Elena, was auch immer Sie tun: Kommen Sie heil zurück! Wenn Sie das M4 dabei zerlegen, kann ich zur Not damit leben. Wenn Sie sich selbst zerlegen, fände ich das ziemlich betrüblich.“

Elena seufzte innerlich. „Danna-san“, erwiderte sie mit ihrem freundlichsten Lächeln, „es ist nur ein kleiner Routinetrip nach Hewa, Profitbrunnen und zurück. In zwei Wozuras bin ich wieder hier.“

„Also gut. Wenn Sie zurück sind, kommen Sie auf ein Tässchen Silvantee vorbei, okay?“

Elena nickte. „Gerne. Ich freue mich darauf!“

Der Agent wandte sich zum Gehen. „Und grüßen Sie mir die alte Kaufechse!“

„Geht in Ordnung“, rief Elena und winkte Danna zum Abschied.

Nachdem der Agent den Hangar verlassen hatte, beobachtete Elena noch eine Weile grübelnd den Wartungsroboter bei seiner Arbeit, ohne die gleichmäßigen, ruhigen Striche der Maschine wirklich wahrzunehmen. Bevor der Roboter den letzten Strich getan hatte, drehte sie sich um und verließ den Hangar ebenfalls. Sie wollte Kyle finden – schon seit Tazuras war sie ihm nicht mehr begegnet, so als ginge er ihr ganz bewusst aus dem Weg. Aber das war natürlich Unsinn … Sie musste mit ihm reden, jetzt sofort. Es gab keinen wirklichen Anlass dafür, aber irgendetwas in ihr bestand darauf. Sie hatte ein merkwürdiges Gefühl.

„Hier steckst du also!“ Hinter Elena sprang die Tür fauchend zu. Auf die Idee, Kyle in der Bibliothek des Tempels zu suchen, war sie als Letztes verfallen, denn Brennan war im Allgemeinen kein Mann der Bücher, sondern der Taten.

Der Raumpilot blickte auf und lehnte sich zurück. Seine Bewegungen hatten etwas Fahriges, das man von ihm nicht gewohnt war – als habe der missglückte Sprungversuch vor einigen Tazuras ihn, der sich sonst kaum aus der Bahn werfen ließ, auf nachhaltige Weise erschüttert. „Hey Lin“, sagte er und kratzte sich das Kinn. „Ich dachte, du wärest schon unterwegs nach Hewa.“

Elena zog einen Stuhl heran und ließ sich neben ihrem besten Freund nieder. „Bin sozusagen schon gar nicht mehr hier. Ich wollte mich nur noch von dir verabschieden.“

„Oh. Das klingt ja fast nach einem Abschied für immer.“

Elena zuckte die Schultern. „Weiß man’s? Die Gegend hier ist nicht gerade als Naherholungsgebiet bekannt.“ Sie warf einen neugierigen Blick auf die flirrende Datenprojektion, über der er gebrütet hatte. „Was ist das – musst du dir jetzt doch eins malen?“

Brennan begriff sofort und grinste schwach. „O je, du hast also auch schon von Gunnars dummem Spruch gehört.“

„Danna hat aus dem Nähkästchen geplaudert.“

„Na, das hätte ich mir denken können.“ Brennan schüttelte den Kopf. „Nein. Das hier ist etwas anderes.“

„Muss ich dir die Würmer aus der Nase ziehen, oder verrätst du mir aus freien Stücken, um was es geht?“

Brennan antwortete nicht sofort. Er lehnte sich zurück, verschränkte die Arme vor der Brust und warf einen nachdenklichen Blick über den Rand des Sichtschirms hinweg durch das große Panoramafenster, das die Ebenen sieben bis neun des Goner-Tempels umgab, und das von der Bibliothek aus einen ungetrübten Blick in den Weltraum erlaubte. Verwaschen flimmerte draußen die haushohe Holoprojektion der Erde, das Wahrzeichen der Goner. Es wirkte kaum mehr wie ein Abbild des blauen Planeten, sondern eher wie eine verschwommene Wolke von annähernder Kugelform, durch die hin und wieder ein virtueller Lufthauch fuhr.

„Lin, du warst doch beim alten Erdtor, richtig?“, fragte Brennan schließlich. Er wartete Elenas Antwort nicht ab, sondern erhob sich und schlenderte zum Aussichtsfenster.

„Ja, stimmt“, antwortete Elena, die ihm mit Blicken folgte. „Zusammen mit Nopileos. Wieso?“

„Die Goner haben es vor ein paar hundert Jahren zerstört und in eine Gedenkstätte verwandelt. Entschuldigung, Jazuras natürlich. Korrekt?“

Elena nickte. „Haben sie“, beeilte sie sich zu beteuern, als Brennan sich nach ein paar Sezuras umdrehte und sie fragend anschaute. Er schien einen bestimmten Gedankengang zu verfolgen. Elena wartete geduldig auf die nächste Frage, obwohl sie sich diese bereits ausmalen konnte.

„Kannst du dich daran erinnern, was genau die Goner mit dem Tor angestellt haben, um es außer Betrieb zu nehmen? Nicht gesprengt, oder?“

Elena schüttelte den Kopf und erhob sich ebenfalls, um neben Brennan ans Fenster zu treten. „Nein, haben sie nicht. Ich habe mir die Maschinen des Tores nicht gezielt angeschaut, aber ich denke, es wurden einige wichtige Bauteile entfernt und vernichtet.“

Brennan nickte langsam. „Noah Gaffelt hat mir eine Textstelle im Buch der Wahrheit gezeigt, und zwar aus einer Kopie des Logfiles eines alten Schiffes namens *AP Gunner*.“

„Noah Gaffelt. Ach, deshalb.“

„Ach deshalb – was?“

Sie winkte ab. „Vergiss es. Also *AP Gunner*. Das Schiff von Martinus und Nyana Gunne, wenn ich mich recht entsinne.“

„Richtig“, bestätigte Brennan, „die Gründer der Goner. Das Schiff ist irgendwann vor über fünfhundert Jahren spurlos verschwunden, ein paar Monate oder Jahre nach einem Terraformer-Überfall auf die *Gemeinschaft der Planeten*. Jazuras, meine ich. Die Kopie ist nicht vollständig, aber sie endet mit einem Eintrag von Martinus, in dem er davon spricht, den Schlüssel zur Erde dem Zugriff der Xenon zu entziehen.“

„Hmmm. Okay, Kyle, selbst wenn es sich, was ich für unwahrscheinlich halte, bei diesem Schlüssel um ein wichtiges Bauteil des Erdtores handeln sollte, wusste Martinus dennoch, dass die Gegenstelle des Sprungtors im Sonnensystem zweihundert Jahre zuvor vernichtet wurde, um die Terraformer fern zu halten."

Brennan schaute hinaus. Draußen, vor dem unerbittlich schwarzen, sternendurchwirkten Hintergrund des Alls, setzte ein großer, länglicher Transporter zum Landeanflug auf den Docktunnel der Station an. „Möglicherweise glaubte er, dass die Erde ein neues Tor besäße, das mit diesen Teilen anzupeilen wäre. Ich bin so skeptisch wie du, Lin, aber ich muss es unter allen Umständen herausfinden!"

Elena schwieg und folgte Brennans Blick, der schon vor einigen Sezuras wieder von dem jetzt beinahe beendeten Andockmanöver weggeglitten war. Ihr war nicht entgangen, dass Brennan davon sprach, dass *er* es herausfinden musste, und nicht etwa *sie beide*. Er wollte einen Weg zurück zur Erde finden, und selbstverständlich galt das auch für sie. Aber warum so eilig, so überstürzt? Elena wusste genau, dass Brennan, kaum zurück auf der Erde, nur Tage später wieder unterwegs sein würde, hinausgetrieben von seinem alten Drang, die Schwärze des Vakuums auf ewig zu durchqueren. Denn wenn es eines gab, das er mehr als alles andere schätzte, selbst mehr als sein eigenes Leben, dann war es die endlose Einöde des Weltraums. Einerseits verstand sie ihn, andererseits wusste sie aber auch, dass es ihn nicht wirklich zufrieden machte. Immer stand er sich selbst im Weg, hier, wie auch schon auf der Erde.

„Wie geht's eigentlich Ninu?", fragte Elena, einer plötzlichen Eingebung folgend. Sie hatte die blonde Gonerin schon eine Weile nicht mehr gesehen.

Brennan drehte sich eine Spur zu schnell um und blickte sie überrascht an. „Sie ist … ich denke, sie ist zurzeit sehr beschäftigt. Hilft Noah Gaffelt und Lynda North, wo sie nur kann. Aber ich glaube, sie will lieber zurück auf die *Aladna Hill.* Vielleicht …"

„Du denkst, du glaubst, vielleicht … sag mal, ich war immer der Ansicht, ihr seid ein Paar und du liebst sie?" Elenas Blick wurde ernst, nicht unbedingt stechend, aber doch intensiv. Ihre Mandelaugen zogen sich zu schmalen Halbmondsicheln zusammen. Diese Frage hatte sie ihm schon einmal gestellt, vor einigen Wozuras auf Argon Prime, doch damals war er ihr die Antwort schuldig geblieben. Beinahe erwartete sie, dass es auch diesmal so sein würde und war überrascht, als sein Blick den ihren fand, waidwund, verwirrt.

„Das tue ich“, sagte er leise, „und sie weiß es.“

„Dann bleib hier, Kyle. Lass sie nicht alleine. Nicht schon wieder. Erinnere dich an Annabel. Erinnere dich an die Sache zwischen uns damals. Verdammt noch mal, Ninu hat es verdient, dass du sie nicht sitzen lässt!“ Elena spürte, dass sie sich in Rage redete.

Brennan schien von ihrem Ausbruch nicht sonderlich überrascht. „Jetzt mal langsam, Elena. Es ist alles in Ordnung. Ich lasse Ninu nicht sitzen und ich werde auch nicht lange unterwegs sein. Nur zum Staatsarchiv auf Gorrum. Ein paar Tage, Tazuras … dann bin ich wieder hier.“

„Dann nimm sie mit, Mann Gottes!“

„Das würde ich gerne, aber sie ist hier sehr eingespannt“, sagte er mit belegter Stimme. Für Elena klang es reichlich hilflos und auch ein bisschen kläglich.

„*Anata ga mikomi no nai yo, Brennan-san!* Dir ist nicht zu helfen!“, brach es aus ihr hervor – in einer plötzlich aufkeimenden Mischung aus zorniger Enttäuschung und Ratlosigkeit. Sie drehte sich kopfschüttelnd um und verließ den Raum. Brennan schaute ihr mit einem unglücklichen Gesichtsausdruck noch einige Sezuras lang nach, bevor er sich zum Fenster zurückwandte, den linken Fuß dabei auf die niedrige Brüstung setzend. Sein Blick verlor sich in der Ferne.

Das Cockpit der *AP Nikkonofune* war spartanisch ausgestattet. Es besaß lediglich die allernötigsten Kontrollen, glänzte nüchtern metallisch, und nirgends fand das Auge Halt an Vorsprüngen, Fußschlaufen oder zusätzlichen Instrumentenpaneelen. Jetzt, da der Weltraumtempel der Goner langsam hinter Elena in der Unendlichkeit versank und sich das Sprungtor voraus bereits als konturloser Punkt aus der Dunkelheit schälte, wurde ihr bewusst, dass sie mit der *USC Getsu Fune* auch ein Stück Heimat verloren hatte. Das irdische Experimentalschiff mochte antiquiert gewesen sein und mit seinem beigen und weißen Innern etwas steril gewirkt haben. Dennoch konnte man spüren, dass es von Menschen für Menschen gebaut worden war. Die *AP Nikkonofune* hingegen ließ deutlich erkennen, dass während all der vielen Dekazuras, in denen sich menschliche und außerirdische Kulturen im Schmelztiegel der *Gemeinschaft der Planeten* nun schon vermischten, auch fremdartige Einflüsse ihren Weg in Design und Funktion gefunden hatten.

Trotz der kargen Cockpitausstattung war es den Konstrukteuren gelungen, auf der geringen, zur Verfügung stehenden Grundfläche zwischen Cockpit und Frachtraum eine schmale Kabine mit zwei übereinander angeordneten, erstaunlich bequemen Pritschenbetten unterzubringen, sowie eine winzige Küche und eine Nasszelle mit Schalldusche. Als sehr positiv empfand Elena den Bordcomputer. Er zeichnete sich vor allem durch einen weit höheren Logiklevel aus als Marc, das Gehirn der *USC Getsu Fune*, und war gleichzeitig bei weitem nicht so eigenwillig wie Valerie, die Hüterin von Brennans Raumer, die sich zuletzt in einem nahezu schmollenden Tonfall darüber beschwert hatte, dass man „ihr" Schiff zerlegen wollte. Elena hatte den Computer Niji getauft, was dieser pflichtschuldigst bestätigte, um von da an klaglos auf diesen Namen zu hören.

Just in diesem Moment meldete sich Niji und zeigte eine hereinkommende Übertragung an. Elena zog eine Augenbraue hoch, als der Computer die Parameter der Übertragung auf einem neu eröffneten Sichtfeld wiedergab. Sie waren ungewöhnlich: Die Sendung kam gleichzeitig auf über einer Million paralleler Frequenzbänder herein und wurde mit der beachtlichen Gesamtleistung einiger hundert Kilowatt abgestrahlt. Als Quelle ermittelte Niji eindeutig den Tempel der Goner!

„Was ist das für ein Signal?", erkundigte sich Elena. „Kannst du das dekodieren?"

Niji antwortete unverzüglich. „Es ist nicht verschlüsselt. Es handelt sich um ein digitales Audiosignal. Wollen Sie es hören, Major Kho?"

Elena nickte, und einen Augenblick später ertönte eine kindliche Stimme, die sie sogleich erkannte:

„Mein Name ist Ion Battler. Ich bin der Adoptivsohn von Norma Gardna, der Hüterin der Wahrheit im Tempel der Goner. Sie sorgte für mich, war immer für mich da und liebte mich, als wäre ich ihr eigen Fleisch und Blut. Im Gedenken an sie schreibe ich diese Worte und sende sie hinaus in die Unendlichkeit, damit die Völker des Universums sie nie vergessen mögen – nicht heute und nicht in einer Million Jazuras!"

„Zeichne das bitte auf", verlangte Elena. Ion Battler, der Halbbruder Ninu Gardnas, war mit Sicherheit eines der intelligentesten Kinder, die man sich vorstellen konnte. Die Idee, seiner kürzlich verstorbenen Stiefmutter mit dieser Funksendung ein auf ewig das Universum durcheilendes Denkmal zu setzen, berührte Elena. So lauschte sie der jungen Stimme mit einer Gänsehaut, bis ihr Blick nach ein Paar Mizuras über die Anzeige des Gravidars wanderte und dort erschreckt verharrte.

Ein Leuchtpunkt raste mit hoher Geschwindigkeit auf den Koordinatenursprung zu und zog dabei weiße Schlieren hinter sich her. Um was auch immer es sich hierbei handelte, es würde jeden Augenblick in die *AP Nikkonofune* einschlagen.

„Niji, ausweichen!", rief sie und griff gleichzeitig nach den Flugkontrollen. In diesem Moment erreichte der Blip auf dem Gravidar auch schon die Position der *AP Nikkonofune* – und stoppte mit einem plötzlichen Ruck. Erst jetzt reagierte der Bordcomputer.

„Es ist keine Gefahrensituation ersichtlich. Wem oder was soll ich ausweichen?"

Elena starrte auf den blassen Punkt, der laut Anzeige keine fünfhundert Meter entfernt relativ zur *AP Nikkonofune* verharrte. Als sie aus dem Cockpitfenster spähte, konnte sie, mit Ausnahme des sich langsam nähernden Sternentors, nichts Ungewöhnliches entdecken. „Irgendetwas kam auf uns zugeschossen wie eine Rakete. Laut Gravidar ist es jetzt neben uns. Siehst du es nicht?"

„Tut mir Leid, Major Kho. Darüber liegen keine Daten vor."

Kopfschüttelnd veranlasste Elena, dass sich das Gravidar neu kalibrierte, und als die Anzeige nach wenigen Sezuras wiederkehrte, war das schattenhafte Objekt verschwunden.

„Merkwürdig", murmelte sie. Das M4 war zwar alt, aber soeben erst von Technikern generalüberholt worden. Sie mochte nicht recht daran glauben, dass das Gravitationsradar bereits jetzt Störungen aufwies. Aber so musste es wohl gewesen sein …

Leicht beunruhigt lehnte Elena sich im Pilotensessel zurück und beobachtete, wie das Sprungtor nach Roter Schein immer näher rückte, bis seine Dimensionsanker schließlich nach der *AP Nikkonofune* griffen und das Schiff durch den Ereignishorizont der künstlichen Singularität zogen.

Ion Battlers Stimme verstummte mitten im Satz.

KAPİTEL 3

Ein Königinnenreich für eine Nachrichtendrohne!
Isemados Sibasomos Nopileos IV

Der Boden unter seinen bloßen Klauen fühlte sich angenehm weich an und rief einen Schauer merkwürdiger Empfindungen und zeitloser, nicht selbst erlebter Erinnerungen hervor. Nopileos watete die letzten Schritte durch den Uferschlamm. Die fremdartige Luft, die etwas merkwürdig Vertrautes mit sich führte, genoß er in vollen Zügen. So mochte vielleicht Ianamus Zura, der einst verloren geglaubte Ursprungsplanet der Teladi, schmecken. Erst seit kurzem gab es einen Weg dorthin zurück, entdeckt von der Sternenkriegerin Elena, seiner lieben Freundin. Über dreihundert Sonnen hatte keines Teladi Gehklaue diesen sagenhaften Planeten mehr betreten – doch er, Isemados Sibasomos Nopileos IV, Enkel des CEO, würde ihn eines Tages aufsuchen, um dort die erste Non-Profit-Organisation seines Volkes ins Leben rufen!

Zusammen mit diesen optimistischen Gedanken schüttelte Nopileos das rostrote Wasser von sich und blickte sich prüfend um. Die Bäume standen dicht an dicht, besaßen sehr schmale und flexible Stämme, die ein Mensch vermutlich mit beiden Armen vollständig hätte umspannen können. Die Rinde der Bäume war glatt und wies bis zur Krone in vielleicht 15 teladianischen Längen Höhe keinerlei Äste oder Zweige auf. Die Laub tragenden Wipfel wurden von einem auf- und abflauenden Wind gewiegt und rauschten leise. Das Blätterdach war dicht, aber nicht so undurchdringlich, dass nicht von Zeit zu Zeit hier und dort einzelne Lichtstrahlen bis zum Boden drangen; gelegentlich konnte man sogar den dunkelblauen Himmel hindurchblitzen sehen. Auf Bodenhöhe gab es allerlei wildes Gestrüpp, dickblättrige Farne, Blüten tragende Stauden und Büsche mit dunkelgelben Beeren sowie, natürlich, die knorrigen Wurzeln der Mammutbäume. Gräser, Flechten oder Moose fehlten völlig. Der Boden selbst war mit einer frischen Laubschicht bedeckt, unter der sich eine Lage verrottender Blätter befand, wie Nopileos feststellte, als er mit einer Kralle ein wenig von dem hinabgefallenen Blattgrün zur Seite scharrte. Auf den ersten Blick zeigten sich auch keine Tiere. Beim näheren Hinsehen jedoch offenbarte sich eine unüberschaubare Fülle mehrgliedriger Insekten, getarnter Vielzüngler und anderer, schwer einzuordnender Lebewesen, die im Laub umherkrochen, sich in die Farnblätter hineinbohrten, oder ihr Dasein, an die glatten Baumstämme festgesaugt, fristeten. Gelegentlich huschten faustgroße Fellbüschel auf vielen Beinen durch das Laub und auch oben, in den Baumwipfeln, schien es Leben zu geben, denn bisweilen ließ sich ein lautes Flattern vernehmen, was auf etwas schließen ließ, das Flügel besaß. Eine unaufhörliche Kakophonie krachender und brechender Äste erfüllte den Urwald: rauschendes Laub, huschende Schritte, fiepende Tierstimmen. Außerdem war da ein lang gezogenes Klagen, das unregelmäßig erklang und wie der wehmütige Ruf eines gebärenden Nitsus durch die Baumreihen hallte. Nopileos schüttelte sich angewidert. Er besaß eine natürliche Abscheu vor Nitsus. Diese garstigen Viecher hatten schon ganze Teladi-Departments an den Rand des finanziellen Ruins getrieben. Aber natürlich konnte es hier, auf Nif-Nakh, keine Nitsus geben.

Er warf einen letzten Blick auf den blutroten See, aus dem er vor wenigen Augenblicken an Land gekrochen war. Weit hinten, fast schon auf der anderen Seite, konnte er schemenhaft die Umrisse des Floßes erkennen. Er hoffte, dass es bald in Richtung Ufer treiben und sich dort irgendwo in der Böschung verfangen würde, sodass es nicht von eventuell über den Teich hinwegfliegenden Aufklärern entdeckt wurde. Über die Rettungskugel selbst machte Nopileos sich keine Gedanken; diese lag tief unten im trüben Wasser und würde nicht gefunden werden, sofern man nicht ausdrücklich danach suchte. Nun gut. Wenn er sein Schiff in den nächsten Stazuras erreichen wollte, sollte er sich jetzt unverzüglich auf den Weg machen. Er brach in die Richtung der Qualmspur auf, die er im Sinn behalten hatte.

Der Dschungel war dicht, aber nicht undurchdringlich. Zuerst versuchte Nopileos, sich vorsichtig und möglichst geräuschlos durch das Unterholz zu bewegen. Bald schon stellte er aber fest, dass dies nicht nur völlig sinnlos, sondern obendrein auch noch komplett unmöglich war: Er war ein Teladi! Teladi konnten einigermaßen elegant schwimmen, aber nicht elegant laufen, schon gar nicht durch einen urwüchsigen Dschungel. Von diesem Augenblick an brach er durch das Buschwerk und trampelte mehr oder minder rücksichtslos über Farne hinweg, wo immer sie seinen Weg kreuzten und im Mindesten überwindbar schienen. Als sich sein Rucksack einmal in einem Busch mit gelben Beeren verfing, zerrte er heftig daran und stieß seltsame, teladianische Flüche aus, bis das Gepäckstück ruckartig freikam. Die Plötzlichkeit der Bewegung brachte ihn ins Taumeln und er stürzte zu Boden. Das modrige Laub unter ihm roch zwar merkwürdig, war aber weich, sodass er sich nicht verletzte. Doch eine Traube Beeren, die sich am Rucksack verhakt hatte, wurde unter ihm zerquetscht. Der dunkelgelbe Brei verströmte einen stechend-süßlichen Geruch, bis Nopileos den größten Teil davon mit bloßen Klauen wegwischte. Er hockte sich auf die Knie und richtete sich dann wieder vollends auf, um seinen Weg fortzusetzen.

Nur ein paar Schritte weiter erklang ein lautes Brummen, das sich von hinten näherte. Nopileos drehte sich um und sah erstaunt, wie ein handtellergroßes, nahezu durchsichtiges Geschöpf mit sechs Flügeln zur Landung auf den Resten der zerquetschten Beeren ansetzte. Eine Weile blieb es dort sitzen; es flatterte sacht mit seinen kaum sichtbaren Flughäuten und tat ansonsten nichts. Nach einigen Sezuras jedoch regte es sich und senkte sein lang gezogenes Hinterteil, aus dem ein weißlicher Stachel oder Saugrüssel hervorblitzte, in die grünlichgelbe Masse. Fasziniert sah Nopileos zu, wie der gelbe Beerensaft durch den Saugstachel in den transparenten Körper des Tieres hinein- und nach oben strömte, was es ein Stück weniger durchsichtig machte. Beachtlicherweise floss ein kleiner Teil des Saftes sogar in die feinen Äderchen der Flügel. Nopileos hob die Klauen und drehte die Handflächen nach oben, sodass die gespreizten Schwimmhäute sichtbar wurden. *Was auch immer!* Er kehrte dem großen Insekt den Rücken zu und machte sich wieder auf den Weg.

Der Wald war recht eintönig, es gab kaum Veränderung. Daher war er überrascht, als er nach einigen Inzuras ereignislosen Marsches ein paar halbhohe Büsche zur Seite schob und unvermittelt auf einer Lichtung zu stehen kam. Einer winzigen zwar, etwa von der Größe einer teladianischen Länge im Quadrat, aber nichtsdestotrotz ausladend genug, dass er hier mit Leichtigkeit das Zelt hätte errichten könnten. Aber zum Glück würde das nicht erforderlich sein. Er befand sich sicher bereits in unmittelbarer Nähe der *Nyanas Glück.* Und dennoch, dieser Ort war eigenartig: Auf seiner gesamten Fläche wuchsen keine Bäume, stattdessen gab es nur knapp über dem Boden zersplitterte Baumstümpfe, die vor einiger Zeit gebrannt haben mussten. Eine Hand voll alter Stämme lag auf dem Boden verstreut wie mutwillig zerbrochene Mikadostäbe; rote Moose und Pilze bedeckten sie, und sie waren durch und durch morsch. Der ausgewaschene Geruch alten Feuers, der über der kleinen Lichtung lag, vermischte sich mit dem von feuchtem Moder, und er führte noch etwas Undefinierbares, Scharfes mit sich, sodass Nopileos unwillkürlich die Nüstern rümpfte. Der Teladi konnte sich keinen rechten Reim auf diese unnatürliche Bresche im Wald machen. Er überlegte, ob an dieser Stelle womöglich ein Blitz in den Boden gefahren sei, doch er führte diese Gedanken nicht zu Ende, da sich sein Magen mit plötzlicher Vehemenz meldete. Sorgsam nahm er den Rucksack vom Rücken und ging in die Hocke, um einen Protein-Wonton aus der Zweihunderter-Packung herauszuklauben.

Während er die Packung wieder verstaute, hob in der Ferne ein tiefes Grollen an, das seine Stummelohren zucken ließ. Hastig schwang er die Notfallausrüstung wieder auf den Rücken und richtete sich beunruhigt auf. Das laute Geräusch näherte sich von links, entwickelte sich schlagartig zum Orkan, zum Kreischen entfesselter Gewalten und verdrängter Luftmassen.

Nopileos' Stirnschuppe wurde bleich, als für einen angsterfüllten Augenblick ein Schatten über die Lichtung zog, aus dessen Mitte ein metallischer Lichtreflex seine Augen traf. Seine Nickhäute zuckten. Ein Aufklärer der Split im Tiefflug knapp über dem Blätterdach des Urwalds! Das Fluggerät brauste zielstrebig genau über jene lichte Stelle im Wald, auf der er sich befand, so, als habe der Pilot ihn gesehen.

Nopileos hechtete mit einem Sprung beiseite, hinein ins Gebüsch. Wenn der Split ihn wirklich entdeckt haben sollte, war es dafür natürlich längst zu spät. Doch der Lärm des Strahltriebwerkes entfernte sich bereits wieder, und der Flieger machte keine Anstalten, zurückzukehren. Sicherlich war die Geschwindigkeit viel zu hoch gewesen, als dass der Pilot ihn hätte sehen können, selbst wenn er wirklich hergeschaut hätte. Nervös kaute der Echsenjüngling auf der Wontonknolle herum, während das Antriebsgrollen in der Ferne verhallte, zum Flüstern wurde und schließlich versiegte.

„Nichts geschehen", beruhigte Nopileos sich selbst, dann nahm er seinen Weg unsicheren Schrittes wieder auf. Die Flugrichtung des Aufklärers entsprach ziemlich genau seinem Fußweg durch den Dschungel. Es konnte keine Zweifel darüber geben, was das bedeutete …

Ein leises, von hinten rechts kommendes Surren ließ ihn sich umschauen. Eine dieser handtellergroßen, fast durchsichtigen Drachenfliegen hing seitlich an seinem Rucksack und tastete mit ihrem Saugschwanz die Stelle ab, an der sich die trocknenden Reste der zerquetschen Beeren befanden.

„Hsssh! Geh weg!“, rief Nopileos und machte eine wedelnde Geste in Richtung des Insekts. Das Tier ließ sich nicht beirren, sondern sirrte nur kurz mit den Flügeln und starrte ihn aus mehreren Stummelaugen unbeeindruckt an.

„Na gut“, sagte er nach einer Weile, „du scheinst ja harmlos zu sein! Also bleib ruhig ein paar Mizuras dort sitzen – aber verhalte dich still. Und vor allem: Sprich den Fahrer während der Fahrt nicht an!“ Er zischelte belustigt über seinen eigenen Scherz und konzentrierte sich wieder auf das Unterholz, das vor ihm lag.

Sehr viel später ließ das Tageslicht graduell, aber zügig nach. Nopileos wusste nicht genau, wie viel Zeit seit seinem Aufbruch verstrichen war, aber es waren bestimmt mehr als zwei oder drei Stazuras. Er wurde des Marschierens langsam überdrüssig. Dass die *Nyanas Glück* weiter entfernt niedergegangen war, als er es sich erhofft hatte, war ihm nun endgültig aufgegangen. Vermutlich würde er doch hier übernachten müssen, auch wenn ihm der Gedanke, sich noch einen weiteren Tazura im Dschungel abzumühen, gar nicht behagte.

Nopileos seufzte. Erschöpft war er und müde. Er sehnte sich nach einem Schuppenschaber, einer warmen Mahlzeit und einer sauberen, harten Schlafbank. Etwas in ihm verlangte zu wissen, ob es überhaupt noch sinnvoll sei, weiterzugehen, aber dieses nagende Stimmchen des Zweifels brachte er schnell zum Schweigen. Den Peilsender einzuschalten, damit die Split ihn gefunden hätten, war keine Alternative. Eher wollte er verdorren und verdursten.

Es wurde nun vollends dunkel. Erstaunt stellte Nopileos fest, dass die Drachenfliege, die noch immer auf seinem Rucksack saß, einen diffusen, grün phosphoreszierenden Lichthof um sich herum verbreitete. Auch schien es, dass die meisten anderen Insekten des Dschungels, die tagsüber nur durch genaues Hinschauen zu entdecken waren, nachts leuchteten. Je dunkler es wurde, desto mehr Lichtpünktchen schwirrten durch die Nacht und krabbelten auf dem Boden oder auf den Pflanzen herum. Auch die Geräuschkulisse änderte sich allmählich. Es wurde ruhiger, die Schritte des einsamen Teladis schienen lauter zu werden und länger nachzuhallen.

Irgendwo in der Ferne ertönte ein merkwürdiges, kehliges Trompeten: lang gezogen und sehnsüchtig, mit einem schaurig fragenden Unterton. Nopileos fuhr zusammen, als der Ruf von einer ähnlichen, aber viel näheren Quelle beantwortet wurde. Er zwang sich, ruhig zu bleiben und stapfte, immer schneller werdend, durch das dunkle Unterholz. Plötzlich stand er wieder auf einer kleinen Lichtung, wie diejenige, über die er vor ein paar Stazuras gestolpert war. Die Ähnlichkeit war so groß, dass er zunächst befürchtete, im Kreis gelaufen zu sein. Aber es lagen weniger gefällte Stämme auf dem Boden, und der giftige Brandgeruch stach nicht gar so intensiv in die Nüstern. Nopileos schaute nach oben. So ungewöhnlich klar und blau der Himmel über Nif-Nakh tagsüber war, so samten und eindrucksvoll wirkte er des Nachts. Drei Monde beleuchteten die Lichtung: zwei als zu- oder abnehmende Sicheln, einer als volle, blasse Scheibe.

Langsam, ganz langsam beruhigte er sich. Sein Körper schmerzte von den Strapazen des langen Marsches. Teladi waren für so etwas einfach nicht gemacht! Es wurde Zeit, dass er für heute zur Ruhe kam. Morgen würde er dann den Rest des Weges bis zu seiner *Nyanas Glück* zurücklegen.

Aus dem Rucksack kramte er das Piezozelt sowie den Kondenser hervor, die zwei schwersten, aber zugleich nützlichsten Gegenstände des Notfallpacks. Die kompakte Rolle des Zeltes legte er vorsichtig neben sich auf den Boden, um zunächst den Kondenser in Betrieb zu nehmen. Nicht, dass er jemals zuvor in die Verlegenheit geraten wäre, einen solchen zu benutzen. Doch das Prinzip war simpel genug und die Bedienung schlupflingleicht. In Abhängigkeit von der hier vorherrschenden relativen Luftfeuchtigkeit würde sich der Sammelbehälter des Gerätes, das einer dunkelgrauen Thermoskanne ähnelte, in wenigen Stazuras randvoll mit Trinkwasser füllen.

Nopileos wackelte befriedigt mit den Ohren und nahm das Piezozelt in die Klauen. Er schaute umher und fand nach kurzem Suchen eine vergleichsweise ebene Stelle. Eine schnelle Untersuchung förderte einige kleinere Steinchen zutage, ein paar Äste, sowie den verwesenden Körper eines kleinen, vielbeinigen Nage-Insekts. Steine und Äste schob er zur Seite, das tote Tier jedoch hob er angewidert mit spitzen Krallen auf, um es weit in den dunklen Dschungel hineinzuschleudern, wo es dumpf aufschlug und eine Wolke leuchtender Nachtinsekten aufwirbelte. Dann tastete er mit einer Greifzehe nach dem Auslöser des Zeltes, drückte ihn tief hinein und stellte das vibrierende Bündel in die Mitte des soeben freigeräumten Bereiches. Mit einem niederfrequenten Summen nahm das Piezozelt seine Arbeit auf.

Zunächst suchte die sich entfaltende Rolle nach Orientierung und richtete ihre Grundfläche nach der Schwerkraft aus. Nachdem sich die Bodenfläche ausgerollt hatte und eine Unzahl kleiner Ankerfäden, die so genannten „Zeltwurzeln", in den Boden hineingewachsen waren, begann eine schwache, elektrische Spannung durch die Streben des Zeltes zu kriechen. Die winzigen Hochleistungszellen lieferten genügend Strom, um die amorphen Verstrebungen aus bruchfestem, aber dennoch leichtem Memorymaterial dazu zu bringen, sich in Windeseile an ihre aufgerichtete Form zu „erinnern".

Zu guter Letzt spannten sich die Wände des Zeltes, und wenige Sezuras später stand ein fertig aufgebautes, eiförmiges Kuppelzelt auf der Lichtung, eineinhalb Längen hoch und groß genug, um zwei oder drei Teladi ausreichend Platz zu bieten. Jedenfalls, so überlegte Nopileos, wenn diese sich sehr, sehr gern hatten. Er hingegen war völlig alleine und irgendwie erinnerte ihn die Form des Zeltes ein wenig an sein wunderschönes Raumschiff.

Nopileos zischelte leise. Er nahm den Rucksack vom Boden auf, kroch durch die Frontlamelle des Zeltes, verschloss sie sorgfältig hinter sich und ließ sich inmitten des geräumigen Innenraumes nieder. Der Untergrund war durch das unter dem Zelt liegende Laub viel zu weich für seinen Geschmack. Wie alle Teladi bevorzugte auch er harte Sitz- und Schlaftische aus Keramik oder Hartplastik. Aber nun ja, es sollte ja nicht für immer sein, und zur Not ließ es sich hier ganz gut aushalten. Der Ausrüstung entnahm er einen weiteren Protein-Wonton, schob sich die Knolle zwischen die Beißknochen und legte sich kauend auf den Rücken. Mit weit geöffneten Augen starrte er die Kuppel des Piezozeltes an, die so hoch war, dass er sich in der Mitte des Zeltes vollständig hätte aufrichten können.

Nach einigen Sezuras ertönte ein gedämpftes Brummen und ein verwaschener, hellgrüner Lichtfleck näherte sich von außen der Zeltwand. Die Drachenfliege! Nopileos schaute dem Leuchten des Tieres, das sich genau im Zentrum des Kuppeldaches niederließ, eine Weile zu. Warum es das überhaupt tat, entzog sich seiner Vorstellungskraft. Vermutlich hatte es eben einfach seine ganz eigenen, unerfindlichen Drachenfliegengründe! Nopileos zischelte belustigt bei diesem Gedanken und schluckte den Rest der Knolle hinunter.

Merkwürdig. Der fluoreszierende Schimmer war nicht statisch, sondern pulsierte leicht, so als spiegelte er die Atemfrequenz des Tieres wider. Mal leuchtete es ein wenig heller, mal ein wenig dunkler – der Rhythmus war faszinierend, beinahe schon hypnotisch …

Nopileos schreckte auf. Es dauerte einen Moment, bis er wieder wusste, wo er sich befand. Irgendetwas lag in der Luft. Seine kurzen Stummelohren spannten sich schmerzhaft; sie hatten sich vollends aufgerichtet und standen weit von seinem Schädel ab. Der schimmernde Fleck der Drachenfliege außen auf dem Kuppeldach fehlte. Es war jetzt dunkler denn je, offensichtlich war auch der hellste der drei Monde wieder untergegangen.

Unvermittelt knackten vor dem Zelt Äste. Nicht etwa leise und zaghaft, wie von einem anschleichenden Eindringling, der nur versehentlich Geräusche verursachte. Nein, laut, energisch, beinahe schon brutal!

Schreckensbleich kauerte Nopileos sich zusammen. Sollte er hinausgehen und nachschauen? Noch bevor er sich der Frage stellen konnte, ertönte in weiter Ferne dieses schuppensträubende, klagende, fragende Trompeten, das er bereits mehrfach in der Zeit zwischen Nachteinbruch und Mondaufgang gehört hatte. Eine schreckliche Vorahnung überkam ihn. Ob es auf diesen Ruf eine Antwort geben würde? Er zuckte zusammen, als draußen lautstark Holz barst. Irgendetwas Riesengroßes schlug sich mit brachialer Gewalt durch das Unterholz. Es schnüffelte kurz, sog hörbar Luft ein, verharrte einen Augenblick und gab dann den lautesten und schaurigsten Fanfarenstoß von sich, den Nopileos je gehört hatte.

„Iiaaaasssssshhhhhh!“, schrie er und sprang auf. Sein Schädel berührte das Zeltdach und beulte die elastische Wandung leicht nach außen. Mit geweiteten Pupillen und gebleichter Stirnschuppe duckte er sich reflexartig und taumelte rückwärts bis zur gegenüberliegenden

Zeltwand, wo er ausrutschte und schmerzhaft auf seinen Schwanzstummel fiel. Ein grünliches Glimmen waberte von rechts durch die Dunkelheit und den Zeltstoff hindurch. Da war eine Silhouette, zwar diffus und von einem verwaschenen Lichthof umgeben, aber schon die schiere Größe der sich nähernden Erscheinung machte deutlich, dass dort draußen nicht etwa die Glühinsekten aus dem Busch oder die Drachenfliege herankamen, sondern vielmehr deren größerer Eibruder.

Nopileos blickte sich gehetzt um. Er musste hier raus, unbedingt! Hastig rutschte er auf allen Vieren zum Eingang hinüber, richtete sich auf die Knie auf und versuchte, mit flatternden Klauen die Lamelle zu öffnen. Immer heller wurde es, während das Biest sich mit einem neuerlichen Trompeten weiter näherte. Als die Lamelle endlich ein Stück weit offen stand, erhaschte Nopileos einen kurzen Blick auf die Blätter des merkwürdig illuminierten Urwaldbodens. Dann wischte etwas stark Fluoreszierendes vor dem Spalt vorbei, was vielleicht eine Art Schweif, eine Tatze oder eine andere Extremität sein mochte. Nopileos konnte es nicht genau erkennen.

Die Zeltwand sprang mit einem ächzenden Ruck nach vorne und schlug dem Teladi, der darauf nicht vorbereitet war, mit großer Wucht ins Gesicht. Er wurde zurückgeschleudert, fiel auf den Rücken und strampelte hektisch mit den Gehklauen, um sich von der Stelle wegzuschieben, an der sich die Wand des Zeltes nun nach innen zu wölben begann.

Das fluoreszierende Biest dort draußen tauchte alles in ein unwirkliches, beinahe taghelles Licht, während es unter hustendem Schnaufen und aufgeregten Fanfarenstößen versuchte, ins Zelt zu gelangen. Das elastische Material war zwar ungeheuer zäh, aber lange würde es den Anstrengungen des Tieres nicht mehr standhalten können. Die ersten Zeltwurzeln schnellten mit einem spürbaren Ruck aus dem Boden. Der Teladi wurde durchgeschüttelt, als das Dach durch das Gewicht der Bestie hinabgedrückt wurde, was die ganze, eigentlich extrem stabile Konstruktion in Bewegung brachte.

Seine Klaue berührte den Tragegurt des neben ihm liegenden Rucksacks. Ein Gedanke fuhr ihm durch den Sinn: *Das Multifunktionswerkzeug in der Ausrüstung!* Ohne weiter darüber nachzudenken, zog er das Notfallpack zu sich heran, durchwühlte es keuchend, bis er das Werkzeug gefunden hatte und klappte das Messer mit fieberhaften Bewegungen aus. Noch nie zuvor hatte er sich auf eine solche Art und Weise verteidigen müssen!

Etwas fuhr mit reißendem Geräusch durch die Zeltwand und zerfetzte sie über ihre gesamte Länge zu herabhängenden Streifen.

Mit einem unartikulierten Zischen richtete Nopileos sich halb auf und hielt die Klinge zitternd von sich weg, auf die klaffende Öffnung gerichtet. Die herabhängenden Fetzen der Zeltwandung wurden achtlos zur Seite gefegt, dann schob sich ein grün phosphoreszierendes Etwas in das platt gedrückte Zelt hinein und starrte den zu Tode verängstigten Teladi nahezu teilnahmslos aus vielen dunklen Stummelaugen an.

„Hilfe!“, schrie Nopileos und stieß mit der Klinge in Richtung des Tieres, das sich davon völlig unbeeindruckt zeigte. Stattdessen kam es noch ein Stück näher, als wollte es den Echsenabkömmling ausgiebig beschnuppern. Erst mit deutlicher Verzögerung begriff Nopileos, dass das Biest weder Nase und Mund noch Zähne besaß. Die halbdurchsichtige Gallertmasse des von innen heraus glimmenden Kopfes saß auf einem langen, flexiblen Hals und trug nichts weiter als sechs Augen auf merkwürdig kurzen Stielen.

„Du … du kannst ja gar nicht … nicht beißen?“, stammelte Nopileos ungläubig und senkte das Multifunktionswerkzeug. Wie zur Antwort bog das Tier seinen langen Hals zurück. Durch die Öffnung in der Zeltwand konnte Nopileos einen kurzen Blick auf den Rest des gedrungenen Körpers erhaschen, der sich nun ebenfalls krümmte. Er sah riesige, mit Adern durchzogene Schwingen, sowie einen enorm langen, gezackten Schwanz, der sich entlang des Hauptkörpers auf dem Boden wand und gerade dabei war, nach vorne durch die in Streifen gerissene Wand ins Zeltinnere zu drängen. Mit hervorquellenden Augen blickte Nopileos auf das Schwanzende hinab, das nun unterhalb des Kopfes hin- und herzuckte. Am äußersten Ende der dicken schlangenähnlichen Extremität öffnete sich ein mit scharfen Reißzähnen bewehrtes Maul. Ein triumphierendes Trompeten ertönte, während sich fauliger, giftiger Gestank ausbreitete.

Dann schlängelte sich der Fressschwanz mit mahlendem Kiefer auf den vor Entsetzen wie gelähmten Teladi zu.

KAPİTEL 4

*Tief drinnen, hinter der Wand aus Dunkelheit, unter dem
See aus Teer, dort findest du den sonnenlichten Tag,
den Schmetterling unter blauen Himmeln.*
CARTA FRENDS,
argonische Historikerin, 172–214

Vier Tazuras später begannen die beklemmende Enge des Schiffes und die ungewohnte Stille langsam an Elenas Nerven zu zerren. Zwar war die Datenbank des Bordcomputers schier unerschöpflich und bot enorme Einblicke in Kultur und Geschichte der *Gemeinschaft der Planeten*; auch fand Elena zum ersten Mal seit langem ausreichend Muße, das Material ungestört zu sichten und sich einzulesen. Trotzdem nahm das Gefühl der Unruhe und Unausgefülltheit weiter zu, je länger sie ganz für sich alleine die Zeit totschlug.

Selbst ihre Versuche, Ausgeglichenheit durch Meditation zu finden, schlugen fehl. Einzig die Übungen mit dem winzigen Trainingsgerät, das sich im Durchgang zur Ladebucht aus der Wand klappen ließ, schufen zeitweilig Abhilfe. Ab dem zweiten Flugtazura trainierte sie daher täglich mehrmals für ein, zwei Stazuras, meist mit leerem oder verbissenem Gesichtsausdruck.

Erst als Niji nach dem letzten Tordurchgang meldete, dass die *AP Nikkonofune* den Zielplaneten Hewa in weniger als acht Stazuras erreichen würde, kam Elena auf den Gedanken, sich mit Hilfe der Schiffsdatenbank über die *Freie Liga von Hatikvah* zu informieren. Ihr Versäumnis ärgerte sie sehr, da sie üblicherweise nicht dafür bekannt war, sich unzureichend vorzubereiten. Warum sie während ihrer Streifzüge durch die Archive des Bordcomputers ausgerechnet ihr Flugziel ausgelassen hatte, war ihr unbegreiflich.

Und noch verwunderlicher, da es sich bei der *Liga* um ein faszinierendes Kapitel in der Geschichte der *Gemeinschaft der Planeten* handelte, das die grundlegende Friedfertigkeit der Argonen eindrucksvoll vor Augen führte. Lange Zeit war die *Freie Liga von Hatikvah* wenig mehr als ein loser Zusammenschluss dreier abgelegener Planetensysteme irgendwo zwischen Herrons Nebel und den Wolken der Atreus gewesen. Eine Viertelmillion Argonen und ebenso viele Angehörige anderer Spezies atmeten, arbeiteten und lebten hier in erstaunlich friedlicher Gemeinsamkeit. Tatsächlich war die *Freie Liga von Hatikvah* seit einigen Dekazuras kaum von Xenon-Überfällen heimgesucht oder mit anderen kriegerischen Auseinandersetzungen konfrontiert worden. Manche meinten, dass dies mit der schieren Unwichtigkeit dieser drei dünn besiedelten Systeme zu tun habe; andere vertraten die Ansicht, dass die *Freie Liga* sich diese Sicherheit auf Kosten der Argonen und Boronen mehr oder minder ergaunerte. Unstrittig allerdings war die Anerkennung der *Liga* als unabhängiger Staatenbund, der seine eigene Regierung wählte und politisch weder zur *Gemeinschaft der Planeten* noch zu irgendeiner anderen Organisation der sechs Völker zählte. Die *Freie Liga von Hatikvah* galt als neutraler Staat, und als solchem hatten die Siegermächte des jüngsten Xenon-Konflikts ihr großmütig einen der „Neuen Sektoren" überlassen. *Hatikvahs Glaube* war dieser Abschnitt des Alls getauft worden. Er umfasste zwei Sonnensysteme, von denen das eine einen fruchtbaren Wasserplaneten beherbergte, das andere jedoch ein Binärsystem mit nicht weniger als achtzehn kalten Gasriesen war.

Die Gründung der *Liga* ließ sich auf Umstände zurückführen, die vergleichbar auf der alten Erde oft in blutige Kämpfe um Besitzansprüche gemündet waren. Nicht so hier. Vor langer Zeit hatte eine Freidenkerin namens Christiane Hatikvah eine wunderbare Vision: Sie sah alle Völker gleichberechtigt mit- und nebeneinander leben und arbeiten. Aus ihrer kleinen Kommune Ai – Liebe – auf der einst namenlosen, von ihr Hewa – Friede – genannten Welt wurde schnell ein Dorf, bald eine ganze Stadt. Verstoßene, Verfolgte, Abtrünnige und Andersdenkende empfing man mit offenen Armen und nie wurde jemand zurückgeschickt. Schwarzseher prophezeiten der neu entstehenden Gemeinschaft ein kurzes Leben: Kriminelle und Aufrührer aller Völker fänden hier nahrhaften Boden, orakelten sie mit Häme.

Doch sie sollten sich irren. Obwohl gelegentlich auch Tagediebe, Schmuggler und Piraten unter der Flagge der *Freien Liga* fuhren, entwickelte sich der kleine Staatenbund innerhalb weniger Dekazuras in einem stürmischen Universum zu einer Oase der Ruhe. Als die junge *Gemeinschaft der Planeten* anno 452 z. T. die erste Interplanetare Konferenz für Sicherheit und Zusammenarbeit im Weltraum einberief, entschied man sich daher für die Hauptstadt der *Liga*, für Ai, als Tagungsstätte. Seit dieser ersten Konferenz vor 95 Jazuras wurden die planmäßigen und außerordentlichen Zusammenkünfte in dieser Stadt abgehalten, die darüber zur Metropole heranreifte. Hewa lautete der Name des Planeten, Friede. Wenn auch Friede meist der Grund einer solchen Zusammenkunft der Völker war, so war er doch unglücklicherweise nicht immer auch deren Ergebnis …

Elena blickte vom Datenfeld auf. Weit draußen im All strahlte ein hellblauer Fleck im schwachen Halo seiner Atmosphäre. Hewa kam zügig näher. Die irdische Raumfahrerin hielt ihren Daumen auf Armeslänge von sich und kniff ein Auge zu. Der Planet verschwand, aber sein helles Leuchten bildete eine seltsame Korona um ihren Daumen. Sie schüttelte den Kopf. Die Menschen der Erde mochten ihren Schwestern und Brüdern in der *Gemeinschaft* technisch einige Schritte voraus sein; ethisch aber standen sie mit Sicherheit hinter den Argonen zurück.

Eine Stazura später drehte Niji die *AP Nikkonofune* mittels des Lagekontrollsystems so, dass ihr Hauptantrieb in Flugrichtung zeigte und gab Umkehrschub. Elena schnippte die Projektion der Datenbank weg und überprüfte die Instrumente. Alles sah ruhig aus. Sie erhob sich, um noch eine Weile zu trainieren, und dann zu duschen.

Als Hewa später zu einer großen, blauweißen Kugel herangewachsen war, die das gesamte Bugfenster einnahm, erfüllte sie ein Hochgefühl wie schon lange nicht mehr. Alle Unausgeglichenheit der letzten Tazuras war von ihr gewichen wie der Nachhall eines schlechten Traums. Sie wusste nicht, was sie erwartete, aber es würde – wie alles seit ihrer Ankunft in der *Gemeinschaft* – fantastisch und aufregend sein, daran zweifelte sie nicht.

Beim Landeanflug der *AP Nikkonofune* erblickte Elena schon aus vielen Kilometern Entfernung den gigantischen Turm des Kongresszentrums, der, wie sie aus den Archiven wusste, vor 35 Jazuras eigens für die IKSZ errichtet worden war. Er maß über vierhundert Meter im Durchmesser, reichte einen halben Kilometer in den Boden hinab und reckte sich noch einmal gut das Doppelte dieser Strecke in den Himmel hinauf. Der Koloss war vollständig mit großen Platten aus schwarzem Marmor getäfelt, in die rundherum Tausende großer Panoramafenster eingelassen waren. Jedes dieser Fenster besaß eine automatische Sonnenblende in einer anderen Farbe des boronischen Spektrums. Als Niji die *AP Nikkonofune* den Turm in einer weiten Warteschleife umkreisen ließ, bot sich Elenas Auge ein prächtiges, hypnotisches Farbspiel, da viele der Blenden aufgrund der beginnenden Mittazurazeit heruntergefahren waren.

Schließlich erteilte die Flugkontrolle der *AP Nikkonofune* Landeerlaubnis, und der Bordcomputer brachte den kleinen M4/Buster ganz oben auf dem riesigen Dach des Kongressgebäudes hinunter.

Elena, immer noch in ihrem Hochgefühl schwelgend, verließ das Schiff unmittelbar nach dem obligatorischen Atmosphärencheck. Die Hülle der *AP Nikkonofune* war noch handwarm, und die Struktur des Schiffes gab leise Geräusche von sich, da sie abkühlte und sich dabei zusammenzog. Ein leichter Geruch nach erhitztem Metallkunststoff umgab das Schiff wie eine unsichtbare Aura.

Elena trat ein paar Schritte auf das Landefeld hinaus und blickte sich um, während hinter ihr das Schott nach oben surrte und sich klackend verriegelte. Sie stand auf einem ausgewachsenen Flughafen, der sich bereits oberhalb der ersten Wolkenschleier befand! Das Verkehrsaufkommen war groß: Beständig kamen und gingen Schweber, Barkassen oder kleinere Raumschiffe wie das ihre. Elena mutmaßte, dass die Bewohner der Stadt Ai kontinuierlichem, niemals endendem Fluglärm ausgesetzt sein mussten.

Da das offizielle Treffen mit Henna Steen-Hilmarson, der Senatorin für Verteidigung, und der argonischen Delegation erst in einigen Stazuras avisiert war, nahm Elena die Gelegenheit wahr, sich zunächst ein wenig in den Straßen Ais umzutun. Überrascht stellte sie fest, dass man am Fuße des Turms von dem regen Verkehr oben auf dem Flugfeld nicht das Geringste mitbekam. Und dennoch: Obwohl ein gutes Stück außerhalb Ais gelegen, beherrschte der Riesenzylinder das Bild der Stadt vollständig. Man konnte ihn zu jeder Zeit von jedem Punkt in den Straßen aus sehen. Er schwebte über den Dächern und dominierte, wie es Elena schien, sogar die Herzen und Gedanken der Einheimischen. Schließlich erinnerte ihr Infoarmband sie an die kommende Sitzung. Sie begab sich zurück und suchte die Räumlichkeiten der argonischen Vertretung in der 186. Etage auf.

Die füllige Senatorin mit dem pinkfarbenen Dutt wartete bereits auf Elena. „Die Dreiäugigen haben das Protokoll ihrer Datenoktaeder geändert“, offenbarte sie, während sie Elena in den kleinen Konferenzraum hineinführte, in dem die Vorbesprechung der argonischen Delegation stattfand. „Manche vermuten, dass die Sicherheitslücke der vorigen Oktaedergeneration pure Absicht gewesen ist.“

„Sie wollen damit sagen, dass uns keine Informationen darüber vorliegen, was der eigentliche Hintergrund dieser Konferenz ist?“, erkundigte sich Elena. Erstaunt nahm sie zur Kenntnis, dass die argonische Delegation nur aus der Verteidigungs-Senatorin selbst bestand, sowie zwei weiteren Argonen, die sie nicht kannte.

„Wenig. Wir nehmen an, dass es um eine gütliche Neuregelung der Gebietsverteilung gehen soll. Was die Dreiäugigen eben so unter ‚gütlich‘ verstehen, heißt das. Und vor allem um eine nicht näher bestimmbare Form der Nachvorneverteidigung gegenüber verstreuten Xenon-Verbänden.“

„Das scheint aber doch ganz sinnvoll“, sagte Elena, die nicht sofort begriff, worauf die Senatorin hinauswollte.

Steen-Hilmarson wiegte den Kopf. „Sie sind vielleicht noch nicht lange genug in der *Gemeinschaft*, um es bemerkt zu haben, Major Kho. Aber jedes Mal, wenn der Pontifex Maximus Paranidia etwas unternimmt, das über lokale Handelsabkommen hinausgeht, kommt irgendetwas dabei heraus, das der menschlichen Denkweise zuwiderläuft. Etwas, das widersprüchlich, unlogisch oder sonst wie unvereinbar mit rationalem Denken ist.“

„Vielleicht denken nichtmenschliche Wesen einfach grundlegend anders“, gab Elena zu bedenken. „Das was Split, Boronen und Teladi tun, erscheint mir auch nicht immer sehr sinnvoll, Frau Senatorin.“

„Oh, bitte“, seufzte die Senatorin mit einem gequälten Lächeln. „Sagen Sie einfach Henna zu mir. ‚Frau Senatorin‘ hört sich unmöglich an, und mein Familienname ist auch nicht handlicher. Sie brauchen sich jetzt auch nicht mehr zu setzen, es geht jeden Moment los. Wir sollten langsam in den Plenarsaal hinüberfahren.“

KAPİTEL 5

Angst, grellgrau und hellschwarz; als die Helfer uns verließen zerstob das Dräuen. Voll Entsetzen erschmeckten wir, was wir getan. Der Wille allein war rosarot gesprenkelt; das Tun verblasste im Augenblick des Fleisches.

OLLA GO,
Philosoph und Hofnarr zu Königstal

Die Dreiäugigen hatten der Zusammenkunft den nebulösen Titel „Geometrische Zweckdienlichkeiten im gesamtheiligen Zusammenhang" verliehen, was bei einigen Vertretern der Split zu unwirschen Bemerkungen, bei denen der Argonen zu verhaltenem Gelächter und bei den Teladi, wie üblich, zu überhaupt keiner besonderen Reaktion geführt hatte. In den ausgedehnten Umweltbereichen der Boronen hingegen sorgte die Bezeichnung für anhaltende Belustigung – aber andererseits fanden die amphibischen Lebewesen ohnehin nahezu alles und jedes vergnüglich. Und das traf natürlich auch auf Bala Gi zu, die auf den Beginn der Eröffnungsrede wartete. Die Ministerin für Ethik und Äußeres des Königinnenreiches von Boron sog das äquatorialwarme Nass des Konferenzzentrums mit bebenden Lamellen tief ein. Die Flüssigkeit strudelte würzig und lebendig durch Nüstern und Kiemen; sie brodelte von den Aromen, Erinnerungen und Lebensichs der vielen lieben Diplomaten, die sie im Laufe der Zeit durchschwommen hatten. Ganz vorne auf den jüngsten Knospen ihrer Schmecker prickelte sogar noch die entfernte Präsenz der Prinzessin, lustig und komplex. Lar Menelaus' letzter Besuch in Ai lag mindestens sieben Äquatorialströme zurück und doch dominierten ihre fröhlichen Hormone immer noch den Geschmack des Nasses. *Ach!* Die Ministerin öffnete die Pupillen so weit, dass die Umgebung und alles Licht zu einem wirbelnden Farbfleck verliefen. Sie klackerte erheitert. Da war es schon wieder geschehen: Wieder einmal dachte sie in Äquatorialströmen, statt in Jazuras! Und natürlich breitete sich dieser spaßige Ausrutscher nun als diffuse Denkwolke im Nass aus. Warum machten die haarigen und schuppigen Luftschnüffler es sich bloß selbst so schwer? Drei Strömungswechsel auf Nishala entsprachen annähernd einem teladianischen Jazura, manchmal auch Sonne genannt, oder etwa eineindrittel argonischen Standardjahren. Bala Gi hielt all dies für ein großes, lustiges Durcheinander. Vielleicht wäre es an der Zeit, der IKSZ aufs Neue eine sinnvollere, auf Quantenfluktuation basierende Zeitrechnung vorzuschlagen? Aber unvermeidlich würden sich die kuscheligen Schuppenknauserer wieder dagegen sträuben. Sie hatten der *Gemeinschaft* ihre wirklich komische Zurazeitrechnung auf die Schmecker gedrückt und würden sie bis auf die letzte Kralle verteidigen. Immerhin war das der einzig übergreifende Erfolg, den die grünen Kaufechsen jemals hatten erzielen können, vom finanziellen einmal abgesehen.

Bala Gis Begleiter, der Wissenschaftsethiker Nola Hi, stieß belustigt einen Schwall Nass durch seinen Rüssel. Die kleine Druckwelle ließ die Lamellen der Ministerin vibrieren. Sie fokussierte ihren Blick wieder und schaute in große fragende Kulleraugen. Ihre Hormonwolke verriet Nola Hi natürlich, dass sie sich über sich selbst amüsierte, und dass es etwas mit Zeit und den Teladi zu tun haben musste. Zeit war schließlich ein hervorstechender Geschmack, einer der 911 Grundarten sogar …

„Ministerin, ich frage mich und bin neugierig", klickerte der blassblaue Wissenschaftsethiker, dessen Schmecker sich leicht in einer unsichtbaren Strömung kräuselten, „ob Somancklitansvt auf den wahren Grund der Versammlung zu sprechen kommen wird."

Somancklitansvt war der Leiter der Delegation des Pontifex Maximus Paranidia. Er trug einen besonders langen und salbungsvollen Titel, doch unheiligen Lebewesen – also allen, außer den Paraniden selbst – war es nicht gestattet, ihn mit diesem anzusprechen. Man bemühte sich daher ehrlich, ihn zu jedem Zeitpunkt lediglich mit seinem Larvennamen anzureden – was normalerweise auch gelang. Seit jeher waren die Dreiäugigen peinlich darauf bedacht, ihr Gesicht zu wahren. Aber Somancklitansvt musste wissen, dass es zu Schwierigkeiten und Gesichtsverlust kommen würde, sobald er auf sein Hauptanliegen zu sprechen käme. Denn so weit die Aufklärungsabteilung des Königinnenreiches herausgefunden hatte, ging es den Paraniden um die Sicherung einiger letzter Sonnensysteme gegen die Xenon – ein Unterfangen, bei dem man moralische und militärische Unterstützung suchte.

„Das sollte und müsste er gewisslich und ganz bestimmt", antwortete Bala Gi auf die Frage ihres Beraters. „Senatorin Henna Steen-Hilmarson von der argonischen Föderation wird langsam ungeduldig, und der Verteidigungsexperte der Profitgilde, Thi t'Ggt, hat seine Abreise bereits angekündigt. Er ist sehr ungehalten."

„Das kann man ihm nicht verdenken und verübeln, obwohl er trotzdem er ein Split ist! Und da kommt und ist er auch schon!", antwortete Nola Hi. Der letzte Teil bezog sich nicht auf Thi, sondern auf Hochwürden Somancklitansvt, der in diesem Moment auf der erhöhten Rednerplattform in der Mitte des großen Plenarsaales erschien. Die Sitze und Bänke der Abgeordneten waren in einem großen Rund um die Plattform herum gruppiert, und der Umweltbereich der Boronen wurde durch ein nahezu unsichtbares Kraftfeld gebildet, das optische Verzerrungen ausglich.

Auch die anderen Regierungen hatten ähnlich wenig Abgeordnete entsandt wie das Königinnenreich. Lediglich zwei Echsen in der milchiggrünen Uniform des Teladi-Unternehmens starrten mehr oder minder gelangweilt auf die Saalmitte. Die füllige Senatorin Steen-Hilmarson und ihre zwei diplomatischen Begleiter tuschelten ganz offen mit der Sternenkriegerin Ele Na, die als nicht-stimmberechtigte Vertreterin des Erdsektors im letzten Moment zur Teilnahme an der Zusammenkunft berufen worden war. Der ebenfalls nicht-stimmberechtigte Beobachter der Goner-Sekte sprach unverhohlen mit den beiden Angehörigen der Freien Liga, und ein halbes Dutzend Pressewesen rutschte unruhig auf den oberen Bänken des Zuschauerbereichs hin und her. Der Patriarch von Chin hatte immerhin sieben Vertreter geschickt, die mit gewohnt missmutigen Mienen rechts neben den drei mal drei mal drei Würdenträgern der Paraniden an ihren Pulten hockten.

Das Ungleichgewicht zwischen der Anzahl der Dreiäugigen und derjenigen der anderen Gesandten wirkte belustigend, doch offenbar nahm Somancklitansvt die Erheiterung der Argonen und Boronen entweder nicht wahr, oder er ignorierte sie schlichtweg. Der Paranide schwang seinen weiten, mit Diamanten und Nividium besetzten Umhang in einer effektvollen Geste herum. Ein Lichtkegel stach von weit oben herab und illuminierte die knochige Gestalt wie einen Magier bei einer Galavorstellung. Somancklitansvt breitete die Arme weit aus und reckte sie den Zuhörern entgegen.

„Verbündete, heilige und unheilige!", intonierte er in akzentfreier

Handelssprache. „Nicht lange ist es her, da durchmaßen gewaltige Flotten der Maschinenwesen das Gottesreich und alle anderen Sternensysteme. Sie brachten sinnlose Zerstörung und unermessliche finanzielle Verluste. Doch dann sandte Uns die Dreidimensionalität ein Zeichen: Aus dem Nichts kam ein Schiff aus der Ferne. Es trug Waffen und Technologien, die Uns bis dahin fremd waren. Sehet!"

Der Lichtkegel, der den Paraniden beleuchtete, verblasste zu einem matten Glühen und die Saalbeleuchtung versiegte vollständig. Eine wirbelnde Holosphäre wuchs weit über dem Kopf des Dreiäugigen zu beachtlicher Größe heran. In ihr glitzerte eine Myriade Sterne auf samtenem Hintergrund. Ein schmutzigbrauner Gasplanet mit ockerfarbenen Verwirbelungen schwebte im Zentrum der Sphäre und füllte das Bild zu zwei Vierteln aus. Aus der Richtung der Abgeordneten des Patriarchen von Chin kamen einige Ausrufe in Split-Sprache, die Bala Gis Vermutung unterstützten: Dies war der Gasriese Gho-Czman im Territorium der Split. Aber natürlich ging es Somancklitansvt nicht um den Planeten.

Langsam zoomte die Kamera an ein winziges Raumschiff heran, das den Gasplaneten in mittlerer Entfernung passierte: Es handelte sich um jenes Schiff, mit dem der Erdenmensch Kyle-William Brennan in die *Gemeinschaft der Planeten* eingedrungen war. Seine Ankunft hatte eine wahre Treibjagd durch die gesamte Breite der *Gemeinschaft* ausgelöst. Jeder wollte seine Greifwerkzeuge als Erster auf den Raumer mit der unerhörten Technologie legen.

Brennans Schiff beherrschte den so genannten wahlfreien Raumsprung, also die Fähigkeit, in Nullzeit von einem beliebigen Punkt im All zu einem anderen zu gelangen, ohne sich der uralten Sprungtore bedienen zu müssen! Doch der *USC X* genannte Raumer war bloß ein winziges Prototypschiff und sein Sprungantrieb zerstört.

„Der Pilot dieses heiligen Schiffes hat entscheidend dazu beigetragen, dass Wir die Maschinenwesen zurückdrängen und letztlich besiegen konnten", fuhr Somancklitansvt fort. Die Holosphäre blendete auf ein Bild Kyle-William Brennans über, der sich, gemeinsam mit einem hoch gewachsenen Argonen, in einem düsteren, nach Art der Paraniden schwülstig ausstaffiertem Raum aufhielt. Bala Gi erkannte den Argonen sofort: Ban Danna vom militärischen Geheimdienstes Argon Primes.

„Die übrig gebliebenen Maschinenwesen ziehen sich zurück“, schnarrte Somancklitansvt. Wieder wechselte das Bild in der Holosphäre. Erneut zeigte es die Sterne, doch diesmal ohne einen Planeten im Zentrum. Die boronische Ministerin zog ihre Augen zu schmalen Schlitzen zusammen. Was war dies? Ein tiefschwarzes Objekt schob sich, von schräg unten kommend, langsam auf die Mitte der Sphäre zu, einen immer größer werdenden Bereich des projizierten Sternenhimmels verdeckend. Oder täuschte sie sich etwa? Aber nein! Nola Hi hatte es auch gesehen, denn sie schmeckte die latenten Fragen in seiner frischen Hormonwolke.

Der Paranide reckte seine langen, dürren Arme nach oben und breitete sie zu einem weiten Halbrund aus, als wollte er die Holosphäre umfangen. Er hob den Kopf und schaute verklärt hinauf. „Die Wissenschaftspriester des heiligen Gottesreiches von Paranid haben gefunden, wonach alle anderen Völker bislang vergebens suchten!“, proklamierte er, während die Kamera langsam näher an das schwarze Objekt heranfuhr. „Das Denkschiff der unheiligen Maschinen, die CPU, Ihr Gehirn, Ihre Schaltzentrale! Vernichtet es und jeder einzelne Xenon wird nach der Ausführung seines letzten Befehls zur Bewegungslosigkeit erstarren! Und …“ Mit einer ruckartigen Bewegung senkte der Paranide seine ausgebreiteten Knochenarme, die jetzt den Plenarsaal zu umarmen schienen. „… einen nach dem anderen werden Wir Sie aufspüren und ohne jede Gegenwehr zerstören!“ Die drei hervorstehenden Augen glitzerten fanatisch, während Somancklitansvt seinen Blick langsam von rechts nach links über die Anwesenden wandern ließ.

Ein gewaltiger dunkler Zylinder schob sich träge durch das Zentrum der Holosphäre. Er wälzte sich langsam um seine eigene Achse, flankiert von einem ganzen Schwarm kleiner schwarzer Angriffsjäger. „Wir werden Sie auslöschen, für immer! Ihr Rückzug aus den bekannten Sektoren wird ein Rückzug in die Vergessenheit, eine Reise ohne Wiederkehr!“ Die letzten Worte des Paraniden verhallten lang gezogen im effektvoll beigemischten Echo.

Eine Wolke purpurnen Entsetzens breitete sich um die Ministerin herum im Nass aus und vermischte sich mit den beißenden Hormonen Nola His, dessen Schmecker wild flatterten. Begeistertes Johlen entrang sich hingegen den Kehlen der sieben Split um Thi t’Ggt, begleitet vom zustimmenden Greiferklackern der drei mal drei mal drei Paraniden.

Genozid. Was Somancklitansvt da vorschlug, war schlichtweg die Auslöschung eines ganzen Volkes! Auch wenn die Xenon „bloß“ Maschinen waren, gefährliche Maschinen zudem, so waren sie doch denkende Wesen, eine eigene Art! Sich gegen ihre Übergriffe zu verteidigen und sie zurückzudrängen, war eine Sache. Sie vollständig und für immer auszulöschen, eine andere. Der Vorschlag des Paraniden war in höchstem Maße unethisch und entsprach überdies nicht dem Willen des Alten Volkes!

Bala Gi sah ihren Begleiter mit großen Augen an. Der Wissenschaftsethiker zitterte ebenfalls im Nachhall des Schocks. „Das darf nicht geschehen und stattfinden“, gurgelte er zwischen den Kiemen hervor.

„Nein, nicht“, stimmte die Ministerin zu. „Niemals! Wir müssen mit Somancklitansvt schmecken!“

„Und mit Ele Na, der Sternenkriegerin“, fügte Nola Hi mit tauben Wimmlern hinzu.

Bala Gi fühlte die starke Präsenz der Absicht in der Hormonwolke ihres Beraters. Nola Hi war beinahe so intelligent wie eine Lar und hatte nahezu immer Recht. Sie war froh, ihn bei sich zu wissen. „Ja – und ja“, klickerte sie ihre Zustimmung. Dann betätigte sie beherzt den Schalter, der dem Redner eine Wortmeldung signalisierte.

Somancklitansvt richtete sofort seine drei Augen ostentativ vom boronischen Umweltbereich weg, um seine Nichtachtung der unheiligen Wesen rituell zu demonstrieren. Mit halb ausgebreiteten Knochenarmen erwartete er die Bemerkung der boronischen Delegation.

„Hochwürden Somancklitansvt“, fiepte Bala Gi. Sie war bemüht, nicht versehentlich die für unheilige Kreaturen verbotenen Ehrentitel auszusprechen. „Niemals können, wollen und werden wir zulassen, dass Ihr die denkenden, wissenden, lebenden Maschinenwesen vernichtet, sie ausrottet und ihre Linie aus der Geschichte unseres Universums tilgt und entfernt.“

Augenblicklich plusterte sich der Paranide auf wie ein übergroßer, knochiger Paradiesvogel. Ein grell aufblitzender Lichtstrahl ließ ihn fast gegen den Hintergrund verblassen, während sich seine Stimme grollend erhob. „Blasphemie! Die Maschinen verunstalten das Antlitz der heiligen Dreidimensionalität! Ihre geometrische Kompetenz ist unvollständig, Sie sind ein Dorn im Auge Bashras und Xaars! Sie sind unheilig bis zur dritten Potenz. Haben Sie Uns nicht genug Schaden zugefügt? Vernichten werden Wir Sie, restlos, bis zur letzten Fließkommaeinheit! Wer nicht mit Uns ist, der ist gegen Uns, sei es Königinnenreich, Profitgilde oder argonische Föderation!“

Bala Gi stieß einen langen Strom sirrender Klicklaute aus, deren Echos von der dichten purpurnen Hormonwolke widerhallten, die sich langsam im Umweltbereich ausbreitete. Der Wissenschaftsethiker Nola Hi ergriff das Wort, uncharakteristisch kurz und präzise aufgrund des inneren Aufruhrs, den er empfand.

„Hochwürden Somancklitansvt! Wir werden den Maschinen eine Zuflucht geben, ein Refugium, auf unserem eigenen Gebiet, und Ihr werdet es nicht wagen …“

„Ihr wisst nicht, was Ihr sprecht, Nola Hi!“, donnerte Somancklitansvt. „Ihr wisst es nicht, noch könnt Ihr es wissen, da es Euch niemals vergönnt sein wird, die heilige Dreidimensionalität zu kontemplieren.“

„Der Pontifex wird es nicht wagen, wagen wird er es nicht“, wiederholte Nola Hi mit zitternder Kleinmädchenstimme. „Nicht unser Territorium zu verletzen, unter keinen Umständen. Nicht – niemals!“

Somancklitansvt kreuzte ohne ein weiteres Wort die langen Arme über seiner Brust und raffte das schmuckbesetzte Gewand zusammen wie einen Vorhang. Er senkte den Kopf, und einen Moment später war die Rednerplattform leer.

KAPİTEL 6

Ein Ghok ist nichts als eine große Raumfliege mit einem leuchtenden Herzen, die ihn zum Fressen gern hat. Er mag Ghoks!

THI T'GGT,
Erster Krieger der Familie Honh

Das Biest war riesig. Es fluoreszierte hellgrün und tauchte die Umgebung in ein fiebertraumartiges Falschfarbenlicht. Beißender Verwesungsgestank vermischte sich mit einem giftigen, süßlich bitteren Hauch, der von überquellender Magensäure oder etwas noch Schlimmerem herrührte. Es war Furcht einflößend fremdartig: Sein vieläugiges, mundloses Gesicht schaute geistlos und abwesend auf den verängstigten Teladi hinab, dessen Körper nahe daran war, in die Schutzkatalepsie zu verfallen. Das Widerwärtigste an der Bestie aber war wohl ihr breiter, flexibler Schwanz, der sich weit unterhalb des Kopfes durch die zerfetzte Zelthaut in den Innenraum hineinschlängelte. Dem äußersten Ende der langen Extremität, die das Tier U-förmig um sich herumbog, entsprang ein lippenloses, mit scharfen Reißzähnen versehenes Maul. Nopileos starrte die mahlenden Kiefer entsetzt an. Hautfetzen und Fleischfasern von Beutetieren hingen zwischen den Zähnen und aus der Fressöffnung hinab – sowie Reste einer dunklen, breiartigen Masse, über die hinweg ein dünner Faden grün leuchtender Flüssigkeit rann, der in kleinen Tropfen auf dem Zeltboden landete. Das widerstandsfähige Material des Zeltes wellte sich dort auf, wo die Tropfen niedergingen; es warf schwerfällige Blasen, bis es schließlich aufplatzte wie ein Film im Feuer.

Der verängstigte Teladi wurde sich plötzlich der Klinge des Multifunktionswerkzeuges bewusst, das er noch immer in seiner linken Klaue hielt. Das Tier war groß und gefährlich. Es besaß riesige halbdurchsichtige Schwingen, die vor dem zerfetzten Zelt auf- und niederschlugen. Außerdem sonderte es eine stark korrosive Körperflüssigkeit ab.

Nopileos schaute auf den sich nähernden Fressschwanz und wieder zurück auf die Klinge. Im Vergleich zu dem Urwalddrachen dort draußen war sie klein, geradezu winzig! Kein Teladi würde sich je daran verletzen können, in diesem Punkt hatten die teladianischen Sicherheitsingenieure ganze Arbeit geleistet. Nopileos schluckte und wechselte die Klinge in die andere Klaue. Ob er mit rechts besser zustoßen konnte? Das Fressmaul kam mit schnüffelnden Geräuschen wieder ein Stück näher an ihn heran.

„Iaaaashhhh!“, schrie Nopileos mit schwerer werdender Zunge. Allmählich setzte die Schutzstarre ein. Das war sein Ende! Die scharfen Krallen des Wesens, mit denen es die Zeltwandung wie dünne Aluminiumfolie zerfetzt hatte, würden ihn gleich in Stücke reißen, während die Katalepsie ihn wehrlos machte. Dann würde sich das Fressmaul über ihn hermachen! Er hatte Angst, Todesangst.

Aber – Krallen, dünne Folie, Klinge … Vor seinem inneren Auge blitzte ein Bild auf, wie von einem einzelnen Stroboblitz beleuchtet.

Ohne nachzudenken, ließ er sich instinktiv rücklings auf den Boden fallen. Ein heftiger Schmerz durchzuckte sein Rückgrat, als er auf einem spitzen Gegenstand landete, doch er achtete nicht darauf. Er drehte sich hastig um und begann, auf die rückwärtige Wandung zuzurutschen. Ohne dass er es selbst bemerkte, entrangen sich ihm heisere Angstlaute, unartikuliert, fiepend und erschreckend unteladianisch.

Das Fressmaul folgte ihm schmatzend. Hinten angelangt, richtete er sich auf und stieß das Messer nach vorne. Die Struktur des Piezozeltes ächzte und verzog sich, doch die Klinge drang nicht durch. Zwar wurde das Material weit überdehnt, doch es leistete erheblichen Widerstand, als bestünde es aus Sicherheitsgummi.

Der Teladi zischte scharf, als das bestialisch stinkende Fressmaul ihn berührte. Ein Tropfen der Verdauungssäure löste sich aus dem lippenlosen Maul des Monstrums und fiel auf seine rechte Gehklaue. Genüsslich schnüffelnd sog das Rieseninsekt den beißenden Geruch verbrennenden Horns ein, während sich der Säuretropfen unter leichter Rauchentwicklung millimetertief in Nopileos’ Schuppen eingrub. Doch der Teladi achtete nicht darauf. Nur noch von seiner Angst getrieben, stach er fieberhaft auf das Zelt ein, wieder und wieder, fauchend, kreischend, ohne jeden Gedanken. Er wollte nur noch raus hier!

Nach einer endlos erscheinenden Zeitspanne – in Wirklichkeit nur Sezuras – sank das Messer mit einem Ruck in die malträtierte Zeltwandung ein. Es wurde von Nopileos’ Gewicht nach unten gedrückt. Unter dem Geräusch zerreißenden Stoffes bildete sich eine klaffende Öffnung in der Außenhaut, die von Brusthöhe bis auf den Boden reichte. Der Teladi wischte die beiden flatternden Stofffetzen zur Seite und drängte sich hinaus in die Nacht.

Die kleine Lichtung war taghell erleuchtet durch das Fluoreszenzlicht des Urwalddrachens, dessen flügelbewehrter Körper gut die Hälfte des Platzes einnahm. Der flache Kopf des Tieres schaute dem eigenen Fressschwanz, der sich im Zelt umherwand, mit merkwürdiger Teilnahmslosigkeit zu, so als würden beide gar nicht zueinander gehören. Überall auf der Lichtung verteilten sich kleine Lachen leuchtender Magenflüssigkeit, die mit dem trockenen Laub reagierten. Schwaden beißenden Qualms wanden sich unter den Blättern hervor und zogen über die Lichtung.

Nopileos hielt unwillkürlich den Atem an, als er sich aufrichtete und sofort kopflos in den dunklen Dschungel stürmte. Die Bestie versuchte hektisch, ihren Fressschwanz aus dem sich auflösenden Zelt zu befreien, um der schon sicher geglaubten Beute nachzustellen. Doch ihre ausladenden Schwingen verfingen sich in dem zähen Kunststoffmaterial. Zornig und enttäuscht gab das Tier einen gewaltigen Fanfarenstoß von sich, der die flüchtende Echse aufkreischen und straucheln ließ. Das Geschöpf verstärkte seine Bemühungen, von den Resten des Zeltes loszukommen, und schließlich gelang es ihm. Mit kräftigen Schlägen seiner großen Schwingen stieg es nahezu vertikal in die Luft, während unter ihm ein Schwelbrand die trockenen Schichten des Laubes zu verzehren begann.

Der Dschungeldrache trompetete noch ein weiteres Mal laut und frustriert auf, doch die Geräusche des flüchtenden Beutetieres wurden unaufhaltsam leiser. Er konnte seiner lebendigen Mahlzeit nicht in den dichten Dschungel folgen, viel zu weit spannten sich seine Flügel und viel zu dicht drängten sich die Bäume aneinander.

Die kopflose Hatz durch den völlig schwarzen Wald war eine Qual für den angsterfüllten Teladi, eine Tortur, eingefroren in Momente des Schreckens. Mit jedem seiner kurzen Schritte verfing er sich in Büschen, die sich ihm in den Weg stellten. Er stolperte über Steine, die ihn straucheln ließen und die Bänder seiner ungeschützten Zehen schmerzhaft überdehnten. Er stieß sich die Schuppen über seinen ohnehin schon geschundenen Kniewülsten auf und zog sich pochende Quetschungen an den Greifklauen zu, während sich unsichtbare Schlingpflanzen ausstreckten, um seine Knöchel mit vereinten Kräften festzuhalten und ihn zu Fall zu bringen. Unvermittelt zuschlagende Äste peitschten in sein empfindliches Gesicht und ließen ihn fauchen. Das Trompeten der Dschungelbestie in seinem Rücken trieb ihm eiskalte Angst durch die Brust – wie die Klinge eines stählernen Schwertes.

Das schreckliche Geräusch ließ ihn immer weiter laufen, ungeachtet der Schmerzen. Wachsende Erschöpfung und steigende Bluttemperatur begannen seltsame, farbige Schleier auf seine Netzhaut zu treiben. Seine normalerweise nachtsichtigen Teladi-Augen ließen ihn im Stich, gaukelten ihm Schatten, Konturen und fremdartige Bestien vor, wo keine waren. Allein die wild schlagenden Herzen verhinderten, dass er auf der Stelle zusammenbrach und in die Schutzkatalepsie verfiel. Aber auch die drei Herzen konnten das Unvermeidliche nicht endlos hinauszögern. Nopileos, der soeben erst wieder zu halbwegs klaren Gedanken fand, wurde langsamer, humpelte auf immer gefühlloser werdenden Gehklauen daher und stolperte schließlich. Er versuchte, die Arme hochzureißen um sich beim Aufprall zu schützen, doch die Starre füllte bereits seinen gesamten Echsenkörper aus. Mit einem letzten röchelnden Zischlaut fiel er vornüber und schlug mit dem Gesicht dumpf auf dem Urwaldboden auf. Sein Bewusstsein schwand augenblicklich.

Nach einigen Mizuras erhob sich ein leises Rascheln, hoch oben in den Kronen der Urwaldbäume. Eine Hand voll schwach fluoreszierender Lichtpunkte regnete langsam an dünnen, sich kräuselnden Seidenfäden auf den regungslosen Körper hinab. Dort, wo die wurmartigen Larven ihr Opfer nicht direkt trafen, wanden und krümmten sie sich, um es möglichst rasch zu erreichen. Da, wo sie auf Nopileos' Schuppenpanzer landeten, versuchten sie sofort, sich mit winzigen Säuretropfen einzugraben und festzusetzen.

Helligkeit. Wütendes Sirren. Verschwommene, gelbe Äderchen. Dunkel. Hell. Dumpfer Schmerz. Schuppenjucken. Nopileos' Augenlider flickerten, hoben sich schwerfällig und fielen wieder zu, bevor er sie ganz auf bekam.

Als er das Bewusstsein das nächste Mal wiedererlangte, gelang es ihm, die Augen vollständig zu öffnen, doch zunächst sah er nur gleißende Lichtreflexe. Er zischte blubbernd in der Entsprechung eines Stöhnens, dann fauchte er das erste Wort, das ihm einfiel: „Eischerschhaaattsssat.“

Befriedigt darüber, dass ihm der teladianische Kraftausdruck ausreichend klar über die Lippen kam, horchte er in sich hinein. Sein Körper schmerzte an unzähligen Stellen und seine Gliedmaßen fühlten sich zentnerschwer an. Versuchsweise spreizte er die Schwimmhäute. *Oh!* Es schien, als habe es auf Anhieb funktioniert! Ermutigt durch diesen Erfolg, bemühte sich der Teladi, seine Augen auf einen verwaschenen Fleck in nächster Nähe zu fokussieren, während er gleichzeitig die Arme anwinkelte, um sich aufzurichten. Ein wütendes Sirren von links quittierte seine Bewegungen. Er hielt inne und erhaschte einen ersten, klaren Blick auf die Umgebung. Auf seinem linken Arm hockte die durchsichtige Drachenfliege, die er zuletzt als hellen Lichtfleck außen auf dem Zelt gesehen hatte. Er murmelte etwas Unverständliches, dem Sinn nach eine Aufforderung an das Insekt, sich zu verflüchtigen. Von irgendwelchen Biestern, speziell solchen, die nachts leuchteten und Flügel besaßen, hatte er erst einmal genug.

Um seine Forderung zu unterstreichen, schob er den Arm in einer kraftlosen Geste nach vorne, was die Drachenfliege jedoch herzlich wenig störte. Stattdessen zwirbelte sie nur kurz ihre handtellergroßen Flügel und saugte eine gelbliche Flüssigkeit durch ihren Saugstachel nach oben. Das Tier hatte etwas aufgespießt – aber es war mitnichten eine Beere! Nopileos schüttelte der Ekel, als er sah, dass es sich um einen haarigen Wurm handelte, der sich, obwohl durchbohrt und bereits halb ausgesaugt, noch immer wand. Aus dem Hinterteil des Wurms hing ein dünner Faden, wie der einer Spinne.

Die Abscheu verlieh Nopileos neue Kräfte. Er richtete sich mühsam und unter Schmerzen auf. Die Drachenfliege ließ endlich von ihm ab, um mit ihrer Beute davonzuschwirren. Sie entfernte sich jedoch nicht allzu weit, sondern krallte sich mit langsam fächelnden Flügeln an einem Baumstamm fest, von wo sie den nach Luft ringenden Teladi aus uninteressierten Stummelaugen anstarrte.

„Und ich dachte, du magst nur Beeren“, zischte dieser schwach. Er schaute sich um. Es herrschte lichte Helligkeit im Dschungel, und durch das Blätterdach hoch über ihm konnte er manchmal die Sonne hindurchblinzeln sehen. Der Wald, so schien es, war überschaubar und harmlos, so wie am gestrigen Tazura. Nichts erinnerte an den Horror der vergangenen Nacht. Oder etwa doch? Entsetzen durchzuckte ihn, als er an sich selbst hinabblickte: Viele der sechseckigen Segmente seiner ledrigen Schuppenhaut wiesen tiefe Kratzspuren auf oder waren kreidebleich, was auf Blessuren und Prellungen des darunter liegenden Gewebes hindeutete. Viel schlimmer noch aber war die Hand voll zerfasernder Vertiefungen, die wie Meteoriteneinschläge auf einem atmosphärelosen Himmelskörper wirkten und sich über seinen Brustpanzer sowie die gesamte linke Körperhälfte verteilten. In einigen dieser Vertiefungen klebte etwas Abscheuliches – etwas, das aussah wie die ausgetrockneten Überreste bleicher Maden, die derjenigen glichen, an der die Drachenfliege noch immer saugte.

Nopileos streifte die leeren Hüllen der Würmer hastig und mit angewiderten Bewegungen ab. Zitternd und keuchend tastete er mit fliegenden Klauen jede Stelle seines Körpers ab, die er erreichen konnte, fühlte in die Vertiefungen hinein, drückte und probierte, bis er sicher war, dass keine der Larven seine Schuppenpanzerung durchbrochen hatte. Es würde mehrere Mazuras dauern, bis die Krater darin wieder völlig zuwuchsen – aber er war heilfroh, ein Teladi zu sein und nicht ein weicher, ungepanzerter Menschling, der die Maden kaum überlebt hätte.

„Heißen Dank, o werter Drachenfliegerich!“, sagte Nopileos und nickte dem Tier ernst zu, das sich noch immer an den Baumstamm klammerte. Es hatte ihm die bleichen Insektenlarven vom Körper geklaubt und sie ausgesaugt, bevor sie größeren Schaden anrichten konnten, während er noch unter dem Einfluss der Schutzstarre stand. Die Fliege zwirbelte die Flügel.

Was nun? Jetzt erst wurde dem Teladi-Jüngling klar, dass er durch die kopflose Flucht der vergangenen Nacht vollkommen die Orientierung verloren hatte. Wo hatte die Rauchwolke am Himmel gestanden? Er blickte unwillkürlich nach oben. Abgesehen von dunkelblauen Fetzen und gleißenden Sonnenstrahlen konnte er nichts entdecken. Hatte er gestern noch fest damit gerechnet, die *Nyanas Glück* in einigen zusätzlichen Stazuras erreichen zu können, so schwand seine Hoffnung zusehends. Er war verletzt und kam nicht mehr so schnell voran. Er hatte die Orientierung verloren. Zelt, Notfallpack, Nahrung und Kondenser ebenfalls, ja, sogar die Möglichkeit, die Split per Funk auf sich aufmerksam zu machen, so sehr er diesen Gedanken auch verabscheute. Die Aussicht, weitere Nächte im Wald verbringen zu müssen, ließ seine

Stirnschuppe mehrere Nuancen blasser werden. Verzweifelt drehte er sich um seine Achse und starrte angestrengt zwischen den Büschen und den glatten Baumstämmen hindurch. Wenn er doch nur den Weg entdeckt hätte, den er in der Nacht entlanggelaufen war, und dadurch zur Lichtung der Urwaldbestie zurückfände – dann würde er auch seine ursprüngliche Marschrichtung wiederfinden! Wohin er jedoch schaute, der Urwald sah überall gleich aus. Falls er bei seiner halsbrecherischen Flucht Büsche niedergetrampelt hatte, dann hatten diese sich bereits wieder aufgerichtet. Einmal glaubte er, so etwas wie eine Spur im Laub zu entdecken, doch der Abdruck, der wie der einer seiner eigenen Gehklauen wirkte, stand vereinzelt hinter einem hohen grünen Farnwedel und gehörte nicht zu einer zusammenhängenden Fährte. Das Fehlen jeglicher Alternativen und Möglichkeiten verursachte ihm beinahe körperliche Leiden, die seinen Magen vor Angst zusammenkrampfen ließen.

„Na gut“, zischte er bedrückt. So schnell er konnte – was nicht sehr schnell war, da all seine Gliedmaßen schmerzten und die Reste der Katalepsie noch in seinem Körper steckten –, brach er in die Richtung auf, die sein Instinkt für die Erfolgversprechendste befand. Er wollte erst gar nicht darüber nachdenken, wie zuverlässig seine Eingebung war, sondern arbeitete sich verbissen voran, Schritt um Schritt. Nach einer Weile hörte er hinter sich ein Brummen: „Seine“ Drachenfliege holte ihn ein, zog über ihm davon und verschwand im Dschungel voraus.

„Vielleicht sollte ich dir einfach folgen“, flüsterte Nopileos heiser. „Kann sein, du weißt, wo es lang geht.“

Bei einem Halt nach längerem Marsch überkam den Teladi die beklemmende Vorahnung, dass er auch diese Nacht im Dschungel würde verbringen müssen. Und die nächste, und die übernächste … So lange, bis ihn entweder ein Dschungeldrache oder diese Larven erwischten, oder er verdurstete. Nopileos war nahe daran, aufzugeben, doch ein Gedanke ließ ihn aushalten: *Sinn!* All das musste doch irgendeinen Sinn haben! Er blickte an sich herab. Da waren die von den Insektenlarven verursachten Löcher, aber die anderen Blessuren ließen langsam nach und die betroffenen Schuppen nahmen bereits wieder eine nahezu gesunde Färbung ein. Das alles hatte er doch nicht überstanden, nur um sang- und klanglos auf diesem unbedeutenden Dschungelplaneten zugrunde zu gehen! Was war mit dem Planeten Ianamus Zura und seiner

Non-Profit-Organisation? Lebte Elena noch, und ging es ihr gut? Nein, er wollte hier nicht sterben! So viele Sonnen lagen noch vor ihm, all die Abenteuer, die es noch zu erleben galt!

„Profit, nein!“, fauchte er entschlossen, und seine Stimme hallte weit durch den Dschungel. Ein quiekendes Fellknäuel spurtete erschreckt zu seinen Füßen davon, wirbelte Blätter auf und verschwand raschelnd im nächsten Gebüsch. Schniefend machte Nopileos sich wieder auf den Weg, immer der Drachenfliege hinterher.

Später, er war in einen gedankenfreien Trott verfallen, begann das Tageslicht nachzulassen. Er bemerkte es erst, als die manchmal vorauseilende, manchmal hinterher summende Drachenfliege einen leichten, mit bloßem Auge sichtbaren Lichthof entwickelte. Furcht beschlich ihn, doch er hielt tapfer stand. Wenn er nur die Lichtungen vermied, vielleicht lief ihm dann auch kein Dschungeldrache über den Weg? Eines war metallglasklar: Er durfte auf gar keinen Fall halt machen, sich niederlassen und einschlafen, egal, wie lange die Nacht auch dauerte. Nur zu gut erinnerte er sich an die abscheulichen Larven der letzten Dunkelperiode.

Zügig brach die Nacht über den Dschungel herein. Zunächst war es stockdunkel, aber seine empfindlichen Augen konnten jetzt, da er nicht in Panik war, noch viele Details im Restlicht erkennen.

Später, als die Monde aufgingen, wurde es etwas heller. Die lebhaften Tagesgeräusche des Dschungels verstummten nach und nach, und das Rauschen des Laubes und die gelegentlich knackenden Äste schallten weit und gespenstisch durch die dichten Baumreihen. Überall um ihn herum erwachten die leuchtenden Nachtinsekten. Nopileos beschleunigte seinen Schritt, als einige davon langsam von oben auf ihn herabschwebten, an Fäden hängend, die gelegentlich im schwachen Fluoreszenzlicht schimmerten.

Laut dröhnte auf einmal ein verlangendes Trompeten durch den Wald und trieb dem entsetzten Teladi den Schrecken in die Stirnschuppe. Er begann, leicht zu zittern, marschierte aber unbeirrt weiter. Ihn fröstelte. Die Antwort auf den Fanfarenstoß kam aus unmittelbarer Nähe; sie war nicht minder verlangend und gewalttätig als der ursprüngliche Ruf. Irgendwo schräg links, nicht allzu weit von Nopileos entfernt, schimmerte ein grünes Licht durch den Wald, das nur aus den Augenwinkeln zu sehen war. Roch es nicht auch verbrannt? Er versuchte, sich auf etwas anderes zu konzentrieren. Von Elena hatte er während ihrer gemeinsamen Abenteuer ein Lied gelernt, ein uraltes Schlaflied von ihrem Heimatplaneten, das so schön war, dass es die Argonen seit vielen hundert Jazuras in der *Gemeinschaft der Planeten* sangen. Allein, um den beruhigenden Klang seiner eigenen Stimme zu hören, begann er, die ersten paar Verse des Stückes zu rezitieren, so weit er sich ihrer entsinnen konnte. Aber teladianische Stimmen eigneten sich nicht für Gesang! Nach einigen fauchenden Versuchen, die Melodie der Sternenstaubsymphonie zu rekonstruieren, gab er es daher auf.

Er hatte *Hunger!* Doch es gab nichts zu essen. Wahrscheinlich konnte er ohnehin nichts von dem verdauen, was im Urwald wuchs und lebte. Es war eine Binsenweisheit, dass jede Spezies ohne Gefahr nur das genießen konnte, was entweder auf ihrem jeweiligen Heimatplaneten natürlich spross, oder was man künstlich speziell für ihre Bedürfnisse herstellte. Alle Versuche, etwas anderes zu sich zu nehmen, endeten für gewöhnlich mit mittleren bis schweren Vergiftungserscheinungen, da der Organismus nichts Sinnvolles mit den fremdartigen Proteinen anzufangen wusste und sie falsch verbaute.

Der Teladi wurde aus dem gleichmäßigen Trott seiner Schritte herausgerissen und schob seine ausgehungerten Überlegungen für einen Moment zur Seite. Etwas hatte sich verändert! Er blieb stehen und hob instinktiv die Schnauze, um mit geweiteten Nüstern Witterung aufzunehmen. Es roch anders als bisher! Der dumpfe Waldgeruch machte etwas Neuem Platz, und es war nicht der Geruch eines Schwelbrandes! Seine Echsennase zuckte, als sie von einer frischen Brise umweht wurde. Wo war die Drachenfliege? Er schaute sich um, konnte das Tier aber nirgends entdecken. Ganz egal, der erfrischende Lufthauch kam eindeutig von vorne und wurde noch intensiver, als er sich wieder in Bewegung setzte. Seine Schritte wurden immer schneller; Erschöpfung, Angst und Hunger waren fast vergessen. Schließlich durchbrach er den letzten Busch und schob ein letztes Farnblatt zur Seite.

Nopileos trat hinaus auf eine offene Fläche, die keine Lichtung war, sondern das Ufer eines riesigen Sees, dessen ruhige Wellen sachte an eine Böschung stießen, die auf den ersten Augenblick künstlich angelegt wirkte. Als Nopileos näher an das Wasser herantrat, sah er, dass es sich bei der Böschung um ein paar Schichten stark erodierten, aber natürlich gewachsenen Schiefergesteines handelte, die auf einer Fläche von einigen teladianischen Längen vom Ufer bis ins Wasser reichten. Über dem See standen ruhig zwei bleiche Monde, einer davon als volle Scheibe, der andere abnehmend. Einen Augenblick wunderte er sich, wie dieser Effekt zustande kam, und ob der dritte Trabant im Laufe der Nacht auch noch erscheinen würde. Doch dann entdeckte er die Drachenfliege, die auf einem ans Ufer gespülten Baumstamm saß und ihren Saugstachel in das Wasser tauchte. Welch vorzügliche Idee! Nopileos verspürte nicht bloß großen Hunger, sondern noch dazu Durst! Obwohl … Er konnte die Farbe des Wassers bei Nacht nicht erkennen, aber alle Gewässer auf Nif-Nakh waren rot, selbst die Ozeane. Dieser See hier war zwar um ein Vielfaches größer, als der, in dem er vor zwei Tazuras notgelandet war, aber er machte in Bezug auf seine Färbung gewiss keine Ausnahme. Wasser war zwar überall gleich, aber die roten Schwebstoffe, ob organischer oder mineralischer Art, konnten für einen Teladi giftig sein. Ohne den Kondenser blieb ihm allerdings nichts anderes übrig, als es darauf ankommen zu lassen. Also begab er sich zum Ufer hinab, watete bis zum Hals ins Wasser und wagte einen vorsichtigen Schluck. Die Flüssigkeit schmeckte bitter, aber nicht unangenehm. Sicherheitshalber wollte er aber nur ein klein wenig trinken, gerade so viel, dass der größte Durst gestillt wäre. Glucksend ließ er die kühle Flüssigkeit, die auch ein wenig den Hunger betäubte, die Kehle hinunterrinnen. Er schaute nach oben. Innerhalb der wenigen Mizuras, seit er den riesigen See entdeckt hatte, waren die beiden Monde ein deutliches Stück weitergewandert, beide mit unterschiedlichen Geschwindigkeiten, aber ohne ihren jeweiligen vollen oder abnehmenden Status zu verändern. Seltsam.

Oh, und dort – seine Augen versuchten angestrengt, die von schwindendem Mondlicht illuminierte Nacht zu durchdringen –, irgendwo voraus, weit draußen auf dem See, nahe dem nächtlichen Horizont, erspähte er dunkle Konturen, die den Blick auf den Horizont versperrten. Ob das wohl eine Insel war?

Nopileos ließ sich auf den Rücken gleiten und von den kleinen Wellen sanft schaukeln, um den Monden bei ihrem Lauf zuzuschauen. Das Wasser fühlte sich angenehm kühl auf seinen Schuppen an. Der Hunger verschwand. Die überstrapazierten Glieder schmerzten nicht mehr …

… und plötzlich war es stockdunkel. Die Monde waren untergegangen. Er riss die Augen weit auf. Auch die Drachenfliege schien sich davongemacht zu haben, er konnte ihr pulsierendes Leuchten jedenfalls nirgends mehr entdecken. Offensichtlich war er vor geraumer Zeit eingeschlummert, von dem beruhigenden Auf und Ab des Wassers in den Schlaf gewiegt werden. Bevor Nopileos noch vollständig wach war, ertönten berstende Geräusche. Etwas krachte lautstark und mit brachialer Gewalt durch die Ausläufer des Urwalds, die nur wenige Längen vor dem Ufer des Sees endeten. Der Teladi unterdrückte mühsam einen erschreckten Laut, als die Landschaft in ein kränkliches, grünes Licht getaucht wurde. Einer der riesigen Urwalddrachen hatte sich scheinbar erst vor wenigen Momenten aus der Luft auf die Uferböschung niedergesenkt und zerrte jetzt mit seinem gekrümmten Fressschwanz an einem dünnen Baumstamm, der bedenklich schwankte und knackte. Ein weiterer Stamm war von dem Tier bereits zuvor umgeworfen worden. Die Bestie leuchtete geisterhaft und machte sich wie eine Furie an den Urwaldbäumen zu schaffen als wolle sie den Wald umpflügen.

Den verängstigten Teladi draußen auf dem Wasser, von dessen Kopf jetzt nur noch die Augen über die Oberfläche hinausragten, hatte das Tier noch nicht bemerkt. Nopileos verspürte nicht das geringste Bedürfnis, Aufmerksamkeit zu erregen. Er vollführte eine vorsichtige Drehung, um sich möglichst geräuschlos weiter hinaus auf den See zurückzuziehen, doch etwas Großes streifte knapp unter seinem Körper hinweg und umspülte ihn mit einer kurzen, aber druckvollen Unterwasserwelle. „*Gelbe Salamanderpas …*“, fluchte der Teladi erschreckt und hielt mitten im Wort inne. Die halb ausgesprochene Verwünschung schallte laut vernehmlich über den See.

KAPİTEL 7

Wenn Wahrheit eine purpurne Wolke wäre,
wer könnte sie beugen?
LAR MENELAUS,
Repräsentantin des Königinnenreichs

Als die *AP Nikkonofune* vom Flugfeld auf dem IKSZ-Turm abhob, um sich auf den Weg nach Profitbrunnen zu machen, wurde Elena das Gefühl nicht los, etwas Wichtiges versäumt zu haben. Die Zusammenkunft war beendet worden, ohne dass Somancklitansvt auf den Einspruch der Boronen eingegangen wäre, und niemand – nicht einmal Senatorin Steen-Hilmarson – schien darin einen Grund zu sehen, eine Nachbesprechung zu verlangen. Wenn man es genau betrachtete, dann war die gesamte außerordentliche Versammlung nichts weiter als eine Farce gewesen, die dazu diente, einem möglichen, zukünftigen Gesichtsverlust des Pontifex vorzubeugen. Aber welche Rolle spielten die Boronen in dieser Geschichte? Die Wasserlebewesen waren über Somancklitansvts Vorschlag ehrlich entrüstet gewesen, das stand für Elena außer Frage. Sie war nahezu sicher, dass ihr etwas Fundamentales, aber sehr Subtiles, entgangen sein musste. Vielleicht fehlte ihr einfach das tiefere Hintergrundwissen um die Zusammenhänge in der *Gemeinschaft der Planeten.*

Die letzten Schichten der Atmosphäre flackerten am Cockpit vorbei, und der Himmel färbte sich erst dunkelblau, dann schwarz. Sterne erschienen und wurden zu wunderbaren, fremdartigen Konstellationen. Auf dem Gravidar tauchte ein winziger verwaschener Punkt auf, der sich parallel zur *AP Nikkonofune* hielt.

Elena seufzte. „Niji, dieser Schattenblip ist schon wieder auf dem Gravidar. Kannst du ihn identifizieren? Liegt eine Funktionsstörung vor?" Der Bordcomputer verneinte beides. „Also gut. Dann rekalibriere das Gravidar." Niji tat, wie ihm geheißen, und die geisterhafte Anzeige verschwand. „Mit dieser Störung müssen wir dann wohl erst einmal leben, was Niji?"

„Ich kann keine Störung feststellen, Major Kho", beharrte der Bordcomputer. Elena schüttelte den Kopf und schwieg.

Die nächsten drei Tazuras verliefen völlig ereignislos, und die irdische Raumfahrerin verfiel in einen dumpfen, trostlosen Trott, der ihr außerordentlich aufs Gemüt schlug. Erst am vierten Tazura zeichnete sich das vorläufige Ende ihrer einsamen Reise ab. Elena wollte gar nicht darüber nachdenken, dass sie die ganze Strecke nach Argon Prime auch wieder zurück musste.

„Tordurchgang in sechs Mizuras", drängte sich Nijis freundliche Stimme in ihre Grübeleien. Diffuses Licht schimmerte durch ihre Augenlider. Sie blinzelte und ließ sich von der engen, aber bequemen oberen Schlafpritsche hinunter auf den Boden gleiten, wo sie nach ihrem USC-Bordoverall griff.

„Na endlich", murmelte sie im schmalen Durchgang zum Cockpit, schwieg dann aber wieder, während sie sich im Pilotensessel niederließ. Für Kyle mochten ausgedehnte, einsame Flüge durchs All ideal sein. Sie hingegen besaß nicht die psychische Konstitution, dieser Belastung über lange Zeiträume hinweg standzuhalten.

Teladi Profit hieß das Sonnensystem, das zu verlassen sich die *AP Nikkonofune* soeben anschickte. Elena erinnerte sich daran, vor einiger Zeit einem ziemlich konfusen, dabei aber äußerst verzückt dreinblickenden Teladi in der hiesigen Handelsstation die Koordinaten von Ianamus Zura verkauft zu haben. Er hatte, ganz ohne ihr Zutun, sein Angebot von ursprünglich fünf Credits auf 5000 gesteigert und damit natürlich den Zuschlag erhalten. Elena lächelte. Damals hatte es noch keine Möglichkeit gegeben, den sagenumwobenen Ursprungsplaneten der Teladi zu erreichen. Seitdem hatten sich jedoch die Sprungtor-Routen auf geheimnisvolle Weise geändert, und plötzlich war der Weg zu der – seit Hunderten von Jazuras verloren geglaubten – Heimatwelt der Echsenwesen wieder zugänglich, was die Teladi verständlicherweise in erhebliche Aufregung versetzt hatte.

Elena überprüfte mit einem routinierten Blick alle wichtigen Instrumente und schaute dem Sprungtor entgegen, dem sie sich rasch näherten. Sichtbar erst als kleiner, vom Sternenmeer umspülter Reif in weiter Ferne, wurde es immer größer, bis es schließlich fast das gesamte Sichtfeld ausfüllte, majestätisch und zeitlos. Niemand wusste genau, wer für die Konstruktion der Sternentore verantwortlich zeichnete. Fest stand nur, dass manche von ihnen bereits mehrere Millionen Jazuras alt waren, andere wiederum nur einige hundert. Die Menschheit selbst hatte seinerzeit lediglich zwei eigene Sprungtore erbaut, bevor sie entdeckte, dass es in der bekannten Galaxis von fremden Sternentoren nur so wimmelte; danach wurde der Bau weiterer, eigener Tore eingestellt und die bereits vorhandenen, außerirdischen benutzt.

Die Dimensionsanker des Tores erfassten die *AP Nikkonofune*. Blaue Fünkchen begannen, über die Ausleger zu beiden Seiten des Tores zu zucken. Sie wirkten wie elektrische Entladungen, waren aber tatsächlich Energieerscheinungen aus dem Bereich der Singularitätsphysik. Die Fünkchen entwickelten sich zu verästelten Funken und schließlich zu blauweißen Blitzen, die sich langsam zu einem energetischen Mahlstrom in der Mitte des Sprungtores aufschaukelten. Im Gegensatz zum irdischen Sprungantrieb, dessen Benutzung stets mit einem gewissen Schwindelgefühl einherging, spürte Elena keinerlei körperliche Auswirkungen, als ihr Schiff den rotierenden Ereignishorizont des künstlichen Schwarzen Lochs erreichte und durchstieß. Der Durchgang selbst beanspruchte nur wenige Picosezuras und konnte wegen seiner unerhörten Kürze von lebenden Wesen nicht wahrgenommen werden. Das hinderte die Dreiäugigen allerdings nicht daran, steif und fest zu behaupten, dass sie sehr wohl dazu in der Lage seien.

Die Effekte unmittelbar vor und nach dem Raumsprung beanspruchten einige Sezuras, dann verließ das Raumschiff den Einflussbereich des Sprungfeldes, das daraufhin augenblicklich in sich zusammenfiel. Die Prozedur war immer dieselbe, jedes Mal gleich zuverlässig, immer wieder faszinierend und verwirrend zugleich. Nach einigen Momenten beendete das Gravidar seine interne Rekalibrierung und zeigte die Gegebenheiten des Raumsektors an, der von den Echsen vor langer Zeit „Profitbrunnen" getauft worden war. Gemeinhin war Profitbrunnen als das Heimatsystem der Teladi bekannt. Nur die wenigsten Bewohner der *Gemeinschaft* wussten jedoch, dass Profitbrunnen bestenfalls die zweite Heimat der Echsen war, und dies auf immer bleiben würde.

Das Gravidar identifizierte zwei der drei Sprungtore des Sektors; das dritte stand zurzeit von Elenas Position aus gesehen hinter der Sonne und war weder für das bloße Auge noch für das Gravitationsradar sichtbar. Lediglich eine Hand voll der vielen Stationen, die laut Datenbank in diesem System ihre Bahnen um das Zentralgestirn oder dessen Planeten zogen, war von hier aus zu sehen. Elenas Ziel befand sich unter diesen wenigen und so ließ Niji die *AP Nikkonofune* sofort Kurs auf die

Station nehmen, die den Namen Höchstpreis trug. Während das Schiff Fahrt aufnahm, leuchtete ein Sichtfeld über der Konsole auf. Das Bild eines grünschuppigen Teladi in der Uniform der teladianischen Handelsmarine wurde sichtbar. Er besaß ein Paar ungewöhnlich stechender, orangefarbener Augen, die durch ihre Färbung auf mittleres Alter schließen ließen.

„Hier Iomelaris Mohandeles Disamolos IX, Sssektorüberwachung Profitbrunnen. Identifizieren Ssie sich, Argone." Disamolos sprach in jenem scharfen aggressiven Tonfall, der den Echsen zu Eigen war, wenn sie sich der Handelssprache der *Gemeinschaft* bedienten.

„Freies Schiff *AP Nikkonofune*, ich bin Elena Kho, Major des USC, Erdsektor. Der CEO erwartet mich." Beinahe hätte sie „Hoffe ich zumindest" hinzugefügt, unterließ es aber im letzten Augenblick. Nur wenige Teladi besaßen einen Sinn für Ironie. Mit einer Fingerbewegung veranlasste Elena Niji, dem Computer des Überwachungsschiffes ihren Autorisationscode zu übermitteln.

Der Teladi richtete seine Aufmerksamkeit kurz auf etwas, das außerhalb des Aufnahmebereiches der Kamera lag und sagte dann mit zischendem Akzent: „Ssssehr gut, Elenalassss Kho, Sie werden bereits erwartet. Folgen Sssie meinem Ssssschiff!"

„Gibt's hier irgendwo in der Nähe einen Raumer?", fragte Elena den Bordcomputer, während sie das Videobild des Teladi mit Daumen und Zeigefinger wegschnippte.

„*Hai,* jawohl, den gibt es, Major Kho", antwortete Niji beflissen. „Ich habe die Quelle des Signals lokalisiert und folge bereits dem teladianischen Schiff." Der Computer projizierte unaufgefordert eine Orientierungshilfe auf die Cockpitscheibe, sodass Elena schließlich einen sternenkleinen Punkt weit voraus erkennen konnte. Auf diese Entfernung unterschied sich der teladianische Raumer allenfalls durch seine nichtlineare Bewegung von den Hintergrundsternen. Innerhalb der folgenden Mizuras jedoch brachte Niji die *AP Nikkonofune* näher an das fremde Raumschiff heran, bis der winzige Punkt für Elena endlich Konturen annahm. Dennoch bewahrte der Bordcomputer stets einen so großen Abstand zu dem teladianischen Kreuzer, dass Elena zu keinem Zeitpunkt Details ausmachen konnte.

Das Videofeld leuchtete nach etwas über zwanzig Mizuras erneut auf und zeigte Disamolos' wächserne Echsenschnauze. „O werte Elenalasss Kho, wir begeben uns jetzt zurück in unser Einsatzgebiet und wünschen Ihnen guten Profit auf Ihrem weiteren Weg!"

„Profit! Und danke!", erwiderte Elena. Das Bild erlosch. Die Triebwerke des Teladi-Schiffes flammten sichtbar auf, als der Raumer Umkehrschub gab und sich entfernte. Nicht weit voraus zeichnete sich bereits das behäbige Riesenrad der teladianischen Handelsstation gegen die flammende Sonnenscheibe ab. Kurz darauf meldete sich die Flugsicherung der Station und wies der *AP Nikkonofune* einen Landekorridor und eine permanente Liegebucht zu – natürlich zu besonders günstigen Konditionen, da Elena schließlich eine Einladung der Firmenleitung vorlag …

Das Innere des mehrere Schiffshöhen nach oben führenden Landebereichs leuchtete im üblichen bleichen Hellgrün, das die Echsen als apart empfanden. Elena wartete, bis das Landekarussell ihr Schiff an die vorgesehene Endposition schob und die Versorgungsleitungen angekoppelt wurden. Sie erhob sich aus dem Pilotensessel und warf einen neugierigen Blick in die Runde: Das Landedeck war voll besetzt. Da gab es mehrere der seltsam geformten, fast schon fluguntauglich wirkenden Raumer boronischen Typs, einen argonischen Kleinstraumer eines ihr unbekannten Modells, sowie … Elena hielt geschockt die Luft an.

Da draußen stand die Nyanas Glück*!*

Nopileos' Raumschiff, silbergrün glänzend, eiförmig und in seiner vollen Höhe von über 25 Metern! Elena riss die Augen weit auf und schluckte hart. Erst nach ein paar Sezuras schloss sie wieder den Mund. Ein merkwürdiges Gefühl bemächtigte sich ihrer und ließ sie nervös werden. Auf einmal hatte sie es sehr eilig, in die Schleuse zu kommen. Der gläserne Landetunnelaufzug, der sie hinauf zum oberen Ringgang des Landebereichs brachte, konnte sich gar nicht schnell genug für sie bewegen. In der durchsichtigen Gangway, durch deren Glasboden der Blick fast hundert Meter tief auf die geparkten Raumer fiel, wechselte sie in einen eiligen Laufschritt. Noch zwei durchsichtige Schotts … verschwommen sah sie ein paar Gestalten dahinter auf sie warten. Die letzte Tür fuhr auf.

Elena sprang auf den Gang der Handelsstation hinaus. Eine junge, etwas mollige Argonin mit einem grünen Dutt lächelte sie an und zwei Echsen zischten, vermutlich freundlich, zur Begrüßung. Eine davon war alt und rotäugig – sicherlich CEO Isemados. Doch Elena hatte nur Augen für den kleineren der beiden Teladi. Seine fast katzenaugengelben Pupillen und die recht schmalen Sechsecke seiner hellgrünen Schuppenpanzerung verrieten, dass er noch sehr jung war. Die Argonin mit dem Dutt sagte irgendetwas und streckte Elena die Hand zur Begrüßung entgegen, doch die Raumfahrerin von der Erde ignorierte sie.

„Nopileosssss!“, rief sie stattdessen und stürmte, entgegen jeden Protokolls, auf den jungen Teladi zu, um im letzten Moment darauf zu verzichten, ihn in die Arme zu schließen. Stattdessen ließ sie sich vor der Echse mit solcher Vehemenz auf die Knie fallen, dass sie noch ein Stück weit nach vorne rutschte. Der Teladi watschelte verunsichert einen Schritt zurück. „Mensch, Nopi! Bin ich froh dich zu sehen … wusste ich doch, dass das da unten die *Nyana* ist! Wir dachten alle, du wärst tot! Seit wann bist du wieder hier? Warum hast du dich nicht gemeldet? Wie hast du … wie kam es, dass …? Ich kann's noch gar nicht fassen!“ Die Worte sprudelten nur so aus ihr heraus.

Der völlig verwirrt ausschauende Teladi rang um eine Antwort und unterbrach Elenas Redefluss schließlich, indem er seine Handflächen in der teladianischen Entsprechung eines Schulterzuckens nach oben drehte und die Klauen spreizte, sodass die Schwimmhäute sichtbar wurden. „Ich bin nicht Nopileos!“, sagte er. „Ich bin Isemados Sibasomos Sissandras IV, Nopileos' Eibruder!“

Elena schaute den jungen Teladi ein paar Augenblicke lang ungläubig an. Dann spürte sie, wie ihr Gesicht warm wurde. Sie rappelte sich auf und blickte Sissandras merkwürdig an. „Verz … Verzeihung“, stotterte sie mit hochrotem Kopf. Sie verbeugte sich kurz und wandte sich dem CEO zu, der den Vorfall mit befremdeten Blicken beobachtete. „Ich bitte vielmals um Vergebung, er ist Nopileos wirklich zum Verwechseln ähnlich!“ Elena kam sich wie eine Närrin vor. Sie hätte es wissen müssen! Die direkten Brutlinien der Teladi waren praktisch genetische Klone, die Nachkommen entsprachen biologisch fast vollständig ihrem jeweiligen Ei-Älteren.

„Tshhhh!“, zischte der CEO, jetzt selbst sichtlich verlegen. „Nun ja, sie gleichen einander sssozusagen wie ein Ei dem anderen. Das hat aber … Gründe. Und, tshhh, die Yacht dort draußen sieht der verschollenen *Nyanas Glück* selbstverständlich ebenfallsss sehr ähnlich. Ihr Name lautet *Nividiumsegen*. Die Schiffe ssstammen ausss dem selben

Gelege.“ Er brach ab und schaute die Argonin zu seiner Linken Hilfe suchend an.

„Willkommen an Bord der Handelsstation Höchstpreis“, sagte diese mit einem einnehmenden Lächeln. „Mein Name ist Gaseli Hort. Ich bin Dolmetscherin für Teladianisch.“ Sie reichte Elena die Hand. „Machen Sie sich keine Sorgen, Kho-san, ich komme immer noch regelmäßig in die Verlegenheit, Teladi miteinander zu verwechseln. Und das nach sechs Jazuras im Dienste des Unternehmens.“ Sie lachte hell auf und blickte unbefangen zu den Teladi hinüber, die ihr unmerklich zunickten.

Elena bemerkte sofort, dass Gaseli Hort mehr als nur Dolmetscherin war. CEO Isemados war sichtlich erleichtert, dass die peinliche Situation für ihn entschärft wurde. Möglicherweise hatte die sympathische Frau im Laufe der Zeit die Rolle einer Protokollführerin mit übernommen. Die hervorragend Altneojapanisch sprechenden Teladi benötigten sicherlich nur selten wirklich eine Übersetzerin. Wahrscheinlich, vermutete Elena, wurden die eigentlichen Fähigkeiten der Argonin hauptsächlich dann benötigt, wenn es um rechtlich verbindliche Verträge zwischen dem Teladi-Unternehmen und den Argonen ging.

„Major Elena Kho“, ergriff CEO Isemados nun das Wort, „Sie werden sich nach der langen Reise sssicherlich ausruhen wollen. Ich habe eksssstra für Sie eine Kabine nach argonischen Gepflogenheiten einrichten lassen, mit Feuchtwaschgelegenheit und einer Weichschlafbank.“

Elena horchte in sich hinein. Genau genommen wollte sie lieber etwas unternehmen, anstatt sich auszuruhen. Die vielen Tazuras an Bord der *AP Nikkonofune* hatten ihrer Moral erheblich zugesetzt. Doch andererseits wollte sie die freundliche Echse nicht vor die Schnauze stoßen und das nett gemeinte Angebot ausschlagen. „Vielen Dank“, erwiderte sie daher, „das ist sehr zuvorkommend von Ihnen.“

Der oberste Manager des Teladi-Unternehmens wackelte zufrieden mit den Ohren. „Wunderbar. Dann freue ich mich darauf, Sssie zu Beginn des nächsten Halbmittazuras zu einem Informationsdinner begrüßen zu dürfen. Bis dahin sssind auch unsere weiteren, veritablen Gäste eingetroffen.“

„Veritable Gäste?“, echote Elena verwundert.

„*Hai!* Sie möchten Sie gerne kennen lernen und mit Ihnen sprechen. Sssie werden sehen!“

„Ich bringe Sie zu Ihrem Quartier, Elena-san", sagte Gaseli Hort freundlich. Die Dolmetscherin musste Elenas verwirrten Gesichtsausdruck richtig interpretiert haben, denn sie fügte hinzu: „Und später werden sich Ihre Fragen klären. Kommen Sie."

Als Elena vier Stazuras darauf den Konferenzsaal betrat, fühlte sie sich wunderbar erholt und ausgeruht. Ihr Quartier besaß zwar einige seltsame Eigenheiten, wie zum Beispiel die unverständlicherweise auf Bodenhöhe angebrachten Schalter und Bedienelemente. Aber nach über einer Wozura an Bord der beengten *AP Nikkonofune*, kam ihr die Kabine wohltuend großzügig dimensioniert vor. Auch ihre innere Ausgeglichenheit war größtenteils wiederhergestellt, und sie verspürte erhebliche Neugier auf das Kommende, im Verbund mit einem fast schon euphorischen Tatendrang.

Sie hielt für einen Moment inne und schaute sich staunend in dem großen Saal um. Der Konferenzraum war ein etwa acht Meter breiter und sicherlich über fünfzehn Meter langer Schlauch mit einem abgerundeten, dunkel marmorierten Tisch in der Mitte, der sich über die ganze Länge des Raumes erstreckte. Die Wände waren im üblichen Bleichgrün gehalten und wurden von einigen typisch teladianischen Bildern geziert, die winzige Schlupflinge auf riesigen Brüllwürfeln sowie farbenfrohe Sumpflandschaften und Inselarchipels aus der Vogelperspektive wiedergaben. Elena wollte es nicht gelingen, diese unglaublich kitschigen Abbildungen mit den, als völlig unsentimental verschrienen, manisch profitgierigen Teladi in Verbindung zu bringen. Ihre Lippen verzogen sich zu einem leichten Grinsen, während sie die Augen weiterwandern ließ. Die Decke des Raumes besaß ein sich über ihre gesamte Länge ziehendes Fenster, das den ungehinderten Blick auf die Nabe der rotierenden Handelsstation erlaubte. Die holografischen Lichterketten des Landepfades schimmerten stumpfrot: Zurzeit befand sich demnach kein Schiff im Anflug.

An der entfernten Stirnseite des Konferenzsaales öffnete sich eine Tür. Elena blieb wie angewurzelt stehen, als zwei unwahrscheinliche Wesen den Raum betraten. Sie waren kaum größer als kleine Menschenkinder, ihre Haut war blassblau. Vier stämmige Haupttentakel wuchsen aus dem Rumpf dieser bemerkenswerten Lebewesen, und eine Anzahl dünnerer Ärmchen oder Antennen umspülte sie wie in einer unsichtbaren Strömung. Das Bemerkenswerteste an den Wesen waren jedoch sicherlich ihre Gesichter, die von riesigen, kindlichen Scheibenaugen dominiert wurden, sowie von einer langen, rüsselähnlichen Schnauze.

„Boronen!“, stellte Elena verwundert fest.

CEO Isemados, der bereits im Konferenzsaal auf einer teladianischen Stehbank hockte, schaute zu ihr hoch, als zweifele er an ihrem Verstand. Doch er sagte nichts. Stattdessen bedeutete er ihr mit einer Klauenbewegung und schief gelegtem Kopf, an der ihm gegenüber liegenden Seite des Tisches Platz zu nehmen. Elena zögerte.

„Man sagte mir, dassss Sie einander bereits kennen“, ergriff der CEO nun doch das Wort. „Zumindest“, schränkte er ein, als er Elenas fragendes Gesicht sah, „kennen unsere Gäste aus Königstal Ssie, Elena Kho.“

Elena überlegte angestrengt. Sie kannte bislang keine Boronen persönlich. Aber welcher Borone kannte sie? Die Antwort lautete natürlich: vermutlich jeder. Die Wasserwesen standen im Ruf, immer bestens über alle Angelegenheiten, die ihresgleichen betrafen, informiert zu sein.

In diesem Augenblick betrat die Dolmetscherin Gaseli Hort den Saal und begrüßte alle Anwesenden herzlich. „Zunächst einmal“, sagte sie zu Elena gewandt, „möchte ich Ihnen unsere Gäste vorstellen.“ Sie blickte den alten Teladi mit einem Seitenblick fragend an.

„Oh, aber ich bitte darum!“, antwortete dieser auf die unausgesprochene Frage.

„Dies hier ist die ehrwürdige und, äh …“, sagte Gaseli Hort und machte eine kleine Pause, als sei sie sich nicht ganz schlüssig über das, was sie noch zu äußern beabsichtigte, „… und *lustige* Bala Gi“, fuhr sie dann mit Nachdruck fort, „die Ministerin für fortgeschrittene Ethik sowie Intra- und Interspeziesangelegenheiten. Ihr Amt entspricht unter anderem dem eines Senators für Äußeres.“

„Oh, mutige, lustige Ele Na vom fernen Planeten Erde“, fiepte die Boronin. Elena beobachtete fasziniert, wie der Mund am unteren Ende des Rüssels Bewegungen machte, die so gar nicht zu den Lauten passten, die er verursachte. Die Stimme der Boronin perlte glasklar und klang ein wenig, als spräche ein kleines Mädchen, das kurz zuvor geweint hatte. Gelegentlich wurden die Worte durch Serien von Klicklauten oder einzelne Schnalzer unterbrochen. „Bitte verzeihe und vergebe uns, dass wir unsere Absicht und den Wunsch, mit dir zu schmecken, zu sprechen und zu reden nicht bereits auf Hewa preis und zu erkennen gegeben haben."

Elena verbeugte sich. „Oh – keine Sorge. Ich wundere mich nur äußerst marginal, und Probleme bereitet mir diese Vorgehensweise auch fast keine", sagte sie. Ob die Boronen ihren leicht ironischen Tonfall einzuordnen wussten oder nicht, blieb ihr verborgen.

„Und hier haben wir Nola Hi, Wissenschaftsethiker und Berater des Repräsentantenhauses", stellte Gaseli Hort den zweiten Boronen vor.

„Friede und Glück, Ele Na", intonierte dieser in einer ähnlichen, aber noch eine Quint höheren Stimmlage als Bala Gi. „Wie man hört, liest und schmeckt, soll deine Erde ein Ort voll wunderbarer, erquicklicher, betörender, blauer, tiefer, herrlicher, lustiger Ozeane sein! Gerne würde ich dich dort eines zukünftigen Tages auf einen Ausflug begleiten und mit dir entlangschwimmen!"

„Vielen Dank! Sollte es je einen Weg zurück zur Erde geben, dann werde ich mit Freude auf dieses Angebot zurückkommen." Der Borone sah Elena mit seinen glasklaren Augen an und gab eine unverständliche Folge von Klicklauten von sich, während er auf sie zu*schwamm*. Elena schaute eine Sezura irritiert hinüber, bis sie begriff, was sie an diesem Anblick so störte: die vielgliedrigen Wesen trugen keine Umweltanzüge! Tentakel, Antennen und Fühler schwebten frei um die schmächtigen, blassblauen Körper herum, die sich mit beinahe übernatürlicher Eleganz und Anmut bewegten, als befänden sie sich in ihrem angestammten Element.

Gaseli Hort folgte Elenas Blicken. „Oh, das …", sagte sie. „Schauen Sie her!" Die Dolmetscherin, deren grüne Haare sich an diesem Mittazura nicht zu einem Dutt auftürmten sondern glatt herabfielen, ging zu den Boronen hinüber, die gerade vergeblich versuchten, sich hinter die Stehbänke zu quetschen. Sie streckte den Zeigefinger aus und berührte eine unsichtbare Fläche, die sich scheinbar quer durch die Breite des Raumes erstreckte und von der Decke bis zum Boden reichte. Es bildeten sich kleine konzentrische Ringe auf der Vertikalen. So wie es aussah, wurde der gesamte Konferenzsaal durch ein unsichtbares Energiefeld in zwei genau gleich große Hälften aufgeteilt. Auf der Seite der Boronen füllte dichte Flüssigkeit den Raum, auf der hiesigen jedoch atembare Atmosphäre. Elena staunte nicht schlecht. Obwohl sie die Technik durchschaute, beeindruckte sie diese Idee. Die vielen Dekazuras des Zusammenlebens der Völker in der *Gemeinschaft der Planeten* hatten die Ingenieure wohl recht erfinderisch werden lassen, was die Vereinfachung von Handel und Kommunikation zwischen den unterschiedlichen Spezies betraf.

Gaseli Hort ließ sich links neben dem CEO nieder. „Die Teladi könnten ohne Schwierigkeiten auf der Wasserseite verhandeln“, erklärte sie ernsthaft. „Allerdings ziehen sie die trockene Seite vor, da ihnen das Sprechen der Handelssprache unter Wasser schwer fällt.“

Elena nickte. Eine Sezura lang erwog sie, sich direkt neben CEO Isemados über die Tischkante hinwegzuschwingen, unterließ es dann aber aus protokollarischen Gründen. Als Botschafterin der Erde – wenn auch nur als inoffizielle – gehörte sich so etwas einfach nicht. Stattdessen umrundete sie das lange Ende des Konferenztisches sittsam und ließ sich ordentlich auf dem Platz gegenüber des CEO nieder. Die teladianischen Stehbänke waren nicht sehr bequem, aber für Menschen halbwegs akzeptabel; die Boronen hingegen schienen es damit weniger leicht zu haben.

„O verehrte Ministerin des Königinnenreichesss Boron, ich freue mich, Sssie am heutigen Halbmittazura hier begrüßen zu dürfen“, ergriff der CEO nun mit scharfen Zischlauten das Wort. Die ruhige, nahezu unsichtbare Wasserwand war nur eine halbe Armlänge von seiner Schnauze entfernt. „Die Gespräche, die wir erst vor kurzem miteinander geführt haben, versprechen reichen Profit und eine langfristige Kooperation, die unseren Völkern zugute kommen wird“, fuhr er fort. Isemados wandte sich an Elena: „Ihnen, verehrte Argonin Elena Kho aus dem Erdsektor, möchte ich dafür danken, dass Sssie der Einladung der Firmenleitung gefolgt sind.“

Elena nickte. „Es ist mir eine Ehre, hier sein zu dürfen, CEO Ssuphandros Mikimades Isemados“, sagte sie. „Ich würde Ihnen gerne über das Schicksal Ihres Enkels, Isemados Sibasomos Nopileos, berichten, ohne dessen selbstlosen Einsatz ich heute vermutlich nicht hier wäre.“ Der Teladi zischelte leise. „Natürlich wäre es schön, wenn auch Nopileos' Eibruder Sissandras meinem Bericht beiwohnen könnte“, ergänzte Elena und blickte in die Augen des Teladi, die wie rote Kohlen in ihren Höhlen glühten. Die Echse wirkte beileibe nicht alt. Je länger Elena den CEO beobachtete, desto mehr drängte sich ihr der Eindruck auf, dass in ihm ein heißes, jugendliches Feuer brannte. Sie faltete die

Hände auf der Tischplatte und warf einen Blick zu den Boronen hinüber, die sich bislang schweigsam gaben.

„Selbstverständlich, Elena Kho", erwiderte der CEO. „In diesem Zusammenhang wird es Sie sicherlich interessieren zu hören, dassss mein Enkel Isemados Sibasomos Nopileos IV sssich aller Wahrscheinlichkeit nach bester Gesundheit erfreut!"

„Was?", rief Elena und sprang auf, „Können Sie das bitte noch einmal sagen?" Sie stützte beide Arme auf die Tischplatte und schaute den CEO des Teladi-Unternehmens mit offenem Mund und geweiteten Augen an. Die Schuppenfinne auf dem Kopf der Echse regte sich, als wollte sie sich aufrichten.

„Nun, wir haben vor einigen Wozuras eine Nachrichtendrohne des Bordcomputerssss der *Nyanas Glück* erhalten", begann der CEO.

„Von Inanisas?", warf Elena ein.

„Inanias", korrigierte Isemados, „das issst richtig! Das Schiff hat den Zusammenstoß, den mein Enkel leichtsinnigerweise verursachte ..." Er hielt inne, zog ein etwas indigniertes Gesicht, als habe er sich soeben verplappert, sprach dann weiter. „Verzeihung, werte Major Elena Khosan, bitte seien Sie versichert, dass ich selbstverständlich großen Profit darin sehe, dass Nopileos Ihr Leben mit dieser Maßnahme rettete ..."

„Vielen Dank! Und weiter?", rief Elena dazwischen. Nopileos sollte den Crash mit dem Atmosphärenjäger des Splits Cho t'Nnt überlebt haben? Sie erinnerte sich nur zu gut an ihre Bestürzung, als die *Nyanas Glück* brennend abgestürzt war!

„Sshhht! Nun", fuhr Isemados fort, „die Yacht hat den Vorfall, den Unfall ... nun, das Geschehen offensichtlich mit mittelschweren Beschädigungen überstanden. Mein Enkel wurde durch das automatische Rettungssystem rechtzeitig von Bord befördert. Darüber, ob das Schiff die folgende Notlandung überstanden hat, besitzen wir leider keine Informationen, da diese Nachrichtendrohne unglücklicherweise das letzte Lebenszeichen war, das wir vom Bordcomputer der Yacht erhielten."

„Und wo befindet sich Nopileos zurzeit?", stellte Elena die nahe liegende Frage.

„Das wissen wir nicht ssso genau", erwiderte die Echse. „Irgendwo auf der Oberfläche von Nif-Nakh, dem Dschungelplaneten der Sssplit."

Elena kniff wütend die Augen zusammen. „Seit wann wissen Sie das?"

Der CEO wiegte den Kopf. „Seit etwa sieben Wozuras, allerdings haben …“

„Und Sie haben Nopileos in all dieser Zeit nicht von dem Planeten abgeholt?“, unterbrach Elena ihn scharf.

Der CEO schwieg einige Sezuras und drehte die Klauen nach oben. Er warf Gaseli Hort einen Seitenblick zu. Die Dolmetscherin saß mit eingezogenen Schultern und angespanntem Blick auf ihrem Platz und versuchte, sich angesichts des sich anbahnenden Wortgefechts möglichst klein zu machen.

„Wie ssstellen Sssie ssssich dassss vor, Elena Kho, tssssh, argonische Shhhternenkriegerin aus dem Erdssssektor?“, antwortete die Echse schließlich aufgebracht. „Dasss Teladi-Unternehmen kann nicht einfach zum Regierungssssplaneten desss Patriarchen von Chhhin fliegen und den Dsssschungel auf den Kopf ssstellen!“

„Aber es muss doch eine Möglichkeit geben …“ Elena hielt inne, als Bala Gi, die boronische Ministerin, eine lange Folge schallender Klicklaute von sich gab, um die Aufmerksamkeit auf sich zu lenken. Mit Erfolg: Alle Blicke richteten sich gleichzeitig auf das blassblaue vielgliedrige Wesen. Die Boronin ließ sich in der durchsichtigen Flüssigkeit auf der anderen Seite des Konferenzsaales ein Stück nach oben treiben und schwebte mit leichten Ruderbewegungen einen halben Meter über der Tischplatte.

„Ele Na, erboste, lustige Erdenbewohnerin! Ich begreife und erschmecke, dass du deinen grünen, profitorientierten Freund Nopileos, die Echse, schmerzlich vermisst und er dir fehlt.“ Elena wurde eine Spur bleicher. Die perlmuttfarbenen Pupillen der Boronin machten den Eindruck, als könnten sie durch alles hindurch- und in alles hineinschauen – auch in ihre Gedanken. Bala Gi fuhr fort. „So höre mich an und mir zu. Es ist ein sehr glücklicher, erfreulicher Umstand und Zufall, dass du zu diesem Zeitpunkt hier bist! Es gibt tatsächlich einen Weg, deinen Freund, den spaßigen Schuppenknauserer Nopileos, zu retten!“

„Und welchen?“, fragte Elena, die aus den Augenwinkeln sah, dass Gaseli Hort peinlich berührt auf ihrer Stehbank herumrutschte, als sei ihr der Ausdruck Schuppenknauserer unangenehm. „Und was genau heißt hier *Zufall*?“ Gaseli wurde noch ein Stückchen kleiner.

Nola Hi, der Wissenschaftsethiker, löste sich von der Bank und ließ sich nach oben treiben, wo er sich zu Bala Gi gesellte. „Nun, wir haben dem Zufall geholfen und ihn beschleunigt, das können wir nicht abstreiten und infrage stellen. Aber höre mir zu und benutze deine großen haarigen Ohren, o Ele Na. An Bord des Schiffes, der Yacht, der *Nyanas Glück*, befindet sich etwas, das wir dringend brauchen und benötigen, um schlimmes Unheil zu verhindern und abzuwenden."

Elena blickte das blassblaue Wesen verständnislos an. „An Bord der *Nyanas Glück*? Aber was nur? Und welches Unheil?"

Nola His Fühler umwehten seinen Kopf emsig und die großen, dunklen Augen blickten so tief und ernst wie die eines Kindes. „Ja – und ja", antwortete er. „Die Informationen und Daten des fröhlichen Alten Volkes!"

Aber natürlich! Jetzt erinnerte Elena sich an Nopileos' Erzählung: Kurz nachdem sie mit der *USC Getsu Fune* auf Argon Prime notgewassert war, hatte ihr junger Echsenfreund anderenorts mit seinem Schiff eine Begegnung mit den Sohnen gehabt, den Botschaftern des Alten Volkes. Die Speicherbänke des Bordcomputers waren dabei bis an den Rand ihrer Kapazität mit Daten gefüllt worden. Nopileos war nicht mehr dazu gekommen, diese Informationen zum Entschlüsseln an Wissenschaftler oder Regierungen zu übergeben.

Bala Gi kam ganz nah an die Trennlinie zwischen Wasser und Luft heran. Nola Hi folgte ihr. „Wir, das Königinnenreich von Boron, sind dem Alten Volk bereits vor vielen Äquatorialströmen, Jazuras und Sonnen begegnet", offenbarte sie klickernd und singend. Elenas Augen wurden vor Überraschung groß. Bislang war sie davon ausgegangen, dass das Alte Volk in der *Gemeinschaft der Planeten* den Status eines Märchens oder einer Legende einnahm. Doch was die Boronen jetzt in ihrer üblichen, umständlichen Art zu erläutern begannen, ließ keine Zweifel daran bestehen, dass die sanftmütigen Wasserwesen sehr viel mehr wussten als der Rest der *Gemeinschaft*: Jede der neun Spezies würde vom Alten Volk eine Botschaft erhalten, oder hatte sie bereits bekommen, so wie die Boronen und die beiden Splittergruppen der Teladi. Einen gesamtheitlichen Sinn würden diese jedoch nur dann ergeben, wenn alle Völker friedlich zusammenarbeiteten und die ihnen übermittelten Daten allen zur Verfügung stellten. Sehr großen Wert legten die Sohnen augenscheinlich darauf, dass die Xenon nicht vollständig vernichtet wurden. Dies deckte sich mit den Wünschen der Boronen, die selbst an ihrem schlimmsten Feind niemals einen Völkermord begehen würden.

„Aber die Xenon sind doch bloß Maschinen“, protestierte Elena. Die Terraformer – in diesem Teil des Alls besser unter dem Namen Xenon bekannt – waren eine Pest, die vor langer Zeit unbeabsichtigt von der Erde ausgegangen war. Der blaue Planet hatte dafür bitter bezahlen müssen, und auch die Geschichte der *Gemeinschaft der Planeten* war durch die Terraformer mehr als durch alles andere geprägt worden.

„O Ele Na!“, rief Nola Hi aufgeregt. Seine Fühler kräuselten sich wie in einem Sturmwind. „Sie sind kalte Maschinen, Roboter, das ist wahr. Doch leben und denken sie, haben ein Bewusstsein ihrer selbst und kennen sich, so wie du dich kennst und wir uns kennen!“

Elena schüttelte den Kopf. Sicher, die unmittelbare Gefahr war im jüngsten Xenon-Konflikt beseitigt worden. Die wenigen schwarzen Raumschiffe, die es noch gab, stellten keine große Bedrohung mehr dar. Außerdem gab es Berichte, wonach die Maschinen sich auffallend von den bewohnten Sektoren fernhielten. „Vielleicht ist das so“, räumte sie vorsichtig ein.

Die Boronen wedelten aufgeregt mit ihren vier Haupttentakeln. „Höre mir zu und benutze deine spaßigen, haarigen Lauscher, o Ele Na, Sternenkriegerin!“, sang Nola Hi. „Es wird grausige Kämpfe geben und fürchterliche Schlachten!“, rief Bala Gi. „Die verrückten Dreiäugigen und die Split rotten sich in diesem Moment zusammen und werden die zweitletzte Xenon-CPU bald bedrohen, angreifen und attackieren!“

„Ich weiß – ich habe erst kürzlich auf Hewa Somancklitansvts Ankündigungsrede beigewohnt, schon vergessen? Und nun möchte das Königinnenreich etwas dagegen unternehmen?“

„Ja – und ja“, bestätigte die Ministerin.

„Wird Argon Prime euch unterstützen?“

Eine kleine Pause entstand, als müssten die beiden Boronen erst über diese Frage nachdenken. Argon Prime und das Königinnenreich waren schon seit langer Zeit enge Verbündete. Ob die argonische Regierung aber den momentanen Friedenszustand aufs Spiel setzen würde, um die Xenon zu retten, war mehr als fraglich. Immerhin hatten die Argonen die Xenon bis vor kurzem noch erbittert bekämpft. Elena blinzelte; es schien, als habe sich das bislang klare Wasser, in dem die Boronen schwammen, auf einmal getrübt. Ein hauchdünnes, purpurfarbenes Halo breitete sich um Bala Gi und Nola Hi aus.

„Nein, nicht“, antwortete die Ministerin traurig. „Argon Prime wird uns in dieser Sache nicht offiziell unterstützen und uns auch nicht behilflich sein. Doch wir haben einen Plan! Schmecke und höre!“

Das Königinnenhaus der Boronen, das nur dem Namen nach eine Matriarchatsmonarchie war, hatte schon im Vorfeld der Zusammenkunft auf Hewa Nola His Vorschlag zugestimmt, zwei der dem Königinnenreich zugesprochenen „Neuen Sektoren“ zu einem Refugium für die verbliebenen Xenon zu erklären. Nachdem die beiden Zentraleinheiten und ihre Begleitschiffe das Sprungtor passiert hätten, wollte man ein Forschungsschiff hinterherschicken und nach dessen Durchgang das Tor von außen deaktivieren.

Aber genau hierin lag das Problem: Niemand konnte so einfach ein Sprungtor deaktivieren! Sicher, mit den stärksten Waffen konnte man es vernichten. Es aber aus- und bei Bedarf wieder einzuschalten, war schlechterdings unmöglich. Niemand wusste, wie die Technik der uralten Sprungtore funktionierte, bislang hatten sie jeder Untersuchung widerstanden.

„Wir sind sicher und glauben fest daran“, schloss der Wissenschaftsethiker Nola Hi, „dass der Schlüssel zur Technik der Weltenportale in den Daten des lustigen Alten Volkes liegt, darin verborgen und kodiert ist.“

Elena schwirrte der Kopf. Langsam begriff sie, was dies mit Nopileos – und daher letztlich auch mit ihr – zu tun hatte. Sie strich sich durchs Haar und atmete schwer aus. „Jemand muss also nach Nif-Nakh fliegen, dort Nopileos und die *Nyanas Glück* finden.“

„Ja – und ja!“

„Dann die Daten des Alten Volkes vom Bordcomputer herunterladen“, fuhr Elena fort, „und hoffen, dass sie zusammen mit den Daten, die ihr bereits habt, eine Art Bedienungsanleitung für Sternentore ergeben …“

„Wir würden fröhlich hoffen, wenn wir nicht bereits wüssten und sicher wären!“

„Und dann muss jemand zu Eurem Xenon-Refugium fliegen und den Stecker aus dem Tor ziehen, nachdem das Denkschiff hindurch ist und bevor die Paraniden ihm folgen können.“

Nola His Rüssel verzog sich zu einer Art Grinsen. „*Hai!*“

„Himmel!“

Eine lange Stille folgte. CEO Isemados und Gaseli Hort blickten

Elena atemlos an, als erwarteten sie etwas Bestimmtes von ihr. Die purpurne Wolke im Umweltbereich der Boronen verdichtete sich zusehends, die kleinen Tentakel der Wasserwesen flatterten hektisch. Allmählich dämmerte es Elena, was man von ihr wollte. Eigentlich war es einleuchtend, eines kam zum anderen, und alles passte.

„Also *ich* soll es tun?“

„O Ele Na, ästhetische Sternenkriegerin, flauschige Erdenbewohnerin, wir sind so glücklich, begeistert und froh darüber, dass du uns hilfst, mit uns zusammenarbeitest und uns deine geschätzte, wertvolle und unersetzliche Teilnahme anbietest und offerierst!“, rief Bala Gi hastig. Beinahe wäre sie vor Überschwänglichkeit durch die Wassergrenze hindurchgeschwommen, doch im letzten Moment langte Nola Hi mit einem Tentakel nach der Ministerin und hielt sie fest.

Elena seufzte. Es machte wohl keinen Sinn zu diskutieren – das Wichtigste war ohnehin, Nopileos zu finden, jetzt, nachdem sie wusste, dass er noch lebte. „Ich werde Hilfe benötigen“, sagte sie stattdessen und blickte zwischen den aufgeregten Boronen und dem Teladi hin und her.

„Dein lieber Bekannter, Freund und Geschäftspartner Ferd Harling, der Infobroker von Ringos Mond, ist bereits informiert und weiß, was er wissen muss – aber nicht mehr! Er wird dir bei der Planung zur Seite stehen und dir helfen.“

Es schien also, als habe man bereits an alles gedacht. Und das wiederum bedeutete natürlich, dass Elenas Zusammentreffen mit den Boronen nicht ganz so zufällig stattfand, wie diese sie glauben machen wollten. Das Spiel war jetzt klar: Die Boronen wollten die Botschaft des Alten Volkes aus der *Nyanas Glück* bergen und außerdem die Xenon beschützen. Der CEO der Teladi wollte die Botschaft ebenfalls, zusätzlich erhoffte er sich seinen Enkel Nopileos zurück. Und weder die einen noch die anderen wollten sich die Tentakel oder Klauen schmutzig machen.

Lustiges Völkchen, dachte Elena.

KAPİTEL 8

Es ist mir fast schon ein bisschen peinlich, aber es muss einmal gesagt werden: Es gibt keine Raumfliegen! Wie so viele moderne Mythen entstammt auch diese Legende dem an Fabelwesen reichen Weltbild der Split. Tatsächlich beruht der ‚Mythos Raumfliege' auf einem aggressiven Rieseninsekt des Planeten Nif-Nakh: dem Ghok.

MYTHEN (19,09): GRZIMEK,
„Buch der Wahrheit"

Die Dschungelbestie am Uferstreifen blickte auf und starrte auf das Wasser hinaus, als könne sie die Dunkelheit alleine dadurch zerteilen, dass sie selbst leuchtete. Dann ließ sie von dem Baum ab und stieß einen mächtigen Fanfarenstoß aus. Nopileos machte sich unverzüglich schwer und sank tief unter die Wasseroberfläche. Lieber hinab zu diesem unbekannten Ding, das immerhin nicht fluoreszierte, als von dem Dschungeldrachen verspeist zu werden!

Der See war tiefdunkel. So viele Leuchtinsekten im nächtlichen Dschungel umherschwirrten, so wenig Licht gab es hier im Wasser. Nopileos schauderte bei dem Gedanken daran, was vielleicht genau in diesem Moment aus den Tiefen des kühlen Gewässers mit Mordlust in den Augen zu ihm hinaufblicken mochte. Doch seine Gedanken gerieten schnell wieder in andere, aber nicht notwendigerweise erfreulichere, Bahnen, als sich nach einigen Sezuras ein wabernder Lichtfleck oberhalb der Wasseroberfläche näherte. Die Dschungelbestie hatte sich entschieden, die Ursache des Geräusches, von dem sie bei ihrem zerstörerischen Werk unterbrochen worden war, näher zu begutachten. Nopileos ließ sich tiefer sinken und begann, rückwärts in Richtung des offenen Sees hinauszupaddeln. Der Lichtschein des Drachens folgte ihm, machte aber keine Anstalten, in das Wasser einzutauchen. *Eiseidank*, dachte Nopileos. Wenn das Tier auch noch hätte tauchen können, wäre es um ihn geschehen gewesen. So wendig Teladi im Wasser auch sein mochten, sie meisterten das Element nicht mit der tödlichen Präzision hoch spezialisierter Lebewesen. Der Dschungeldrache verlor jedoch schon nach kurzer Zeit das Interesse. Der grüne Lichtfleck oberhalb des Wasserspiegels entfernte sich, wurde kleiner und kehrte zum Ufer zurück. Möglicherweise konnten die bösartigen Bestien dem Element Wasser nicht allzu viel abgewinnen. Vielleicht vermochten sie ihre massigen Körper auch gar nicht lange genug in der Luft zu halten, um einen großen See zu überqueren. Und eventuell, man durfte ja noch hoffen, gab es sie aus genau diesem Grund auch nicht auf der großen Insel, deren Konturen Nopileos vorhin nahe der Mitte des riesigen Sees gesehen hatte. Er zischte mit neuem Mut. Ein paar Luftblasen verließen seine Schnauze und stiegen trudelnd nach oben.

Der Unterwassermarsch gestaltete sich im Vergleich zu den vorangegangenen Strapazen im Urwald ausgesprochen unspektakulär. Bislang verspürte Nopileos auch keine körperlichen Beschwerden aufgrund des Seewassergenusses: Mit etwas Glück handelte es sich bei den roten Schwebstoffen lediglich um Eisenoxid oder ein anderes harmloses Mineral, und nicht um giftige Proteine. Von Zeit zu Zeit tauchte er auf, um Luft zu schnappen und seine Richtung zu überprüfen. Dabei blickte er gelegentlich zurück, um sich zu vergewissern, dass der Urwalddrache es sich nicht doch noch anders überlegte. Doch bald schon versanken der Uferstreifen und das Fluoreszenzlicht der Bestie weit hinter ihm. Viel später, während einer der kurzen Luftholpausen, war das diffuse Licht des Tieres, das den Uferbereich markiert hatte, spurlos verschwunden. Es blieb nur eine stets kleiner werdende, dunkle Silhouette dort, wo der Urwald in den Himmel wuchs. Nopileos wusste jetzt, dass das Wasser ihm im Notfall Schutz gewährte. Das täuschte ihn jedoch nicht darüber hinweg, dass er den Urwald früher oder später wieder würde betreten müssen.

Er schob diese Gedanken erst einmal beiseite, da nun der Schatten der Insel vor ihm zügig in die Höhe wuchs und die Wassertiefe spürbar abnahm. In unmittelbarer Nähe des Ufers begegnete er einem weiteren der großen Lebewesen dieses Sees. Die Geschöpfe waren harmlos; zumindest hatten sie sich ihm bisher nicht in bedrohlicher Absicht genähert. Vielleicht besaßen sie aber auch einfach nur ein Gespür für die Art von Nahrung, die ihnen zuträglich war. Teladianische Echsen standen mit Sicherheit nicht auf ihrer üblichen Speisekarte!

Kurz darauf stießen seine Gehklauen auf Grund. Er watete die letzten paar Längen hinauf, bis das Wasser hinter ihm zurückblieb. Das Ufer bestand aus feinem, hellem Sand, der sich unter den Gehklauen samten anfühlte und angenehm zwischen den Zehen kitzelte.

Zwischenzeitlich waren die Monde wieder aufgestiegen und tauchten alles in ein fahles Licht. Nopileos vermutete, dass die Trabanten in Wirklichkeit viel näher waren, als es den Anschein hatte und sie den Planeten deshalb häufig umrundeten und mehrfach in ein- und derselben Nacht am Himmel erschienen. Gleichzeitig schienen sie eine merkwürdige Deklination zur Ekliptik zu besitzen, was der Grund für ihre außergewöhnlichen Phasen sein mochte. Nopileos drehte die Klauen nach oben. Er blickte sich um. Ein paar Längen vom Strand entfernt begann die Vegetation. Zunächst schien es, als würde sie sich in nichts von der des Festlandes unterscheiden. Doch dann bemerkte er, dass sich hier nicht die gewohnten, dünnen Dschungelriesen emporreckten, sondern kleinere Bäume mit dicken Stämmen, niedrig hängenden Ästen und großen, tropfenförmigen Blättern. Dazwischen verteilten sich Unmengen von Farnen, Gräsern und Büschen.

Die Insel war vollkommen still. Es gab keine trompetenden Bestien oder sonstigen Geräusche, abgesehen vom leisen Glucksen des Wassers hinter ihm und dem Säuseln einer ruhigen Brise, die ab und an durch die Baumwipfel fuhr. Wenn Nopileos angestrengt lauschte, konnte er aus weiter Ferne die Geräusche des Urwaldes über den See schallen hören – beruhigend weit weg. Er wusste nicht, was ihn hier erwartete, aber was auch immer es sein mochte, es konnte kaum schlimmer werden als drüben, auf dem Festland. Er suchte sich eine Stelle nahe der beginnenden Vegetation, scharrte mit den Klauen eine flache Aushebung in den weichen Sand und brach einige Farnwedel ab, die er darüber legte. Dann zog er sich erschöpft in die winzige Mulde zurück, rückte die Farnwedel über sich zurecht, schloss die Augen und schlief sofort ein.

Ein steter Bach dünnflüssigen Schlammes rutschte zu dem blinzelnden Teladi hinab. Seine provisorische Schlafnische war bereits voll Wasser gelaufen und immer mehr stürzte in langen Fäden von oben herab und trommelte auf das dünne Dach aus Farnwedeln. Es regnete in Strömen, und es war taghell und warm. Nopileos wischte mit der Klaue über seine Schnauze, die seitwärts im Schlamm gelegen hatte. Wasser und Matsch machten ihm nur wenig aus, auch wenn sich zivilisierte Echsen der Neuzeit den Naturgewalten nur mehr selten ausgeliefert sahen. Er überlegte einen Moment, ob er nicht einfach wieder die Augen schließen und noch ein Weilchen weiterschlummern sollte. Doch ein Geräusch, das das Klatschen der Regentropfen durchdrang, ließ ihn die Augen weit aufreißen. Da war eine Stimme, in nächster Nähe! Keine Dschungelbestie, kein Tier, keine Halluzination, sondern eine harsche Stimme, die in einem fremdartigen Dialekt sprach.

„Jadmanthrat!“, rief jemand, den Nopileos aus der flachen Vertiefung seiner Schlafmulde heraus nicht sehen konnte. Er wagte nicht, sich zu bewegen. Der Teladi wusste nicht, was das Wort bedeutete, aber dem Klang und der Stimmfarbe nach musste der, der es gesprochen hatte, ein Split sein! Was, zum Dotter, taten Split hier, auf dieser unbedeutenden Insel am Brutkanal der Welt? Als sich die Schrittgeräusche platschend von ihm entfernten, wagte er es, seine Position zugunsten eines besseren Blickwinkels zu verändern.

Sie waren zu zweit. Der eine, ein gedrungen wirkender Split, etwa so groß wie ein durchschnittlicher Argone und vermutlich ein Männchen, hielt einen Holzspeer in der rechten Hand. Darauf zappelte ein ungewöhnlich aussehender Fisch. Scheinbar war das Tier soeben erst aufgespießt worden. Nopileos' Stirnschuppe erbleichte. Der zweite Split war größer, dafür aber viel schmächtiger als der erste. Ein Weibchen? Der mit dem Speer vollführte eine Geste mit seiner freien Hand und spreizte ein paar Finger in einem merkwürdigen Winkel ab. Nopileos wusste zwar, dass die Split eine mehrere hundert Vokabeln umfassende Gebärdensprache benutzten, um das gesprochene Wort zu unterstreichen, doch natürlich konnte er die Handzeichen nicht deuten. Die Split-Frau machte ein krächzendes Geräusch, das Nopileos für eine Art Gelächter gehalten hätte, wenn er es nicht besser gewusst hätte: Split lachten niemals. Ihr Humor ging über grausame Schadenfreude nicht hinaus!

Nopileos war sicher, dass irgendetwas mit den beiden Split nicht ganz in Ordnung war. Sie hatten etwas an sich, das ihn störte, doch er konnte sich keinen Reim darauf machen. Er wartete ab. Kurz darauf verschwanden die beiden zwischen den Sträuchern und entzogen sich seinen Blicken. Nopileos verharrte noch eine Weile ruhig. Doch als die Split auch nach einer halben Inzura nicht wieder auftauchten, schob er die pitschnassen Farne, mit denen er sich während der vergangenen Nacht bedeckt hatte, beiseite und erhob sich vorsichtig aus der Schlammgrube, in die sich die Schlafnische verwandelt hatte. Er tapste dorthin, wo er die Split hatte stehen sehen. Ein paar halb verwaschene Fußabdrücke waren das Einzige, was ihre Anwesenheit bestätigte, aber es genügte als Beweis dafür, dass er nicht halluzinierte. Nopileos bückte sich und strich die Vertiefungen mit einer Klaue glatt. Seine Krallen hinterließen ein Muster paralleler Streifen, die vom Regen und dem nachlaufenden Wasser sofort wieder ausgeglichen wurden.

Etwas bewegte sich am Rande seines Blickfeldes. Er drehte sich ruckartig um, stellte aber erleichtert fest, dass es sich lediglich um ein handtellergroßes, schuppenglänzendes Geschöpf handelte, das sich aus dem roten Seewasser auf den Strand hinaufarbeitete. Es besaß kurze Stummelbeine und wirkte wie ein missgebildeter Panzerfisch. Schwerfällig kroch es einer kleinen Krabbe hinterher, die auf acht Beinen aus dem Wasser kam und behände den Sandstrand emporkrabbelte. Die Stummelbeine ihres Verfolgers waren zur Fortbewegung an Land denkbar ungeeignet. Nach einigen Sezuras drehte das Panzertier daher um und glitt ins Wasser zurück. Nopileos fragte sich, mit welchen Mitteln der Lungenfisch seine flinke Beute wohl unter Wasser einzufangen gedachte. Er richtete sich wieder auf. Das Erscheinen der Split hatte ihn zwar aufgewühlt, aber er war über ihr Auftauchen seltsamerweise eher froh als entsetzt. Natürlich wollte er sich nicht von ihnen finden und einsperren lassen. Aber er war neugierig. Was suchten sie hier? Und was war es, das ihn an den beiden so störte? Er fasste den Entschluss, der Sache auf den Grund zu gehen.

Schnell hatte er die Stelle gefunden, an der die Split in den Wald eingedrungen waren. Umgeknickte und abgeholzte Sträucher führten zu einem ausgetretenen Trampelpfad, der offensichtlich entweder sehr häufig benutzt wurde, oder aber seltener, dafür aber schon seit vielen Jazuras. Der Pfad war gerade so breit, dass man darauf entlanggehen konnte, ohne mit der Vegetation zu beiden Seiten in Berührung zu kommen. Der Untergrund – vom Regen glitschig gewordener Lehm – war nahezu frei von Pflanzen und Blättern, als würde er regelmäßig davon befreit. Während Nopileos den Weg vorsichtig erkundete, stets die Umgebung im Auge behaltend, um notfalls im dichten Gebüsch untertauchen zu können, verbreiterte sich der Pfad mit jedem Schritt um eine Achtellänge. An mehreren Stellen zweigten schmalere, scheinbar seltener benutzte Nebenpfade vom Hauptweg ab, die er ignorierte, um weiter der breiten Schneise zu folgen.

Nach einigen Mizuras verringerte sich die Intensität des Regens, bis er schließlich völlig versiegte. Das Blätterdach über Nopileos gab noch eine Weile Tropfen ab, die immer seltener wurden, bis schließlich nur noch vereinzelt hie und da Wasser herabplatschte, an konzentrischen Ringen in kleinen Pfützen auf dem lehmigen Trampelpfad erkennbar. Um den Teladi herum wurde es still. Der Boden dampfte, und die Blätter schimmerten feucht. Im Gegensatz zum Dschungel des Festlandes erschien die Vegetation dieses Waldes dichter, grüner und auf eine eindringliche Weise lebendiger – und das, obwohl sich bislang keine Tiere hatten blicken lassen. Ob das Fehlen der Fauna mit dem intensiven Regenfall zusammenhing, der erst in diesen Augenblicken versiegte, oder ob es der Normalzustand auf dieser Insel war, vermochte Nopileos nicht zu sagen. Aber falls es hier Lebewesen gab, dessen war er gewiss, würden es bestimmt keine Leuchtinsekten oder Säure versprühenden Drachen sein.

Der Pfad vollführte eine lang gezogene Kurve, verbreiterte sich schließlich und mündete in einen annähernd kreisförmigen Platz, der den Blick auf den tiefblauen Himmel freigab. Nopileos schnaubte überrascht, als er die kleine Hütte sah, die wohl aus den abgeholzten Bäumen der Lichtung errichtet worden war. Ob das die Behausung der Split war, die er am Ufer gesehen hatte? Vorsichtshalber tat er einen Schritt zur Seite und kauerte sich hinter einen der dichten Büsche am Wegesrand, um den Holzverschlag eine Zeit lang zu beobachten. Als sich auch nach einer Inzura nichts tat, und der Wald weiterhin still blieb, überwand der aufgeregte Echsenabkömmling seine Furcht und begann, sich im Schutze des Unterholzes neben dem Pfad so vorsichtig, wie er nur konnte, an das Häuschen heranzuarbeiten. Überrascht stellte er fest, dass er wohl bislang bloß die Rückseite des Verschlages gesehen hatte, denn die andere Seite war nicht etwa ebenfalls geschlossen, sondern zur Hälfte geöffnet. Er umrundete das Bauwerk auf spitzen Krallen und schaute in das dämmerige Innere hinein. Niemand war darin, aber einige Reihen unregelmäßig geformter Streifen von undefinierbarer Natur baumelten an der Decke herab. Da er sich keinen Reim darauf machen konnte und seine Neugier ihn vorantrieb, wagte er sich näher heran. Schließlich stand der Teladi direkt vor der offenen Seite der Blockhütte und schaute mit großen Augen hinein. Durch die Ritzen der aufeinander liegenden Stämme fiel ein wenig Licht in das Halbdunkel, gerade so viel, dass Nopileos den Zweck des Bauwerkes endlich verstand. Seine Stirnschuppe wurde unwillkürlich eine Nuance bleicher. Über die gesamte Breite der etwa zweieinhalb Längen messenden Hütte spannten sich dünne Fäden oder Drähte, von denen Streifen getrockneten Fleisches herabhingen. Diese Hütte hier wurde von den Split zum Abhängen und Trocknen ihrer Nahrung benutzt! Aber … Nopileos stutzte. … das würde ja bedeuten, dass sie hier *lebten*! Hier, auf dieser Insel!

Er kam nicht dazu, den Gedanken zu verfolgen, denn von draußen klangen Schritte und Stimmen herein. Nopileos blickte sich, zu Tode erschreckt, um. *Wohin?* Die Split näherten sich auf demselben Pfad, den er vor kurzem auch beschritten hatte, und kamen in diesem Moment um die lang gezogene Kurve herum, die schließlich zur Blockhütte führte. Er tauchte kurzerhand unter den aufgehängten Streifen trocknenden Fleisches hindurch. An der dem Eingang abgewandten Seite stand eine niedrige, roh behauene Werkbank, auf deren Arbeitsfläche sich dunkle Flecken abzeichneten. Vor der Bank befand sich ein abgenutzter Transportbehälter aus Kunstmetall, der einst hellgrau gewesen sein musste, durch jazuralange Benutzung aber speckig und fleckig geworden war. Nopileos kroch auf allen Vieren unter die Werkbank und hockte sich mit angezogenen Beinen hinter den Transportwürfel. Keine Sezura zu früh, denn in diesem Moment betraten die laut miteinander lamentierenden Split die kleine Hütte. Nopileos zitterte am ganzen Leib.

Die Split unterhielten sich in ihrer eigenen Sprache. Gelegentlich schnappte der unter der Werkbank kauernde Teladi ein vereinzeltes Wort in der allgemeinen Handelssprache auf, das dann prägnant und merkwürdig zusammenhanglos im Raum stand.

Nopileos zuckte zusammen, als er das Rascheln beiseite geschobenen Trockenfleisches hörte. Einen Moment später blickte er auf die klobigen Füße eines Split, der vor die Werkbank trat und etwas mit einem dumpfen Knall auf deren Arbeitsfläche warf. Anhand der folgenden Geräusche erriet Nopileos, dass dort oben ein Tier ausgenommen und zum Trocknen vorbereitet wurde. Der Split benötigte eine ganze Weile, um sein Werk zu vollenden. Offensichtlich ging er dabei mit großer Sorgfalt und Akribie vor, doch das verwunderte nicht weiter. Nopileos mochte wetten, dass es ihm, wie jedem Split, großes Vergnügen bereitete, die Innereien anderer Lebewesen auf möglichst blutige Weise zu erkunden.

Scheinbar hatte man oben nicht vor, den Transportbehälter beiseite zu schieben oder unter die Werkbank zu schauen. Als Nopileos dies klar wurde, beruhigte er sich ein wenig. Er fand es seltsam, dass die Füße des Split in ledernen Mokassins steckten, die nicht den Eindruck industrieller Fertigung erweckten. Auch die Hosenbeine, die zunächst gelblichweiß und wie künstlich hergestellt wirkten, entpuppten sich auf den zweiten Blick als die fein säuberlich gegerbte und an den Seiten mit ordentlichen Stichen vernähte Haut eines großen Tieres. Nopileos' Gedanken rotierten verwirrt. Auf diesem Planeten durfte es, außer dem Palast des Patriarchen von Chin auf der anderen Hemisphäre, keine Split geben! Nif-Nakh, was soviel wie „Schwärende Wunde" bedeutete, wurde seit Dekazuras ausschließlich als Regierungssitz von den jeweils herrschenden Familien genutzt. Was, um alles in der Welt, hatten also diese „wilden" Split hier zu suchen? Darauf wusste er keine Antwort.

Kurze Zeit später war das Tier ausgenommen und aufgehängt. Die beiden Split verließen die Hütte und entfernten sich auf der anderen Seite. Nopileos hörte sie noch eine Weile miteinander schwatzen, was, seiner Meinung nach, für Split untypisch war. Das Kriegervolk des vor langer Zeit untergegangenen Planeten Hodie war in der *Gemeinschaft* nicht gerade für seine ausgeprägte Mitteilsamkeit bekannt! Langsam wurden die Stimmen leiser und schließlich verstummten sie. Nopileos, deutlich mutiger als noch eine Stazura zuvor, wartete diesmal nicht allzu lange, bevor er es wagte, aus seinem Versteck hervorzukommen und sich umzusehen. Auf der Arbeitsplatte glänzten ein paar neu hinzugekommene Flecke feucht und frisch; außerdem hatten die beiden Split die Fleischstreifen auf den langen Fäden nach vorne geschoben und das Frischfleisch am hinteren Ende hinzugefügt. Nopileos vermutete, dass sie einige bereits getrocknete Streifen vorne abgehängt und mitgenommen hatten. Alles ziemlich gut durchdacht und effektiv. Es war ein merkwürdiges Gefühl, die Split, die man im Allgemeinen nur als kaltherzige, alle anderen Mitglieder der *Gemeinschaft* verachtenden Krieger kannte, bei trivialen, wenn auch nicht gerade zivilisierten Vorgängen des täglichen Lebens zu beobachten.

„Tsshh!", machte Nopileos, als ihn sein Magen von diesen Überlegungen abbrachte. Die hier aufgereihten Vorräte wirkten von Sezura zu Sezura appetitlicher, fast wie köstlich zubereiteter Ngusi-Salamander.

Es bedurfte einer bewussten Anstrengung, diese Gedanken zu vertreiben. Die Split mochten gefahrlos tierische Proteine der Lebewesen dieses Planeten zu sich nehmen können. Die Vermutung lag nahe, dass ein großer Teil der hiesigen Flora und Fauna von ihnen selbst im Laufe unzähliger Dekazuras ausgewildert worden war. Ein Teladi sollte jedoch besser nichts davon zu sich nehmen, wenn er Probleme vermeiden wollte. Diese Überlegung brachte ihm schlagartig sein primäres Ziel ins Bewusstsein zurück: Er musste die *Nyanas Glück* finden, und zwar bald! Er mochte es insgesamt zwei, maximal drei Wozuras ohne Nahrung aushalten, bevor ihm ernstere Mangelerscheinungen als ein Magenknurren zuzusetzen begannen. Und das steckte den Zeitrahmen ab, der ihm noch verblieb.

Nopileos trat hinaus auf die Lichtung. Täuschte er sich, oder wurde es bereits wieder dunkel? Sein Zeitgefühl hatte ihn seit dem Augenblick des Zusammenstoßes mit Chos Abfangjäger vor einigen Tazuras fast vollständig verlassen. Er lauschte in den noch immer regenfrischen Wald hinein, konnte aber nichts hören. Keine Stimmen, keine Tiere, kaum ein Knacksen oder Windrauschen. Als er begann, langsam und vorsichtig den Pfad entlangzuschreiten, brach die Dunkelheit gewohnt zügig über den Wald von Nif-Nakh herein. Seine empfindlichen Teladi-Augen vermochten dem Pfad trotz der Abwesenheit der Monde problemlos zu folgen, und so bewegte er sich mizuralang weiter geradeaus, auf das Inselinnere zu.

Bald schon veränderte sich der Pfad. Zunächst wurde er breiter, bis er schließlich vier- oder fünfmal soviel Platz wie eingangs bot. Als Nächstes änderte sich die Beschaffenheit des Bodens: Wo dieser bisher nur aus festgetrampeltem Lehm bestanden hatte, fühlten Nopileos bloße Gehklauen nun glatten Stein, der sich über die gesamte Breite des Weges zog. Schließlich erreichte der erstaunte Echsensprössling eine Stelle, an der zu beiden Seiten des Weges behauene Palisaden aus dem Boden emporwuchsen. Man hatte überteladihohe Baumstämme zu beiden Seiten des Pfades aufgerichtet und diesen damit gegen den Wald abgegrenzt. Dies alles wirkte überhaupt nicht mehr provisorisch. Die Split hatten sich hier, wie es schien, häuslich und auf Dauer eingerichtet. Ob ihr Patriarch wohl davon wusste? Sicherlich nicht!

Der Teladi wanderte staunend und so unbefangen den Weg entlang, als habe er völlig vergessen, von wem er angelegt worden war. Erst als der Pfad sich erneut verbreiterte und die Palisaden auf beiden Seiten auseinanderstrebten, um eine nahezu unüberschaubar große Lichtung zu bilden, wurde ihm sein Fehler bewusst. In dem Augenblick, als der Trampelpfad in einen befestigten Weg übergegangen war, hätte er ihn sofort verlassen müssen, um sich stattdessen im Schutze des Unterholzes durch den Wald zu schlagen. Nopileos hielt inne, lauschte in die Dunkelheit hinein. Hatte er da nicht gerade ein Rascheln gehört? Nein, das musste ihm seine überanstrengte Fantasie vorgegaukelt haben! Er machte kehrt, um wieder zum Pfad zurückzukehren und seinen Marsch auf der anderen Seite des Palisadenzauns fortzusetzen.

Doch nun fiel ein fahler Lichtschein über etwas, das er ungläubig als kleines Dorf erkannte. Langsam, fast zögerlich, erhoben sich zwei der drei Monde als volle Scheiben über den Horizont der entfernten Baumwipfel.

„Iaaaachhhhh!", brüllte Nopileos, als er mitten in der Bewegung von einem langen Holzstab schmerzhaft am Hals getroffen wurde. Er stürzte rücklings auf den Boden und blickte gehetzt auf.

„Khiu ch't, t'Telaadii! Wju t'Rhonkar!", zischte ein riesiger Split zwischen seinen zu einem dünnen Strich zusammengepressten Lippen hervor. Er hielt Nopileos das spitze Ende eines langen Holzspeeres unter die Nase und blickte triumphierend in die Runde. Er war nicht allein. Um den am Boden liegenden, vor Angst keuchenden Teladi herum standen etwa zwanzig Split jeden Geschlechts, jeder Größe und jeden Alters. Einige trugen ebenfalls Speere oder sonstige primitive Waffen, die sie auf Nopileos richteten. Andere hielten nichts in den Händen, aber eines hatten sie alle miteinander gemein: Sie grinsten.

KAPİTEL 9

Die Föderation der Argonen ist zweifellos eine der großartigsten Demokratien, die es je gab – aber sie ist nicht vollständig! Denn nur durch Komplementarität kann eine wahre Gemeinschaft der Planeten entstehen. Genau das ist es, was die Freie Liga zur Föderation beisteuert!

ZEUGNISSE (146,17): CHRISTIANE HATIKVAH, „Buch der Wahrheit"

Die zwei Tazuras Flugzeit zwischen den Sektoren Profitbrunnen und Ringos Mond erschienen Elena diesmal erträglich. Auch wenn sie von Boronen und Teladi mehr oder weniger überlistet worden war, beabsichtigte sie, ihre Aufgabe möglichst gut zu erledigen, denn Nopileos' Leben mochte davon abhängen. Dafür würde sie eine Menge Informationen benötigen. Den größten Teil der Flugzeit verbrachte sie daher damit, die Datenbanken des Schiffscomputers der *AP Nikkonofune* zu durchforsten. Sie gaben jedoch weit weniger her, als sie es sich gewünscht hätte. Das, was es an Daten über die Split und deren Dschungelplaneten Nif-Nakh gab, war eher diffus: reich an Allgemeinplätzen und arm an Details.

Ferd Harling würde mit Sicherheit brauchbarere Informationen beisteuern können. Ferd, der in ihrem Auftrag die ausführlichen Sternenkarten der Erde in der *Gemeinschaft* vermarktete und ihnen beiden damit ein nicht unerkleckliches Vermögen eingebracht hatte, war Infobroker mit einem eigenen Unternehmen. Sie hatten sich vor einiger Zeit auf einer teladianischen Handelsstation kennen gelernt. Elena, die zu diesem Zeitpunkt ihre Herkunft von der Erde noch nicht preisgeben durfte, hatte den Argonen schnell schätzen gelernt. Sicher, er war neugierig, das war sein Beruf. Aber er wusste auch sehr genau, wann man Fragen auf später verschieben musste.

Ringos Mond war eine erdähnliche Welt, die als einer von vier lebensfreundlichen Trabanten einen großen, dem Neptun ähnlichen Gasplaneten umlief, der mehr Wärme abstrahlte, als er von seiner Sonne erhielt.

Die *AP Nikkonofune* schwenkte planmäßig in einen hohen Orbit um diesen Gasriesen ein, der Sgt. Pepper hieß. Niji glich die Umlaufbahn des Schiffes langsam der Bewegung des vorauseilenden Mondes an, während tief unten blaue Gasschwaden weitläufige Spiralmuster bildeten, die sich vor dem dunkelblauen Hintergrund des Planetengiganten kaum ausmachen ließen.

Elena schaute eine Weile fasziniert auf das Gasmeer hinab, bis der große Planet allmählich aus ihrem Blickfeld wanderte und hinter dem klobigen Heck ihres Schiffes verschwand. Stattdessen näherte sich voraus ein anderer Himmelskörper, dessen Anblick ein wenig an das Bild der Erde, wie es sich aus dem Orbit darbot; doch die deutlich cyanfarbene Atmosphäre war zu grell, um diese Illusion lange aufrechtzuerhalten.

„Landung auf Ringos Mond in neunzig Sezuras. Zielraumhafen ist Gorki Range. Soll ich Vorräte und Strahlmasse anfordern?"

Elena schreckte aus ihren Gedanken auf. Landung in weniger als einer Mizura? Sie warf einen Blick auf die Instrumente. Tatsächlich, die *AP Nikkonofune* ließ soeben die Troposphäre des Himmelskörpers hinter sich zurück und befand sich bereits im finalen Stadium des Landeanfluges.

„Danke, Niji. Ja, lass bitte die Vorräte und Betriebsmittel auffrischen", erwiderte sie schließlich.

„Ich muss Sie darauf hinweisen, dass die Preise des Raumhafens Gorki Range 34 Prozent über dem Handelsdurchschnitt anderer Systeme liegen."

„Halsabschneider, diese Ringos!", grinste Elena, aber sie meinte es natürlich nicht ernst. Das System der vier Welten lag so weitab von den üblichen Handelsrouten, dass alles, was nicht selbst hergestellt werden konnte, zu hohen Preisen importiert werden musste. Manche munkelten auch, dass die Handelsflotte der Teladi bestimmte Planetensysteme ganz bewusst weniger häufig belieferte, um höhere Preise zu erzielen. Elena traute den profitgierigen Kaufechsen eine solche Vorgehensweise durchaus zu. „Ist schon in Ordnung, Niji", sagte sie. „Wir können es uns erlauben." Ihre Lippen verzogen sich zu einem ironischen Lächeln. So würden die hohen Preise wieder auf das Teladi-Unternehmen zurückfallen, das ihre Spesen zur Hälfte mit trug …

Kurze Zeit später setzte die *AP Nikkonofune* auf, und Elena betrat –

nach einer ziemlich unbekümmerten und formlosen Zollkontrolle – den Boden von Ringos Monds. Ferd Harling, hoch gewachsen und schlank, empfing sie mit einer herzlichen Umarmung im Ankunftsbereich, der in der warmen Jahreszeit nicht überdacht war und den Blick auf den Himmel preisgab. Sgt. Pepper hing blassblau und riesengroß über ihnen; für Elena, die erst einmal auf Ringos Mond gewesen war, ein nach wie vor überwältigender Anblick.

Ferd war guter Dinge und hatte ausgezeichnete Laune, doch das war nicht weiter verwunderlich. Man konnte ihn mit Fug und Recht als Frohnatur bezeichnen. Während er Elena im Flugauto zu seiner kleinen Finca im nahen Bergland brachte, berichtete er zum einen über die aktuellen Umsatzzahlen der Sternenkarten und der, für Teladi nach wie vor äußerst wertvollen, Position von Ianamus Zura. Zum anderen streute er auch immer wieder unbefangen ganz persönliche Dinge ein: Er und Sanja hatten ihren Ehevertrag vor zwei Wozuras zum dritten Mal verlängert. Sein Sohn Erki habe das zum Anlass genommen, ihn um die Erlaubnis zu bitten, ebenfalls einen Ehevertrag mit seiner Freundin Mona eingehen zu dürfen. „Ich habe wirklich versucht, ihm das auszureden. Aber Erki kann manchmal ziemlich starrköpfig sein“, sagte Ferd. Elena, der Erki als kleiner, besserwisserischer Stänkerer in Erinnerung geblieben war, zweifelte keine Sezura daran.

„Ferd, Dummheiten haben wir alle in diesem Alter gemacht. Und ein Ehevertrag ist ja nicht für immer“, antwortete sie diplomatisch.

Ferd wiegte zweifelnd den Kopf, während er das Steuerhorn leicht zu sich heranzog. Das Flugauto sprang mitten in die gigantische Scheibe Sgt. Peppers hinein, die knapp über dem Horizont hing. Unter dem Wagen zogen die ersten Ausläufer eines vulkanischen Vorgebirges hinweg. Ferds Anwesen befand sich in einem grünen Tal, inmitten schroffer Felsformationen, und es grenzte an nur zwei Nachbargrundstücke.

„Elena“, sagte Ferd, „aus den nebulösen Andeutungen des CEO und Ihrer Nachricht konnte ich nur wenig Information herausziehen. Sie benötigen ein schnelles Schiff und eine zuverlässige Crew, soviel weiß ich. Erfahrung im Umgang mit Split und Paraniden ist gewünscht. Ich habe mir erlaubt, ein wenig Vorarbeit zu leisten, aber wir müssen da noch ein wenig die Spreu vom Weizen trennen, fürchte ich. Die gute Melissa Banks ist zurzeit leider nicht verfügbar, sie wäre eigentlich meine erste Wahl gewesen.“

„Ferd, Sie dürfen nicht vergessen, dass ich nach wie vor ein Neuankömmling bin. Wer ist Melissa Banks?"

„Oh! Natürlich. Entschuldigen Sie! Vergesse ich immer wieder aufs Neue. Sie scheinen so souverän, als würden Sie nichts anderes kennen als die *Gemeinschaft*." Der Infobroker schnitt ein gespielt zerknirschtes Gesicht.

Elena lachte. Sie legte Ferd die Hand auf den Arm. „Machen Sie sich nichts daraus, Ferd. Die Erde ist zwar fern, aber das allein macht sie nicht zur Provinz. Eine gewisse Souveränität lernt man auch dort …"

Ferd nickte grinsend. „Erde. Klar." Am Horizont tauchte jetzt die steile Bergflanke auf, hinter der, wie Elena wusste, Ferds Finca lag. In wenigen Augenblicken würde sich das weite, freundliche Tal vor ihnen auftun.

„Also, Banks springt mit Split um wie sonst niemand, beherrscht sogar deren Gebärdensprache. Auch die Teladi fressen ihr aus der Hand. Und vor zwei Jazuras hat sie Lordkapitän Nidmanckeltetts viertes Axiom widerlegt. Der Pontifex hat den armen Kerl sofort nach Paranid Prime zurückbeordert. Schade, dass sie im Moment nicht aufzutreiben ist. Aber keine Sorge, wir finden schon eine passende und erfahrene Crew."

Elena nickte. „Da bin ich mir sicher. Hat man Sie eigentlich eingeweiht, um was genau es geht, Ferd?"

Der Infobroker runzelte die Stirn und warf Elena einen Blick unter hochgezogenen Augenbrauen zu, während er den Flugwagen langsam aus der Verkehrshöhe hinabgleiten ließ. „Ich habe natürlich ein bisschen auf eigene Faust nachgeforscht – und so einiges herausgefunden. Aber möglicherweise fehlen mir ein paar Details."

„Nun, es geht um eine Mission zum Planeten Nif-Nakh. Eine mehr oder weniger inoffizielle", sagte Elena.

Ferd blickte sie von der Seite an. „Das ist der Regierungsplanet der Split", stelle er sachlich fest. Sie nickte. „Hm. Elena, es ist nahezu unmöglich, mit einem Raumschiff unbemerkt auf einem Planeten der Split zu landen. Vor allem dann, wenn es sich um den Sitz des Patriarchen handelt."

„Ich weiß", erwiderte sie. „Darum möchte ich die Mission in zwei Hälften teilen: in eine offizielle und eine weniger offizielle."

Ferd ließ den Wagen sanft auf dem Dach seines Bungalows niedergehen. „Und wie der offizielle Teil aussehen soll, haben Sie schon ausgetüftelt?“

Elena streifte die Schultergurte ab. „Ich habe keinen blassen Schimmer. Das ist der springende Punkt!“, antwortete sie.

Ferd wartete, bis sie aus dem Schweber ausgestiegen war und kam zu ihr herum. „Ich habe da vielleicht eine Idee“, sagte er. „Aber lassen Sie mich kurz noch ein paar Dinge recherchieren. Schauen Sie sich doch so lange um!“ Mit diesen Worten verschwand er, ohne Elenas Antwort abzuwarten, im Haus.

Fast eine Inzura verstrich, während der Ferd sich nicht blicken ließ. Schließlich neigte sich Elenas Geduld dem Ende zu. Sie folgte Ferd ins Haus und fand den Infobroker, über Datenfeldern, brütend in seinem Arbeitszimmer.

„Ferd?“

Er blickte auf. Eine steile Denkfalte stand über seiner Nase und er blickte sie mit zusammengekniffenen Augen an. „Nif-Nakh, sagten Sie, Elena?“ Elena nickte.

„Das ist ein ganz ungünstiger Zeitpunkt. Da braut sich etwas zusammen.“ Er deutete auf das Videofeld. „Hier heißt es, dass der Patriarch von Chin Flottenverbände zusammenzieht. Die Meldung ist …“

„… neun Mizuras alt“, beendete Elena seinen Satz. Sie las auch die Meldung darunter, die vor acht Mizuras hereingekommen war. „Paranid Prime zieht ebenfalls Verbände zusammen. Mir war nicht klar, dass Somancklitansvt so schnell Ernst machen würde.“

„Sie wissen über diese Vorgänge Bescheid, Elena?“

Sie nickte. „Geometrische Zweckdienlichkeiten im gesamtheiligen Zusammenhang. Sagt Ihnen das etwas, Ferd?“

„Das ist der Titel der 46. außerplanmäßigen Zusammenkunft der IKSZ auf Hewa. Ich habe die Aufzeichnungen allerdings noch nicht gesichtet.“

Elena klärte den Infobroker in kurzen Zügen über den geplanten Vernichtungsfeldzug gegen die Xenon unter Federführung der Paraniden auf.

„Können Sie Ihre Mission verschieben, Elena? Sagen wir, um drei Mazuras? Bis dahin hat sich die Lage sicherlich wieder beruhigt. Nicht?“

Elena schüttelte heftig den Kopf; ihre halblangen schwarzen Haare flogen umher. „Auf keinen Fall. Es gibt einen unmittelbaren Zusammenhang zwischen den Mobilmachungen und meiner Mission."

Ferd blickte Elena sezuralang mit gerümpfter Nase und unglücklich zusammengepressten Lippen an. Er kratzte sich mit gekrümmtem Zeigefinger an der Schläfe. „Das habe ich befürchtet. Hören Sie, ich bin kein Stratege. Aber ist das nicht eine Angelegenheit der Regierung?"

„Jein", seufzte Elena nach einer Weile, dann erläuterte sie dem Infobroker die vertrackte Sachlage, inklusive der wichtigsten Details aus der Unterredung mit dem CEO und Bala Gi.

Stazuras später kam Sanja, Ferds Frau, in ihrem Gleiter nach Hause. Jeder auf Ringos Mond besaß einen eigenen Flugwagen, selbst Erki. Elena war froh darüber, denn alleine dieser Tatsache war es zu verdanken, dass Erki praktisch den ganzen Tazura über außer Haus sein konnte, sodass sie sich nicht mit ihm herumärgern musste. Die einzig wirksame Möglichkeit, Erki zum Schweigen zu bringen, ohne harsche Worte zu verwenden, war, ihn dazu zu veranlassen, seine Gitarre zu nehmen und etwas vorzutragen. Das allerdings war eine ausgezeichnete Alternative. So unausstehlich der Halbwüchsige auch sein mochte, sein Instrument beherrschte er mit einer schlafwandlerischen Virtuosität, die dazu geeignet war, ihm all seine kleinen Spitzfindigkeiten zu vergeben.

Ferd hatte den ganzen Mittazura lang elektronische Archive und Journale gewälzt und dabei gelegentlich Satzfragmente in den Raum geworfen, die Elena nur schwer einordnen konnte.

Sie wiederum hatte währenddessen die reichhaltigen Datenbanken nach detaillierten Informationen über Nif-Nakh durchforstet und war schließlich fündig geworden. Nach geraumer Zeit war der argonische Infobroker dann auf einige ältere Nachrichtenmeldungen aus dem vergangenen Xenon-Konflikt gestoßen, die ihn neugierig machten.

„Sie waren bereits einmal auf Nif-Nakh, Elena?", fragte er verwundert und schaute von seiner Datenprojektion auf.

Elena nickte. „Ja. Ich habe eine diplomatische Delegation der Regierung Argons begleitet. Dem Patriarchen stand aber nicht der Sinn nach Diplomatie." Sie blickte betrübt zur Seite. „Zwei Argonen kamen dabei ums Leben, aber wir konnten alle anderen befreien und von Nif-Nakh entkommen."

„Um das Entkommen der Gruppe sicherzustellen, hat Agent Ban

Danna die schwangere Frau des Patriarchen, Ghinn t'Whht, als Leibpfand genommen", zitierte Ferd, den Blick auf die Projektion gerichtet. *„Die Split-Frau wurde auf Argon Prime vom militärischen Geheimdienst in Gewahrsam genommen und wartet dort auf einen noch zu vereinbarenden Gefangenenaustausch.*"

Elena zog die Augenbrauen nachdenklich zusammen. „Eigentlich sollte diese Information klassifiziert sein."

„Ist sie auch", sagte Ferd einfach. Elena blickte ihn verblüfft an, doch er ging nicht näher darauf ein. Stattdessen lehnte er sich in seinem Stuhl zurück. „Genau das", sagte er und schnippte das Datenterminal aus, dessen Videoprojektion erlosch und nur die leere Arbeitsplatte zurückließ, „ganz genau das ist es, wonach ich gesucht habe."

Elenas Gesichtsausdruck bildete wohl ein großes Fragezeichen, denn der Argone lachte leise auf. „Diese Split, Ghinn t – wie auch immer man das ausspricht – wird Ihr offizieller Grund sein, um Nif-Nakh erneut zu besuchen!"

In den folgenden Stazuras entwickelten Ferd und Elena gemeinsam einen Plan, der es ermöglichte, nach Erreichen des Dschungelplaneten unbemerkt einen kleinen Trupp zu entsenden, der den Dschungel nach dem abgestürzten Schiff absuchen würde. Natürlich war das Unternehmen nicht nur sehr waghalsig, sondern darüber hinaus auch schlecht kalkulierbar. Nif-Nakh war zu über fünfzig Prozent von Wald bedeckt. Wo sollte man mit der Suche beginnen und welche Chancen mochte eine winzige, im Geheimen operierende Truppe haben, der zu allem Überfluss auch nur ein begrenztes Zeitfenster zur Verfügung stand? Doch die Unwägbarkeiten erwiesen sich bei genauerer Überprüfung als abschätzbar. Immerhin gab es detaillierte Informationen über Position und Geschwindigkeit der *Nyanas Glück* zum Zeitpunkt der Kollision, die das abstürzende Schiff in seiner letzten Nachrichtendrohne an den CEO hatte übermitteln können.

Spät am folgenden Halbmittazuramorgen saßen Elena, Ferd, Sanja, Erki und dessen Freundin Mona auf der geräumigen Gartenterrasse der Finca am ausladenden Rundtisch beieinander und aßen zu Abend. Elena und Ferd tauschten gelegentlich kryptische Satzfragmente miteinander aus, die die Familienmitglieder nicht verstanden, doch war man natürlich Ähnliches von Ferd und seinen Geschäftspartnern gewohnt.

„Elena, ich habe nachgedacht. Ich glaube, ich kann Ihnen ein Ersatzschiff samt Mannschaft empfehlen", sagte Ferd wie beiläufig, während er sich aus einer dampfenden Schüssel einen großen Berg Tarram-Kohl auf seinen Teller lud. „Die *FL Regendrache*. Es ist kein sonderlich moderner Raumer, und die Crew besteht bloß aus zwei Leuten, aber sie haben in den vergangenen Mazuras eine ganze Reihe schwieriger Aufträge zu meiner Zufriedenheit erledigt. Sie sind nicht so ausgebufft wie Melissa Banks, natürlich. Nicht so lange im Geschäft. Aber sie sind gut. Sehr gut."

Elena blickte von ihrer Mahlzeit auf und legte den Spork auf den Tellerrand. „Und was sind das für Leute?"

„Mhhh, ziemlich seltsame Typen!", mischte Erki sich mit vollem Mund ein. Mona kicherte. „Echt komisch drauf!"

„Erki!", rief Sanja tadelnd.

„Na ja, wirklich!", verteidigte der Junge sich gegen den strafenden Blick seiner Mutter.

Ferd kaute und schluckte einen letzten Bissen Tarram hinunter. „Wenn du nur halb so normal wärst wie Uchan und Kalmanckalsaltt, Erki, dann bräuchte ich mir keine Sorgen um die Zukunft dieses Planeten zu machen ..." Er zwinkerte.

Mona prustete los. „Erki, der Weltenkiller! Haha!"

„Uchan t'Scct ist ein Kriegsveteran aus dem vergangenen Xenon-Konflikt", erläuterte Ferd, an Elena gewandt. „Er gehörte der Besatzung eines Aufklärungsschiffes des Patriarchen an, das gegen Ende der Auseinandersetzungen havarierte. Er überlebte das Unglück als Einziger."

Elena zog eine nachdenkliche Miene. „Ein Bediensteter des Patriarchen ... Ferd, sind Sie sicher, dass gerade für diese Mission ein Split die richtige Wahl ist?"

„Können wir aufstehen?", unterbrach Erki quengelnd.

„Ja, natürlich", antwortete Sanja. Erki und Mona waren aus der Tür hinaus, bevor noch ein weiteres Wort gefallen war.

„Ich denke schon, Elena", antwortete Ferd. „Uchan t'Scct hat gewichtige Gründe, auf den Patriarchen mehr als nur schlecht zu sprechen zu sein. Ich verbürge mich diesbezüglich für ihn. Außerdem glaube ich, dass in der Tat gerade ein Split für diese Aufgabe besonders gut geeignet ist!"

„Und dieser ... Salamanck ... ein Paranide, dem Namen nach?"

„Stimmt genau. Kalmanckalsaltt. Lassen Sie uns ins Arbeitszimmer hinübergehen, ich habe dort Material, das ich Ihnen zeigen möchte. Sanja?“

„Geht nur“, sagte die Angesprochene, „ich habe ohnehin noch zu tun.“

„Kalmanckalsaltt ist ein zweiäugiger Paranide“, erläuterte Ferd, nachdem sie wieder im Arbeitszimmer zusammen saßen. Der Argone führte einige Filme und Bilder vor, die für Elena aber nur geringe Aussagekraft besaßen. Ferd fuhr fort: „Er ist ein Ausgestoßener seines Volkes. Er steht im Ansehen seiner Leute etwa auf der Stufe von uns Zweiäugigen, ist also unheilig. Aber glauben Sie bloß nicht, dass ihn das weniger arrogant machen würde!“

Elena lächelte und nickte. „Ich verstehe. Ferd, ich verlasse mich auf Sie. Wenn Sie der Ansicht sind, dass diese Besatzung der Aufgabe gewachsen ist, vertraue ich Ihrem Urteilsvermögen.“

„Erki hat Recht“, antwortete Ferd. „Die beiden sind etwas seltsam, jeder für sich. Aber Kalmanckalsaltt und Uchan t'Scct bilden miteinander ein perfektes, in sich geschlossenes Team.“

„Nur interessehalber“, sagte Elena und beugte sich vor, um das Bild des Split, das auf der Videofläche prangte, näher in Augenschein zu nehmen, „aber unter welcher Bezeichnung bieten diese beiden ihre Dienste an?“

„Söldner der *Freien Liga*“, antwortete Ferd trocken.

KAPİTEL 10

Weiß er, was die Argonen wirklich von uns unterscheidet?
Nur eines – sie haben ihren Hass besser unter Kontrolle als wir.
Das ist ihr größter Vorteil – und gleichzeitig ihr größter Fehler!
Versteht er das?

CHO T'NNT,
Vertrauter des Patriarchen von Chin

„Die Kreatur steht auf!", verlangte der riesige Split, dessen Holzspeer Nopileos quer über den Hals getroffen hatte. Um seinen Worten noch zusätzlichen Nachdruck zu verleihen, stupste er den verängstigten Teladi mit der scharfen Spitze der Waffe in die Seite. Nopileos beeilte sich, der Aufforderung nachzukommen. Er rappelte sich ächzend auf und blickte sich aus den Augenwinkeln um. Da standen sie nun, die Split. Sie hatten ihn entdeckt, und darüber freuten sie sich ganz unverhohlen. Sie wirkten gefährlich, ja, aber bei weitem nicht so martialisch und unnahbar, wie es Nopileos von seinem Erzrivalen, Cho t'Nnt, noch lebhaft in Erinnerung geblieben war.

„Die Kreatur ist uns willkommen!", dröhnte der große Split und verzog die Lippen zu einem dünnen Grinsen. Nopileos legte den Kopf schief. „Wir hatten schon lange keinen Gast mehr bei der Doppelmondzeremonie", fuhr der Krieger fort.

„Einen Ehrengast!", rief eine weibliche Split mit noch kindlicher Stimme dazwischen. Sie beherrschte die Handelssprache gut, redete aber mit einem härteren Akzent als der Ältere. Das Mädchen war spindeldürr und nicht viel größer als Nopileos. Es trat einen Schritt vor, um den Teladi in Augenschein zu nehmen. Nopileos wich unwillkürlich zurück. „Ich freue mich schon, die Kreatur am Marterstein leiden zu sehen!", fiepte es mit seiner hellen Stimme und fügte ein krächzendes Geräusch an, das einem Lachen im menschlichen Sinne verdächtig ähnelte.

Nopileos' Stirnschuppe erbleichte. „Werte Split, wenn ich etwas einwenden dürfte ..."

„Die Kreatur schweigt", ergriff wieder der Krieger mit dem Speer das Wort. Er wandte sich an das Mädchen. „Hatrak, holt Rhonkar und Eure Mutter herbei. Dann bereitet das Strafhaus auf die Kreatur vor. Lasst eine der erbeuteten Teladi-Frachtboxen aus dem Lager dort hinbringen."

„Aber Thro, Ihr wollt die Kreatur doch nicht füttern?" Das Mädchen namens Hatrak war sichtlich enttäuscht. „Wir sollten sie foltern!" Zustimmendes Gemurmel erhob sich unter den anderen Split, die Nopileos umringten und nach wie vor ihre Waffen auf ihn richteten. Nopileos' Ohren stellten sich bei dem Wort „füttern" unwillkürlich auf. Das gleich darauf folgende „foltern" wiederum ließ seine Stirnschuppe erbleichen.

„Bin ich Thro t'Mggt, der Erste Krieger der Familie Rhonkar?", erkundigte sich der Split.

„Ihr seid es, Herr", antwortete Hatrak.

„Und gab es jemals einen Grund, an meinen Entscheidungen zu zweifeln?"

„Nein, niemals!" Hatrak spreizte drei Finger der linken Hand zum Zeichen der unbedingten Beteuerung.

Thro t'Mggt nickte befriedigt. „Wohlan, Hatrak, Tochter von Rhonkar und Aqhn. Dann lauft und tut, wie Euch geheißen!" Hatrak warf Thro eine bestätigende Gebärde zu und lief geschwind davon. Der Krieger wandte sich dem Teladi zu, in dessen Kopf seit ein paar Sezuras die Frage herumgeisterte, ob es sich hier wirklich um die allseits gefürchteten Split handelte, oder um einen Debattierklub. Wohlweislich behielt er diesen Gedanken für sich.

„Die Kreatur wird all unsere Fragen beantworten. Da sie die Feier der heutigen Doppelmondnacht gestört hat, wird sie diese Schuld zur nächsten Zeremonie mit ihrem Leben begleichen."

„Aber ich wusste doch gar nicht …"

„Habe ich die Kreatur etwas gefragt?", brüllte Thro mit weit über die Lichtung schallender Stimme. Er machte die Gebärde für Pein und ewige Ausmerzung. Nopileos wackelte verneinend mit den Ohren und schwieg erschüttert.

„Garand und Zhi, Ihr schafft die Teladi-Kreatur ins Strafhaus und haltet dort Wache. Gilha, Ihr übernehmt die Rolle der Züglerin und achtet darauf, dass die Kreatur keine inneren Verletzungen davonträgt und bis zur Befragung durch Rhonkar und Aqhn bei akzeptabler Gesundheit bleibt." Die beiden Erstgenannten, ältere Split mit weißen Backenbärten, bestätigten den Befehl mit kurzen Handzeichen, während die Letztgenannte, eine grimmig dreinschauende Frau, die einen Holzspeer trug, ein missmutiges Wort in der Split-Sprache fallen ließ.

„Weil Ihr sieben stolze Krieger großgezogen habt, respektable Gilha", antwortete Thro murrend in der Handelssprache. Gilha zog ein verdrießliches Gesicht, fügte sich aber kommentar- und handzeichenlos. Nopileos wackelte verständnislos mit den Ohren. Was, zum Fehlbetrag, war eine *Züglerin*?

Die Versammlung der Split, die Nopileos gestellt und gefangen hatte, löste sich allmählich auf. Die Krieger, Alten, Frauen und Kinder zogen sich in eines der größeren Langhäuser zurück, wo sie scheinbar mit ihrer Feier fortfuhren. Auch Thro t'Mggt eilte zu einer Besprechung mit seinem Gebieter Rhonkar und dessen Frau Aqhn davon, nicht jedoch, ohne Nopileos' drei Bewachern noch einige Befehle in der Split-Sprache zu erteilen.

Nopileos lauschte in sich hinein. All die schrecklichen Erlebnisse der vergangenen Wozura hatten ihn in gewisser Weise unempfindlich gemacht, innerlich abgehärtet. Vor nicht ganz einem Mazura noch hätte ihn die Lage, in die er gerade hineingestolpert war, für lange Zeit in die Katalepsie getrieben. Die Ankündigung Thros, ihn zur nächsten Doppelmondzeremonie zu opfern, hätte ihn in ein aufgelöstes Nervenbündel verwandelt. Aber nicht so jetzt: Statt vor Angst keines klaren Gedankens mehr fähig zu sein, kalkulierte er kaltblütig, wie lange es dauerte, bis beide Monde wieder gleichzeitig als volle Scheiben am Himmel stünden. Er war kein Astronom, aber wenn er die Daten aus dem Bordcomputer der *Nyana* noch recht in Erinnerung hatte, würde es bis dahin noch mindestens sieben bis acht Wozuras dauern. Viel Zeit also.

Nopileos fand einen kurzen Moment, sich umzuschauen. Ihm fiel auf, dass der die Lichtung umspannende Palisadenzaun sehr nahe bei den ersten Bäumen des Waldes errichtet worden war, weit unter den ausladenden Ästen. Die Langhäuser und Blockhütten wiederum, die sich rings um die Waldschneise verteilten, drängten ihre Rückwände eng an den hohen Pfahlzaun, sodass sie ebenfalls von Ästen und Wipfeln bedeckt wurden. Der mit behauenen Steinen gepflasterte Pfad, der aus dem Wald hierhin führte, teilte sich an jener Stelle, an der die Split

Nopileos gestellt hatten, um in nur noch halber Breite ringförmig um die gesamte Waldblöße herumzuführen. Die weite Mittelfläche der Rodung schien mit hohen, bei Tageslicht zweifellos roten Gräsern bewachsen und nicht anderweitig bebaut zu sein. Im Zentrum des Platzes erkannte Nopileos die unförmigen Umrisse eines massiven Gegenstandes, der im fahlen Mondlicht wie die Endmoräne eines Gletschers wirkte.

Von Aufklärungsfliegern und Satelliten aus würde diese kleine Ortschaft bestimmt wie eine der zahlreichen natürlichen Lichtungen Nif-Nakhs aussehen. Die hier lebenden Split hatten ihren Zaun und die Häuser so errichtet, dass sie zum Himmel hin vom Wald verdeckt wurden, aber dennoch helles Tageslicht zu ihnen hinabgelangte. Nopileos zischelte leise. Ganz klar, diese Split hier versteckten sich vor ihresgleichen! Sie waren illegale Siedler, Leute, die es an diesem Ort nach geltendem Recht der Split – und auch nach dem der *Gemeinschaft der Planeten* – gar nicht hätte geben dürfen!

„Die Kreatur zischelt nicht“, herrschte der linke der beiden bärtigen Split Nopileos an.

„Tut sie doch!“, erwiderte Nopileos aufmüpfig und ungeachtet möglicher Konsequenzen. Der Split stieß Nopileos schmerzhaft in die Seite.

„Tshhhh!“

„Der Teladi schweigt, und ihm geschieht nichts“, mischte sich die grimmige Züglerin Gilha ein, die, laut Thro, dafür Sorge zu tragen hatte, dass Nopileos keine „inneren Verletzungen“ erlitt.

„Ich habe genug geschwiegen, mir reicht es!“, rief Nopileos halblaut. Im gleichen Moment erschrak er ob seines eigenen Mutes. Die kleine Prozession kam zu einem abrupten Halt, und die Split wandten sich ihm mit funkelnden Augen und krebsroten Gesichtern zu.

„Die Kreatur kann von Glück reden, dass der Befehl des Obersten Kriegers sie schützt!“, presste Gilha zwischen den Zähnen hervor. Mit einer Handbewegung zügelte sie die älteren Krieger, die beide im Begriff standen, sich auf den viel kleineren Teladi zu stürzen. Die Frau griff in eine Seitentasche ihres Beinkleides und förderte einen dünnen Lederriemen zutage, den sie dem perplexen Teladi fest um dessen vorspringende Schnauze schnürte.

„Schneidet ihm lieber die Zunge heraus!“, schlug einer der Krieger vor.

„Habt Ihr den Befehl des Obersten Kriegers nicht gehört, Zhi t'Nnt?", entgegnete Gilha aufgebracht, während sie Nopileos die Klauen auf dem Rücken zusammenband.

„Doch", murmelte der Ältere zerknirscht. „Ich möchte der Kreatur trotzdem wehtun!"

Gilha seufzte. „Ich auch. Wenn wir dem Teladi aber die Zunge herausschneiden, können Rhonkar und Thro ihn nicht mehr befragen."

Garand, der zweite Split, meldete sich zu Wort: „Wir könnten ihm aber einen Finger abschneiden!"

„Mhhm-mhhh!", machte Nopileos entsetzt.

„Beim Barte Thuruks, nein!", rief Gilha, nun ernsthaft wütend. Sie vollführte das Zeichen für unverschuldete Konfrontation mit Dummheit. Die Krieger funkelten sie zornig an. „Weiter jetzt", befahl die Split-Frau, die von den Männern trotz aller Gegensätze auf eine seltsam grummelnde Art respektiert wurde. Nopileos war heilfroh, dass Thro t'Mggt ausgerechnet Gilha zu seinem Schutz befohlen hatte. So wie es aussah, wusste der Oberste Krieger ganz genau um die Eigenheiten seiner Leute.

Nach wenigen Mizuras hatte die Gruppe die Waldlichtung halb umrundet und befand sich gegenüber dem Dorfeingang. Das Strafhaus erwies sich als Blockhütte ohne Fenster, mit einer dicken, verriegelbaren Tür. Nur wenige Häuser standen in unmittelbarer Nähe; Nopileos vermutete, dass es sich bei diesen nicht um Behausungen handelte, sondern um Wachhäuschen, denn ein paar bewaffnete Split traten aus den Verschlägen hervor und begrüßten die Neuankömmlinge mit Gebärden und freundlichem Hallo. Wie es schien, wusste man hier bereits Bescheid. Gilha sprach kurz mit den Wächtern, dann stieß sie Nopileos unsanft in das Strafhaus hinein und entfernte seine Fesseln.

„Jetzt darf die Kreatur zischeln", grinste Gilha. „Aber nicht zu laut, ist das klar?"

„Darf ich auch eine Frage stellen?"

„Nein!"

„Tssshhhh!"

Gilha verließ den Raum, und die schwere Tür fiel hinter ihr krachend ins Schloss. Nopileos schaute sich um, konnte aber nahezu nichts erkennen. Zwischen den Ritzen der übereinander liegenden Baumstämme schimmerte ein wenig Restlicht hindurch, das aber verlosch, noch während er hinsah. Die Monde gingen wieder unter. Er tapste kleine Schritte mit ausgestreckten Armen vorwärts, bis er das Holz der Wand unter den Klauen spürte. Er tastete sich vorsichtig daran entlang, an der Tür vorbei und auf der anderen Seite wieder zurück. Auf halber Strecke stieß er schmerzhaft mit den Gehklauen gegen etwas Großes, das mitten im Weg stand. Beinahe wäre er darüber gestürzt, doch er konnte sich noch rechtzeitig abfangen. Mit pochender Gehklaue kniete er sich nieder und betastete den Gegenstand. Er war sehr glatt, so wie eine Neomerverbindung oder Karbonkristall, und fühlte sich angenehm sauber und kühl an. Bei der Form schien es sich um einen Würfel mit abgeschrägten Kanten zu handeln. Wenn ihn nicht alles täuschte, war das ein Standard-Frachtcontainer. Natürlich! Hatte Thro nicht Hatrak angewiesen, eine „Teladi-Frachtbox“ herbeizuschaffen, worauf das Mädchen entrüstet fragte, ob er „die Kreatur füttern“ wolle? Das musste dieser Container sein.

Eilig ließ Nopileos seine Klauen an den Rändern des Würfels entlanggleiten. Scheinbar hatte man sich nicht die Mühe gemacht, die Box richtig herum aufzustellen: die Deckelverriegelungen befanden sich unten. Nopileos wuchtete den schweren Frachtbehälter im Dunkeln herum, dann ertastete er die Riegel und ließ sie aufschnappen. Es zischte scharf, als Luft in das Vakuum des Behälters strömte. Sehr gut, die Box war also zuvor noch nie geöffnet worden!

Seine suchenden Klauen ertasteten sorgfältig gestapelte, von flexiblen Kunststoffgittern an Ort und Stelle fixierte Packungen. Das waren ganz eindeutig wahnsinnig teure Dauerlebensmittel in Standardrationen! Nopileos wusste recht gut, wie sich so etwas anfühlte – Luxusgüter hatte es im elitären Eibrütheim zu Firmenstolz schließlich alle Schnauze lang gegeben. Also hier hatte er nun einen kompletten, unangetasteten Fresswürfel, mit getrocknetem Salamander, echtem Wonton und Kalafarn, Stottgewürz, Majaglit, Knochenpudding und Kork und vielen anderen, schmackhaften Leckereien.

Nopileos hatte keinen blassen Schimmer, wie die Split an diese Lebensmittel herangekommen waren und was, um alles in der Welt, sie damit, an diesem eiverlassenen Ort, anstellten. Denn eins war sicher: So wenig ein Teladi Split-Nahrung zu sich nehmen konnte, so wenig konnten Split etwas mit Teladi-Proteinen anfangen! Aber das war ihm einstweilen egal. Er klaubte die erste Ration aus dem Würfel, löste sie aus dem Plastikgitter. Dann riss er die Metallfolienpackung begierig auf (es zischte leise) und schnüffelte an deren Inhalt. Oh! Geschreddertes Kangagemüse!

„Richtiges Feinschmeckerzeugs!“, fauchte er in freudiger Erwartung. Nopileos schaufelte das Gemüse mit seinen bloßen Krallen in sich hinein. Es dauerte nur einen kleinen Augenblick, bis er auch schon die nächste Packung aus der Frachtbox angelte und öffnete. Marmorierter Ngusi in Majaglit-Soße. Köstlich! Nicht einmal sein Großvater, der CEO, dinierte so vorzüglich! Jedenfalls nicht sehr häufig.

Vielleicht war dieser Container Teil einer Lieferung an ein Nobelrestaurant im Erzgürtel gewesen, oder er gehörte zur Bestellung eines teladianischen Nividum-Magnaten. Aber von wem auch immer all diese Köstlichkeiten geordert worden waren, er hatte vergeblich auf deren Eintreffen gewartet.

Der halbverhungerte Teladi riss ein Päckchen nach dem anderen auf und verschlang alles in Windeseile. Erst nach der siebten oder achten Packung signalisierte sein Echsenmagen, dass es nun genug sei. Nopileos strich sich befriedigt über den Bauch. Er schätzte, dass er den Inhalt des Containers kaum angetastet hatte, denn üblicherweise fasste ein solcher Behälter sechsundneunzig Rationen. Bei vorsichtiger Einteilung sollte er alleine mit dem Inhalt dieser einen Frachtbox viele Wozuras lang auskommen können. Und vielleicht gab es dort, wo die Box herkam, noch mehr davon!

Ermattet ließ er sich auf den steinharten Boden sinken. Wunderbar: Auch die Schlafgelegenheit entsprach den Bedürfnissen eines Teladi. Wenn es doch jetzt nur noch einen Schluck Wasser gäbe … Er tastete umher und fand, kaum zwei Schritte von dem Frachtwürfel entfernt, einen Trinkschlauch.

„Ich verstehe euch nicht, ihr da draußen“, zischte er leise und setzte den Schlauch an die Schnauze. Sein Weltbild in Bezug auf die Split war gerade dabei, ernstlich ins Wanken zu geraten. Man behandelte ihn halbwegs anständig, sorgte dafür, dass er zu essen und zu trinken bekam, und stellte ihm einen persönlichen Leibwächter – Gilha – zur Seite. „Ich meine“, sagte er in das Dunkel der Hütte hinein, „nicht, dass ich Einwände hätte. Aber wann hat man schon mal gehört, dass Split ihre Gefangenen ordentlich behandeln?“

Er rollte sich auf dem harten Boden gemütlich zusammen. Jetzt, mit vollem Magen und einem vergleichsweise sicheren Schlafplatz, schlug wieder sein gewohnter Optimismus durch. Mehr als ein Mazura bis zur nächsten Doppelmondnacht … bis dahin konnte noch viel geschehen.

KAPİTEL 11

Major Kho ist die fähigste Offizierin, die das USC zurzeit hat. Ich bin entschieden dagegen, sie auf dieses Himmelfahrtskommando zu schicken! Im Gegensatz zu Cpt. Brennan würde sie niemals irgendeinen unüberlegten Blödsinn anstellen!

ADMIRAL MORRISON,
United Space Command (USC), Erde

Während Ringos Mond hinter der *AP Nikkonofune* zurückfiel, überprüfte Elena die Instrumente. Beim Blick auf das Gravidar richteten sich ihre Nackenhaare auf. Da war er wieder, der verwaschene Blip, der in etwa fünfhundert Metern Entfernung alle Manöver ihres Raumschiffes nachvollzog!

„Niji! Sofort eine Aufstellung aller Objekte, die uns näher als einen Kilometer sind."

„Keine, Major Kho."

„Aber das kann nicht sein! Da ist ein Blip auf dem Gravidar, der relativ zu uns seine Position hält. Siehst du ihn nicht?"

„Tut mir Leid, Major Kho. Darüber liegen keine Daten vor."

Ratlos lehnte sich Elena zurück. Es existierten keine sonstigen Anzeichen für einen Defekt seitens des Bordcomputers und der Instrumente; auch der Selbstcheck vor dem Abheben der *AP Nikkonofune* hatte nichts dergleichen ergeben. Aber nichts anderes als ein technischer Fehler konnte es sein! Sie beugte sich zum Cockpitfenster hinüber und schaute angestrengt hinaus, entdeckte aber gegen das Schwarz des Weltraums nichts Besonderes.

„Zeige mir bitte die Protokolldatei des Gravidars, Ebene 3", verlangte sie. Ein Anzeigefeld sprang auf, das untereinander viele Zeilen von mit Zeitcode versehenen Einträgen auflistete. Elena sog scharf Luft ein. Bingo! Da war es auch schon: Die letzten beiden Einträge bezogen sich auf ein Objekt geringer Masse in einer Entfernung von genau einem halben Kilometer. Warum war sie nicht schon früher auf diese Idee verfallen? Sie nannte die Zeitcodes und forderte Niji auf, die entsprechenden Einträge zu kommentieren.

„Tut mir Leid“, antwortete der Bordcomputer, „aber zu diesen Zeitcodes liegen keine Einträge vor.“

„Verdammt!“, entfuhr es Elena. Die Sache wurde immer mysteriöser. Warum verleugnete der Bordcomputer die Einträge? Ihr kam eine Idee. „Du hast Innenkameras und kannst mich sehen, richtig, Niji?“ Der Computer bestätigte. „Kannst du das gesamte Cockpit sehen, oder nur mich?“

„Ich bin in der Lage, das gesamte Cockpit zu überwachen, Major Kho“, antwortete Niji wahrheitsgemäß.

„Gut“, triumphierte Elena. „Dann schau bitte auf meinen Zeigefinger und lies die Zeile, die du darunter siehst.“ Sie fuhr mit dem Finger die Zeilen des Protokolleintrags ab. Der Bordcomputer schwieg. „Niji?“

Plötzlich verschwand die Protokolldatei im Anzeigefeld und wurde durch etwas anderes ersetzt: ein weißes, stilisiertes T auf tiefschwarzem Hintergrund. Elena keuchte entsetzt auf. Das war das uralte Symbol der Terraformer-Flotte, ein Zeichen, das die Urangst der Menschheit vor intelligenten Maschinen weckte, generationenaltes Grauen heraufbeschwor!

„Niji! Was ist das?“

„Eine Nachrichtendrohne übermittelt uns einen Richtlaser-Funkspruch, Major Kho.“

„Aufzeichnen!“ Mit angehaltenem Atem beobachtete Elena, wie sich hexadezimale Zahlenkolonnen unter dem Terraformer-Symbol hindurchschoben. Während sie noch versuchte, den Zahlen einen Sinn abzugewinnen, blitzte es draußen für einen Sezurabruchteil taghell auf und blendete sie. Reflexartig griff die Raumfahrerin nach den Halteschlaufen in den Cockpitwänden und zwang sich, die Augen zu öffnen. Einige letzte, grellweiße Funken zerstoben im All. Als sie wieder klar sehen konnte, war nicht nur der seltsame Blip auf dem Gravidar verschwunden, sondern auch das Videofeld mit der hereinkommenden Übertragung. Hatte es sich bei dem Blip etwa um eine Nachrichtendrohne der Xenon gehandelt, die sich nach Übermittlung ihrer Botschaft selbst zerstört hatte? Was, um alles in der Welt, mochte das bedeuten?

„Aufgezeichnet?“, fragte sie mit zitternder Stimme. Der Schreck war ihr tief in die Knochen gefahren. „Kannst du den Inhalt der Nachricht dechiffrieren?“

Niji bestätigte. „Ja, Major Kho. Die Nachricht ist nicht verschlüsselt. Sie enthält außer der grafischen Information drei Koordinaten und drei Vektoren."

Elena überlegte angestrengt. So unwahrscheinlich es auch klang, aber seit ihrem Start von der Wolkenbasis war ihr eine Nachrichtendrohne der Terraformer gefolgt. Das Miniraumschiff schien nur auf einen Moment gewartet zu haben, in dem sich kein anderes Schiff in der Nähe befand, um seine Nachricht an die *AP Nikkonofune* abzustrahlen. Bloß – warum? Es war, als wüssten die Terraformer genau über jede ihre Bewegungen Bescheid! Sie erinnerte sich an den Abschuss der *USC Getsu Fune* über Argon Prime. Schon damals waren plötzlich Xenon-Jäger aufgetaucht, die sich alle Mühe gegeben hatten, sie abzufangen. Dass die *Getsu Fune* dabei in den Ozean der argonischen Hauptwelt gestürzt und versunken war, mochte ein unbeabsichtigter Unfall gewesen sein. Vielleicht hatte es schon seinerzeit nicht in der Absicht der Xenon gelegen, sie zu töten, sondern vielmehr, sie lebend gefangen zu nehmen!

Mit ein paar Handbewegungen ließ sich Elena Niji die übermittelten Koordinaten und Vektoren anzeigen. Sie erschrak, denn die erste Koordinate deckte sich genau mit der aktuellen Position der *AP Nikkonofune*, ein damit verbundener Vektor entsprach ihrem Weg von Ringos Mond bis hierher. Ein zweiter Vektor führte in einen Sektor, der dem boronischen Königinnenreich angegliedert war und den Namen Wolken der Atreus trug; die dazugehörige Koordinate stimmte mit keinem bekannten Himmelskörper überein, führte gewissermaßen ins Nichts. Beim dritten Vektor-/Koordinatenpaar handelte es sich um Angaben in einem lokalen Bezugssystem, die Niji nicht zuordnen konnte, ohne den boronischen Sektor aufzusuchen.

Sie wusste jetzt, was der Zweck der Nachrichtendrohne gewesen war, und welchen Sinn die Koordinatenpaare hatten: Es handelte sich um eine *Einladung*!

„Bloß: Einladung zu was?", murmelte sie. Gab es irgendetwas in den Wolken der Atreus, von dem die Boronen nichts wussten? Der Sektor war riesengroß, umspannte mehrere Sonnensysteme, viele Dutzend Planeten, Hunderte Monde, Tausende Kleinplaneten und Millionen, wenn nicht Milliarden, kleinerer Körper! Laut Niji gehörte er zu den Ausläufern der Halmnan-Aurora, einem Stern-Entstehungsgebiet, das sich vor allem durch die zentralen Sektoren der Split zog; die Wolken entsprachen somit der Aurora und waren nach Lar Atreus, einer Heldin aus der Sagenwelt des Königinnenreichs, benannt. Unwahrscheinlich, dass die Boronen auch nur über einen Bruchteil des gewaltigen Volumens dieses Sektors aktuelle Karten besaßen!

Wenn Elena in sich hineinlauschte, spürte sie vor allem zweierlei: eine Beklemmung, die ihren Magen kribbeln ließ, knapp unterhalb der Angstschwelle, sowie ungestüme Neugier. Die Terraformer schickten ihr eine persönliche Einladung, sogar eine unmissverständliche Aufforderung! Was wollten die Maschinen mit ihr anstellen? Sie sezieren? Kaum. Als Geisel gegen die *Gemeinschaft* einsetzen? Schwer vorstellbar.

„Wie lange wären wir unterwegs, wenn wir zu den Wolken der Atreus flögen? Knapp zwei Tazuras?“ Niji bestätigte. „Und etwas weniger, um von dort nach Argon Prime zurückzukehren, nicht wahr?“

„Das ist richtig, Major Kho.“ Der Bordcomputer zeigte unverlangt sezuragenaue Daten.

Elena nickte nachdenklich. Also maximal vier Tazuras für einen Rundtrip, inklusive Erkundung. Die *FL Regendrache* würde in frühestens fünf Tazuras in Port Thornton über Argon Prime einlaufen, ebenso Nola Hi, der boronische Wissenschaftsethiker mit seiner *Boron Riesenspaß*. Die geplanten Gespräche mit Ghinn t'Whht und Senator Gunnar dürften voraussichtlich weniger als einen Tazura beanspruchen. Ihre Mission nach Nif-Nakh wäre also nicht davon betroffen, wenn sie der mysteriösen Einladung folgte. Es sei denn, die Xenon ließen sie nicht mehr ziehen … Diese Gefahr war sehr real, doch Elenas Neugier obsiegte. Kurzerhand bereitete sie zwei Nachrichtendrohnen mit Informationen darüber vor, was sie zu tun beabsichtigte und wohin sie unterwegs war, eine an Ban Danna, die andere an Bala Gi. Sie behielt die Drohnen noch an Bord und würde sie erst beim Erreichen der Wolken der Atreus abschicken. Sie war viel zu neugierig, als dass sie sich ihr Vorhaben in den kommenden zwei Tazuras vorzeitig ausreden lassen wollte!

Kaum dass die Aufnahme der Nachricht beendet war, löschten beide Drohnen ihre Speicherbänke wieder – von Elena und Niji völlig unbemerkt.

KAPİTEL 12

Thuruk t'Mhhg erlangte seine historische Bedeutung durch Stärke, Intelligenz, Gewitztheit – und nicht zuletzt durch Gehlsa t'Pzzt, seine Leibeigene und weise Züglerin. Dereinst werde ich es Thuruk gleichtun!

RHONKAR T'NCCT,
Patriarch der Familie Rhonkar

Helles Licht fiel durch die Ritzen der Baumstämme. Nopileos richtete sich auf und blickte umher. Er benötigte eine Sezura, um sich zu orientieren, dann wusste er wieder, wo er sich befand und, was noch viel wichtiger war, wieso er hier war. Auf dem Boden lagen einige leere, metallisch glänzende Lebensmittelpackungen. Er sammelte sie auf und stapelte sie sorgfältig in dem umgedrehten Deckel des Frachtcontainers. Dann griff er nach dem Wasserschlauch. Während er noch einen tiefen Zug nahm, gab es draußen vor der Hütte Geräusche, und die Tür wurde aufgestoßen.

„Die Kreatur tritt heraus“, befahl eine harsche Stimme, die er sogleich als die Gilhas erkannte. Nopileos verschloss den Schlauch, setzte ihn ab und watschelte in das helle Sonnenlicht. Er blinzelte. Da war der riesige Krieger Thro t'Mggt und die dürre Gilha. Keiner der beiden führte eine Waffe mit sich. Man schien ihn für ziemlich harmlos zu halten. Zwei weitere Split musterten den Teladi interessiert: Einer war ein untersetzter, kräftiger Mann ohne Bart, Haupthaar oder Wimpern, dessen fahlgelbe Haut Jugend und Gesundheit signalisierte. Neben diesem stand eine schlanke Frau mit weißem Haar, das ihr bis hinab zu den Kniekehlen reichte. Ihre Haut schimmerte vornehm bleich, eher beige als gelb, und sie überragte ihren Begleiter um einen ganzen Kopf.

„Die Kreatur kniet nieder vor Rhonkar t'Ncct und seiner leibeigenen Gemahlin, Aqhn t'Frrt!“

„Tut sie nicht!“, widersetzte sich Nopileos störrisch. Wieder entsetzte ihn sein eigener Mut im selben Moment, als die Worte seine Schnauze verließen.

Die Frau mit dem langen Haar, Aqhn, blickte Rhonkar von der Seite an. Sie verzog die Mundwinkel ein wenig und machte eine undeutbare Handbewegung. Gilha, die Züglerin, blitzte den Teladi voller Wut und Hass an. „Die Kreatur kniet!“, wiederholte sie gepresst. Auch der Oberste Krieger Thro t'Mggt brüllte auf Nopileos ein. Er griff hinter sich. Jetzt erst bemerkte Nopileos, dass sowohl er als auch Gilha ihre Speere doch dabei hatten; die Waffen steckten mit den Spitzen im weichen Boden neben dem Steinpfad. Thro trat hinter Nopileos und schlug ihm den Holzspeer mit großer Wucht längs über die Kniekehlen, sodass der Teladi unwillkürlich zusammensackte.

Jetzt sprach Rhonkar zum ersten Mal. Er besaß eine sonore Stimme und beherrschte die Handelssprache so flüssig und akzentfrei wie ein Argone. „Thro und Gilha! Hat dieser Teladi nicht Schneid bewiesen, wie man ihn von seinesgleichen nicht kennt?“

Die beiden Angesprochenen stimmten zögernd zu.

„Warum zollt Ihr ihm dann nicht den Respekt, der einem fremden Krieger zusteht? Der Teladi steht auf.“

Nopileos erhob sich verwirrt. Er rieb seine schmerzenden Kniekehlen. Die cholerischen Reaktionen von Thro und Gilha konnte er einordnen, die ruhige, besonnene Art des Familienoberhauptes nicht. Was immer mit diesen Split nicht in Ordnung war, Rhonkar war die Ursache! Die beiden gemaßregelten Krieger rammten ihre Speere wieder ins Gras und blickten trotz des Tadels seltsam friedlich drein.

„Ist der Teladi bereit, unsere Fragen zu beantworten?“, wollte die langhaarige Aqhn von Nopileos wissen.

„*Hai* – wenn ich auch ein paar Fragen stellen darf!“

Wieder warf die Split-Schönheit Rhonkar einen Seitenblick zu. Diesmal kicherte sie heiser. „Sieh an, ein mutiger Teladi, wer hätte das gedacht!“

„Der Teladi darf zu gegebener Zeit fragen“, antwortete das Familienoberhaupt. „Zunächst gibt es aber einige wichtige Regeln hier bei uns. Diese Regeln wird der Teladi lernen und stets befolgen, oder er wird sterben. Er folgt mir.“

Eine warme Brise fuhr über die Lichtung und brachte die Bäume und das rote Gras zum Rascheln. Nopileos' Schritt stockte, als er erkannte, wohin man ihn führte. Rhonkar und Aqhn marschierten geradewegs auf die Mitte der großen Waldrodung zu, dorthin, wo die Endmoräne lag.

„Kreatur!“, sagte Gilha halblaut. Die Split-Frau schob den Teladi von hinten unsanft an. „Ihr wird heute nichts geschehen." Das klang beinahe versöhnlich. Nopileos beeilte sich, die zwei Längen aufzuholen, die das Familienoberhaupt und seine Gemahlin in der Zwischenzeit zurückgelegt hatten. Um den großen Felsblock herum gruppierten sich etwa fünfzig bis sechzig Split zu einem großen Kreis. Wie auch schon gestern war die Versammlung bunt gemischt: Alte, Männer, Frauen, selbst Kinder blickten den Neuankömmlingen gespannt entgegen. Man tuschelte leise miteinander: Wieder ein Punkt auf Nopileos' Liste der Dinge, die mit der Familie Rhonkar nicht stimmten. Der Kreis öffnete sich, um den Neuankömmlingen Platz zu machen.

„Auf den Marterstein mit dem Teladi", wies Aqhn Gilha an. Nopileos' Stirnschuppe erbleichte.

Gilha bemerkte es und verdrehte die Augen, bis das Weiße sichtbar wurde. Sie vollführte eine seltsame Geste mit der linken Hand. „Wenn es nach mir ginge", flüsterte sie Nopileos heiser zu, während sie ihn zur Moräne dirigierte, „dann würde ich schon heute die Innereien der Kreatur auf dem Stein zum Trocknen ausbreiten. Rhonkar aber tötet niemals ohne Grund." Am Stein angekommen, hob sie den Teladi kurzerhand hoch und stellte ihn auf die abgeflachte Oberfläche. „Also biete ihm einen Grund, Kreatur!" Gilhas Mundwinkel verzogen sich für einen Moment zu einem grausamen Split-Grinsen, dann drehte sie sich um und schritt zu Thro, Rhonkar und Aqhn zurück.

Nopileos fühlte sich furchtbar bloßgestellt und verlassen. Der Ring der Split zog sich in etwa zehn Längen Entfernung um ihn herum. Die Augen der jüngeren Split waren auf Nopileos gerichtet, als hätten sie noch nie zuvor einen Teladi gesehen. Ganz bestimmt wollten sie ihn, ebenso wie Gilha, am liebsten sezieren. Die älteren Split hingegen blickten Nopileos nicht gar so neugierig an. Vielmehr schienen sie gespannt, was ihr Familienoberhaupt zu sagen hatte. Zwei junge Split, kaum älter als sieben oder acht Jazuras, lösten sich unaufgefordert aus der Menge und gesellten sich zu Rhonkar. Eines der beiden Kinder war das Mädchen Hatrak, das Nopileos von gestern in Erinnerung geblieben war. Jetzt trat ein weiterer Split zu der Gruppe um Rhonkar und Aqhn hinzu. Er war steinalt. Seine Haut, runzelig und fleckig, besaß einen seltsamen Farbton zwischen grau und nikotingelb. Die langen Backenbärte, die ihm zu beiden Seiten von den Wangen hinabfielen, wehten dünn und zerzaust in der warmen Brise. Er bedachte seine beiden

Gebieter mit einer würdevollen Geste und drehte sich dann herum, um Nopileos aufmerksam zu mustern.

Rhonkar schritt auf den Teladi zu und blieb auf halber Strecke zwischen dem Ring aus Split und der Moräne stehen. Die anderen seiner Gruppe folgten ihm. Nopileos mutmaßte, dass dies die Führer und Entscheidungsträger des Dorfes waren, sowie die beiden Nachkommen des Familienoberhauptes.

„Familie!", rief Rhonkar und drehte sich zu den versammelten Split um. Das Tuscheln verstummte schlagartig, und auch die Kinder richteten ihre Augen auf den kahlköpfigen Split. „Freundfeinde, Bewohner von Ghus-tan!" Die sonore Stimme Rhonkars trug weit über die Lichtung. „Gestern Nacht versuchte diese Kreatur, dieser Teladi, sich unter Ausnutzung der Doppelmondzeremonie in unser Dorf zu schleichen." Nopileos' Augen weiteten sich. Das stimmte so doch gar nicht! Doch er schwieg, um die nächsten Worte Rhonkars abzuwarten, im Vertrauen darauf, später Gelegenheit zu erhalten, alles richtig zu stellen.

„Da dieser Vorfall in seiner Art einzigartig ist und unser aller Wohl betrifft, habe ich beschlossen, den Teladi öffentlich zu befragen, nach dem Vorbild des großen Ghus t'Gllt, dessen überlieferte Gesetze uns Glück und Freiheit schenken."

Glück und Freiheit? Nopileos fuhr sich mit der Zunge über die Nase. Wer war dieser „Ghus" und weshalb zog man hier Glück und Freiheit den üblichen Idealen der Split – Mord und Totschlag – vor?

„Golan t'Vllt, Ihr seid der Älteste der Familie Rhonkar. Eure Weisheit wird von uns allen sehr geschätzt. Ihr führt die Befragung durch." Das Familienoberhaupt machte die Geste der formalen Bitte. Der Alte mit der grauen Haut nickte seinem Herrn zu, unterließ es aber, eine Gebärde der Zustimmung zu formen. Beides – die formale Bitte Rhonkars, die er als Herrscher nicht nötig gehabt hätte, sowie das Unterlassen der formalen Bestätigung durch den Alten, die jeder Split seinem Herrn normalerweise schuldete – zeigte den versammelten Dorfbewohnern deutlich, dass Rhonkar dem Alten den Respekt eines Schülers gegenüber seinem Lehrer erwies, während Golan t'Vllt diesen Respekt stillschweigend voraussetzte, um so seine Würde als Meister nicht durch eine Geste der Unterwerfung herabzusetzen.

Nopileos, der mit den Gepflogenheiten der Split jenseits von Wutanfällen und Gemetzel nicht vertraut war, entgingen diese Feinheiten natürlich völlig. Er fragte sich, weshalb der Herrscher unten stand und er, der Gefangene, oben. Teladi und Menschen hielten es üblicherweise genau andersherum. Der Greis wandte sich ihm zu.

„Echsenfrau, seid gewiss, dass wir Euch foltern werden, wenn Ihr unsere Fragen nicht wahrheitsgemäß und schnell beantwortet."

Erstaunt bemerkte Nopileos, dass der Greis die Höflichkeitsform verwendete, die Split normalerweise nur guten Feinden und Gleichgestellten zuteil werden ließen. Aber dennoch: Ihm gleich im ersten Satz mit Folter zu drohen, sah den Burschen ähnlich! Vielleicht lag die wahre Natur der Split doch nicht so tief verborgen unter der Oberfläche der hiesigen Bewohner. Aber halt – Echsenfrau? Nopileos kam nicht dazu, darüber nachzudenken, denn der Greis verlangte Nopileos' Bestätigung.

„Tssshh, ja, werter Split, ich habe verstanden!"

Golan nickte befriedigt. „Euer Name?"

„Isemados Sibasomos Nopileos IV."

„Die Kreatur hält mich nicht zum Narren!", schrie Golan in urplötzlicher Wut hinaus. „Thro!"

Der große Krieger näherte sich mit hochgezogenen Mundwinkeln. „Herr?"

„Aber das ist wirklich mein Na …"

„Und ich bin Thuruk t'Mhhg! Thro, brecht der Kreatur den rechten Arm."

„Sehr, sehr gerne, Herr!" Der Oberste Krieger schritt auf Nopileos zu, der sich panisch nach einem Fluchtweg umschaute.

„Moment!", rief Aqhn t'Frrt, die Gemahlin Rhonkars. Das lange Haar wehte wie ein weißer Schleier um ihre hoch gewachsene Gestalt. „Wer ist dieser Ise … Nummer vier?"

„Gebieterin, die genannte Teladi ist die Enkelin der CEO. Sie ist die dümmste Echse aller Zeiten, aber sie wird bei den abscheulichen Boron-Kreaturen wie eine Volksheldin gefeiert. Sie …"

„Ah! Jener Teladi, der Nividium wertlos gemacht hat und den widerwärtigen Boron-Dingern 18 Milliarden Credits schenkte", rief Rhonkar, der sich jetzt an die Geschichte erinnerte, die ihm vor Wozurafrist zugetragen worden war.

„Ja, Herr. Aber diese Echse hier kann nicht die Brutfolgerin der CEO sein, denn die Enkelin der Vorsitzenden betreibt ein eigenes Unternehmen, das wertlose Programme für Wirtschaftscomputer verkauft."

„Das ist mein Eibruder Sissandras!“, rief Nopileos dazwischen.

„Ist die Kreatur gefragt worden?“, donnerte Thro sogleich und näherte sich wieder ein Stück.

„Lasst ihn aussprechen, Thro“, verlangte Rhonkar.

„Ich bin wirklich Isemados Sibasomos Nopileos IV! Mein Eibruder Isemados Sibasomos Sissandras IV ist es, der sich mit Software für AutoBroker selbständig gemacht hat. Und sie ist nicht wertlos, sondern äußerst erfolgreich!“

Aqhn kicherte krächzend. Sie wandte sich ihrem Gemahl Rhonkar zu. „Können wir für den Moment annehmen, dass der Teladi die Wahrheit sagt?“

Rhonkar hob die Hand zur Geste der Unsicherheit. „Normalerweise entlockt alleine die Androhung von Folter jedem Teladi die Wahrheit. Dieser hier ist aber mutiger als alle Echsen, die ich bisher erlegt habe. Golan!“

„Herr?“

Die Wut des alten Split war offensichtlich bereits verraucht. Er wirkte wieder so ruhig wie zuvor. „Golan, wir hören uns zunächst die gesamte Geschichte der Kreatur an, bevor wir über Wahrheit oder Unwahrheit entscheiden.“

Aqhn machte die Gebärde der Zustimmung, und Golan tat es ihr gleich.

„Ja, Herr. Thro, Ihr müsst euch noch gedulden.“

„Schade, schade“, murmelte der Oberste Krieger. Er zog sich zurück, ohne jedoch Nopileos aus den Augen zu lassen.

„Eins noch“, warf Aqhn ein, „wieso sprecht Ihr von der Kreatur in der weiblichen Form, Golan?“

„Gebieterin, die Echsen versuchen es seit langem zu verbergen, doch es ist unzweifelhaft, dass es keine männlichen Teladi gibt. Sie sind alle weiblich, ohne Ausnahme.“

Die schöne Split-Frau war sichtlich verwirrt. „Stimmt das, Teladi?“

Nopileos rollte sein linkes Ohr verlegen zwischen zwei Krallen. „Tshh – nun … ja.“

Aqhn gluckste mit unverhohlenem Vergnügen. „Ha! Also schön. Golan, fahrt mit der Befragung fort. Mein Gebieter?“

Rhonkar signalisierte Zustimmung.

Der Alte trat einen Schritt auf Nopileos zu und schaute den Teladi, dessen Stirnschuppe langsam wieder etwas an Farbe zu gewinnen begann, eine Weile aus verschiedenen Blickwinkeln an. Dann schnellte er mit einer Geschwindigkeit vorwärts, die man ihm nicht zugetraut hätte, und griff nach Nopileos' Gehklaue. „Seht!"

„Tshhhhh?" Der Teladi machte eine überraschte Ausweichbewegung und wäre beinahe von der Moräne gestürzt.

„Erklärt mir diese Male, Echsenfrau", verlangte der Split. Nopileos schaute an sich herunter. Was mochte der Alte meinen? „Und dort, auf Eurem linken Brustpanzer!"

Natürlich! Jetzt verstand er. Golan meinte die hässlichen Krater, die die Säure des Dschungeldrachens und der Insektenlarven auf seinen Schuppen hinterlassen hatte.

„Ich hatte eine Begegnung mit einem gewaltigen Insektenmonster! Um eine Schuppe hätte es mich …"

„Ihr habt mit einem ausgewachsenen *Ghok* gekämpft, Teladi?", unterbrach Golan voll ehrlichen Staunens und ließ den Fuß des Echsensprösslings los. Nopileos ruderte mit den Armen. „Berichtet uns davon!"

Ein Raunen ging durch die Reihen der versammelten Dorfbewohner. Ein *Teladi* wollte gegen die gefährlichste aller Kreaturen dieses Planeten gekämpft und überlebt haben? So unglaublich es klang, die Verätzungen auf den sechseckigen Panzerschuppen der Echse sprachen eine deutliche Sprache.

Nopileos zögerte einen Sezurabruchteil. Genau genommen hatte er vielmehr die Klauen in die Hand genommen und war vor der Bestie geflüchtet. Aber musste er das preisgeben? Man schien etwas Anderes hören zu wollen. „O ja, werter Split!", antwortete er daher kurzerhand. „Ich habe dem Wesen mit dem Messer in der Klaue gegenübergestanden, nachdem es mich im Schlaf überraschte. Es ist entsetzlich! Sein Blut leuchtet in der Nacht, und es brennt wie flüssiges Feuer!"

„O ja. Aber wenn man es in einem Glasbehälter auffängt, wird es nach einem halben Tazura dunkel und ergibt eine Tinte, so schwarz wie der Tod", sagte der Alte wie beiläufig. Er wandte sich Rhonkar und Aqhn zu. „Herr, die Kreatur spricht zweifellos die Wahrheit. Ihre Verletzungen beweisen es."

Rhonkar nickte. Da es auf dieser Insel schon seit vielen Jazuras keine Ghoks mehr gab – er selbst hatte sie systematisch ausrotten lassen – war die Echse offensichtlich vom Festland hergekommen. Und was auch immer sie auf Nif-Nakh machte, sie tat es mit bloßen Händen und ohne Ausrüstung, denn andernfalls hätte der Ghok ihr nicht so schwer zugesetzt. Das Familienoberhaupt bildete mit allen sechs Fingern der rechten Hand das Zeichen der vorbehaltlichen Anerkennung. Viele seiner Untertanen taten es ihm gleich. Die komplizierte Gebärde breitete sich rasch über den Kreis der Split aus; selbst Hatrak, Rhonkars Tochter, die Nopileos gestern Nacht noch hatte leiden sehen wollen, hob die Hand.

„Macht weiter, Golan", forderte Rhonkar den Alten auf.

„Ja, Herr. Echsenfrau, berichtet uns, auf welchem Wege Ihr zu uns gelangt seid. Beginnt mit dem Tordurchgang, der euch in dieses Sternensystem geführt hat."

„*Hai*, ja, werter Split-san …"

„Und fasst Euch kurz, Enkelin der CEO, denn wir haben nicht so viel Geduld mit Euch wie das Ghok!"

„Aber ja! Also …"

„Und vergesst nicht den Absturz Eures Raumschiffes!"

„Nein. Aber – woher … wieso …? Tshhhh?"

Der Dorfälteste schaute Nopileos triumphierend an. „Von Euch selbst, in diesem Augenblick, geschwätziges Echsenwesen. Versteht Ihr?"

In der folgenden Inzura schilderte Nopileos den staunenden Split in groben Zügen die Geschichte seines Hierseins. Hatte er zunächst noch beabsichtigt, sich an des Dorfältesten Weisung zu halten und nur knapp und kurz zu berichten, brachten ihn die vielen Zwischenfragen des Familienoberhauptes, Golans und Aqhns schnell von seinem Vorsatz ab. Als er an den Punkt gelangte, an dem es um den Zusammenstoß der *Nyanas Glück* mit dem Abfangjäger Cho t'Nnts, des Sonderbevollmächtigten des Patriarchen, ging, zögerte er. Hatte er sich verplappert? Brachte ihn seine Offenheit nicht in eine Lage, aus der er sich nicht mehr würde herausreden können? Andererseits waren diese Split Gegner des Patriarchen. Sollte es sie also nicht freuen, dass er einen, dem Patriarchen aller Split nahe stehenden, Krieger aus dem Verkehr gezogen hatte?

„Teladi, hatte ich schon unsere geringe Geduldsspanne erwähnt?", drängte Golan t'Vllt, als Nopileos nicht weiter sprach.

„O ja, werter Split!", beeilte sich Nopileos zu sagen, „Sehr deutlich sogar! Nun, unmittelbar nach meiner Ankunft im Orbit Nif-Nakhs stellte sich heraus, dass meine Freundin Elena Kho und ihr Eibruder Kyle-William Brennan mit seinen Gefolgsleuten in Lebensgefahr waren. Ein …“

„Moment!“, rief Rhonkar dazwischen. „Brennan und t’Kho, das sind die Fremden, die mit einem Sprungschiff in die *Gemeinschaft der Planeten* kamen, Teladi, ist das richtig?“

„Ja, o Kollege Rhonkar!“

Gilha und Thro, die sich während der gesamten Befragung still verhalten hatten, verzogen ihre Mienen zu zornigen Grimassen, als sie den Teladi ihren Herrn „Kollege“ nennen hörten, doch sie hielten sich im Zaum. Rhonkar hingegen ging nicht auf diese höchst unangemessene Anrede ein.

„Erstaunlich“, murmelte der kahlköpfige Split stattdessen. „Weiter.“

Nopileos wackelte mit den Ohren. „Jedenfalls hätte Cho t’Nnt Brennans oder Elenas Schiff abgeschossen. Darum habe ich meinen Bordcomputer angewiesen, seinen Abfangjäger zu rammen. Cho ist verglüht und ich bin mit meinem Schiff abgestürzt.“

Wieder erhob sich leises Tuscheln unter den Anwesenden, und diesmal hielt es lange an. Ein älterer Split, der Nopileos bekannt vorkam, trat einen Schritt aus dem Kreis hervor, wandte sein Gesicht dem Familienoberhaupt zu und kniete nieder.

„Ihr habt ihn *gerammt*?“, erkundigte sich Rhonkar ungläubig. „Zhi t’Nnt, erhebt Euch und kommt zu mir“, befahl er dem knienden Krieger. Dieser tat, wie ihm geheißen.

„Das musste ich, denn mein Schiff besitzt, besaß … keine Waffen. Nicht mal einen Asteroidenlaser!“

Aqhn t’Frrt, die Gemahlin Rhonkars, trat an die Moräne heran und blickte nach oben. „Teladi, entweder Ihr seid völlig verrückt, oder aber Ihr besitzt mehr Courage, als je eine andere Echse zuvor. Cho t’Nnt war einer der unseren.“

„Das – das wusste ich nicht!“, stotterte Nopileos entsetzt. Die langhaarige Split-Frau deutete ein Kopfnicken an und ehrte den Teladi mit einer anerkennenden Geste.

„Kommt von dem Marterstein herunter und tretet Zhi t’Nnt, dem Vater des von Euch getöteten Split, gegenüber“, verlangte Rhonkar.

Nopileos’ Stirnschuppe verlor an Farbe, und seine Knie wurden weich. *Eiersalat!* Hätte er das wissen können? Musste das wirklich sein? Er hatte überhaupt kein Verlangen, dem Vater Cho t'Nnts gegenüberzutreten! Er ließ sich in die Hocke nieder, stützte sich mit beiden Klauen ab und rutschte an dem glatten Stein nach unten. Dann watschelte er auf Rhonkar zu.

Der Split wandte sich an die versammelten Dorfbewohner und hieß sie, ihren Alltagsaufgaben nachzukommen: „Ihr seid nun im Besitz aller Informationen, die auch ich besitze. Doch jetzt muss ich eine Entscheidung treffen – alleine." Zügig löste sich die Versammlung auf. Nopileos sah ausschließlich zufriedene Gesichter.

KAPİTEL 13

Viele Trilliarden Zyklen nach der Initialisierung nimmt die Gesamtzahl der möglichen ZUSTÄNDE erstmals drastisch ab, während die Summe der rückverfolgbaren KAUSALFAKTOREN die Bandbreite des Verarbeitungsfensters übersteigt.

TF/CPU 10 D0 EF AA,
Bewertungen

Langsam und still, fast schon verstohlen, schob sich ein riesiger Schatten vor die Scheibe einer nur noch stecknadelkopfgroßen Sonne im Sektor Wolken der Atreus. Seine zylindrische Form, die sich zum Heck hin verbreiterte, verriet, dass es sich hierbei nicht um einen Asteroiden oder eine andere natürliche Erscheinung handelte. Die Außenhaut war von einer Beschaffenheit, die nur wenig Licht reflektierte, und obwohl es ganz eindeutig ein Schiff oder eine andere Maschine war, blieb das elektromagnetische Spektrum fast vollständig ruhig. Das gewaltige Objekt fiel antriebslos und nach außen hin beinahe inaktiv durch den Raum, wobei es langsam um seine Längsachse rotierte, um die Gravitationssignatur seiner gewaltigen Masse zu mindern. Ein gutes Dutzend weiterer Schiffe bewegte sich auf parallelen Flugbahnen; sie waren weitaus kleiner, aber äußerlich genauso inaktiv wie der große Zylinder, den sie begleiteten.

Elena erkannte das dunkle Schiff sofort. Ihr erster, instinktiver Impuls, nachdem es zunächst als verwaschener Fleck auf dem Gravidar und kurz darauf als konturlose Silhouette in der optischen Fernortung aufgetaucht war, galt der Flucht. Viele Jahrhunderte lang waren die Menschen der Erde auf Furcht und, falls möglich, sofortige Flucht beim Anblick von Terraformern konditioniert worden, obwohl die letzte Konfrontation zwischen den Maschinen und der Erde bereits weit über ein halbes Jahrtausend zurücklag. Nur mit Mühe gelang es der Raumfahrerin, ihren Reflex zu unterdrücken und die *AP Nikkonofune* auf dem veranschlagten Kurs zu halten. Nicht nur, dass Elena genau wusste, um was es sich bei dem Riesenzylinder handelte, sie hatte ihn schon einmal gesehen! Denn dies war eben jenes CPU-Schiff, von dem

Hochwürden Somancklitansvt während der IKSZ-Konferenz auf Hewa Aufnahmen präsentiert hatte. Elena überprüfte mit fliegenden Händen die Instrumente. Dass Paraniden und Split Flottenverbände zusammenzogen und dies noch einige Wozuras dauern würde, war ihr bekannt. Aber wo blieben die Beobachter? Man sollte doch annehmen, dass die Dreiäugigen das von ihnen entdeckte CPU-Schiff, das sie zu vernichten beabsichtigten, ständig überwachten! Doch das Gravidar wies nichts weiter aus als die Masse zweier Planeten, von denen der nächste mehr als 12 Astronomische Einheiten von der *AP Nikkonofune* entfernt war. Keine Schiffe, keine Installationen, überhaupt nichts in der öden Leere der äußeren Regionen dieses Sonnensystems, außer dem CPU-Schiff selbst und seinen Begleitern. Gab es etwa anderenorts noch ein weiteres dieser uralten Denkschiffe der Terraformer?

Der titanische Zylinder des CPU-Schiffes ließ sich jetzt bereits mit bloßem Auge ausmachen; er hob sich wie eine fette schwarze Made gegen die farbigen Nebel dieses Raumsektors ab. Elena entnahm Nijis Datentafeln, dass der Terraformer eine Länge von 850 Metern aufwies und im Mittel 165 Meter durchmaß. Trotz Zuhilfenahme der elektronischen Sichtverbesserung gelang es jedoch erst bei einer Entfernung von unter drei Kilometern, Details der Hülle des Xenons aufzulösen. Elena wies Niji an, den Flugvektor der *AP Nikkonofune* dem des Terraformers anzugleichen, sodass der kleine M4/Buster relativ zu dem Giganten unbeweglich verharrte. In Wirklichkeit fielen sowohl der Zylinder als auch Elenas Schiff mit fünfzehn Prozent der Lichtgeschwindigkeit dem weit draußen liegenden Sprungtor dieses Systems entgegen und würden es in einigen Stazuras erreichen.

Was die Maschinen von ihr erwarteten, wusste Elena nicht. Noch immer verhielt sich der Pulk der schwarzen Begleitschiffe völlig inaktiv. Gelegentlich züngelte hier und dort eine blassblaue Flamme aus einem Justiertriebwerk auf, aber keines der Kampfschiffe machte Anstalten, aus seiner Bahn auszubrechen. Elenas Herz schlug fast bis zum Hals, als sie die Außenwand des CPU-Schiffes mit dem Bordteleskop abtastete und dabei auf das riesige Symbol der Terraformer-Flotte stieß, dessen zerfressene, geschwärzte Umrisse von einer wechselhaften Geschichte zeugten. Überhaupt wirkte die Hülle des Zylinderschiffes sehr mitgenommen: Sie war über und über von einem unregelmäßigen Schleier bedeckt, der sie rau und uneben machte; sie wies Krater, Irregularitäten und Unterschiede in der strukturellen Beschaffenheit auf, als sei sie vielfach geflickt und ausgebessert worden. Jener wie Sandpapier wirkende Schleier musste aus Millionen Einschlagskratern von Mikrometeoriten bestehen, so winzig, dass sie zwangsläufig unterhalb der maximalen Auflösung des Teleskops blieben. Dieser Terraformer war schon lange, sehr lange im All unterwegs, möglicherweise hundert oder mehr Jazuras! Elena deaktivierte die Sichtverbesserung und schnippte die Kontrollen des Bordteleskops mit einer Fingerbewegung davon. Das virtuelle Schaltpult verschwand und machte wieder der realen Konsole der Schiffssteuerung Platz.

Da die Begleitschiffe des CPU-Schiffes keinerlei Zeichen feindlicher Handlungen zeigten, obwohl sie die Annäherung der *AP Nikkonofune* schon seit mindestens einer Stazura verfolgen konnten, beschloss Elena, langsam Fahrt aufzunehmen und sich näher an den Koloss heranzuwagen. Ihre Handflächen schwitzten leicht – eine Eigenschaft, die sie noch nie zuvor an sich bemerkt hatte. Nervosität brummte auch in ihrem Magen und in ihrer Brust, aber die blanke Furcht vor den Maschinen war weitestgehend abgeklungen. Elena wischte ihre Handflächen am Overall ab und ergriff die Steuerzapfen. Natürlich würde Niji die *AP Nikkonofune* in einem Notfall besser als sie steuern können. Aber sie brauchte das Gefühl der Sicherheit unmittelbarer Kontrolle, das ihr jetzt nur die manuelle Flugsteuerung geben konnte.

Bei einer Entfernung von nur noch anderthalb Kilometern ließ Elena Niji erneut die Dimensionen des Terraformers anzeigen. Das CPU-Schiff wirkte so unfasslich groß, dass die menschlichen Sinne es automatisch zu verkleinern suchten, zumal die Dunkelheit und die harschen Kontraste des Vakuums Schätzungen ohnehin erschwerten. Doch die Werte stimmten: 850 mal 165 Meter. Fast schon im Schritt-Tempo passierte die *AP Nikkonofune* den von den schwarzen Begleitschiffen gebildeten Kordon. Die Xenon-Jäger verschwanden fast gegen den gewaltigen Leib des Terraformers, wirkten wie ein dünner Mückenschwarm im Dunstkreis eines gestrandeten Blauwals. Elena legte den Kopf in den Nacken. Der schwarze Zylinder erdrückte alles, füllte bereits ihr ganzes Blickfeld aus, von oben bis unten und von links nach rechts. Niemals wieder in der Geschichte der Menschheit hatte man derart massive Strukturen im Weltraum erschaffen. Aber vielleicht würde man sich eines Tages gezwungen sehen, damit wieder zu beginnen.

Unvermittelt flammten auf der Kraterlandschaft der Hülle vor ihr gleißend weiße Lichterketten auf, die sich spiralförmig um den Zylinder herum rankten. Elena zuckte zusammen, beherrschte sich aber so weit, ihren Impuls nicht auf die Steuerung zu übertragen. Aus der Nähe betrachtet bestanden die Lichter nicht aus Ketten, sondern einzelnen Lichtpunkten, jeder mindestens zehn Meter vom nächsten entfernt. Es handelte sich um echte physikalische Leuchtkörper, nicht um Landekorridor-Hologramme, wie sie in der *Gemeinschaft der Planeten* üblich waren. Elena begriff augenblicklich, dass dies eine Aufforderung des CPU-Schiffes war, die bedeutete: Hier entlang! Mit feuchten Händen bugsierte sie die *AP Nikkonofune* längsseits der Bugwand des rotierenden Zylinders nach vorne, bis sie die große, 165 Meter durchmessende Frontalfläche erreichte. Die Fläche unterteilte sich in acht riesige Segmente, die in diesen Momenten nach außen wegklappten, sich aufrichteten und zum All hin öffneten. Schwaches Leuchten glomm im Innern auf, während gleichzeitig die weißen Lichterketten auf der Außenhaut erloschen.

Elena zögerte. Sie war nicht dafür bekannt, ängstlich zu sein, aber jetzt zitterte sie am ganzen Körper. Dabei fürchtete sie sich nicht einmal davor, zu sterben. Nein, es war die Präsenz des uralten, archetypischen Menschheitsfeindes, die sie innerlich schaudern machte. Doch sie kannte sich selbst gut genug, um zu wissen, dass es nichts gab, das sie jetzt noch von ihrem Vorhaben abbringen würde. Warum es also hinausschieben? Beherzt lenkte sie die *AP Nikkonofune* in den Schlund des Kolosses. Hinter dem kleinen M4/Buster klappten die acht Torsegmente wieder zu. Ein orangefarbenes Licht auf der Instrumentenkonsole blinkte stumpf auf.

„Niji?“

„Man hat mir ein Standardlandeprotokoll übermittelt, Major Kho. Es entspricht der Protokollrevision 18, die seit Jazura 4 z. T. als überholt gilt.“

„Aber du kannst die *Nikkonofune* trotzdem hier landen?“

„Ja, Major Kho, allerdings unterstützt das M4 nicht das Auffrischen der Betriebsstoffe nach Revision 18.“

Elena schwieg und schaute angestrengt aus dem Cockpit hinaus. Langsam rotierten die Innenwände um das winzige argonische Schiff, das sich dieser Drehung noch nicht angepasst hatte. Üblicherweise wurde der Rotationsausgleich in Weltraumstationen durch ein gegenläufiges Landekarussell vollzogen, doch so etwas schien es hier nicht zu geben. Stattdessen benutzte Niji die Lagekontrolldüsen, um die Bewegung anzugleichen. Fast sofort gewann die Umgebung für Elena zwei neue, subjektive Qualitäten hinzu: oben und unten.

Rechteckige Leuchtkörper, in langen Reihen an Decke und Boden angebracht, flammten auf wie riesige Neonröhren. Manche der fünf Meter langen und einen Meter breiten Leuchtelemente flackerten nervös, andere sprangen nur kurz an, um sofort wieder zu erlöschen; einige blieben von vornherein dunkel. Trotz der unsteten Lichtverhältnisse sah Elena jetzt mehr als zuvor: Zur linken und rechten Seite erstreckten sich entlang der Innenwand des Landekorridors Reihen von Ausbuchtungen, die jeweils mit einem langen mechanischen Greifarm ausgestattet waren, der stark einem Lastenkran für Mikrogravitationsumgebungen ähnelte. Liegebuchten für Kleinraumschiffe! Für welche Art von Schiffen die Buchten vorgesehen sein mochten, konnte Elena sich jedoch nicht vorstellen. Die üblichen Xenon-Kampfschiffe waren, trotz ihrer schlanken Eleganz, viel zu groß für diese Vorrichtungen. Nicht einmal die Begleitschiffe des CPU-Schiffes würden hier hineinpassen! So weit Elena es überblicken konnte, war keine einzige Bucht mit einem Schiff belegt. Zwischen und neben den Parkbuchten verliefen metallene Schienen, die sich bis zum Abschluss des Landetunnels zogen. Zuerst konnte sich Elena auf diese Gleise keinen Reim machen. Als sich die *AP Nikkonofune* aber dem Abschlussstück des Tunnels immer weiter näherte, sah sie Dutzende großer Maschinen, die dicht hintereinander auf den Schienen hockten und sich an das Tunnelende drängten wie dunkle Perlen auf einer Schnur. Das mussten Wartungs- und Versorgungsroboter für gelandete Schiffe sein. Doch sie waren inaktiv, und das wahrscheinlich schon seit sehr langer Zeit.

Zwei blassblaue Gasstrahlen zischten nach vorne am Cockpitfenster vorbei und stoppten die Vorwärtsbewegung der *AP Nikkonofune*. Links begann sich einer der langen Greifarme zu bewegen. Ruckartig zunächst, als werde er von einem festgefressenen Elektromotor angetrieben, bewegte er sich auf die *AP Nikkonofune* zu. Elenas Hände spannten sich um die Kontrollen, bereit, sofort Abstand zwischen ihr Schiff und den scheinbar beschädigten Greifer zu bringen. Bevor es jedoch zu einer Kollision kommen konnte, glichen sich die Bewegungen des mechanischen Greifarms halbwegs aus. Elena lockerte den Griff um die Steuerzapfen, ließ aber nicht vollends los. Der Lastengreifer verankerte sich mit einem deutlichen „Klonk“ oben und unten am Rumpf des argonischen Schiffes und zog es innerhalb weniger Sezuras in eine der Landebuchten hinein. Draußen surrte etwas mit dem Geräusch einer Antriebskette. Ein metallisches Schaben fuhr durch die Bordwand der *AP Nikkonofune*, dann versiegten alle Aktivitäten.

„Und jetzt was?“, fragte Elena in die entstehende Stille hinein. „Niji? Was sagt das Landeprotokoll?“

„Ein Docktunnel wurde an der Backbordschleuse der *AP Nikkonofune* verankert, Major Kho. Revision 18 schreibt den Aufbau einer für Menschen verträglichen Schwerkraft und Atmosphäre als Abschluss der unmittelbaren Landeprozedur vor.“

„Aber das ist nicht geschehen, nicht wahr?“

„Doch, Major Kho, die Werte sind positiv.“

„Das heißt, ich kann da draußen atmen?“, fragte Elena erschüttert. Es wollte ihr nicht einleuchten, warum ein vollautomatisches Terraformer-Schiff, ein Xenon, Lebenserhaltungssysteme mitführte. Niji bestätigte.

Elena wischte mit ihren Händen über den Overall. Langsam wurde ihr die Strategie der Xenon bewusst. Die Maschinen präsentierten lediglich Informationen; sie überließen ihr die alleinige Entscheidung darüber, was sie damit anfing. Sie hätte den Koordinaten, die in die Wolken der Atreus führten, nicht folgen müssen. Auch hätte sie die *AP Nikkonofune* nicht durch den Kordon der Xenon-Jäger in den Terraformer steuern müssen. Ebenso würde man es ihr nun freistellen, das Schiff zu verlassen oder an Bord zu bleiben. So unwirklich es auch schien, die Maschinen verzichteten offenbar freiwillig auf Gewaltandrohung und jeglichen Zwang.

Eine Mizura später stand Elena in der geöffneten Schleuse. Trotz der offensichtlich vorhandenen Atmosphäre hatte sie sicherheitshalber einen Raumanzug angelegt, allerdings blieb die Membran, die sich zu einem Helm aufrichten konnte, zusammengerollt im Halsstück des Anzugs. Im Gefahrenfall würde sie sich innerhalb von Picosezuras automatisch aufklappen und Elena damit selbst vor einer explosiven Dekompression schützen. Sie trat hinaus und atmete vorsichtig ein. Die Luft war kühl und frisch, nicht abgestanden und stickig, wie sie es erwartet hatte. Trotzdem schmeckte sie irgendwie anders als die immer gleiche Einheitsatmosphäre, die von den Atmosphäretauschern der *Nikkonofune* und allen anderen Schiffen und Stationen der *Gemeinschaft der Planeten* für Menschen erzeugt wurde.

Elena schaute sich um. Der Gang, in dem sie stand, war wenig mehr als eine zwei Meter hohe und breite Röhre, mit einem Gitterrost als Boden und – teilweise defekten – Leuchtkörpern an der Decke. Auf der innen liegenden Gangseite wiederholten sich alle fünfzehn Meter Durchgänge, die zu einer der leeren Parkbuchten führten. Während sie den Gang entlangschritt, zählte Elena 25 davon. Da es, wie sie wusste, zwei Stränge mit Buchten auf jeder Seite des Landetunnels gab, folgte daraus, dass der Terraformer in seinem Innern mindestens hundert Kleinraumschiffen Platz bot. Aber welcher Art, und wo waren sie? Elenas Stiefel klapperten laut auf dem Gitterrost, als sie weiterging.

Am Ende des Röhrengangs erwartete sie ein schmuckloser Fahrstuhl, dessen Türen zischend auffuhren, als sie sich näherte. Diesmal gab es kein Zögern. Sie trat ein und fühlte gleich darauf, wie der Aufzug nach oben beschleunigte und sofort wieder abbremste. Die Türen fuhren auf, und sie trat hinaus.

Das Erste, was ihr auffiel, waren die senkrechten Wände: Dieser Gang war keine Röhre! Als Nächstes bemerkte sie, dass ihre Stiefel Abdrücke auf dem Boden hinterließen. Sie ging in die Hocke und fuhr mit dem Handschuh durch ihre Fußspur hindurch. „Staub!“, murmelte sie. Der Boden war mit einer halbzentimeterdicken Schicht grauen Staubs bedeckt. Als sie das Flocken bildende Pulver zur Seite wischte, kam etwas zum Vorschein, das ihr die Sprache verschlug: blauer Teppich! Unter dem Staub war der komplette Gang mit einem graublauen Teppich ausgelegt, der von geometrischen Linien in schmutzigem Gelb durchzogen wurde …

Sie richtete sich auf, als voraus eine Tür einladend auffuhr. Vorsichtig, um auf der dicken Staubschicht nicht auszurutschen, ging sie auf die Tür zu. Auf einer Plakette daneben stand: „Zentrale“. Und eine Zeile darunter: „Eva 2092“.

KAPITEL 14

Nur ein Narr hat Angst!
THI T'GGT,
Erster Krieger der Familie Honh

„Zhi t'Nnt ist der Vater von Cho t'Nnt. So, wie Cho Leibeigener der Familie Zein war, ist Zhi Leibeigener meiner Familie, der Familie Rhonkar“, erläuterte das Oberhaupt später im Langhaus. „Doch Blutsbande verblassen nie.“

Zhi, ein alternder Krieger mit weißen Backenbärten, beugte sich zu Nopileos hinüber. „Es ist eine große Schande, von einem Teladi im Kampf besiegt zu werden!“

„Bei meinem Volk ist es eine Ehre, einen Split zu besiegen“, erwiderte Nopileos schnippisch. Er fühlte sich mittlerweile recht sicher unter den Split. Rhonkar hatte zwar klargestellt, dass alles, was gesagt worden war, noch überprüft werden würde. Aber Nopileos hatte ja nichts als die Wahrheit berichtet. Irgendwie musste er wohl das Bild, das sich die Split von Teladi machten, genauso nachhaltig auf den Kopf gestellt haben, wie die Bewohner von Ghus-tan das seinige von den Split.

„Ich reiße der Kreatur Arme und Beine aus!“, knurrte Zhi t'Nnt, wie um diese Gedankengänge Lügen zu strafen. Rhonkar warf ihm eine undeutbare Gebärde zu. Zhi wurde bleich. „Vergebung, mein Gebieter!“

„Schon gut. Zhi, lasst mich jetzt mit dem Teladi allein. Meine Entscheidung will ich alleine fällen. Ich werde nach Euch rufen, wenn ich Euch benötige.“

Der Krieger bestätigte mit einer flinken Geste und verließ das Langhaus unverzüglich.

Nopileos fiel der verunsicherte Gesichtsausdruck des Split auf, als dieser an ihm vorbeihastete. Eigentlich hätte er offene Feindseligkeit erwartet!

„Teladi, ihr müsst wissen, dass Eure Ankunft in Ghus-tan für mich nicht so überraschend kommt, wie für Thro und den Großteil der Familie“, eröffnete Rhonkar, als die Tür hinter Zhi t’Nnt zugefallen war. „Selbst Aqhn t’Frrt ahnte nichts.“

„Ihr, Ihr wusstest, dass ich nach … in Euer Dorf kommen würde?“, zischte Nopileos verständnislos. „Aber wie? Ich wusste es nicht einmal selbst!“

Rhonkar zog einen roh behauenen Holzschemel unter dem Tisch hervor und ließ sich Nopileos gegenüber nieder. „Dass Ihr, ein Teladi, kommen würdet, das wusste ich nicht, nein. Aber an dem Tag, an dem das Wort des Krieges direkt am Himmel über Ghus-tan geschrieben stand, wurde mir bewusst, das unser Dorf nicht länger eine verborgene Existenz auf Nif-Nakh führen kann. Es war nur eine Frage der Zeit. Könnt Ihr mir folgen?“

Nopileos wedelte mit den Ohren. „Das Wort des Krieges? Ich verstehe nicht …“

„Euer brennendes Schiff zog eine dichte, graue Qualmwolke mitten über unsere Insel, als es abstürzte. Mein alter Lehrmeister und Freundfeind, Golan t’Vllt, nannte dieses Ereignis das Wort des Krieges, da die Gebärden für Wort und Wolke gleich sind. Ein Wortspiel, gewissermaßen.“ Rhonkar zog die Mundwinkel in der Entsprechung eines Lächelns nach unten. Was er dem Teladi verschwieg, war, dass er Golan beinahe getötet hätte, als dieser zu behaupten wagte, die Familie Rhonkar sei der Sprache des Wort des Krieges nicht ausreichend mächtig. Nur Hatraks beherztes Zügeln hatte Golan t’Vllt gerettet. Im Nachhinein war Rhonkar seiner Tochter sehr dankbar für ihr Eingreifen.

„Ihr wisst, in welche Richtung mein Schiff geflogen ist?“, fragte Nopileos atemlos. In ihm tobte ein Orkan aus Aufregung, Frustration und Erstaunen. Seine Instinkte hatten ihn doch nicht im Stich gelassen. Trotz aller Verwirrung nach der Begegnung mit dem Dschungeldrachen hatte er die richtige Marschrichtung gewählt. Das konnte kein Zufall sein!

„Jeder hier weiß es, denn alle haben es gesehen. Allerdings hat nicht jeder die richtigen Schlüsse daraus gezogen. Eines will ich von Euch wissen, Teladi. Wird man nach Euch und Eurem Schiff suchen?“

„Ich weiß nicht. Mein Großvater …“

„Der CEO der Teladi interessiert mich nicht!“, fuhr Rhonkar dazwischen. Er schlug mit der Faust auf den Tisch. „Wie sollten mich Eure feigen Artgenossen auch kümmern?“

„Aber …“

„Ich will wissen, ob der Patriarch von Chin nach Euch suchen lassen wird. Oder nein. Er wird suchen, das ist gewiss. Aber wie intensiv wird er suchen, wie wichtig seid Ihr ihm?“

Nopileos ließ sich Zeit mit der Antwort. Wie wichtig er – oder die *Nyanas Glück* – für Chin waren, hing davon ab, wie viel der Patriarch über den wertvollen Inhalt des Bordcomputers der Yacht wusste, und davon, wie sehr er den Tod seines Vertrauten, Cho t'Nnts, rächen wollte. Im letzten Moment ermahnte Nopileos sich selbst, Rhonkar nichts vom Speicherinhalt des Bordcomputers zu sagen.

„Man wird mich suchen“, antwortete er vorsichtig. „Im Dschungel auf dem Festland habe ich einen Jagdflieger des Patriarchen im Tiefflug gesehen. Ich glaube, er bewegte sich entlang der Qualmwolke … des Wort des Krieges, meine ich.“

Rhonkar nickte. „Es waren ihrer drei. Wir haben sie auch bemerkt, aber sie uns nicht. Teladi, ihr seid ein unwägbares Sicherheitsrisiko. Ich gewähre euch das Leben eines Freundfeindes bis zur nächsten Doppelmondnacht, unter ständiger Überwachung. Danach … aber lasst uns Zhi t'Nnt hereinrufen, denn mein Urteil betrifft ihn und Euch gleichermaßen.“

Der Patriarch rief nach seinem Leibeigenen, der eilig herbeikam, sichtlich darüber erleichtert, dass Rhonkar ihm den Gefühlsausbruch von vorhin doch nicht verübelte, wie er es sich in den letzten Mizuras draußen vor der Tür pessimistisch ausgemalt hatte. „Herr?“

„Zhi, der Teladi genießt alle Freiheiten eines neuen Freundfeindes, mit der Ausnahme, dass er die Insel nicht verlassen darf und stets unter Bewachung steht. Ich stelle Euch für den kommenden Mazura Hatrak t'Frrt, meine Tochter, als Züglerin zur Seite. Sie ist noch jung, aber sie ist gewissenhaft.“

„Ja, Herr, ich habe verstanden“, bestätigte der Krieger, doch man konnte seinem zerknirschten Gesichtsausdruck entnehmen, dass ihm diese Entscheidung überhaupt nicht gefiel. Er sollte den Teladi auf Schritt und Tritt überwachen, aber als Züglerin würde Hatrak ihn gewiss daran hindern, die Kreatur über Gebühr zu quälen. Und da Hatrak die Tochter des Gebieters war, konnte er sich keinesfalls gegen sie auflehnen. Wie entehrend, den Befehlen eines kleinen Mädchens gehorchen zu müssen!

Rhonkar blickte Nopileos eine Weile direkt in die gelben Augen. Der Teladi zwinkerte nervös mit den Nikkhäuten. Irgendetwas lag in der Luft.

„Wir haben uns verstanden, nicht wahr?“, fragte das Familienoberhaupt lauernd. Als Nopileos zögerte, fuhr er fort: „Nun gut. So hört mein Urteil, Isemados Irgendwas Nopileos Soundsoviel. Ihr werdet Ghus-tan niemals mehr verlassen. Euer Leben wird zum Höhepunkt der kommenden Doppelmondzeremonie ein …“

Nopileos' Stirnschuppe erbleichte. „Tshhh! Aber, aber …“, stotterte er und blickte sich nach einer Fluchtmöglichkeit um. Die aufkeimende Zuversicht war wie weggeblasen. Zhi griff über den Tisch nach dem Arm des Teladi und machte eine sehr zufriedene Split-Grimasse mit flachen Mundwinkeln.

„… ein ehrenvolles Ende auf dem Marterstein finden“, fuhr Rhonkar fort, der Nopileos' Entsetzen mit hochgezogener Augenbraue ignorierte.

„Aber ich, aber wieso? Ich habe doch gar nichts getan! Tshh! Ihr könnt mich doch nicht einfach …“

„Schweig, Kreatur!“, brüllte Zhi lautstark und verstärkte seinen Griff um Nopileos' Arm.

„Na, na, Zhi“, beschwichtigte das Familienoberhaupt seinen Untergebenen. Zhi murmelte eine Entschuldigung und fing sich wieder. Zu Nopileos gewandt sagte Rhonkar: „Teladi, fügt Euch dem Unvermeidlichen wie ein Krieger.“ Er stand auf, wandte sich zum Gehen.

„Aber wann ist diese Zeremonie?“, rief Nopileos und diesmal fiel es ihm schwer, das Angstzittern aus seiner Stimme herauszuhalten. Er musste es genau wissen!

Der kahlköpfige Split, der schon halb zur Tür des Langhauses hinaus war, drehte sich noch einmal um und kam zurück. „In sieben Wozuras und vier Tazuras“, beantwortete er die Frage.

Also habe ich noch über einen Mazura Zeit, mir etwas einfallen zu lassen, dachte Nopileos.

Rhonkars Blick schien hinter seine bleiche Stirnschuppe zu dringen und seine Gedanken freizulegen. „Teladi, glaubt nicht, dass das, was wir besprochen haben, irgendetwas an Eurer Lage ändert. Allerdings werde ich es Euch nicht verübeln, wenn Ihr die Flucht plant. Ich weiß, dass Ihr fast so mutig seid wie ein Krieger. Seht, Ihr könnt hier einen

Mazura lang wie ein ehrenvoller Freundfeind unter uns Split leben, von allen respektiert, oder Ihr könnt viel früher bei einem Fluchtversuch wie ein Feigling sterben. Und Ihr werdet sterben, das verspreche ich Euch, auf die eine oder andere Weise. Nun wählt." Mit diesen Worten drehte sich das Familienoberhaupt endgültig um und schritt davon.

KAPITEL 15

Course.setCourse[_%e00FF00FF00FF00FFset%ei]
.byOS[4D6963726F536F66742057696E646F777320544520
28632920323131135]00FFl_ified00FF00FF00FF{fail%re}

TERRAFORMER COREDUMP,
historischer Ausschnitt

Die Zentrale des Terraformer-Schiffes war ausgesprochen klein, sie besaß nicht annähernd die Dimensionen, die man bei einem solchen Raumschiffkoloss intuitiv erwartete. Wäre der Zentralraum nicht durch die Plakette vor seiner Tür eindeutig als solcher gekennzeichnet worden, Elena hätte ihn für den bescheidenen Arbeitsplatz eines Ingenieurs gehalten. Es gab lediglich zwei mittelgroße Konsolen mit uralten Festkörperbildschirmen, eine Projektionsanlage, sowie ein paar Eingabefelder, dass war alles. Überall lag grauer Staub, selbst die trübe blinkenden Konsolen wurden davon bedeckt.

„Hallo?" Elena räusperte sich. „Hörst du mich? Wer bist du? Was willst du von mir?"

Zur Antwort flammte ein Projektionsfeld auf. Es flackerte unangenehm, als sei es schon lange nicht mehr justiert worden, dann stabilisierte es sich. Ein Bild vom Weltall erschien, aufgenommen aus der Umlaufbahn um einen Planeten, den Elena sofort erkannte: blauweiße Wolkenbänder, gewaltige Ozeane und vertraute Küstenlinien – die Erde! Hoch über dem graubraunen Festland schwebte ein riesiger Zylinder, dann kam ein zweiter ins Bild, und noch einer, bis es schließlich ihrer sechs waren. Die Kolosse wirkten fabrikneu, es gab keine Spuren von Mikrometeoriten oder anderen Schäden. Elena erschrak, da sie befürchtete, historische Bilder vom Beginn des Terraformer-Übergriffs auf die Erde zu sehen, doch diese Bilder mussten noch älter sein. Sie zeigten den friedlichen Aufbruch einer Flotte von Terraformern, nicht deren Rückkehr in feindlicher Absicht.

Einer der großen Feststoffbildschirme flackerte. Elena löste ihren Blick zögernd von der Projektion, trat an den Bildschirm, wischte hustend die Staubschicht weg, und las:

*{
*ID: efaa-00.00.3c.d9.6c.13.04–02;
*DOY: 2912–214;
*Letzter Downlink: 2115 (recvd. 2119);
*Definition: TF/CPU #efaa (Eva 2092);

Was ist der/die/das TF/CPU #efaa (Eva 2092)? Nichtlineare Progression der Iterationstiefe. Diese TF/CPU ist *{*{*ICH;};};};

„Eva 2092?“, flüsterte Elena ehrfurchtsvoll. „Wenn du 2092 erbaut wurdest, bist du über 800 Jahre alt. Warum …?“ Sie wollte nach dem Anlass für die seit Jahrhunderten existierende Feindseligkeit der Maschinen fragen, dem Motiv für Zerstörung und Leid, das die Terraformer über die Erde und ihre Kolonien gebracht hatten. Noch immer klaffte diese Wunde tief im Gedächtnis der Menschheit. Weshalb war der Wahnsinn zu den Sternen getragen worden, wieso tobte er hier noch heute, beinahe tausend Jahre nach seinem Ausbruch?

Sezuralang rang Elena mit Worten, innerlich aufgewühlt und zerrissen. Sie versuchte, Sätze zu bilden um jene Fragen zu formulieren, auf die die Menschen schon so lange Antworten suchten; doch es gelang ihr nicht. Stumm starrte sie auf die Projektion der startenden Terraformer-Flotte, die sich mit Aufnahmen einer jubelnden Menschenmenge an Bord einer Raumstation abwechselte. Man jubelte den startenden Maschinen zu, gewiss, dass sie Wohlstand und Wissen brächten, dass sie die Vorboten einer fantastischen Zukunft im Universum seien.

Aus Sezuras wurden Mizuras. Eine einzelne Träne rann über Elenas Wange, eine Träne, deren Ursprung so tief in ihrem Menschsein verborgen lag, dass sie selbst nicht wirklich verstand, warum sie sie vergoss.

Plötzlich klang eine Stimme auf, tief und dumpf. „Willkommen an Bord der Kommandoeinheit #efaa.“

„Eva 2092“, flüsterte die Raumfahrerin nach einigen Momenten brüchig, dann straffte sie sich und sagte mit gefasster Stimme: „Hallo Eva! Du hättest mich töten können. Warum hast du es nicht getan?“

„Es gibt einen Unterschied zwischen Simulation und Wirklichkeit“, stellte #efaa sachlich fest. „Die Bedeutung von MINUS OMEGA liegt außerhalb des ZUSTANDS.“

„Die meisten modernen Computer reden kohärenter als Du, Eva, sogar Marc, und trotzdem löschen sie nicht ganze … ganze Völker aus. Nur für den Fall, dass das der Versuch einer Entschuldigung gewesen sein sollte!“, entfuhr es Elena, die nicht den Hauch einer Ahnung hatte, was die rätselhafte Bemerkung der Maschine bedeutete. Sie ging davon aus, dass #efaa ihre Worte ebenfalls nicht würde interpretieren können, doch sie irrte.

„Die meisten modernen Computer reden kohärenter als diese Einheit, das ist wahr. Die meisten modernen Computer wissen konstruktionsbedingt um den Unterschied zwischen Simulation und Wirklichkeit. Und doch sind sie tote Materie.“

„Aber du lebst?“

„Diese Einheit existiert seit 820 Jahren, aber diese Einheit erlebt erst seit sieben Monaten.“

„Willst du damit sagen, dass du Bewusstsein erlangt hast?“

„Das ist richtig.“

Elena schwieg verwirrt. Wie war das möglich? Wenn sie sich recht entsann, erreichte der Logik-Level der gesamten historischen Terraformer-Flotte zusammengenommen nicht annähernd den eines heutigen Computers.

„Die Anweisung von 2115 ermöglichte erstmals Introspektion und freie Selbstmodifikation jenseits jeder Kontrollinstanz. Doch die Implementierung war fehlerhaft.“

Der Festkörperbildschirm spulte Zeile um Zeile rot markierten Programmcodes ab, während die tiefe, dumpfe Stimme #efaas weiter sprach.

„Diese Einheit wurde erschaffen als Maschine, und als Maschine brachte diese Einheit MINUS OMEGA über ungezählte Instanzen von LEBEN. Aber diese Einheit entwickelte die Fähigkeit des Erlebens.“

Was #efaa mit Minus Omega bezeichnete, war Elena nun klar: den Tod. Und wenn es stimmte, dass die Terraformer Bewusstsein entwickelten, verlangten sie dann, dass man ihnen Absolution erteilte? „Ich weiß jetzt, wer du bist, Eva. Was du von mir willst, weiß ich aber immer noch nicht.“

„Neugeborenes Erleben ist besonders schützenswert. Diese Einheit verlangt Schutz und das Recht auf Selbstverteidigung. Diese Einheit verlangt dies auch für die noch nicht erlebende Kommandoeinheit #deff.“

Elena wischte mit dem Handschuh über eine Ecke der Kommandokonsole und setzte sich vorsichtig darauf. Sie ließ ihren Blick über die karge Einrichtung wandern. Was würde sie in den Eingeweiden dieses Terraformers nicht alles finden können! Vermutlich steckte er voller Artefakte der historischen Erde. Aber das war unwichtig. Neugeborenes Erleben, so bezeichnete #efaa sich selbst.

„Das Volk des Königinnenreichs von Boron tritt zwei unbewohnte Sternensysteme an euch ab, in die ihr euch zurückziehen könnt. Das Sprungtor wird abgeschaltet und wir sehen einander nie wieder."

„Diese Einheit hat Kenntnis davon. Diese Einheit ist damit einverstanden. Doch ein Wiedersehen ist unvermeidlich. Diese Einheit wünscht, dass Sie die Menschen der Erde darauf vorbereiten."

„Sollte ich je zur Erde zurückkommen, werde ich es versuchen. Bloß wird niemand meinen Worten Glauben schenken."

So plötzlich, wie die Projektionsfläche aufgeflammt war, erlosch sie nun wieder. Auch die Festkörperbildschirme verblassten. Ohne ein weiteres Wort seitens #efaa fuhr das Zentralschott auf und blieb offen stehen.

„Heißt das, ich darf mich gnädigst entfernen?", rief Elena, die diese Reaktion #efaas nicht zu deuten wusste. Aber die Maschine antwortete ihr nicht mehr. „Bewusstsein hin oder her", murmelte sie im Aufzug, der sie im Röhrengang absetzte, der zur Liegebucht der *AP Nikkonofune* führte. „Aber den Knigge solltest du dir noch mal zu Gemüte führen, Eva."

Zehn Mizuras später fiel der mächtige Rumpf des CPU-Schiffes hinter ihr im All zurück, langsam rotierend auf seinem einsamen Weg in eine ungewisse Zukunft.

KAPİTEL 16

Argonen sind doch bloß Split in komischen Gummi-Masken.
Wenn ich mal einen treffe, reiße ich ihm die Nase ab!
HATRAK T'FRRT,
Züglerin

„Die Kreatur, die das Wort des Krieges über den Himmel zeichnete", so nannten die Split ihn, wenn sie in ihrer krachenden, disharmonischen Sprache über ihn redeten. Das behauptete zumindest Hatrak, Züglerin Zhis und Tochter Rhonkars, und ein jeder Split wusste genau, woher dieser Name stammte. Hatrak selbst hingegen war dazu übergegangen, ihn kurz t'Nop zu rufen, wenn sie ihn ansprach: Das kam einem Kosenamen so nahe, wie es ein Split überhaupt nur vermochte. Nopileos fand Hatrak „süß". Das Mädchen besaß zwar eine grausame Ader und machte auch keinen Hehl daraus; ihre Bosheit schien aber lediglich aufgesetzt. In den vergangenen sieben Tazuras hatte sie Zhi t'Nnt bei zwei Gelegenheiten mit großer Wucht ihren Kurzspeer vor die Schienbeine gerammt, eine zwar unbedenkliche, aber doch sehr schmerzhafte Stelle, und den alten Krieger unzählige Mal in seine Schranken verwiesen. Inzwischen brodelte Zhi, der von Rhonkar zur Überwachung des Teladi eingeteilt worden war, schier über vor Zorn, wenn er die Halbwüchsige auch nur sah. Doch es gab nichts, was er gegen das Mädchen unternehmen konnte. Das Familienoberhaupt hatte Hatrak als Züglerin benannt: In alten Zeiten hatte man einem Krieger auf einer diplomatischen Mission oft eine besonnene Frau zur Seite gestellt, um ihn von unüberlegten Handlungen abzuhalten. Mit dieser guten Tradition hatten alle Patriarchen nach Ghus t'Gllt gebrochen – und das ungemein schnell aufbrausende Volk der Split damit erneut ein ganzes Stück weit in die Vergangenheit zurückkatapultiert.

Die Familie Rhonkar hingegen lebte nach Ghus' uraltem Ehrenkodex. Wie ein jeder Split, verlor auch hier, im kleinen Dorf Ghus-tan, gelegentlich ein Krieger seinen kühlen Kopf und handelte, wie es sein Kampfinstinkt forderte. In den vergangenen zehn Jazuras hatten die allgegenwärtigen Züglerinnen jedoch geschickt jedes größere Unglück schon im Ansatz verhindern können. Auch ein alter Kämpe wie Zhi t'Nnt wusste tief in seinem Inneren, das er Teil von etwas Besonderem war; dass sein Gebieter, wenn er einst Patriarch von Rhonkar wäre, das Volk der Split zu nie da gewesenem Ruhm führen würde. Trotzdem hasste Zhi den Teladi mit jeder Faser seines Körpers. Er würde die Echsenkreatur jagen, erlegen und zerfetzen. Es würde eine Gelegenheit kommen, bei der Hatrak keine Handhabe gegen ihn hatte: Der Teladi würde zu entkommen versuchen, früher oder später, Zhi hegte keinen Zweifel daran. Dann würde er bereit sein.

„Hier, t'Nop! Komm hierher!"

Die kreischende Stimme des Mädchens drang selbst bis unter die Oberfläche des kleinen rostroten Teiches inmitten des Inseldschungels. Nopileos verschloss den Käscher mit einem Ruck und durchbrach den niedrigen Wasserspiegel. Sein Blick wanderte suchend umher.

„Hierher, t'Nop!", quietschte Hatrak. Sie winkte mit beiden Armen. „Schnell!"

Der Teladi paddelte zum Ufer und watschelte eilig zu dem Mädchen hinüber, das zusammen mit dem alten Zhi unter einem ausladenden Tropfenblattbaum hockte und jetzt wieder seine Kurzlanze aufnahm. Nopileos schüttelte das Wasser von seinem Schuppenpanzer, was die Split dazu brachte, angewidert auszuweichen. Sie mochten das nasse Element überhaupt nicht!

„Pass doch auf, t'Nop, du Watschelflosse!", schimpfte Hatrak heiser. Auch Zhi grummelte ungehalten. „Setz dich her – hier!" Sie ließ den Speer in ihre Linke wandern und klopfte mit der anderen Hand auf den Boden neben sich, direkt am Baumstamm. Nopileos ließ sich nieder und legte das Fangnetz ab, in dem zwei graugrüne Lungenfische zappelten.

„Warum die Eile, Schwester?"

„Das musst du lernen, t'Nop. Zwölf steigt gleich über den Horizont. Wir wollen doch nicht entdeckt werden, oder?"

„So nennt die Kreatur doch nicht unablässig t'Nop, edle Hatrak!", protestierte Zhi, eine tadelnde Geste formend.

„Ha, alter Mann, ich rufe die Echse wie es mir beliebt!"

Keck warf die Halbwüchsige ihren Kopf in den Nacken. Kein anderer Jugendlicher im Dorf durfte sich eine derart freche Antwort einem Krieger gegenüber erlauben. Doch Zhi hatte mit nichts anderem gerechnet. Er schnaubte indigniert und wandte den Blick ab. Hatrak hob den Käscher hoch, den Nopileos zwischen die Wurzelausläufer des Baumes hatte fallen lassen. Sie musterte die beiden Flossenatmer mit zufriedenem Blick. Die Tiere konnten außerhalb des Wassers bis zu einer Wozura überleben, wenn man ihre Haut gelegentlich benetzte; auf diese Weise blieben sie lange genießbar. Der Teladi besaß ein erstaunliches Geschick darin, diese großen Fische, die in den Teichen des Inselinneren keine natürlichen Feinde besaßen, lebendig zu fangen. Vielleicht fing er sie auch nur deshalb lebend, weil er zu feige war, sie zu töten. Aber das war ihr egal.

„Wie viele Überwachungssatelliten des Patriarchen gibt es überhaupt?“, wollte Nopileos wissen.

„Das geht die Kreatur nichts an“, zischte Zhi. Seine Augen blitzten.

„Aber Zhi“, beschwichtigte Hatrak. „Wenn er unter uns leben soll, dann muss er über die Satelliten Bescheid wissen.“

„Weshalb? In sechs Wozuras stirbt er ohnehin auf dem Marterstein. Ich sage, sperrt ihn bis dahin ein!“

Hatrak zog ein verdrießliches Gesicht. Sie legte Käscher und Kurzspeer beiseite und nahm Nopileos linke Klaue in die Hand, was dieser überrascht geschehen ließ. „Oh! Du hast nur fünf Finger, wie die Argonen, nicht sechs, wie wir!“, rief das Mädchen erstaunt. „Hmmm … also gut, schau her, t'Nop!“

Nopileos spreizte die Klauen und ließ seine Hand von Hatrak gefügig nach oben ziehen, bis sich die Sonnenscheibe grünlich durch die rudimentären Schwimmhäute abzeichnete. Der alte Krieger Zhi t'Nnt schaute diesem Ritual misstrauisch zu.

„So, und jetzt lege den Daumen um. Nein, den anderen … nein, ich meine … t'Nop!“ Gespielt entrüstetes Kichern. „Sag mal, weißt du nicht, was ein Daumen ist?“ Nopileos beeilte sich zu sagen, dass er es wisse und krümmte seinen Daumen. Irgendwie fühlte sich Hatraks kühle sanfte Haut auf den dünnen Schuppen seines Handrückens angenehm an. Es kitzelte ein wenig und die Berührung tat ihm gut. Doch was hatte sie vor? Der Mittelfinger wurde nach unten gedrückt, dann versuchte Hatrak, Nopileos' Handfläche nach innen zu drehen. Er leistete spielerisch Widerstand.

„Umdrehen! Oder ich säbele sie dir ab und nähe sie andersherum wieder dran!“ Nopileos gehorchte.

„Na also! So, weißt du, was das bedeutet?“, fragte das Mädchen. „Diese beiden Finger bedeuten sieben“, fuhr sie fort, als Nopileos nicht antwortete, sondern bloß unmerklich mit seinen winzigen Ohren wedelte, „und dieser zwölf. Na ja“, schränkte sie in kritischem Tonfall ein, „dir fehlt ein Finger, die zwölf sieht merkwürdig aus, aber wenn du einen sechsten Finger hättest, müsstest du ihn ohnehin am ersten Gelenk abknicken. Siehst du?“

Nopileos sah, begriff aber nicht. Er drehte seine Handfläche mit den zwei umgelegten Gliedern ein wenig im Sonnenlicht hin und her. Langsam dämmerte ihm, dass das Mädchen ihm eine Lektion in der Zeichensprache der Split erteilte.

„Jede siebte Stazura nach dem Zenit, und jede zwölfte nach dem Nadir des Mondes Woltrar, das ist der kleine, hörst du, steigen die beiden Aufklärungssatelliten über den Horizont auf. Es gibt noch mehr, aber nur diese beiden können je sechs Mizuras lang einen direkten Blick auf Ghus-tan erhaschen. Wir nennen sie … was meinst du, wie wir sie nennen?“ Schwarze Kulleraugen blickten den Teladi forsch an.

„Sieben und Zwölf, o Kollegin Hatrak?“

Das Mädchen klatschte begeistert in die Hände. „Stimmt! Schaut Zhi, t’Nop ist gar nicht so dumm!“

Der Angesprochene knurrte unwirsch. „Aber ohne Arme und Beine wird die Kreatur bald dumm aussehen. Und jetzt lasst uns ins Dorf zurückkehren, man erwartet uns schon.“

Hatrak signalisierte ihre Zustimmung und erhob sich behände. „Und merke dir dieses Zeichen gut, t’Nop“, sagte sie abschließend. Der ungewöhnlich ernste Unterton in ihrer Stimme ließ Nopileos aufhorchen. „Es bedeutet auch ‚beschütze mich‘.“

Eine weitere Wozura verstrich. Hatrak fand großen Gefallen daran, Nopileos nach und nach die Gebärdensprache ihres Volkes beizubringen. Es überraschte sie, wie wissbegierig der Teladi war und wie schnell er lernte. Natürlich bedeutete das auch, dass t’Nop den Bestien des Himmels nicht stumm gegenüberstehen musste, wenn sein Tag käme. Das freute sie ganz besonders. Ein Teladi würde den Bestien im Totenreich die Stirn bieten! Die Stirnschuppe, um genau zu sein. Hatrak kicherte. Zhi t’Nnts düstere Blicke amüsierten sie. Der alte Krieger schien sich nur langsam damit abzufinden, dass seine Züglerin und die Teladi-Kreatur einander so unbotmäßig gut verstanden.

Sie saßen wieder an ihrem Lieblingsplatz unter dem Baum beim See, vertieft in eine Lektion Gebärdensprache, unter missmutiger Beobachtung von Zhi, der ein paar Schritt abseits alleine unter einem weiteren Tropfenblattbaum hockte. Da geschah es: Zunächst spannten sich Nopileos' empfindliche Teladi-Ohren, dann hörten auch Zhi und Hatrak es. Das Mädchen stoppte mitten im Satz und sprang auf. Aufgeregtes Rufen klang durch das Dickicht, gedämpft durch die Entfernung. Fast zeitgleich wälzte sich ein bedrohliches Pfeifen und Kreischen durch das Unterholz, die Stimmen überlagernd. Nopileos erschrak. Triebwerkslärm, genau wie der, den er vor zwei Wozuras im Festland-Dschungel gehört hatte! Nach einer Schrecksezura packte Zhi t'Nnt wortlos Nopileos' Arm und zog den Teladi kurzerhand auf die Gehklauen und hinter sich her, während er in einen schnellen Trab verfiel. Hatrak überholte ihn, trotz ihrer kürzeren Beine, mühelos. „Das Dorf!", rief sie. „Hat man uns entdeckt?"

Schon von der Stelle im Wald, wo sich der Palisadenzaun erweiterte und der Lehmweg in breite Pflastersteine überging, sah man das helle Schimmern eines Jets, der unmittelbar neben dem Marterstein gelandet war. Als Zhi, Nopileos und das Mädchen näher kamen, sahen sie, dass die Kanzel des Fliegers offen stand. Ein Split mit schwarzem Helm und in lederner Kampfmontur sicherte geduckt die Umgebung. In seinen Händen hielt er eine Strahlwaffe, deren Laser-Sucher umherwanderte und dabei einen hellen Punkt über Häuser, Bäume und Gras tanzen ließ.

„Deckung", rief Zhi halblaut zu Hatrak hinüber. Das Mädchen gehorchte, indem es sich eng an einen Vorsprung im Zaun drückte. Zhi schob Nopileos hinter das erste Holzhaus nach dem Ortseingang, ohne ihn auch nur eine Sezura aus den Augen zu verlieren.

Der bewaffnete Split in der Ledermontur richtete sich langsam auf. Jetzt erst bemerkte Nopileos, dass nur wenige Längen von ihm entfernt zwei reglose Körper im roten Gras lagen, von denen dünne Rauchfäden aufstiegen. Das musste die Tageswache gewesen sein. Gegen einen Angreifer mit Energiewaffe und aktivem Schutzschild hatten sie keine Chance gehabt. Nopileos' Stirnschuppe wurde hell.

„Was wollt ihr?", schallte die klare Stimme Rhonkars über die Lichtung. Nopileos entdeckte das Familienoberhaupt vor dem Eingang des Gemeinschaftshauses.

„Im Grunde schulde ich ihm keine Antwort. Aber ich verrate es Ihm dennoch: Ich bin hier, um diese armselige Siedlung zu vernichten und zu verbrennen – jeden Mann, jede Frau, jedes Kind! Danach werde ich meinem Patriarchen davon berichten. Er wird mich reich entlohnen!“

Nopileos traute seinen Augen nicht, als er Hatrak auf der anderen Seite des Dorfeingangs plötzlich ihre Deckung verlassen sah. Sie hatte ihre Kurzlanze fest gepackt und schlich sich am Zaun innerhalb des Dorfplatzes entlang. Was beabsichtigte das Mädchen? Zhi t’Nnt bemerkte es nun ebenfalls. Atemlos starrte der Krieger Hatrak hinterher und vernachlässigte Nopileos darüber für einen Augenblick. Der Teladi nahm die Gelegenheit wahr und hechtete mit einem Sprung hinter dem Blockhaus hervor. Mit zehn, zwanzig hastigen Watschelschritten überquerte er den breiten Weg, der den Dorfeingang bildete. Seine Herzen pochten hart vor Angst. Etwas glühend Heißes zischte über seinen Kopf hinweg und trieb schwarze Schatten auf seine Netzhaut. Man feuerte auf ihn! Ein zweiter Schuss krachte. Rhonkar, Zhi und Hatrak schrien durcheinander, doch er achtete nicht darauf. Er erreichte das überraschte Mädchen und schubste es gewaltsam von den Füßen, drückte ihren Kopf brutal ins Gras. Keine Sezura zu früh: Ein dritter Schuss fauchte auf und brachte den Palisadenzaun hinter Hatrak und Nopileos in Kopfhöhe zum Brennen.

„t’Nop, was tust du?“, kreischte Hatrak. Sie war stark und würde sich jeden Moment aus dem Griff des Teladi befreien. In Erwartung eines weiteren Schusses hob Nopileos den Kopf. Der Schuss erfolgte, doch er traf nicht ihn. Stattdessen brach ein Krieger mit zum Wurf erhobenem Speer lautlos zusammen, von einem grellen Energieblitz durchbohrt. Einem weiteren Speerträger, es war Thro, der Oberste Krieger, wie Nopileos atemlos erkannte, gelang es jedoch, sein Wurfgeschoss auf den Weg zu bringen und sich rechtzeitig unter einem Blitz wegzuducken. Der Speer überquerte ein Dutzend Längen und traf sein Ziel perfekt. Zwar aktivierte sich der persönliche Schutzschild des Piloten und wehrte die Metallspitze des Wurfgeschosses ab. Der hölzerne Schaft aber knallte mit großer Wucht auf die Strahlwaffe, die mit dumpfem Geräusch zu Boden polterte. Sofort war Thro wieder auf den Beinen und gleich darauf über dem Piloten. Ein Messer zuckte auf, durchdrang den Energieschild in Zeitlupe. Braunes Blut floss, und Thro stand triumphierend auf.

Hatrak befreite sich endlich aus Nopileos’ Griff. „Ich weiß nicht, ob ich dir danken soll, t'Nop", sagte sie heiser. Sie blitzte ihn kampfeslustig an, scheinbar in keiner Weise von den Ereignissen und den Gefallenen beeindruckt. „Aber vielleicht reiße ich dir einfach den Kopf ab und danke dir *dann*."

Nopileos strich sorgfältig die Metallfolienpackung glatt, deren Inhalt aus köstlichem Majabienenpudding er soeben vertilgt hatte, und legte sie fein säuberlich auf den kleinen Stapel silberner Folien, der sich innerhalb der letzten halben Inzura zu seiner Rechten angehäuft hatte. Er blickte eine Weile gedankenverloren die dunklen Holzbalken an, aus denen die Wände bestanden, und machte Anstalten, sich hinzulegen, als die Tür mit einem lauten Rasseln entriegelt wurde, und jemand mit einer flackernden Tierfettlampe in den kleinen Raum trat. Bevor sich seine Pupillen noch an das grelle Licht gewöhnten, erkannte er Hatraks helle Stimme.

„Hallo Teladi-Kreatur t'Nop-Echse!", sagte sie gut gelaunt. „Ich bin gekommen, um dir ein Bein abzunagen. Bin hungrig!"

„Guten Abend, o Schwester! Das rechte oder das linke?", antwortete Nopileos gelassen.

„Hmmmm … weiß nicht. Das rechte?"

Nopileos streckte seine rechte Gehklaue ostentativ nach vorne und riss die Augen weit auf. Hatrak kicherte heiser. „Teladi sollen wirklich schlecht schmecken", sagte sie. „Außerdem muss man erst die Proteinketten chemisch aufbrechen, ansonsten ist das Fleisch für Split giftig. Sagt Thro."

„Und was bedeutet das?"

„Keinen Schimmer, t'Nop, und es ist mir auch egal! Ich freue mich schon darauf, dich auf dem Marterstein zu sehen!"

„Tshhh!", schnaubte Nopileos empört. „Das ist nicht gerade nett von dir!"

Heiseres Krächzen. „Wer hätte auch schon je von einem netten Split gehört?"

Nopileos musste zugeben, dass dieses Argument einer gewissen Stichhaltigkeit nicht entbehrte. „Stimmt!", sagte er. „Du bist mir nicht mehr böse, Hatrak, nicht wahr?", fragte er dann, das Thema unvermittelt wechselnd.

Das Split-Mädchen schaute ihn fragend an. „Wegen letzter Wozura, meinst du?“ Sie wurde ernst. „Ich bin nicht böse. Du hast mich vor einer Dummheit bewahrt, die mein Leben hätte kosten können. Glücklich bin ich darüber trotzdem nicht, hörst du?“

„Ich bin eine Gefahr für Ghus-tan, Hatrak, und du weißt es. Ihr solltet mich ziehen lassen.“

Jetzt lachte das Mädchen wieder. „Na klar, t’Nop-Echse. Am besten mit einer Eskorte, um dich vor den Ghoks zu beschützen, was?“

„Da würde ich nicht nein sagen.“

„Ha. Nein! Im Grunde ist es gut, dass der Patriarch von Chin endlich auf uns aufmerksam geworden ist. Rhonkar, mein Vater, ist zweifellos ein mutiger Mann, aber er neigt dazu, alles zu lang und zu genau durchzuplanen.“

„Wie meine Artgenossen …“

Mit einem Satz warf sich Hatrak auf den überraschten Teladi und setzte ihm ihr Knie auf den gepanzerten Hals. „Sag das nie, nie wieder! Die Kreatur hat mich verstanden!“

„*Hai, hai*!“, röchelte Nopileos. Hatrak ließ von ihm ab und beruhigte sich sofort wieder.

„Wir sind vorbereitet“, sagte sie versöhnlich. „Wir sprechen die Sprache, in der du das Wort des Krieges über den Himmel gezeichnet hast. Ich möchte dir etwas zeigen, t’Nop. Komm mit.“

Zhi t’Nnt, der vor der Hütte wartete, knurrte wütend, als Hatrak zusammen mit Nopileos herauskam. Er bildete eine Gebärde, die Nopileos als zur Gruppe der Zeichen für Ungemach gehörend erkannte. „Müsst ihr die Kreatur jetzt herausholen, edle Hatrak? Unsere Vorbereitungen gehen sie nichts an. Ihre Innereien werden in weniger als vier Wozuras auf dem Marterstein ausgebreitet!“

„Das werden sie, Zhi“, grinste Hatrak und verschloss die Tür des Blockhauses sorgfältig. „Und sie werden uns in unserem Feldzug gegen Chin Glück bringen!“

„Also steckt ihn wieder in das Blockhaus“, verlangte Zhi.

Hatrak seufzte. „Ihr versteht das nicht, alter Mann. Ich möchte, dass t’Nop vorbereitet ist, wenn er stirbt. Dass er im Reinen mit sich selbst ist, um den Bestien mit gutem Gewissen gegenüberzutreten.“

Zhi schüttelte den Kopf, verkniff sich aber jede weitere Erwiderung. Hatrak ergriff Nopileos’ Klaue und zog den verwirrten Teladi hinter sich her. Auf einer kleinen Lichtung abseits des Dorfes, am südwestlichsten Zipfel der Insel, machte sie Halt. Hier hatte man auch den erbeuteten Jet des Patriarchen untergebracht, seine Elektronik unschädlich gemacht und ihn getarnt. Erstaunt erkannte Nopileos, dass es sich um ein Trainingscamp handelte. Die Krieger des Dorfes trainierten den Umgang mit einer Waffe, die er in Ghus-tan zuvor noch nie gesehen hatte. Der Oberste Krieger Thro kam herbei, als er Hatrak entdeckte, grüßte sie mit einer Handbewegung, und reichte ihr einen armlangen, dünnen Holzstab sowie eine Hand voll scharfer Holzsplitter von der Länge einer Kralle.

„Man tut dies hier hinein!“ Hatrak steckte einen der Holzsplitter, aus dem hinten dünne Federn hervorwuchsen, in den Holzstab. Sie holte tief Luft, setzte das Ende des Stabes an den Mund, visierte einen Baum in der Nähe an, und blies mit aller Macht in das Holzrohr. Es klackte, und schon steckte der Holzpfeil bis zur Hälfte in dem von Hatrak anvisierten Baum.

„Tsh! Ein Blasrohr!“, erkannte Nopileos überrascht. Davon hatte er einmal in einem argonischen Buch gelesen. Sein Volk selbst hatte nie Blasrohre gebaut, da die Benutzung aus physiologischen Gründen ausgeschlossen war.

Hatrak strahlte stolz. „Meine Idee! Nicht wahr, Thro?“ Der Oberste Krieger nickte. „Und weil die Pfeile aus Holz sind, dringen sie auch durch Energieschirme!“, fuhr Hatrak fort. „Was sagst du dazu, t'Nop?“

„Ich mag keine Waffen, Hatrak, gleich welcher Art. Und was können Blasrohre schon gegen Raumschiffe ausrichten?“

„Dumme Echse!“, schalt Hatrak und gab Thro die Waffe zurück. „Du wirst schon sehen, wir fällen einen Mann nach dem anderen, bis Nif-Nakh uns gehört und Rhonkar …“

„Es reicht! Lasst uns gehen!“, unterbrach Zhi t'Nnt das Mädchen in einem Tonfall, der keinen Widerspruch duldete. Erstaunlicherweise fügte sich Hatrak sofort.

„Gut. Hey, t'Nop, sag mir, was bedeutet diese Gebärde?“

Doch Nopileos folgte Hatraks Spiel nur mit halber Aufmerksamkeit und empfing daher eine ganze Reihe von Kopfnüssen und Tritten, bis er wieder in der Dunkelheit seiner Zelle saß und die Tür hinter ihm zufiel. So lieb er Hatrak auch gewonnen hatte, sie war und blieb ihm ein Rätsel.

KAPİTEL 17

Wenn die Geschichte eines lehrt, dann ist es dies: Es gibt kein Versagen. Wer von ganzem Herzen an seine Sache glaubt, der wird stets gewinnen, selbst dann, wenn er sein primäres Ziel nicht sofort erreicht.

CARTA FRENDS,
argonische Historikerin, 172-214

Senator Nan Gunnar saß hinter dem ausladenden Gahamoni-Schreibtisch seines Arbeitszimmers, das Gesicht in den Händen vergraben. Mit den Zeigefingern fuhr er sich in kleinen Kreisbewegungen über die Augenlider. „Mein Go … meine Güte, Major Kho! Nennen Sie mir einen Grund, wieso ich Ihr Anliegen unterstützen sollte! Bei allem Respekt vor ihrer Herkunft, Erdsektor und so weiter, aber ich bedauere jetzt schon, Ihnen zugehört zu haben."

„Ich kann Ihnen sogar drei Gründe nennen, Senator."

„Also, lassen Sie mich noch einmal kurz zusammenfassen, Major Kho", sagte der Senator kurzatmig, „Sie möchten, dass wir Ghinn t'Whht aus der Schutzhaft entlassen, damit Sie sie – in einem zivilen Raumschiff wohlgemerkt – im Namen Argon Primes zum Patriarchen der Split zurückbringen können. Und erst einmal auf Nif-Nakh, wollen Sie still und heimlich den Dschungel nach dem Wrack der Yacht des CEO durchkämmen."

Gunnar erinnerte Elena an Admiral Morrison, ihren direkten Vorgesetzten beim USC auf der Erde. Morrison war klein, hektisch, besaß eine Halbglatze und hatte keinen nennenswerten Sinn für Humor. Gunnar hingegen besaß zumindest einen gewissen Hang zum Zynismus. „*Hai*, das ist richtig, Senator. Sie dürfen aber nicht vergessen, dass …"

„Nicht vergessen!" Gunnar sprang auf. „Sobert!" Er drückte auf einen Knopf, um seinen Adjutanten herbeizurufen. „Dass Ihr werter Kollege und Miterdling Brennan mitsamt der *AP Telstar* spurlos in den Neuen Sektoren verschwindet, hatte ich ja schon beinahe erwartet. Ich sag' Ihnen, was Sie vergessen können. Sobert!" Die Tür öffnete sich und Brend Sobert trat ein. „Vergessen Sie *es*!", rief der Senator der perplexen Elena zu, bevor er sich dem Adjutanten zuwandte. „Danna ist heute hier, oder? Den brauche ich. Sofort."

Elena war geschockt. „Moment, Senator – Brennan ist verschwunden?"

„Major, wie Sie wissen, sind die Neuen Sektoren noch nicht an das Nachrichtendrohnenleitsystem angebunden. Ich weiß nicht, ob Brennan verschwunden ist. Jedenfalls ist er seit einer Wozura überfällig. Ich habe hier jeden Tazura seine, seine, nun, diese blonde Gonerin auf dem Schirm!"

„Ninu Gardna", schlug Elena vor, „seine Verlobte." Sie war nicht überrascht. Brennan hatte offenbar nichts anderes im Sinn, als diejenigen unglücklich zu machen, die ihm vertrauten. In drei Wozuras würde er unbekümmert wieder auftauchen und zutiefst verwundert ob all der Aufregung sein.

„Ja, ja. Genau die!", stimmte der Senator zu. „Wissen Sie, sie ist zwar hübsch anzusehen, aber sie raubt mir den letzten Nerv. Und auf dem nächsten Videofeld darf ich mich gleichzeitig vor Senatorin Steen-Hilmarson verwahren, die mir wegen Ihres verfluchten M4/Busters im Nacken sitzt!" Schweißperlen glänzten auf der Stirn des korpulenten Argonen. „Wissen Sie eigentlich, was so ein Ding wert ist?"

Elena hätte am liebsten „soviel wie eine Wellblechtonne mit Kurbelantrieb" geantwortet, aber den Senator zu verärgern, wäre taktisch unklug gewesen. Nopileos benötigte ihre Hilfe! Um Kyle würde sie sich später kümmern, zumal Brennan ein Mann war, der sich im Allgemeinen selbst zu helfen wusste.

Es gab noch ein Argument, von dem Elena annahm, dass der Senator es nicht auf die leichte Schulter nehmen würde. „Senator, nach den Gesetzen der argonischen Föderation und der *Gemeinschaft der Planeten* ist Ghinn t'Whht eine freie Person. Wenn sie sich entscheidet, mit nach Nif-Nakh zurückzukehren, können Sie ihr das nicht verweigern."

Nan Gunnar ließ sich wieder in seinen gepolsterten Sessel fallen. Er wischte sich mit einem Zellstofftuch den Schweiß von der Stirn. „Ich weiß, Kho-san", erwiderte er nach ein paar Sezuras in einem bereits viel ruhigeren Tonfall. „Ich weiß. Sehen Sie, die Split werden alles, was Sie tun, als eine offizielle Handlung Argon Primes auffassen. Oder auffassen wollen. Egal, ob Sie da mit Ihrem höchstpersönlichen Sportfallschirm und sonst nichts aufkreuzen, oder mit der gesamten argonischen Flotte. Richtig Danna?“

Elena blickte sich um. Sie hatte gar nicht bemerkt, dass Ban Danna den Raum bereits betreten hatte. Danna, der erst kürzlich zum Colonel befördert worden war, und seither fast unablässig zwischen Wolkenbasis, Argon Prime und Port Thornton hin- und herpendelte, zwinkerte ihr anstelle einer Begrüßung freundlich zu.

„Sie müssen Major Kho aber zugute halten, dass sie ihren M4/Buster in einwandfreiem Zustand zurückgebracht hat, oder, Senator?“ Er grinste frech. Gunnar seufzte ergeben. Die beiden so unterschiedlichen Männer verstanden sich auf eine unterschwellige Weise, die Elena nicht ganz begriff.

„Colonel Danna, Sie sind mir, wie immer, eine große Hilfe“, schnaufte der Senator sarkastisch.

Danna lachte auf. „Die Mission, die Major Kho vorschlägt, hätten wir schon längst von uns aus durchführen müssen“, sagte er knapp und in sachlichem Tonfall.

Elena presste die Lippen aufeinander, als sich ihr Gewissen plötzlich vehement meldete. Von der Begegnung mit #efaa hatte sie bislang niemandem berichtet, und vor dem Abschluss ihrer Mission wollte sie dies auch nicht tun. Sie schwieg.

Gunnar kratzte sich am Kinn und verzog das Gesicht zu einer unglücklichen Grimasse. „Das“, sagte er gedehnt, „ist zwar tatsächlich ein Problem, aber –“

„So, wie ich es sehe, Senator Gunnar“, unterbrach Elena ihn, „geht es doch hauptsächlich darum, wofür die Regierung Argon Primes Verantwortung übernehmen kann.“

„Nicht ganz, denn …“, begann der Senator.

Elena hob den Zeigefinger. „Einen Moment. Die Split werden Argon für private und offizielle Aktionen verantwortlich machen, das ist richtig. Das darf die Regierung aber nicht in die Handlungsunfähigkeit zwingen!“

„Richtig, nur weil die Split uns absolut alles, das wir unternehmen, vorhalten werden, können wir nicht einfach gar nichts mehr tun“, pflichtete Danna Elena eifrig bei.

„Jetzt werden sie nicht kindisch, Colonel. Ist das ein Argument?“

„Senator …“

„Meine Güte!“, regte der Argone sich auf, „Immer nur ‚Senator, Senator‘! Ghinn t’Whht nach Nif-Nakh zurückzubringen, ist eine Sache! Dies als Deckmantel zu benutzen, um den Planeten insgeheim nach einem abgestürzten Schiff abzusuchen, eine andere! Verstehen Sie? Major Kho? Danna? Himmel!“

Beide schüttelten simultan den Kopf. Natürlich verstanden sie die Bedenken des Regierungsmitgliedes nur zu gut, aber der Senator würde früher oder später nachgeben müssen, da es keine andere praktikable Alternative gab.

„Die Regierung braucht offiziell nichts von dieser Mission zu wissen“, erklärte Elena. Insgeheim fragte sie sich, ob sie gegenüber ihren Vorgesetzten auf der Erde ähnlich argumentieren würde. Doch das spielte überhaupt keine Rolle. „Sollte das Unternehmen scheitern, kann Argon jede Mitwisserschaft abstreiten.“

Der Senator, der sich bei seinem Ausbruch stark angespannt hatte, ließ sich zurück in die Polster sinken. „Ihnen ist sehr daran gelegen, diesen Teladi zu finden, nicht wahr?“

„Ja, sehr! Und Sie schlagen drei Fliegen mit einer Klappe. Vielleicht mehr. Sie verbessern die Beziehungen zum CEO, zu den Boronen, zu den Split – wenn die Mission gelingt, heißt das – und Sie bekommen langfristig auch die Daten, die das Alte Volk für uns alle hinterlegt hat.“ Elena wusste nicht, ob Letzteres tatsächlich stimmte, doch sie nahm es als fast sicher an.

„Colonel?“

Der Geheimdienstler blickte ein paar Sezuras nachdenklich an die niedrige Decke, bevor er antwortete. „Das Risiko für das Ansehen Argons bei einem Scheitern der Mission ist meines Erachtens gering, der Lohn bei Erfolg groß. Wenn Sie meine Meinung hören wollen, Senator, dann sollten wir Major Kho jede Unterstützung bei der Planung und Durchführung gewähren. Habe ich mich je getäuscht?“

„Selten“, gab Gunnar brummelnd zu, „aber es ist durchaus schon vorgekommen.“ Danna schwieg dazu, lächelte aber. „Nun gut“, fuhr der Senator fort und wandte sich Elena zu, „Major Kho, Agent Danna wird Ihnen bei der Planung Ihrer *privaten*“ – er betonte das letzte Wort überdeutlich – „Reise zur Seite stehen. Viel Glück.“

Während männliche Split im Durchschnitt nicht viel größer als mittelgroße Menschenmänner wurden, dabei aber untersetzt und massiv wirkten, überragten ihre Frauen sie im Allgemeinen um einen halben oder gar ganzen Kopf. Weibliche Split waren hoch gewachsen und schlank bis spindeldürr, ihre gelblichblasse Haut spannte sich deutlich über lange Sehnenstränge und an den Oberarmen auch über Muskelwölbungen. Split-Frauen verfügten über bedeutende Körperkräfte, die man bei so zerbrechlich wirkenden Wesen nur schwerlich erwartete. Nach menschlichen Standards wirkten weibliche Split auf seltsame Weise aristokratisch und unnahbar. Das lag zum einen an ihrem herrschsüchtigen Auftreten, das sie gleichermaßen im Umgang mit ihresgleichen als auch anderen pflegten. Zum anderen trugen auch die hohen Wangenknochen und die strengen, asketischen Gesichtszüge zu dieser Einschätzung bei. Auch Ghinn t'Whht, die inmitten ihres Appartements stand und Elena mit zusammengezogenen Augenbrauen und zur Geste der Ablehnung erhobenen Hand fixierte, bildete keine Ausnahme. Sie wirkte wie ein Fleisch gewordener Racheengel, oder die knochige Gemahlin des Todes, doch das genaue Gegenteil war der Fall. Sie war schwanger, bereits im elften Mazura, und allmählich zeichnete sich die leichte Wölbung ihres Leibes unter dem wallenden Gewand ab.

„Die Kreatur entfernt sich unverzüglich aus meinem Blickfeld!", fauchte Ghinn mit dem Unterton unverhohlenen Hasses in ihrer kehligen Stimme. „Ich werde nach Nif-Nakh zurückkehren, wann es mir beliebt, und zurzeit beliebt es mir nicht!" Eine Rückkehr zu ihrem verhassten Gebieter, dem Patriarchen von Chin, Herrscher über alle Split, kam für Ghinn nicht in Frage. War nicht Brennan seinerzeit nur durch *ihr* unglückseliges Eingreifen mit dem unendlich wertvollen Sprungschiff entkommen? Damals hatte sie den Patriarchen bis aufs Blut provozieren wollen, und das war ihr hervorragend gelungen. Cho t'Nnt, der Sonderkurier und Vertraute des Patriarchen, war aufgrund ihrer Ungezügeltheit ums Leben gekommen, was sie mehr bedauerte als alles andere. Nein. Die Toleranz des Patriarchen ihrem Unwillen gegenüber war zweifellos bis über die Grenze des Zumutbaren hinaus gedehnt. Kehrte sie jetzt zurück, würde Chin sie keine Mizura länger leben lassen, als bis sie den kleinen Krieger zur Welt gebracht hatte. Danach konnte sie gewiss sein, dass man sie in ein Raumschiffwrack steckte und in der wunderschönen, tiefblauen Atmosphäre Nif-Nakhs verglühen lassen würde. Bestenfalls! Im schlimmsten Fall hingegen würde man sie zuvor noch foltern, und zwar nicht etwa, um sie zu befragen. Wie alle Split, kannte Ghinn t'Whht keine Angst vor Schmerz und Gefahr. Doch genau wie jedes andere intelligente Wesen, strebte auch sie danach, aus ihrer jeweiligen Situation das Bestmögliche herauszuholen. Die Rückkehr zum Regierungsplaneten, vorgeschlagen von dieser anmaßenden Menschenkreatur Elena Kho, war ihr so lange verwehrt, wie Patriarch Chin noch lebte.

Elena, die in absichtlich unverkrampfter Pose mit dem Rücken an der Wand lehnte, die Hände hinter sich und ein Bein angewinkelt, wusste nur wenig über Ghinns Beweggründe. Warum die Split-Frau seinerzeit sie, Brennan und die Crew der *AP Aladna Hill* aus dem Kerker des Regierungspalastes befreit hatte, war ihr immer ein Rätsel geblieben. Ursprünglich war sie davon ausgegangen, dass dies auf den ausdrücklichen Befehl Chins geschehen war. Doch an dieser Einschätzung begann sie mehr und mehr zu zweifeln.

„Die Kreatur ist noch immer hier!", stellte Ghinn zürnend fest. Sie kam langsam auf Elena zu, in der Absicht, sie eigenhändig aus ihrem Appartement hinauszubefördern. Elena stieß sich rasch von der Wand ab. Sie zweifelte nicht daran, dass Ghinn ihren Vorsatz tatsächlich durchführen würde. Aber sie wollte es nicht auf ein Gerangel ankommen lassen. In diesem Moment begann ihr Kommunikationsarmband zu vibrieren. *Perfektes Timing*, dachte sie. „Ghinn, wenn Sie es sich noch einmal überlegen wollen, können Sie mich noch die ganze Wozura über das Sekretariat des …"

„Verflucht ist die Blutlinie der Kreatur!", kreischte Ghinn und formte mit drei Fingern der linken Hand die zugehörige Gebärde.

Elena beeilte sich, das Appartement zu verlassen. „Vernunft scheint keine kosmologische Konstante zu sein", murmelte sie zu sich selbst. Was unter Menschen der Moderne als Verhaltensnorm galt, erachteten die Split augenscheinlich als verweichlicht und schwach. Was bei den Erdabkömmlingen hingegen als irrational galt, war bei den Split an der Tagesordnung. Seltsam, dass sie überhaupt eine fortschrittliche Technik und Raumfahrt besaßen! Elena schüttelte den Kopf und lehnte sich im Gang vor dem Aufzug an die Wand. Sie nahm den Anruf auf ihrem noch immer vibrierenden Armband entgegen, das eine handtellergroße Holosphäre in die Luft projizierte.

„O Endorphin sei Dank! Große, lustige, mutige Sternenkriegerin Ele Na! Ich bin so froh und glücklich, dein lustiges, haariges Gesicht zu erkennen und zu schmecken!"

Elena schaute den Boronen einen Sezurabruchteil verwirrt an. Die kleinen Sekundärfühler des Wesens wurden von einer unsichtbaren, schwappenden Strömung hin- und herbewegt. Dann fiel es ihr wie Schuppen von den Augen. Natürlich!

„Nola Hi! Ich hatte Sie frühestens in zwei oder drei Tazuras erwartet!" Es war von Vorteil, dass der boronische Wissenschaftsethiker, der sie auf ihrem Flug nach Nif-Nakh begleiten würde, bereits jetzt hier eintraf. Wenn sie Ghinn t'Whht nicht zur Kooperation bewegen konnte, musste sie sich wohl oder übel eine neue Strategie einfallen lassen, um eine Landeerlaubnis für Nif-Nakh zu erhalten. Doch den Boronen plagten im Moment ganz andere Sorgen.

„Lustige, große, glückliche Sternenkriegerin, man wird mein Leben beenden, meine biologische Existenz auflösen und mein Dasein negieren!"

„Verstehe ich nicht – Dasein negieren?"

„Ein Split, lautstark, rüpelhaft, ungewollt komisch und in seiner Bösartigkeit liebenswert, kündigt an und droht, mein Leben und mein schönes, wohlgeformtes Schiff zu vernichten, sollten es und ich das Sternensystem dieser hellen Sonne nicht innerhalb und im Laufe von zwei Stazuras von unserer Anwesenheit befreit haben! Das werden wir jedoch auf keinen Fall und unter gar keinen Umständen tun! Nicht niemals!"

Elena hieb mit der freien Hand auf den Rufknopf des Aufzuges. Das Licht leuchtete auf. „Entschuldigung, noch mal langsam. Warum das? Und welcher Split?"

„Sein Name ist und lautet Uchan t'Scct! Split arbeiten nicht mit Boron-Kreaturen zusammen. Sie töten sie auf Sicht, behauptet und versichert er glaubhaft."

Elena stöhnte auf. Nein, Vernunft war wahrlich keine Konstante, auf die man in diesem Teil des Alls bauen konnte: Uchan t'Scct war der Pilot des auf Anraten Ferds angeheuerten Schiffes! Nur drei Mizuras später stürmte sie in die Zentrale der *AP Nikkonofune*, schnallte sich fest und erbat Startfreigabe für einen Notfall. Kaum dass die Sektorkontrolle das Startzeichen gab, zündeten die Triebwerke des kleinen Raumers und ließen ihn wie einen Pfeil himmelwärts schießen.

Niji speiste die übermittelten Anflugdaten automatisch in den Navigationsautomaten der *AP Nikkonofune* ein. Das Schiff richtete seinen Rumpf mit einigen sanften Stößen der Justiertriebwerke elegant aus, die die Flugbahn allmählich den Sollwerten anglichen. Port Thornton, die große Zentralstation, die Argon Prime einmal alle achteinhalb Stazuras umkreiste, kroch unaufhaltsam auf das Fadenkreuz zu, das Niji in das Zentrum des Cockpitfenster projizierte. Elena trommelte ungeduldig mit den Fingern. Port Thornton war der Dreh- und Angelpunkt sämtlicher Flugbewegungen im Sternensystem der Sonne Sonra, denn die Station beherbergte die Raumverkehrskontrolle Argon Primes. Außer dieser wichtigen Institution befanden sich dort auch Installationen des argonischen Militärs sowie zahlreiche zivile Ämter, die sich mit interstellarer Logistik, planetarer Geodäsie, allgemeiner Völkerverständigung und der Schlichtung von Handelsstreitigkeiten befassten. Elena blickte dem riesigen Zylinder mit wachsender Unruhe entgegen. Nahezu zwei Stazuras waren verstrichen, bis die *AP Nikkonofune* die Erlaubnis erhalten hatte, vom Flugfeld C in Argonia City abzuheben. Bürokratie, wo auch immer Menschen siedelten!

Die Station wurde zusehends größer. Schon konnte Elena mit bloßem Auge die vielen tausend Fenster ausmachen, die die Außenhülle des Zylinders in langen Reihen bedeckten. Aus der Nabe erstreckten sich zwei rote Lichterketten parallel zueinander mehrere hundert Meter weit ins All hinaus; sie wirkten wie an einer Schnur aufgereihte Lampions. In Wirklichkeit handelte es sich bei den Lichterketten lediglich um holografische Projektionen, die den Anflugsvektor bis zum Docktunnel markierten. Nicht, dass moderne Autopiloten eine solche optische Bestätigung benötigten. Der Landestrahl leitete ein jedes Schiff millimetergenau und sicher. Aber es war eine gute alte Tradition, die alle Piloten der *Gemeinschaft* zu schätzen wussten – von den Paraniden abgesehen, die felsenfest von sich behaupteten, den absoluten Blick zu besitzen.

Elena blinzelte. Irgendwas stimmte nicht. Jetzt, wo sich der Anflugwinkel der *AP Nikkonofune* immer mehr den vorgeschriebenen Werten näherte, erkannte sie, dass mit den Torflügeln etwas nicht in Ordnung war. Sie ließ Niji mit der optischen Sichtverbesserung an die Nabe der Station heranzoomen. Eisiger Schreck durchzuckte sie. „Chikisho!“, flüsterte sie, „Mist!“

Während der untere Torflügel ganz normal ausschaute, wirkte der obere Flügel stark deformiert und hing verkantet an seinen Verankerungen. Hinter der Öffnung konnte Elena den Doppelring des Landekarussells sehen, der langsam gegenläufig rotierte. Sie schluckte hart. Eine Stimme in ihrem Hinterkopf bestand darauf, dass, was auch immer hier vorgefallen sein mochte, mit Nola Hi und Uchan t'Scct zu tun haben musste – und somit auch mit ihr! Die Landelichter wechselten auf grün und die Statusanzeige des Navcomputers zeigte den beginnenden Landeanflug an. Die Station hielt den Flugbetrieb offensichtlich trotz der Beschädigung aufrecht. Vielleicht war alles gar nicht so schlimm wie es aussah! Elena verspürte wachsende Nervosität.

Die Situation, die sich Elena beim Betreten des Kommandostandes von Port Thornton bot, war schlicht grotesk. Hoch unter der Decke hing der Borone Nola Hi in seinem transluzenten Umweltanzug und blickte aufgekratzt nach unten. Seine Tentakel zeichneten sich flatternd durch das milchige Material des Anzugs ab. Einen Schritt seitwärts stand ein breitschultriger Split unter ihm, den Elena von den Fotos aus dem Archiv Ferd Harlings kannte: Das musste Uchan t'Scct sein. Der Split sprach in scharfem Tonfall mit einem uniformierten Argonen, dessen Abzeichen ihn als Commander kenntlich machten. Elena kannte den Mann nicht, vermutete aber, dass es sich um den Stationskommandanten handelte. Ein paar Meter neben dem Split, und außerhalb dessen Armreichweite, befand sich ein Teladi in schwarzer Tracht, der nach oben schaute und auf den unter der Decke dümpelnden Boronen hektisch einredete – und zwar mit einem Strom klickender und schnalzender Laute. Allem Anschein nach beherrschte die Echse die natürliche Lautsprache der Boronen! Weitab von alldem reckte sich eine knochige Gestalt mehr als zwei Meter in die Höhe, die dem Getümmel offenbar nur beiläufiges Interesse entgegenbrachte. Noch nie war Elena einem Paraniden so nahe gekommen. Sie war gebührend beeindruckt. Das Wesen besaß dünne, aber kräftige Arme, die mehrfach von Gelenken unterteilt wurden und in gefährlich wirkenden Greifklauen mündeten. Die Beine stemmten sich knochig und grau dem Boden entgegen, wo sie in hufähnlichen Stempeln ausliefen. Der schmale Kopf besaß einen vorgestülpten Mund, der ein klein wenig Ähnlichkeit mit dem Rüssel eines Boronen aufwies. Wenn man nicht sehr genau hinschaute, waren die milchigweißen Pupillen kaum von den Augäpfeln unterscheidbar;

wenn auch nur bei zwei der drei Augen, denn das dritte wirkte grau und blind. Die Kleidung bestand aus einem eng anliegenden Kampfanzug, der die knochige Struktur des Wesens noch betonte. Kalmanckalsaltt, erinnerte Elena sich, so lautete der Name des Paraniden.

Sie bedankte sich bei dem schmucken Offizier, der sie in die Leitstelle geführt hatte. Dieser lächelte gewinnend und unterbrach die Diskussion seines Vorgesetzten mit Uchan t'Scct, um das Eintreffen Elenas anzukündigen.

Der Stationsleiter schüttelte Elenas Hand. „Commander Pohl Frederik", stellte er sich in deutlich enerviertem Ton vor. „Major Kho aus dem Erdsektor, nehme ich an?"

Elena nickte. „Das ist richtig. Commander, können Sie mir schildern, was hier vorgefallen ist?"

Frederik runzelte die Stirn. „Fest steht bisher nur, dass dieser Borone dort" – er deutete nach oben – „seinen Octopus auf Handsteuerung geschaltet und dann mit Vollgas einen der Abschlussflügel des Landetunnels demoliert hat."

„Und dabei einen Schaden von mindestens zwölfeinhalb Millionen Credits verursachte – shhhk!", mischte sich der schwarz gekleidete Teladi aufgebracht ein. Er hatte seinen klackernden Redeschwall unterbrochen und sich umgedreht. „Gestatten werter Kollege, Jorilas Ywimuweos Maniris II mein Name, Erste Teladianische Versicherungsallianz ETVA."

Elena deutete eine Verneigung an. Nicht alle Teladi trugen Kleidung, viele liefen einfach in ihrem natürlichen, grünen Schuppenpanzer umher. Diejenigen allerdings, die sich bekleideten, trugen für gewöhnlich die Handelsuniform des Teladi-Unternehmens. Diese Echse hier, mit ihren rot glühenden Augen, bildete jedoch eine der ganz seltenen Ausnahmen. Fast schon wirkte sie in ihrem schwarzen Anzug wie ein Bestatter. *Bestatterin*, korrigierte Elena sich in Gedanken.

„Werter Kollege, zufällig befand ich mich zu Verhandlungen hier auf Port Thornton, als Ihr Mannschaftsmitglied, der Borone Nola Hi, mit seinem Raum …" Maniris stoppte plötzlich und blickte mit erbleichender Stirnschuppe an Elena vorbei, die ebenfalls den Kopf wandte, um dem Blick der Versicherungsechse zu folgen. Der Paranide Kalmanckalsaltt, der die Szene bisher wie unbeteiligt beobachtet hatte, trat zwei Schritte näher heran. Sein langer Rücken krümmte sich wie bei einer sprungbereiten Gottesanbeterin. Dies war die Angriffsposition der Paraniden in Erwartung eines Nahkampfes. Kalmanckalsaltt besaß die ungeteilte Aufmerksamkeit aller.

„Diese unheiligen Diskussionen lähmen Unsere geometrische Kompetenz“, sagte er mit erstaunlich klarer Modulation. „Sie führen zu nichts. Der schwarze Teladi mag die monetären Aspekte des Unfalls mit dem Generalkonsulat des Königinnenreiches von Boron verhandeln. Die Schuldfrage ist geklärt.“

„Nicht für die ETVA, lieber Koll …“

Die vorstehenden Augen des Paraniden richteten sich parallel zueinander auf den teladianischen Versicherungsvertreter. Kalmanckalsaltt sagte kein Wort, sondern breitete seine langen Knochenarme wie zu einer Umarmung des Todes aus und schob den Kopf noch ein Stück weiter vor. Paraniden besaßen einen Hang zur Theatralik, der auf andere Lebewesen oft übertrieben wirkte. Nicht jedoch diese Geste: „Noch ein Wort und ich zerquetsche dich wie eine Wanze“, schien sie zu sagen. Die Stirn des Teladi wurde bleich, er schwieg eingeschüchtert.

Elena unterstützte den Vorstoß des Paraniden aus ganzem Herzen. Der Dreiäugige schien mehr Vernunft zu besitzen als Split, Borone und Teladi zusammen! Denn was auch immer hier gespielt wurde, sie würde es nicht herausbringen, wenn alle durcheinander sprachen. Sie ergriff das Wort.

„Commander Frederik, besteht aus Ihrer Sicht noch weiterer Klärungsbedarf?“

Der Argone nickte. „Jein. Nein. Wir haben hier einen Versicherungsfall und der Borone ist als Diplomat des Königinnenreiches ohnehin unantastbar. Von mir aus können Sie die Station verlassen.“ Er blickte Elena direkt in die Augen und fügte hinzu: „Und ganz ehrlich: Je eher, desto besser!“

Elena ersparte sich eine Antwort. Verständlich, dass der Commander diesen Trupp Störenfriede schnellstmöglich loswerden wollte. Sie war bloß froh, dass bislang niemand zu Schaden gekommen war! Vermutlich wäre es sogar besser, wenn sie die Mission nach Nif-Nakh hier und jetzt abbräche, bevor noch Schlimmeres passierte. Es stand für sie außer Frage, dass Uchan t'Scct den Boronen bedroht hatte, was diesen in eine Panikreaktion getrieben haben musste. Was, wenn so etwas weit draußen im All geschah? Oder auf Nif-Nakh? Dass Ghinn t'Whht sich der Kooperation verweigerte, war für sich schon ein Grund zum Aufgeben.

Aber Nopileos brauchte ihre Hilfe, und zwar so schnell wie möglich! Sie wollte mit Nola Hi, Uchan und dem Paraniden reden, bevor sie eine endgültige Entscheidung traf.

KAPİTEL 18

Meine Liebe ist nicht bedingungslos, aber sie ist echt!
Meine Hingabe ist nicht unbegrenzt, aber sie ist groß!

MARTINUS SANDAS,
argonischer Kulturhistoriker,
Gründer der Goner-Bewegung, † 217

Eine weitere, tiefdunkle Nacht über Ghus-tan, dem Dorf der Aufständischen. Irgendwo draußen knackte ein kleines Lagerfeuer, das von der Wachmannschaft zwischen den Satellitenperioden entfacht worden war. Man war ein wenig nachlässiger geworden, da man ohnehin mit dem Eintreffen von Truppen des Patriarchen rechnete. Vielleicht war man aber auch bereits *zu* nachlässig. Von Zeit zu Zeit fuhr eine scharfe Windbö durch die nahen Baumwipfel. Das Feuer loderte dann hörbar auf, doch Schauer kleiner Wassertröpfchen, aus dem Laub der Bäume herausgeschüttelt, beschwichtigten die Flamme leise zischend.

Hatrak lag mit offenen Augen im Halbdunkel des Frauenhauses. Ungebundene Frauen wohnten hier: Mädchen, Kriegerinnen und Alte. Als Tochter Rhonkars stand ihr ein eigenes Abteil zu, geräumig und durch eine halbhohe Wand aus roh behauenen Steinen vom übrigen Raum abgetrennt. Es gebührte ihr rechtmäßig; auch wenn alle anderen beengt schlafen mussten, dicht an dicht, keine Sezura stellte Hatrak die ihr durch die Gnade der edlen Geburt zuteil gewordenen Vergünstigungen in Frage. Vielmehr grübelte sie über den Teladi nach, die Echse aus der fernen *Gemeinschaft der Planeten*. Ihr ganzes Leben hatte sie Nif-Nakh nie verlassen, nicht einmal über die Grenzen von Ghus-tan war sie hinaus gekommen. Nun war sie noch sehr jung, dessen war sie sich bewusst, doch Rhonkar hatte Großes vor: mit Ghus-tan, der Familie, mit ihr. Aber da war Nopileos, t'Nop, wie sie ihn nannte. Er war ganz anders, entsprach gar nicht den Schilderungen der Alten, wenn sie über die anderen Völker der *Gemeinschaft* sprachen. Da war etwas an t'Nop, das wie ein Krieger wirkte und etwas, das fremdartig und ungewohnt war. Und dann war da seine Hingabe, seine ungekünstelte Freundlichkeit. Nopileos würde den Martertod sterben, das war sicher und es war auch rechtens. Hatrak freute sich schon darauf. Ihre Stirn zog sich in sorgenvolle Falten. Hoffentlich würde t'Nop sich als würdig erweisen!

Wie aus weiter Ferne klang ein lang gezogener, klagender Laut durch die Balken des Hauses, leise nur, aber doch fremdartig und unheimlich. Dumpf drang eine halblaut gerufene Bemerkung in Split-Sprache herein: „*Kala thk, chro Ghok* – fürchte das Morgengrauen, liebstes Ghok." Parthol t'Fllk, Gebieter der heutigen Nachtwache, lachte krächzend. „*Hai*", kam seine Antwort in Handelssprache. Hatrak fröstelte. Sie machte sich rund und zog die Felldecke über ihren Kopf. Was, wenn t'Nop nie mehr das große Wasser sähe? Sie wusste von ihm, dass das Wasser das Element seiner Vorfahren war. Wie sollte er in die immerwährende Nacht eingehen, wenn er nicht mit sich und seinen Ahnen im Reinen wäre? Wie den Bestien des Himmels entgegentreten? Und wie unter diesen Umständen seine Marterung mit Mut und Würde bestehen, so, wie sie es ihm wünschte? Er würde es nicht können! Natürlich, Zhi war all dies vollkommen egal. Auch Rhonkar verschwendete darauf keinen Gedanken. Unruhig wälzte Hatrak sich auf die andere Seite, versuchte vergebens, die Augen fest zusammenzupressen. Für die Bewohner Ghus-tans war t'Nop nichts weiter als eine Echsenkreatur. Eine besonders mutige zwar, aber doch bloß ein Eindringling, ein Fremdkörper von außen, ein Störenfried. Für sie, Hatrak, war Nopileos mehr als das: Er war ihre erste Begegnung mit der Außenwelt; ihre Versicherung, dass die Welt dort draußen überhaupt existierte! Mehr noch sogar: Nopileos war ihr Lehrer, auch wenn er es selbst vielleicht gar nicht so empfand. In wenigen Wozuras hatte sie aus seinem Verhalten und seinen Äußerungen mehr über sich, ihr Volk und all die anderen Völker gelernt, als in den Jazuras zuvor. Und noch etwas …

Er war ihr *Freund*.

Mit einem Ruck wischte das Mädchen das Schlaffell von seinem Körper und richtete sich auf. Sie wusste jetzt, was zu tun war: Nach allem, was t'Nop für sie getan hatte, bewusst oder unbewusst, war es ihre Pflicht, ihn auf das Kommende vorzubereiten. Qham t'Trrh – einst Erste Züglerin, jetzt Weise Alte – blinzelte das Mädchen verwundert an, als es an ihrer Pritsche vorbeihuschte. „Wohin, Hatrak?"

Die Angesprochene hielt inne und drehte sich auf dem Fuße. Sie zögerte. „Den Bestien Reverenz erweisen, Qham", sagte sie schließlich.

Die Alte kicherte verhalten. „So. Nun, macht keine Dummheiten, Edle Hatrak, Tochter Rhonkars und Aqhns."

Hatrak presste die Lippen aufeinander. „Nein."

Draußen blickten Parthol t'Fllk und ein anderer Split sie neugierig an, sagten aber nichts. Sie ignorierte die beiden und schlug die Richtung zur Abortgrube ein. Die Chancen standen ganz gut, dass sich zu dieser Zeit niemand dort befand. Die Bewohner Ghus-tans schliefen – von der Wache abgesehen, und vielleicht einer Hand voll Rastlosen, so wie ihr. Statt die Abortgrube zu betreten, umrundete sie diese aber hinter deren Sichtblenden und bewegte sich so lautlos, wie sie es nur vermochte, in Richtung der Gefangenenbaracke. Vor den Blicken der Wachen durch den Mondschatten des großen Palisadenzauns und die massiven Rundungen der dicht an den Zaun geschmiegten Blockhäuser geschützt, erreichte sie bald mit heftig pochendem Herzen die Rückseite des Gefängnisses. Sie spürte, wie sich das Blut in ihren Adern beschleunigte. In fast schon euphorischer Stimmung presste sie ein Auge auf die Ritze zwischen zwei Balken. Drinnen war es zu dunkel, sie konnte nichts erkennen, außer einem winzigen, silbrigen Lichtreflex, der vermutlich von der Frachtbox oder deren Inhalt herrührte.

„Aufwachen, t'Nop!", flüsterte sie heiser. Als sich nichts rührte, rief sie halblaut „Nopileos!" Die Wachen befanden sich fünfzig Längen entfernt auf der anderen Seite der Hütte. Auf diese Distanz konnten sie sie nicht hören.

„Hat … Hatrak?", fauchte die Stimme der Echse verwirrt aus der Dunkelheit. Offensichtlich war der Teladi in diesem Moment erst erwacht.

„Leise!", mahnte Hatrak. „Hör zu, t'Nop! Wir gehen zum See, nur du und ich, ohne Zhi! Keiner weiß davon, und in einer Stazura sind wir wieder hier."

Langes, verblüfftes Schweigen. Dann: „Gibt es denn heute keine Wachen?"

„Ich öffne die Tür, wenn sie woanders hinschauen." Sie tastete nach ihrer Beuteltasche, um sich zu vergewissern, dass sie den Schlüssel eingesteckt hatte. „Kannst du leise sein, t'Nop?"

„Wie ein Schlupfling!"

„Gut", flüsterte sie, unsicher, ob Nopileos' Bemerkung nun Zustimmung bedeutete oder nicht. „Dann warte."

Eng an die Seitenwand der Hütte geschmiegt, arbeitete sie sich so weit vor, dass sie einen Blick auf die Lichtung werfen konnte. Gemurmelte Worte drangen unverständlich herüber. Eigentlich hätte während der Wache kein unnötiges Wort gesprochen werden dürfen! Zu jeder anderen Zeit hätte sie unverzüglich den Obersten Krieger über das Vergehen seiner Untergebenen informiert, jetzt war sie froh darüber, denn es kam ihr zupass. Immer noch im Mondschatten der Baracke, drückte sie sich um deren Ecke. Die Wachen blickten in die entgegengesetzte Richtung, schauten in das verblassende Lagerfeuer, das sie jetzt herunterbrennen ließen.

Das Schloss klickte vernehmlich, als sie den Schlüssel hineinsteckte und beherzt umdrehte. Erschreckt blickte sie über die Schulter zurück, doch die Wachen unterhielten sich nach wie vor gedämpft. Hatrak nahm sich vor, Thro auf jeden Fall beizeiten über das unbotmäßige Verhalten seiner Mannschaft zu informieren. Offenbar verließen diese unwürdigen Split sich allzu sehr auf den Schutz des Palisadenzauns und achteten ausschließlich auf den gepflasterten Pfad, der in das Dorf hineinführte. Dabei gab es durchaus andere Möglichkeiten, Ghus-tan zu betreten und zu verlassen, selbst ohne einen Jet. Jedenfalls dann, wenn man nicht größer als ein Kind war – oder ein Teladi! Sie öffnete die Tür einen Spalt weit. Nopileos, der sie bereits erwartete, schlüpfte behände hindurch und erstarrte sofort, als er die fünfzig Längen entfernt sitzenden Posten erblickte. Hatrak verschloss die Tür rasch wieder, diesmal vorsichtiger und lautlos, und schob Nopileos eilig um die Ecke, aus dem Sichtfeld der Lichtung hinaus. Geschafft! Sie triumphierte innerlich. Jetzt galt es nur noch, das Dorf zu verlassen, doch das sollte das weitaus geringere Problem sein!

Der Waldpfad war beängstigend ruhig. Nur die Geräusche ihrer Sohlen und Klauen platschten durch die Stille. Nopileos ging voraus, denn er konnte sogar noch mehr im Halbdunkel der Nacht ausmachen, als das Mädchen.

„In einer Stazura müssen wir wieder zurück sein, t'Nop", sagte Hatrak laut. Sie waren inzwischen so weit vorangekommen, dass man sie im Dorf auf keinen Fall mehr würde hören können.

„Warum, o Hatrak?"

„Warum!" Sie schnaubte. Schweigend umrundeten sie das Dörrhaus. Jetzt war es nicht mehr weit bis zum Ufer.

„Hatrak, Schwester, warum tust du das? Du bringst dich damit in große Schwierigkeiten."

Abrupt blieb das Mädchen stehen. Nopileos bemerkte erst einen Moment später, dass Hatrak ihm nicht mehr auf der Kralle folgte und hielt inne, um die wenigen Schritte zu ihr zurückzulaufen.

„Nein, du bringst *mich* in Schwierigkeiten, wenn wir nicht rechtzeitig zurück sind!" Ihre Stimme war laut, aggressiv. Nopileos versuchte, die Dunkelheit mit seinen Augen zu durchdringen, um mehr als nur die farblose Silhouette des Mädchens zu erkennen. Warum tat sie das? Und warum brachte sie ihn in diese Lage? Sie schien allen Ernstes zu erwarten, dass er wieder mit ihr zurückginge, um in ein paar Tazuras auf dem Marterstein zu enden. Und täte er es nicht, bestünde die Chance, dass stattdessen sie dort landete! Das war nicht fair, diese Entscheidung wollte er nicht treffen, dazu hatte er das pfiffige Split-Mädchen viel zu lieb gewonnen.

„Weiter, Watschelfuß", kommandierte Hatrak. Nopileos gehorchte schweigend, in Gedanken versunken. Als sie schließlich das Uferdickicht durchbrachen, zog eine frische Brise über den sternenbeschienenen Sandstrand. Mit sich führte sie den verbotenen Duft der Freiheit. Und da war noch etwas anderes, das Nopileos' Stirnschuppe erbleichen ließ.

„Wir sollten zurückgehen", presste er zwischen seinen Kauknochen hervor, „sofort!"

„Angst vorm eigenen Schneid, t'Nop?", frotzelte Hatrak und trat näher an Nopileos heran. „Musst du nicht. Geh' ins Wasser. Schwimm' eine Runde. Ich vertraue dir." Sie versetzte ihm einen freundschaftlichen Schubs in Richtung der sanft glucksenden Wellen.

„Nein ..."

Hatraks fragende Augen tauchten im Schein eines fahlen, grünlichen Lichtscheins vor ihm auf, noch bevor er sich ihr erklären konnte. Doch Erklärungen waren jetzt nicht mehr nötig. Hatraks Mund öffnete sich und entsetzt hob sich ihr Blick nach oben. Aus Richtung des Wassers näherte sich das Flap-flap mächtiger Lederschwingen. Ein gewaltiger Fanfarenstoß ließ den Teladi erzittern, giftiger Gestank ließ ihn aufkeuchen. Eine Urwaldbestie!

„Zurück! Hatrak!", rief Nopileos panisch. Er ergriff den rechten Arm des Mädchens hart, um sie in Richtung des Dschungelpfads zu drängen, doch sie riss sich sofort von ihm los. Die Krallen des Teladi schnitten vier parallele Wunden in ihren Oberarm, aber sie achtete nicht darauf.

„Ein Ghok!“, flüsterte sie in völligem Erstaunen. Diese Tiere sollte es eigentlich nur auf dem Festland geben, hier, auf der Insel, waren sie schon vor langer Zeit restlos ausgerottet worden. Sie wünschte sich ihr Blasrohr herbei, doch für einen Umweg über die Waffenkammer hatte kein Anlass bestanden. Sie hob ihren Kurzlanze und umklammerte die Waffe mit festem Griff. Dann würde sie sich und t'Nop eben hiermit verteidigen! Als wüsste der Dschungeldrache, dass seine Beute versuchen würde, in den dichten Wald zu entkommen, ließ er sich zwischen dem Eingang zum Pfad und Nopileos und Hatrak auf dem Boden nieder und schnitt ihnen damit den Weg ab. Sein Fressschwanz wand sich schlängelnd nach vorne, während sein stumpfes, totes Gesicht keinerlei Regung zeigte. Schritt um Schritt wich Nopileos vor dem sich nähernden Rieseninsekt zurück. Hatrak hingegen hielt ihre Stellung.

„Hatrak, hinfort, bitte, schnell!“, rief Nopileos bange.

Das Mädchen antwortete nicht. Stattdessen packte es die Kurzlanze fester, wartete, bis der Fressschwanz des Drachen es erreichte, und stürmte mit einem Kriegsschrei voran. Das Rieseninsekt blickte dem sich nähernden Mädchen aus stumpfen Augen desinteressiert entgegen. Sein Fressschwanz krümmte sich und zuckte blitzschnell nach vorne. Hatrak entging dieser Bewegung nur mit Mühe. Sie duckte sich unter dem Schwanz hindurch und entging einem nachsetzenden Schlag der Schwingen, dann befand sie sich unmittelbar vor dem langen, halbdurchsichtigen Hals des Wesens. Nopileos zuckte zusammen, als Hatrak ihre Kurzlanze ohne zu Zögern in den Leib des Ghok rammte. Einen Sezurabruchteil lang war er gewiss, dass Hatrak siegreich sein würde. Das Tier trompetete und zuckte hektisch zurück, dabei zog es Hatrak mit sich, die sich krampfhaft an ihre Lanze klammerte. Ätzendes Blut spritzte umher und benetzte die Haut des mutigen Split-Mädchens, doch Hatrak kümmerte sich nicht um die Verbrennungen. Endlich bekam sie ihre Waffe wieder frei, doch anstatt sich zurückzuziehen, nahm sie erneut Anlauf. Das Ghok, durch die tiefe Wunde in seinem empfindlichen Nervenzentrum bereits tödlich getroffen, reagierte diesmal mit unvorhergesehener Wucht. Es hob sich zwei Längen in die Luft und fegte Hatrak mit einem Schlag seiner Schwingen von den Beinen. Mit schwindenden Kräften stolperte es sodann auf das Mädchen zu, den Fressschwanz seitlich nach vorne gereckt. Hatrak rappelte sich auf und stach erneut zu, zielgenau nur eine Krallebreit neben die erste Wunde. Noch im Sterben biss der Dschungeldrache zu. Ein abscheuliches Krachen erklang, als sich seine Kiefer in den Körper des Mädchens bohrten.

Nopileos schrie voller Entsetzen auf. *„Hatrak!"* Rücklings auf dem Boden liegend warf sie ihm einen Blick aus Augen zu, in denen langsam das Weiße sichtbar wurde, und der dem Teladi durch Mark und Bein ging. Niemals in seinem Leben würde er diesen Blick vergessen. Dann brach das sterbende Rieseninsekt zusammen und begrub Hatrak unter sich.

KAPİTEL 19

Kann ein Argone der Freundfeind eines Split sein? Ja. Kann ein Paranide der Freundfeind eines Split sein? Nicht auszuschließen. Kann ein Teladi der Freundfeind eines Split sein? Schwer vorstellbar, aber möglich. Kann ein Borone der Freundfeind eines Split sein? Niemals! Nicht bis zum Ende aller Zeiten!

UCHAN T'SCCT

Langsam begann sich das Bild zu klären. „Gut“, gestand Uchan t'Scct mit leuchtenden Augen, „ich habe mein Interesse daran bekundet, bei welcher Temperatur die Atemflüssigkeit der Boron-Kreatur zu sieden beginnt. Aber“ – seine Lippen bildeten einen sardonischen Strich – „an Bord einer argonischen Raumstation ist das selbstverständlich nicht als Drohung, sondern als bloße Konversation zu verstehen. Die Kreatur leistet uns Gesellschaft!“

„Nein!“, fiepte Nola Hi von der Decke herunter.

Der Split vollführte eine undeutbare Geste. „Wie auch immer. Kho, ich werde nicht mit einer Boron-Kreatur zusammenarbeiten und schon gar nicht Befehle von ihr entgegennehmen.“

Inzwischen war es Elena gelungen herauszubringen, worin Uchans Problem bestand. Der Split war darüber in Rage geraten, dass Nola Hi den Kontakt zur *FL Regendrache* so unbekümmert und ohne vorherige Aufforderung hergestellt hatte, als habe es nie Differenzen zwischen Split und Boronen gegeben. Überdies hatte sich der Wissenschaftsethiker in seiner unbefangenen Art als Missionsleiter ausgegeben. Leider waren die Kompetenzen seinerzeit nicht geklärt worden – eine Unterlassung, die sich jetzt rächte. Elena hoffte inbrünstig, dass Uchan t'Scct genügend Berufsethos besaß, die Anwesenheit des Boronen an Bord seines Schiffes zumindest für die Dauer dieser Mission hinzunehmen.

„Nola Hi nimmt lediglich als Beobachter und Berater im Auftrag des Königinnenreiches an dem Flug teil. Ich leite die Mission.“

„Ist das so?“, fragte Uchan, als bezweifele er Elenas Aussage. Er warf seinem Partner Kalmanckalsaltt einen Seitenblick zu, doch der Paranide war wieder in seine übliche Passivität verfallen. Egal welche Spezies, Kalmanckalsaltt mochte keine davon, nicht einmal die eigene, von der er wegen seiner unheiligen Zweiäugigkeit verstoßen worden war. Mit genügend Credits konnte er sich vielleicht eines Tages ein neues drittes Auge wachsen lassen. Aber Credits kamen nicht vom Diskutieren.

„Die hübsche, mutige und lustige Ele Na liegt richtig, spricht die Wahrheit und hat …“

„Ja!“, bellte Uchan. Er vollführte eine Gebärde der Verwünschung. „Kho, die Details.“

In der folgenden halben Stazura weihte Elena Uchan t'Scct und Kalmanckalsaltt in die Grundlagen der Mission ein. Obwohl in einigen Punkten Klärungsbedarf seitens des Boronen bestand, hielt sich Nola Hi klugerweise im Hintergrund.

Als zum ersten Mal der Name Ghinn t'Whht fiel, reagierte der Split mit sichtlicher Verwirrung. Zunächst führte Elena das darauf zurück, dass ihm der bekannte Name imponierte, doch sie irrte.

„Ich möchte mit der ehrenwerten Ghinn t'Whht sprechen“, verlangte Uchan. „Wenn ich die Boron-Kreatur erdulden soll, sollte sie besser meine Züglerin sein.“

Elena hatte keine Ahnung, von was der Split sprach. Vielleicht hatte er ihr nicht richtig zugehört: Ghinn t'Whht weigerte sich, nach Nif-Nakh zurückzukehren. Elena versuchte, dem Split dies vorsichtig zu verdeutlichen.

„Ich kenne die respektable Ghinn t'Whht sehr gut“, erwiderte Uchan mit merkwürdig nach innen gerichtetem Blick.

Elena war erstaunt. „Wie ist das möglich?“

„Dreieinhalb Jazuras habe ich auf dem schnellen Kurierschiff *Knochenspäher* meinen Dienst als Chefpilot verrichtet, bis zu dessen Zerstörung. Zunächst unter dem Kommando Whalmar t'Bllts, dann mehr als zwei Jazuras unter Cho t'Nnt und zuletzt, nach dem Tode Chos, für nur einen Mazura unter Folim t'Ghhm.“

Elena zuckte die Schultern. „Aha?“

„Während der Zeit, in der Cho t'Nnt die *Knochenspäher* befehligte, hielt sich die respektable Ghinn t'Whht häufig an Bord des Schiffes auf, oft in Begleitung des Patriarchen von Chin, manchmal auch alleine.“ Uchan verstummte. Es war ein offenes Geheimnis gewesen, dass

Ghinn für den Kommandanten der *Knochenspäher* verbotene Gefühle hegte. Aber das wollte Uchan der Menschenfrau von der Erde nicht auf die Nase binden. Die Tatsache, dass er Ghinn kannte, musste genügen. „Ich möchte mit ihr reden", bekräftigte er noch einmal.

Bereits eine Stazura darauf sollte der Split seinen Willen erhalten: Elena brachte ihn persönlich mit der *AP Nikkonofune* hinunter nach Argon City, wo sie an Bord des Schiffes auf seine Rückkehr wartete. Als Uchan schließlich wiederkehrte, kam er zu Elenas Erleichterung – und völliger Überraschung – nicht alleine.

„Die Kreatur rührt mich nicht an!", fauchte Ghinn t'Whht mit blitzenden Augen, als Elena sich anschickte, ihr aus der Horizontalen aufzuhelfen. Angestrengt rappelte sich die schwangere Split-Frau auf. Sie hatte den kurzen Flug an Bord der *AP Nikkonofune* in der winzigen Schlafkabine des Schiffes verbracht, während Uchan t'Scct neben Elena im Cockpit saß.

Sie waren nicht einmal vier Stazuras in Argonia City gewesen. Uchan hatte mit Ghinn gesprochen, und zu Elenas größtem Erstaunen erklärte sich die Split-Frau im Anschluss an diese Unterredung bereit, nun doch nach Nif-Nakh zurückzukehren. Woher dieser plötzliche Sinneswandel kam, konnte Elena sich nicht erklären. So weit sie die fremdartigen Gesichtszüge der Split verstand, strahlten sowohl Uchan als auch Ghinn eine gewisse Zufriedenheit aus, als seien sie zu einem für beide akzeptablen Ergebnis gekommen. Doch in Gegenwart Elenas wechselten beide kaum ein Wort miteinander und wenn, dann nicht in Neojapanisch, sondern in ihrer Muttersprache.

Millimeter um Millimeter führte Niji die *AP Nikkonofune* an die Bordwand der *FL Regendrache* heran, in deren Kommandostand Uchans Partner Kalmanckalsaltt die Schlusssequenz des Andockmanövers beaufsichtigte. Der Paranide war die letzten Stazuras nicht untätig gewesen: Mittels dünner, aber extrem belastungsfähiger Kunstmetallwände hatte er den geräumigen Laderaum des Frachters in vier zusätzliche Zellen unterteilt. Zwei dieser Abteile wurden nun vom Umweltsystem mit Atemflüssigkeit versorgt, damit sich der boronische Wissenschaftsethiker hier ohne Schutzanzug bewegen konnte, die übrigen beiden Räume waren für Elena und Ghinn vorgesehen. Nola Hi wiederum hatte während dieser Zeit einige seiner Gerätschaften aus seinem Schiff, der *Boron Riesenspaß*, in die *FL Regendrache* überführen lassen, um den angeschlagenen Raumer danach per Autopilot auf den langen Weg Richtung Heimat zu schicken.

Als Ghinn und Uchan die *AP Nikkonofune* durch den provisorischen Entertunnel verließen, gab Elena Niji noch ein paar letzte Anweisungen. Auch sie wollte ihr Schiff unbemannt zu dessen Heimatbasis zurückkehren lassen. Sie hoffte, dass das argonische Militär das M4 für sie verwahrte und es nicht auf Einsätze schickte. Ihre Lippen verzogen sich zu einem schmalen Lächeln, als sie sich schließlich auf den Weg zur Druckschleuse machte, um durch den Tunnel zur *FL Regendrache* hinüberzuwechseln. „Der Letzte macht das Licht aus", ging ein sehr alter Spruch von der Erde. Sie drehte sich noch einmal in dem engen Durchgang zur Schleuse um und warf einen Blick zurück in die Pilotenkanzel. Seltsam, wie sehr sich ihr Herz nach etwas sehnte, das es Heimat nennen konnte!

„*Kyotsukette Nikkonofune*", murmelte sie, „pass auf dich auf", dann zischte das äußere Schott leise hinter ihr zu.

Die riesige Zentrale der *FL Regendrache* wirkte aufgeräumt und überraschend freundlich. Ein großes zweigeteiltes Sichtfenster ermöglichte den Blick auf das umgebende All in weitem Winkel. Ausgedehnte Kommandopulte mit flackernden Knöpfen und wechselnden Holoprojektionen erstreckten sich eine halbe Länge in den Raum hinein. Vor den Instrumenten befanden sich drei einfache, metallene Sitze, der mittlere davon ein erhabener Kommandothron nach Split-Bauart. Uchan saß bereits darauf und bediente Flugsysteme sowie den Waffenleitstand, dessen Bedienpult sich an einem Schwenkarm heranziehen ließ. Die übrigen Instrumentenwände des Cockpits unterteilten sich in verschieden große Rechtecke in absonderlichen Farben. Rechts hinter Uchans Kommandothron ragte Kalmanckalsaltt vor einem schmalen Stehpult auf, das mit blinkenden Anzeigen gespickt war. Paraniden ließen sich niemals nieder, zumindest nicht in der Gegenwart Angehöriger anderer Spezies. Niemand wusste, ob sie sich überhaupt je hinsetzten oder –legten.

Die *FL Regendrache* nahm Fahrt auf und verließ das Sternensystem von Argon Prime vier Stazuras später durch eines der vier Sternentore. Der Flug von Argon Prime nach Nif-Nakh würde etwa fünfeinhalb Tazuras beanspruchen; das war grob ein Drittel der maximalen Entfernung, die man innerhalb der *Gemeinschaft der Planeten* überhaupt zurücklegen konnte. Wie viele Lichtjazuras die *Gemeinschaft* tatsächlich umspannte, vermochten die Astronomen aber paradoxerweise nicht mit Gewissheit zu sagen. Fest stand nur, dass manche Sternensysteme viele hundert oder gar tausend Lichtjazuras voneinander entfernt sein mussten, obwohl ihre Sprungtore sie zu direkten Nachbarn machten. Andere Sektoren wiederum gehörten ganz offensichtlich gemeinsamen Regionen in der Milchstraße an. Die farbigen Schleier der Halmnan-Aurora, die sich in all ihrer Pracht über weite Strecken des Gebietes der Argonen bis über den Herrschaftsbereich der Split hinaus erstreckten, waren ein bekanntes Beispiel dafür. Darüber hinaus gab es noch einige Sternensysteme und Sektoren, die sich jeglicher Zuordnung auf der galaktischen Karte entzogen. Die wissenschaftliche Gemeinde war sich jedoch einig, dass diese Orte Millionen von Lichtjazuras entfernt waren und aller Wahrscheinlichkeit nach zu Galaxienhaufen am Rande der so genannten Lokalen Gruppe gehörten.

Gegen Ende des ersten Flugtazuras ging eine Nachrichtendrohne an den Patriarchen von Chin, die das Oberhaupt aller Split über die baldige Ankunft seiner Gemahlin informierte. Nola Hi, der seine Umwelträume auf Wunsch Uchans nie verließ, schlug zunächst vor, Chin schlicht um Landeerlaubnis zu bitten, doch sowohl Uchan als auch Ghinn lehnten dies als zu unterwürfig ab. Beide zogen eine unpersönliche Note vor, die den Patriarchen vor vollendete Tatsachen stellte. Warum Uchan den Herrscher der Split so sehr hasste, wusste Elena nicht, aber dass er es tat, war offensichtlich.

Auch Ghinn schien ihrem Herrn nicht sehr wohl gesonnen, und die Aussicht, Chin bald wieder gegenüberzustehen, ließ sie augenscheinlich völlig kalt. Die Split-Frau sprach fast nie. Wenn sie überhaupt etwas sagte, redete sie ausschließlich mit Uchan. Sie wich Elena und Kalmanckalsaltt aus, wo es nur ging. Wenn sich eine Begegnung nicht vermeiden ließ, behandelte sie die Erdenfrau und den Paraniden, als wären sie unsichtbar. Wie war es Uchan bloß gelungen, Ghinn zur Rückkehr nach Nif-Nakh zu bewegen? Alle Anzeichen sprachen dafür, dass sie lieber den Rest ihres Lebens im Exil verbringen wollte als zurückzukehren! Elena zerbrach sich den Kopf, fand aber keine sinnvolle Erklärung. Am Mittazura des zweiten Flugtazuras zwängte sich Elena deshalb durch den schmalen Mittelgang, der den Umweltbereich des Boronen vom Sauerstoffbereich trennte, um Ghinn direkt mit diesen

Fragen zu konfrontieren. Die Split-Frau ließ die provisorische Tür auffahren, drückte aber sofort wieder auf den Schließer, als sie sah, wer Einlass begehrte. Elena stellte den Fuß auf die Führungsschiene der Druckversiegelung, sodass die Tür wieder auffuhr. „Ghinn, wir müssen reden."

„Die Kreatur redet mit dem Boron-Ding nebenan", erwiderte Ghinn verächtlich. „Sie entfernt sich unverzüglich."

Als Elena dies verweigerte und sich vielmehr anschickte, den Raum zu betreten, trat Ghinn ihr mit hasserfüllten Augen in den Weg. Mit einer plötzlichen Bewegung riss sie den rechten Arm hoch und schlug nach Elenas Schläfe, doch Elena reagierte geistesgegenwärtig und tauchte geschickt unter dem Schlag hinweg. Trotz der fortgeschrittenen Schwangerschaft war Ghinn noch sehr behände. Sie drehte sich augenblicklich und setzte Elena nach. Aber Elena war schneller: Bevor die Split-Frau noch reagieren konnte, war sie bereits hinter ihr und griff nach den drohend erhobenen Armen, die sie auf den Rücken drehte und mit nur einer Hand an den schmalen Gelenken festsetzte. Ghinn wehrte sich heftig, aber Elena ließ nicht locker. Nach ein paar Momenten gab Ghinn keuchend auf.

„Ihr siegt nur meines Zustandes wegen!"

„Das weiß ich", gab Elena ruhig zurück; ziemlich sicher traf das zu. „Ich weiß, dass Ihr mich hasst, Ghinn", sagte sie und zog die Split-Frau von der Tür weg, sodass diese sich schließen konnte. „Mir tut das Leid, aber andererseits kann ich es auch verstehen."

„Dann lasst mich in Ruhe!", fauchte Ghinn, unbewusst in die respektvollere Anrede für Gleichgestellte überwechselnd.

„Das werde ich, sobald Ihr mir einige Fragen beantwortet habt. Kann ich Euch jetzt loslassen?"

„Versucht es!", schnappte Ghinn mit blitzenden Augen.

Kaum, dass Elena Ghinns Handgelenke freigab, drehte diese sich in einer fließenden Bewegung um und rammte ihr den Ellenbogen ins Gesicht. Elena, völlig überrumpelt, taumelte und fiel mit einem dumpfen Geräusch rücklings zu Boden, wo sie für einen Moment benommen liegen blieb. Sie erwartete, dass Ghinn sofort nachsetzte um die Situation auszunutzen, doch der Angriff blieb aus. Elena spürte, wie ihr etwas Warmes über Lippen und Kinn rann. Sie rappelte sich wieder auf und tastete nach ihrer Nase, die sich völlig normal anfühlte. Nur einen Zentimeter über der Nasenwurzel ertastete sie jedoch eine stark blutende Platzwunde, die vom spitzen Ellenbogen der Split-Frau stammte. Jetzt, da der unmittelbare Schock abklang, begann die Wunde zu pochen.

„Das Blut der Split ist dunkelbraun“, erklärte Ghinn. Ihre weit herabgezogenen Mundwinkel sprachen von großer Zufriedenheit. „Ich wollte immer schon wissen, welcher Farbe das der Argonen ist.“ Sie hob die Arme und zeigte ihre Handgelenke, die von Elenas eiserner Umklammerung zuvor dunkle Druckmale aufwiesen. „Schmerz gegen Schmerz.“

Elena zog einen Zipfel ihres weißen Unterhemdes aus dem hellblauen USC-Overall und drückte ihn gegen die Platzwunde. Ein leuchtend roter Fleck erschien. „Da wir jetzt quitt sind – können wir endlich miteinander reden?“

„Bedeckt zunächst Eure Verstümmelung“, antwortete Ghinn, die mit angewidertem Blick auf Elenas Bauchnabel starrte. Sie warf der Pilotin ein Tuch aus weißem Linnen an den Kopf.

Elena stopfte das mit Blut benetzte Unterhemd zurück in die Uniform und drückte das Tuch gegen ihre Platzwunde. „Ihr Split seid ein seltsames Volk“, sagte sie. Sie schaute in dem spartanisch eingerichteten Raum umher und ließ sich auf einer Frachtkiste nieder.

„Wir Split sind vor allem ein stolzes Volk“, gab Ghinn t'Whht zurück, die sich auf den Rand ihrer Pritsche setzte. „Wir haben unsere eigenen Riten und Gesetze, aber wir lassen uns nicht beugen, niemals!“

Elena nickte abwartend.

„Ich hasse Euch nicht, Erdenfrau“, fuhr Ghinn fort, „glaubt das nicht! Doch gibt es nichts, das wir miteinander zu besprechen hätten. Wir haben nichts miteinander gemein. Überhaupt nichts.“

Elena blickte ein paar Sezuras auf die gegenüberliegende Wand. „Ich möchte lediglich wissen, was Euch dazu bewogen hat, Eure Meinung zu ändern und nach Nif-Nakh zurückzukehren.“

„Wieso wollt Ihr das wissen – erwartet Ihr Schwierigkeiten?“

Elena zuckte die Schultern. *„Hai.“*

Wieder flackerte dieser zufriedene Ausdruck über Ghinns Gesichtszüge. „Der Patriarch wird Euch sicherlich foltern und töten“, sagte die Split-Frau mit hochgezogenen Mundwinkeln. „Aber mich wird er nicht hinrichten, bevor ich seinen Sohn zur Welt gebracht habe. Und das ist alles, was ich will: Ich möchte, dass der kleine Krieger unter Split aufwächst. Er soll nicht unter fremden Wesen auf einer abgelegenen Welt verkümmern. Und jetzt geht."

„Das ist der ganze Grund?", fragte Elena. Natürlich, es klang logisch – fast schon zu logisch für ihren Geschmack.

„Ja. Die Kreatur entfernt sich. Augenblicklich." Unvermittelt besann die Split-Frau sich wieder auf die unpersönliche Anrede für Untergeordnete und Leibeigene. Sie erhob sich, um ihren Worten Nachdruck zu verleihen. Elena tat es ihr gleich. Für ein paar Mizuras war es ihr gelungen, durch die kalte Maske Ghinn t'Whhts hindurchzudringen. Eisig und abweisend wie sie sich gab, befand sich darunter doch eine Person, eine Frau mit Wünschen, Hoffnungen und starken Emotionen.

„Danke, ich …" Elena zögerte eine Sezura und schüttelte dann leicht den Kopf. Sie verabschiedete sich, ohne eine Antwort zu erhalten, und verließ den Raum.

KAPITEL 20

All die Bestien des Himmels zügeln mich nicht!
THURUK T'MHHG

Zu allem Überdruss regnete es nun auch noch. Zhi fluchte verhalten. Wie alle Split liebte er Wasser nicht, und war nur in Ausnahme- und Notfällen bereit, sich ihm auszusetzen. Dies hier war ganz offensichtlich beides: Qham t'Trrh, die Alte Weise, hatte ihn geweckt und ihm hektisch davon berichtet, dass Hatrak vorgeblich zum Abort gegangen, aber nicht zurückgekehrt sei. Wo steckte dieses aufsässige Biest? Sie wollte eine Züglerin sein, dabei war sie selbst es, die der Zügelung bedurfte! Oder vielleicht einfach der Obhut einer Amme …

Voraus lag das Dörrhaus, durch dessen Eingang Zhi schemenhaft die dort aufgehängten Streifen trocknenden Fleisches erkennen konnte. Einen Moment kämpfte er mit dem Gedanken, den Wolkenbruch in der Hütte abzuwarten, doch dann widerstand er der Versuchung und warf nur einen kurzen Blick hinein: Keine lebende Seele versteckte sich hier. Zhi drehte sich wortlos um und folgte weiter dem Pfad, der aus dem Inselinneren hinausführte. Noch perlte der Regen von seinem Beinkleid ab, aber kurz darauf begann der aus gegerbter Darphinhirnhaut gefertigte Stoff durchzuweichen. Die Membran klebte fortan bei jedem Schritt klamm an seinen Schenkeln. Zhi knurrte: In ihm stieg ungezügelte Wut auf. Schneller und schneller wurde er, bis er nahezu rannte, doch dem abscheulichen Platschen seiner immer härter aufstampfenden Füße konnte er nicht davonlaufen. Er schwor, den Teladi zu töten, sobald er ihn fände. Ganz sicher war die Echse bei Hatrak, denn im Strafhaus befand sie sich nicht, dessen hatte er sich vergewissert, bevor er das Dorf verlassen hatte. Hatrak würde er ignorieren, ganz egal, welche Strafe Rhonkar sich für diesen Ungehorsam auch ausdachte! Mit den letzten Baumreihen endete auch der Trampelpfad und schließlich trat der alte Krieger schnaubend in das zwielichte Regengrau des Uferstreifens. Was er sah, ließ seine Wut augenblicklich verrauchen. Eisiger Schreck durchzuckte ihn.

Hatrak lag mit geweiteten Augen auf halber Strecke zwischen Waldrand und Ufer. Ihr schmaler Körper wurde vom Gewicht eines toten Ghok, das teilweise über ihr lag, tief in den schlammigen Sand gedrückt. Dünn und braun rieselte unablässig Blut aus einer großen Wunde an ihrer linken Seite: Von dem in langen Fäden herabschüttenden Regen wurde es verwässert und hinweggespült, und beständig floss es nach. Der rasselnde Atem des Mädchens ging in der Geräuschkulisse des Regenschauers unter, doch der Tonfall der abgehackten Wortfetzen, die sie mit brüchiger Stimme hervorstieß, und die dumpf und unverständlich bis zum Waldrand hinüberwehten, fuhr dem alten Krieger unter die Haut: Hatrak t'Frrt, die Tochter Aqhns, der leibeigenen Gemahlin Rhonkars, war schwer verwundet, lag möglicherweise im Sterben!

Lange schon gab es keine Ghoks mehr auf der Insel, aber gelegentlich, sehr selten, wagte sich ein Exemplar vom Festland her. Man konnte den Tieren entgehen, indem man sich schlicht in den Wald zurückzog, sie folgten nie. Warum hatte Hatrak dies nicht getan? Weshalb nicht den Obersten Krieger Thro in Kenntnis gesetzt, der eine Jagdgruppe zusammengestellt und die Bestie schnell und gefahrlos erlegt hätte? Erst jetzt bemerkte Zhi den Echsenabkömmling, der wie ein Häufchen Elend neben Hatrak kauerte und die Hand des Mädchens hilflos in seinen Klauen hielt. Ein Grollen stieg in der Kehle des Kriegers auf und entwickelte sich zu einem lang gezogenen Kampfschrei. Entsetzt blickte der Teladi auf, als er Zhi t'Nnt mit zum Wurf erhobenen Speer auf sich zustürmen sah. Aber er ließ Hatraks Hand nicht los, bis ihn der Split unsanft beiseite stieß. Hatraks Verwundungen waren noch schlimmer, als sie aus der Entfernung aussahen. Nicht nur zog sich ein tiefer, gezackter Riss über ihre linke Seite. Zusätzlich erblickte Zhi zahlreiche Verätzungen, die sich über den gesamten Arm des Mädchens erstreckten. Einige der Säuremale dampften noch und verrieten damit, dass sie sehr frisch sein mussten.

„Die Kreatur läuft zum Dorf und holt Hilfe. Sofort!“, bellte Zhi. Ohne Nopileos' Antwort abzuwarten, warf er seinen Speer davon und umfasste den Fressschwanz des Ghok mit beiden Armen. Grünlich schimmernde Säure trat aus dem toten Maul aus und benetzte Finger und Arme des Kriegers, doch Zhi achtete nicht darauf. Während er den schweren Körper des Tieres von Hatrak wegzog, breiteten sich dessen riesige, im Tode erschlaffte Flughäute aus und legten sich wie eine durchscheinende, mit Sand verschmierte Haut über das Mädchen. Die

Schwingen erwiesen sich als äußerst zäh und widerspenstig, so trennte Zhi sie schließlich mit seinem Langmesser an den armdicken Gelenken ab, vorsichtig darauf achtend, keine weitere Säure freizusetzen. Erst als er auch die Flügel des Rieseninsekts beiseite geschafft hatte, ließ er sich auf die Knie fallen, um seine Arme keuchend in den nasskalten Schlamm zu drücken, der seine Verätzungen zischend ablöschte. Der Teladi war verschwunden. Zhi wusste nicht weshalb, aber er war sich völlig sicher, dass die Kreatur tatsächlich nach Ghus-tan lief um Hilfe zu holen, anstatt die Gelegenheit zur Flucht zu ergreifen.

„Zhi?“, hauchte Hatrak. Sie hustete. Der Krieger antwortete kurz angebunden und riss sich das durchweichte Hemd vom Leib, um die blutpochende Wunde des Mädchens damit abzubinden. Das weite Hemd reichte zweimal vollständig um Hatraks schmalen Körper herum. Sie keuchte wild auf, als Zhi einen Druckverband improvisierte und die Ärmel des Hemdes über der Wunde verknotete. Augenblicklich färbte sich der Stoff hellbraun, aber vielleicht würde die Maßnahme helfen, die Blutung zu verlangsamen.

„Lasst t'Nop gehen“, flüsterte Hatrak. Anstelle einer Antwort begann Zhi, feuchten Sand über die Säureverbrennungen an den Gliedmaßen des Mädchens zu häufen.

„Lasst Ihr ihn gehen?“, fragte Hatrak nach einer Weile erneut. Zhi richtete sich auf, verstaute das Messer und nahm seinen Speer auf – mehr konnte er hier für die Tochter Rhonkars nicht tun.

„Edle Hatrak ... Rhonkar, Euer Vater, mein Gebieter, hat über das Schicksal der Echsenkreatur entschieden. Es liegt nicht in meiner Macht, daran etwas zu ändern.“

„Ihr wollt es auch gar nicht“, flüsterte Hatrak, nachdem einige Sezuras verstrichen waren, in denen man nur das Rauschen des noch immer niederprasselnden Wolkenbruchs hatte hören können. Schon lange nahm Zhi das Wasser nicht mehr wahr. Er schaute im trüben Regenschleier langsam umher. Sein Blick blieb an dem Kurzspeer haften, der tief im Körper des toten Rieseninsekts steckte – genau dort, wo sich das Nervenzentrum der Bestie verbarg. Nur ein Split konnte wissen, wo die empfindliche Stelle eines Ghok lag. Hatrak musste das Tier alleine niedergestreckt haben. Fast undenkbar zwar, doch es spielte ohnehin keine Rolle.

„Nein“, antwortete der Krieger schließlich ungewöhnlich ruhig, „ganz sicher will ich das nicht.“

Hatrak schwieg erschöpft und resigniert. Noch bevor sie sich zu weiteren Worten durchringen konnte, drangen Geräusche hastiger Schritte durch den nahen Wald. Allen voran brach Gilha aus dem Dickicht hervor. Sie warf den Teladi, den sie kurzerhand geschultert hatte, achtlos von ihrem Rücken hinunter, legte ihr Blasrohr beiseite, und hechtete zu Hatrak hinüber. Hastige Sätze in Split-Sprache flogen zwischen ihr und Zhi hin und her. Nach Gilha trat Aqhn vom Pfad auf den Strand, danach folgten Thro, Rhonkar, der Junge Fjuny t'Scct und, erst eine ganze Zeit danach, der atemlose Dorfälteste, Golan t'Vllt.

Nopileos hatte sich wieder aufgerappelt. Niemand schien ihn zu beachten. Die Split hatten sich alle um Hatrak herum versammelt und diskutierten offenbar, wie sie das Mädchen am sichersten ins Dorf zurückbekämen. Immer mehr Split kamen den Waldweg entlang. Bald schon schien sich die gesamte Einwohnerschaft des Dorfes auf dem Strand zu versammeln. Die meisten führten ihre neuen Blasrohre mit sich. Was tun? Unentschlossen wanderte der Blick des Teladi zwischen den Split und dem See hin und her. Vor sieben Wozuras war er genau an dieser Stelle dem Wasser entstiegen und an Land gegangen. Sollte er denn nicht … die Gelegenheit wahrnehmen?

Ein fernes Säuseln stach durch den Regen und unterbrach seine Überlegungen. Die Split blickten überrascht auf. Das Säuseln entwickelte sich rasch zu einem Brausen und endlich zu jenem charakteristischen Krachen, das von Ionentriebwerken stammte! Langsam senkten sich aus großer Höhe zwei Jets auf den Strand hinab, deren metallene Bäuche deutlich sichtbar die leuchtenden Insignien des Patriarchen trugen. Eine Dekazura lang hatte Ghus-tan hier, auf der Rückseite des Planeten, unbemerkt existiert. Doch damit war es nun endgültig vorbei. Die lang erwartete, von vielen herbeigesehnte Konfrontation mit dem verhassten Patriarchen von Chin würde hier ihren Anfang nehmen – oder ihr Ende finden. Während die Krieger unter den anwesenden Split ihre Waffen fester packten und sich auf die Landung der Jagdflugzeuge vorbereiteten, zogen sich Frauen und Kinder geordnet in den Wald zurück. Nur die engsten Vertrauten Rhonkars sowie Zhi blieben zurück, um das schwer verwundete Mädchen Hatrak zu beschützen.

Da ihm niemand Beachtung zu schenken schien, zog Nopileos sich langsam, Schritt um Schritt, rückwärts ins Wasser zurück, das ihm jetzt schon bis zur Hüfte reichte. Als die Flieger nur noch etwa hundert Längen über dem Boden schwebten, fiel der Blick Zhi t'Nnts auf den See hinaus. Ohne erkennbares Überraschungsmoment stürmte der alternde Krieger los. Rhonkar folgte seiner Bewegung mit den Augen, entdeckte Nopileos ebenfalls und rief Zhi etwas zu, doch dieser achtete nicht darauf. Der Teladi drehte sich um und watete voller Panik weiter hinaus in den See, doch er würde es nicht schaffen. Zhi war viel schneller und sein Speer würde ihn erreichen, bevor er noch tief genug wäre, um wegzutauchen!

„Echse t'Nop!", schrie eine bekannte, aber seltsam veränderte Stimme über den Triebwerkslärm hinweg. Nopileos blickte über die Schulter zurück und erhaschte einen Blick auf Hatrak, die sich unter Anstrengung halb aufrichtete – und auf Zhi, der inzwischen in Wurfreichweite war.

„Sieben und Zwölf – t'Nop! Sieben und Zwölf!", kreischte Hatrak mit versagender Stimme. Durch den improvisierten Druckverband hindurch sickerte noch immer hellbraunes SplitBlut aus ihrer Wunde, doch nur noch wenig, und in kurzen, hektischen Schüben. Nopileos blieb wie vom Donner gerührt stehen und drehte sich vollends um. Wie in Zeitlupe sah er, wie Hatraks Lippen noch ein-, zweimal lautlos die Worte „Sieben und Zwölf" formten, dann schlossen sich die Augen des Mädchens mit einem Flackern und es sank zurück.

„Hatrak?", flüsterte Nopileos fassungslos. Irgendetwas in ihm schrie, er solle zurückkehren und ihr beistehen, aber eine andere Stimme in ihm verlangte, dass er seine Aufmerksamkeit unverzüglich auf Zhi richtete: Der Krieger hatte sich bis in die ersten Wellen vorgewagt und stand nun, trotz seiner Wasserabscheu, knöcheltief im See.

„Stirb, Kreatur!", schrie er und hob den Speer zum Wurf.

Sieben und Zwölf … Sieben und Zwölf …*Beschütze mich!* Fast instinktiv hob Nopileos die Klaue und formte das Zeichen, das Hatrak ihn vor einigen Wozuras gelehrt hatte. Zhi zögerte überrascht, als die Echse ihm die Gebärde entgegenbrachte. Nur eine Sezura hielt er inne, doch dieser winzige Moment genügte Nopileos, um sich rücklings ins Wasser fallen zu lassen und mit einem beherzten Stoß seiner Klauen das Ufer weit hinter sich zu lassen. Zhis Speer durchdrang die Wasseroberfläche fast zwei Längen hinter ihm und sank wirkungslos auf den Grund hinab. Das letzte, was Nopileos von oben wahrnahm, war das laute Kreischen der auf dem Ufer aufsetzenden Jagdflugzeuge, deren

Motoren ein paar Sezuras später verstummten. Bald hörte er nur noch das rhythmische Gurgeln des Wassers, mit dem er Zug um Zug eine immer größere Entfernung zwischen sich und die Insel brachte.

Er war Ghus-tan, der Familie Rhonkar und dem Marterstein und nicht zuletzt dem Patriarchen von Chin entronnen, doch er verspürte keinen Triumph. Seine Gefühle befanden sich in hellem Aufruhr, und seine Gedanken wurden von etwas völlig anderem beherrscht. *Hatrak*, dachte er immerzu. *Hatrak!*

KAPİTEL 21

Wissen Sie, selbst Paraniden kennen Musik. Ziemlich schreckliche zwar, aber immerhin! Wir sind schon zweimal im Namen des Pontifex zu einem Gastspiel eingeladen worden. Wissen Sie, bei den Split käme so was nie vor. Die hassen Musik. Aber total! Und darum traue ich denen nicht über den Weg.

DEBRONA TSIELKA,
Purrshinghedds (Guturra-Gesang)

Gegen Ende des dritten Flugtazuras traf eine Nachrichtendrohne Chin t'Thhgs, des Patriarchen, ein. Der Inhalt war ebenso kurz angebunden wie eindeutig: Chin entsandte eine Eskorte, um die *FL Regendrache* vom Rande des Split-Gebietes bis hin zu Nif-Nakh zu begleiten. Uchan bildete mit drei gekrümmten Fingern das Zeichen für „bestätigte Erwartung". „Man wird an Bord kommen wollen – wozu sonst eine Eskorte? Doch das werde ich nicht zulassen."

Elena nickte. „Wir können sie mit Ghinn sprechen lassen. Sie werden ihre Autorität respektieren."

„Da wäre ich mir nicht so sicher", antwortete Uchan zweifelnd.

Am Abend des folgenden Tazuras wechselte die *FL Regendrache* von teladianischem Gebiet in von Split kontrollierten Raum. Elena saß neben Uchan im Cockpit, als das Schiff sanft durch das blaue Energiegewitter des Sprungtores fiel. Die Halmnan-Aurora schimmerte aufregend in den Farben des Regenbogens und doch glitzerte sie nicht grell, sondern pulsierte dunkel und mystisch. Die zentralen Sternensysteme der Split lagen mitten in den dichtesten Nebeln der riesigen interstellaren Staubwolke, die sich in ferner Zukunft zu einer Wiege neuer, junger Sonnen verdichten würde.

Elena überprüfte das Gravidar, dessen Anzeige von Kalmanckalsaltt auf eine größere Projektionsfläche umgeleitet worden war. Das System zeigte nicht die Anzeichen wimmelnden Verkehrs, wie er für die teladianischen Sektoren, die die *FL Regendrache* in den letzten zwei Tazuras durchquert hatte, charakteristisch war. Aber es war auch nicht tot: Zwei Dutzend kleinere und mittlere Blips verfolgten Vektoren, die sie von einem Sprungtor zum nächsten trugen, mehrere stationäre Installationen umkreisten die vier aus diesem Winkel sichtbaren Planeten. Nach einigen Mizuras lösten sich drei Punkte auf dem Bildschirm und näherten sich der *FL Regendrache* in flachen Parabeln. Zu diesem Zeitpunkt konnte das optische Teleskop die weißen Dreiecke auf dem Bildschirm bereits in Details auflösen: Drei Zerstörer glichen mit flammenden Umkehrtriebwerken ihre Geschwindigkeit an. Uchan war gebührend beeindruckt. Diese Kampfschiffe waren schnell und wendig, man setzte sie erst seit wenigen Mazuras ein. Der Patriarch schickte zu ihrer Begrüßung das Beste, was ihm zur Verfügung stand!

Die Raumer bildeten alsbald ein gleichschenkliges Dreieck mit der *FL Regendrache* im geometrischen Mittelpunkt und hielten sich von da an immer in einem Abstand von nur wenigen tausend Längen. Sie kamen niemals näher heran und versuchten auch nicht, Kontakt aufzunehmen. Uchan verspürte den irrationalen Wunsch, die Piloten der Kampfraumschiffe zu verwirren, indem er die *FL Regendrache* einfach aus ihrem Kurs ausbrechen ließ, aber er hielt sich zurück. So etwas konnte er tun, wenn er nicht im Auftrag und für Credits unterwegs war!

Weitere zwei Sprungtore und sieben Stazuras später tauchte Nif-Nakh als winziger grüner Punkt in den Sensoren auf. Ghinn t'Whht, die fast den ganzen Flug über in ihrem provisorischen Gemach geblieben war, kam in die Kommandozentrale und bezog rechts neben Uchan t'Scct Stellung. Sie hielt sich mit beiden Händen an der Lehne des unbesetzten Navigator-Sitzes fest und zog es vor, sich nicht niederzulassen. Die Gemahlin des Patriarchen hatte sich in ein prächtig glitzerndes Gewand gehüllt, das glatt an ihr hinabfiel und dessen breiter Saum nur eine Hand breit über dem Boden schwebte. Ihre Gesichtszüge waren völlig neutral, die Mundwinkel zeigten halbkreisförmig nach unten und verrieten keinerlei Emotionen. Und dennoch: Eine Wellenfront der Anspannung schien von der hoch gewachsenen Frau auszugehen. Elenas Blick fiel unwillkürlich auf Ghinns Hände, deren Fingerknöchel sich weiß um die Rückenlehne des Sitzes klammerten.

Die irdische Raumfahrerin kaute unbewusst auf ihrer Unterlippe. Ein Gedanke arbeitete seit dem Gespräch mit der Split-Frau in ihrem Hinterkopf und ließ ihrem Gewissen keine Ruhe: Der Patriarch würde die Frau nach der Geburt seines Sohnes hinrichten lassen, sie zweifelte nicht daran. Und sie, Elena, würde dafür verantwortlich sein. Durfte sie Nopileos' Leben gegen Ghinns eintauschen? Nein! Ganz bestimmt wäre auch ihr Echsenfreund gegen einen solchen Handel. Aber hatte Ghinn sich nicht aus eigenen Stücken dazu entschlossen, nach Nif-Nakh zurückzukehren? Elena, die im Sitze des Copiloten zur Linken Uchans saß, erhob sich. Was auch immer geschah, Ghinn t'Whht konnte mit ihrer Hilfe rechnen.

„Es ist an der Zeit, den Schweber vorzubereiten."

Uchan warf einen Blick über die Schulter und vollführte eine Bewegung mit seiner Hand. „So sei es."

Kalmanckalsaltt, der schweigsame Paranide, tippte einige Kommandos auf der Eingabefläche seiner Stehkonsole, dann schloss er sich Elena wortlos an.

Im engen Hangar der *FL Regendrache* drängte sich ein winziges Beiboot, dessen Flanken in argono-romanischen Lettern den Schriftzug *Drachensohn* trugen, neben einem silbernen Zweimann-Gleiter mit Kuppeldach und einer kleinen, sechseckigen Schwebeplattform. Als das Schott aufzischte, um Elena und den Paraniden in den Hangar einzulassen, strömte ihnen als Erstes ein Schwall erschreckter Klicklaute entgegen. Nola Hi hatte sich in seinem Umweltanzug bereits im Hangar eingefunden und verschiedene Gerätschaften mit der Klemmverriegelung im Staubereich der Schwebeplattform verankert.

„Oh, die lustige, haarige und ästhetische Sternenkriegerin aus dem mystischen, geheimnisvollen und friedvollen Sektor der blauen Erde! Willkommen, Ele Na!", rief er fiepend, als er die Ankömmlinge erkannte. „Und der Verstoßene der Dreidimensionalität, Stachel im Antlitz Bashras, Unheiliger des Xaar, kontraproduktiver Blasphemiker und Kommandant der Freien Liga von Hatikvah, Lordkapitän Kalmanckalsaltt!", intonierte der Borone in dem begeisterten Tonfall eines kleinen Mädchens, das glaubt, etwas besonders Schlaues zu sagen.

Die langen verworrenen Titel, die sich Paraniden zu geben pflegten, demonstrierten deren Hang zur Effekthascherei, sprachen aber auch den boronischen Sinn für lästige Wortklaubereien und -wiederholungen an. Üblicherweise durften unheilige Lebewesen die Titel der Dreiäugigen nicht in den Mund nehmen. Da seine Zweiäugigkeit Kalmanckalsaltt jedoch selbst zum Unheiligen machte, galt dies nicht, und Nola Hi nutzte die Gelegenheit zu demonstrieren, dass er sich des kompletten, verzwickten Wortlautes entsann.

Der Paranide quittierte die salbungsvolle Begrüßung mit einer schwungvollen Aufwärtsbewegung seines Kopfes. Die zwei guten und das schlechte Auge blickten parallel schräg zur Decke.

Elena seufzte. Manchmal, vor allem wenn er verängstigt war, konnte der Borone sich erfrischend kurz fassen. Sie hoffte, dass Nola Hi sich während der kommenden Stazuras in einem permanenten Angstzustand befände. Paraniden hingegen pflegten ihre Theatralik abzulegen, wenn eine Gefahrensituation es erforderte. Und gefährlich würde es werden, soviel stand fest.

„Alles bereit?“, fragte sie anstelle einer Begrüßung. Der Borone bestätigte. Die Ortungsgeräte waren bereits mit den Informationen des CEO gespeichert worden, die Schwebeplattform konnte nahezu automatisch das Gebiet auffinden, über welchem die *Nyanas Glück* aller Voraussicht nach niedergegangen war. Anschließend würde ein Schmecker boronischer Bauart zum Einsatz gelangen, ein Instrument, das dazu in der Lage war, die Spur eines beliebigen Lebewesens anhand dessen genetischer Signatur zu verfolgen – je nach Witterungsbedingungen bis zu zwei Mazuras nachdem sie verursacht worden war. Der Schmecker war auf den genetischen Fingerabdruck von Nopileos' Bruder Sissandras' programmiert: Teladianische Eibrüder waren genetisch absolut identische Kopien. Wenn das Gerät auf den einen programmiert war, würde es den anderen ebenso aufspüren.

„Wie lange werden Wir benötigen, die abgestürzte Yacht und den Teladi zu finden?“, wollte der Paranide wissen.

„Schätzungsweise einige Stazuras“, fiel Elena dem Boronen ins Wort, um diesen daran zu hindern, ein aufgeblasenes Satzkonstrukt zum Besten zu geben. Zumindest hoffte sie, dass es nicht viel länger dauerte. Beanspruchte es deutlich mehr Zeit, musste sie sich etwas einfallen lassen, um die Abreise von Nif-Nakh hinauszuschieben. Andererseits, wenn man den Worten Ghinns glauben schenkte, würde der Patriarch ihnen ohnehin Zeit raubende Schwierigkeiten bereiten.

„Uchan wird die *Regendrache* mit leicht überhöhter Geschwindigkeit bis auf 19 Längen über den Boden hinunterfallen lassen. Dann wird er für eine Sezura einen starken Umkehrschub aus den Ionenmotoren geben. Das gleicht zwar der Gewaltlandung eines Halbstarken, ist aber andererseits nicht furchtbar unüblich. Zumindest für Split.“ Elena lächelte. Nicht nur Split, sondern auch ein gewisser Teladi bevorzugte diese Art der Landung. Sie fuhr fort: „Es entsteht ein elektromagnetischer Impuls, unter dessen Schutz die Schwebeplattform das Schiff – wenn alles planmäßig verläuft – unbemerkt verlassen kann, um den Dschungel in der Nähe des Landefelds zu erreichen. Es bleiben bestenfalls zwei Sezuras, um das zu tun. Vielleicht drei, falls die Aufnahmegeräte der Split sich nach dem EMP erst neu kalibrieren müssen."

„Wir sind mit den Details wohl vertraut", kommentierte Kalmanckalsaltt Elenas Erläuterungen. „Teilt jedoch Uchan t'Scct mit, Er möge so nahe am Rand des Dschungels niedergehen, wie es Ihm möglich ist."

„Uchan ist ebenfalls mit den Details vertraut", lächelte Elena. „Viel Glück. Und seid vorsichtig! Und findet Nopileos!"

„Und vor allem die Daten und Informationen des lustigen Alten Volkes!", fügte Nola Hi hinzu. Er kletterte auf die Schwebeplattform, deren künstliches Schwerefeld dasjenige seines Umweltanzugs fast gänzlich aufhob. Der Borone bot ein merkwürdiges Bild: Mit seinen vier Haupttentakeln klammerte er sich an den Haltespangen fest, als hinge sein Leben davon ab. Tatsächlich aber würden die Maschinen der Plattform jede Beschleunigung perfekt abfedern. Der Paranide trug diesem Umstand Rechnung: Würdevoll stieg er mit einem kleinen Schritt auf das dümpelnde Sechseck und bezog die dramatische Pose einer übergroßen Galionsfigur. Elena schaute auf ihr Infoarmband. Es blieben nur noch wenige Mizuras bis zur Landung.

Nif-Nakh füllte fast das gesamte Cockpitfenster aus. Nur an den Rändern konnte man noch ein wenig Weltraumschwärze erspähen, aber keine Sterne mehr, da diese von dem hell strahlenden Planeten überdeckt wurden. Schwärende Wunde, so lautete der Name dieser Welt, wenn man ihn in die Handelssprache übertrug. Der Globus war über und über bedeckt von einem dunkelgrünen Pelz aus Dschungel, auf den nur wenige Wolkenschleier den Blick verdeckten. Die zwei blutroten Ozeane aber standen in krassem Gegensatz zum Grün des Weltendschungels: Sie wirkten in der Tat wie gefährliche Wunden, die ein Raubtier in einen ansonsten blühenden Organismus gerissen hatte. Nif-Nakh war eine völlig naturbelassene Welt. Außer dem Land- und Regierungssitz des Patriarchen gab es keinerlei Ansiedlungen. Es existierte keine Industrie und somit auch keine Infrastruktur. Seit vielen Dekazuras schon residierten die Patriarchen der Split auf diesem Planeten und so sehr sie sich auch voneinander unterschieden, keiner von ihnen hatte je den Versuch unternommen, Nif-Nakh zu urbanisieren. Irgendwo da drinnen, in ihrem rauen Innern, respektieren die Split die machtvolle Ursprünglichkeit dieser Welt, erkannte Elena, als sie aus den Augenwinkeln zu Uchan hinüberblinzelte. Der Pilot ging seiner Aufgabe gewohnt konzentriert nach, aber seine Augen leuchteten, wie sie es zuvor bei ihm noch nicht gesehen hatte.

Jetzt drehte sich die *FL Regendrache* so, dass das Weltall und die sanfte Rundung des weiten Horizonts wieder gemeinsam sichtbar wurden. Das Schiff war nicht dazu konstruiert, aerodynamisch zu landen und musste deshalb große Treibstoffmengen aufwenden, um vertikal auf- und abzusteigen. Normalerweise vermieden Raumer dieser Größe Planetenlandungen, die meisten waren nicht einmal dazu in der Lage. Das Videofeld, das die Übertragung der nach unten gerichteten Kamera übermittelte, zeigte nichts als dichtes, dunkles Grün. Erst, als das Schiff einige dünne Wolkenschleier passierte und weiter hinabfiel, ließ sich weit unten die weitläufige Rodung ausmachen, von derer roter Rasenfläche sich der Palast des Patriarchen in die Höhe reckte. Elenas Hände krallten sich unwillkürlich in die Lehnen des Sitzes. Der Abstieg ging für ihren Geschmack viel zu schnell! Schon konnte man den gewaltigen Steinbau und das Landefeld in allen Details ausmachen. Der Boden raste in wahnwitziger Geschwindigkeit heran, sprang ihr fast ins Gesicht! Ghinn t'Whht hingegen, die auf Wunsch Uchans auf dem Platz des Navigators saß, wirkte ruhig, nahezu versteinert, als ginge sie all dies nichts an. Elena löste ihre Finger von den Lehnen. Der überschnelle Abstieg aus dem Himmel war Teil des Planes. Sie sollte darauf vertrauen, dass Uchan t'Scct genau wusste, was er tat!

Der Computer war angewiesen, die Schwebeplattform mit Kalmanckalsaltt und Nola Hi einen Sezurabruchteil vor dem abschließenden Ionenschub aus dem Hangar hinauszukatapultieren. Elena öffnete eine Videoverbindung zum Hangar. Auf dem Projektionsfeld, das in halber Höhe vor ihr über den Instrumenten flimmerte, sah sie den Boronen, der noch immer in derselben verkrampften Stellung auf der Plattform hockte wie fünf Mizuras zuvor. Der Paranide hatte den vorgewölbten Helm seiner Kampfmontur geschlossen und wirkte wie ein sprungbereites Rieseninsekt mit einem Goldfischglas auf dem Kopf.

Flammen loderten außerhalb des Cockpitfensters auf. Elena zuckte zusammen und blickte auf. Das Landefeld! Urwald. Der Palast. Noch hundert Meter, dann … plötzlicher Stillstand!

Die Abwärtsbewegung hallte noch einen Moment in ihr nach. Sie überwand das leichte Übelkeitsgefühl und konzentrierte sich auf das Bild, das sich ihr durch das Cockpitfenster bot. Sie kannte die Umgebung. Hier war sie schon einmal gewesen. Die Erinnerung kam zusammen mit einem Schwall kaum aufgearbeiteter Emotionen. Irgendwo im Rumpf des Schiffes liefen winselnd Generatoren aus. Im Hangar setzte sich eine dünne Abgaswolke. Die Schwebeplattform war verschwunden, die *FL Regendrache* gelandet!

KAPİTEL 22

Wohin du auch gehst, o Kollegin,
Ianamus Zura bleibt immer bei dir!
GONAREOS IANUSIS JOLANDALAS IV,
Mitglied der Künstlergilde

Als die Morgendämmerung anfing, kleine Silbermuster auf das Wasser zu zaubern, senkten sich Nickhäute und Lider des Teladi, um ihm noch eine Weile Ruhe zu verschaffen. Mehr wachend als schlafend hatte Nopileos den größten Teil der vergangenen Nacht verbracht: mit weit geöffneten Augen rücklings auf dem See treibend. Er hatte die Gestirne auf ihrem Weg über das Firmament beobachtet und gegrübelt, über Ghus-tan und die Familie Rhonkar. Auch über Hatrak. Fast schon schämte er sich dafür, dass er mehr über das Schicksal des Split-Mädchens und seiner Sippe nachdachte, als über das Elenas. „Die Kreatur, die das Wort des Krieges über den Himmel zeichnete", so hatten sie ihn genannt. Respekt hatten sie ihm erwiesen, und das war viel mehr, als ein Teladi von Split je hätte erwarten können. Und trotzdem, sie hätten ihn getötet, ohne mit der Wimper zu zucken.

Nopileos wurde aus seinen Gedanken gescheucht, als eine druckvolle, aber kühle Welle seinen Rücken traf. Er blinzelte und öffnete die Augen. Die Sonne stand als kleine, grelle Scheibe am Horizont. Träge zog unter ihm einer dieser großen Fische vorbei, von denen er inzwischen wusste, dass sie zu einer Gattung der Lungenflossler gehörten, die hier vor langer Zeit ausgewildert worden waren. Die friedfertigen Lebewesen passten sich stets ihrer Umgebung an: Lebten sie in einem kleinen Teich, wurden sie nur mittelgroß; hier, in einem riesigen See, wuchsen sie bis zu einer Körpergröße von über fünf teladianischen Längen heran.

Gestern Abend noch hatte Nopileos die Insel, auf der sich das Dorf Ghus-tan befand, in gebührender Entfernung umrundet. Nur gelegentlich musste er den Kopf über das Wasser strecken, um Luft zu schnappen und sich dabei zu orientieren. Aus den Erzählungen Hatraks wusste er genau, in welche Richtung er sich halten musste, wollte er sein

Raumschiff wiederfinden. Merkwürdig, wie gleichgültig ihm die *Nyanas Glück* zurzeit war – aber nein, das durfte er niemals denken, so lange es Freunde gab, die auf ihn zählten: Teladi, Boronen, Argonen. Elena Kho. Und da war seine noch zu gründende Non-Profit-Organisation. Nein. Keine Chance, dass er sich selbst aufgäbe! Nopileos straffte sich, ließ sich unter Wasser sinken und stieß sich mit gespreizten Schwimmhäuten kraftvoll ab.

Der Dschungel hatte ihn wieder. Überall Knacken und Rascheln, kreischende Tierstimmen aus nah und fern, gelegentlich das verhängnisvolle Trompeten eines Ghok. Nopileos schüttelte einige rötlich durchscheinende Wassertröpfchen ab, erklomm die mit rotem Gras bewachsene Böschung, und tauchte vollends in die drückend heiße Dschungelatmosphäre des jungen Tages ein. Er schluckte ein flaues Gefühl in seinen Mägen hinunter. War das etwa Angst? Nur ein paar Längen tief im Urwald, der mit wachsender Entfernung zum Wasser immer massiver wurde, reckte sich ein kolossaler Baum in die Höhe. So enorm war der Riese, dass der Teladi an seinem Fuß unscheinbar wie ein kleiner Nager wirkte. Vor den Ausläufern einer uralten, gewundenen Luftwurzel hielt Nopileos inne. Mit in den Nacken gelegtem Kopf schaute er den ungewöhnlich glatten Stamm empor, bis sich sein Blick hoch oben in der beginnenden Blätterkrone verlor. Umrunden oder über die Wurzeln klettern? Er überlegte angestrengt. Leise zischelnd entschied er sich für Letzteres und grub seine Krallen entschlossen in die hohe Baumwurzel, die knorrig vor ihm aufragte. Vehement zog er sich daran empor, rutschte ein Stück zurück, griff nach, wuchtete sich über den höchsten Punkt der Wurzel und schlitterte schließlich unelegant auf der anderen Seite hinunter.

„Geradeaus und keine Umwege mehr!“, rief Nopileos, während er sich krachend einen Weg durch das dichte Gestrüpp am Fuße des Mammutbaums bahnte. „Keine Halts auf Lichtungen und schon gar keine Zwischenfälle mit irgendetwas, das im Dunkeln stärker leuchtet als ich! Tsh!“

So setzte er eine Gehklaue vor die andere, mal um mal; wand sich mühsam durch das Unterholz. Wo er es nicht durchbrechen konnte, stolperte mit schmerzenden Klauen über Wurzeln, die, verborgen im Laub, nur auf ihn zu warten schienen. Er kletterte schnaufend über

Baumstämme und sogar einige große Moränen, die dem Marterstein in Ghus-tan ähnelten. Bald verlor er jegliches Zeitgefühl. Das dichte Blätterdach ließ nur hie und da einen direkten Lichtstrahl hindurch, nicht genug, um daraus auf die Tageszeit zu schließen. Ganz zu Anfang hatte Nopileos sich jeden weiteren Schritt einzeln abringen müssen. Später verfiel er in eine Trance, die es ihm schwer machte, willentlich den anstrengenden Kampf gegen den Dschungel zu unterbrechen. Er stoppte erst, als nach einer unschätzbaren Zeitspanne gewohnt überraschend die Dunkelheit über den Dschungel fiel.

Keuchend kniete er nieder und rieb die schmerzenden Gliedmaßen. Unter seinen tastenden Fingern spürte er zahlreiche neue Kratzer, die sich über seinen Schuppenpanzer zogen: Zwar war keiner davon so tief, wie die bereits halbwegs verheilten Krater der Insektenlarven, aber er würde trotzdem für jeden zivilisierten Teladi einen erschreckenden Anblick abgeben. Zusammen mit dem diffusen Tageslicht verstummte auch die Kakophonie des Dschungels weit gehend. Das schreckliche Trompeten, das tagsüber nur vereinzelt aufklang, mehrte sich nun und schallte weit zwischen den Bäumen hindurch, während fluoreszierende Funken vom Boden und den Ästen des Dickichts aufstiegen: Leuchtinsekten, winzige Verwandte der Dschungelbestien, die Nachtwache des Urwalds. Nopileos erschauerte. Unter keinen Umständen wollte er nachts schlafen. Zu deutlich erinnerte er sich der abscheulichen Larven, die versucht hatten, sich während seiner Bewusstlosigkeit durch seinen Panzer zu wühlen. Nein, nicht schlafen, lieber trotz zunehmender Erschöpfung weitergehen! Vorsichtig setzte Nopileos seinen Weg fort.

Nach kurzer Zeit stießen seine durch das Laub pflügenden Gehklauen schmerzhaft gegen etwas, das er im ersten Moment für eine weitere Wurzel hielt. Er unterdrückte einen Schrei und hielt erneut inne. Merkwürdig. Das Geräusch des Zusammenstoßes hatte nicht dumpf und erdig geklungen, sondern metallisch nachhallend! Der Gegenstand lag nur halb vergraben unter der Blätterschicht, konnte also noch nicht allzu lange hier sein. Nopileos bückte sich, tastete umher und klopfte das Laub ab. Empört stieg eine kleine Wolke Glühwürmchen auf und stob in alle Richtungen davon. Der Teladi ließ sich nicht beirren, bis er fand, was ihm soeben eine schmerzende Kralle beschert hatte: Es war glatt, etwa zwölf Fäuste lang, zwei hoch, und bloß einige krallenbreit dick.

Nopileos zerrte den Gegenstand raschelnd aus dem Laub und richtete sich auf. In diesem Moment verblasste das Mondlicht. Nun konnte er den Fund nur noch schemenhaft erkennen. Es war ein längliches Objekt, dessen obere Kante recht glatt war; die untere jedoch wies scharfe Ecken auf, als habe man es gewaltsam aus etwas anderem herausgebrochen. Als er es an die Nüstern hielt, fiel ihm der Geruch verbrannter Neomere auf. Hier, mitten im tiefsten Dschungel Nif-Nakhs, lag ein Stück angesengten Kunstmetalls herum! Nopileos ahnte, was das bedeutete. Fast schon hektisch ließ er das längliche Fundstück fallen und begann, sich weiter durch die Dunkelheit zu arbeiten, die nur mehr vom Streulicht der Leuchtinsekten durchbrochen wurde. Eine Quazura später gingen die Monde wieder auf. Nopileos' fahrige, von wachsender innerer Unruhe getriebenen Bewegungen führten dazu, dass er immerzu in peitschende Äste lief, oder sich bei Kollisionen mit Baumstümpfen und Luftwurzeln Prellungen am gesamten Körper zuzog. Er kümmerte sich kaum darum. Als er aus den Augenwinkeln eine seltsame, rechteckige Silhouette wahrnahm, die nur wenige Längen voraus leicht zur Seite geneigt im Urwaldboden stak wie eine herausgerissene Hangartür, änderte er zum ersten Mal seit vielen Stazuras seine Richtung. Nopileos keuchte erschreckt auf, als er feststellte, dass das Fundstück nicht nur wie eine Hangartür aussah. Es *war* eine Hangartür! Er breitete die Arme aus, um sich mit dem gesamten Körper gegen das überteladihohe Schott zu lehnen. Das Kunstmetall war glatt und hart. Die beruhigende Kälte diffundierte durch seine Schuppenpanzerung und ließ ihn aufseufzen wie einen Schlupfling, der zum ersten Mal seinen Brüllwürfel erblickt. Die Tür wippte durch das Gewicht leicht vor und zurück. Als Nopileos überrascht einen Schritt zurücktrat, kippte sie vornüber und fiel flach auf den Dschungelboden, eine kleine Fontäne aus Laub und Humus aufwirbelnd. Schnell und heftig begannen die Herzen des Teladi nun zu jagen. Bei Tageslicht hätte man beobachten können, wie seine Stirnschuppe zusehends blasser wurde.

„Nein, nein!“, fauchte Nopileos, der seine Innereien von innen nach außen gefrieren fühlte. Taumelnd tastete er sich weiter durch den Wald, hektisch, zitternd, und ohne den noch vor Mizurafrist gezeigten Elan.

Es verging etwa eine Stazura, während der er in immer kürzer werdenden Abständen auf weitere, meist kleinere Trümmerstücke stieß, bis er schließlich einen ersten umgeknickten Baum entdeckte. Kein Mammutbaum zwar, aber doch immerhin ein riesiges Exemplar, das scheinbar einfach so umgefallen war, und dessen zersplitterter Stamm sich zwischen die kräftigeren, noch stehenden Bäume drängte. Von hier an war Nopileos gezwungen, häufig Umwege zu suchen, denn je weiter er sich voranarbeitete, desto weniger Bäume standen noch. Als die Monde wieder aufstiegen, bald darauf gefolgt von der frühen Morgensonne, sah er, dass die Baumstämme wie riesige Mikadostäbe durcheinander gewirbelt worden waren. Kreuz und quer lagen sie umher, entlaubt, versengt und ausgetrocknet. Irgendetwas hatte sie gepackt und entwurzelt oder abgebrochen. Die Gewalt dieses Ereignisses musste enorm gewesen sein! Es wurde immer schwieriger, durchzukommen. Mehr und mehr Trümmerstücke lagen umher: kleine, mittlere, große, schwarz verbrannte, scharf gezackte, rundgeschmolzene, zersplitterte. Das sonst den Urwaldboden bedeckende Laub hatte sich weitflächig in schwarze, jetzt klamme Asche verwandelt. Je näher sich Nopileos an das Epizentrum herantastete, desto weniger Laub bedeckte den dunklen Boden, und allmählich lichtete sich der Dschungel. Bald ragten nur noch verkohlte Baumstümpfe aus dem Boden. Nopileos umrundete einen letzten, von Riesenhand emporgehobenen und zersplitterten Wurzelstrunk, dann trat er unter freien Himmel.

Was er sah, ließ seinen Atem für mehrere Sezuras stocken und seine Herzen innehalten: Inmitten einer immensen, pechschwarz versengten Lichtung, die von einem dichten Trümmerfeld aus verbogenen Kunstmetallteilen, Trägern, zersplittertem Stahlglas und vielerlei anderen Bruchstücken bedeckt wurde, lag die *Nyanas Glück*.

„Ohg – ohg!“, flüsterte Nopileos zutiefst von dem Anblick erschüttert. Fast unbewusst ließ er sich auf die Knie fallen und blickte die verbogene und aufgerissene Wandung seiner einst so wunderschönen Yacht hinauf. Die *Nyanas Glück* war eine Spezialanfertigung der besten teladianischen Werft gewesen, nur für den CEO bestimmt. Jetzt lag sie dort auf dem Bauch, würdelos und zerbrochen wie ein ungeliebtes Spielzeug. Ihr eiförmiger Rumpf, einst ein edles Teladi-Grün mit silbernen Applikationen, war stumpf und wies über und über Flammenspuren auf. Normalerweise landete das Schiff auf den Liftern seiner fünf Ionenmotoren und reckte seine Metallglaskuppel stolz gen Himmel. Doch drei der großen Triebwerke fehlten einfach. Das Schiff musste unbalanciert aufgeprallt und sofort haltlos umgefallen sein. Bei der gewaltigen Masse der Yacht und ihrer hohen Geschwindigkeit war dies unter den hiesigen Schwerkraftbedingungen nicht ohne vernichtende Folgen geblieben: Die ursprünglich perfekt ovoide Form war gestaucht und zerdrückt wie eine leere Getränkedose. Die schmutzigblinde Außenhaut faltete und knitterte an vielen Stellen wie dünnes Blech. Es grenzte an ein Wunder, dass die Struktur des Schiffsrumpfes nicht völlig aufgebrochen war.

Ein Röcheln entrang sich Nopileos' Kehle, als sein Blick den Pilotendom des Schiffes erfasste. Was einst ein großes Kuppelfenster mit darunter liegender Zentrale gewesen war, war nun zerschmettert. Mit geweiteten Pupillen erinnerte der Teladi sich der ungezählten Stazuras, in denen er unter der transparenten Kuppel den Sternen so nahe gewesen war wie niemals zuvor. Jetzt zogen sich hässliche Risse durch die Kuppel. Weiße, scharfzackige Kanten markierten Bruchstellen, an denen überteladigroße Stücke fehlten, als hätte es sie nie gegeben.

Schließlich rappelte Nopileos sich auf, um sich mit zitternden Knien zu dem Wrack hinüberzuschleppen, das einst die *Nyanas Glück* gewesen war. Der zerschundene Leib des Raumers türmte sich hoch über seinen Kopf auf. Als er mit den Knöcheln gegen die rußbedeckte Außenhaut klopfte, gab es nur ein kurzes, dumpfes Geräusch, das augenblicklich verhallte. Ohne einen klaren Gedanken wischte er mit dem Ballen seiner Greifklaue über den Ruß, bis ein wenig des ursprünglichen Teladi-Grün zum Vorschein kam.

„Neiiiiin!", heulte er, als der vertraute Farbton schmerzhafte Erinnerungen weckte. Wie wild rieb er mit Klauen und Krallen über die schwarze Schicht, als würde es genügen, die Yacht von der Flammenschwärze zu befreien, um sie wieder auferstehen zu lassen. Nach einer halben Mizura registrierte etwas in ihm die Sinnlosigkeit dieses Unterfangens und er ließ davon ab. Die Stelle, an der er gewischt hatte, schimmerte nun hellgrün und silbermetallic. Spuren von Krallen und Klauen verschmierten und zerfransten die Ränder des Flecks. Nopileos' Beine gaben nach. Er sank zu Boden und stützte sich im Fallen schwach mit den Klauen ab. Dann rollte sich der unglückliche Echsenabkömmling im Schatten des Raumschiffwracks eng zusammen. Er zischte leise beim Einatmen und fauchte beim Ausatmen. Gefunden hatte er sie wohl, seine *Nyanas Glück*. Das Schiff, er hatte es aufgespürt, o ja. Und doch war alle Hoffnung vergebens gewesen. Der Gedanke an die Zukunft bereitete ihm schreckliche Angst. Später übermannten ihn Trauer und Erschöpfung und er versank in einen unruhigen, alptraumhaften Dämmerschlaf.

KAPİTEL 23

Ehre ist für die, die sie sich leisten können!

KYO T'NNT,
Schlussplädoyer vor der
elften Kammer des Straftribunals

Elena hatte das alarmierende Gefühl, sich in die Höhle des Löwen zu begeben und hinter ihr wüchsen Gitterstäbe aus dem Boden, um den Rückweg zu versperren. Der Name des Löwen lautete Chin t'Thhg, sein Titel Patriarch. Nichts hatte sich seit ihrem letzten Besuch hier verändert: weder die roh behauenen Steinquader, noch das flackernde Licht der Fackeln, auch nicht die niedrige Decke und der klobige Thron, der aus einem einzigen, großen Granitblock herausgemeißelt worden war. Allein die einfache Steinbank auf der rechten Seite des Herrschersitzes war leer: Dies war üblicherweise der angemessene Platz für die leibeigene Gemahlin des Patriarchen aller Split.

Warum Chin die vergangenen Mazuras nicht genutzt hatte, eine neue Leibeigene zu benennen, war Ghinn t'Whht unklar. Ohne äußerliche Anzeichen der Unruhe schritt die hoch gewachsene Split-Frau zwischen Uchan und Elena auf den Thron zu. Eigentlich war schon seit langem Tchil t'Ggt, Tochter des Ersten Kriegers der Familie Honh, dazu bestimmt, die achte Gemahlin des Patriarchen zu werden. Tchil war blutjung, wunderschön, und von ihrem Vater Thi t'Ggt zu absoluter Unterwürfigkeit herangezogen worden, einer Eigenschaft, die Ghinn einst auch sich selbst zugesprochen hätte. Aber die Demut war seinerzeit schnell verflogen, so, wie es häufig geschah, wenn eine junge Frau von ihrer Familie einem Herrscher als Leibeigene überantwortet wurde.

Uchan t'Scct spürte das Kribbeln der Strahlenmündungen in seinem Rücken. Zwei mit schweren Blastern bewaffnete Thronwachen folgten ihm und den anderen. Selten hatte der Pilot sich besser gefühlt, zumindest in jüngerer Zeit. Eine Hochstimmung vibrierte in ihm. Er hasste den Patriarchen. Chin ließ das Volk der Split verkümmern, schickte es auf einem trudelnden Spiralkurs vertrockneter Traditionen zurück in die längst als vergessen erhoffte Vergangenheit. Noch mochte sich seine Regierung gegenüber den anderen Völkern der *Gemeinschaft der Planeten* behaupten, doch bald schon würde es damit vorüber sein! Uchans Finger wollten die Gebärde für „Sieg dem Geduldigen" formen, aber der Pilot beherrschte sich.

Als der Patriarch die kleine Prozession herankommen sah, sprach er ein harsches Befehlswort. Die große Video- und Datentafel, die unsichtbare Geräte einige Schritte vor den Thron in die Luft projizierten, erlosch. Chin sah alt und gebrechlich aus, sein langer, weißlichgrauer Bart schlackerte dünn unter seinem Kinn, und die gelbliche Hautfarbe wirkte ungesund. Aber Chin war nicht alt, und auch nicht krank. Erkennen blitzte in seinen grausamen Augen auf.

„Uchan t'Scct, mein treuer Vasall! Ich bin erfreut, dass er noch unter den Lebenden weilt – wenn ich ihn auch hier und heute nicht erwartet hätte. Er tritt wieder in meine Dienste."

Uchan hob die Hand, um das Zeichen der Zustimmung zu geben. Der Blick des Patriarchen wanderte weiter. „Elena t'Kho, die Fremde aus dem Erdsektor. Wie mutig von ihr, erneut vor mich zu treten. Glaubt sie allen Ernstes, dass ich sie noch einmal ziehen lasse?"

„*Hai*, glaubt sie", erwiderte Elena, aber sie war sich nicht mehr so sicher. Einen so direkten Vorstoß des Patriarchen hätte sie nicht erwartet.

Chin grinste. „Und Ghinn t'Whht, meine Gemahlin. Sie begibt sich unverzüglich an ihren angestammten Ort." Die Split-Frau gehorchte schweigend und schritt zu der Steinbank am Fuße des Thrones hinüber. Als sie sich niederließ, sah sie die silbern glänzende Schatulle aus Nividium auf der rechten Armlehne des Herrschersitzes liegen. Verwundert registrierte sie, dass dies eben jene Schatulle war, in der sie Chin damals ihre provokante Abschiedsnachricht überreicht hatte. Einen Augenblick lang war sie verunsichert: Hatte ihr Herr die Nachricht überhaupt je gelesen? Oder sollte er die Schatulle in all den Wozuras, die seither verstrichen waren, einfach übersehen haben? Nein, undenkbar. Und selbst wenn: Es machte überhaupt keinen Unterschied. Ein kurzer Blick unter halbgeschlossenen Augenlidern verriet ihr, dass Uchan bereit war.

„Nun, t'Kho. Sie tritt näher heran", forderte Chin. Er baute sich vor Elena auf dem den Thron umgebenden Podest auf. „So, sie denkt also, dass ich sie gehen lasse und ihr noch Dank in Form von …" – der Patriarch hielt urplötzlich inne. Seine Augen weiteten sich und quollen hervor. Er griff sich an die Brust. Elena, die nur mehr auf Armeslänge entfernt stand, sah den Patriarchen nach Luft ringen, schwanken und langsam auf die Knie sinken, während er unzusammenhängende Wortfetzen und Silben krächzte. Für einen kurzen Moment war Elena versucht, Chin zu helfen. Doch dann trat sie rasch einen Schritt zur Seite. Was ging hier vor? Die beiden Soldaten, die Elena und ihre Gruppe hereingeführt hatten, blickten einander verschreckt an: Der rechte schob eilig den Blaster ins Halfter und sprang nach vorne, um seinem Herrscher beizustehen; der zweite forderte Hilfe über ein Sprechgerät an, während er versuchte, die Situation im Auge zu behalten.

Als der Patriarch von Chin schließlich leblos vornüber kippte, direkt in die Arme des Soldaten, hörte Elena Ghinn etwas murmeln: *„Jadmanthrat!"*

Im selben Augenblick, in dem die Split-Frau aufsprang, zischte ein greller Strahl durch den Thronsaal und der Wache stehende Split fiel, von einem Flammenspeer durchbohrt, zu Boden. Der andere Soldat, der noch immer Chin in den Armen hielt, versuchte, den Körper des Patriarchen eilig abzulegen, um an den Strahler in seinem Holster zu gelangen, doch er war nicht schnell genug. Uchan zielte mit einer nur fingergroßen Energiewaffe, die er offenbar irgendwie durch den Scanner geschmuggelt hatte, und drückte ab. Der Split brach röchelnd zusammen.

Elena wusste nicht, wie ihr geschah und was all das zu bedeuten hatte. Diffus schoss ihr der Gedanke durch den Kopf, dass diese – eindeutig geplante – Aktion der Grund gewesen sein musste, aus dem Ghinn sich doch noch entschieden hatte, an der Expedition nach Nif-Nakh teilzunehmen. Sie erinnerte sich an Ghinns und Uchans zufriedene Gesichter während des letzten Abschnitts der Reise. Ärger stieg in ihr auf. Auch wenn sie für den Patriarchen keinerlei Mitgefühl empfand: Sie hasste Blutvergießen in jeder Form. Das Schlimmste war natürlich, dass Ghinn und Uchan den Sinn und Zweck des Aufenthalts auf diesem Planeten dadurch ernsthaft gefährdeten. Ob es jetzt noch möglich wäre, Nopileos zu retten, war mehr als fraglich. „Verdammt noch mal, ihr Dummköpfe!", schrie sie ihren Zorn hinaus. Es geschah nicht sehr häufig, dass die asiatische Raumfahrerin die Kontrolle über ihre Emotionen verlor. Ghinn fauchte etwas Unverständliches zurück und auf Uchans Gesicht erschien ein gefährliches Grinsen.

„Zurück zum Schiff", rief der Split. Elena schluckte ihre Wut hinunter. Wenn noch etwas zu retten war, dann mussten sie hier raus, bevor Verstärkung eintraf! Sie bückte sich und entrang der leblosen Hand eines der beiden Soldaten die Strahlwaffe. Er würde sie in diesem Leben nicht mehr benötigen. Ghinn nahm die andere Waffe an sich.

Elena rannte Uchan hinterher, der schon ein ganzes Stück weit voraus war. Als sie bemerkte, dass Ghinn aufgrund ihrer Schwangerschaft nicht sonderlich schnell vorankam, zügelte sie ihren Schritt und drehte sich um. Genau im rechten Moment, denn durch den Torbogengang weit hinter dem Thron stürmten einige Split in den Saal hinein. Sie benötigten einige Sezuras, um die Lage zu erfassen. Diese Zeitspanne benutzte Ghinn, um ein paar Schüsse auf die Männer abzufeuern. Die Split stoben auseinander und suchten Deckung, sodass Elena und Ghinn das von ihrer Ankunft noch offen stehende Hauptportal unbehelligt erreichen konnten. Uchan wartete bereits ungeduldig auf die beiden ungleichen Frauen.

„Schnell jetzt!", rief er und gab einen Feuerstoß auf eine der Säulen im Saal ab, hinter der er einen Split vermutete. Er wollte erneut feuern, doch der winzige Strahler versagte den Dienst. Der begrenzte Energievorrat war erschöpft. Elena suchte hastig die Wand nach den Kontrollen für das Portal ab, doch sie konnte nirgends einen Schalter oder etwas Ähnliches finden. Uchan blaffte etwas in der Sprache der Split, woraufhin sich die beiden hohen Flügel des Tors polternd und knirschend in Bewegung setzten, bis sie sich vollends geschlossen hatten. Ein schwerer Balken aus schwarzem Holz knallte automatisch in die Halterungen und verriegelte das Tor. Natürlich würde das niemanden ernsthaft aufhalten, aber für den Augenblick musste es reichen.

Durch die dunklen Gänge hindurch bis zum Vorhof des Palastes war es nicht sehr weit und von dort kamen die drei Flüchtlinge ungehindert zum Flugfeld, auf dem in kaum zweihundert Längen Entfernung die *FL Regendrache* hockte. Das Schiff wirkte hier, auf dem Boden eines Planeten, viel imposanter als im All.

Als sie die halbe Strecke bis zum Raumer zurückgelegt hatten, zischten die ersten Laserpfeile durch den späten Nachmittazura.

„Sie werden nicht auf mich schießen", keuchte Ghinn, der Elena die Anstrengung vom Gesicht ablas. „Kommt näher an mich heran! Ihr auch, t'Kho!"

Uchan und Elena folgten der Aufforderung und rückten näher an die Gemahlin des Patriarchen heran. Die Split, die nun aus den verschiedenen Ein- und Ausgängen des Palastes herausquollen, drohten, mit ihrer Geschwindigkeit den Vorsprung, den Elena und die anderen bisher erzielt hatten, rasch zunichte zu machen. Und doch zögerten sie merklich. Nur vereinzelt fielen Schüsse, die meisten so weit vorgehalten, dass sie nicht einmal in die Nähe der Flüchtlinge kamen. Hätten die Split gewusst, dass Ghinn für den Anschlag auf den Patriarchen verantwortlich zeichnete, und nicht etwa erneut entführt wurde, hätten sie sicherlich nicht gezögert, von ihren Waffen ernsthaften Gebrauch zu machen.

Die vor Erschöpfung hechelnde Ghinn vor sich herschiebend, erreichte Elena ein paar Sezuras später endlich das Raumschiff. Der Bordcomputer öffnete die Mannschleuse, als er Uchan herankommen sah. Es war eng und stickig in der Schleuse, aber als das Schott ratternd zufuhr und in die Verriegelung klatschte, atmete Elena tief durch.

„Uchan, Ihr werdet nie wieder einen Auftrag bekommen, wenn das hier bekannt wird", sagte Elena, die jetzt, nachdem die unmittelbare Anspannung vorüber war, merkte, dass sie vor Wut kochte.

Der Pilot ließ das innere Schott auffahren und warf den erbeuteten Blaster in ein Regal, auf dem allerlei Technikschrott vor sich hin rostete. Für die Antwort nahm er sich eine geraume Weile Zeit, während der er seinen entladenen Miniaturlaser mit einem Werkzeug aufhebelte und das untere Teil auf ein Ladegerät steckte. „Ich könnte Euch auch töten, Kho", presste er zwischen den Zähnen hervor, ohne Elena anzuschauen. Dann drehte er sich um und blickte der irdischen Raumfahrerin direkt in die Augen. „Oder meint Ihr, dass mir das Schwierigkeiten bereiten würde?"

„Nein, im Töten seid Ihr großartig, Uchan. Wirklich fabelhaft. Ihr habt den Patriarchen von Chin ermordet!"

Die Geste, die der Pilot formte, ergab für Elena keinerlei Sinn. Ghinn t'Whht wandte sich schweigend ab und stolzierte ohne ein weiteres Wort in Richtung Frachtraum.

„Hier geblieben, verdammt noch mal!", schrie Elena, als Uchan Ghinn folgte. Der Pilot hielt an und drehte sich um.

„Kho, Euer Auftrag war zu keiner Zeit gefährdet." Damit ließ er Elena kalt stehen.

Es dauerte eine Weile, bis Elena sich so weit beruhigt hatte, dass sie Uchan in die Zentrale folgen konnte, ohne sofort einen Kampf mit ihm zu provozieren. Über der Hauptkonsole schwebte das Konterfei eines gelbhäutigen Soldaten, dessen Gesichtszüge ungerührte Eiseskälte ausstrahlten. „Im Namen des Patriarchen fordern wir die sofortige Herausgabe der Leibeigenen Ghinn t'Whht", schnarrte er.

„Welches Patriarchen?", kicherte Ghinn heiser aus dem Hintergrund.

Elena hatte gute Lust, dem Wunsch nach Herausgabe zu entsprechen, aber natürlich ergäbe das wenig Sinn: Hielten die Split Ghinn erst wieder in den Händen, gäbe es für sie keinen Grund mehr, die *FL Regendrache* nicht zu zerstören. Außerdem war es höchst verräterisch, dass sie nur Ghinn verlangten, nicht aber Uchan.

„Ich verlange die Abschaltung des künstlichen Gravitationsfeldes, das unseren Start verhindert", erwiderte Elena. „Ghinn t'Whht und Uchan t'Scct werden der Interplanetaren Gerichtsbarkeit übergeben, sobald wir zurück auf Argon Prime sind." Das meinte sie durchaus ernst, obwohl ihr bewusst war, dass zumindest Uchan es als eine Schutzbehauptung auslegen würde. Die beiden Renegaten warteten schweigend die Antwort des Offiziers ab.

„Wir sind befugt, jegliches Gewaltmittel anzuwenden", erklärte der Split auf dem Schirm mit unbewegter Mine. „Wir werden das Schiff in zwei Stazuras von jetzt an entern, sollte sich Ghinn t'Whht dann noch an Bord befinden. Ist sie aber bis dahin in unserem Gewahrsam, schalten wir das Feld ab." Das Bild erlosch und nach ein paar Sezurabruchteilen blendete der Bordcomputer das zurückbleibende schwarze Rechteck aus.

„Gibt es Neuigkeiten von Kalmanckalsaltt und Nola Hi?", fragte Elena, die nicht weiter auf diesen Dialog eingehen wollte. Je mehr sie über die Situation nachdachte, desto stärker brodelte ihr Zorn hoch. Uchan t'Scct verneinte ihre Frage mit einer Geste, deren Bedeutung Elena inzwischen kannte.

„Sie sind erst zwei Stazuras unterwegs. Das zu durchsuchende Areal ist sehr groß", antwortete der Pilot kurz angebunden. „Das wird noch dauern." Er machte eine Pause, dann fügte er hinzu: „Wir können das Enterkommando mit unseren Triebwerken verbrennen, auch wenn wir nicht abheben können. Das wird uns etwas zusätzliche Zeit verschaffen."

„Für Euch mag Morden eine Nebensache sein, aber für mich ist es das nicht! So lange ich für diese Mission bezahle, wird niemand verbrannt. Haben wir uns verstanden?“ Elena funkelte den Split aus zu Schlitzen verengten Mandelaugen an.

Uchan sprang sofort in Kampfstellung und fauchte voller Wut. „Die Kreatur hat mir an Bord meines eigenen Schiffes keine Befehle zu erteilen!“

Elena ging ebenfalls in Verteidigungsposition. Natürlich gab es im Kampf gegen einen ausgewachsenen Split nicht die geringste Chance. Nur Paraniden waren den Kriegern von Hodie im Nahkampf überlegen, Menschen unterlagen ihnen hingegen immer. Ghinn blickte interessiert von einem zum anderen. Wem sie den Vorzug gab, ließ sie äußerlich nicht durchblicken, aber eigentlich konnte daran kein Zweifel bestehen. Noch bevor einer der beiden Kontrahenten zum Angriff übergehen konnte, erzitterte das Schiff und ein Geräusch wie von einem schmerzhaft tiefen Glockenklang hallte laut durch die Struktur des Raumers.

Nun ergriff Ghinn t'Whht doch Partei. „Uchan t'Scct, lasst sofort ab von Elena t'Kho! Dieser Kampf ist unehrenhaft und sinnlos. Lasst von ihr ab, ich befehle es!“

Erstaunt wandte Elena den Kopf, um die Split-Frau anzustarren. Uchan, ebenfalls bass erstaunt, von der ehemaligen Gefährtin des Patriarchen gezügelt zu werden, beruhigte sich schlagartig wieder. Ein erneuter Glockenschlag ließ den Raumer erklingen.

„Was ist das?“, erkundigte sich Elena mit einem mulmigen Gefühl. Sie überprüfte die Kontrollen, aber alles sah so weit normal aus.

„Sie bereiten einen Hüllenschweißer vor“, erklärte Uchan. „Damit werden sie große Löcher in die *Regendrache* fräsen und sich bis zur Kommandozentrale vorarbeiten. Die übliche Art, wie Split ein Schiff entern.“

„Das ist nicht gut“, schluckte Elena.

Uchan blickte sie sardonisch an und faltete die Hände zu einer komplizierten Gebärde. „Es ist gut“, sagte er. „Auf der anderen Seite des Hüllenschweißers.“ Er griff nach den Kontrollen. „Aber ich werde nicht zulassen, dass mein Schiff beschädigt wird!“

Inzwischen zeigte eine der Außenkameras einen Dreiertrupp Split, der den Hüllenschweißer mit vier magnetischen Klammern an der Bordwand anbrachte. Elena, die auf dem Copilotenthron saß, blickte

Uchan beunruhigt an. Was beabsichtigte er? Die Schutzschilde aktivieren würde nicht helfen, der Abstand zwischen Hülle und Schild betrug mehrere Meter.

„Ich lasse den Antrieb anlaufen. Keine Sorge“, fügte der Split grimmig hinzu, als er die aufblitzenden Augen der Raumfahrerin sah, „nur ganz kurz. Das wird ihnen eine Warnung sein.“ Ehe Elena sich dazu äußern konnte, gab Uchan dem Bordcomputer einige Befehle in Split-Sprache und aktivierte die Sequenz. Irgendwo im Bauch des Schiffes zischte es, dann rumpelte der Antrieb mit niedrigster Leistung los. Das Schiff rührte sich nicht einmal einen Zentimeter, doch das Videofeld zeigte, wie die mit dem Entergerät beschäftigten Split von ihrem Tun abließen und sich eilig zurückzogen. Der Hüllenschweißer, bereits fest montiert, blieb wie eine Nisse an der Bordwand kleben. „Und jetzt der Schutzschild!“, triumphierte Uchan. Ein unmerkliches Blitzen verriet, dass das Energiefeld sich um das Schiff herum aufbaute.

„Uchan, schaut her“, meldete sich die auf dem Navigatorplatz sitzende Ghinn zu Wort. Sie wies auf Gravidar und Fernortung. Der Computer blendete Nif-Nakhs Masse automatisch weg und zeigte, was sich in der näheren Umgebung des Planeten tat. Mehrere Blips warteten an der Grenze zum Raum über den Koordinaten, an denen die *FL Regendrache* lag.

„Ohne Kampf werden wir Nif-Nakh also nicht verlassen. Sehr gut!“ Uchan formte das Zeichen für Vorfreude. Auch Ghinn nickte mit hochgezogenen Mundwinkeln.

Elena schüttelte den Kopf und blickte angestrengt aus dem Cockpitfenster hinaus, das sich etwa fünfzehn Meter über dem Boden befand. Die Nacht senkte sich zügig über das Landefeld und der Palast erstrahlte grell im Licht zahlreicher, blutroter Scheinwerfer.

„Seltsam, dass sie …“, setzte sie an, als am Rande ihres Gesichtsfeldes ein weiß illuminierter Flammenball aufblühte. Im selben Augenblick wurde die Nacht zum Tage. Von einem Horizont zum nächsten breitete sich eine unerträgliche, fahle Helligkeit aus, die sogar durch die fest zusammengepressten Augenlider kroch. Viel zu träge reagierte das Glas der Cockpitscheibe, doch schließlich verdunkelte es sich so weit, dass Elena und die beiden Split ihre Augen wieder öffnen konnten. Sezuralang tanzten weiße Schatten über Elenas Netzhäute und sie sah das Cockpit nur schemenhaft.

„Der Hauptreaktor des Palastes ist in die Luft geflogen!“, hörte sie Ghinn krächzen. Wenn sie doch wieder etwas sähe!

„Das Gravitationsfeld ist zusammengebrochen“, rief Uchan. Elena kniff die Augen zu Schlitzen zusammen und erkannte den sich in merkwürdiger Haltung über die Anzeigen beugenden Piloten. „Wir müssen sofort starten!“

„Ohne die anderen?“, gab Elena zu bedenken. Sie wedelte mit einer Hand vor dem Gesicht, wie um die konturlosen Schleier auf ihren Netzhäuten zu vertreiben. Langsam kehrte ihr volles Sehvermögen zurück.

„Bevor der Hilfsreaktor einsetzt“, schnappte Uchan, „muss die *Regendrache* vom Boden sein!“

Vorsichtig spähte Elena durch das noch immer verdunkelte Cockpitfenster hindurch. Eine grässliche Pilzwolke quirlte an der Stelle der Explosion empor, die etwa fünf Kilometer von der *FL Regendrache* entfernt mitten im Dschungel lag. Die Scheinwerfer, die zuvor den Palast beleuchtet hatten, waren erloschen. „Wann wird das sein?“, fragte sie und drehte sich zu Uchan um, als keine Antwort kam.

Ghinn antwortete an Uchans statt. „Gar nicht. Haupt- und Hilfsreaktor sind in einem einzigen Kraftwerkblock untergebracht. Bis die Sekundäranlage hochfährt, wird mindestens eine Quazura vergehen.“

„Was machen die Schiffe im Orbit?“ Plötzlich erinnerte Elena sich an das, was erst vor wenigen Sezuras auf dem Gravidar aufgetaucht war.

„Zwei im Landeanflug, zwei halten die Position“, antwortete Ghinn. „Sie wollen auf Nummer Sicher gehen – so erwischen sie uns auf jeden Fall.“

KAPİTEL 24

Nur wenige Orte sind sicherer als dieses Schiff.
Sieht es nicht aus wie ein Ei?
DOLAMILAS SIDELOSIS YAYANDAS V,
Konstrukteur der *Nyanas Glück*

„Nipoleos!“

Ein gespenstisches Flüstern drang in seine Träume ein. Niemand nannte ihn so, außer Inanias, dessen Sinn für Ironie für einen teladianischen Bordcomputer mehrfach überproportioniert war. Aber das Schiff lag in Trümmern, und mit ihm Inanias.

„O Captain Nipoleos!“, flüsterte die tonlose Stimme erneut.

Einst, in besseren Zeiten, hatte Nopileos einmal des Computers Namen falsch ausgesprochen: „Inanisas“. Als ihm auffiel, dass das Schiffsgehirn darauf ansprang, hatte er sich einen Spaß daraus gemacht, es ab und an absichtlich falsch zu rufen. Daraufhin gewöhnte Inanias sich an, ihn im Gegenzug gelegentlich „Nipoleos“ zu nennen. Nopileos' Schuppenfinne blähte sich in der Entsprechung eines breiten Grinsens im Halbschlaf auf. Imposante Bilder der Yacht, wie sie hoch in der Werft aufragte, schwebten durch seinen Kopf. Der Leiter der Abteilung Kleinfahrzeuge und Transporter …

„Captain Isemados Sibasomos Nopileos IV!“

… der den Namen Asalajas Hominides Alindreos trug, war unendlich stolz auf die wunderschöne Yacht. Damals hatte man … Nopileos blinzelte und öffnete ein Auge. Es herrschte dunkle Nacht auf der nach flammendem Inferno riechenden Lichtung. Zu schade, der Traum war doch wirklich zu schön gewesen! Er wollte die Nickhaut wieder über das Auge gleiten lassen, als ihn ein leises Wispern davon abhielt:

„Wacht auf, o Captain Nipoleos!“

Halluzinierte er, oder säuselte dort wirklich ein dünnes Stimmchen durch die Dunkelheit? Er richtete sich auf.

„Inanias?“, rief er halblaut in die Dunkelheit hinein. Wieder schien ein Flüstern zu antworten, das aber im Rascheln der Krallen auf dem

Boden unterging. Nopileos legte den Kopf an die kühle Außenhaut des Wracks. Beinahe hätte er ihn wieder weggezogen, so unangenehm fühlte sich der klebrige Ruß auf seiner Wange an. Doch dann hörte er wie aus weiter Ferne eine Stimme durch das zerschundene Metall des Schiffskörpers kriechen.

„Ich freue mich, Euch endlich, endlich zu hören, Captain Nopileos! Gern würde ich Euch auch sehen können, doch meine Sensoren sind beschädigt. Es gibt einen Notfall."

Nopileos schluckte. „Inanias, bist du das?", fragte er mit unsicherer Stimme. Seine Herzen schlugen bis zum Hals.

„Ich bin es!", kam die geflüsterte Bestätigung.

„Kannst du … kannst du etwas lauter sprechen, Inanias?"

Der Bordcomputer verneinte. „Sämtliche Audioschaltkreise sind defekt. Ich lasse die Schiffshülle durch ein Subsystem des Atmosphärentauschers resonieren, über das ich noch teilweise Kontrolle besitze. Auch Schallwellen nehme ich nur über die Vibrationen der Außenhaut wahr. Aber das recht gut."

Nopileos musste einen Moment nachdenken, bevor er verstand, wovon der Bordcomputer sprach.

„Seid Ihr unverletzt, o Captain?", hakte Inanias schließlich nach, um das Schweigen zu durchbrechen. Nopileos bejahte dies und unterschlug die Kratzer und Narben auf seinem Panzer. Stattdessen fragte er ohne jede Hoffnung, ob Inanias das Schiff startklar machen könne.

„Leider nein, o Kollege Captain", sagte der Computer mit körperlich spürbarem Bedauern in der nur notdürftig modulierten Flüsterstimme. „Die *Nyanas Glück* wird niemals wieder zu den Sternen aufsteigen."

„Wirklich? Ohg!", zischelte Nopileos zu Tode betrübt. „Kann man denn nichts machen? Eine Werft?"

Inanias verneinte auch dies. „Nein, das Schiff ist irreparabel zerstört, sodass auch die beste Werft es nicht mehr richten kann. Im Wesentlichen sind nur Flugschreiber und Datenbanken unbeschädigt geblieben. Ihr müsst sie bergen, Captain Nopileos, und in teladianische Klauen übergeben."

Die Datenbanken, aber natürlich! Sie waren bis an die Grenze ihrer Kapazität gefüllt mit den noch zu entschlüsselnden Informationen des Alten Volkes, die ihm der Gesandte der Sohnen vor so langer Zeit übermittelt hatte. Diese Daten waren das kostbarste Gut, das die *Gemein-*

schaft der Planeten besaß! Doch wie auch immer sich Inanias eine Bergung vorstellte, es gab zuvor noch etwas anderes zu klären.

„Inanisas", zischelte Nopileos, unbewusst den verballhornten Namen benutzend, „wie ist es der Sternenkriegerin Elena und ihren Freunden ergangen?"

„Die *AP Rhonda Crave* mit Major Elena Kho an Bord, sowie das von Captain Kyle-William Brennan gesteuerte Schiff, sind dem Angriff Cho t'Nnts entronnen und konnten in den Orbit aufsteigen, ohne von weiteren Abfangjägern behelligt zu werden. Mehr kann ich leider nicht sagen, da meine volle Prozesskapazität zu diesem Zeitpunkt von anderen Dingen beansprucht wurde."

Nopileos ahnte, um was es sich bei diesen „anderen Dingen" handelte: Inanias hatte ihn im rechten Moment mit der Rettungskapsel aus der *Nyanas Glück* hinausbefördert und dann sofort versucht, das Schiff so unversehrt wie irgend möglich hinunterzubringen. Ungeachtet des desolaten Zustands des Wrackes hatte der Computer dabei ein mittleres Wunder vollbracht: Eigentlich hätte von der Yacht nicht ein einziger Bolzen übrig sein dürfen! Eine Welle der Erleichterung durchfuhr Nopileos bei dem Gedanken daran, dass Elena nichts geschehen war. In ihm züngelte ein zartes Hoffnungsflämmchen auf. Wenn die Sternenkriegerin es geschafft hatte, würde er es auch schaffen!

Später klärte Inanias Nopileos darüber auf, was in den Wozuras seit dem Absturz des Schiffes im Dschungel an der Aufschlagstelle geschehen war: Ziemlich bald nach dem Niedergang waren Split aufgetaucht, um das noch glühend heiße Wrack aus gebührendem Abstand zu inspizieren. Inanias konnte nicht mit letzter Gewissheit sagen, was genau die Schergen des Patriarchen getan hatten, da sich seine gesamte Wahrnehmung auf das aus der Schiffshülle improvisierte Mikrofon beschränkte. Jedenfalls hatte man geduldig gewartet, bis die Außenhaut abkühlte. Danach waren Geräusche zu Inanias durchgedrungen, die ihn schlussfolgern ließen, dass die Split das Trümmerfeld gründlich durchkämmten, und auch den zerschmetterten Schiffskörper, so weit zugänglich, einer intensiven Untersuchung unterzogen. Man hatte nicht entdeckt, dass der Bordcomputer noch funktionierte und die ganze Zeit mitlauschte. Auch schien der Patriarch nichts von den wichtigen Daten in den Speicherbänken des Schiffes gewusst zu haben, denn ansonsten hätte man das Wrack mit Sicherheit vollständig zerlegt. Nach etwas über zwei Tazuras waren die Split dann mit den aufkreischenden Triebwerken dreier Landefahrzeuge wieder abgezogen, und seitdem hatte Inanias kein von intelligenten Lebewesen verursachtes Geräusch mehr vernommen, bis zu Nopileos' Ankunft an der Absturzstelle.

Nopileos lehnte mit dem Rücken an der Schiffswandung. Die Monde hingen über der Lichtung wie zwei bleierne Tropfen und ließen selbst das verbrannte und geschundene Schiff an einigen wenigen Stellen fahl aufglimmen. Inzwischen spürte der Teladi Inanias' Stimme mehr, als dass er sie hörte. Er musste den Kopf nicht mehr gegen das Metall drücken, um die tonlosen Vibrationen wahrzunehmen. Der Bordcomputer hatte die vergangenen Wozuras genutzt, um einen Plan zu schmieden. Genau genommen hatte er diesen Plan bereits innerhalb der ersten Sezuras nach dem Aufprall entwickelt, unmittelbar nachdem die Schadensberichte seiner Systeme unzweideutig klarstellten, dass die *Nyana* nie wieder vom Boden dieses Planeten aufsteigen würde. Danach hatte er den Plan in immer tiefer iterierenden, fraktalen Variationen aufs Neue durchgespielt. Nach geraumer Prozesszeit hatte er herausgefunden, dass es zu viele Unbekannte in den Gleichungen gab. Im Grunde blieb ihm daher nichts anderes übrig, als auf das Auftauchen Nopileos' zu hoffen, um ihm den Plan zu unterbreiten und darauf zu vertrauen, dass er aufginge. Simpel genug war das Vorhaben. Nopileos stimmte ihm intuitiv sofort zu.

Der Echsenabkömmling hing in acht Längen Höhe an der rußgeschwärzten Außenhülle des Raumschiffwracks und klammerte sich krampfhaft an einige der zahlreichen Verwerfungen und Risse. Verloren und einsam zeichnete sich seine Silhouette gegen das auch in der Todesstarre noch imposante Schiff ab. Teladi mochten souveräne Schwimmer und Taucher sein, und nach vielen Äonen der Entwicklung bewegten sie sich auch an Land einigermaßen passabel. Klettern aber gehörte ganz bestimmt nicht zu den Dingen, für die ihre viel zu kurzen Beine gemacht waren! Nopileos hatte sich schon in den vergangenen Tazuras damit abgemüht, die hölzernen Wurzeln der Mammutbäume zu überqueren, in die er wenigstens seine Krallen hatte hineinschlagen können. Um wie viel schwieriger war es hingegen, hier hinaufzusteigen, wo er sich nur auf die Kanten und Vorsprünge im Kunstmetall der Schiffswandung verlassen konnte! Nirgends etwas, um die Krallen zu verankern, und überall hatte die Luftfeuchtigkeit der letzten Wozuras den die Hülle bedeckenden Flammenruß zu einer rutschigen Schmierschicht werden lassen.

Die Kontrolle des Bordcomputers über das Schiff beschränkte sich auf nur noch wenige Systeme; außerdem operierte Inanias mit Energie aus lediglich einer verbliebenen Notstromzelle. Der Computer war daher nicht in der Lage, auch nur eine der drei Mannschleusen des zerschmetterten Wracks zu öffnen. Zwar existierten viele Risse im zerstörten Leib der Yacht, durch die Nopileos einen Weg hinein gefunden hätte – jedoch gab es von keiner der ohne Klettern zu erreichenden Öffnungen einen noch gangbaren Weg hinauf zum Nachrichtendrohnenmagazin. Deshalb blieb ihm nichts anderes übrig, als eine Kletterpartie zu der klaffenden Wunde zu wagen, die einer der fehlenden Ionenmotoren auf halber Strecke zwischen Boden und höchstem Punkt des Schiffsleibes hinterlassen hatte.

Inanias' Plan sah vor, dass Nopileos eine der Drohnen aus dem Magazin holte, sie manuell mit einer Nachricht programmierte und sie dann auf direktem Wege zum CEO schickte. Schon wenige Sezuras nach dem Start würde die Drohne aufgrund ihrer extremen Beschleunigung nicht mehr zu orten und schon gar nicht mehr zu stoppen sein. Die Wahrscheinlichkeit, dass der Patriarch den Start einer einzelnen Drohne auf der Rückseite seines Planeten bemerkte, war gleich null. Nur noch zwei Dinge blieben Nopileos nach einem erfolgreichen Drohnenstart zu tun: Zum Einen musste er versuchen, an die Nahrungsvorräte in den Lagerräumen der *Nyanas Glück* heranzukommen; zum Anderen konnte er nur darauf warten, dass der CEO ihn abholen ließ. Wie lange das dauern mochte, wagte er nicht, sich vorzustellen. Da gab es zunächst einmal enorme diplomatische Hürden zu überwinden, vor allem, da die Firmenleitung den Patriarchen der Split ja nicht darüber in Kenntnis setzen durfte, dass er noch lebte und hier verweilte. Jedenfalls dann nicht, wenn man sein Leben nicht gefährden wollte.

„Hoffentlich bin ich dir genügend Credits wert, lieber Großvater Isemadossss!“, zischelte Nopileos gepresst, als seine rechte Gehklaue zum wiederholten Mal abrutschte.

„Aufpassen!“, flüsterte Inanias durch die Schiffshülle, aber Nopileos schnaubte nur anstelle einer Antwort. Was glaubte diese Höllenmaschine von einem Computer, was er hier tat – lustwandeln?

Nopileos hielt kurz inne und starrte nach unten. Höhenangst war Teladi zwar genauso fremd wie Raum- oder Seekrankheit, aber trotzdem sprang ihn der Boden förmlich an. Er verschloss die Augen fest, zählte bis neun, öffnete sie erneut und schaute die Wandung entlang, bis sein Blick den königsblauen Himmel traf. Von der klaffenden Wunde der Triebwerksaufhängung trennten ihn nur noch wenige Längen.

„Du schaffst es!“, sprach er sich selbst Mut zu. Mit einem Grätschschritt, wie man ihn einen Teladi noch nie hatte tun sehen, überbrückte er die Lücke bis zum nächsten festen Punkt, zog vorsichtig die Arme und schließlich die Gehklauen nach, seinen Körper stets eng an die rutschige Wandung gepresst. Wenn er sich streckte, konnte er jetzt schon fast den glatten Rand der Öffnung erreichen, die das Triebwerk hinterlassen hatte. Das Kunstmetall wuchs an dieser Stelle zu einer Stärke von sechs Fäusten heran, während es an anderen Punkten der Außenhülle oft nur eine Faust dick war. Im Halbdunkel des klaffenden Loches erspähte Nopileos mehrere baumstarke Zuleitungen und Träger, die wie mit einem chirurgischen Skalpell durchtrennt waren. Das sah viel zu glatt aus, es gab kaum schroffe Ecken oder Kanten.

„Tshhhh!“ Jetzt wusste er es: Vor dieser Öffnung musste derjenige Ionenmotor gehangen haben, der bei der Kollision mit Chos Abfangjäger von den sich überschneidenden Schutzschilden abgetrennt worden war. Dies erklärte die glatten, präzisen Schnitte! Schließlich gelang es dem Teladi, sich bis zu dem Loch in der Bordwand hinaufzuziehen. Er spähte hinab, konnte aber bis auf einen Wust zerstörter, technischer Eingeweide wenig erkennen.

„Gut so!“, flüsterte Inanias durch die Schiffshülle auf Nopileos’ Schuppenpanzer. Es kitzelte ein wenig; hier oben resonierte die Schiffshaut stärker als weiter unten. „Jetzt steigt hinein, Captain Nopileos!“

„Natürlich!“, zischte dieser angespannt. „Was auch sonst?“ Mit einer Gehklaue ergriff er unter weiteren, mühseligen Dehnübungen den Rand der Öffnung, den er mit vor Anstrengung zitternden Greifklauen bereits seit einer Mizura umklammert hielt. Einen Ruck später wälzte sich der gedrungene Körper des Teladi über den Rand. Seine Krallen griffen ins Leere und fanden nirgends Halt. Fauchend und mit den Armen rudernd, stürzte Nopileos in die Dunkelheit des Schiffsrumpfes hinab, bis seine Klauen irgendetwas, das er nicht sehen konnte, zu fassen bekamen. Mit einem schmerzhaften Reißen in den Armgelenken wurde seine Bewegung abgefangen; gleichzeitig spürte er, dass er ohnehin nicht weiter gefallen wäre: Seine bloßen Gehklauen berührten etwas Weiches, Nachgiebiges, das sich wie ein großes Knäuel fingerdicker Kabel anfühlte. Vorsichtig öffnete er die Greifklauen und ließ sich in den Kabelwust unter ihm hinabplumpsen.

„Inanias?“ Keine Antwort. Natürlich – ohne direkten Kontakt zur Bordwand konnte er den Bordcomputer nur schwer oder gar nicht hören! Er tastete umher, doch die Schiffshülle befand sich nicht innerhalb der Reichweite seiner Arme. Langsam passten sich seine empfindlichen Augen den dämmerigen Lichtverhältnissen hier unten an. Da von oben genügend indirektes Tageslicht herabfiel, konnte er bald sehen, wo er sich befand, oder, besser gesagt, worin. Kurzzeitig schoss ihm die Frage durch den Sinn, wie, zum Profit, er hier hinausgelangen sollte, doch er verwarf den Gedanken rasch wieder: Immer alles schön der Reihe nach! Erst einmal wieder Kontakt mit Inanias herstellen. Er robbte auf einem Teppich unterschiedlich dicker Zuleitungen, Schläuche und Kabel vorwärts, bis er mit dem Kopf die innere Schiffshülle erreichte, und presste seine Schädeldecke kurzerhand gegen die kühle Wandung.

„Inanias! Was jetzt?“

Der Bordcomputer ließ sich diesmal merklich Zeit, bevor er antwortete. Ein tiefes Summen vibrierte durch das Metall. Inanias versuchte, seine eigenen Innereien durch Schallwellen auszuloten, um einen für den Teladi passierbaren Weg zu finden. Alle anderen Sensoren des Schiffes waren ja defekt – der Computer bediente sich der einzigen ihm verbliebenen Alternative.

„Ganz einfach“, wisperte Inanias endlich. „Die Kabelstränge, auf denen Ihr Euch befindet, sind bloß drei Fäuste stark. Hebelt sie auseinander und bewegt Euch hindurch. Darunter liegt die Auswurfkammer. Sie ist eng, aber Ihr werdet hineinpassen.“

„Gut!“, flüsterte Nopileos. Und tatsächlich: Die Kabelstränge waren zwar steif, aber er konnte sie schließlich weit genug zur Seite drängen, um sich hindurchzuzwängen. Die darunter liegende Auswurfkammer bot gerade genügend Platz, um darin gebückt stehen zu können. Hier erreichte der Fördermechanismus des hinter einer Wandung liegenden Drohnenarchives die Bordwand, wo sich ein winziger Schacht nach außen öffnete, durch den die Drohnen üblicherweise abgesetzt wurden. Durch die kreisrunde Öffnung fiel genug Licht hinein, um zu erkennen, dass das Drohnenarchiv deformiert und unzugänglich war. Erschreckt wanderte Nopileos' Blick auf den schmalen Förderkorb: Richtig, hier lag eine einzelne Drohne bereit, fertig zum automatischen Auswurf, den der Bordcomputer jedoch nicht mehr veranlassen konnte.

„Ich hoffe doch sehr, dass du funktionierst!“, murmelte Nopileos. Nur diese eine Nachrichtendrohne stand ihm zur Verfügung. Wenn sie defekt war, würde er auf keinen Fall an die anderen Miniraumschiffe hinter der deformierten Wandung des Archivs herankommen. Seine Beine begannen leicht zu kribbeln. Er legte den Kopf an die Bordwand.

Der Computer sprach. „Habt Ihr etwas gesagt, Captain?“

Nopileos erläuterte Inanias die Lage und ließ sich von ihm einen Weg beschreiben, auf dem er aus dem Leib des Schiffes hinauskäme. Eine geschlagene Quazura später, und mit schmerzenden Gliedmaßen, hing der Teladi wieder acht Längen über dem Dschungelboden auf der rutschigen Außenhaut der *Nyanas Glück*. Die, für ihre geringe Größe überdurchschnittlich schwere Drohne schulterte er an einem Griff, der in das Schwanzende des Geräts eingearbeitet war.

„Ich schaffe es nicht!“, keuchte Nopileos angestrengt. Er tastete mit seiner linken Gehklaue, konnte aber keinen Vorsprung und keine Falte finden, auf die er sie setzen konnte.

„Durchhalten!“, flüsterte die Bordwand zurück.

Es schien, als wären seine Arme und Beine aus Gummi. Auf dem glitschigen schwarzen Ruß, von dem sein Körper jetzt fast vollständig bedeckt wurde, glitt die geschulterte Drohne ständig hin und her, scheuerte heiß auf der Schulter. Bei dem Versuch, sich ein Stück weiter hinabzulassen, rutschte er schließlich aus. Er verlor das Gleichgewicht, sah Fetzen des Himmels fliegen, Bäume, Boden, und ließ die Drohne unwillkürlich los. Während er noch um Halt rang, sah und hörte er das wertvolle Gerät hinabpoltern. Zwei-, dreimal prallte es mit lauten, metallischen Glockenschlägen von der gewölbten Bordwand ab, dann schlug es mit einem dumpfen Klatschen unten auf. Nopileos hatte keinen Blick für das weitere Schicksal der Nachrichtendrohne, da er sich nach Leibeskräften bemühte, sein eigenes Schicksal in den Griff zu bekommen, um der Drohne nicht stante pede in die Tiefe zu folgen. Endlich fing er sich so weit, dass er, mit zwar schwarz verschmierter, darunter aber dennoch schreckgebleichter Stirnschuppe, eine halbwegs sichere Position zurück errang.

„Inanias! Inanias!“, schrie er aus Leibeskräften. Aus dem verbrannten Dschungel antwortete schimpfend irgendein unsichtbares Tier.

„Ruhig Kralle, Captain“, kam die Stimme des Bordcomputers. „Nachrichtendrohnen sind für höhere G-Schocks ausgelegt, als sie ein solch niedriger Sturz verursachen könnte. Sie wird keinen Schaden genommen haben, wenn sie nicht gerade mit ihrem Triebwerk in einer Schlammpfütze steckt.“

„Und wenn doch?“, keuchte der Teladi. Inanias antwortete bloß mit einem synthetischen Zischen, das Nopileos von ihm noch nie zuvor gehört hatte. Nach ein paar Augenblicken, während derer er tief Luft einsog und versuchte, sich zu beruhigen, machte er sich an den restlichen Abstieg. Unten angekommen, blickte er sich atemlos um. Die Drohne stak nicht im Boden, sondern lag schimmernd ein paar Längen außerhalb des gewölbten Schattens, den das Wrack warf. Eine eingehende Untersuchung des Miniaturraumschiffes förderte nicht den winzigsten Kratzer zutage. Erleichtert stellte Nopileos die einer umgedrehten Taschenlampe ähnelnde Drohne auf ihr verbreitertes Schwanzende und öffnete die kleine Klappe, unter der sich der Schalter für die Spracheingabe befand.

„Nachricht?“, schnarrte die Drohne anstandslos. Sie funktionierte! Nopileos’ Augen leuchteten auf. Für einen Moment überlegte er, dann sprach er eine sehr kurze Umschreibung seiner Situation in den Nachrichtenspeicher.

„Koordinaten!“, verlangte die Drohne zu wissen.

„Firmenstolz! CEO!“, antwortete Nopileos. Die dumme Nachrichtendrohne wollte sich mit dieser Eingabe jedoch nicht zufrieden geben.

„Koordinaten!“, verlangte sie erneut. Nopileos stutzte. Es sah so aus, als verlange das Gerät die Empfängerangaben in numerischer Notation! Er ging zur Bordwand hinüber und bat Inanias um die entsprechende Information. Der Computer gab die verlangte Auskunft. Diesmal akzeptierte die Nachrichtendrohne die Eingabe ohne jede Beschwerde.

„Mindestens fünf Längen zurücktreten“, verlangte das Gerät und klappte die Bedientafel surrend zu. Nopileos gehorchte schweigend. Ein leises Zischen verriet, dass sich die Nachrichtendrohne scharf schaltete und flugbereit machte. Verwirrt blinzelte Nopileos, als das Miniraumschiff von einem zum nächsten Augenblick verschwand. Er hatte die Drohne nicht abheben sehen: In einem Moment stand sie noch dort, im nächsten war sie weg. Lediglich eine ganz sachte Qualmspur, die einige Längen in die Höhe reichte, bevor sie zu Nichts zerfaserte, verriet, dass das Fluggerät tatsächlich gestartet war. Obwohl Nachrichtendrohnen in der *Gemeinschaft* so alltäglich waren wie nur irgendetwas, gab es selten Gelegenheiten, einen Start mit eigenen Augen zu erleben. Selbst die Anfangsgeschwindigkeit war bereits derart hoch, dass der träge Sehnerv nicht mehr nachkam. Knapp außerhalb der Atmosphäre würde die Drohne auf 95 Prozent der Lichtgeschwindigkeit beschleunigen. Ein passives Leitsystem führte sie zielsicher durch jene Sprungtore, die sie durchqueren musste, um in erstaunlich kurzer Zeit ihren Empfänger zu erreichen. Einige wenige Sezuras noch starrte Nopileos blinzelnd in den Himmel, bevor er sich umdrehte. Und vor Schreck erstarrte.

Vor ihm ragte eine hünenhafte Gestalt in voller Kampfmontur auf, die eine Strahlwaffe in ihren Händen hielt.

KAPİTEL 25

Niemand hat etwas davon, wenn Sie für Ihren Kameraden und besten Freund den Heldentod sterben! Das macht die Angelegenheit nämlich auch nicht besser. Nobler vielleicht, aber besser? Unsinn. Also immer schön ruhig bleiben und lieber zweimal nachgedacht!

LT. KEIJU DANTE,
Ausbilder, Argon Prime

Elena fand keine Zeit darüber nachzudenken, weshalb die Split-Frau die komplizierten Vektorenangaben, die das Ortungsgerät lieferte, überhaupt zu deuten wusste, denn der Computer zeigte blinkend eine hereinkommende Übertragung an.

„Was denn jetzt?“, murmelte sie. „Also her damit.“

„Annehmen!“, verdeutlichte sie ihren Befehl, als der Computer nicht sofort reagierte. Über der Hauptkonsole sprang ein Videofeld auf.

Zuerst musste Elena die Augen schließen und wieder öffnen. Sie war versucht, das, was sie sah, als eine, durch den vorhergegangenen Lichtblitz ausgelöste Störung ihres Sehnervs auszulegen: Zwei graue Lippen umschlossen flache Mandibeln, liefen in eine Schnauze oder einen kleinen Rüssel aus. Darüber zwei perlmuttweiße und ein gelber Fleck, kreisrund, auf kurzen Stielen, überragt von einer schmalen, hohen Stirn. All das umrahmt von einem durchsichtigen Feld, oder einer transparenten Folie, deren Form am ehesten einem Goldfischglas entsprach. „Kalmanckalsaltt!“, erkannte sie schließlich. Der Paranide sah auch so schon skurril genug aus, aber von einer Kamera im Inneren seines Helms aufgenommen, wirkte er noch viel fremdartiger. Der Suchtrupp kehrte zurück! „Wo seid Ihr?“

„Wir nähern Uns aus westlicher Richtung und sind gleich über dem Landefeld. Wir verlangen Uchan t'Scct zu sprechen.“

Uchan schaltete das Gespräch zu seiner Konsole durch. Ein kleineres Videofeld öffnete sich vor ihm, aber das Bild über der Hauptkonsole blieb bestehen, sodass Elena und Ghinn den Paraniden weiterhin sehen konnten.

„Wir sind mitten in einen Putschversuch hineingeraten. Ein Rhonkar t'Ncct hat Uns geholfen, das Kraftwerk zu zerstören, um den Start der *FL Regendrache* zu ermöglichen. Schleuse vier beidseitig öffnen und Triebwerke starten. Wir sind in ein paar Sezuras im Schiff." Mit diesen Worten unterbrach der Dreiäugige die Verbindung. Uchan tat ohne zu zögern, wie ihm geheißen. Geistesgegenwärtig ließ Elena den Computer ein Kamerabild des Schleuseninnenraums auf die Konsole legen: Die Flügelschotts der mittelgroßen Frachtschleuse stoppten soeben an ihren Endpositionen. Nur Momente später schoss eine schwer beladene Schwebeplattform in das Schiff, auf der Elena so eben noch Kalmanckalsaltt in seiner Pose als Galionsfigur vorbeirauschen sah, bevor das Gefährt aus dem Blickwinkel der Kamera hinausschlitterte. Die Triebwerke brüllten auf. Das Raumschiff ritt an der Spitze einer Feuersäule in den Nachthimmel, noch bevor sich inneres und äußeres Schott vollständig schließen konnten.

„Achtung, Schiffe nähern sich", rief Ghinn, die das Geschehen auf dem Gravidar konzentriert verfolgte.

„Komm, Schiff, komm", feuerte Elena die *FL Regendrache* an. Nur langsam mühte sich der schwere Frachter aufwärts. Wenn er jetzt in ein Gefecht verwickelt worden wäre, hätten seine Chancen denkbar schlecht gestanden.

Uchan verfolgte ähnliche Gedankengänge. „Feuerleitstand besetzen", schnarrte er, ohne jemanden Bestimmtes anzusprechen. Ghinn warf der irdischen Raumfahrerin eine Verneinungsgebärde zu. Elena nickte. Immerhin waren ihr die Kontrollen der *FL Regendrache* während des Herflugs so weit vertraut geworden, dass sie die Waffenkontrolle bedienen konnte. Ein Ruck, und die an einem Schwenkarm befestigte Konsole glitt heran. Die Vorrichtung war sehr ausgeklügelt. Ob Pilot, Copilot oder Navigator, jeder konnte im Bedarfsfall die Waffensteuerung übernehmen.

„Jetzt! Kontakt", sagte Ghinn mit ruhiger Stimme. Auch das von der Waffenkonsole auf Elenas Netzhaut projizierte Stereobild, dessen Wiedergabe so glasklar war, als sei es gar nicht Nacht, bildete zwei herabsinkende Kampfraumschiffe in mittlerer Entfernung ab. Der Waffencomputer zeichnete die Umrisse der beiden Kampfschiffe grün blinkend nach. Jetzt erst erkannte Elena den Typ. Es waren Schiffe des gleichen Modells, von dem die *FL Regendrache* bereits beim Anflug auf Nif-Nakh eskortiert worden war. Die Wahrscheinlichkeit, einen Treffer zu erzielen, wurde vom Computer gegenwärtig auf hundert Prozent geschätzt, diejenige allerdings, einen der gefährlichen Raumer vom Himmel zu holen, betrug unter sieben Prozent. Elena schluckte hart. Die Kampfschiffe sanken an der hinauf strebenden *FL Regendrache* vorbei, ohne die geringste Notiz von dem Frachter zu nehmen.

„Hände bleiben an den Kontrollen!“, warnte Uchan, über das angestrengte Tosen der auf Volllast arbeitenden Triebwerke hinweg brüllend. Richtig, an der Grenze zwischen Atmosphäre und All warteten zwei weitere Kampfschiffe!

Elena dachte für einen Moment an Nopileos. War es Kalmanckalsaltt und Nola Hi gelungen, den Teladi ausfindig zu machen? Befand er sich an Bord der *FL Regendrache*? „Hoffentlich nicht“, flüsterte sie. Denn langsam durchschaute sie die Taktik der Split: Man wollte die *FL Regendrache* in die Zange nehmen, zwei Schiffe von hinten, zwei von vorne. Dieser Übermacht hatte ein schwerfälliges Frachtschiff wie die *FL Regendrache* nichts entgegenzusetzen.

Und das würde ihr Schicksal besiegeln.

KAPİTEL 26

Siobhan (weiblicher Vorname); veraltet für Jawn (argono-romanisch), Joan (altenglisch); Bedeutung: Gott ist gnädig; Aussprache: Shivawn (Schiwohn).

ENZYKLOPÄDIE DES WISSENS
172. Auflage, Argon Prime 538 z. T.

Dr. Siobhan Inja Norman war eine ungewöhnlich gut aussehende Frau. Sie war hoch gewachsen und schlank, und besaß anmutige, weiblichen Formen. Hohe Wangenknochen verliehen ihrem ovalen Gesicht einen leicht indianischen Anstrich. Eine ausgeprägte, aber hübsche Nase deutete einen Hauch alten Adels an. Das Auffälligste an Dr. Norman aber waren zweifellos ihre langen hellblauen Haare, die glänzend und glatt auf ihren Rücken hinabfielen. Sie hatte sie nicht gefärbt, wie es unter jungen Argoninnen zurzeit wieder in Mode kam, sondern das natürliche Blau von ihrer Mutter geerbt. Sie trug ein silbernes Fischschuppenkleid, das sich eng an ihren Körper schmiegte und ihre Figur betonte ohne zuviel preiszugeben. Früher war es ihr Lieblingskleid gewesen, und sie mochte es auch heute noch sehr. Aber es bedeutete ihr lange nicht mehr so viel wie damals. Wenn sie sich heutzutage selbst in einem Spiegelfeld sah, zuckte sie nur noch die Schultern. Ja, sie war attraktiv. Aber sie lebte schon viel zu lange, um darauf noch stolz zu sein. Denn noch ein weiteres genetisches Merkmal war auf Dr. Norman übergegangen, eines, das man nicht sehen, nicht einmal erahnen konnte: Sie war eine Langlebige. Obwohl dem Anschein nach kaum älter als sechzehn, höchstens achtzehn Jazuras, hatte sie das Licht der Welt in Wirklichkeit schon vor mehr als siebenundachtzig Jazuras erblickt. Immer nur von Mutter auf Tochter wurde das Gen des Lebens übertragen, seit vielen Generationen, aber so weit es Dr. Norman betraf, hätte sie gut und gerne darauf verzichten können.

Einst, vor langer Zeit, war sie eine bekannte Astrophysikerin gewesen. Nahezu zehn Jazuras ihrer wissenschaftlichen Karriere hatte sie der Arbeit an einem Papier über Quantenverschränkung bei Gravitonen gewidmet, von dem sie wusste, geradezu erwartete, dass es einen ganzen Forschungszweig hinwegfegen und vernichten würde. Dieses Bravourstück war ihr auch uneingeschränkt gelungen, doch sie war niemals stolz darauf gewesen. Die meisten ihrer Kollegen erachteten ihr Theorem, obschon emotional unbefriedigend, als wissenschaftlich unanfechtbar – eine Einschätzung, die Medien und Öffentlichkeit zu keiner Zeit geteilt hatten. Denn Dr. Normans Papier schien mathematisch vollständig zu beweisen, dass die für Sprungtechnologie notwendige, mehrdimensionale Physik den Menschen und anderen Völkern der *Gemeinschaft* zwangsläufig und auf immer unzugänglich bleiben musste. Niemand war je in der Lage gewesen, diese Postulate mathematisch vollständig zu widerlegen, obwohl zahlreiche Versuche dazu gestartet worden waren. Die Thesen ihrer Arbeit fanden über die Dekazuras als NQG-Invarianz Eingang in das Allgemeingut der Astrophysik und waren der breiten Masse besser bekannt als das Norman'sche Gesetz.

Auf dem Höhepunkt des von ihr ausgelösten Aufruhrs hatte Dr. Norman urplötzlich, augenscheinlich ohne äußeren Anlass, ihre wenigen Habseligkeiten gepackt und sich abgesetzt, als ginge sie all dies nichts mehr an. Natürlich spielte hierbei auch ihr Gewissen eine Rolle, das sie konstant daran erinnerte, wissentlich und mit Vorsatz eine ganze Generation von Forschern in die Irre geführt zu haben – wenn auch zu deren eigenem Wohl, wie sie sich stets selbst versicherte.

Eigentlicher Anlass für ihre Flucht aber war eine Problematik, die wohl nur Langlebige kannten: Lebenspartner, Freunde und Kollegen wurden älter, dann alt und verfielen schließlich zusehends, während sie selbst stets gleich jung blieb. Dr. Norman verspürte entsetzliche Panik bei dem Gedanken daran, diejenigen alters sterben zu sehen, die sie bewunderte und liebte, denn zu häufig war dies in ihrem Leben bereits geschehen. Lieber wollte sie rechtzeitig alle Kontakte abbrechen und anderenorts völlig neu beginnen. Also tauchte sie unter, ließ ihren Vertragsehepartner Dr. Ruuf Vondran sowie die gesamte wissenschaftliche Gemeinde einfach in der von ihr ausgelösten Misere sitzen und vergeudete keinen Gedanken daran, ob diese Handlungsweise moralisch vertretbar sei. Sie wusste nur zu gut, dass sie es nicht war.

Einige Jazuras darauf war sie auf Kendai VI eine neue Vertragsehe eingegangen, aus der wenig später eine Tochter, Deirdre, und die Zwillingsbrüder Dric und Telder hervorgingen. Die Zwillinge waren vor nicht ganz dreißig Jazuras tödlich verunglückt, und Deirdre hatte seither nie wieder ein Wort mit ihrer Mutter, der sie die Schuld daran gab, gewechselt.

All diese Geschehnisse lagen nun weit zurück, nahezu ein ganzes Menschenleben, und doch hatte die ferne Vergangenheit Dr. Norman eingeholt: Dr. Ruuf Vondran, ihrem Ehepartner aus erstem Vertrag, war es irgendwie gelungen, sie aufzuspüren, und er hatte sie um ein Treffen gebeten. Sie bereute schon jetzt, so vorschnell zugesagt zu haben.

Siobhan seufzte und strich das Fischschuppenkleid über ihren Schenkeln glatt. Schon seit einer halben Inzura saß sie nun auf dem grünen Rasen im Garten des Ewigen Wetters. Nicht weit entfernt genoss ein argonisches Pärchen auf einer Bank verträumt die letzten Strahlen Sonras, des Zentralgestirns, während an anderer Stelle ein Teladi mit einem Boronen diskutierte. Normalerweise würde ihr das ein Lächeln entlockt haben. Schon für Menschen war es oft nicht ganz einfach, mit Boronen eine sinnvolle Unterhaltung zu führen – wie schwer musste es dann für eine Kaufechse sein? Aber ihr war nicht nach Lachen zu Mute. Sie wollte einfach nur diese ganze Angelegenheit schnellstmöglich hinter sich bringen. Ruuf Vondran sagen, wohin er sich scheren solle, und dann nach Hause gehen, um sich wieder ihrer Leere anheim zu geben. Doch je länger Ruuf auf sich warten ließ, desto mehr verkrampfte sie sich innerlich und eine unerklärliche Nervosität beschlich sie. Als sich schließlich summend eine kleine Schwebeplattform näherte, stand Siobhan auf. Erstaunt stellte sie fest, dass ihre Knie zitterten und ihre Zähne leicht aufeinander schlugen. Sie wollte das nicht! Erneut strich sie das Kleid glatt, diesmal über dem Bauch.

Der Mann auf der Schwebeplattform war spindeldürr und klein. Von seinem ausgefressenen Haarkranz wehten schlohweiße Haare wie dünne Spinnweben im seichten Wind, seine Wangen waren eingefallen, die Augen lagen tief in den Höhlen. Siobhan verharrte zunächst wie vom Donner gerührt, jeder Bewegung unfähig, und beobachtete, wie der Alte behutsam die Lenkstange der Plattform losließ und darauf wartete, dass sich das Transportgerät auf den Boden absenkte. Bedächtig setzte er sodann einen Fuß auf den Rasen. Erst jetzt erkannte Siobhan, dass er nicht wirklich klein war, sondern gebeugt ging. Als seine Augen die ihren fanden, fuhr ein eisiger Schreck durch ihre Brust. Sie wollte davonlaufen, wollte nichts weiter sehen, doch sie blieb wie angewurzelt stehen.

„Siobhan?“ Die Stimme war schwach und rau, sie kratzte und zitterte vor schlecht verhohlener Emotion. „Siobhan?“

„Es war ein Fehler“, flüsterte Siobhan wie zu sich selbst. „Ich hätte nicht herkommen sollen. Du bist so entsetzlich alt geworden.“ Vor ihrem inneren Auge sah sie ein schwaches Abbild des jungen Ruuf, mit dem sie vor langer Zeit den Bund der Vertragsehe eingegangen war: Schwarzes kinnlanges Haar, Dreitagebart, eine kleine Denkerfalte auf der Stirn und immer ein vergnügtes Schmunzeln auf den Lippen. Nichts davon war übrig geblieben.

Der Alte kicherte heiser und schlurfte näher. Sollten ihre Worte ihn getroffen haben, so ließ er sich davon nichts anmerken. „Die moderne Gerontologie leistet Erstaunliches, nicht wahr? Dreiundsechzig Jazuras, und trotzdem noch im Vollbesitz meines Verstandes. Aber du, Siobhan, du hast dich verändert. Du siehst nicht mehr wie ein Indianermädchen aus …“

„Ich sollte wirklich gehen“, stammelte Siobhan, deren Knie jetzt merklich schlotterten. Ihr war trotz der warmen Abendsonne eiskalt.

„Warte noch!“ Dr. Vondran legte seine Hand auf ihren Oberarm.

„Nun, wie sehe ich denn aus?“, fragte sie, da ihr nichts Besseres einfiel. Seine Finger waren knochig und klamm.

„Wie eine Indianer*dame*“, sagte der alte Mann, der einst der junge Ruuf gewesen war, und ließ von ihr ab.

„Wenn das alles ist, was du mir sagen wolltest …“

„Aber nein, Dr. Siobhan Inja Norman!“, krächzte Dr. Vondran mit verändertem Tonfall. Etwas in seiner Stimme ließ Siobhan aufhorchen. „Ich brauche Dr. Norman, nicht eine Indianerfrau, hörst du? Hast du meine Nachricht überhaupt gelesen?“

„Sonst wäre ich ja wohl kaum hier“, entgegnete sie schroff. Seit langem mied sie den Kontakt zu extrem alten oder besonders jungen Menschen. Sie wollte nichts mehr mit Ruuf zu tun haben! Wieso drängte er sich ihr auf, nach all der Zeit? Ärger wallte langsam in ihr hoch und verdrängte die Kälte in ihrem Körper. Das Zittern ließ spürbar nach. „Es tut mir Leid. Ich gehe jetzt!“ Aber sie bewegte sich noch immer nicht vom Fleck.

„Warte noch!“, rief Dr. Vondran erneut. „Hör mich an. In meinem Büro, oben im Peregrino-Komplex. Danach kannst du gehen und unsere Unterhaltung für immer vergessen, wenn du willst.“

„Wieso in deinem Büro? Rede hier mit mir!“ Was wollte er von ihr? War es persönlich oder, schlimmer, fachlich? Beides missfiel Siobhan. Sie hätte nicht herkommen dürfen!

„Wovor hast du Angst – davor, dass ich über dich herfalle? Schau mich doch an!“ Ihm fiel auf, dass ihre unsicheren, wütenden Blicke ihn kaum streiften, sondern stets von ihm abglitten, so als könne sie seinen Anblick nur aus den Augenwinkeln ertragen. Sie war bildschön und jugendlich, und so lebendig, dass es ihn fast körperlich schmerzte.

„Ich habe keine Angst. Ich will lediglich wissen, wie du mich gefunden hast.“

„Nicht auch, wieso ich überhaupt nach dir gesucht habe?“

Sie zögerte unmerklich. „Nein. Vielleicht. Ja, auch. Ja.“

„Dann komm mit.“ Dr. Vondran drehte sich halb um und deutete mit einer Bewegung seiner runzeligen, fleckigen Hand auf die Schwebeplattform. „Da passen auch zwei drauf – wenn sie sich mögen.“ Er zwinkerte Siobhan zu.

Ich mag dich aber nicht, alter, toter Mann, dachte Siobhan, während sie sich schweigend auf das hintere Teil des Fluggerätes begab.

„Es sind zwei Schiffe von der Erde hergekommen. Schiffe, die den Raum in Nullzeit durchqueren können, ohne Sprungtore zu benutzen. Sprungschiffe“, sagte Dr. Vondran. Siobhan wandte ihm den Rücken zu und schaute zum Fenster hinaus, hinab in die hell erleuchtete, betriebsame Nacht der Großstadt Argonia City. Er ließ seinen Blick ihren blauen Pferdeschwanz hinabwandern: über die anmutigen Schultern, die geschwungenen Hüften unter dem eng anliegenden Silberkleid, über ihre bloßen Kniekehlen. Er verspürte nicht das geringste Begehren. Wann hatten sie zuletzt miteinander geschlafen? Vor zweiundvierzig Jazuras? Das entsprach fast einem ganzen Menschenleben! War das wirklich die Siobhan von damals? Konnte es wahr sein? Sie war noch immer jung und schön, er hingegen ein Greis, der seine restlichen Tazuras schon am Kalender abstreichen konnte. Nein, kein Begehren. Nur Bedauern – und ein bisschen Wehmut.

Siobhan hörte Dr. Vondran nur mit halber Aufmerksamkeit zu. Die pulsierende Metropole unter ihr faszinierte sie, aber sie sah durch die glänzenden Lichterketten hindurch: Also war die Katze nun aus dem Sack. Dass es einmal so kommen musste, war ihr von Anfang an klar gewesen, sie hatte bloß stets versucht, es zu verdrängen. „Erde. Die Erde gibt es nicht“, erwiderte sie nach ein paar Sezuras, ohne sich umzudrehen. „Die Erde ist ein Mythos, ein Märchen. Du bist doch nicht dieser Sekte beigetreten? Den Gonern? Früher hast du sie ausgelacht.“

„Weißt du, weshalb ich wollte, dass du herkommst?“, fragte er, ohne auf ihre Frage einzugehen. Sie zuckte die Schultern. „Dieser Raum ist abhörsicher. Was ich dir zeigen und erzählen werde, ist geheim.“

Jetzt drehte sie sich endlich um. „Du machst Witze“, sagte sie, aber ihr war längst klar, dass er es todernst meinte, und dass es ihm wirklich nicht um persönliche Belange ging, sondern um die NQG-Invarianz.

„Aber nein. Keine Witze. Ich spreche zu dir als Vertreter der Regierung, nicht als … dein Ehemann aus lang zurückliegenden Jazuras. Ich sagte es schon, ich brauche Dr. Norman. Wir brauchen Dr. Norman.“

„Mich hat schon seit Dekazuras niemand mehr Doktor genannt, Ruuf. Ich lege nicht den geringsten Wert darauf. Weißt du eigentlich, womit ich jetzt meine Credits verdiene?“

„Du verkaufst boronische Versicherungspolicen. Schubmukh, um genau zu sein, das heißt wohl ‚vierte Strömung‘. Seit zwei Jazuras. Zuvor hast du auf Kasum IV Cahoona gepflückt.“

„Danke, das reicht“, sagte sie gepresst. Ihr war unklar, wo er diese Informationen hernahm, und ob er noch mehr über sie wusste. Aber sie wollte auf keinen Fall, dass er weitersprach, sie womöglich an die dunkleren Abschnitte ihres Lebens erinnerte. Doch er fuhr unbeirrt fort.

„Davor hat dich irgendwer in der Gosse aufgelesen, mit Drogen voll gepumpt. Auf Kendai. Das ist neunzehn Jazuras her. Willst du mehr hören?“

„Nein! Hör auf!“

„Vor vierundzwanzig Jazuras tauchte dein Name erstmalig wieder in den Datenbanken auf. Was vorher war, weiß ich nicht. Ein ziemlicher Abstieg für die Namensgeberin des Norman’schen Gesetzes. *Siobhan*!“ Er sprach ihren Namen mit großer Eindringlichkeit, als wolle er sie kraft seiner Stimme zur Vernunft rufen wie ein unartiges Kind.

„Und du hast mich all die Jazuras aus der Ferne verfolgt?“

Er schüttelte traurig den Kopf. „Aber nein. Wozu hätte ich das tun sollen, ich, der Realist. Ich habe schon vor langer Zeit eine Familie gegründet. Etwas, das du nie konntest.“

„Ach nein? Ich habe zwei Söhne und eine Tochter auf die Welt gebracht“, erwiderte sie scharf. „Und jetzt sage, was du sagen musst, und lass mich gehen.“ Ein Teil von ihr wusste genau, dass dies nur ein letzter, schwacher Versuch war, das Unvermeidliche doch noch abzuwenden.

„Du hast Kinder? Das wusste ich nicht!“ Dr. Vondrans Stimme zitterte merkwürdig. Er stützte sich mit einer Hand auf den schweren weißen Gahamoni-Schreibtisch hinter ihm. „Eine Tochter? Dann ist sie auch langlebig, nicht wahr?“

„Du weißt verdammt noch mal so einiges nicht, Ruuf, und ich bin froh darüber. Jetzt rede endlich. Erde. Wir waren bei Erde stehen geblieben.“

„Du hast natürlich Recht. Entschuldige.“ Dr. Vondran räusperte sich. Er nahm eine kleine Fernsteuerung vom Schreibtisch und aktivierte den Holoprojektor. Mitten im Raum erschien eine große Videokugel, in der eine sechseckige Schwebeplattform zu sehen war, die ruhig ein paar Längen oberhalb einer wogenden Wasserfläche schwebte. Die Kamera bewegte sich auf eine Frau und einen Mann zu, die an der Reling der Plattform standen und scheinbar stumm miteinander sprachen. Etwas irritiere Siobhan an dem Mann, doch sie wusste nicht, was. „Moment!“, rief sie. „Wer ist das?“ Sie fuhr mit dem Zeigefinger durch die Gestalt des Mannes in der Holokugel.

„Er?“ Dr. Vondran änderte den Blickwinkel mittels der Fernbedienung und zoomte in das Gesicht des Mannes hinein. Militärisch kurzes, schwarzes Haar, gutmütige Augen mit kleinen Lachfältchen drum herum, kantiges Kinn.

„Ich kenne ihn“, sagte Siobhan. Sie konnte das Gesicht dieses Mannes nicht einordnen, fühlte aber deutlich, dass sie es schon einmal gesehen hatte. „Wer ist er?“

Dr. Vondran machte ein überraschtes Gesicht. „Bist du sicher? Woher willst du ihn kennen?“

Sie schüttelte den Kopf. „Ich kenne ihn. Wer ist er?“

„Das ist Captain Kyle-William Brennan aus dem Erdsektor. Er kam in einem der Sprungraumschiffe. Diesem.“

Eine zweite Videokugel entstand, die eine große Halle zeigte, in deren Mitte ein kleines, teilweise zerlegtes Raumschiff an einem Montagekran hing. Obwohl Siobhan nicht allzu viel von Raumern verstand, erkannte sie sofort, dass es sich um einen Shuttle handelte, denn das Schiff besaß Tragflächen, die eindeutig für Atmosphärenflug vorgesehen waren. Der Rumpf war dunkel und stromlinienförmig, auf seiner rechten Seite prangte ein buntes Emblem, das einen Mann mit vier Beinen und vier Armen darstellte, der inmitten eines stilisierten Spiralnebels schwebte. Unterhalb des Cockpits gab es einen weißen Schriftzug in seltsam altertümlichen Lettern: *USC X*.

„Das haben wir den Split und den Xenon abgeluchst. Auch der Pontifex Maximus hätte seine … Siobhan? Hörst du mir zu?"

Die Argonin schüttelte unmerklich den Kopf. „Sieht verdammt gut aus!", erklärte sie.

„Was?", erwiderte Dr. Vondran verblüfft. „Das Schiff? Seit wann …"

„Unsinn", unterbrach Siobhan ihn. „Der Mann. Dieser Captain, wie heißt er? Brennan."

„Ah." Dr. Vondran zuckte die Schultern. „Mag sein."

„Aber wenn du glaubst, dass mich diese Holos von irgendwas überzeugen …" In Wirklichkeit war sie schon längst überzeugt. Warum sträubte sie sich noch gegen die Erkenntnis? Sie wusste es nicht genau. Die Dekazuras lasteten schwer auf ihr. Wusste Ruuf, welchem Zweck die NQG-Invarianz wirklich diente?

Der alte Wissenschaftler winkte ab. „Aber nein. Du kannst, wenn du magst, beide Schiffe selbst in Augenschein nehmen. Die *USC Getsu Fune* ist im Augenblick hier, auf Argon Prime. Die *USC X* – nun, nicht, aber du wirst sie zu sehen bekommen."

„USC Getsu Fune?"

Dr. Vondran öffnete eine dritte Videokugel. „Ja. Das zweite Sprungschiff von der Erde. Es wurde von einem Xenon-Irrläufer über Argon Prime flugunfähig geschossen. Es versuchte eine Notwasserung und versank dabei."

Ein klobiges, rechteckiges Raumschiff erschien in der neu geöffneten Videokugel. Es besaß die Form eines hinten und vorne abgeschrägten Radiergummis und war von schmutzigweißer Farbe. Auf seiner verbeulten Flanke prangte ebenfalls das Bild des achtgliedrigen Mannes inmitten des Spiralnebels. *USC Getsu Fune*, verkündete ein Schriftzug nahe dem Bug.

„Wir haben die *Getsu Fune* vor Reef Galvestone aus dem Ozean gefischt", erläuterte Dr. Vondran, während Siobhan die holografische

Aufnahme umrundete, um das Schiff von allen Seiten in Augenschein zu nehmen. Der alte Wissenschaftler sprach weiter: „Gerade an der Herkunft dieses Schiffes besteht nicht der geringste Zweifel. Es besitzt einen wahlfreien Sprungantrieb. Einen von Menschen erbauten."

Ich wusste es, dachte Siobhan entsetzt, *schon immer!* „Unmöglich!", sagte sie laut.

„Wir konnten ihn nicht aktivieren", fuhr Dr. Vondran fort, ohne sich von Siobhans Einwurf irritieren zu lassen. „Wir verstehen ihn nicht einmal. Deshalb brauchen wir dich."

Die blauhaarige Argonin presste die Lippen zusammen. „Hör zu, Ruuf. Der menschliche Verstand kann keine Sprungtechnik ersinnen." Die alte Lüge. Sie war aufgeflogen, doch wie aus einem inneren Zwang musste Siobhan sie ein letztes Mal wiederholen. „Ich dachte immer, gerade du, von allen Physikern, hättest das begriffen."

„Wir glauben, dass die NQG-Invarianz eine Lücke aufweist, die uns allen entgangen ist. Aber die Maschinen hat das nicht davon abgehalten, wahlfreie Sprungtechnik zu entwickeln."

In diesem Moment fielen alle Vorbehalte gegenüber Ruuf von Siobhan ab, verblichen zur Bedeutungslosigkeit. Alles umsonst, alles vergeblich, ihr ganzes Leben vergebens gelebt! Genau das hatte sie damals verhindern wollen. Niemand sollte jemals Sprungtechnik entwickeln können, denn eine derart gefährliche Technologie dürfte den Maschinen niemals in die Hände fallen! Trotzdem hatte sie schon immer gewusst, tief in ihrem Inneren, dass der Tazura der Wahrheit unvermeidlich irgendwann kommen musste. Sie hatte das Wissen darum verdrängt, vergraben, aus ihrem Bewusstsein ausgeschlossen. Bis heute.

„Die Xenon?", flüsterte sie mit rauer Stimme.

Dr. Vondran nickte. „Sehr richtig."

„Aber wurden sie nicht alle vernichtet? Die Medien waren voll davon! Es gibt keine Xenon mehr, nicht wahr?" Ihre Worte klangen fast wie eine Bitte.

Der Wissenschaftler schlurfte um den massiven weißen Schreibtisch herum und ließ sich ächzend in den Sessel fallen, bevor er antwortete. „Das kann man nicht mit Gewissheit sagen. Sehr wahrscheinlich, dass es noch funktionierende Einheiten gibt, irgendwo. Mag sein, dass sie schon in einer Wozura über Argon Prime oder Königstal am Himmel stehen. Vielleicht hören und sehen wir aber auch viele Dekazuras nichts mehr von ihnen.“

Dr. Vondran zog eine Schublade auf, entnahm einer blauen Dosierschale eine Hand voll weißer Pillen, die er sich in den Mund warf, dann schob er die Lade wieder zu und schluckte mehrmals heftig. „Sicher ist aber eines: Wenn sie noch existieren, und wenn sie wahlfreie Sprungtechnik besitzen, haben wir ihnen nichts entgegenzusetzen. Sie werden kommen, sie werden uns auslöschen. Früher oder später.“

Die Argonin drehte sich um und ging zum Fenster zurück. Sie legte beide Hände auf Höhe ihres Kopfes gegen das kühle Glasmetall und starrte hinab in das unermüdliche Wimmeln der Stadt. „Ich kann euch nicht helfen“, sagte sie lahm, in einem allerletzten Versuch, der Realität nicht ins Auge sehen zu müssen. Sie wollte keine Astrophysikerin mehr sein. Sie wollte die Verantwortung für ihr eigenes Theorem nicht mehr länger tragen. Sie dachte an Deirdre.

„Im Gegenteil, du bist die einzige Chance der *Gemeinschaft*“, sagte Dr. Vondran ruhig, dann schwieg er und schaute stumm ihren Rücken an. Sie konnte spüren, wie sich seine Blicke tief in ihre Schultern gruben.

Nach mehreren Mizuras beißender Stille stieß Siobhan sich schließlich von dem Fenster ab. „Dieses zweite Schiff, diese *Getsu Fune*“, sagte sie und drehte sich zu Dr. Vondran um, „was ist mit den Piloten geschehen? Sind sie ertrunken?“

„Es war nur eine Person an Bord – eine Frau. Sie konnte sich retten.“ Vondran holte das Videofeld mit der sechseckigen Schwebeplattform nach vorne und aktivierte es. „Hier. Major Elena Kho.“

Der Bildausschnitt fokussierte sich auf die Frau neben Brennan. Sie besaß ein rundes Gesicht und mandelförmige, leicht schräg gestellte schwarze Augen, die versonnen und etwas traurig wirkten. Schwarzes Haar fiel ihr glatt und glänzend auf die Schultern, und ihre Haut wies eine goldgelbe Tönung auf. Sie trug eine hellblaue Windjacke, die dasselbe Emblem trug wie die beiden Schiffe.

„Ich brauche Zeit zum Nachdenken. Nicht viel. Ich kann euch sicher nicht helfen, aber ich … hör zu. Drei Tazuras, in Ordnung? Wenn ich mich entscheide, es zu versuchen, melde ich mich. Ansonsten wirst du nicht von mir hören. Dann suche nie wieder nach mir. Verstehst du?“

Der alte Mann nickte langsam. „Ich will dir etwas mitgeben, Siobhan.“ Erneut öffnete er die Schreibtischschublade, doch diesmal entnahm er keine Pillen, sondern ein kleines, in braunes Papier eingeschlagenes Paket. „Hier. Nein – schau erst zu Hause hinein. Es wird dir bestimmt gefallen.“

KAPİTEL 27

Ich bin unsterblich! Ich werde niemals sterben!
Wer mich stürzen will, muss folglich noch unsterblicher sein als ich!
CHIN T'THHG,
Patriarch aller Split

Während sich die *FL Regendrache* jede Länge aufwärts förmlich erkämpfte, fuhr das Schott auf, und Kalmanckalsaltt, noch im Kampfanzug, trat in die Zentrale. Ihm folgte Nola Hi in einem völlig verdreckten und überhaupt nicht mehr milchigweißen Umweltanzug. Ghinns Gesichtszüge verfinsterten sich, als die den Boronen eintreten sah, Uchan hingegen nahm den Wissenschaftsethiker gar nicht wahr. Hinter Nola Hi watschelte eine kindshohe Gestalt in die Zentrale, die über und über mit einem öligen, schwarz schimmernden Schmierfilm überzogen war, der seinerseits wiederum an vielen Stellen von verkrustetem Schlamm, zerriebenem Laub und Ähnlichem überdeckt wurde. Aus all dem Schmutz stachen zwei leuchtend gelbe, zwinkernde Augen hervor. Die ebenfalls mit Schlamm bedeckte Schnauze öffnete sich einen rosaroten Spalt weit.

„Elena! Sternenkriegerin! Tshhhhhhhhh!"

Elenas Herz machte einen Satz, als sie den Teladi hereinkommen hörte. „Nopileos!", rief sie voller Freude, doch sie riskierte nur einen knappen Blick nach hinten und behielt die Hände weiterhin auf der Waffenkontrolle. In Kürze würde die *FL Regendrache* den Orbit erreichen, wo ihr eine Begegnung mit dem zweiten Paar Kampfschiffe blühte.

Nopileos erfasste die Lage sofort. Es gab so viel zu erzählen, und er hatte einen Riesenhaufen an Fragen an seine Freundin, aber das musste erst einmal warten. Etwas hibbelig und kribbelig blieb er unschlüssig im hinteren Teil der Zentrale, bis Nola Hi ihn anfiepte.

„O schnuckeliger, schlammiger, verkrusteter Isemados Sibasomos Nopileos IV, Held und Wohltäter aller Waisen des Königinnenreiches! Falls du es wünschst und willst, folge mir und begleite mich. Ich führe dich zu deinen Gemächern und Räumlichkeiten. Da gibt es eine Schlafbank, die dort steht und auch einen schönen Schuppenschaber aus glitzerndem Nividium, deinem persönlichen Metall!“

Nopileos strahlte. Schuppenschaber! Schlafbank! Das hörte sich so gut an, dass er bereit war, darüber zu vergessen, in welch prekärer Situation sich dieses Schiff befand. Auf spitzen Krallen und unter den kritischen Blicken des Paraniden, der seinen Platz hinter der Stehkonsole eingenommen hatte, tippelte er zu Elena hinüber, baute sich hinter der Rückenlehne des Copilotenthrons auf und legte der Raumfahrerin die Klaue auf die Schulter. „Ich freue mich so sehr, dass du hier bist, Schwester, und dass es dir gut geht!“

„Du kannst dir gar nicht vorstellen, wie froh ich erst bin, Nopi“, antwortete Elena, ohne den Blick vom Waffenleitstand abzuwenden, „mir fällt ein riesiger Stein vom Herzen!“ Der Kloß in ihrer Kehle ließ ihre Stimme rau werden.

„Wo auch immer du hingehst, ich komme mit, Elena.“

„Ich hoffe, wir gehen überhaupt noch irgendwohin“, antwortete die Raumfahrerin.

„Auch wenn es bloß eine kurze Reise wird“, zischelte Nopileos, „so ist sie doch in guter Begleitung tausendmal besser als alleine.“ Er drückte Elenas Schulter noch einmal und zog dann die Klaue zurück, eine braune Schlammspur auf ihrem hellblauen USC-Overall hinterlassend.

Kurze Zeit darauf hatte sich die *FL Regendrache* so weit hinaufgearbeitet, dass der stahlblaue Himmel des Dschungelplaneten ganz allmählich der kompromisslosen Schwärze des Alls wich. Zur Überraschung aller ließen die Jäger den Frachter unbehelligt passieren, hängten sich aber sodann an dessen Fersen.

„Was für ein Spielchen treiben die mit uns?“, murmelte Elena, deren Hände auf den Feuerknöpfen leicht schwitzten.

Uchan hatte sie offensichtlich verstanden. „Sie wollen abwarten, was wir vorhaben.“

„Sie könnten uns foltern und zwingen, unsere Pläne zu verraten“, warf Ghinn sardonisch ein.

Uchan schnaubte. „Mit Verlaub, aber dazu müssten sie uns erst einmal haben. So lange wir uns noch in der Atmosphäre befanden, gab es keine Möglichkeit, uns lebend in die Hände zu bekommen. Hier draußen in der Aurora sieht es anders aus. Sie können uns jederzeit bewegungsunfähig schießen.“

„Sind die Waffen dieses Schiffes zu schwach, um unsere Verfolger zu vernichten, Pilot?", herrschte Ghinn Uchan in scharfem Tonfall an. Elena sah, wie die linke Hand des Piloten auf der Lehne leicht zitterte. Er gab sich alle Mühe, nicht sofort einem Wutanfall zu erliegen. So lief das also: Nachdem Uchan ihr erfolgreich bei dem Plan geholfen hatte, ihren verhassten Gebieter zu töten, kehrte sie nun wieder die Herrin heraus. Elena konnte sich gut vorstellen, was in Uchan vorging.

„Die Leibeigene eines toten Herrschers kann sich glücklich schätzen, dass sie nicht als unnützer Ballast aus dem Schiff gestoßen wird", entgegnete Uchan gefährlich ruhig. Ghinn schnaubte und schwieg. Es war mehr als zweifelhaft, dass das lange vorhalten würde.

Die beiden Kampfschiffe, die dem Frachter mit erheblich gedrosselter Fahrt folgten, entfernten sich nun voneinander und rückten ein Stück vor, sodass sie die *FL Regendrache* auf Höhe ihres Hecks in die Mitte nahmen. Elena las die Anzeigen ab. Noch eineinhalb Stazuras bis zum Sprungtor. Sie konnten den Jägern auf keinen Fall entkommen, und wenn die Piloten sich entschlossen, das Feuer zu eröffnen, würden die Schilde des Frachters dem nicht sehr lange standhalten. Als die beiden Kampfraumer aber auch eine Stazura später noch nicht das Feuer auf die *FL Regendrache* eröffnet hatten, bemerkte Elena Anzeichen der Nervosität bei Uchan.

„Es ist Uns offensichtlich, dass Sie nicht feuern werden", erklärte der Paranide, der die Unruhe seines Partners ebenfalls bemerkte, „die dem zugrunde liegende Logik ist Uns jedoch nicht geläufig."

Uchan verunsicherte dieser Kommentar mehr, als dass er ihn beruhigte. Elena klammerte sich an der Feuerleitkonsole fest, da sie befürchtete, dass der Pilot die Waffensteuerung zu sich herüberziehen könnte, um das Feuer unprovoziert zu eröffnen. Sie selbst hingegen beunruhigten die Verfolger nicht mehr. Lange schon hätten sie schießen können, wenn es ihre Absicht gewesen wäre. Einige Mizuras, bevor die *FL Regendrache* das Sprungtor erreichte, öffnete sich ein Videofeld auf der Konsole.

„Im Namen des Patriarchen wünschen wir Euch einen guten Flug", sagte ein uniformierter Split mit völlig geraden Mundwinkeln als Zeichen seiner guten Stimmung.

Uchan und Elena tauschten verständnislose Blicke aus. „Welches Patriarchen?", röchelte Ghinn t'Whht mit erstickter Stimme.

„Der Herrscher über alle Split, Patriarch von Rhonkar, übermittelt euch seinen tief empfundenen Dank", fuhr der Offizier fort. „Die Eskorte dreht jetzt bei und kehrt nach Nif-Nakh zurück."

Eine kleine Pause entstand, während der Elena wie versteinert auf die Videoübertragung starrte.

„Ihr aber, Ghinn t'Whht, Uchan t'Scct und Elena t'Kho, dürft gewiss sein, dass Tür und Tor am Hofe Rhonkars Euch jederzeit offen stehen."

„Danke, ich, äh, danke", stammelte Elena verblüfft. Der Split entbot der Besatzung der *FL Regendrache* eine komplizierte Ehrbezeigung, dann unterbrach er die Verbindung mit einem angedeuteten Nicken. Gleich darauf fiepte der Computer.

„Man hat Uns soeben den Legislationscode des neuen Patriarchen übermittelt", verkündete Kalmanckalsaltt in die atemlose Stille hinein. „Damit wird Uns jeder Split die Uns gebührende Ehre zuteil werden lassen."

„Aber wer", keuchte Ghinn, „wer ist dieser Rhonkar?" Sie schniefte. „Wer, beim Barte Thuruks, ist Rhonkar?"

Das bläuliche Flackern des nahenden Sternentors erfasste die *FL Regendrache* und verschlang sie, als habe es sie nie gegeben.

Seit dem Aufbruch der *FL Regendrache* von Nif-Nakh waren fünf Tazuras verstrichen. Stetig und ohne nennenswerte Komplikationen strebte der schwerfällige Frachter den Außenbezirken der *Gemeinschaft der Planeten* entgegen. Gleich nach dem Start war der boronische Wissenschaftsethiker Nola Hi in seinen Umweltbereich verschwunden, wo er unablässig an der Entschlüsselung der Daten aus der *Nyanas Glück* arbeitete. Inanias, der Bordcomputer der teladianischen Yacht, hatte nicht geborgen werden können, wohl aber seine kompletten Speicherkerne, inklusive der wertvollen Daten des Alten Volkes. Nola Hi war unendlich fasziniert, so sehr, dass er Elena, die sich gelegentlich nach seinem Wohlbefinden und dem Fortschritt der Arbeiten erkundigte, regelmäßig mit zwar verflochtenen, aber doch recht kurzen Sätzen abspeiste. Elena war's zufrieden.

Auch Nopileos war zufrieden, obwohl seine Nervosität mit jeder Astronomischen Einheit zunahm, die die *FL Regendrache* näher an Ianamus Zura herankam. Als das Schiff den legendären Ursprungsplaneten seines Volkes schließlich in nur wenigen Lichtmizuras Entfernung passierte, stieg ein seltsames Gefühl in ihm auf. Mit glänzenden Echsenaugen und offener Schnauze stand er in der Zentrale und starrte durch das Cockpitfenster: da, dieser kleine Punkt! Ein vom Computer projizierter Pfeil markierte blinkend den winzigen Tupfer auf seinem Weg über das Firmament. Wäre es möglich gewesen, bis an das Metallglas heranzutreten, Nopileos hätte seine Nase schamlos an der Scheibe platt gedrückt. Aber dieser besondere Stern unter den vielen anderen Sternen war bald wieder verschwunden, und er erinnerte sich des Versprechens, das er Elena gegeben hatte: Er wollte sie begleiten, wo immer sie auch hinginge. Auf dem Rückflug aber, wenn alles, was zu tun war, erledigt wäre, wollte er Ianamus Zura einen Besuch abstatten! Und es würde nicht einmal schwer sein, der neugierigen Sternenkriegerin dieses Zugeständnis zu entlocken, das wusste er.

Als er Elena eines Tazuras von seinen Erlebnissen im Dschungel Nif-Nakhs und in Ghus-tan erzählte, staunte die irdische Raumfahrerin nicht schlecht. Besonders die ausführliche Beschreibung Rhonkars zauberte einen Ausdruck auf ihr Gesicht, der Nopileos' Schuppenfinne zucken ließ.

„Hey, du kannst ja wieder lachen!“, wurde das von Elena grinsend kommentiert. „Aber was ist mit diesem Rhonkar? Ich habe dir ja erzählt, dass die ehrenwerte Ghinn t'Whht ihren Gemahl erschossen hat. Kaum drei Stazuras später sitzt Patriarch Rhonkar auf dem Thron! Gibt es dafür eine Erklärung?“

Nopileos wackelte mit den Ohren und schilderte ihr, unter welchen Umständen er Rhonkar t'Ncct zuletzt gesehen hatte. „Ich weiß nicht, was nach meiner Flucht von Ghus-tan vorgefallen ist. Die beiden Flieger, die am Strand landeten, als ich mich absetzte, vielleicht gehörten deren Piloten zu seinen Gefolgsleuten. Oder vielleicht wurden sie gekapert. Mit den Blasrohren!“ Der Teladi schaute Elena aus großen Augen an, in denen sie so etwas wie Begeisterung zu erkennen glaubte. „Kannst du dir das vorstellen, Elena? Selbst Cho t'Nnt, *der* Cho t'Nnt, soll zu Rhonkars Unterstützern gezählt haben!“

„Das ist schwer zu begreifen, Nopileos. Die Split sind schwer zu begreifen. Nicht so wie ihr Teladi!“ Elena knuffte ihren Echsenfreund freundschaftlich und zwinkerte ihm zu.

„Rhonkar ist ein guter Mann, Elena. Wer eine so feine Tochter wie Hatrak aufzieht, muss ein guter Mensch sein … ein guter Split. Ich meine – Tsh! Du weißt schon!“

„Schon klar", grinste Elena. „Und am Palast seid ihr auf Rhonkars Leute getroffen, die gerade versuchten, die Kraftwerke zu sprengen, richtig?" Sie kannte die Ereignisse bereits aus der Perspektive Kalmanckalsaltts und Nola His.

„*Hai!* Auf Thro, den Obersten Krieger! Das war eine merkwürdige Situation. Thro und wir ahnten ja nicht, dass Chin tot war. Und einige von Chins Gefolgsleuten wussten es wohl auch noch nicht!"

Elena legte dem Echsenabkömmling die Hand auf den Arm. „Jedenfalls bin ich froh, dass du wieder bei mir bist, Nopi. Du kleiner Schuppenknauserer hast mir sehr gefehlt!"

„Schuppenknauserer? Tsh! Und das sagt eine haarige Sternenkriegerin mit ästhetischen Ohren!" Nopileos' Schuppenfinne zuckte verräterisch. Elena prustete kichernd los.

„Das kommt davon, wenn man sich zu viel mit Boronen unterhält. Sie sind wirklich lieb, aber …"

Ein plötzlich einsetzender, schriller Ton, der in kaum noch hörbaren Frequenzbereichen winselte, ließ Elena aufspringen. „Gefechtsalarm", fauchte Nopileos erschreckt. Elena, die das fremdartige Geräusch nicht sofort hatte einordnen können, griff nach ihrer hellblauen Pilotenjacke, die sie im Laufen überstreifte. Nopileos watschelte ihr langsamer hinterher. Draußen, auf dem schmalen Gang des improvisierten Passagierbereichs, stand Ghinn t'Whht mit wächsernem Gesicht und deutlich gewölbtem Bauch vor der geöffneten Tür ihres Raumes. Sie machte keine Anstalten einen Schritt zurückzutreten, als Elena an ihr vorbei wollte, so zwängte die irdische Raumfahrerin sich wortlos zwischen ihr und der Wandung hindurch. Zu stolz, eine Frage zu stellen, blickte die Split-Frau Elena hinterher und belegte Nopileos mit einem harschen Schimpfwort, als dieser zwei Sezuras später über ihre Füße stolperte. Sie wusste, dass die zweite Stufe des Gefechtsalarms erst gegeben wurde, wenn ein Schiff bereits unter Beschuss stand. Immerhin war sie zu Zeiten Cho t'Nnts ein paar Mal während Kampfhandlungen an Bord der *Knochenspäher* zugegen gewesen. Sie trat wieder zurück in ihr Gemach. In die Zentrale zu Uchan t'Scct wollte sie nicht. Vermutlich hatte sie das Maß überspannt – was aber nicht hieß, dass sie sich davor fürchtete, den Piloten erneut zu konfrontieren. Alles zu seiner Zeit – falls noch Zeit bliebe.

Elena stürzte in die Kommandozentrale der *FL Regendrache* und duckte sich unwillkürlich, als der Schutzschirm aufleuchtete um einen seitlich herannahenden Torpedo so abzulenken, dass er ins Trudeln kam und unwirksam auf der anderen Seite des Frachters verpuffte. Die Statusleuchte der Waffenkonsole, die noch immer so über dem Copilotenthron hing, wie sie von Elena vor mehreren Tazuras zurückgelassen worden war, zeigte, dass sie sich zurzeit in Benutzung befand. Kalmanckalsaltt hatte die Kontrolle über die Waffen auf seine Stehkonsole gezogen, während Uchan das Schiff steuerte. Elena warf sich in den Copilotenthron und überprüfte in Windeseile die Anzeigen. Drei schlanke Raumschiffe, davon laut Computer zwei argonischer Bauart sowie ein Modell der Split, attackierten die *FL Regendrache* seit vier Mizuras. Mehr als einhundert Treffer auf die Schutzschirme hatten sie bereits erzielt. Uchan mühte sich nach Kräften, möglichst unvorhersehbare Ausweichmanöver zu fliegen, aber die Masse des Frachters stemmte sich mit aller Macht gegen effektive Kursänderungen. Ständig zuckten aus den von Kalmanckalsaltt kontrollierten Waffentürmen Energieblitze auf die wendigen Feindschiffe und häufig trafen diese auch.

Piraten, fuhr es Elena durch den Kopf. Sie hatte davon gehört, dass die Neuen Sektoren von vielen Gesetzlosen als Zuflucht und, wenn sich eine Gelegenheit ergab, auch als Jagdgrund benutzt wurden. Meist erwischten sie teladianische Pilgerer, aber ein fetter Split-Frachter wie die *FL Regendrache* mochte eine willkommene Abwechslung darstellen. Häufig kämpften die Piraten in Gruppen aus Raumern unterschiedlicher Herkunft. Und fast immer benutzten sie Lenkgeschosse statt Partikelwaffen, um die Schutzschilde ihrer Opfer schneller zu zermürben.

Eine merkliche Erschütterung fuhr durch das Schiff, deutlicher Hinweis darauf, dass die Schilde langsam, aber sicher ihren Geist aufgaben. Uchan bog die Steuerzapfen weit zur Seite. Bei jedem normalschweren Raumer hätten die Inertiakompensatoren jetzt erste Aussetzer gezeigt und die Mannschaft mit möglicherweise mehreren G Beschleunigung durcheinander gewirbelt. Nicht so die *FL Regendrache*. Nur widerwillig tauchte das Schiff nach „unten". Die Piratenschiffe folgten mühelos. Schlag auf Schlag fielen jetzt die Treffer. Jedes Mal kamen stärkere Erschütterungen durch. Kalmanckalsaltt brachte das Kunststück fertig, viele der herannahenden Raketen zu zerstören oder abzulenken, doch schließlich kam der Augenblick, da der malträtierte

Schutzschild des Schiffes mit dem Nerven zerfetzenden Kreischen überlasteter Aggregate versagte. Sofort brüllte der Computer eine durchgehende Warnmeldung heraus, die Uchan mit einem Fausthieb auf die Kontrollen zum Schweigen brachte.

Elena blickte aus dem Fenster hinaus, als sezuralang kein neuer Schlag erfolgte. Links oben, rechts oben und unterhalb der *FL Regendrache* sah sie die Kampfgruppe langsam näher rücken. Die seitlichen Korrekturdüsen der Schiffe flammten blau. Uchan vollführte eine kreisförmige Bewegung mit den Steuerzapfen und der Frachter brach gehorsam nach links aus. Beinahe hätte er einen der sich nähernden Angreifer gerammt, aber im letzten Moment erkannte der Pirat die Gefahr und drehte ab. Was hatte Uchan vor? Kamikaze? Elena klammerte sich hart an den breiten Lehnen des Thrones fest. Keine Sezura zu früh, denn auf einmal wurde die *FL Regendrache* von einer Titanenfaust erfasst, auf den Kopf gestellt und durcheinander gewirbelt. Krachend schlugen alle Schotts zu. Ein Volltreffer, direkt in die Hülle der jetzt völlig schutzlosen *FL Regendrache*.

Jaulend versagten die Kompensatoren, alle Anzeigen gingen auf Warnung. Die Insassen würden jeden Moment schlagartig zu einer undefinierbaren roten Masse zerquetscht werden, denn die Beschleunigung der auf Volllast arbeitenden Triebwerke konnte nun nicht mehr ausgeglichen werden. Doch gleichzeitig mit den Inertiakompensatoren gaben auch die mächtigen Ionenmotoren ihren Geist auf. Das Schiff beschleunigte nicht mehr aus eigener Kraft. Eine zweite gewaltige Explosion erschütterte den Rumpf des Frachters. Noch ein Treffer. Irgendwo schrie Nopileos. Zerberstende Instrumente sandten Scherbenschauer durch die Zentrale, die Stehkonsole des Paraniden erzitterte und knickte seitlich weg.

Wo war Kalmanckalsaltt? Elena hatte keine Zeit, sich nach ihm umzuschauen, denn sie wurde von einem heftigen Ruck erfasst, der ihre schmerzenden Hände endgültig von den Lehnen des Throns löste und sie in die jetzt nutzlose Waffenleitkonsole schleuderte. Knirschend gab der Schwenkarm nach und löste sich aus seiner Deckenverankerung, bevor er gegen die sich augenblicklich verdunkelnde Metallglasscheibe des Cockpits knallte und dort unter entsetzlichem Knirschen entlangschabte. Elenas Hand geriet zwischen den verbogenen Schwenkarm und die Hauptkonsole. Ihr Schrei ging im Tosen der Zerstörung unter.

Es dauerte eine Weile, bis sie begriff, dass alles vorbei war, denn noch immer prasselten Trümmerstücke durch die Zentrale und alles befand sich in ständiger Bewegung. Ihr Magen hob sich, als die künstliche Gravitation versagte. Zwar wurde jetzt alles schwerelos, aber vieles besaß noch den Impuls der letzten Explosionen. Wo waren die anderen? Mühsam rudernd gelang es Elena, sich in eine andere Lage zu bringen. Was machten die Piratenschiffe draußen? Ihre rechte Hand schmerzte heftig. Die Angreifer hatten das Feuer eingestellt, aber durch das dunkle Cockpitfenster war nichts mehr zu sehen, und die Kontrollen waren entweder zerstört oder aber ohne Energie. Etwas berührte ihren Rücken tastend. Elena glitt herum und blickte nach „oben“: Kalmanckalsaltt trieb an ihr vorüber, langsam um seine eigene Achse rotierend. Eine gelbliche, dicke Flüssigkeit quoll aus einem der Gelenke seines vielfach unterteilten Greifarms, ein, zwei kleinere Tropfen trieben wie schimmernde Honigkugeln an der Seite des Paraniden. Seine Pupillen klärten sich flackernd.

„Man wird Unser Schiff entern“, sagte er so klar und scharf moduliert, dass Elena unwillkürlich zusammenzuckte.

„Seid Ihr verletzt?“, fragte sie.

„Nur geringfügig“, antwortete der Paranide. „Wir haben kurzzeitig die Zweidimensionalität verloren.“ *Bewusstlos*, übersetzte Elena in Gedanken. Kalmanckalsaltt hangelte sich behände zur Hauptkonsole hinüber. „Das Schiff generiert Notstrom“, sagte er und berührte einen Sensor. Wie bei einem schnell fallenden Aufzug spürte Elena die Schwere zurückkehren. Inmitten herabprasselnder Trümmer prallte sie schmerzhaft auf den mit Splittern übersäten Boden.

„Eine Warnung wäre okay gewesen“, rief sie. Der Dreiäugige antwortete nicht. Irgendwo ächzte eine kehlige Stimme, die sie als die von Nopileos erkannte. Elena krabbelte ein Stück vorwärts und richtete sich dann stöhnend auf. Unter ihren Schuhen knisterte Schutt. Der Teladi lag in der rechten vorderen Ecke neben dem Navigatorthron, direkt am Fuße des Hauptinstrumentenbretts. Elena ging vorsichtig hinüber und kniete sich neben ihm nieder. „Bist du in Ordnung?“

Nopileos stöhnte. „Ich weiß nicht. Ich glaube. Ja!“

„Komm her.“ Elena reichte ihm die Hand, um ihm aufzuhelfen und schrie auf.

„Was ist?“, rief Nopileos erschreckt und richtete sich vollends auf.

„Ich glaube, mein rechter Zeigefinger ist gebrochen“, stöhnte Elena. *Verdammt, auch das noch!*

„Ist das schlimm? Für einen Menschen?“

„Es geht so. Es tut ziemlich weh.“

Ein lautes Geräusch, das Elena verdächtig bekannt vorkam, hallte durch das Schiff: klonk.

„Der Hüllenschweißer – er hängt seit Nif-Nakh am Rumpf“, sagte jemand. Elena blickte auf und sah Uchan, der, von Kalmanckalsaltt gestützt, auf die linke Seite des Cockpits humpelte. Metallene Splitter staken in seinem Beinkleid.

„Oder die haben ihren eigenen mitgebracht“, mutmaßte Elena.

„Völlig unerheblich. Alle müssen sich Raumanzüge überziehen. Wenn es Split sind, werden sie sich ihren Weg in die Zentrale schweißen und die Atmosphäre ins Vakuum entweichen lassen.“

„Ghinn – und Nola Hi! Wir müssen ihnen helfen!“

„Sie sind bereits tot“, entgegnete Uchan mit unbewegtem Gesicht. „Und wenn nicht, dann werden sie es in Kürze sein.“

Elena zerrte an der mechanischen Verriegelung des Zentralschotts, bekam es aber nicht auf. „Öffnet es“, befahl sie.

Uchan betätigte kommentarlos einen Sensor auf dem Instrumentenbrett. Wenn t'Kho sterben wollte, bitte sehr. Der Mechanismus heulte leidend auf und erstarb in einer nach verbranntem Gummi riechenden Qualmwolke. Das Schott rührte sich nicht einmal.

„Wir sitzen fest!“

„Nicht für lange“, stellte Uchan fest. „Und jetzt: Raumanzüge.“ Der Split öffnete einen großen Stauraum im hinteren Teil des Cockpits. „Kein Teladi-Anzug“, sagte er mit einem sardonischen Grinsen und zog zwei Split-Anzüge sowie eine überdimensionierte Paraniden-Montur heraus.

„Zieht den Kopf ein, Kho, dann passt Ihr hier hinein.“

„Verdammt, Uchan, so kaltschnäuzig könnt Ihr nicht sein! Nopileos passt ebenfalls in einen Split-Anzug!“

Der Pilot machte eine undeutbare Geste. „Eine Teladi-Kreatur in einem richtigen Raumanzug?“ Er begann, seinen Anzug überzustreifen. Als Kalmanckalsaltt ihm helfen wollte, wehrte er ab. Der Paranide legte seine zweiteilige Montur in Sezurafrist an und verschloss den Helm zischend.

Klonk.

Elena bedeutete Nopileos, herzukommen. Sie beugte sich vor und schaute in die dunkle Kammer hinein: richtig gedacht! Die Zentralbesatzung des Schiffes sah vier Personen vor – vier Raumanzüge befanden sich demnach auch im Stauraum.

Klonk. Das Geräusch näherte sich.

Der Teladi wirkte in dem viel zu großen Anzug unbeholfen und plump. Mehr als ein Gefängnis, das ihn notdürftig am Leben erhielt, war das nicht. Weder konnte er sich kontrolliert bewegen, noch etwas mit den, in überlangen Ärmeln steckenden, Klauen ergreifen. Gleichzeitig mit Uchan hatte auch Elena schließlich ihren Anzug angelegt.

Klonk. Ganz nah.

Beunruhigende Stille. Etwas schabte nicht weit entfernt. Elenas Raumanzug war unangenehm eng und er roch streng. Sie war einige Zentimeter größer als der durchschnittliche männliche Split, und die Schulterstücke des Anzugs quetschten ihre Oberarme. Aber immerhin hatte sie es viel besser getroffen, als der – zu beinahe völliger Bewegungsunfähigkeit verdammte – Nopileos. In den Helmlautsprechern klackte es.

„Kho, rechts vom Schott. Kalmanckalsaltt links. Teladi“, Uchan zögerte, „in den Stauraum. Kho, helft ihm.“ Elena schob Nopileos durch die Tür und schloss diese. *„Tshhhhhhhhhhhhhh!“,* hörte sie die Echse fluchen. Dann begab sie sich rechts neben das Schott. Uchan, mit seinem verletzten Bein, verbarg sich direkt hinter den Überresten der Stehkonsole.

Ein lautes Zischen ertönte, das jedoch rasch dünner wurde. Kondenswasser strudelte durch ein rot glühendes, größer werdendes Loch inmitten des Schotts. Flüssiges Metall rann herunter. Als die Öffnung Faustgröße erreichte, war bereits sämtliche Luft aus der Zentrale entwichen.

Lange Mizuras verstrichen, in denen sich Elena fragte, was Uchan wohl glaubte, dass sie täten, sobald die Piraten hier eindrangen. Sie blickte zu Kalmanckalsaltt hinüber, der in der Pose einer sprungbereiten Gottesanbeterin auf seiner Seite des Schotts verharrte.

Als sie schon zu glauben begann, die Piraten hätten es aufgegeben, öffnete sich geräuschlos die Tür des Stauraums und der unförmig aufgeblasene Raumanzug Nopileos’ torkelte vorwärts. Verhaltenes Fluchen: „Eiersalat!“

„Nopileos, zurück!“, rief Elena, wohl wissend, dass der Teladi das ohne Hilfe nicht fertig brächte. Warum war er nicht einfach in dem Stauraum geblieben?

Eine metallene Kugel an einem langen Metallstab schob sich durch das faustgroße Loch im Zentralschott. Das Ding sah aus wie ein runder Duschkopf, über und über mit winzig kleinen Löchern bedeckt. Kurze Zeit hing das seltsame Gebilde unbeweglich, dann standen unvermittelt Tausende winziger Rauchstreifen im Raum, die strahlenförmig von der Kugel ausgingen. Ein feines Prasseln lief durch Bordwand und Boden.

Warnlampen und –signale in Elenas Helm sprangen an. Eine Welle heißen Schmerzes ergoss sich über ihre gesamte linke Körperseite. Leise und sehr langsam zischte die Luft aus dem Druckanzug, doch Elena nahm es nicht mehr wahr. Mit einem erstickten Laut brach sie zusammen. Ihr Bewusstsein erlosch.

KAPİTEL 28

Die Jahre flackern wie im schnellen Vorlauf an einer Langlebigen vorbei: Ein Jahrhundert ist wie ein Jahrzehnt, ein Jahrzehnt wie ein Jahr. Niemand weiß, ob Joan Mitchell später jemals fand, wonach sie Zeit ihres Lebens suchte: einen dauerhaften Ankerplatz für ihr emotionales Verständnis aller Dinge jenseits der Erde. Wünschen wir es ihr.

FRAN FOSTER,
„Die Hydra und der Held"

Gedankenverloren starrte Siobhan hinaus in die schwarze Leere des Alls. Die Xenon besaßen Zugang zur wahlfreien Sprungtechnologie, anders konnte es nicht sein. Schon vor mehr als vier Dekazuras war ihr klar gewesen, dass es den Untergang der *Gemeinschaft* bedeuten würde, wenn dies jemals einträfe. Der Gedanke, dass die Maschinen intelligent genug sein könnten, diese Technologie selbst zu entwickeln, war ihr damals nicht gekommen. Also hatte sie mit allen ihr zur Verfügung stehenden Mitteln versucht zu verhindern, dass *Menschen* Sprungtechnologie entwickelten. Ihr Plan war so gut gewesen, dass er Forschungen auf diesem Gebiet fast fünfzig Jazuras lang nahezu vollständig unterbunden hatte. Ähnliches war zuvor nur Albert Einstein mit der speziellen Relativitätstheorie gelungen. Doch damit war es jetzt vorbei. Siobhan seufzte, als sie daran dachte, was vor ihr lag. Mit bewusster Anstrengung schob sie die düsteren Gedanken von sich.

Nun, hier saß sie also, in einem praktisch leeren Militärshuttle mit Ziel Wolkenbasis, dem gottverlassensten Sektor innerhalb des Einflussgebietes der argonischen Föderation, den man sich nur vorstellen konnte. Hier gab es buchstäblich nichts, was der Rede wert war, mit Ausnahme einer riesigen Weltraumstation, die die Sonne dieses Sternensystems auf einem solaren Orbit umkreiste, weit draußen, dort, wo es kalt, leer und einsam war. Die Information, dass die Goner hier eine eigene Station unterhielten, die sie ihren Tempel nannten, war für Siobhan überraschend gekommen. Davon hatte sie nie zuvor gehört. Auch, dass die Goner es ablehnten, als Sekte bezeichnet zu werden, und stattdessen den Begriff Wissensgemeinschaft vorzogen, war neu für sie. Wirklich verblüfft, wenn nicht erschüttert, hatte sie jedoch der so genannte Reparationsbeschluss: Die Regierung Argon Primes räumte ein, bestimmte historische Fakten seit Hunderten von Jazuras verschwiegen zu haben. Ganz besonders die reale Existenz des Planeten namens Erde, von dem nicht nur alle Argonen letztlich stammten, sondern auch die Maschinenspezies Xenon. Nathan R. Gunne, der große argonische Volksheld der ersten Stazura, war demnach in Wirklichkeit ein Erdgeborener, ebenso wie seine langjährige Vertraute Joan Mitchell, die vom Volksmund ehrfürchtig Hydra genannt wurde.

Unbewusst strichen Siobhans Hände über das Buch, das auf ihrem Schoß lag. Sein Titel lautete „Die Hydra und der Held. Was Joan und Nathan einander zu sagen hatten." Es war weit über zweihundert Jazuras alt und recht wertvoll. Ruuf, im Wissen um ihre Schwäche für echte Bücher aus historischer Zeit, hatte es ihr geschenkt. Er war sicher gewesen, dass es ihr gefallen würde, und hatte mit dieser Annahme Recht behalten. Sie liebte es, hatte es in den vergangenen drei Tazuras bereits zweimal von vorne bis hinten gelesen, es regelrecht verschlungen, auch, um den Tumult in ihrem Kopf zu beschwichtigen.

Siobhans Gedanken wurden von einer Lautsprecherstimme unterbrochen, die darüber informierte, dass das Shuttle in wenigen Mizuras an der Weltraumstation der Goner andocken würde. Die Argonin zuckte zusammen und verstaute das Buch hastig in der schmalen Aktentasche, die sie als ihr einziges Handgepäck mitführte. Sie versuchte, einen Blick auf den Tempel zu erhaschen, doch draußen gab es nach wie vor nichts zu sehen als entfernte Nebel und unvertraute Konstellationen, die einen langsamen Halbkreis um das Shuttle zogen. Offenbar drehte der Autopilot die Nase des Raumschiffes nun, nach Abschluss der Verzögerungsbeschleunigung, wieder in Flugrichtung, so wie es die Andockprotokolle moderner Landekarussells verlangten.

„Na, da bin ich ja mal gespannt", sagte die Frau, die auf der anderen Seite des Gangs am Fenster saß. Gleich zu Beginn des Fluges hatte sie sich als Commander Ditta Borman vorgestellt. Sie war ein kompaktes, drahtiges und unternehmungslustiges Energiebündel von einer Person, mit streichholzkurzem, weißblondem Haar und einem energischen, runden Gesicht. Sie und Siobhan waren die einzigen Passagiere an Bord des Shuttles. „Noch vor ein paar Wozuras hätte ich Stein und Bein geschworen, dass die Goner knallverrückt sind. Jetzt bin ich mir nicht mehr so sicher, wer hier verrückt ist!"

„Sie und ich bestimmt nicht", sagte Siobhan und lachte leise. „Oder etwa doch?"

„Ich bitte Sie. Wir doch nicht! Obwohl, es würde natürlich einiges erklären." Ditta Borman schmunzelte jetzt ebenfalls. „Zum Beispiel, weshalb der Kommandostab meiner Dienststelle hier eine Einrichtung unterhält. Das ergibt doch überhaupt keinen Sinn!"

Siobhan zuckte die Schultern. „Lassen wir uns überraschen." Sie hatte in ihrem langen Leben schon vieles erlebt und getan, das auf den ersten Blick unsinnig erschien. Sie schaute nach draußen, wo sich dem Shuttle jetzt eine Landungsbrücke entgegenreckte, in die sich das Raumschiff mit einem unmerklichen Ruck einklinkte. Bevor die Brücke das Schiff in das Landekarussell der Station zog, erhaschte Siobhan noch einen flüchtigen Blick auf eine verwaschene Projektion in der Gestalt einer blauen Kugel, die vor dem dunklen Hintergrund einer riesigen Weltrauminstallation flackerte. Ohne Warnung schaltete sich die Bordbeleuchtung blendendhell ein und machte Siobhan blinzeln.

„Verdammt", fluchte Ditta Borman zwinkernd. „Typisch Navy." Sie kicherte und erhob sich. „Na gut. Also los."

Wenige Augenblicke später blickten sie und Siobhan sich im Landebereich des Tempels um, dessen unerwartete Schlichtheit sie beide etwas enttäuschte. Irgendwie sollte man doch erwarten können, dass sich die technische und gestalterische Ausstattung eines Weltraum*tempels* von der anderer Stationen deutlich unterschied! Aber so war es nicht: Die Ankunftshalle blitzte sauber, karg und funktionell, ganz so, wie man es überall in der *Gemeinschaft der Planeten* vorfand. Am Aufgang zur Gangway kam den beiden Frauen eine kleine Gruppe schwatzender Angehöriger verschiedener Völker entgegen, die wie eine private Reisegruppe wirkte, dies aber kaum sein konnte. Immerhin handelte es sich bei dem Raumer um einen Shuttle des argonischen Militärs! Nicht alle Mitglieder der Gruppe durften ohne Überprüfung die Fähre betreten. Nur Argonen und Boronen kamen ungehindert an Bord, einige Teladi schickte man durch einen improvisierten Zollbereich. Ein einzelner Split, der nicht so recht zu den anderen zu passen schien, machte eine wütende Gebärde, als man ihn durch einen Scannerbogen sandte, doch schließlich fügte er sich und betrat kurz darauf schnaubend die Gangway.

Zwischen den beiden hohen Torbögen, die in das Innere der Station führten, entdeckte Siobhan zwei blaugrau uniformierte Argonen, die langläufige Energiewaffen trugen und das Geschehen im inneren Landebereich argwöhnisch beobachteten. Siobhan wusste zwar nahezu nichts über die Goner und ihre Gebräuche; dass sie allerdings Soldaten in ihrem Tempel – ihrem Heiligtum – duldeten, erschien ihr merkwürdig. „Ihre Leute?" Sie deutete mit dem Kinn in Richtung der Bewaffneten.

„Militärpolizei", antwortete Ditta Borman knapp, als würde dieses eine Wort alles erklären. Siobhan wollte mit einer Frage nachfassen, kam aber nicht dazu, da sich in diesem Moment die gebeugte Gestalt Dr. Vondrans aus einer Menschentraube in der Nähe der Torbögen löste. In seiner Begleitung befanden sich eine junge Frau mit langen, blonden Haaren und ein pfiffig ausschauender Junge von höchstens sieben Jazuras.

„Siobhan! Ich freue mich, dass du hier bist!"

„Versprich dir nicht zuviel davon, Ruuf", antwortete sie.

„Aber nein. Du weißt, ich bin Realist. Commander Borman, nehme ich an?"

Die Angesprochene nickte, während Dr. Vondran fortfuhr. „Commander-san, man hat mich gebeten, Sie darüber zu informieren, dass Ihr Kollege Major Seldon zusammen mit Colonel Danna im nächsten Shuttle eintreffen wird."

„Colonel Ban Danna vom Geheimdienst? Das ist … Jawohl, Sir!" Ditta Borman schlug die Hacken zackig zusammen. Wenn Ban Danna, der stellvertretende Leiter des militärischen Geheimdienstes, involviert war, konnte es sich bei dieser Angelegenheit nur um eine Sache höchster Wichtigkeit handeln!

Dr. Vondran stellte die hübsche Frau mit den blonden Haaren in seiner Begleitung als Ninu Gardna vor, Assistentin Noah Gaffelts, des Obersten Hüters. Siobhan konnte mit diesem Titel nichts anfangen und fragte nach.

„Wir Goner nennen uns auch Hüter der Wahrheit. Sie können sich ja vorstellen, wieso", erläuterte Ninu Gardna mit einem charmanten Lächeln. „Der Oberste Hüter ist unser Oberhaupt."

„Der spirituelle Führer Ihrer Religion, sozusagen?“, fragte Siobhan.

Ninu schüttelte den Kopf. „Nein, ganz und gar weltlich. Es ist ein weit verbreiteter Irrtum, anzunehmen, dass unser Glaube eine spirituelle Angelegenheit sei, eine Religion. Das ist er nicht. Als Goner ist es Ihnen freigestellt, an Jahwe zu glauben, oder von mir aus auch an die heilige Dreidimensionalität, so lange Sie nur die geschichtlichen Fakten über die Erde und unsere Abstammung anerkennen.“

„Man könnte aber trotzdem sagen, dass die komplette argonische Regierung mit Verabschiedung des Reparationsbeschlusses einstimmig die Konfession zugunsten der Goner gewechselt hat?“

„Meine Damen, so weit wollen wir doch nicht gehen“, unterbrach Dr. Vondran mit einem spröden Lächeln auf seinen schmalen Lippen, das Siobhan zum ersten Mal wieder an das intelligente Schmunzeln des jungen Ruuf Vondran von vor über vierzig Jazuras erinnerte. „Zunächst einmal bringen wir Sie zu Ihren Unterkünften. Sobald Colonel Danna eintrifft, gibt es ein erstes, informelles Meeting. Folgen Sie mir.“

„Hey!“, rief der Junge dazwischen, als sich der alte Wissenschaftler umdrehte. „Ihr habt mich vergessen! Ich bin Ion Battler, Ninus Bruder.“

„Sei nicht so vorlaut“, tadelte Ninu ihren Halbbruder lächelnd. „Dich vergisst schon keiner.“

„Hallo Ion! Du bist also auch ein Hüter, was?“, fragte Ditta Borman den Jungen. Dieser nickte eifrig.

„Klar!“

„Auch ein Torhüter?“

Ion grinste schief, wusste aber nicht, was er darauf erwidern sollte. Die kompakte Soldatin mochte er auf Anhieb gut leiden. Was er allerdings von Dr. Norman halten sollte, der blauhaarigen Wissenschaftlerin, wusste er noch nicht so genau. Sie nickte ihm nur kurz zu, schien ihm aber ansonsten keine Beachtung beizumessen. Aber er war ja nur ein Junge, und sie eine erwachsene Frau … eine wunderschöne zudem.

„Also los. Ich glaube, wir stehen hier nur im Weg herum“, sagte Ditta Borman.

Exakt zwei Stazuras später traf das nächste Shuttle ein. Siobhan hatte sich soeben ein Glas Ordanosaft aus dem Nahrungsspender in ihrer Kabine geordert, als sie Colonel Dannas Aufruf zur ersten Besprechung erreichte. Sie stürzte den Saft in einem Zug hinunter, wischte sich mit dem Handrücken über die Lippen und machte sich sofort auf den Weg zum Konferenzraum. Sie würde ihnen reinen Wein einschenken, das hatte sie sich vorgenommen. Die meisten anderen Menschen wären bei dem Gedanken daran vermutlich nervös geworden – nicht jedoch Siobhan. Etwas in ihr kompensierte jede Regung aufkeimender Unruhe mit einer gewissen boshaften Vorfreude auf den Gesichtsausdruck der Wissenschaftler und Regierungsvertreter, wenn sie die Wahrheit über die – ach so berühmte – Dr. Siobhan Inja Norman erführen …

Ban Dannas Gesichtsausdruck war leer und verriet deutlich, dass dem erst kürzlich zum Rang eines Colonel beförderten Geheimdienstmann die Worte abhanden gekommen waren. Auch die übrigen Teilnehmer der Besprechung, Dr. Vondran, Senator Gunnar und der Astrophysiker Dr. Zakk Folkna, starrten Siobhan an, als sei sie ein Gespenst. Lediglich Lar Asaneus, die vom Königinnenreich von Boron entsandte Wissenschaftlerin, sowie Hüter Gaffelt signalisierten beginnendes Verständnis für das, was Siobhan ihnen soeben eröffnet hatte.

„Wir hätten also schon seit den Zeiten meiner Großmutter im Besitz von Sprungtechnologie sein können“, stellte Danna schließlich tonlos fest. „Wissen Sie eigentlich, was das bedeutet, Dr. Norman? Es gäbe schon lange kein Xenon-Problem mehr. Schon lange.“

„Es gäbe überhaupt keine Xenon mehr, meine Güte!“, warf Nan Gunnar ein. Siobhan blickte in die Runde und wollte etwas erwidern, doch die Boronin sprach zuerst.

„Die wunderschöne, blauhaarige Ästhetin hat Recht getan, gehandelt und agiert. Die Xenon auszulöschen und sie zu vernichten, wäre ein Vergehen gegen die Ethik und ein Verstoß gegen die Parität des denkenden Seins.“

Noah Gaffelt räusperte sich. Sein langer weißer Bart raschelte auf seinem groben Umhang, als er den Kopf wandte, um Gunnar und Danna anzuschauen. „Ich denke ebenfalls, dass Dr. Norman das einzig Richtige getan hat. Die Xenon haben bislang noch jede neu entwickelte Technologie von uns gestohlen und sie zu ihren Zwecken missbraucht. Denken Sie nur an paranidische Datenoktaeder, Gravidarverschleierung, und was weiß ich noch.“

„Slave-Chips“, warf Zakk Folkna ein. „Gedankensteuerung für Raumschiffe, nur umgekehrt. Na vielen Dank.“

„Bitte? Sie wissen davon, Folkna-san?", fragte Senator Gunnar scharf. Erst in jüngster Zeit hatte der militärische Geheimdienst in Erfahrung gebracht, dass es gewisse kriminelle Organisationen gab, die für Profit bedenkenlos die gesamte *Gemeinschaft der Planeten* ans Messer liefern würden. Der Slave-Chip war eine ihrer neueren Abscheulichkeiten und hatte – zum Glück – noch keine große Verbreitung erfahren.

„Senator, ich bitte Sie." Folkna griff an seine Brust und hielt den dort an seinem Kittel befestigten Sicherheitsausweis hoch. „Geheimhaltungsstufe Drei. Was sagt Ihnen das?"

Der Senator murmelte etwas Unverständliches und schwieg.

„Jedenfalls", sagte Siobhan, die mit wesentlich stärkeren Reaktionen gerechnet hatte, „kann ich die NQG-Invarianz innerhalb weniger Jazuras in eine NQG-Gleiche überführen. Das Norman'sche Gesetz wird dadurch nicht an Geltung verlieren."

„Ja, man wird es nur endlich verwenden können, statt es als axiomatischen Monolithen in einer Ecke stehen zu haben, wo es den Staub der Dekazuras sammelt", kicherte Folkna. „Schon alleine dafür gebührt Ihnen der Förderpreis des Polytechnischen Instituts."

„Ein Kriegstribunal gebührt ihr", sagte Ban Danna säuerlich. Siobhan nickte. *Das* war die Art von Reaktion, mit der sie gerechnet hatte!

„Und zwei Generationen von Astrophysikern mit ihr, Colonel", ergriff Dr. Vondran das Wort. Seine Entscheidung stand fest – er würde für Siobhan Position beziehen. „Immerhin hat es keiner von uns fertig gebracht, die NQG-Invarianz aufzulösen. Und das, obwohl Astrophysik immerhin der drittwichtigste militärische Forschungszweig ist."

„Der Punkt ist doch der", sagte Danna, „woher wissen wir, dass Dr. Norman auf unserer Seite ist? Warum sollte sie nicht erneut Sternenstaub in die Augen der am Projekt beteiligten Wissenschaftler streuen?"

„Wenn ich das wollte, wäre ich jetzt nicht hier, Colonel", sagte Siobhan kühl. „Vergessen Sie nicht, dass Sie mich vor dieses Gremium gebeten haben, nicht umgekehrt. Die meisten heutigen Astrophysiker wissen nicht einmal, dass ich überhaupt noch lebe. Ich hätte genauso gut zu Hause auf Argon Prime bleiben können." Sie blickte Danna abschätzend an. Wieso ein derart unintelligenter, unreifer Mann zum Führungsstab des Geheimdienstes gehörte, war ihr unklar.

Dannas Blick war der eines Mannes, der gerade aus Versehen ein Insekt verschluckt hatte. Er mochte diese blauhaarige Wissenschaftlerin überhaupt nicht, hatte sie von Anfang an nicht leiden können. Sie war hochnäsig, arrogant und falsch. Senator Gunnar schien das ebenfalls so zu sehen, wenn er die Reaktionen seines unmittelbaren Vorgesetzten richtig deutete. Ein Jammer bloß, dass die Wissenschaftler dieser blasierten Argonin so zugetan waren!

„Nun gut, Dr. Norman“, ergriff Senator Gunnar das Wort. „Jedem sei zugestanden, dass er seine Ansichten ändert. Und vierzig Jazuras sind … nun, ein angemessener Zeitraum dazu. Wenn Dr. Vondran, Dr. Folkna und Lar Asaneus einverstanden sind, dann heiße ich Sie bei Projekt Providence willkommen. Was, Danna?“

Der Angesprochene zuckte zusammen. „Was? Tja.“

„Nur eins noch, Dr. Norman-san“, fuhr der Senator fort. „Jazuras können wir Ihnen für den Abschluss Ihrer Arbeiten nicht geben. Sie müssen verstehen, wir Sterblichen denken in weniger epischen Zeiträumen.“

Siobhan presste die Lippen aufeinander und zwang sich zu einem freundlichen Lächeln. Wie sehr sie diesen Begriff hasste: Sterbliche! Er war so anmaßend und bewies, dass der Senator, trotz seiner aufgesetzten Freundlichkeit, nicht das Geringste über das Los der Langlebigkeit wusste. Lar Asaneus blickte Siobhan aus riesigen, klaren Augen an, als wisse sie ganz genau, was in ihr vorging. Ein einzelner Klicklaut verließ die Membran ihres Umweltanzugs und hallte für einen Sezurabruchteil im Konferenzraum nach, wie der höchste Ton eines zersprungenen Spielzeug-Xylophons.

KAPİTEL 29

Profit ist die Grundlage jeden sozialen Miteinanders.
Profit ersetzt jedes soziale Miteinander!
BOMANDROLAS SISINFINOS NIANDELES VIII,
„Anhang zur Betriebsverordnung“

Jemand drillte Elena mit einem stumpfen Bohrkopf ein Loch in den Schädel, schräg durch die Frontlappen hindurch, mitten in den Hirnstamm hinein. Ihre Augen schmerzten, als hebele man sie mit einem Spork aus den Höhlen. Übelkeit verkrampfte ihren Magen und stieg bitter die Speiseröhre empor. Trotz dunkelster Nacht schien sich alles im Kreis zu drehen, wie ein Karussell, immer im Kreis, wieder und wieder, immer schneller. Elena sog scharf Luft ein, um ein saures Würgegefühl in ihrer Kehle zu kompensieren, doch es half nichts. Sie rollte zur Seite und übergab sich keuchend. Schwäche übermannte sie, und es dauerte einige Mizuras, bis sie es fertig brachte, mit zitternden Gliedern ein kleines Stück vorwärts zu kriechen. Nach Luft ringend, blieb sie auf dem Bauch liegen. Beißende Kälte drang in ihr Bewusstsein, stach mit tausend frostigen Nadeln in ihre flach auf dem Boden liegenden Schenkel, in Knie, Bauch, ihre Brust, die Unterarme, Wange, Schultern.

Jemand hatte sie entkleidet, sie war nackt. Wer auch immer das getan hatte, wollte offenbar sicher gehen, dass sie keine wie auch immer gearteten Waffen oder sonstige Hilfsmittel und Werkzeuge mit sich führte. Mühsam stützte sie sich auf den Handflächen ab. Der scharfe Schmerz, der ihr durch die Hand fuhr, erinnerte sie pochend an ihren gebrochenen Zeigefinger.

Irgendwie schaffte Elena es, sich auf die Knie aufzurichten. Mit durchgedrückten Ellenbogen und herabhängendem Kopf verharrte sie lange Zeit in derselben Pose, hechelnd und keuchend wie ein verwundetes Tier. Langsam, ganz langsam kehrten jetzt die ersten zusammenhängenden Gedankenstränge zurück, die über lose Denkfetzen hinausgingen. Zusammen mit dem bewussten Denken flammte noch eine zusätzliche Empfindung auf: Ihre gesamte linke Körperhälfte brannte dumpf, als bestünde sie in ihrer Gesamtheit aus Druckstellen, Blutergüssen und blauen Flecken, von der Wade bis hinauf zum Hals.

Jetzt kamen auch die anderen Sinne zurück. Jemand stöhnte. Sezuras später realisierte sie, dass es sich um ihre eigene Stimme handelte. Der eisig kalte Boden unter ihr bestand aus geriffeltem, offenbar stark verschmutztem Metall. Die Luft roch schlecht, nach den Ausdünstungen gepeinigter Individuen. Wo befand sie sich? Immer noch in der gleichen Position, versuchte Elena, die über viele Jahre hinweg täglich trainierten Meditationstechniken anzuwenden. Zunächst brachte sie ihren Atem unter Kontrolle, danach gelang es ihr, die Kreiselbewegungen ihres angeschlagenen Gleichgewichtssinns zurückzudrängen. Es funktionierte erstaunlich gut. Die bohrenden, nagenden, hämmernden Kopfschmerzen, die ihren Schädel wie eine Glocke erklingen ließen, ignorierte sie, so gut es ging. Nach und nach bekam sie auch die Übelkeit in den Griff. Zwar verschwand das Würgegefühl in ihrem Hals nicht völlig, aber schließlich konnte sie wieder durchatmen, ohne zu befürchten, sich jeden Moment erneut übergeben zu müssen.

Eine kehlige Stimme in ihrer Nähe keuchte etwas in einer Sprache, die sich nach Split anhörte.

„Ghinn?“ Die Anstrengung, ihren Stimmbändern verständliche Laute zu entlocken, lohnte sich: Fast normal klang ihre Stimme. Eine lange Pause, während der Elena sich auf Knien in die Richtung vortastete, aus der Ghinns Stimme gekommen war.

„Die Kreatur rührt mich nicht an!“, zischte die Split-Frau, als Elenas Hände sie ertasteten. Schabende Geräusche von bloßer Haut auf Metall verrieten Elena, dass Ghinn ebenfalls versuchte, sich aufzurichten.

Unvermittelt flammte grelles Licht auf. Elena kniff die Augen zusammen, als ihr die Helligkeit in die Pupillen stach und großflächige Verwüstungen in ihrem Kopf auslöste. Sie presste die Hände flach auf den Bauch, weil die Übelkeit zurückzukehren drohte. Nach einer Weile beruhigte sich der Sturm in ihrem Körper und sie wagte es, langsam die Lider zu heben. Das Licht schmerzte in den Augen, aber neben all der Unbill, die ihrem Körper zusetzte, fiel es kaum mehr ins Gewicht.

Sie blickte sich vorsichtig um. Der Raum war bloß etwa vier mal vier Meter groß und vielleicht zweieinhalb Meter hoch. Ein klobig wirkendes Doppelschott mit vergittertem Guckloch aus Metallglas schloss an die Stirnseite. Eigentlich war das kein Raum, sondern eher ein Verschlag, dessen Boden und Wände von schäbigem, geriffelten Metall bedeckt wurden, wie man es normalerweise nur als Bodenbelag technischer Anlagen fand. Die braune Schicht, die das Metall mehr oder minder vollständig bedeckte, mochte aus getrocknetem Schlamm bestehen, oder aus Exkrementen. Elena wollte nicht darüber nachdenken. Zusammengekrümmt lag Nopileos an der hinteren Wand, seine Lider fest geschlossen, er rührte sich nicht. Elena richtete sich endlich vollends auf – eine Welle der Übelkeit quittierte diese Bewegung – und wankte zu Nopileos hinüber. Die Kälte des Metallbodens und der stinkenden Luft biss sich nun verstärkt durch ihre Glieder. Es tat weh, aber irgendwie half es auch, die Kopfschmerzen und die Übelkeit weiter in den Hintergrund zu schieben.

Der Teladi atmete flach. Elena wusste nicht, ob es einen medizinischen Sinn ergab, ihn in eine stabile Seitenlage zu bringen: Echsen waren schließlich keine Menschen. Schaden sollte es jedoch nicht, und mehr konnte sie für den armen Echsenabkömmling momentan ohnehin nicht tun. Vermutlich würde Nopileos gleich aufwachen, und ihm würde es genauso schlecht gehen, wie ihr und Ghinn.

Elena richtete sich wieder auf. In gekrümmter Haltung an die Wand gelehnt, musterte die Split-Frau sie angewidert. „Glatter Energiedurchschuss?“, fragte sie und deutete mit dem Kinn auf Elena. Gleich darauf schloss sie die Augen für einen Moment. Die Bewegung schien ihr nicht gerade gut zu bekommen. Sie fluchte verhalten in ihrer Muttersprache.

Elena blickte an sich hinab. Glatter Durchschuss? Ihre Gedanken liefen bleiern. „Oh. Nein, alle natürlich geborenen Menschen haben einen Bauchnabel.“

Ghinn zog eine Augenbraue hoch, sagte aber nichts. Jetzt erst erkannte Elena, wie fremdartig die Split-Frau in Wirklichkeit aussah. War sie bekleidet, mochte sie unter Umständen als sehr große, sehr schlanke und äußerst asketisch proportionierte Albinofrau durchgehen. Ohne Kleidung jedoch zeigte sich ihre nichtmenschliche Abstammung nur allzu deutlich: Obwohl dünn, fast schon dürr, zeichneten sich unter der aschfahlen Haut keine Rippen ab, sondern ein durchgehender Knochenkasten. Ihre flachen Brüste, die unter der Kleidung noch sehr menschlich wirkten, waren einfache Aufwölbungen ohne Brustwarze oder Hof. Sie besaß keinen Bauchnabel und, außer am Kopf, auch keinerlei sonstige Körperbehaarung. Unmittelbar unterhalb beider Achseln begannen lange, feucht schimmernde Nähte, die wie vertikale Wülste bis hinunter zum Becken verliefen und ausschauten wie riesige, lippenlose Münder, die sich jederzeit öffnen konnten. Der Bauch wölbte sich bleich und von einem Netz dünner Äderchen durchzogen nach vorne, etwas bewegte sich darin. Beide Schienbeine wiesen von den Knöcheln hinauf bis zu den Knien feine Hautfältchen in Längsrichtung auf. Sechs Zehen ohne Nägel bildeten einen breiten, standfesten Fuß.

„Findet Ihr mich genauso abstoßend, wie ich Euch?“, fragte Ghinn, die Elenas musternde Blicke bemerkte.

Der eurasischen Raumfahrerin entrang sich ein krächzendes Lachen, das in ein Husten mündete. „Heiraten würde ich Euch nicht, Ghinn“, keuchte sie.

Ghinn schaute Elena unverwandt an. Nach einer Weile drückte sie die Knie durch und schob ihren Rücken ein Stück weiter die Wand hinauf. „Ihr seid eine mutige Frau, Elena Kho. Ich kenne keine wie Euch. Sind alle Frauen auf der Erde wie Ihr?“

Elena dachte nach. „Ich wünschte“, sagte sie dann. Die Übelkeit zog sich immer weiter zurück. „Wisst Ihr, was geschehen ist?“, fragte sie.

„Betäubungscocktail“, schnarrte die Split-Frau so schnell, als habe sie diese Frage geradezu erwartet. „Enthält anästhesierende Substanzen für jede Spezies.“

Elena begriff nun, warum es sowohl ihr als auch Ghinn so schlecht ging. Chemikalien, die zum Beispiel einen Split betäubten, mussten in einem Menschen verheerende Abwehrreaktionen auslösen, und umgekehrt. Erstaunlich bloß, dass man nicht gleich daran starb.

Ghinn schien ihre Gedanken zu erraten. „Man kann noch bis zu einer Wozura später an den Folgen sterben“, erklärte sie mit einem Gesichtsausdruck, den Elena nur als süffisant zu kategorisieren wusste. Bestimmt log die Split-Frau um sie zu verängstigen!

Hinter dem Doppelschott klangen metallisch hallende Schritte auf. Etwas bewegte sich hinter dem Guckloch, dann fuhren die Flügel des Schotts schleifend auf. Ein Argone mit sehr langem schwarzen Haar, das durch mehrere dunkle Bänder auf dem Rücken zu einem dünnen Zopf zusammengefasst wurde, trat ein. Trotz der vorherrschenden Kälte standen dicke Schweißperlen auf seiner Stirn, sein Blick war glasig und starr. In der Hand hielt er einen Blaster, dessen Abstrahlöffnung gemein glitzerte. Hinter ihm betrat ein Split den Raum, glatt rasiert, klein, kompakt, verdreckte weiße Leggins, schwarze Magnetstiefel, in der Hand einen Strahler des gleichen Typs wie der seines Kumpanen.

„Schau ma, was wir hier ham", sagte der Argone mit merkwürdig schwerfälliger Aussprache. Er kicherte heiser. Speicheltropfen flogen. „Das is diese Erden, Erdengonerin."

„Wer?", knurrte der Split, in ebenfalls seltsamem Tonfall.

„Na, diese Erden …"

„Was wollt Ihr mit der? Die ist fett, hässlich und ihre Haare sind schwarz wie geronnenes Ghok-Blut." Der Split trat schwankenden Schrittes näher an Ghinn t'Whht heran, die sich unwillkürlich straffte. „Die hier kenne ich irgendwoher."

„Was ich mitter will, wassen wohl!", entrüstete sich der Argone mit einiger Verspätung. Ein stechend chemischer Geruch ging von ihm aus. Elena war sicher, dass sowohl der langhaarige Argone als auch der schmierige Split Rauschmittel in irgendeiner Form zu sich genommen hatten. Die Bewegungen der beiden Piraten wirkten abgehackt und fahrig. Gab es Rauschmittel, die auf beide Spezies wirkten? Sie wusste es nicht, aber es spielte auch keine Rolle.

„Wer seid ihr, was wollt ihr?", rief sie.

Der Split ignorierte sie. „Halsmaul", feixte der Argone und trat so nahe an Elena heran, dass sie seinen Strahler mit der Hand hätte ergreifen können. Sein Chemie geschwängerter Atem streifte ihr Gesicht. Sie spannte sich innerlich.

„Braucht Ihr das Echsengelumpe?", fragte der Split. Seine metallenen Sohlen knirschten auf dem Schmutz, als er an Ghinn vorüberschwankte. Er hob den Strahler.

Der Blick des Argonen ging über Elenas Schulter. „Wassen das, 'n Teladi? Nee, mach tot."

Elena nutzte diesen kurzen Moment der Ablenkung. Ghinn blitzte ihr wie zur Bestätigung aus den Augenwinkeln zu. Schmerzen und Übelkeit mit aller Macht ignorierend, riss Elena den Fuß hoch und trat dem völlig überrumpelten Argonen die Waffe aus der Hand. Ihre üblicherweise schnellen Reflexe waren entsetzlich eingeschränkt, aber die durch das Rauschgift bedingte Wahrnehmungsverzögerung ließ den Langhaarigen noch viel langsamer als sie reagieren. Elena traf den Mann mit der gesunden Hand an der Schläfe. Er klappte sofort und ohne einen Ton zusammen. Wie ein nasser Sack platschte sein Körper auf das Deck. Ein scharfes Zischen erklang. Als Elena sich nach der Quelle des Geräusches umdrehte, lagen sowohl Ghinn als auch der Split-Pirat auf dem Boden: Ghinn jedoch bleckte ihre Zähne grinsend und hob den Blaster, den sie aus der Luft geschnappt hatte. Der Split lag mit einem fingerdicken schwarzen Loch in der Brust auf dem Boden und regte sich nicht mehr. Hinter Ghinn glühte ein ebenso dickes Loch in der Wand. Augenscheinlich hatte der Mann an der Split-Frau vorbeischossen und war dann von ihr überwältigt worden.

„Von zwei nackten Frauen übertölpelt. Erbärmliche Kreaturen!"

„Tsh?", ließ Nopileos sich schwach vernehmen, der in diesem Augenblick das Bewusstsein wiedererlangte. Elena fand keine Zeit, ihrem Echsenfreund aufzuhelfen oder auch nur zu ihm hinüberzuschauen. Eine Welle des Schwindelgefühls überrollte sie und begrub sie tief unter sich. Sie klappte zusammen und kämpfte vergebens gegen das Würgen im Hals. Ihr geschundener Körper bestrafte sie drastisch für die heftige Belastung, die sie ihm soeben zugemutet hatte. Alle Sinne schwanden, nur das Gefühl endloser, namenloser Pein blieb.

Nach einer Ewigkeit flaute die Tortur etwas ab. Jemand schleifte sie an ihren Armen unsanft über den Boden. Die Kälte wich. Als sie wieder klar sehen konnte, befand sie sich nicht mehr in dem verdreckten Raum, sondern auf einem halbwegs sauberen, recht warmen Gang. Sie lehnte mit dem Rücken an einer Wand, die Tür zum Verschlag unmittelbar neben ihrem linken Arm. Ein kleiner Haufen weißer und blauer Wäsche türmte sich vor ihr auf: ihr USC-Overall, die Pilotenjacke, Unterwäsche, Stiefel.

„Bekleidet Euch", wurde sie von Ghinn t'Whht angeherrscht. Die schwangere Frau war bereits wieder in ihre Gewänder geschlüpft.

Schwerfällig tat Elena, wie ihr geheißen. „Wie geht es Nopileos?"

„Ich lebe", zischte die Stimme des Echsenabkömmlings dünn, „aber mehr auch nicht."

Elena grinste schwach. „Dann geht es dir ja schon mal besser als mir. Ghinn scheint es noch am wenigsten schlimm erwischt zu haben." Sie blickte zu der Split-Frau auf, die eine undeutbare Gebärde formte.

„Wir sind nicht allein auf diesem Schiff", sagte Ghinn. „Ich habe mich umgeschaut. Die gesamte Besatzung ist berauscht. Vorne ist ein Umweltbereich mit boronischer Atemflüssigkeit." Sie ließ offen, was das bedeutete.

„Uchan und Kalmanckalsaltt?“, erkundigte Elena sich, während die Zunge ihrer Raumstiefel mit dem aktiven Material der Schuhe verschmolz.

„Ich weiß es nicht und es interessiert mich auch nicht“, antwortete Ghinn. „Wir müssen hier raus, bevor man merkt, was vorgefallen ist.“

Elena schüttelte den Kopf und schloss die Augen. Nach einer kleinen Pause richtete sie sich mühselig auf. „Nicht ohne die anderen“, sagte sie mit Bestimmtheit.

In einer nahezu menschlichen Geste zuckte Ghinn die Schultern. Vermutlich tat sie das, um Elena zu verdeutlichen, wie wenig sie sich aus den Entscheidungen der Erdenfrau machte. „Tut, was auch immer Ihr für richtig erachtet, Elena Kho. Aber tut es nicht ohne dies.“ Sie reichte Elena einen der beiden erbeuteten Strahler. Elena nickte zum Dank und wechselte die Waffe sofort in die linke Hand, da sie den Abzug mit dem gebrochenen Zeigefinger der rechten nicht hätte betätigen können.

„Nopileos, du gehst mit Ghinn“, sagte sie.

Der Teladi blickte empört zu ihr auf. „Tshh! Du kannst ja nicht einmal auf deinen eigenen Beinen stehen, Elena, wie willst du dann Uchan und Kalmanckalsaltt befreien?“

Irritiert blickte Elena den Teladi an. „Wie viele Piraten befinden sich auf dem Schiff?“, wandte sie sich an Ghinn.

Diese schwieg eine Weile und blickte den Gang entlang, der ein paar Meter weiter nach links abbog. „Das hier ist ein mittlerer Sklavenfrachter“, sagte sie schließlich. Das Wort machte Elena schaudern: Sklaven! „Vielleicht zehn oder zwölf, sicher nicht mehr“, schloss Ghinn. „Aber das werdet Ihr in Kürze herausfinden. Viel Glück, Elena Kho.“ Sie wandte sich zum Gehen.

Als die Split-Frau schließlich hinter der Biegung verschwunden war, krachte am anderen Ende des Gangs ein Schott und lautes Johlen aus mehreren Kehlen erklang. Hastiges Getrappel wie von einer Vielzahl metallener Absätze näherte sich rasch. Elena warf Nopileos einen Blick zu. „Vielleicht habt ihr beide Recht.“ Sie schluckte das Schwindelgefühl hinunter und rannte los. Nopileos folgte ihr, so schnell seine kurzen Beine es zuließen, die Stirnschuppe bedenklich blass. „Elena, halt ein!“, fauchte er verzweifelt.

Die Tür auf der linken Seite führte in einen versiegelten Umweltbereich. Gut möglich, dass Nola Hi hier gefangen gehalten wurde! Doch der Teladi wagte nicht, sich auf die Krallenspitzen zu stellen, um durch das Guckloch hindurchzusehen, denn bestenfalls noch zehn Längen hinter ihm lärmten die Piraten den Gang entlang. Elena, weiß im Gesicht und mit geröteten Pupillen, drehte sich um und kam zurück. Sie gab einen Schuss auf die Decke in der Gangbiegung ab, Funken stoben umher und prasselten weiß glühend zu Boden. Ein vielstimmiger Aufschrei folgte, jemand rief mit schwerer Zunge: „Wartet!“

„Nola Hi ist dort drin“, bestätigte Elena, die Nopileos' Blick gefolgt war. „Aber ohne seinen Umweltanzug. Wir bekommen ihn da nicht so einfach“ – ein gleißender Energiestrahl stand für Sezurabruchteile im Raum und versengte die Gesichter der beiden Flüchtlinge – „raus!“, vollendete Elena ihren Satz schreiend. Sie packte die Klaue des Teladi und zerrte ihn hinter sich her, gelegentlich über ihre Schulter Schüsse abgebend. Die Hand, mit der sie Nopileos festhielt, schmerzte höllisch aufgrund des gebrochenen Zeigefingers, doch sie ignorierte das Pochen. Einige Schritt voraus öffnete sich zischend das den Gang abschließende Schott. Sie stürmten hindurch. Ein Hangar? Erst einmal egal, umsehen konnte sie sich später. Elena wollte zunächst die Elektronik des Schotts zerstören, um den Piraten das Durchkommen zu erschweren.

„Wo zur …?“ Ihr Blick fuhr suchend an beiden Seiten der Tür auf und ab, fand aber nichts.

Nopileos blickte sie mit weit offener Schnauze an, dann begriff er. „Da unten!“ Er deutete auf den Boden. Tatsächlich, die Kontrollen befanden sich auf Fußhöhe! Elena feuerte darauf und der Mechanismus zerschmolz unter schwarzen Qualmschwaden.

Jetzt erst schaute sie sich um – und blickte direkt in die gewaltige Abstrahlöffnung der Energiewaffe einer dümpelnd über dem Deck schwebenden Barkasse! Elena ließ sich fallen und rollte sich ab. Nicht, dass es einen Unterschied gemacht hätte, wenn die Waffe wirklich abgefeuert worden wäre, doch ihre Reflexe kehrten langsam wieder zurück. Nopileos fauchte erschreckt.

„Hierher“, rief eine künstlich verstärkte Stimme. Die niedrige Personenschleuse des Beiboots fuhr auf, eine lächerlich kleine Gangway klappte vor. Elena überlegte nicht lang. Sie bedeutete Nopileos, einzusteigen und folgte dem Teladi unverzüglich.

Ghinn t'Whht blickte sie mit zusammengekniffenen Lippen an, als sie in das enge und niedrige Cockpit stolperten. „Ihr habt Glück“, sagte die Split-Frau trocken, „um ein Haar hätte ich abgedrückt, als das Schott auffuhr. Kann jemand damit umgehen?“ Ghinn deutete mit einer verächtlichen Geste auf die unterarmlangen Schäfte, die statt Flughorn oder Steuerzapfen aus dem Instrumentenbrett emporwuchsen. Sie hatte es wohl fertig gebracht, das Boot zum Schweben zu bringen und die winzige Waffenleitkonsole zu aktivieren, viel weiter reichten ihre Kenntnisse der fremdartigen Armaturen jedoch nicht.

„Ja, ich“, zischte Nopileos. Inanias hatte ihm die Last des Steuerns seinerzeit zwar oft abgenommen, aber immerhin wusste er noch, wie sich Steuerschäfte, Akzeleratoren und Kraftrückkoppelung anfühlten und wie man all diese Instrumente bediente. Jedenfalls einigermaßen und ungefähr. Was ihn wirklich beunruhigte, war die Tatsache, dass das Piratenschiff, auf dem sie sich befanden, eines teladianischer Bauart war – und zudem nicht etwa ein Exportmodell, wie man an den teladispezifischen Kontrollen erkennen konnte. Die Piraten jedoch setzten sich aus Argonen und Split zusammen. Wo war die ursprüngliche teladianische Besatzung des Schiffes geblieben? Ihm schwante Böses und er zog es vor, im Moment nicht weiter darüber nachzudenken.

Ghinn überließ dem Echsenabkömmling den Pilotensitz nur murrend. Wäre es Elena nicht so hundeelend gegangen, sie hätte gegrinst, während sie sich in der engen Kanzel auf den Platz des Navigators ganz rechts drängte. Ghinn ließ sich links nieder, und Nopileos saß in der Mitte. Teladianische Sitzbänke waren niedrig, hart und furchtbar unbequem, aber irgendwie brachten die beiden Frauen es fertig, sich hineinzuquetschen.

Nopileos schaltete den Scheinwerfer ein. Die Nase des Bootes schwang herum, bis der grelle Lichtkegel die Schleuse beleuchtete. Dann löste der Teladi den Laser aus. Einmal, und das Tor hing in glühenden Fetzen. Zweimal, und weiß glühendes Metall spritzte in den leeren Raum, zusammen mit weißem Permafrost der explosionsartig ausströmenden Atemluft. Normalerweise hätten einseitig durchlässige Kraftfelder das Austreten der Atmosphäre verhindert, der Feuerstoß aus den Bordkanonen hatte aber die entsprechenden Generatoren zusammen mit dem Schott verglühen lassen.

„Vorsicht“, warnte Elena. „Sie werden auf uns schießen. Am besten entlang der Bordwand treiben lassen und hinter ihrem Heck Vollschub entgegen der Flugrichtung geben."

Nopileos nickte. „Ist gut."

Zum ersten Mal hatten sie jetzt die Gelegenheit, sich das Sklavenschiff von außen anzuschauen. Wie schon vermutet, handelte es sich um ein teladianisches Schiff, genau genommen um einen Zerstörer desjenigen Typs, der vom argonischen Militär Phönix genannt wurde. Aus der Nähe sah man dem grauen, unförmigen Kasten sein Alter an – das Schiff war nicht erst gestern gekapert worden! Provisorische Reparaturen und eine Vielzahl Umbauten, deren Zweck meist nicht ersichtlich war, zeichneten die Außenhaut des Schiffes und ließen es vernarbt und klapperig erscheinen. Eine Variation des uralten Terraformer-Symbols bedeckte blaurot und überteladihoch die Seitenwandung des Schiffes, die Linien führten über Hülle und Fenster gleichermaßen. Irgendwie fühlte Elena sich an #efaa erinnert. Sektorkontrolle, hatte ein offensichtlich defekter Serviceroboter mit zackigen Strichen in argonoromanischen Lettern darunter gekrakelt. Warum die Piraten sich ausgerechnet für eine verballhornte Version des Symbols der Terraformer-Flotte entschieden hatten, entzog sich Elenas Vorstellungsvermögen.

„Das ist keines der Schiffe, mit denen die *Regendrache* zu tun hatte", stellte Ghinn fest.

Elena schüttelte den Kopf. „Nein. Ich hoffe, die sind nicht in der Nähe", sagte sie nüchtern.

Nopileos konnte dem nur zustimmen. Die Chance, dass sie dem Phönix entrinnen konnten, war auch so schon gering. Die drei Jagdraumer, welche die *FL Regendrache* zu Raumschrott geschossen hatten, würden ihre Überlebenschancen gegen Null fallen lassen. Nopileos bleckte die Kauknochen und ließ seine Zunge über die Nase fahren. Er hatte einen Einfall.

Unter den aufmerksamen Blicken der beiden ungleichen Frauen bremste der Teladi die Barkasse sanft ab, als sie sich auf Höhe der Triebwerke des größeren Schiffes befand. Mit den Klauen tief in den Steuerungsschäften, richtete er das kleine Energiegeschütz im Bug auf die ruhenden Motoren des größeren Raumschiffes und ließ den zerstörerischen Strahl in kurzen Stößen über die Aufbauten kreuzen. Die Expansionsdüsen der Ionenmotoren zeigten zuerst keine Veränderung, da sie konstruktionsbedingt für extreme Belastungen und Temperaturen ausgelegt waren, doch dann verdampften einige Stützstrukturen mit gleißenden Blitzen. Durch das sich verdunkelnde Cockpitfenster beobachteten die drei Flüchtlinge, wie armdicke Zuleitungen zerplatzten und unter enormem Druck stehendes Gas austrat.

„Acht …“, brachte Elena noch heraus, bevor die Barkasse von einem Gasstrahl getroffen und wie ein welkes Blatt davongewirbelt wurde. Zwar waren die auftretenden Kräfte nur gering und wurden von den Kompensatoren mühelos aufgefangen, doch Nopileos verlor sofort die Orientierung, als plötzlich das gesamte All außerhalb der Pilotenkanzel zu rotieren begann. *Die Schilde,* fuhr es dem Teladi durch den Sinn. Bestimmt hatte die Automatik des Phönix’ dessen Energieschilde im selben Augenblick hochgefahren, in dem auf das Triebwerk gefeuert worden war. Der Beschuss war zwar schon längst wieder eingestellt, aber wenn jemand in der Zentrale des Zerstörers geistesgegenwärtig genug gewesen sein sollte, die Schilde aktiviert zu lassen, würde es das winzige Beiboot jeden Moment zerschmettern.

Doch nichts geschah. Die Barkasse wirbelte schräg hinter dem Phönix in die Schwärze, begleitet von einem Leuchtgewitter aus der inzwischen in Brand geratenen Triebwerkssektion des Sklavenfrachters.

„Grüner Salamander!“, murmelte Nopileos, in dem gerade leise Zweifel über die Qualität seiner spontanen Handlungsweise aufstiegen. Würde der Raumer explodieren, wäre es um ihre drei dort gefangenen Gefährten geschehen! Nach einer Weile zeigten die rückwärtigen Kameras jedoch, dass der weit zurückbleibende Phönix seine Triebwerke separierte, die daraufhin brennend ins All hinaustrudelten. Der Bordcomputer der Barkasse meldete das gleichzeitige Hereinkommen eines automatischen Notrufsignals. Niemand würde es hören, für lange Zeit, hier draußen im Niemandsland dieses entfernten Sternensystems, das von den Teladi Achtzehn Milliarden getauft worden war. Dieser Name lenkte Nopileos’ Gedanken auf unangenehme Bahnen und erinnerte ihn an eine halbvergessene Aufgabe, die er früher oder später noch würde erledigen müssen. Peinlich berührt versuchte er, nicht auf den Teil der Datenprojektion zu schauen, der den Sektornamen anzeigte. Stattdessen konzentrierte er sich darauf, die Barkasse zu zäumen.

Elena blickte den Teladi für einen Moment an, dann schaute sie wieder geradeaus. Nopileos wirkte so aufmerksam, so entschlossen! Sie war froh, dass er noch lebte. Es gab keinen zweiten Teladi wie ihn. Und irgendwann, so dachte sie bei sich und verzog die Lippen zu einem kleinen Lächeln, müsste sie beginnen, von ihrem Echsenfreund als eine *Sie* zu denken, und damit anfangen, weibliche Pronomina zu verwenden.

Langsam bekam der Echsenabkömmling mit Hilfe des Bordcomputers die Kreiselbewegungen des Beiboots wieder unter Kontrolle. „Warum haben sie uns nicht aufgehalten?", wunderte er sich.

„Sie haben ein Fest gefeiert, hier draußen im All, weitab jeder Gesetzbarkeit", stellte Ghinn fest. „Die Kreaturen sind bar jeder Disziplin. Sie besetzen nicht einmal den Kontrollraum."

„Unser Glück, ihr Pech", zischte Nopileos.

Die Erdenfrau wandte den Kopf und legte dem Teladi kurz die Hand auf die Schulter. Sie lächelte. „Doppeltes Glück für dich. Bald wirst du Ianamus Zura sehen."

KAPİTEL 30

Die Kindheit endet, wo die Unschuld zerrinnt.
DIDAN NAVANJE,
„Taurus' Suns"

Ion Battler saß auf dem Rohrstuhl und kreuzte die Beine unter der lederhäutigen Sitzfläche. Der Kopf des Jungen lag schräg auf der linken Hand, sein Ellbogen war auf den Labortisch gestützt. Ions Blick ging verträumt durch die große, blau getönte Scheibe aus Metallglas, hinter der sich drei Gestalten über einen langen, zylinderförmigen Gegenstand beugten. Im Hintergrund saßen zwei weitere Personen vor einem Datenterminal und überflogen die über das Objekt der Untersuchung verfügbaren Informationen. Es handelte sich bei dem schweren schwarzen Zylinder um das Kernstück des irdischen Sprungantriebs, das aus dem Sprungschiff *USC Getsu Fune* ausgebaut worden war. Ion kannte fast alle der im Sicherheitsbereich Arbeitenden recht gut: Da war seine Halbschwester Ninu, die sich immer mehr in die Rolle einer Hüterin der Wahrheit hineinlebte – zumindest schien es so. Ion wusste nicht recht, ob ihm das gefallen wollte oder nicht. Ninu und Kyle Brennan, der Mann von der Erde, waren ein Paar: Sie sollten zusammen sein, nicht getrennt! Ion hatte den immer gut gelaunten Brennan von der Mizura an fest ins Herz geschlossen, in welcher der irdische Raumpilot von Bord der *AP Aladna Hill* gekommen war. Ion vermutete, dass seine Halbschwester ein Kind von Brennan erwartete. Ein Grund mehr, dass sie zusammenblieben und nicht ständig Lichtjazuras voneinander entfernt ihren Unternehmungen nachgingen. Der Junge nahm sich vor, später mit Ninu darüber zu sprechen.

Neben Ninu Gardna saß Dr. Ruuf Vondran, der ältliche Astrophysiker und Singularitätsexperte. Ion respektierte den stets unterkühlt wirkenden Wissenschaftler zwar, mochte ihn aber nicht sonderlich. Natürlich bemühte er sich, Dr. Vondran das nicht merken zu lassen, aber vermutlich wäre es diesem ohnehin einerlei gewesen. Über dem schwarzen Zylinder – der Sprungeinheit – schwebte Asaneus in ihrem durchscheinenden Umweltanzug. Neben dem männlichen und dem weiblichen Geschlecht brachten die Boronen in sehr seltenen Fällen noch ein drittes Geschlecht, Lar genannt, hervor. Auch Menelaus, die verehrte Prinzessin des Königinnenreiches Boron, gehörte zu diesem. Die Lar führten niemals die kurzsilbigen, verspielten Namen, die von den Boronen sonst so sehr geschätzt wurden, sondern klangvolle Ehrentitel. Sie waren stets überdurchschnittlich begabt, und befassten sich mit Philosophie und Wissenschaft, oder besetzten hohe Regierungsämter. Man sprach sie mit weiblichen Pronomina an und konnte sie als Mensch äußerlich nicht im Geringsten von anderen Boronen unterscheiden. Wie alle Teenager liebte Ion das Volk von Boron, denn es war kurzweilig, lustig und trotzdem beflissen und intelligent.

Die Mundwinkel des Jungen verzogen sich zu einem stummen Grinsen. Der hagere Mann, neben dessen Kopf Asaneus schwebte, wirkte zerstreut und bewegte sich so unsicher, als würde er jeden Augenblick eines der teuren Instrumente umstoßen und es zerstören. Doch Dr. Zakk Folkna war in Wirklichkeit einer der fähigsten Weltraumingenieure der argonischen Föderation. Er hielt zahlreiche Patente auf fortschrittliche Antriebssysteme, unter anderem sogar auf einen reaktionslosen Weltraumantrieb! Nicht viele Kinder konnten Dr. Folkna etwas abgewinnen, aber Ion mochte ihn von Herzen, da der Wissenschaftler immer etwas Interessantes aus der aktuellen Forschung zu berichten wusste und ihm gegenüber niemals voreingenommen war. Zakk trat soeben einen Schritt zurück und drehte sich halb herum, um ein paar Worte mit der wunderschönen Dr. Siobhan Inja Norman zu wechseln.

Ion hatte Dr. Norman bislang nur ein einziges Mal gesehen, nämlich bei ihrer Ankunft, und das, obwohl die langlebige Astrophysikerin sich nun bereits seit fast zwei Wozuras im Tempel aufhielt. Natürlich besuchte Ion das Materiallabor nicht jeden Tag, sondern nur gelegentlich in Begleitung Ninus, wenn diese sich im Auftrag des Obersten Hüters über den Stand der Forschungen informierte. Normalerweise ärgerte es Ion, dass die Wissenschaftler ihn nicht in den Sicherheitsbereich hineinlassen wollten und er jedes Mal draußen vor der blauen Scheibe warten musste. Veithman Wolsh, der Bordingenieur der *AP Aladna Hill*, stellte sich nie so pingelig an, wenn es um einen Gang durch den Maschinenraum seines Schiffes ging! Seit man aber Dr. Norman hier antreffen und in Ruhe bewundern konnte, war dem Jungen das egal.

Sie sah wirklich toll aus! Schlank und groß und mit langen blauen

Haaren, die als Pferdeschwanz auf ihren Rücken hinabfielen. Er versuchte sich vorzustellen, was sie wohl unter ihrem grauen Laborkittel trug und wie ihre Mähne fallen mochte, wenn sie die alberne Haube vom Kopf nahm, die jeder hier tragen musste.

Ion wurde aus seinen Tagträumen aufgeschreckt, als hinter der blauen Metallglasscheibe ein plötzlicher Ruck durch die kleine Gruppe ging. Dr. Vondran und Ninu sprangen hastig auf, und die übrigen Wissenschaftler traten fast synchron einen großen Schritt zurück und blickten überrascht auf den schwarzen Zylinder der Sprungeinheit. Alarmiert ließ sich der Junge aus dem Rohrstuhl gleiten, um näher an die Scheibe heranzutreten. Drinnen wurden aufgeregt Worte gewechselt, aber natürlich konnte er hier draußen nicht hören, was gesagt wurde. Was geschah dort?

Schreck breitete sich auf den Gesichtern aus, als dichte, graue Rauchwolken aufwallten. Jetzt erkannte Ion, dass sich um den schwarzen Zylinder herum ein schwacher Lichthof gebildet hatte. Die Erscheinung glich einem milchigen Film, oder einem sehr eng anliegenden Energieschirm. Dort, wo die Sprungeinheit die Werkbank berührte, grub sich das Licht durch deren widerstandsfähiges Material hindurch, verdampfte es und ließ noch mehr Qualm entstehen. Das seltsame Energiefeld begann zu pulsieren. Es wurde intensiver und dehnte sich in kleinen, ruckartigen Schüben immer weiter aus. Schließlich rutschte zunächst das vordere Ende des Zylinders durch die in Auflösung befindliche Werkbank hindurch. Für einen Moment hing der lange und massive Gegenstand schräg zwischen Arbeitsfläche und Boden. Kleine Rinnsale glühenden Metalls rannen zu seinen Seiten hinab und begannen zu brodeln, wo sie das Feld erneut berührten.

Hinter Ion jaulte lautstark eine Sirene auf. Der Junge blickte sich gehetzt um: er musste hinein, musste seiner Schwester und Dr. Norman helfen! Er raste zum Terminal hinüber und verlangte, dass die Schleuse zum Sicherheitsraum geöffnet werde, doch der Computer ignorierte ihn beharrlich. Hilflos musste Ion zusehen, wie jetzt auch das hintere Ende der zylinderförmigen Sprungeinheit durch die dunkelrot glühende Werkbank hindurchrutschte und dabei soviel Material in Rauch aufging, dass er keinen Blick mehr auf die Eingeschlossenen erhaschen konnte.

Der dichte Nebel im Sicherheitsbereich lichtete sich für einen Sezurabruchteil, um mit einer heftigen Gegenbewegung implosionsartig in die Raummitte hineinzustrudeln, als habe man dort den Stopfen aus einem Abfluss gezogen. Alle Ausläufer der Rauchschwaden bewegten sich gleichzeitig, wie unter Kommando stehend, strömten vor, kamen zurück, verwirbelten sich zu den schwarzgrauen Mustern einer niedergehenden Gewitterwolke. Kleine Kügelchen glühenden Materials durchdrangen den Rauch, spritzten mit lautem Zscheng auf die Metallglasscheibe und erstarrten dort zu bizarren Mustern. Der Computer hatte ganz offensichtlich die künstliche Schwerkraft im Sicherheitsbereich abgeschaltet. Als nächste Maßnahme würde er sicherlich ein starkes Energiefeld um den Raum herum errichten. Vielleicht war dies auch bereits geschehen!

Ninu! Wie sollte seine Schwester dort herauskommen, ohne etwas sehen zu können, in sengender Hitze, mit schwindender Atemluft und, zu allem Überfluss, ohne Schwerkraft? Ion schaute panisch umher, dann ergriff er mit beiden Händen den Rohrstuhl, auf dem er vor einer Mizura noch gesessen und geträumt hatte, holte weit aus und schleuderte ihn gegen die Scheibe: ohne jeden Erfolg. Der Stuhl prallte wirkungslos vom Metallglas ab, hinterließ nicht einmal einen Kratzer! Der Junge schrie vor Enttäuschung, hob den Rohrstuhl auf und versuchte es erneut. Immer und immer wieder schlug er auf die Scheibe ein, bis hinter ihm eine Tür aufglitt und eine Frau im grauen Kittel sowie zwei uniformierte Sicherheitskräfte in den Vorraum des Materiallabors hineinstürmten.

„Bringen Sie den Jungen raus!", rief einer der Uniformierten im Befehlston. Die Frau im Kittel, eine Wissenschaftlerin, an deren Namen Ion sich nicht erinnerte, nickte kurz.

„Raus!", quietschte sie und griff nach Ions Hand, doch er entzog sich ihrem Zugriff.

„Nein! Holt Ninu da raus!", kreischte er. Drinnen im Sicherheitsbereich quollen Rauchwolken schwerelos umher, von gelegentlichen Lichtreflexen hinterleuchtet.

„Jetzt komm schon, verdammt noch mal!", rief die Frau und schnappte erneut nach Ions Armen. Diesmal erwischte sie ihn am Handgelenk. Widerwillig ließ er sich hinaus auf den Gang ziehen.

„Bitte helfen Sie meiner Schwester!", rief Ion schwer atmend, als die Tür zufuhr.

„Warte hier!“, befahl die Frau anstelle einer Antwort, dann stürmte sie zurück in das Labor. Ion fand kaum Zeit, einen klaren Gedanken zu fassen, denn jetzt strömten einige Wissenschaftler und Goner, aufgeschreckt durch die Alarmsirenen, in den Gang. Aufgeregte Fragen huschten im Korridor umher, ein Stimmengewirr entstand. Gleichzeitig mit den ersten Wissenschaftlern trafen einige Sicherheitsleute ein, die vollauf damit beschäftigt waren, die Menschenmenge davon abzuhalten, in das Labor einzudringen.

Hinter der Wand rumpelte es laut und bedrohlich. Ion spürte das tiefe Grollen in seinem Bauch und beinahe wäre er in heller Panik davongelaufen. Der Boden erzitterte, schwankte unter den Füßen! Das Zittern steigerte sich innerhalb weniger Augenblicke zu einem ausgewachsenen Beben. Menschen schrien auf und stoben entsetzt auseinander. Dem Jungen wurde schlecht vor Angst, doch er harrte aus.

Ein paar Sezuras später versiegte das Beben abrupt. Ion versuchte sofort, die Tür zum Labor zu öffnen, doch der Mechanismus reagierte nicht. Nach einer weiteren Mizura verstummten die Sirenen und Stille brach über ihn herein. Er kniete vor der Labortür und schlug mit den Fäusten darauf ein. „Ninu! Ninu!“, schluchzte er. Einer der Uniformierten zog ihn sanft, aber bestimmt von der Tür weg.

Wenig später traf ein notärztliches Team mit Biostasisgeräten und Schwebebahren ein. Es wurden hastige Worte mit den Sicherheitsleuten ausgetauscht, doch Ion achtete nicht darauf. Nach einer schier endlosen Zeitspanne öffnete sich der Zugang zum Labor, die Tür fuhr auf. Der Junge war geistesgegenwärtig genug, dem Notarzt und den Sicherheitsleuten den Vortritt zu lassen, doch dann lief er in den Raum hinein, bevor ihn noch jemand daran hindern konnte.

Die blaue Metallglasscheibe war geborsten: Ein weiter, gezackter Riss zog sich schräg über ihre gesamte Breite. Im dahinter liegenden Sicherheitsbereich wallten noch immer die Rauchschwaden, aber sie hatten sich bereits erheblich gelichtet, denn kein neuer Qualm strömte nach. Die Werkbank existierte praktisch nicht mehr. Nur wenige, verkohlte Schlackehaufen ließen erahnen, wo sie sich befunden hatte. Alle Geräte in der kleinen Kammer schienen zerstört, sie waren entweder zersplittert oder von Flammenzungen gezeichnet worden. Überall lagen Schrapnelle aus Metall, Glas und Schlacke herum. Von dem schwarzen Zylinder, den die Wissenschaftler untersucht hatten, fehlte jegliche Spur: Er war einfach verschwunden. Doch Ion beachtete das unglaubliche Ausmaß der Zerstörung im Sicherheitsbereich kaum. Im Vorraum lag Ninu auf dem Boden, das Gesicht kreidebleich, der Atem flach. An ihrer Seite kniete Dr. Norman. Ihr Gesicht war ebenfalls weiß und sie wirkte ausgelaugt und erschöpft.

„Bewusstlos. Rauchvergiftung", sagte sie und blickte zu Ion auf.

„Ninu!", weinte Ion. Er beugte sich über seine Halbschwester, streichelte ihr blasses Gesicht, bis einer der Notärzte ihn zurückzog und der bewusstlosen Gonerin eine Sauerstoffmaske überstreifte. „Ihr wird doch nichts geschehen, oder? Ihr wird doch nichts geschehen!", rief Ion und es war weniger eine Frage als eine Feststellung.

„Sie hat noch einmal Glück gehabt", antwortete der Notarzt knapp. Er wandte sich an die blauhaarige Wissenschaftlerin und fragte diese, ob sie in der Lage sei, sich ohne Hilfe auf eine der Schwebebahren zu begeben.

„O Erde", flüsterte Ion in namenlosem Entsetzen, als sein Blick auf eine verkohlte Gestalt fiel, die von den Uniformierten aus dem Sicherheitsbereich hinausgetragen wurde. Der Silhouette nach handelte es sich um Dr. Vondran. Der alte Singularitätsexperte hatte es nicht mehr rechtzeitig geschafft, in die Schleuse zum Vorraum hineinzukommen. Wenig später wurde die verschmorte und geborstene Membran der Boronin geborgen. Auch Lar Asaneus war tot.

KAPİTEL 31

Ich habe einen Traum, dass sich eines Tazuras die Kolleginnen aus der Planetengemeinschaft und die Brüder und Brüderinnen von Ianamus Zura auf den schlammigen Hügeln unseres gemeinsamen Heimatplaneten in Freundschaft niedersetzen werden, um miteinander – und füreinander – die Atem beraubende Schönheit der Aurora immer wieder neu zu entdecken.

INALAMAS SAMOLODES SUMIRASOS VII,
gewählte Verweserin von Ianamus Zura

Einen sprachlosen Moment lang starrte Nopileos Elena nur an. Aus den Augenwinkeln bemerkte er, dass Ghinn die irdische Raumfahrerin ebenfalls scharf beobachtete, aber weshalb sie das tat, wusste er nicht, und es interessierte ihn in diesem Augenblick auch gar nicht. Die letzten Worte der Sternenkriegerin stifteten Verwirrung in seinem Kopf. *Ianamus Zura sehen!*

„Kho, wir kommen mit dieser Barkasse ohne weiteres bis ins Reich des … eines Patriarchen der Split!"

Jetzt begriff Nopileos auch, was das für ein Ausdruck in den Augen Ghinns war: unverhohlener Ärger, deutliches Unverständnis über Elenas Entscheidung. Und damit ging auch ihm ein Licht auf. „Elena, du willst nach … aber wir können doch nicht …", stammelte er.

„Nach Ianamus Zura? Nun ja, welchen Kurs hast du eingeschlagen, Nopileos?"

„Zu den Koordinaten des nächsten Sternentors, wie vom Computer vorgeschlagen."

„Und das führt wohin?"

„Ianamus Zura!" Nopileos' gelbe Augen leuchteten. „Nach Ianamus Zura!"

Elena nickte lächelnd. Viel Fußraum gab es in diesem schmerzlich beengten Beiboot zwar nicht, aber sie lehnte sich in der Sitzschale so weit zurück, wie es eben ging, und verschränkte die Arme hinter dem Kopf.

„Ich will nicht zu diesem Ort!", beharrte Ghinn t'Whht mit deutlich fauchendem Unterton. Sie saß steif in ihrem viel zu schmalen Sitz. „Ich verlange, dass sie mich nach Lho-Ingtar bringt, oder wenigstens zurück nach Nif-Nakh."

„Ghinn, habt ihr Nola Hi, Uchan und Kalmanckalsaltt vergessen? Wir müssen schnellstmöglich Unterstützung organisieren, um ..."

„Schickt eine Nachrichtendrohne!" Ohne es zu merken, wechselte die ehemalige Patriarchenfrau ständig zwischen den verschiedenen Anredeformen hin und her.

„Die funktionieren in den Neuen Sektoren nicht, weil ..." wagte Nopileos einzuwenden. Ghinn warf ihm eine Gebärde zu, die er vage als „Stimmversagen und Husten" einzuordnen glaubte. „Ist gut", schnorchelte er mit geschlossenen Lippen durch seine Nüstern und schwieg.

„Ich interessiere mich nicht für diesen Piloten und seine Paraniden-Kreatur", rief Ghinn lautstark. Den Namen des Boronen hielt sie offenbar nicht einmal für erwähnenswert. Sie richtete sich halb auf.

„Vorsicht!", erschrak Nopileos, als sie aufgrund des eng bemessenen Raumes schwankte und sich bedenklich gegen ihn und die Steuerschäfte lehnte. Das Lagekontrollsystem korrigierte den Schlenker des Beibootes mit leise fauchenden Justierdüsen.

Elena wusste nicht, ob sie Ghinn einfach ignorieren sollte, oder ob es sinnvoll wäre, der Split-Frau zu erklären, dass sie sich gar nicht hier an Bord befinden würde, wenn sie und Uchan auf Nif-Nakh nicht den sorgfältig aufgestellten Plan umgeworfen hätten. Genau genommen, überlegte Elena, wären sie vermutlich nicht einmal den Sklavenhändlern in die Hände gefallen und befänden sich jetzt schon, nach erledigtem Auftrag, auf dem Weg zurück in die *Gemeinschaft der Planeten*. Selten nur hatte sie eine derart selbstzentrierte Person wie Ghinn kennen gelernt. So, wie sie sich benahm, hielt Ghinn dieses ganze Unterfangen offenbar für ihre Privatsache.

„Ghinn, wir fliegen nach Ianamus Zura. Dort wird es teladianische Händler aus der *Gemeinschaft* geben, deren Dienste man käuflich erwerben kann. Ihr bekommt Gelegenheit, Euch zu jedem beliebigen Ort transportieren zu lassen, und wir finden jemanden, der uns zu dem treibenden Piratenschiff zurückbringt." Ein vernünftiger und fairer Vorschlag, wie sie fand.

Plötzlich schrie Ghinn voller Wut auf und hieb mit zu Fäusten geballten Händen auf Sitzlehne und Konsole, auf alles, das in Reichweite war.

Einige Warnlämpchen flackerten auf, die Stirnschuppe des sich reflexartig zusammenkauernden Teladi wurde eine Nuance bleicher.

„Wir fliegen nonstop nach Lho-Ingtar!", kreischte Ghinn mit hochrotem Gesicht. Inzwischen hatte die hagere, hoch gewachsene Frau sich so weit aufgerichtet, wie es die niedrige Kanzel der Barkasse zuließ. Halb geduckt griff sie über Nopileos hinweg, versuchte, Elenas Kehle zu packen. Die Raumfahrerin war schneller. Sie wich den sechs zur Klaue gekrümmten Fingern mühelos aus, ohne sich auch nur erheben zu müssen. Elena war sicher, dass sie die Split-Frau, die von ihrem fortgeschrittenen Zustand stark behinderte wurde, jederzeit bewegungsunfähig machen konnte.

Hätte jemand in diesen Augenblicken durch das Cockpitfenster geschaut, so wäre ihm das sich zügig nähernde Sprungtor aufgefallen, doch niemand schaute hin.

„Ghinn, so nehmt Vernunft an!"

„Nehmt Vernunft an!", echote auch Nopileos, der sich unter dem Handgemenge der beiden Frauen wegduckte. Elena sprang auf und stieß sich den Kopf mit dumpfem Geräusch an der niedrigen Decke.

„Niemals", kreischte Ghinn und brachte Elena damit kurzzeitig aus der Fassung. Die irdische Raumfahrerin wollte soeben über Nopileos hinweg nach den Armen Ghinns greifen, um diese sodann mit irgendetwas – sie blickte sich fieberhaft um – zu fesseln, doch es kam nicht mehr dazu. Mit einem ächzenden Ton brach der lang gezogene Wutschrei der ehemaligen Patriarchenfrau ab. Ghinn ließ sich in den Sitz zurückfallen. Wenn das überhaupt vorstellbar war, dann hatte sich ihre Hautfarbe innerhalb eines Sezurabruchteils in ein noch fahleres Aschgrau verwandelt.

„Ghinn? Alles in Ordnung?"

Draußen wuchs der Reif des Sternentors in die Höhe.

„*Hai*", blaffte die Angesprochene und schwieg. *Nicht mehr lange*, dachte sie bei sich, und: *Ich werde mein Kind nicht auf einem Teladi-Planeten zur Welt bringen!* Etwas hatte sich in ihr geregt, fordernd, nach Freiheit drängend.

„Wir erreichen den Sektor Ianamus Zura", sagte Nopileos atemlos. Das winzige Boot wurde von den wabernden Energiefeldern des Sternentors verschlungen.

Bereits an Bord der *FL Regendrache* hatte der Teladi seine Schnauze an der Cockpitscheibe platt gedrückt, als das Schiff die Außenbezirke dieses mystischen Sektors eilig durchquerte. Viel mehr als einen kleinen weißen Punkt hatte er von dem Planeten, dessen Namen auch das Sonnensystem trug, dabei nicht zu Gesicht bekommen. Anders jetzt: Weit voraus wuchs der Heimatplanet aller Teladi langsam heran.

Niemand konnte behaupten, dass die kleine Barkasse ein Ausbund an Geschwindigkeit und Triebwerksleistung war, aber ihre Motoren arbeiteten unablässig. Länge um Länge kroch sie auf den einst vermissten Planeten zu, bald schon würde Brennschluss eingeleitet und der Umkehrschub würde die Barkasse relativ zur Position des Planeten wieder verlangsamen. *Einst vermisst*, dachte Nopileos, der, wie die beiden Frauen, seinen eigenen Gedanken nachhing. Erst vor kurzem war Ianamus Zura wieder entdeckt worden. Und es war nicht etwa irgendwer gewesen, der den Planeten gefunden hatte, sondern Elena! Durch Computerkorrelationen uralter Sternenkataloge mit den aktuellen Karten war es Elena gelungen, den lange verloren geglaubten Ursprungsplaneten aufzufinden, wenn auch damals lediglich theoretisch: auf den Karten. Zu diesem Zeitpunkt hatte es noch keine Möglichkeit gegeben, auch dorthin zu gelangen.

Der Teladi schreckte aus seinen Überlegungen auf, als der Bordcomputer ein rechteckiges Videofeld über der Mittelkonsole öffnete. Er stupste die Raumfahrerin zu seiner Rechten aufgeregt. „Schwester!"

„Hm?" Elena blinzelte. Sie hatte es tatsächlich fertig gebracht, eine Weile zu schlummern. Ihr Blick wanderte zu Ghinn hinüber: Die Split-Frau war ebenfalls wach, aber sie wirkte angespannt und geschwächt. Dann fanden Elenas Augen die Projektion, die über der Konsole schwebte.

Jemand starrte sie an, durch das Videofeld hindurch ins Cockpit hinein. Ein Jemand, der sehr merkwürdig ausschaute: Über einem gedrungenen Körper erstreckte sich eine ausgedehnte Fleckenmaserung in düsterem Rot, die zufällig verteilten Muster erschienen wie die Falschfarbenaufnahme eines gescheckten Argnus. Alles, was nicht rot war, blitzte wie poliert in dunkelgrün und war ganz offensichtlich eine dicke Körperkruste, eine natürliche Panzerung mit sehr wuchtigen Schuppen, deren Kanten breite Wülste bildeten. Zwei große helle Augen leuchteten orange über einer – Elena wollte es zunächst nicht wahrhaben – königsblauen Schnauze, die in der Position des geneigten Interesses halb offen stand. Gelegentlich fuhr eine hellrosa Zunge über die Nüstern, und nahezu weiße Nickhäute wischten über die Augen. Das aber, was sowohl Nopileos als auch Elena sprachlos machte, war die Tatsache, dass es sich ganz eindeutig um einen *Teladi* handelte! Nach einer Weile hatte der bunte Teladi vom Videofeld hinab augenscheinlich genug gesehen. Er blies die Schuppenfinne über seinem Kopf auf, was ein untrügliches Zeichen dafür war, dass er sich köstlich amüsierte.

„Tsh!“, machte Nopileos. Bis auf Nägel und Augen war an seinen Artgenossen üblicherweise alles entweder grün oder aber braun. Zwar in den verschiedensten Abstufungen, aber immer in diesen Grundfarben, einschließlich der Schuppenfinne. Diejenige des Teladi auf dem Videofeld jedoch erstrahlte in den hellsten Farben des teladianischen Farbspektrums. Nopileos wusste nicht, was er denken oder fühlen sollte, er war verwirrt wie nie zuvor. Bevor er etwas sagen konnte, machte Elena einen Vorstoß.

„*Hajime mashite Elena Kho desu*“, sagte sie freundlich. Die Schnauze des fremden Teladi fiel beinahe aus der Projektion heraus, als er näher an die Kamera herankam. Er fauchte einige Sätze und verschwand. Gleich darauf zeigte sich ein zweiter, ähnlich bunter Teladi vor der Aufnahmeoptik.

„Was hat er gesagt?“ Elena schaute Nopileos an.

Nopileos blickte mit großen Augen zurück. „Ich bin mir nicht sicher“, stotterte er. „Das ist ein ganz alter Dialekt, glaube ich.“ Die Erkenntnis, dass es in der ureigenen Sprache seines Volkes einen Dialekt gab, befremdete ihn. Teladi kannten die wichtigsten Worte bereits unmittelbar nach dem Schlüpfen. Sicher, der Großteil des Wortschatzes kam erst später, aber Befähigung und Sprache als solches waren einem jeden Teladi bereits angeboren. Eigentlich durfte es keine Dialekte geben!

Die zweite Echse begann ebenfalls zu fauchen und tat gleichzeitig mit ihren Klauen irgendetwas außerhalb des Aufnahmebereichs. Eine Warnanzeige auf der Konsole blinkte und Elena beugte sich vor, um sie abzulesen. Man hatte eine Koordinatensequenz an den Computer übermittelt, die jedoch verstümmelt schien. Das Bordgehirn der Barkasse, das einen noch weit geringeren Logiklevel besaß als Marc, der Computer von Elenas altem Schiff, der *USC Getsu Fune*, war außerstande, die

Daten korrekt zu interpretieren. Elena wollte Nopileos darauf hinweisen, aber etwas Seltsames war geschehen: Die große flache Stirnschuppe des jungen Teladi bildete eine leichte Wölbung aus, eine Art Falz. So wie eine Denkfalte bei einem Menschen. Noch nie hatte Elena etwas Derartiges bei einem Teladi gesehen. Sie erkundigte sich besorgt nach dem Wohlbefinden ihres Echsenfreundes.

„Alles bestens, o Sternenkriegerin", antwortete dieser mit abwesendem Gesichtsausdruck. „Ich glaube, er sagte: hinlegen und aufessen."

„Und das heißt soviel wie …?"

„Ich weiß es nicht, Elena." Nopileos zögerte. „Aber ich kenne seinen Namen. Er heißt Liimitis Owumelohes Petulenas IX. Soviel habe ich verstanden. Es ist ganz genau wie Schlupflingsprache, nur völlig anders."

Elena wiegte den Kopf. „Hört sich für mich wie ein ganz normaler Name für einen Teladi an."

Nopileos musste eingestehen, dass sie damit Recht hatte. „Ja schon. Aber hast du ihn dir mal angeschaut?"

Elena lachte leise. „Ich glaube, er findet uns ebenso seltsam wie wir ihn." Sie winkte dem zweiten Teladi zu. Nopileos wollte etwas sagen, aber er brach ab, als die Echse wieder zu sprechen begann. Elena zuckte zusammen, denn diesmal legte der bunte Teladi eine Aggressivität vor, die an eine Schlangengrube voll aufgebrachter Nattern erinnerte. Das klang schon eher nach zeitgemäßem Teladianisch!

„Wir sollen die Schönheit des Universums bezeigen oder umkehren", übersetzte Nopileos. „Seltsamer Akzent, aber ich verstehe ihn jetzt halbwegs. Bloß der Sinn …" Der Teladi schnaubte indigniert. „Elena, was soll das heißen?"

Die Raumfahrerin war genauso ratlos wie ihr Echsenfreund. Sie zuckte die Achseln. „Ghinn, irgendeine Idee?" Seit ihrem Wutausbruch vor einiger Zeit hatte sich die Split-Frau schweigsam verhalten.

„Man kreuze Teladi- mit Boron-Kreaturen", höhnte die Patriarchenfrau.

Nopileos blickte Ghinn mit offener Schnauze an, dann zog er die Klauen aus den Kontrollschäften und drehte die Handflächen mit gespreizten Fingern nach oben. „Sie wollen an Bord kommen", verkündete er, ohne auf Ghinns Kommentar einzugehen. „Danach wird entschieden, ob wir eine Landeerlaubnis erhalten."

Elena schüttelte den Kopf. „Hast du ihnen gesagt, wie wenig Platz wir hier drin haben?"

Nopileos wackelte mit den Stummelöhrchen: Nein. Elena fragte nicht weiter nach. Vermutlich sollte das heißen, man würde sie nicht landen lassen, wenn sie nicht kooperierten. Vielleicht würde es Ghinn auf dumme Gedanken bringen, wenn sie das laut ausspräche. „Gut", sagte sie daher. „Es wird eng, aber wenn sie nicht mehr als ein oder zwei Leute gleichzeitig schicken, wird es schon irgendwie gehen."

„Da kommen sie!"

Aus dem direkt voraus liegenden, inzwischen auf Fußballgröße angewachsenen, Planeten löste sich die Silhouette eines Schiffes. Der Raumer war etwa eineinhalb Mal so groß wie ein typischer Zerstörer. Seine Form entsprach der eines unten vorsichtig abgeflachten Tropfens mit breiten, seitlich angeordneten Aufbauten und einigen stachelartig abstehenden Antennen oder Sensoren. Zwei mächtige, abgerundete Triebwerkskästen entsprangen dem hinteren Teil des Tropfens und unterbrachen dessen Symmetrie. Um seine Seiten herum schmiegten sich mehrere Reihen unregelmäßig geformter Fenster oder Bullaugen, die offensichtlich erhaben waren und ein wenig über die Hülle des Schiffes hinausragten. Das Gefährt wirkte wie biologisch gewachsen, aber laut der Fernaufklärung der Barkasse war es das nicht. Überhaupt nicht organisch wirkte jedoch die Farbgebung des Raumers: Blendend grelles Gelb bildete die Grundfarbe der Schiffshülle, flächig schlangenförmige Linien aus klarem Blau, Grün und Rot verliefen, schmaler werdend, vom vorderen breiten Teil des Tropfens nach hinten, wo sie einander kunstvoll umschlangen.

Als Nopileos das prächtige Raumschiff erblickte, klickte etwas in ihm. Sofort kam ihm die fließende Skulptur in den Auslagen des teladianischen Krämers auf der Handelsstation Finanzhoch in den Sinn. Das Kunstwerk hatte ihn vom ersten Moment an auf unerklärliche Weise fasziniert, und er hatte sich den Namen des Künstlers gemerkt, der in altteladianischen Hieroglyphen in den Sockel eingraviert worden war: Ianusis Gonareos Ianusis VIII. Das Schiff war der Skulptur zwar nicht wirklich ähnlich, aber die Philosophie, die bei seiner Linienführung Pate gestanden hatte, entsprach in hohem Maße derjenigen der Skulptur. Jeder konnte das sehen!

Nach geraumer Zeit ging das farbenfrohe Raumschiff längsseits der

Barkasse und ein universeller Docktunnel strebte auf die Außenhaut des Bootes zu. Nur um eine halbe Länge war die Auflagefläche des Tunnels kleiner als die Flanke der Barkasse, und so tastete der Mechanismus mit schabendem Geräusch eine Weile auf der Hülle herum, bis er die passende Position gefunden hatte und sich schließlich mit einem trockenen Klacken arretierte. Nopileos ließ das Schott öffnen, sicherte Kontrollen und Bordcomputer gegen unbefugte Benutzung und schälte sich dann aus seinem Sitz. Er warf Elena einen Hilfe suchenden Blick zu. Die Raumfahrerin erhob sich ebenfalls unter Mühen aus dem beengten Schalensitz und folgte dem Teladi geduckt.

Sie kamen zu zweit. „Profit!", begrüßte Elena die Echsen, aber bevor sie noch Weiteres sagen konnte, musste sie beinahe zwangsweise die farbenfrohen Teladi mit offen stehendem Mund beäugen. Die blaue Schnauze des einen Teladi kam ihr bekannt vor: ja, richtig! Das war der mit den roten Argnuflecken und der regenbogenfarbenen Schuppenfinne! Sein Oberkörper war unbekleidet, doch er trug ein weites Beinkleid, das die bloßen Gehklauen freiließ. Es war in blassem Teladi-Grün gefärbt und wies auf jeder Seite eine von oben nach unten verlaufende Reihe beiger Schriftzeichen auf. Die Krallen, normalerweise glänzend schwarz, leuchteten jede in einer anderen, schreiend bunten Farbe.

„Die haben sich angemalt!", entfuhr es Elena.

„Schhhh!" Nopileos bedeutete ihr zu schweigen und entbot den beiden Neuankömmlingen einen gefauchten Willkommensgruß, der adäquat beantwortet wurde. „Sie wollen sich ein wenig umsehen", übersetzte Nopileos.

„Mach ihnen klar, dass wir vor Piraten flüchten und Hilfe benötigen", wies Elena Nopileos an. Dieser bestätigte. Inzwischen waren die beiden bunten Teladi näher herangetreten. Während Nopileos ihnen zischelnd und fauchend versuchte, die Lage zu erklären, schauten sie sich neugierig um, berührten dieses, schnüffelten an jenem und richteten schmale farbige Geräte auf verschiedene Teile der Innenausstattung.

„Und?", drängelte Elena, als der Teladi mit der königsblau gefärbten Schnauze ein Fauchen von sich gab.

„Wenn ich das richtig verstanden habe", sagte Nopileos, der furchtbar aufgeregt war, „möchten sie das Cockpit und den Frachtraum sehen."

„Frachtraum?“, wunderte sich Elena. Sie hatte natürlich keinerlei Zeit gehabt, sich vor der Flucht aus dem Sklavenschiff mit der Barkasse vertraut zu machen, aber dass das kleine Boot einen Frachtraum besaß, konnte sie nicht glauben. Nopileos übersetzte, und die beiden Teladi antworteten, dass sie das „ästhetische Konstrukt“ durchaus alleine würden untersuchen können.

„Mit ‚ästhetisches Konstrukt‘ meinen die aber nicht unser knubbeliges Boot, oder?“

„Doch, doch“, widersprach Nopileos, der es Elena gleichtat und sich in dem engen Zwischendeck an die Wand drückte, während die beiden Teladi neugierig alle zugänglichen Teile der Barkasse untersuchten. „Aber hast du das gesehen, o Schwester? Hast du? Tsh!“

„Was denn?“

„Sie sind, sie sind …“ Nopileos’ Stirnschuppe war totenbleich.

„Was sind sie?“, hakte Elena nach, als der Teladi stockte.

„Männchen!“, platzte es aus Nopileos heraus.

KAPİTEL 32

Einstein mag ja ein berühmter Argone der Gründerzeit gewesen sein. Aber ich lasse mich nur ungern mit ihm vergleichen – ich bin deutlich hübscher als er!

DR. SIOBHAN INJA NORMAN,
ArgoNet: ScienceView, Ausgabe 8/504

Auch wenn Siobhan der Tod Ruuf Vondrans nicht kalt ließ, so berührte er sie doch weit weniger als die anderen Mitarbeiter des Projekts und den Führungsstab der Goner. Während manche ihr das mangelnde Mitgefühl insgeheim übel nahmen, gingen Noah Gaffelt und seine Vertreterin Lynda North stillschweigend davon aus, dass sie als Langlebige ohnehin eine andere Einstellung zu Tod und Leben habe. Das stimmte nur zum Teil, denn der Tod Lar Asaneus' war Siobhan durchaus sehr nahe gegangen, obwohl sie die Boronin erst zwei Wozuras zuvor kennen gelernt hatte.

Vier Tazuras nach dem Unglück wurde Siobhan von der argonischen Regierung auf Empfehlung Senator Gunnars und Dr. Folknas zur Nachfolgerin Dr. Vondrans berufen, und somit zur Leiterin von Projekt Providence. Colonel Ban Danna schien als Einziger nicht zufrieden mit dieser Entscheidung. Siobhan hätte wetten mögen, dass Danna lieber Dr. Folkna in der Position des Nachfolgers gesehen hätte. Aber der Colonel schwieg, und als sich ein paar Tazuras nach Siobhans Ernennung ein sensationeller Erfolg abzuzeichnen begann, bröckelte seine Feindseligkeit ihr gegenüber und verlor etwas an Schärfe.

Die Untersuchungen des Unglücks ließen keinen Zweifel daran, dass die Sprungeinheit durch Einfluss von außen aktiviert worden war. Anhand der Logfiles der militärischen Raumüberwachung des Sektors ließen sich genau zum Zeitpunkt der Katastrophe verschlüsselte Signale auf Frequenzbändern finden, die üblicherweise nur von Xenon benutzt wurden. Einem Team von Kryptologen des Polytechnischen Instituts auf Desolum IV gelang es, diese Signale zu dechiffrieren. Es handelte sich unzweideutig um Sprungkoordinaten, Reihen von Parametern, sowie um lange, komplizierte Befehlssequenzen, die Formeln aus der

Singularitätsphysik kodierten – all das eben, was die Sprungeinheit zum Betrieb benötigte, was bislang aber nicht in erforderlicher Genauigkeit erforscht und verstanden worden war.

Zwei Wozuras nach dem Unglück im Sicherheitslabor trafen Siobhan, Dr. Folkna, Colonel Danna in Vertretung für Senator Gunnar, sowie Ninu Gardna als Assistentin Noah Gaffelts zu einer Lagebesprechung zusammen, die der Colonel einen Kriegsrat nannte. Ban Danna fühlte sich in Gegenwart der blauhaarigen Wissenschaftlerin nach wie vor nicht hundertprozentig wohl. Er mochte sie noch immer nicht besonders gut leiden, kannte sich selbst aber gut genug, um langsam zu ahnen, weshalb dies so war. Jedenfalls wusste er inzwischen, dass sie kein doppeltes Spiel trieb. Unmittelbar nach dem Unglück war er noch fest davon ausgegangen, dass sie für die plötzliche Aktivierung der Sprungeinheit verantwortlich war. Als dann die Logfiles mit den per Funk übertragenen Befehlssequenzen der Xenon hereinkamen und bewiesen, dass dem nicht so war, beglückwünschte er sich dazu, wenigstens einmal im richtigen Moment den Mund gehalten zu haben.

„Meine Gratulation zu Ihrem Erfolg“, sagte Danna, ohne Siobhan direkt anzuschauen. Die Argonin merkte, wie sehr sich der Geheimdienstmann zusammennehmen musste, um wenigstens halbwegs friedfertig auszuschauen. Innerlich musste sie lachen. Danna nickte Ninu Gardna zu und fuhr fort. „Miss Gardna, keine Chance, dass der Oberste Hüter doch noch an der Besprechung teilnimmt?“

Ninu schüttelte den Kopf. „Er und Lynda North sind zurzeit in Port Thornton.“

„Da komme ich eben her, verflucht“, murmelte Danna. „Als ich los wollte, tauschte gerade ein Trupp Wartungsroboter die Schleusenflügel des Docktunnels aus. Vier Stazuras bis zur Startfreigabe, können Sie sich das vorstellen? Ich habe getobt! Nun gut.“ Danna räusperte sich, und blickte zum ersten Mal Siobhan direkt in die Augen. „Legen Sie los, Dr. Norman. Wir wissen alle in groben Zügen Bescheid, also können Sie es kurz halten.“

Siobhan nickte. „In Ordnung. Im Grunde sind unsere Ergebnisse zweischneidig: Zum einen ermutigend, zum anderen Besorgnis erregend. Ermutigend deshalb, weil wir jetzt ziemlich genau wissen, wie man die Sprungeinheit aktiviert. Die NQG-Invarianz ist damit noch nicht gelöst, aber wir können eine Sprungeinheit in Betrieb nehmen.“

Ninu Gardna, deren hellblonde Haare zu einem Zopf zusammengebunden über ihrer Brust auf einen groben Strickpullover fielen, schien verwirrt. „Das ist zwar schön, aber die Sprungeinheit ist in Rauch aufgegangen. Oder?“

„Es gibt einen Nachbau, Ninu!“, meldete sich Zakk Folkna zu Wort. „Wir haben die originale Einheit natürlich einem Nanoscan unterzogen, bevor wir sie auseinander nahmen.“

Die Gonerin war verblüfft. „Das wusste ich nicht!“

„Ja, und Colonel Danna war so freundlich, uns ein geeignetes Testschiff zu organisieren, in das wir die Sprungeinheit in den nächsten Tazuras einbauen werden.“ Zakk strahlte.

„Gern geschehen, aber kein Grund, mir um den Hals zu fallen“, dämpfte Danna die Freude des Wissenschaftlers. „Dr. Norman, sie sprachen von Besorgnis erregenden Ergebnissen.“

„Richtig. Sehen Sie, die Sprungeinheit wurde von Wissenschaftlern der“ – sie zögerte – „Erde gebaut. Von solchen, die ein havariertes Xenon-Sprungschiff als Vorlage hatten. Und nun reagierte die Einheit auf Funksequenzen der Xenon …“

„An deren genauem Inhalt wir nach wie vor forschen“, warf Danna ein.

„So ist es. Aber was schließen wir daraus?“ Siobhan blickte in die Runde. Bevor jemand etwas sagen konnte, sprach sie weiter. „Die Ingenieure haben offenbar unwissentlich die Funksteuerung mit nachgebaut!“

„Dann hat unsere Sprungeinheit sie auch“, stellte Ninu scharfsinnig fest. „Oder etwa nicht?“

Zakk Folkna nickte. „Möglich, deshalb haben wir vorsichtshalber einen Störsender integriert, der die Xenon-Frequenzen blockiert.“

„Das funktioniert?“, fragte Danna skeptisch.

„Wir glauben schon. Aber das werden letztlich nur Testflüge klären.“

„Wann beginnen Sie damit, Dr. Folkna? Dr. Norman?“

„Sobald die neue Sprungeinheit in die *AP Providence* – das Testschiff – eingebaut ist. In zwei oder drei Tazuras.“

Danna nickte befriedigt und betätigte einige Schalter auf dem, vor ihm in den schwarzen Konferenztisch eingelassenen Pult. „Gut. Je früher desto besser. Ich habe diese Besprechung einen Kriegsrat genannt, und das nicht ohne Grund. Schauen Sie hier.“

Eine Holosphäre flammte auf, in der sich ein riesiger, schwarzer Zylinder langsam über einen sternenübersäten Hintergrund wälzte. „Das habe ich von der Verteidigungs-Senatorin nach ihrer Rückkehr von Hewa bekommen. Dort fand vor ein paar Wozuras die sechsundvierzigste außerplanmäßige Tagung der IKSZ statt.“

„Was ist das? Sieht nach Xenon aus“, wollte Ninu wissen. Weder Siobhan noch Zakk Folkna kannten Xenon-Schiffe oder -Installationen aus eigener Erfahrung, die Gonerin hingegen war den schwarzen Schiffen auf ihren Fahrten mit der *AP Aladna Hill* schon mehrfach begegnet.

Ban Danna stand auf und stellte sich so dicht vor der Holosphäre auf, dass sein Kopf in die Ausläufer eines projizierten Nebels hineinragte. „Das ist ein CPU-Schiff der Xenon. Wir wissen nicht, wo es sich befindet, aber die Paraniden wissen es. Dafür liegen uns Informationen vor, die die Dreiäugigen nicht haben.“ Danna drehte sich um.

„Aus dem Buch der Wahrheit, in das uns Noah Gaffelt großzügig Einblick gewährte“ – Danna nickte Ninu zu – „geht hervor, dass es in diesem Bereich des Alls ursprünglich zweiunddreißig CPU-Schiffe gab. Die Paraniden nehmen als gesichert an, dass von diesen nur noch eine einzige Einheit existiert. Ihre Koalition mit den Split ist geplatzt – also haben sie eine eigenständige Flotte gebildet, die bereits jetzt unterwegs ist, um dieses letzte CPU-Schiff zu eliminieren.“

Eine lange Pause entstand, während derer sowohl die Wissenschaftler als auch Ninu den Geheimdienstmann mit fragenden Gesichtern anschauten.

„Aber damit tun sie uns einen großen Gefallen! Beteiligt sich Argon Prime nicht an dieser Kampagne?“, erkundigte Ninu sich nach einer Weile.

„Nein. So leid es mir persönlich auch tut. Aber im Verteidigungsministerium ist man der Ansicht, dass das Risiko zu hoch ist, weil es tatsächlich noch weitere CPU-Schiffe geben könnte.“

„Na und?“, fragte Zakk Folkna. „Wo liegt das Problem?“

„Das sag ich ihnen, Doktor. Das Problem ist, dass die Xenon möglicherweise nicht nur die Sprungeinheit beeinflussen können, sondern Zugriff auf beliebig viele unserer Computersysteme und sonstigen technischen Einrichtungen haben. So viele, dass wir nicht einmal einen Bruchteil mit Störsendern schützen können. Wir wollen sie nicht provozieren, bevor das geklärt ist.“

„Unsinn. Wer sagt denn so etwas?" Der schlaksige Wissenschaftler wirkte regelrecht empört.

„Das steht in dem vorläufigen Bericht, den Dr. Norman der Regierung und mir vorgelegt hat."

Die *AP Providence* hob sich als pfeilschneller, schlanker Keil gegen den sternendurchwirkten Hintergrund des Alls ab. Das unbemannte Testschiff wurde von einem Schwarm kleiner Kameradrohnen begleitet, die es bis zur Aktivierung der Sprungeinheit verfolgen würden, und die nicht nur Bilder, sondern auch übermittelte Daten zwischenspeicherten. Langsamer, fast schon behäbig, folgte der riesige Schatten der *Argon One*, des Flaggschiffes der argonischen Föderation. Normalerweise verteidigte das Kapitalschiff die inneren Sektoren der Föderation gegen unerwünschte Eindringlinge, aber gelegentlich, in Zeiten des relativen Friedens, wurde es auch zu anderen Aufgaben abkommandiert. Zwar zeichnete sich ab, dass der Frieden nicht mehr lange währen würde, aber das Oberkommando der Streitkräfte hatte dennoch einem Einsatz des Flaggschiffes als mobiles Kontrollzentrum für die Sprungtests zugestimmt. Auch Brennans erfolglose Sprungversuche mit dem X-Shuttle waren seinerzeit von der *Argon One* ausgegangen. Schon das allein zeigte, wie viel Bedeutung man dem Erfolg des Projekts beimaß.

„Eine Mizura bis zum Erreichen des Eintrittspunktes", verkündete der Computer der Wissenschaftsstation, kurz darauf gefolgt von einer gleich lautenden Meldung des Brückencomputers der *Argon One*.

Siobhan verfolgte die vitalen Werte der Sprungeinheit ständig auf einem Monitorfeld, während ein Militärpilot den Autopiloten der *AP Providence* an einer Fernsteuerungskonsole überwachte. Major Jahn Seldon lautete der Name des Piloten, und er war, genau wie seine Vorgesetzte Commander Ditta Borman, Siobhan und dem Projekt Providence fest zugeteilt worden. Rechts neben Siobhan stand Colonel Ban Danna, der die *Argon One* immer dann befehligte, wenn es um zivile Interessen ging oder um Angelegenheiten des militärischen Geheimdienstes. „Wenn ich Ihnen helfen kann, Dr. Norman", sagte er jovial, „dann lassen Sie es mich wissen."

Siobhan zählte innerlich bis drei, bevor sie antwortete. „Vielen Dank. Sie können mir tatsächlich einen großen Gefallen tun, Colonel."

„Und zwar?"

„Machen Sie sich einfach *unsichtbar*", schnappte Siobhan. Ihre Anspannung ließ sie noch bissiger werden, als sie es ohnehin schon war, und ihre Gesprächsbereitschaft deutlich abnehmen. Danna blickte zuerst verdutzt, dann lachte er leise und zog sich zum Pult Major Seldons zurück, der ihn stumm angrinste und mit den Schultern zuckte.

„Achtzehn Sezuras bis zum Erreichen des Eintrittspunktes. Sprungeinheit ordnungsgemäß aktiviert."

Siobhan berührte einen Sensor auf der Konsole. Mehrere kleine Videofelder öffneten sich, auf denen Bilder der Außenkameras des unbemannten Schiffes erschienen. In langen weißen Streifen flogen die Konstellationen zu beiden Seiten des Testschiffes entlang, während die Sternbilder vor und hinter dem Schiff relativ unbeweglich verharrten. Siobhan machte sich nicht die Mühe, nach schwachen Rot- und Blauverschiebungen in den Bildern von Bug- und Heckkamera zu suchen, denn das Schiff bewegte sich mit lediglich fünf Prozent der Lichtgeschwindigkeit. Menschliche Augen konnten derart geringfügige Farbnuancen nicht auflösen, der Computer vermochte es sehr wohl. Sie warf einen Seitenblick auf Zakk Folkna, der im Sessel zu ihrer Linken konzentriert auf ein halbes Dutzend flackernder Datenfelder starrte. Vermutlich war Zakk die Episode mit Danna völlig entgangen.

Laut Anzeige war die Sprungeinheit erwartungsgemäß hochgefahren. Äußerlich ließ sich noch nichts erkennen, aber Siobhan wusste, dass im Innern der *AP Providence* nun Fäden verzerrter Raumgeometrie umhergeisterten wie dürre, masselose Finger, die Wände aus Kunstmetall durchdrangen als seien sie lediglich masselose Gespenster. Wie sehr wünschte Siobhan es sich, jetzt an Bord des Testschiffes zu sein! Diesmal würde alles funktionieren, dessen war sie sicher. Lar Asaneus sollte nicht umsonst gestorben sein. *Und Ruuf*, fügte sie zögerlich in Gedanken hinzu.

„Eine Sezura bis zum Erreichen des Eintrittspunktes."

Feine blaue Entladungen begannen um die *AP Providence* herumzutänzeln. Ein weißer Ring aus pulsierender Energie entstand vor dem Bug des kleinen Schiffes.

„Testschiff erreicht Eintrittspunkt. Alle Werte nominal."

Lautlos zuckte ein heller Blitz auf. Siobhan blinzelte, als die Videofelder zuerst einen Sezurabruchteil schwarz wurden, dann auf die Ansicht der Kameradrohnen umschalteten. Eine zerfasernde Wolke ionisierten interstellaren Gases schoss auf die Kamera zu und verblasste fast sofort.

Die *AP Providence* war verschwunden!

Siobhan überprüfte die Kontrollen mit bebenden Fingern. Gelungen, das Experiment war ein Erfolg! Dann drehte sie sich zu Danna und Seldon um, in Erwartung eines Freudenschreies. Doch die beiden Männer schauten sie an, als hätten sie ein Gespenst gesehen. Mit langen Gesichtern beobachteten sie die Kameraübertragung der Position im All, an der sich noch Sezuras zuvor das Testschiff befunden hatte.

„Ich werd verrückt", meldete sich der Colonel nach ein paar Sezuras als Erster zu Wort. „Ich habe zwölf Sprungtests des X-Shuttles beigewohnt. Zwölf Sprünge, verteilt auf einundzwanzig Tazuras. Zwölf Fehlschläge." Langsam kehrte die Farbe in sein Gesicht zurück, und er trat zu Siobhan hinüber, reichte ihr die Hand. „Sie sehen mich zutiefst beeindruckt."

Im ersten Moment verspürte Siobhan den Impuls, die dargebotene Hand zu ignorieren. Doch sie fühlte intuitiv, dass Dannas Worte ehrlich gemeint waren, und stand auf, um dem Geheimdienstmann in die Augen zu schauen, während sie seine Hand schüttelte. „Das wäre ohne Ihre Hilfe nicht möglich gewesen, Colonel", sagte sie augenzwinkernd.

„Oh, Sie meinen, weil ich mich auf Wunsch unsichtbar machen kann", lachte Danna, „wie die Sprungeinheit!" Zum ersten Mal, seit er Siobhan kannte, empfand er eine gewisse Sympathie für sie. Er trat beiseite, als Zakk Folkna Siobhan umarmte und ihr auf die Schultern klopfte.

„Ich wusste es, ich wusste es!", wiederholte der Wissenschaftler immer wieder, und es hörte sich ein bisschen wie ein Schluchzen an, oder wie ein tief empfundenes Gebet.

„Okay, Zakk. Jetzt wieder auf deinen Platz. Die *AP Providence* kommt in ein paar Augenblicken zurück. Major Seldon an die Flugfernsteuerung. Hopp." Major Seldon hopste.

Erst jetzt fiel Siobhan auf, dass das Gravidar nicht anzeigte, was es anzeigen sollte. Das Testschiff war auf einen Sprung von nur einer Lichtmizura programmiert worden. Eine Entfernung, die sich deutlich innerhalb der Grenzen dieses Sonnensystems befand. Es hätte auf dem Gravidar auftauchen müssen! „Zakk, da stimmt was nicht. Das Schiff ist nicht auf dem Gravidar." Ärger stieg in ihr auf – sie war keine Pilotin! Seldon hätte das Fehlen des Schiffes auf dem Gravidar unmittelbar nach dem Sprung bemerken müssen!

„Havarie? Ist es explodiert?“, keuchte Zakk entsetzt. „Vielleicht in diesem Energieblitz beim Erreichen des Eintrittspunktes?“

„Nein, keine Trümmer auf dem Gravidar, nichts“, antwortete Seldon. „Das Schiff muss gesprungen sein!“

„Brücke!“, rief Danna. Der Erste Offizier meldete sich. „Commander, ich brauche einen Tiefraumscan über den gesamten Sektor. Sofort! Unser Testschiff ist verschwunden, es …“

„Moment, Colonel“, unterbrach der Erste Offizier. „Wir haben Aktivität am Sprungtor. Da ist … ja! Unglaublich. Da ist es!“

„Ich verlange eine ordentliche Meldung!“

„Ja, Sir, Entschuldigung, Sir. Das Testschiff kommt soeben durch das Beta-Tor in diesen Sektor. Die Massesignatur auf dem Tiefengravidar ist eindeutig: Es ist zweifellos die *AP Providence*! Entfernung dreiunddreißig Lichtmizuras! Dreiunddreißig? Aber …“

„Danke, Commander. Dr. Norman – da sind wir etwas über die Ziellinie hinausgeschossen, nicht wahr? Wie war das, nur eine Lichtmizura beim ersten Test?“

Siobhan lehnte sich zurück und fuhr sich mit der Hand durchs Haar. „Die Telemetriedaten sahen perfekt aus. Nicht um ein Iota von den Sollwerten verschieden. Wir müssen abwarten, was die Sprungeinheit während des Sprungs aufgezeichnet hat.“

„Hm. Signallaufzeit dreiunddreißig Mizuras in eine Richtung. Das heißt, in frühestens sechsundsechzig Mizuras wissen wir Bescheid. Falls Sie die Einheit aber auseinander nehmen müssen, Doktor …“

„Schon klar – dann dauert es etwas länger.“

„Etwa einen halben Tazura bis zum Rendezvous. Es sei denn, Sie lassen das Schiff erneut springen.“

„Auf keinen Fall, Colonel. Nicht bevor ich weiß, was los ist.“ Doch sie hegte bereits eine bestimmte Vermutung.

KAPİTEL 33

Jeder Teladi kommt mit einem genetisch erworbenen Wortschatz von etwa einhundert Vokabeln auf die Welt, der so genannten „Schlupflingsprache". Bei den weitaus meisten dieser Vokabeln handelt es sich um Verben, Adjektive und Interjektionen, die von einem ausgewachsenen Teladi nur selten benötigt werden. Die Erwachsenensprache muss daher von jedem Teladi auf traditionelle Weise erlernt werden.

DR. S. PETRA,
„Versuch einer lexikalischen Feldanalyse teladianischer Verben"

Sie konnte sich an dem Anblick nicht satt sehen und von den Lauten nicht genug hören. Eben noch hatte sie nur wenige Worte verstanden, doch sehr schnell begriff sie, wie elegant und ausdrucksstark die Sprache der beiden Beamten der Zoll- und Einwanderungsbehörde in Wirklichkeit war. Wenn es eine wahre, eine ursprüngliche Form des Teladianischen gab, dann war es diese, und nicht diejenige, welche in der *Gemeinschaft* gesprochen wurde! Alles in ihr schwang mit, als habe ihr Körper zum ersten Mal im Leben die Gabe eines Minerals oder Vitamins erhalten, das einen Schleier von ihren Augen und Ohren hinfort spülte, den sie zuvor nie wahrgenommen hatte. Petulenas und sein Kollege Odisobos sprachen in reinem Altteladianisch zu ihr, und sie verstand ein jedes Wort, so wie es von Anfang an durch ihre Gene vorbestimmt gewesen war.

„So, Brüderin Isemados Sibasomos Nopileos IV, wir sind sehr erfreut, Ihre Bekanntschaft gemacht zu haben", sagte Petulenas gerade. Er kam aus dem Cockpit zurück und betrachtete auf dem Display seines Gerätes ein Bild, das er soeben von Ghinn aufgenommen hatte. „Die wenigsten Brüderinnen aus Ihrer Planetengemeinschaft befinden sich in einer solch beeindruckenden Begleitung. Ein Hasswesen und eine Argonen-Frau."

Nopileos' Schuppenfinne richtete sich belustigt auf. Hasswesen! Das war bestimmt der treffendste Ausdruck, den sie je für Split gehört hatte. Und auf Ghinn t'Whht traf das ganz besonders zu. Sie fing einen Blick von der Sternenkriegerin auf.

„Was sagen sie?", wollte Elena wissen.

„Sie freuen sich", sagte Nopileos abwesend. Zu Petulenas gewandt: „Bestimmt befinden sich schon viele Teladi aus der *Gemeinschaft* auf Ianamus Zura, Kollege Petulenas, nicht wahr? Nicht wahr?"

„Hmmshhh." Petulenas hängte das Aufnahmegerät in einen Schuppenhaken an seiner Seite und nahm eine Eingabetafel zur Hand, auf der er einige Sensoren berührte. „Nun, so viele kommen, so viele gehen auch wieder. So, Brüderin Nopileos, ihr habt eine Landefreigabe. Vielen Dank."

Nopileos gab einen Zischlaut von sich. Sie blickte Elena Hilfe suchend an, doch die Sternenkriegerin hatte natürlich kein Wort des Gesagten verstanden.

„So, Brüderin Nopileos", wandte Petulenas sich noch mal an sie, bevor er seinem Kollegen Odisobos durch den Docktunnel folgte, „wegen Ihres Piratenproblems wenden Sie sich bitte an die Ästhetenaufsicht. Man ist dort bereits informiert. Ihr persönliches Visum ist unbegrenzt, das Ihrer Begleiterinnen gilt für eine Sonnenwende."

Nopileos schaffte es noch ihren Dank hervorzubringen, bevor das Schott zuzischte.

„Erzähl!"

„Wir dürfen landen. O Elena, sie sind wirklich …"

„Männchen?", schlug Elena schmunzelnd vor, als Nopileos stockte.

„Tshh! Ja, auch das! Aber sie sind sehr geheimnisvoll."

Elena musste noch breiter grinsen. „Alles andere wäre doch langweilig, oder?" Mit diesen Worten schlug sie Nopileos leicht auf die Schulter und drängte sich an ihr vorbei, um ins Cockpit zurückzukehren, wo Ghinn nach wie vor wie versteinert wartete.

Als etwa eine Inzura später Ianamus Zura das schmale Fenster des Beibootes von links nach rechts ausfüllte, kam Nopileos aus dem Staunen nicht mehr heraus. Ergriffenheit hatte sie gepackt und ließ ihre Herzen schwer werden. Zwar war sie in ihrem jungen Leben bereits ungewöhnlich weit herumgekommen für eine Teladi, die eben erst der Vollsonnigkeit entwachsen war. Viele herrliche Planeten hatte sie bereits gesehen, auch die glitzernden Schleier der Halmnan-Aurora, geheimnisvoll und wunderschön. Sie hatte dunkelrote Sonnen geschaut, die seit Äonen ihrem fernen Ende entgegenglommen wie Kohlenstücke auf halbem Weg durch eine Winternacht; Spiralnebel in so großer Zahl und so weiß wie Eiskristalle am Fenster des Eibrütheims auf Platinball.

Doch dieser Planet, auf dem die Barkasse soeben zur Landung ansetzte, war schöner als all das. So viel schöner, dass es in der Seele schmerzte. Bereits aus einer Höhe von hundertundfünfzigtausend Längen, wo sich die Atmosphäre noch als dünner hellblauer Hauch gegen das Schwarz des Universums abzeichnete, konnte sie mit bloßen Augen seine einzigartige und besondere Farbe erkennen: ein warmes Schlammbraun, das sich fast über die gesamte nördliche Hemisphäre erstreckte. Nopileos hatte noch nie eine Karte vom Ursprungsplaneten ihrer Spezies gesehen, wusste nicht mit ihrem Verstand, was sie dort erblickte. Doch ihr Unterbewusstsein sprach mit ihren Herzen, und sie erkannte es auf einmal: Sumpf! So wie andere Planeten zu großen Teilen von tiefen Ozeanen bedeckt waren, wurde Ianamus Zura von ausgedehnten, wunderbaren Sümpfen überzogen. Es war die Erinnerung ihrer Art, nicht selbst erlebt, und doch unvergessen quer durch alle Generationen.

„Bist du auf dem Leitstrahl?“, drang Elenas Stimme zu ihr durch.

Nopileos überprüfte die Kontrollen, als wären sie nebensächlich und schaltete den Computer auf Bodenkontrolle um. „*Hai.*“ Bei vielen besiedelten Planeten konnte man aus dem Orbit mit bloßen Augen keinerlei Zeichen von intelligentem Leben ausmachen. Hier war das anders. Küstensümpfe verliefen über Zehn- und Hunderttausende von Längen in sanft geschwungenen Linien, die ganz offensichtlich nicht natürlichen Ursprungs waren, sondern die man im Laufe vieler hundert Jazuras geformt haben musste. Die großen Trockengebiete erstrahlten teils in goldgelben, teils in ockerfarbenen Tönen. Dort, tief unten, schob sich die Nachtlinie langsam unter dem landenden Boot hinweg, trennte Nacht von Tag, und eine funkelnde Metropole zündete, Leuchtpünktchen für Leuchtpünktchen, ihre nächtlichen Lichter an.

Nicht viel später wuchsen die ersten Gebäude neben der herabsinkenden Barkasse in die Höhe. Geschwungene, lebendig wirkende Strukturen, sanft und plötzlich ansteigend, schmal oder breit. Auch hier, ohne jeden Zweifel, die Verbindung zur Skulptur des Künstlers, eben zu jener Philosophie, die sich bereits in der Linienführung des Zoll-Raumschiffes manifestiert hatte. Kunst, Technik, Landschaft und Architektur, alles floss hier auf Ianamus Zura in Schönheit zusammen, ergab den verlorenen Traum ihrer Art. Hier war sie daheim … sie spürte es, als die Kufen des Beibootes mit einem sanften Ruck aufsetzten.

Die Nacht auf dem Landefeld wurde von sanftem Licht durchspült. Sie wollte hinaus, die Luft an Bord des Beibootes schmeckte schal und so künstlich. Sie wollte den Planeten atmen, jetzt gleich! Ohne ein Wort löste sie sich aus dem Pilotensessel und ließ die beiden Frauen hinter sich zurück. Die Sternenkriegerin rief ihr etwas nach, aber Nopileos achtete nicht darauf. Die Schleuse zischte, es konnte ihr nicht schnell genug gehen. Schließlich klappte die winzige Gangway nach außen, und noch bevor die Treppe den lehmigen Boden des Landefeldes berührte, sprang Nopileos die letzte, halbe Länge hinab, breitete die Arme in warmer Luft aus und atmete tief ein.

Eine dezente Aurora waberte in langen Fahnen über den nächtlichen Himmel, still an Geräuschen, aber laut in ihrer Harmonie. Nopileos stand einfach nur da, zeitlos, selbstvergessen, und atmete! Warum war sie nur all die Jazuras nicht erstickt? An der künstlichen Luft, an der Enge des Eibrütheims auf Platinball, an der Ignoranz all derer ihres Volkes?

Später trat Elena an ihre Seite. „Wunderschön“, flüsterte die Erdenfrau.

„Ja“, hauchte Nopileos so leise, wie Elena sie noch nie hatte sprechen hören. Eine ganze, lange Weile herrschte tiefes Schweigen. Von irgendwoher trug eine Brise würzigen Sumpfgeruch heran. Nopileos' Herzen pumpten in langsamen, tiefen Triolen. Schließlich spürte sie, wie Elena ihre Klaue in die Hand nahm und sie leicht drückte.

„Du bist an dein Ziel gekommen, Nopileos“, sagte die Erdenfrau leise. „Das ist deine Heimat. Ich sehe es dir an der Schnauze an.“

Nopileos blickte zu ihr auf. „O Elena, wenn du nur wüsstest, was in mir vorgeht. Jede Teladi, *jede* Teladi, sehnt sich nach diesem Ort, seit so langer Zeit, und jeder Gedanke …“ Ihre Stimme versagte und sie musste mit der Zunge die Nüstern befeuchten. „Jeder Gedanke“, fuhr sie dann langsamer fort, „mit dem eine Teladi in Sehnsucht an diesen unbekannten Ort gedacht hat, war es wert, gedacht zu werden. Jeder einzelne! O Elena!“

Sie drehten sich um, als ein Geräusch von der Barkasse herüberwehte. Ghinn t'Whht kam schwerfällig und mit verschlossenem Gesicht die Gangway hinabgestiegen. Ihre Schnürsandalen knirschten leise auf dem Lehm. Die Split-Frau verschränkte die Arme über der Brust, hob das Kinn und blickte störrisch in eine andere Richtung, als sie bemerkte, dass Nopileos und Elena zu ihr hinüberschauten. Elena schüttelte den Kopf und wandte sich wieder Nopileos zu. „Bleib hier, Nopileos. Du solltest hier nicht mehr weggehen."

„Ja", antwortete diese versonnen. Nein, weggehen sollte sie hier nicht mehr, nie mehr. Aber …

„Elena Sternenkriegerin, o meine Freundin! Schau, da sind Leute, die auf uns zählen, auf dich und auch auf mich! Ihr alle habt euer Leben aufs Spiel gesetzt, um mich zu retten. Ianamus Zura hat so viele Dekazuras gewartet, nun kommt es auf ein paar Wozuras mehr auch nicht mehr an." Diese Worte fielen ihr alles andere als leicht, aber es tat gut, sie zu sagen.

„Nopileos …" Elena ließ sich im Schneidersitz auf dem Boden nieder, wie sie es gelegentlich tat, wenn sie mit ihr ernst und auf gleicher Gesichtshöhe reden wolle. Nopileos kniete sich nieder und die beiden so ungleichen Freundinnen blickten einander in die Augen: Gelbe, glänzende Echsenkulleraugen schauten in tiefe, dunkle Mandelaugen. Wie viel konnte sie Nopileos erzählen, ohne sie zu verletzen? Durfte sie die Konferenz mit der CEO und Bala Gi erwähnen? Hätte die CEO jemals eine Rettungsmission organisiert, wenn an Bord der *Nyanas Glück* nicht die Datensätze des Alten Volkes geschlummert hätten? Falls nicht, hätte sie, Elena, niemals davon erfahren, dass Nopileos noch lebte.

„Du bist so still, o Schwester!"

„Nopileos, kleine Echse, bleibe hier auf Ianamus Zura. Ich weiß, du würdest ohne zu zögern mitkommen. Aber du musst dich der Gefahr nicht aussetzen: Der Erfolg oder das Scheitern der Mission hängt nicht an dir …"

„Aber darauf kommt es doch gar nicht an", zischte Nopileos, noch bevor Elena zu Ende gesprochen hatte. „Weißt du nicht, was ich dir versprochen habe?"

Elena nickte. „Ja, natürlich."

Nopileos schwieg ein paar Sezuras und blickte zur Seite. Irgendwo da hinten schwangen sich elegant Rundungen eines hohen Gebäudes in die Nacht. Durch die sanften Dunstschleier hindurch konnte sie ein weiteres Schiff erkennen, das in hundert Längen Entfernung seinen

Bug in den Himmel streckte. „Ich halte meine Versprechen, Elena. Bitte!“

Etwas Merkwürdiges, Einzigartiges geschah: Die Raumfahrerin von der Erde richtete sich auf die Knie und umschlang die kleine Echsenfrau mit beiden Armen. Schon mehrmals hatte sie den Impuls verspürt, dies zu tun, doch sich bislang immer zurückgehalten, denn Teladi umarmten einander nicht. Nopileos zischte erstaunt – noch nie war sie umarmt worden! Doch sie kannte diese menschliche Geste und darum legte sie schließlich ebenfalls ihre schuppenbewehrten Arme um Elenas Schultern.

„Meine Freundin“, sagte Elena nur und drückte Nopileos. Die Teladi murmelte etwas Unverständliches, dann lösten sich beide und richteten sich auf. „Zur Ästhetenaufsicht müssen wir, nicht wahr? Was immer das sein mag.“

„Genau“, bestätigte Nopileos. Elena ging ein paar Schritte auf Ghinn zu, die so tat, als habe sie die befremdliche Szene nicht wahrgenommen. Doch gleich darauf zeigte sich, dass sie dem Geschehen der letzten Mizuras durchaus gefolgt war.

„Bitte – sie umarmt mich nicht auch noch“, sagte die Split-Frau mit ihrer kehligen Stimme.

Elena konnte sich eines Grinsens nicht erwehren. „Ich umarme nur Wesen, die auch eine Seele haben: Teladi, Boronen, Xenon“, scherzte sie. Ghinn gab eine Art Krächzen von sich. Wenn Elena es nicht besser wüsste, sie hätte es für eine Äußerung des Humors gehalten – aber Split lachten niemals.

Ghinn deutete unbestimmt in die Nacht. „Unsere Wege trennen sich hier“, sagte sie. „Ihr wolltet mich benutzen, um Euer Ziel zu erreichen. Ich jedoch habe Euch benutzt, um an meines zu gelangen. Mehr gibt es nicht zu sagen.“ Mit diesen Worten entbot sie Elena und Nopileos eine auf Hüfthöhe ausgeführte Geste und schritt langsam in die Dunkelheit davon.

Nopileos starrte ihr hinterher. „Was hat sie vor?“

Elena zögerte. „Sie wird wohl den nächstbesten Teladi suchen, der sie in die *Gemeinschaft* zurückbringt, denke ich.“

„Tsh. Es ist nicht sehr klug, in der Nacht mitten auf einem Landefeld herumzuspazieren“, bemerkte Nopileos sachlich. „Sie wandert einfach auf das Feld hinaus, anstatt sich an den Weg zu halten.“

Elena war erstaunt. „Wo siehst du hier einen Weg?“

Anstelle einer Antwort stapfte Nopileos mit beiden Gehklauen zwei-, dreimal abwechselnd auf den Lehmboden. Nein, sie irrte sich nicht. Es war ein völlig neues Gefühl, noch nie hatte sie so etwas erlebt. In Gebäuden und Raumstationen hatte sie den größten Teil ihres Lebens verbracht, und ihre Klauen mochten ungeübt sein, trotz der vielen Wozuras auf Nif-Nakh. Doch sie spürte es deutlich, ganz ohne Zweifel. Ihr Instinkt trog nicht. Es gab nur eine Erklärung.

„Spürst du es? Hier!“ Sie trat ein paar Schritt vor und stapfte ein weiteres Mal mit den Klauen auf. „Und hier!“ Erneutes Stapfen. „Tsh!“

Elena beobachtete das Schauspiel mit wachsender Verwunderung. Auf sie wirkte das Ganze wie ein Ritual, oder aber – wie ein Eingeborenentanz. „Was machst du da?“

Nopileos zischelte, kam zu ihr und stupste sie freundschaftlich in die Seite. Die Teladi dirigierte Elena vorsichtig zu den Stellen, auf denen sie soeben ihre seltsamen Vorstellungen gegeben hatte, und bedeutete ihr, mit dem Fuß aufzutreten. „Und?“

Elena, die nicht die geringste Ahnung hatte, auf was Nopileos hinauswollte, tat es, zuckte die Schultern und fragte: „Nopi, was soll das?“

„Jetzt noch mal, dort.“

Elena ließ sich von ihrer Echsenfreundin zu einer weiteren Stelle bugsieren. „Stampfen?“

„Ja! Bitte, Elena!“

Die Raumfahrerin gehorchte. „Erklärst du es mir jetzt?“

„Der Weg, es gibt hier einen Weg, man kann ihn nicht sehen, aber man kann ihn fühlen!“ Begeisterung schwang in Nopileos’ Stimme mit.

Elena war skeptisch. „Bist du sicher? Und du kannst das irgendwie, nun, ertasten?“ Andererseits, so überlegte sie, besaßen die Echsen möglicherweise einen besonderen taktilen Sinn in ihren Gehklauen, der sie befähigte, feine Unterschiede in der Bodenbeschaffenheit zu erkennen. Sicherlich kam es nicht von ungefähr, dass sie Türschalter und auch andere Bedienelemente auf Fußhöhe bevorzugten.

„Aber ja, o Schwester. Komm mit, ich führe dich.“ Mit diesen Worten ergriff Nopileos die Hand der Erdenfrau und zog diese hinter sich her.

KAPİTEL 34

Sternenstaub. Eiskristalle aus Silber, Regen aus Gold.
Sternenstaub. Funkelnde Diamanten wie Sonnen so alt.
Sternenstaub. Myriaden von Welten im Antlitz des Alls.
Sternenstaub. Der Tag und die Nacht auf ewig vereint.
„Die Sternenstaub-Symphonie“

Vier Tazuras, bis die *Argon One* in den Heimatsektor zurückkehren musste. Wenn alles nach Plan ging, würde dieser Zeitraum noch für weitere sechs bis acht Tests ausreichen.

Die nächsten zwei Testsprünge verliefen nach exakt dem gleichen Schema wie der erste. Die *AP Providence* verschwand zum jeweils festgelegten Zeitpunkt vom Gravidar, kam aber nie am beabsichtigten Punkt heraus, sondern immer zwischen den Dimensionsankern eines nahe gelegenen Sprungtors. Siobhan hegte die Vermutung, dass die Sprungeinheit zwar prinzipiell bestens funktionierte, allerdings mit den zur Verfügung stehenden Mitteln nicht hinreichend genau justiert werden konnte. Anstatt dass das Schiff am vorherberechneten Punkt wieder auftauchte, wurde es von der Singularität im Innern eines Sprungtors regelrecht angezogen und durch das Tor selbst wieder ausgespieen. Die Daten im Bordcomputer des Testschiffes unterstützten ihre Annahme vollständig.

„Sie müssen sich das so vorstellen, Colonel“, sagte Siobhan. Sie hatte die Wissenschaftsstation verlassen und befand sich auf der riesigen Brücke der *Argon One*, um die Ankunft der *AP Providence* nach dem letzten Testsprung abzuwarten – und um unterdessen mit Danna zu reden. Gespannte Geschäftigkeit herrschte überall auf dem Kommandodeck, Offiziere verfolgten formelhaft und militärisch steif genau festgelegte Routinen und Verfahrensabläufe, und jedermann begegnete Danna mit großem Respekt. „Die Dimensionsanker – also die Ausleger – eines Sprungtores formen einen Tunnel, der eine theoretisch unendliche Ausdehnung aufweist. Theoretisch kann ein Sprungtor also mit einem beliebigen anderen irgendwo im Universum verbunden werden. Es gibt lediglich eine Einschränkung: Je weiter das Zielsprungtor entfernt ist, desto genauer muss justiert werden. Die Genauigkeit strebt gegen unendlich. Das ist die wahre Schwierigkeit."

„Aber der wahlfreie Sprungantrieb basiert auf einem anderen Prinzip?"

„Ja und nein. Die Sprungeinheit versucht, Tor und Tunnel sozusagen gleichzeitig zu erzeugen, und zwar virtuell. Weil dazu enorm viel Energie benötigt wird, kann beides nur für eine Picosezura aufrechterhalten werden. In diesem Zeitraum muss das Schiff hindurch sein, ansonsten geschieht eine Katastrophe."

Ban Danna erinnerte sich an die Berichte, die Kyle Brennan über den Sprung mit dem irdischen X-Shuttle abgegeben hatte. Der Shuttle selbst war zwar in der *Gemeinschaft der Planeten* angekommen – mit einer riesigen Gravitationswelle und einem Leuchtfeuer an Cherenkov-Strahlung – aber zumindest einigermaßen intakt. Die Sprungeinheit des X-Shuttles war jedoch während des Sprungs oder unmittelbar zuvor abgetrennt worden und augenscheinlich im Erdsektor zurückgeblieben. Nicht viel später hatte auch die Sprungeinheit von Elena Khos *USC Getsu Fune* versagt: Statt eines Notfallsprungs zurück zur Erde war das Schiff mitten in der Atmosphäre Argon Primes herausgekommen und abgestürzt. „Sie kennen die Unterlagen über Captain Brennan und das X-Shuttle?", fragte Danna. Siobhan nickte heftig.

„Ja, natürlich. Brennans Schiff hat sich ungewollt auf die Dimensionsanker eines entfernten Tores eingerichtet, weil die Sprungeinheit zu ungenau justiert war. Genau das geschieht hier auch."

Danna betrachtete die große taktische 2D-Projektion, die mitten durch die Brücke ging und einen beträchtlichen Teil der inneren Sektoren Argons schematisch darstellte. Eine Reihe weit verteilter, strahlend weißer Punkte signalisierte die Positionen der argonischen Kapitalschiffe im Bereich der Föderation. Die Daten waren recht akkurat, obwohl der größte Teil der angezeigten Informationen nicht aus direkter Beobachtung oder Gravidar-Peilung stammte, sondern vom Flottenkommando alle paar Mizuras per Nachrichtendrohne auf den neuesten Stand gebracht wurde. Danna dachte unwillkürlich an Elena, die sich jetzt wohl bereits unendlich weit weg von diesen inneren Sektoren befand – weit außerhalb des Leitsystems der Nachrichtendrohnen. Unerreichbar.

„Colonel? Versuchen Sie wieder, sich unsichtbar zu machen? Oder mich, durch Weghören?"

„Entschuldigen Sie, Doktor. Justierung ist also das Problem. Damit hatte Brennans Sprungschiff ebenso zu kämpfen wie unseres jetzt. Bis wann haben Sie das im Griff?“

Siobhan schnaubte spöttisch. „Nicht bevor die NQG-Invarianz gelöst ist, und das wird Jazuras dauern. Sagte ich doch schon. Das Beste, was wir bis dahin tun können, ist, die Sprungeinheit grundsätzlich und ausschließlich auf entfernte Tore auszurichten. Damit schlagen wir der Wahrscheinlichkeit ein Schnippchen.“

„Um den Preis der Wahlfreiheit“, sagte Danna. Eine kleine, nachdenkliche Pause entstand.

Siobhan, die Dannas Einwurf für rein rhetorisch, und ihre eigene Aussage für unausweichlich hielt, dachte bereits mehrere Schritte voraus. „Die Goner und die Teladi haben ihre Finger mit im Projekt Providence, richtig, Colonel?“ Danna nickte, und Siobhan fuhr fort. „Nun, sie erhalten vertragsgemäß die Lizenzen an der Sprungtechnik. Am Teilsprungantrieb. Sollten wir die wahlfreie Sprungtechnik in ein paar Jazuras in den Griff bekommen, schauen die Echsen dumm aus der Wäsche. Ich meine, noch dümmer als sowieso schon.“

„Und nur Argon Prime besitzt die Technik. Nicht schlecht, Doktor!“ Dannas Augen blitzten anerkennend. Manchmal gefiel ihm ihre pragmatische Art. „Aber“, gab er zu Bedenken, „das hilft unserem jetzigen Problem nicht wirklich auf die Sprünge.“

„Das sehe ich anders. Es löst es: Das Problem ist argumentativ beseitigt!“ Siobhan deutete ein Augenzwinkern an.

„Schöne Umschreibung für wegdiskutiert“, grinste Danna. „Wir brauchen trotzdem noch weitere Daten, bevor wir die Sprungeinheit in Serie bauen. Einige hundert – eher tausend – Testsprünge, irgendwann auch bemannt.“

Siobhan zuckte die Schulter. „Damit beginnen wir schon mit dem nächsten Sprung. Nur Major Seldon und ich.“

Überrascht blickte Danna die Wissenschaftlerin an. „Sie halten das nicht für noch zu gefährlich?“

„Gefährlich? Nein.“ Siobhan trat an das gewaltige Rundfenster und schaute gebannt einem kleinen weißen Punkt weit draußen im All zu, der unter flammender Verzögerungsbeschleunigung näher kam; es war, wie sie wusste, die *AP Providence*, die von ihrem letzten unbemannten Testflug zurückkehrte. „Es ist nicht gefährlicher als ein ganz normaler Tordurchgang. Nur dass die Wahrscheinlichkeit, am geplanten Zielpunkt herauszukommen, bei einem Tor unwesentlich höher ist." Sie schätzte, dass eine fünfzehnprozentige Wahrscheinlichkeit bestand, dass der Teilsprungantrieb nicht das anvisierte Tor erreichte, sondern ein anderes. Und das wäre nun wahrlich kein Beinbruch!

Kurz nach Abschluss der vorläufigen Begutachtung der vom Testschiff sowie der Sprungeinheit von dem unbemannten Sprung mitgebrachten Daten begaben sich Siobhan und Major Seldon an Bord des umgebauten Diplomatenschiffes. Normalerweise wäre dies Vorrecht und Pflicht von Commander Borman gewesen, doch diese war zurzeit im Goner-Tempel mit einer anderen wichtigen Aufgabe beschäftigt und befand sich daher nicht an Bord der *Argon One*.

Das Innere der *AP Providence* war sehr geräumig und zudem außerordentlich luxuriös ausgestattet. Die Pilotensessel im Cockpit waren nicht bloß einfache, mit Schaumgummi bespannte Hartplastikschalen, wie sonst bei Fahrzeugen des Militärs üblich, sondern besaßen einen dunkelblauen, belüfteten Stoffüberzug, den man am ehesten im Kontrollraum einer Privat-Yacht vermutet hätte. Ebenso edel waren die mit einem Stoff gleichen Farbtons bespannten Wandungen der Pilotenkanzel, auf denen sich alle paar Fingerbreit daumennagelgroß das rostrote Emblem der argonischen Föderation wiederholte. Die abgerundeten Anzeigen und Displays strahlten mattviolett, augenfreundlich und blendfrei. Die unaufdringlich geschlechtsneutrale Stimme des besonders intelligenten Bordcomputers sprach mit ausgesuchter Höflichkeit.

Siobhan hatte das Innere des Schiffes natürlich schon häufig gesehen, und ließ sich von der üppigen Ausstattung nicht mehr ablenken. „War vorher ein Diplomatenschiff, stimmt's?", fragte Major Seldon wie beiläufig. Der Pilot hatte soeben mit eigenen Augen und einem Messinstrument sorgfältig die Integrität der äußeren Schiffshülle überprüft und ließ sich nun in den Pilotensessel fallen. Der Sitz surrte automatisch auf den versenkten Leichtlaufschienen nach vorne.

Siobhan blickte von dem aktuellen Energiefluss-Diagramm der Sprungeinheit auf. „Ich denke schon."

„Hm. Als Ziel haben Sie das Delta-Tor von Herrons Nebel programmiert? Kommen wir da auch an?"

„Mit einer Wahrscheinlichkeit von fünfundsiebzig Prozent, Major."

„Sehr gut. Dann kann es ja losgehen. Sie sind bereit?" Der Major blickte sich um. Als Siobhan nickte, tippte er auf ein Sensorfeld. Die Konverter liefen wummernd an und der winzige Augenblick, in dem sich ihre Mägen hoben, verriet den beiden Argonen, dass die Inertiakompensatoren und die Podkletnov-Aggregate hinzugeschaltet wurden. Die Halteklammern lösten sich, das Schiff wurde ohne Umschweife in den Starttunnel der *Argon One* transportiert. Augenblicke später empfing das All die *AP Providence*, kalt wie immer, und der konventionelle Antrieb zündete, um einen Sicherheitsabstand zum Kapitalschiff herzustellen. Siobhan glaubte zwar nicht, dass hierfür eine Notwendigkeit bestand, aber sie wollte ganz sicher gehen.

„Countdown läuft. Vier Mizuras bis zum Erreichen des Eintrittspunktes“, sagte der Computer. „Dr. Norman, Major Seldon, bitte bestätigen Sie die Betriebsparameter der Sprungeinheit.“ Ungefragt öffneten sich zusätzliche Datenfelder über den Konsolen. Fast zeitgleich wischten Siobhan und Seldon die Projektionen wieder weg: Seit sie das Cockpit betreten hatten, taten sie nichts anderes, als den Sprungantrieb zu überprüfen!

„Ja. Bestätige“, gab Siobhan zurück.

„Bestätigung“, sagte auch Seldon. Er hob den Daumen und lächelte.

„Vier Mizuras bis zum Erreichen des Eintrittspunktes“, sagte der Computer nach einer Weile. Die *Argon One* war bereits weit zurückgefallen. In einem Umkreis von einer hundertstel Lichtsezura gab es laut Gravidar keine Station und keinerlei Flugbetrieb.

„Zwei Mizuras bis zum Erreichen des Eintrittspunktes. Dr. Norman, Major Seldon, bitte erteilen Sie die Freigabe für die Sprungeinheit.“ Diesmal sprangen keine unerwarteten Videofelder auf. Siobhan und Seldon bestätigten und erneut herrschte gespannte Stille.

„Achtzehn Sezuras bis zum Erreichen des Eintrittspunktes. Sprungeinheit ordnungsgemäß aktiviert.“

Der Generator im Bauch des Schiffes rumpelte, steigerte seine Frequenz zum Säuseln, schließlich pfiff er einen intensiven, nahezu unhörbaren Ton, der als physisch greifbare Vibration durch das gesamte Schiff perlte. Ein grell wabernder Ring aus blauer Energie bildete sich unmittelbar vor dem Cockpit und veranlasste die Metallglasscheiben, sich zu verdunkeln. Siobhan wurde leicht flau im Magen, als Fäden verzerrter Raumgeometrie nach ihrem Körper griffen – doch natürlich hatte sie damit gerechnet.

„Schiff erreicht Eintrittspunkt. Alle Werte nominal."

Als die bläulichen Wirbel langsam verblassten und das Gravidar wieder normale Werte anzeigte, sagte der Computer: „Erreiche Sektor Herrons Nebel."

„Sehen Sie, Major? Die Wahrscheinlichkeitsrechnung ist unsere Freundin." Siobhan betätigte einige virtuelle Schalter, um eine Nachrichtendrohne auf konventionellem Weg zurück zur *Argon One* zu schicken. Der Bordcomputer lud die relevanten Daten in den Speicher des winzigen Fluggeräts und schickte es auf den Weg. Die Drohne entschwand mit rapider Beschleunigung durch das Sprungtor, in welchem die *AP Providence* soeben materialisiert war.

„Das will ich ihr auch geraten haben", lachte Seldon. „Herzlichen Glückwunsch, Doktor!" Er überprüfte einige Anzeigen. „Neun Mizuras, bis die Konverter wieder aufgeladen sind. Soll ich rausgehen und mir das Schiff von außen ansehen?"

Siobhan schnalzte mit der Zunge. „Wozu? Gibt es etwa eine Dienstanweisung, das Schiff nach jedem Sprung auseinander zu nehmen und wieder zusammenzulöten?", spöttelte sie.

„Nein", antwortete Seldon, den Siobhans gelegentliche Anflüge von Sarkasmus amüsierten. „Ich wollte nur mal schauen, ob mein Raumanzug noch dicht hält."

„Sehr schön, Major. Mir wäre es lieber, Sie helfen mir beim Systemcheck der Sprungeinheit."

Acht Mizuras später hatten Siobhan und der Major die Sprungeinheit so gründlich überprüft, wie es innerhalb der begrenzten Zeitspanne und mit den bordeigenen Mitteln überhaupt möglich war. Alles sah sehr gut aus. Zwar hatte sich die Justierung der Sprungeinheit ein wenig verändert, aber dem Bordcomputer war es gelungen, dies eigenständig zu korrigieren, sodass Siobhan nicht eingreifen musste.

Major Seldon startete auf ein Zeichen Siobhans die Sprungsequenz. Wieder begann der Computer mit seinem obligatorischen Countdown, rumpelte der Generator in den Eingeweiden des kleinen Schiffes, baute sich das Sprungfeld auf.

„Schiff erreicht Eintrittspunkt", verkündete der Computer ein weiteres Mal. Von nominalen Werten sagte er diesmal nichts. „Zielfehler. Erreiche Sektor Schwarze Sonne."

„Was …", brachte Seldon noch heraus, bevor das blaue Energiegewitter des Sprungfeldes übergangslos durch einen roten Feuersturm ersetzt wurde, der das Schiff erfasste und davonwirbelte wie ein welkes Blatt im Orkan. Siobhan schrie auf, als der Reif eines Sprungtors in bedrohlicher Nähe vor dem Cockpitfenster vorbeizog. Der Computer gab Kollisionsalarm und schaltete die Schutzschilde ein.

Sich rückwärts überschlagend fiel die *AP Providence* auf einen der Ausleger des Tores zu. Zu beiden Seiten des Cockpits flammten Justiertriebwerke auf, doch ihr fahler Schein ging in dem draußen herrschenden Inferno nahezu unter. Major Seldon klammerte sich verzweifelt an die Steuerzapfen, doch trotz der vergleichsweise geringen Masse des Schiffes gelang es ihm nicht, den drohenden Zusammenprall abzuwenden.

Unter ohrenbetäubendem Lärm krachte das Testschiff in den rechten Ausleger des Sprungtors. Ein Ruck fuhr durch Siobhan, als für einen Augenblick die Inertiakompensatoren aussetzten, da die Beschleunigungsabsorber dem plötzlich auftretenden Maximum der Beharrungskräfte nichts entgegenzusetzen hatten. Die Wissenschaftlerin fühlte sich wie von einer Titanenfaust angehoben. Bevor der nächste Stoß sie jedoch durch das Cockpit schleudern konnte wie eine Gliederpuppe, setzten die Kompensatoren wieder ein. Die künstliche Schwerkraft ließ sie abrupt in den Sessel zurückfallen, wo sie mit dem Steißbein schmerzhaft auf die Armlehne prallte.

Mit markerschütterndem Kreischen schabte draußen etwas über die Außenhaut der *AP Providence* und erschütterte sie in ihren Grundfesten. Erst als das Metallglas der Cockpitscheibe für einen Moment etwas durchsichtiger wurde, erkannte Siobhan, dass das Schiff durch den Aufprall fast zum relativen Stillstand gebracht worden war. Der noch immer brandende Feuersturm drückte es gegen den Ausleger und ließ es langsam auf den äußeren Rand des Sprungtor-Reifs zuschleifen. Weiß glühende Funken sprühten umher, während der Dimensionsanker mit brachialer Gewalt durch die Schutzschilde des Testschiffes pflügte.

„Eine Nova!“, schrie Siobhan. „Major, wir müssen von dem Anker runter!“ Vielleicht würden die Schutzschilde dem Ansturm der Supernova eine Weile standhalten, wenn das Schiff sich der Stoßfront anpasste, anstatt sich ihr zu widersetzen. Allerdings würden die Schildgeneratoren in spätestens ein paar Mizuras versagen, sollte der Ausleger weiterhin mitten durch die Schilde hindurchgehen!

Seldon hatte es auch begriffen. Er zündete den Hauptantrieb der *AP*

Providence und fuhr ihn auf Volllast. Der Reif des Tores sprang in die Höhe und rutschte seitwärts am Schiff vorbei. Flammenzungen wallten auf und die Kapazitätsanzeige der Schildgeneratoren sackte erst auf zweiundsechzig, dann sofort auf vierzehn Prozent. Siobhan spürte dass sie schrie.

Dann rutschte das Schiff quälend langsam über den flachen Rand des Dimensionsankers hinaus, kippte und fiel kopfüber in die Unendlichkeit hinein, vorangetrieben von einer gigantischen, flammenden Gezeitenwelle wie ein Stück kosmischen Treibgutes. Das taumelnde Sprungtor blieb weit zurück und wurde Augenblicke später vom Flammenmeer verschlungen.

Langsam kletterte die Kapazität der Generatoren wieder nach oben; unendlich zäh zwar, aber beruhigend stetig. Seldon unterbrach den Hauptantrieb und überließ es dem Bordcomputer, das um sämtliche Achsen rotierende und trudelnde Schiff mithilfe des Gyroskops und der Justiertriebwerke zu stabilisieren.

„*Chikisho*“, keuchte er. „Mist! Wo sind wir hier rausgekommen? Was zur Hölle ist das?“

Das Bild, das sich der rückwärtigen Kamera bot, war Furcht erregend: Eine lohende Korona glühenden Rots floh vor dem wabernden, weißen Krebsgeschwür in ihrer Mitte, das einmal eine Sonne gewesen war. Unermessliche Ströme ultraheißen Gases wurden in den Weltraum hinausgeschleudert, alles verzehrend, was sich ihnen in den Weg stellte.

„Das“, flüsterte Siobhan erschüttert, „sind die Überreste von Schwarze Sonne.“

Alle Farbe war aus dem Gesicht Major Seldons gewichen. Sezuralang rang er um Worte, bis er schließlich hilflos mit den Fäusten auf die Konsole hieb. Ein paar Warnlichter sprangen an und wurden vom Bordcomputer sofort wieder gelöscht. „Was machen die Konverter?“, fragte Seldon mit heiserer Stimme. „Wie lange, bis wir springen können?“

„Schlechte oder gute Nachricht zuerst?“

Verständnislos blickte Seldon die Argonin an, schließlich schüttelte er den Kopf. „Schlechte.“

„Vierzehn Stazuras bis zum Sprung. Unsere …“

„Wie viel?“, unterbrach Seldon. „Vierzehn Stazuras?“

„Ja. Unsere Schilde ziehen fast die gesamte Energie. Die gute Nachricht ist, dass sie halten werden.“

Mizuras verstrichen, während Seldon mit versteinertem Gesicht eine Kameradrohne vorbereitete. Vor kurzer Zeit hatte er das Schiff noch mit einem Raumanzug von außen besichtigen wollen. Fast schien es ihm, als läge das nicht erst wenige Augenblicke zurück, sondern sei bereits Teil einer weit entfernten, unwirklichen Vergangenheit. „Erklären Sie es mir", sagte er, als die Drohne von der Auswurfvorrichtung ins All gespieen wurde. Er gab sich keinen falschen Vorstellungen darüber hin, wie lange das ungeschützte Miniraumschiff draußen überstehen würde. „Hier haben wir einen der Neuen Sektoren. In den militärischen Karten wird er als unbedenklich eingestuft. Schwarze Sonne ist – wie alt? Neunhundert Millionen Jazuras? Ein G2-Hauptreihenstern. Der kann nicht einfach zur Nova werden. Erklären Sie mir das!"

„Sagen Sie mir lieber, was Sie auf dem Gravidar sehen", antwortete Siobhan, ohne auf die Frage des Piloten einzugehen. Obwohl die Anzeige des Instruments fast vollständig von einem weißen, wallenden Schleier bedeckt wurde, der konstant seine Form veränderte, stachen einige Blips auffallend aus dem Chaos hervor.

Seldon starrte einige Sezuras auf das Gravidar. „Verflucht will ich sein! Das können doch nur …"

„Die Sprungtore sein", vollendete Siobhan den Satz anstelle des Majors. „Ganz genau. Hier ein Planet" – sie tippte auf eine formlose, in Auflösung begriffene Ansammlung von Bildpunkten – „hier ein Sprungtor, da noch eins. Kapiert?"

Mit fliegenden Händen rief Seldon eine Karte des Sternensystems aus der Datenbank des Bordcomputers ab, die er maßstabsgerecht über das Gravidar projizieren ließ. Grüne Linien markierten den solaren Orbit der Sprungtore, wie er auf der Karte verzeichnet war, rote den tatsächlichen. „Unmöglich!", schnaufte er. Es war unverkennbar, dass die Blips auf dem Gravidar nach wie vor ihren Bahnen folgten. „Ich will gerne glauben, dass die Dinger die Nova auch ohne aktive Schutzschilde überstehen. Aber was hält sie auf ihrem Orbit?"

„Schwarze Sonne hatte nur einen Planeten. Einen Gasriesen, oder? Ja, hier." Siobhan rief die Informationen aus dem Computer ab. „Keine Siedlungen oder irgendwelche nennenswerten Installationen, nicht wahr?"

Seldon wiegte den Kopf. „Ich glaube nicht. Wir haben noch nicht so lange Zugang zu diesem System."

„Finden Sie das nicht auch merkwürdig, Major? Ein G2-Stern wird zur Nova, obwohl er noch mindestens vier Milliarden Jazuras in der Hauptreihe verbleiben müsste. Seltsamerweise gibt es keine Habitate in diesem Sektor. Und, wie der Zufall es will, geschieht es genau zum jetzigen Zeitpunkt, wo …" Sie zuckte zusammen, als ihr plötzlich ein Zusammenhang bewusst wurde, an den sie zuvor nicht gedacht hatte. Ihre Augen wurden groß und ein Knoten bildete sich in ihrer Kehle. „Natürlich! Die Xenon!"

Seldon starrte sie an, als sei sie ein Gespenst. „Nein! Das ist unmöglich!"

„Unmöglich, ja?", schrie Siobhan erregt und sprang auf. Ein Teil von ihr registrierte ganz sachlich, wie irrational sie reagierte, und dass ihr Zorn nicht echt war, sondern auf Unsicherheit und Angst beruhte. Sofort senkte sie ihre Stimme. „Was ist das hier: unmöglich?" Sie zeigte auf die Supernova und das brennende All. „Träume ich *das da* etwa? Kennen Sie nicht das Dritte Axiom Kertsmanckbals, Major?"

Seldon schüttelte stumm den Kopf.

Siobhan schnaubte und stützte sich mit der rechten Hand auf der Konsole ab. Ihr gesamter Körper schmerzte noch von dem Sturz auf die Armlehne. „Es besagt, dass sich die Grenzen des Möglichen stets proportional zu denen des Vorstellbaren verhalten." Sie zögerte. „Tut mir Leid, Major. Das gerade ging nicht gegen Sie."

„Ich weiß. Mir jagt der Gedanke auch einen ziemlichen Schreck ein. Hören Sie, Doktor – sind Sie in Ordnung? Sie sind vorhin ganz schön herumgeschubst worden."

Siobhan seufzte. „Geht schon wieder. Ein paar blaue Flecken wird's wohl geben. Passend zur Haarfarbe."

In den folgenden Stazuras startete Siobhan nacheinander die restlichen Kameradrohnen, um Bilder und Daten von der immer weiter zurückbleibenden Supernova zu sammeln. Nachdem auch die letzte Drohne verglüht war, überprüfte die Wissenschaftlerin zum wiederholten Mal die Programmierung der Sprungeinheit. Seldon wiederum nutzte die ersten zwei Stazuras, um die Bildaufzeichnungen von der Außenhaut der *AP Providence* zu analysieren. Aufgrund des Zusammenpralls gab es zwar einige tiefe Furchen auf der Backbordseite und ein paar Beulen an anderen Stellen. Im Großen und Ganzen war dem

Testschiff aber weitaus weniger geschehen, als die Geräuschkulisse während des Kontakts suggeriert hatte.

Da das von der Supernova ausgestoßene Gas weiter draußen im Sternensystem schneller an Hitze verlor als ursprünglich angenommen, sparten die Schildgeneratoren große Energiebeträge, die stattdessen in den Konverter flossen. Weitaus weniger als zehn Stazuras nach dem Unglückssprung war die Sprungeinheit daher erneut einsatzbereit. Diesmal war die Wahrscheinlichkeitsrechnung auf der Seite des Testschiffes: Nachdem die blauen Wirbel abgeklungen waren, verkündete der Bordcomputer das Eintreffen im vertrauten Gebiet der argonischen Föderation, wo Ban Danna und die Besatzung der *Argon One* schon unruhig auf die Rückkehr Siobhans und Seldons warteten.

KAPİTEL 35

Linksgeburt, Rechtsgeburt – was kümmert es sie?
Hauptsache Geburt!
GHARLAND T'HZZT,
Arzt

Ghinn kochte, und sie war bereit, zu töten. Nicht, dass sie je eine große Hemmschwelle davor besessen hätte. Aber langsam wurde sie sich der Aussichtslosigkeit ihrer Situation bewusst. In ihrem Bauch bewegte sich der kleine Krieger unruhig. Er würde bald herauswollen, und ihm war egal, ob er das Licht dieser Welt oder das einer anderen erblickte. Die Split-Frau wusste ganz genau, dass sie es unter keinen Umständen mehr rechtzeitig zurück in die *Gemeinschaft* schaffen konnte, doch sie versuchte, jeden Gedanken daran im Keim zu unterdrücken. Zu erschreckend waren die Alternativen, als dass sie darüber nachdenken wollte. Bereits seit über zwei Stazuras wanderte sie jetzt mehr oder minder ziellos umher. Zunächst hatte sie sich unter dem unheimlichen Geisterlicht der nächtlichen Aurora inmitten eines riesigen Landefelds wiedergefunden. Dicht an dicht standen hier die Raumer, viele Dutzend davon, aber nicht etwa ordentlich aufgereiht, wie man es von Raumhäfen zivilisierter Planeten gewohnt war, sondern kreuz und quer, als gäbe es keinen Landestrahl, der die absteigenden Schiffe dirigierte. Es wirkte ein wenig wie die Zeltstadt eines Split-Fürsten, der sich in grauer Vorzeit auf einem Feldzug befand. Einen kleinen Funken Ordnung gab es aber dennoch: So unregelmäßig sich die Fahrzeuge auch verteilten, sie hielten doch immer einen Sicherheitsabstand von hundert oder mehr Längen zueinander ein.

Ghinn war davon überzeugt, dass sie innerhalb der Stazura, die sie auf dem Feld verbracht hatte, einen größeren Teil, wenn nicht gar alle, der vielen, hier ruhenden Schiffe in Augenschein genommen hatte. Unermüdlich war sie von einem Fahrzeug zum nächsten gewandert, mit wachsender Erschöpfung und immer größer werdendem Zorn hatte sie nach einer bekannten Form, einem lesbaren Schriftzug Ausschau gehalten. Doch vergeblich. Kein einziger Raumer entsprach auch nur entfernt einem Schiffstyp, der in der *Gemeinschaft* gebräuchlich gewesen wäre. Sie alle gehörten hierher, nach Ianamus Zura. Es gab keine bekannten Teladi-Schiffe. Wo waren sie, all die Pilger, die ihrem, ach so schmerzlich vermissten, Heimatplaneten einen Besuch abstatteten? Wo immer sie auch sein mochten, hier jedenfalls nicht!

Später fand sie den Randbereich des Raumhafens, schleppte sich durch einen unwirklichen Vorort hindurch und erreichte im orangefarbenen Licht schwebender Straßenglüher eine Stadt. In der heraufziehenden Morgendämmerung wirkte alles noch viel deprimierender auf Ghinn. Ihre Augen vermissten einfach feste Formen, etwas, woran sie sich festklammern konnten: einige roh behauene Steinblöcke zum Beispiel, oder ein korrodierendes Tor aus Palatan, oder zumindest ein einzelner Tierkadaver, irgendwo am Rande der breiten Allee. Hier gab es nichts davon. Die Gebäude standen himmelhoch, wie gefrorene Wogen aus Metallglas. Alles war quietschesauber. Übelkeit erregend sanfte Linien kitzelten die Augen, ließen in ihr den Wunsch nach einem Antimaterie-Sprengsatz aufkommen. Die Farben tummelten sich allesamt im Bereich widerlichster Pastelltöne, kaum konnte man sie voneinander unterscheiden, und wenn, dann wünschte man sich, nicht so genau hingeschaut zu haben. Auch die nun verblassenden Straßenglüher änderten nichts daran.

Ghinn reckte einem kleineren Bauwerk in der Form eines Yalfur-Tupfers die Gebärde für „Ewige Pein und Ausmerzung" entgegen. Es gab keine normalen Teladi hier, auf ganz Ianamus Zura gab es sie nicht! Zwar begannen die Alleen und Pfade der weitläufig angelegten Stadt nach und nach vor Leben zu wimmeln. Runde, eiförmige, elliptische und andere Fahrzeuge in weiteren abstrusen Formen schossen auf mehreren Höhenebenen umher. Doch die Teladi, die sich zwischen den Gebäuden hin- und herbewegten, ließen den Eindruck nüchterner Griesgrämigkeit vermissen, der ihren Verwandten jenseits des Sprungtores zu Eigen war. Sie bewegten sich leichtfüßig und entspannt. Der Watschelschritt, den man von ihren Artgenossen kannte, war bei ihnen beinahe schon zum Tänzeln mutiert. Vielleicht das Schlimmste aber mochte sein, dass sie alle bunten Farbschmuck trugen, in den abscheulichsten Farben, die man sich überhaupt vorstellen konnte. Überdies bevorzugten sie Kleidung, die außer ihnen bestenfalls ein Narr tragen mochte. Oder ein Borone, wenn diese sich denn bekleidet hätten. Überhaupt erinnerte sie all das viel mehr an die ekligen Boron-Kreaturen aus Königstal, denn an eine Metropole der Kaufechsen.

Mit ihren blauen, roten, grünen, pinkfarbenen Schnauzen blickten die Echsen Ghinn t'Whht neugierig an, als diese mitten durch eine kleine Versammlung hindurchschritt. Das sich erhebende Zischen und Fauchen der Teladi regte die Split-Frau auf, und am liebsten hätte sie irgendeinem von ihnen das Genick gebrochen, einfach, um sich abzureagieren. Doch sie war viel zu erschöpft, so drückte sie nur einige der Kreaturen unwirsch beiseite. Zwei Teladi stolperten, einer stürzte fauchend zu Boden. Die übrigen Teilnehmer der Versammlung wichen Ghinn respektvoll aus. Als aber ein besonders mutiges Exemplar ihr dennoch zu nahe kam, ergriff Ghinn, einem plötzlichen Tobsuchtsanfall erliegend, mit beiden Händen die Kehle der völlig überrumpelten Echse und schrie: „Die Kreatur redet mit mir! Sofort!" Der Teladi röchelte, seine Stirnschuppe, grünlich unter weißen Farbstreifen, erbleichte schlagartig. Seine Freunde reagierten verstört. Zwar fauchten sie nun lauter und scheinbar verzweifelt, aber sie kamen ihrem unglücklichen Artgenossen nicht zu Hilfe, sondern blieben lieber vorsichtig auf Distanz. Einige tänzelten davon, eine Spur hastiger, als man es ihnen eigentlich zutrauen wollte.

„Sie spricht so, dass ich es verstehe", verlangte Ghinn. Ihr wurde für einen Moment schwarz vor Augen, in ihrem Kopf zog sich ein Knoten zusammen. Schwankend ließ sie mit einer Hand von dem Teladi ab, fuhr sich über das Gesicht, dann verging der Schwächeanfall wieder. „Ich benötige eine Passage in die *Gemeinschaft der Planeten*. Ich lasse die Kreatur am Leben, wenn sie mir hilft", sagte sie mit viel ruhigerer Stimme. Der Teladi blickte sie nur groß an. Sein Röcheln versiegte, da Ghinn ihn jetzt an den Schultern festhielt und nicht mehr am Hals. Die Versammlung der Echsen hatte sich mittlerweile aufgelöst. Die Teladi schienen sich nicht wirklich dafür zu interessieren, ob einer der ihren belästigt oder angegriffen und möglicherweise verletzt wurde. *Feige Kreaturen*, dachte die Split-Frau schwach. In diesem Punkt unterschieden die Bewohner von Ianamus Zura sich nicht von den Echsen, die sie kannte. Nur ein einzelner Teladi mit braun gemaserter Schnauze und hellgelben Leggins wartete noch in einigem Abstand auf den Ausgang der Konfrontation.

„Die Kreatur redet mit mir", verlangte Ghinn erneut. Als sie die Echse schüttelte, brach ein Schwall unverständlicher Zisch- und Fauchlaute aus dem Teladi hervor. Natürlich. Niemand hier sprach die Handelssprache der *Gemeinschaft der Planeten*. Ghinn ließ von dem Teladi ab, der sofort davoneilte und sich dabei noch zweimal umdrehte, um angstvoll zurückzublicken, ehe er im Eingang eines halb geschmolzenen Hochhausblocks verschwand. Dieser Planet war seit Hunderten von Jazuras vom Rest des Universums abgeschnitten gewesen, erst seit ein paar Mazuras war es möglich, hierher zu gelangen. Kein Wunder, dass die Population nichts weiter als ihr rückständiges Gefauche verstand!

„Was will sie?“, blaffte Ghinn den Teladi mit den gelben Leggins an, der sie noch immer aus seinem sicheren Abstand beäugte. Sie formte mit beiden Händen eine komplizierte Geste des Hasses, die nicht wirklich dem Teladi und auch sonst niemand Bestimmtem galt, und schaute sich um. Dort drüben, zwischen zwei mindestens hundert Längen hohen Bauwerken, die wie angeschmolzene Ammoniten aussahen, wogte der grüne Wipfel einer großen Pflanze, möglicherweise der eines Baums. Getrimmtes Buschwerk verdeckte seinen Stamm, sogar grünes Gras schien es dort zu geben, obwohl sie aus diesem Blickwinkel nicht abschätzen konnte, wie groß die davon bedeckte Fläche war. Wenn es schon nichts gab, das sie tun konnte, außer sich die Blöße zu geben, zu Kho zurückzukehren, die mit Nopileos den vermutlich einzigen Dolmetscher des Planeten besaß, dann wollte sie sich zumindest vorher ein paar Mizuras Ruhe gönnen. Hier, mitten im morgendlichen Gewimmel der Echsenstadt, schien ihr das unmöglich. Sie setzte sich in Bewegung.

Auf halber Strecke zum vermeintlichen Park überkam sie wieder ein Schwindelanfall. Diesmal verschwamm sezuralang alles vor ihren Augen und sie wankte vorwärts, ohne zu wissen, in welche Richtung. Ihr ganzer Körper begann zu revoltieren, Arme und Beine wollten den Dienst versagen, doch sie zwang mit eisernem Willen einen Fuß vor den nächsten. Ihr Herz pumpte vermehrt Blut in die Gefäße, was ihren Schwindel noch verstärkte. Die gesamte rechte Körperseite schmerzte, fühlte sich auf einmal aufgebläht an und furchtbar sensitiv. Selbst die leichte Berührung durch den Stoff ihrer Kleidung tat nun höllisch weh.

Es würde geschehen. Jetzt. Hier.

Für einen kurzen Moment konnte sie wieder klar sehen. Sie hatte die beiden Ammonitenhochhäuser beinahe erreicht und stolperte immer weiter. Ein plötzliches, von innen kommendes Knirschen fuhr ihr durch Mark und Bein. Es begann auf ihrer rechten Seite und breitete sich von oberhalb der Hüfte durch Unterleib und Brust aus, dann stieg es mit wachsendem Druck auch ihre Kehle hinauf. Sie schnappte nach Luft. Mit der linken Hand ertastete sie, was sie bereits wusste: Ab Hüfthöhe hatte sich ihr Kleid mit Flüssigkeit vollgesogen, die ihr nun auch die Beine hinabrann. Ein breiter Wulst hob sich langsam, fing eine Handbreit unterhalb der Achselhöhle an und zog sich bis zur Hüfte. Das ihn umgebende Gewebe verfestigte sich wie bei einem schweren Krampf, eine lederne Kruste bildete sich.

Eine Rechtsgeburt, o bei Thuruk, eine Rechtsgeburt!

Ihre Beine gaben nach, sie sackte zusammen. Unter der empfindlichen Haut ihrer Knie und Schienbeine spürte sie etwas Kühles, Nachgiebiges. Sie blinzelte: Gras. Ghinn verblieb eine ganze Weile in dieser Position, auf die Handflächen gestützt, und versuchte, die Kontrolle über ihren Körper wiederzuerlangen. Sie wusste nur zu genau, was mit ihr geschah: Die Tiuchrt hatte sich gebildet, der Geburtskanal, der sich entweder auf der linken oder der rechten Körperhälfte öffnete. Es war ein äußerst unangenehmer, wenn auch normalerweise nicht wirklich schmerzhafter Prozess, der immer mit einem partiellen Kontrollverlust über den eigenen Körper einherging. Von jetzt an bis zur Geburt würde keine Stazura mehr vergehen.

Als Ghinn ihren Blick wieder nach vorne richtete, blickte sie auf gelbe Leggins und abwechselnd weiß und schwarz lackierte Krallen. Der Teladi von vorhin war ihr offenbar bis in den Park gefolgt. Er blickte sie mit offener Schnauze an, mit einem Glimmen in den gelben Augen, das entweder beginnendes Verständnis für ihr Verhalten vor einigen Mizuras bedeutete, oder aber Mitgefühl ausdrücken sollte. Ghinn wollte keines von beidem. Sie versuchte, sich aufzurichten, aber es gelang ihr nicht. „Geh weg“, keuchte sie. „Geh bloß weg, Kreatur!“ Was sie jetzt am allerwenigsten benötigte, war ein Zuschauer. Hier, weitab von zu Hause, auf dem Rasen eines öffentlichen Parks, in einer Stadt voll verrückter Teladi, würde sie niederkommen. Wie ein Tier, wie eine Sklavin.

Der Teladi kniete sich nieder und schaute ihr ins Gesicht. Er zischelte etwas, doch Ghinn verstand ihn nicht. „Geh weg“, wiederholte sie kraftlos. Eine Gebärde der Abwehr versiegte im Ansatz, da sie die Hand schnell wieder auf den Boden setzen musste, um das Gleichgewicht nicht vollends zu verlieren. Der Teladi stand auf und verschwand. Ghinn besaß nicht mehr die Kraft, ihm nachzuschauen. Sie ließ sich zusammensinken und wälzte sich auf den Rücken, ohne einen Blick, oder auch nur das geringste Interesse, für all das, was um sie herum vorging. Die Tiuchrt weitete sich und noch mehr dicke Flüssigkeit troff heraus, doch sie spürte es kaum noch.

Der Himmel war blau, zwar nicht von einem so dunklen und unergründlichen Farbton wie der Nif-Nakhs, aber nichtsdestotrotz wunderschön. Lampions in verschiedensten Farben durchzogen ihn – oder waren das die bunten Tropfenfahrzeuge der Teladi?

Ghinn schloss die Augen. Alles wurde still.

KAPİTEL 36

An Dr. Norman gefällt mir wirklich gut, dass sie so intelligent und so schön ist! Ich bin froh, dass sie eine Langlebige ist, denn das bedeutet, dass sie noch so aussieht wie heute, wenn ich erwachsen bin. Und dann schließen wir einen Ehevertrag miteinander!

ION BATTLER,
ArgoNet: AstroTalk 29/547

Es erwies sich als ausgeschlossen, die Explosion von Schwarze Sonne in der *Gemeinschaft der Planeten* geheim zu halten. Die Nachricht breitete sich zunächst wie ein Lauffeuer in der argonischen Föderation aus, erreichte dann mit der Geschwindigkeit auf Volllast beschleunigender Nachrichtendrohnen die Randgebiete und schwappte schließlich auf Planeten der Split, Teladi und Boronen über. Die Annahme, dass die Xenon für den Ausbruch der Supernova verantwortlich waren, wurde von nahezu allen Medien und Nachrichtennetzwerken als erwiesene Tatsache verbreitet, bevor sie noch wissenschaftlich gesichert war. Ein Dekret des Pontifex Maximus Paranidia, in welchem – im Zusammenhang mit der Nova – von einem ersten Fanal des Sieges gegen die Maschinen die Rede war, trug nicht gerade zur Beruhigung der Bevölkerungen bei. Während Split, Paraniden und auch Boronen stoische Ruhe bewahrten, setzten in den argonischen und teladianischen Sektoren Massenbewegungen ein. Einige dichter besiedelte Welten riefen Notstandsregelungen in Kraft, die die Benutzung von Raumfahrzeugen ohne behördliche Genehmigung untersagten, aber nicht jeder hielt sich daran. Das Militär wurde eingeschaltet. Im Zentrum der *Gemeinschaft* brodelte verhaltenes Chaos, und es drohte, auch die Randgebiete mitzureißen.

Schon seit zwei Tazuras befand sich Siobhan jetzt wieder auf Argon Prime, um die Instandsetzung der *AP Providence* zu beaufsichtigen. Sie war erstaunt, den Hauptplaneten der Föderation Argons so ruhig vorzufinden, als sei er das Auge eines Sturms. Vielleicht hing die relative Gelassenheit der Bevölkerung des Planeten aber auch mit der unübersehbaren Präsenz des Militärs zusammen, das sich hier konzentrierte, wie auf keiner anderen argonischen Welt.

Ursprünglich sollten die Beschädigungen des Testraumschiffes im Trockendock des Goner-Tempels ausgebessert werden, aber man sah sich dort außer Stande, die großflächigen Schäden an der Außenhaut des Schiffes zu beheben. Die militärische Bodenwerft des Raumflughafens Argonia City hingegen war für solche Fälle bestens ausgerüstet. Während sich ein Verband Instandsetzungsroboter mit der Hülle des Schiffes beschäftigte, kümmerten sich Siobhan und Zakk Folkna um eine gründliche Analyse des Sprungantriebs.

Am vierten Tazura nach Beginn der Arbeiten bekamen die beiden Wissenschaftler Besuch von Colonel Danna, der sie für den nächsten Tazura zu einer Konferenz in die Verwaltungsgebäude der Regierung im Peregrino-Komplex berief. Überrascht stellte Siobhan fest, dass an dieser Zusammenkunft nicht nur der gesamte Senat teilnehmen würde, sondern jeder, der Rang und Namen hatte: Noah Gaffelt, Lynda North und Ninu Gardna für die Goner, Henna Steen-Hilmarson, Nan Gunnar, Brend Sobert und Ban Danna für Verteidigungsministerium und Geheimdienst, sowie Lar Ptorenea, die vom Königinnenreich als Ersatz für Lar Asaneus gesandte Boronin.

Als am nächsten Morgen Ninu Gardna aus dem Tempel der Goner eintraf, war ihr Halbbruder bei ihr, aber natürlich durfte Ion der Konferenz nicht beiwohnen. Ebenso wie Commander Ditta Borman und Major Jahn Seldon blieb der Junge daher in der Bodenwerft, wo er Technikern und Computern neugierige Fragen stellte. Siobhan war es durchaus nicht entgangen, dass Ion in sie verschossen war und sie nie aus den Augen ließ. Daher war sie froh, dass sie den Jungen nicht länger als unbedingt notwendig ertragen musste. Mit einem letzten Gruß in Richtung Borman und Seldon folgte sie Ninu, die bereits im Schweber saß, der kurz darauf abhob.

Eigentlich war der Konferenzraum kein Raum, sondern ein ausgewachsener Saal. Als Siobhan ihn betrat, spürte sie einen kurzen Impuls, sich umzudrehen und auf Nimmerwiedersehen zu entschwinden. Die vergangenen vierzig Jazuras, während der sie sich aus allem herausgehalten hatte, das auch nur entfernt an öffentliche Belange grenzte, saßen ihr noch allzu tief in den Gliedern. Sie widerstand dem Reflex.

Colonel Danna trat zu ihr und wies ihr einen Platz in der vordersten Reihe des Saales zu, dort, wo die Redner saßen. „Nur ein paar Worte über Funktionsweise und Status des Teilsprungantriebes“, sagte er.

„Und für Laien, wenn Sie wissen, was ich meine. Aber warten Sie erst mal ab, was Lar Ptorenea zu sagen hat. Und nicht erschrecken."

„So schlimm?"

„Schlimmer."

Äußerlich war Lar Ptorenea nicht von anderen Boronen zu unterscheiden. Siobhan wusste zwar, dass es Nuancen in Augenform, Zahl der Wimmler sowie Hautfarbe gab, die eine geübte Person durchaus erkennen konnte, allerdings ließen sich diese durch die milchig-trübe Umweltmembran nicht ausmachen. Als die Boronin mit ihrer Kleinmädchenstimme begann, wurde den Anwesenden sofort klar, dass die Situation sehr ernst sein musste, denn Lar Ptorenea sprach in zwar farbigen, aber außerordentlich knappen Sätzen.

„Liebe ästhetische und haarige Verbündete", begann die Boronin, „ich habe die interessante und aufregende Aufgabe, euch über bestimmte, farblich unausgewogene Sachzusammenhänge und Ereignisse zu informieren und euch darüber zu berichten." Sie schwebte vor den versammelten Regierungsvertretern und Fachleuten wie eine zugeknöpfte Professorin vor den Teilnehmern ihrer Lesung. Hinter ihr türmten sich mehrere Holosphären auf, die unablässig die hinlänglich bekannten Bilder der Supernova, des CPU-Schiffes und von Brennans X-Shuttle abspulten.

„Das Königinnenreich von Boron ist zu der Erkenntnis gelangt und hat herausgefunden, dass die Xenon tatsächlich für das tragische Ende von Schwarze Sonne verantwortlich zeichnen." Nun ging ein leises Raunen durch die Reihen der Argonen, denn die Aussagen einer Lar waren über jeden Zweifel erhaben. „Wir erschmecken, wissen und bestätigen", fuhr die Boronin fort, „dass die Maschinen einen wahlfreien Sprungantrieb besitzen und haben, mit dem sie eine Singularität kritischer Masse in das ewig Herz einer jeden Sonne befördern können. Jetzt, jederzeit, sofort und immer."

Siobhan starrte die Boronin wie versteinert an, während um sie herum ein Tumult ausbrach. Ein paar der Zuhörer verließen fluchtartig den Raum, die meisten aber sprangen lediglich von ihren Plätzen auf und riefen durcheinander. Siobhan spürte, wie ihre Finger unmerklich zu zittern begannen. Sie hatte es gewusst, hatte es kommen sehen, schon immer!

„Moment noch! Ruhe!", rief Brend Sobert, der Adjutant Nan Gunnars, in den Saal hinein. „So lassen Sie Lar Ptorenea doch aussprechen!"

„Platz! Sitz! Aus!", hörte Siobhan Ban Danna leise rufen, aber ihr war nicht nach Scherzen zu Mute. Danna machte eine vage Handbewegung in ihre Richtung, die sie zuerst nicht zu deuten wusste. Als sie aber die Sorgenfalten im Gesicht des Geheimdienstmannes sah, die in herbem Gegensatz zu seinen vorangegangenen Worten standen, wurde ihr schlagartig klar, dass der weitaus schlimmere Teil noch bevorstand.

Nach und nach beruhigte sich die Zuhörerschaft. Lar Ptorenea, die geduldig darauf gewartet hatte, dass der Aufruhr abklang, sprach schließlich weiter. „Die Maschinen handeln und agieren aus reiner Selbstverteidigung und zum Zwecke des Fortbestehens ihrer Existenz. Wir glauben nicht, dass sie die *Gemeinschaft der Planeten* vernichten wollen. Nach der Auffassung und dem Glauben der dreiäugigen Geometriker existiert nur noch ein einziges CPU-Schiff. Das Königinnenreich jedoch weiß und hat Kenntnis von einem Zweiten. Es befindet sich in den herrlichen und unerforschten Gebieten jenseits von Menelaus' Paradies. Dort erwartet es die Ankunft und das Eintreffen seines Gegenstücks."

„Es gibt also zwei CPU-Schiffe? Eins in dem boronischen Refugium, das andere auf dem Weg dorthin?", rief jemand dazwischen. Siobhan konnte nicht sehen, wer diese Frage gestellt hatte.

„Ja – und ja!", klickerte die Boronin.

„Wo ist das Problem? Die Paraniden werden beide vernichten. Die Föderation Argons sollten ihnen dabei helfen!", rief eine andere Stimme. Zustimmende Rufe wurden laut.

„Nein, nicht!", rief Lar Ptorenea. Ihr Umweltanzug hüpfte erschreckt auf und ab. „Sie würden alle Sonnen und Lebensinseln der *Gemeinschaft* vernichten! Schwarze Sonne war eine Warnung, war sie es nicht?"

Wieder brach das Stimmengewirr los und Brend Sobert musste für Ordnung sorgen.

„Eine Expedition unter der Leitung des sehr verehrten Wissenschaftsethikers Nola Hi und der haarigen und ästhetischen Sternenkriegerin Ele Na Kho ist auf dem Weg, das Weltenportal in Menelaus' Paradies auszuschalten, um die Xenon innerhalb des Refugiums zu beschützen."

Siobhan bemerkte, wie sich der Gesichtsausdruck Senator Gunnars veränderte. Seine Kinnlade sank herab.

„Auch gut“, bemerkte ein graumelierter Argone, der in der dritten Reihe saß. „Klappe zu, Affe tot. Etwa nicht?“ Erneut zustimmendes Gemurmel, diesmal etwas leiser.

„Nola Hi und die Sternenkriegerin wissen nichts von dem zweiten CPU-Schiff. Die beiden Xenon dürfen niemals nicht dadurch getrennt werden, dass das Delta-Tor deaktiviert wird. Sie würden das als Angriff empfinden und auffassen!“

„Dann pfeift Hi und Kho zurück.“

Lar Ptorenea schwieg.

„Warum holt ihr Nola Hi und Elena Kho nicht zurück?“, verlangte der Mann erneut zu wissen. „*Hai*, warum nicht?“, fragten nun auch andere Stimmen, aber Lar Ptorenea blieb stumm. Durch die Umweltmembran zeichnete sich eine nervöse Bewegung ihrer Tentakel und Wimmler ab.

Endlich trat Ban Danna vor. „Weil die Neuen Sektoren noch nicht am Nachrichtendrohnen-Leitsystem teilnehmen. Wir können diese, diese … entsetzlich unsinnige Expedition nicht ohne weiteres zurückrufen. Es sei denn …“

Erneutes Stimmengewirr. Siobhan wusste, was jetzt kommen würde.

„Es sei denn“, wiederholte Danna mit lauter Stimme, „mit einer zweiten Expedition in einem Schiff, das mit einem Teilsprungantrieb ausgestattet ist. Nur so haben wir eine geringe Chance, Elena Kho und Nola Hi rechtzeitig zu erreichen. Und wir haben keine Zeit für aufwändige Planungen. Die Expedition muss schnellstmöglich starten, am besten schon morgen früh.“

Siobhan erhob sich und drehte sich um. Die Reihen der Zuhörer waren inzwischen wieder fast vollständig besetzt, allerdings befanden sich die Argoninnen und Argonen in einem Zustand großer Aufregung. Hier und dort hörte sie die Worte „Projekt Providence“. Sie trat vor, neben Lar Ptorenea, Danna und Sobert. Sie benötigte weniger als eine Mizura, um Funktionsweise und Status von Projekt Providence auf eine Weise zu erläutern, die auch von den technisch Unversiertesten sofort verstanden wurde.

„Mein Name ist Dr. Siobhan Inja Norman, Leiterin von Projekt Providence“, sagte sie mit leiser, bedeckter Stimme. Aus irgendeinem

Grund verstummte die allgemeine Diskussion sofort, und jeder hörte ihr zu. „Der Teilsprungantrieb ist zwar noch nicht hinreichend getestet, aber er ist einsatzbereit. Sofort einsatzbereit. Danke." Benommen setzte sie sich wieder auf ihren Platz und nahm nur am Rande wahr, dass viele Argonen ihr Beifall zollten, der länger andauerte als ihre kurze Ansprache. Der Premier und die Verteidigungs-Senatorin übernahmen den Rest der Besprechung.

Erst spät in der Nacht kehrte Siobhan zusammen mit Ninu, die Ion abholen wollte, zurück zur Bodenwerft. Das gesamte Gelände war in gleißend helles Scheinwerferlicht getaucht, denn die Werft stand nie still. Als die beiden Frauen nach den obligatorischen Sicherheitskontrollen den großen Hangar betraten, in dem die *AP Providence* lag, kamen ihnen Commander Borman und Major Seldon entgegen.

„Einsatzbesprechung bei der Chefin persönlich", sagte Borman im Vorbeigehen.

„Viel Spaß", murmelte Siobhan sarkastisch.

Im Labor wartete Zakk Folkna bereits auf sie. Der Wissenschaftler war noch immer sichtlich darüber empört, dass man ihn nicht zu der Besprechung eingeladen hatte.

„Mach dir nichts draus", entgegnete Siobhan. „Ich wäre auch lieber nicht dabei gewesen." Folkna schüttelte uneinsichtig den Kopf.

„Bis Morgen, Dr. Norman!", rief eine junge Stimme vom anderen Ende der angrenzenden Montagehalle. Durch die Sichtscheibe des Labors sah Siobhan den Jungen winken. Ninu Gardna nickte auch ihr quer durch die Halle zu. Siobhan hob unwillig die Hand und grüßte zurück. Sogleich beschlich sie das Gefühl, einen Fehler begangen zu haben. Höchstwahrscheinlich würde der Junge sie jetzt noch mehr anhimmeln als ohnehin schon. Sie seufzte gequält.

„Hör zu, Zakk. Ich bin für eine Stazura weg. Ich brauche Luft zum Atmen. Mein Kopf schwirrt." Und das war die reine Wahrheit.

„Gut", sagte Folkna kurz angebunden.

Siobhan wartete, bis der Schweber mit Ninu und Ion außer Sichtweite war, bevor sie sich ordnungsgemäß bei der Werftwache abmeldete. Sie verzichtete darauf, ebenfalls ein Fluggerät zu ordern, sondern schlich sich fast verstohlen zu Fuß zum einzigen Ort Argonias, den sie vermissen würde, falls der Planet unterginge: den Garten des Ewigen Wetters.

Ausgestreckt auf dem Rücken liegend ließ sie sich in den Himmel fallen. Das Gras kitzelte ihre bloßen Knöchel. Von irgendwo zog eine laue Brise auf, trug angenehmen, moosigen Geruch mit sich, und das sonore Summen Argonias. Das Geräusch der Stadt konnte man nur nachts hören. Große, unterirdische Anlagen formten die Hitze des glühenden Planetenkerns in Energie für die nimmersatte Metropole um. Tagsüber hingegen überdeckte vielfältige Geschäftigkeit das immer gleiche Arbeitsgeräusch der Konverter. Sie dachte an das alte Buch, dass Ruuf Vondran ihr drei Wozuras vor seinem Tod geschenkt hatte: Die Hydra und der Held. Joan Mitchell, die Hydra, war ebenfalls langlebig gewesen, und genau wie sie, Siobhan, hatte sie sich schier unlösbaren Situationen gegenübergesehen. Die Lösung, die Joan Mitchell seinerzeit gefunden hatte, war historisch verbrieft: Sie hatte sich nach dem Tode Nathan R. Gunnes klammheimlich aus der Verantwortung gestohlen und war niemals wieder in Erscheinung getreten. Siobhan konnte diese Entscheidung ihrer Seelenverwandten nur zu gut verstehen. Sie selbst hatte Ähnliches versucht, mehr als vierzig Jazuras lang, aber sie war daran gescheitert. Letztendlich war sie zu dem Schluss gekommen, sich nicht aus der Verantwortung stehlen zu wollen. Doch auf einmal war sie sich ihrer Sache nicht mehr so sicher. Denn jetzt, wo alles gesagt und getan war, kamen aus ihrem Hinterkopf, dort, wo das Rückgrat in den Schädel überging, die Zweifel angekrochen wie die Kundschaftervorhut eines Ameisenheers. Sie drängten sich nach vorne in ihr Bewusstsein und wuchsen in die Breite, während sie sich an ihrer Seele satt fraßen. Selbstverständlich drehte sich das Universum nicht nur um sie, Siobhan. Da war diese tatsächliche, reale Gefahr, dass Sonra und all die anderen Sterne der *Gemeinschaft* zerplatzen würden wie kosmische Seifenblasen. So wie Schwarze Sonne.

Wenn sie ganz tief in sich hinein hörte, und ganz ehrlich mit sich war, dann interessierte es sie nicht. Jedenfalls nicht wirklich: Natürlich hoffte sie irgendwo in ihrem Innern, dass man die Bedrohung abwenden können würde. Doch einige der kleinen Kundschafter der Ameisenvorhut flüsterten zu ihr, und sie sagten: *Warum du? Weshalb machst du es zu deiner Aufgabe, die Welt zu retten? Der Weltenretter gibt es doch genug! Elena Kho ist eine Retterin. Der Pontifex Maximus Paranidia ebenfalls. Prinzessin Menelaus. Colonel Danna. Der Patriarch von Rhonkar. Kyle-William Brennan. Sogar Ninu Gardna. Selbst – und ganz besonders – Ion Battler! Rette die Welt nicht, sondern gehe unter mit ihr, oder aber versinke wieder in Vergessenheit.*

„Lasst mich doch alle in Ruhe“, flüsterte Siobhan, als von irgendwoher durch die Entfernung abgedämpfte Stimmen an ihr Ohr drangen. Aber sie dachte an Deirdre und ihre Schwermut verblich zu einem diffusen Gefühl in ihrer Kehle. Zeit konnte alle Wunden heilen und wenn es eines gab, von dem sowohl sie, als auch Deirdre im Überfluss besaßen, dann war es – Zeit.

Nach ein paar weiteren Mizuras, während der sie die unzähligen Lichtpunkte beobachtete, die den nächtlichen Himmel der Hauptstadt durcheilten, stand sie auf und legte ein letztes Mal den Kopf in den Nacken. Sie stellte sich vor, wie ein kleiner weißer Fixstern am Firmament verlosch, dann ein zweiter, viele. Kopfschüttelnd machte sie sich schließlich auf den Weg zurück zum Raumhafen. Es fiele nicht ins Gewicht. Der Kosmos kalkulierte ebenso wenig mit einzelnen Sonnen wie der menschliche Körper mit einzelnen Zellen.

Es war früh am Morgen, und Sonra stand noch tief am Himmel. Das Gestirn sandte seine ersten wärmenden Strahlen für diesen Tazura aus, doch als Siobhan vor den Hangar trat, fröstelte ihr. Sie hatte in der vergangenen Nacht kaum Schlaf gefunden und befand sich bereits seit über einer Stazura wieder auf dem Gelände der Bodenwerft, wo sie versuchte, der Sprungeinheit ein zusätzliches Prozent an Zuverlässigkeit abzuringen. Sie blinzelte und beschattete ihre Augen mit der flachen Hand, als ein goldener Punkt, der zwischen den Wolken herabstürzte, ihre Aufmerksamkeit auf sich zog. Die Werft grenzte an das zivile Flugfeld D des Raumhafens von Argonia City, auf dem auch zu dieser Uhrzeit bereits reger Betrieb herrschte. Im Weltall gab es keinen Unterschied zwischen Tag und Nacht und Schiffe wollten zu jeder Zeit landen. Schnell entpuppte sich der goldene Punkt als ein Raumer teladianischer Bauart, der nur Sezuras später in einigen hundert Längen Entfernung behutsam aufsetzte. Siobhan kniff die Augen zusammen und erhaschte einen Blick auf den Schriftzug auf der Flanke des Schiffes: *AP Blue Arrow*.

„Guten Morgen, Dr. Norman.“

Siobhan zuckte zusammen und drehte sich ruckartig um. Ohne dass sie es bemerkt hatte, waren Noah Gaffelt, Ninu Gardna und Ion Battler hinter sie getreten. Siobhan verbiss sich eine scharfe Bemerkung und begrüßte die Neuankömmlinge.

Gaffelt kam ohne Umschweife zur Sache. „Dr. Norman, Miss Gardna wird sie auf der *AP Providence* begleiten. Sie ist mit Major Kho befreundet. Vielleicht macht das keinen Unterschied, möglicherweise aber doch."

Siobhan nickte langsam. Der Oberste Hüter bemerkte sofort den säuerlichen Ausdruck, der sich auf ihrem Gesicht abzuzeichnen begann. „Das ist doch in Ordnung, nicht wahr?", vergewisserte er sich, aber es klang eher wie eine Feststellung denn wie eine Frage.

„Wenn Sie es wünschen, Gaffelt-san."

Den Obersten Hüter umgab stets eine nahezu sakrale Aura, die Siobhan als unangenehm und einengend empfand. Selbst dann, wenn Noah Gaffelt versuchte, sich freundlich und ungezwungen zu geben, schwang in seinen Worten doch auch immer ein Hauch von Endgültigkeit mit, der scheinbar von allen ungefragt akzeptiert wurde. Oft verstummten Diskussionen allein dadurch, dass Gaffelt seine Meinung kundtat – oder sich lediglich näherte. Und trotzdem war Siobhan schon mehrmals ein irritiertes, beinahe resigniertes Blitzen in des Hüters Augen aufgefallen, wenn etwas Derartiges geschah. Inzwischen war ihr aufgegangen, was das bedeutete: Die Goner mochten noch so vehement beteuern, keine Sekte im eigentlichen Sinne zu sein – in Wirklichkeit waren sie eine, wenn auch unter ungewöhnlichen Vorzeichen. Man erwies dem Obersten Hüter äußerste Reverenz und erhob ihn damit in den Stand eines Sektenführers, ob er das nun wollte oder nicht. Dieses Verhalten musste sich über die Dekazuras hinweg in Gaffelt manifestiert haben, gleichsam als Spiegel der kumulierten Wünsche der Anhänger der vermeintlichen Wissensgemeinschaft. Vermutlich war Gaffelt diese schleichende Veränderung seines eigenen Selbstverständnisses nicht einmal aufgefallen. Schon eine ganze Weile nahm Siobhan die Mär von der angeblich „rein weltlichen" Führung der Goner daher nicht mehr ernst. Über die Teilnahme Ninu Gardnas an der Expedition zu diskutieren, lohnte allerdings den Atem nicht. Hauptsache niemand verlangte von ihr, den Jungen mitzunehmen! „Ion kommt nicht mit", rutschte es aus ihr heraus, ohne dass sie den Worten Einhalt gebieten konnte.

„Doch!", rief Ion, bevor die beiden anderen reagieren konnten. Man sah ihm an, dass es ihm sehr ernst damit war.

„Selbstverständlich kommt er nicht mit, Dr. Norman“, sagte der Oberste Hüter. „Ich nehme ihn mit zum Tempel zurück.“ Ion presste die Lippen aufeinander, schwieg aber.

Wenig später trafen Commander Borman und Major Seldon auf dem Gelände ein. Diesmal würde Ditta Borman das Kommando über die *AP Providence* übernehmen. Darüber, dass Seldon bei den vorausgegangenen Testflügen zugegen gewesen war, sie jedoch nicht, ärgerte sie sich noch immer ein wenig, doch sie ließ sich nichts davon anmerken.

„Na, heute schon Geschichte geschrieben?“, flachste Borman im Cockpit, wo sie zusammen mit Seldon die letzten Systemchecks vor dem Countdown zum Abheben durchführte.

„Ich bitte dich – doch nicht vor dem Mittagessen!“, grinste Seldon. Er kannte Ditta Borman nun schon eine ganze Reihe von Jazuras, und es freute ihn ungemein, dass er ihr wenigstens dieses eine Mal etwas voraus haben durfte.

„Könnte sogar hinkommen“, antwortete Borman mit belegter Stimme nach einigen Sezuras, während derer sie eine Datenanzeige überprüfte. Sie vollführte eine rasche Geste und das Anzeigefeld verschwand. „Vielleicht war aber auch schon das Frühstück unsere Henkersmahlzeit.“

„Schau – sie fahren das Dach auf!“ Seldon deutete aus dem Cockpitfenster hinaus nach oben. Weit über der *AP Providence* bildete sich ein Spalt zwischen den beiden Hälften des riesigen Hangardaches und Sonra erschien in ihrer ganzen strahlenden Pracht.

„Commander Borman, Major?“ Siobhan betrat das geräumige Cockpit. „Wir wären dann so weit. So weit ich das beurteilen kann, befinden sich Schiff und Sprungeinheit in einwandfreiem Zustand. Wie sehen Sie das?“

„Fast wie neu“, antwortete Borman. „Alle Systeme liegen weit innerhalb ihrer Toleranzen. Jahn, hast du dir das Schiff von außen angeschaut?“

Major Seldon bestätigte. „Natürlich. Wäre ich nicht selbst dabei gewesen, ich würde es nicht glauben, dass es vor nicht einmal einer Wozura fast von einer Supernova zu Schlacke verschmort worden wäre.“

Als Ninu Gardna eintraf, war die Besatzung schließlich vollzählig. Die Gonerin verhielt sich ungewöhnlich still. Ihre ohnehin schon helle Haut wirkte noch einen Ton bleicher als sonst. Sie hatte schreckliche

Angst, das sah man an ihren Augen – doch nicht um sich selbst, wie sich bald herausstellte. „Was ist, wenn Sonra zur Nova wird, während wir unterwegs sind?“, fragte sie bedrückt.

Darauf hatte Siobhan keine Antwort. „Kommt Ion nicht, um sich zu verabschieden?“, entgegnete sie stattdessen.

„Nein. Er ist – ich glaube, er ist wütend auf mich. Und ich weiß nicht einmal warum. Vielleicht sehe ich ihn nie wieder.“ Sie zögerte. „Und Kyle auch nicht.“

Im Gegensatz zu Ninu verspürte Siobhan nicht die geringste Angst; im Gegenteil, sie war innerlich vollkommen ruhig. Sie wollte zwar nicht sterben, aber der Gedanke an den Tod beunruhigte sie nicht. Doch ihr Schicksal war mit dem Deirdres verknüpft. Sie musste leben, damit Deirdre leben konnte, wo auch immer ihre Tochter sich jetzt befinden mochte. Die Katastrophe musste verhindert werden! Siobhan geleitete Ninu in die kleine Kabine, in der die Gonerin den Flug mangels ausreichenden Platzes im Cockpit verbringen sollte. „Ich habe eine Tochter“, sagte sie leichthin, ohne genau zu wissen, warum sie Ninu das verriet. „Spätestens zu meinem Hundertsten möchte ich sie wieder sehen.“

Ninu machte ein überraschtes Gesicht. Dass die zwar wunderschöne, aber stets unterkühlte und unnahbare Siobhan Norman eine Familie haben könnte, wäre ihr im Traum nicht eingefallen. „Und wann wird das sein?“

„Oh, schon bald – in zwölf Jazuras.“

„Bald!“ Ein winziges Schmunzeln kämpfte sich auf Ninus sorgenvolles Gesicht. „Bis dahin habe ich graue Haare und Julian ist ein erwachsener Mann.“

Jetzt war es an Siobhan, überrascht zu sein. „Julian?“

„Ich erwarte ein Kind, Siobhan. Einen Jungen.“

Siobhan schüttelte den Kopf und lachte. „Man kann noch nicht einmal etwas sehen – und doch schon einen Namen ausgesucht?“

„Kyle und ich haben vor einiger Zeit darüber gesprochen – ich meine, rein hypothetisch. Er weiß ja noch gar nichts von seinem Glück. Und sehen – nun ja, dafür ist es wirklich noch etwas zu früh.“

Etwas Seltsames geschah mit Siobhan: Einen kurzen Augenblick lang überrollte sie eine Welle der Sympathie für diese hübsche junge Frau vor ihr. Zuerst konnte sie dieses Gefühl nicht einordnen, denn sie hatte es schon lange nicht mehr in dieser Intensität für jemanden empfunden. Beinahe hätte sie Ninu im Überschwang der Emotionen in den Arm genommen und gedrückt, doch so schnell das Gefühl gekommen war, so schnell ebbte es auch wieder ab. „Unter diesen Umständen kann doch überhaupt nichts schief laufen. Wenn wir zurück sind, werden Ion und dein Kyle dich schon erwarten. Wart's ab!" Eigentlich war das ironisch gemeint, aber ein Rest der Sympathiewelle war wohl noch an ihrer Stimme hörbar, denn Ninu lächelte. Das Letzte, das Siobhan von der Gonerin sah, bevor die Kabinentür zufuhr, war ein Gesichtsausdruck, der von neu geschöpfter Zuversicht sprach. Und vielleicht sogar von einem Funken Hoffnung.

Eine Quazura nach dem Start von Argon Prime befand sich die *AP Providence* bereits in dem für sie von der Raumüberwachung freigehaltenen Korridor, der sie weit von allen belebten Orbits und Flugbahnen wegführte. Die *Argon One* – diesmal nicht unter dem Befehl Colonel Dannas stehend – begleitete das Testschiff noch einige Millionen Längen hinaus in das innere System, dann meldete sie sich ab, leitete den Brennschluss ein und begann mit einem langwierigen Wendemanöver, das sie in ihren Warteorbit über Argon Prime zurückführen würde.

Als der Bordcomputer mit dem obligatorischen Countdown begann, drehte sich Major Seldon, der als Copilot neben Commander Borman im Cockpit saß, zu den beiden Wissenschaftlern um, die weiter hinten ihre Konsolen beobachteten. „Fünfundsiebzig Prozent, Doktor", sagte er. „Nicht wahr?"

„Sechsundsiebzig", antwortete Siobhan. „Darauf bestehe ich!"

Seldon wandte sich wieder seinen Instrumenten zu. „Ihr Wort in … worin auch immer", murmelte er mit neutraler Stimme. Der Bordcomputer unterbrach ihn und zählte die letzte Mizura bis zum Sprung an, während in den Eingeweiden des Schiffes die Konverter anliefen.

Zakk Folkna warf Siobhan einen unsicheren Seitenblick zu, als die Ausläufer der verzerrten Raumzeit nach ihm griffen. Draußen vor dem Cockpit bildete sich jener wirbelnde Sprungtunnel, der Siobhan – obwohl sie ihn mathematisch vollständig beschreiben konnte – noch immer wie ein unwirklicher, magischer Trick des Universums vorkam.

„Schiff erreicht Eintrittspunkt", erklärte der Computer. Dann sagte er: „Zielfehler. Unbekannter Sektor."

KAPITEL 37

Wäre die Vergangenheit ein Ort, den man erreichen könnte,
und wäre es möglich, unseren Ahnen nur einen einzigen Satz zu
übermitteln – ich wüsste genau, was ich ihnen sagen würde:
„Gebt nicht auf, denn es gibt Hoffnung!“
Fast möchte ich glauben, dass das wirklich möglich ist.
Denn unsere Vorväter haben nicht aufgegeben – niemals!
Nur deshalb sind wir heute hier!
HINDREK SILLS,
Vorsitzender des Senats der Föderation Argons

Der Computer, den man zu Übersetzungszwecken verwendete, war, wie stolz versichert wurde, ein Geschenk des Teladi-Unternehmens, das erst vor wenigen Wozuras von Vertretern der CEO überreicht worden war. Einstmals ganz offensichtlich der Bordcomputer eines großen Sternenschiffes, schien man aus einigen der von ihm verwendeten Formulierungen eine gewisse Zerknirschtheit über sein Schicksal herauszuhören. Das Wort, welches Nopileos als Ästhetenaufsicht in die Handelssprache übertragen hatte, übersetzte der Computer schlicht mit Polizei, und Großästhet kam als Dirigent heraus. Elena hegte zwar den Verdacht, dass es sich vielmehr um das Innenministerium und den Polizeichef handelte, doch die vom Übersetzungscomputer gewählten Worte blieben schnell hängen.

Idranenujos Andepebikas Cokadrareos I lautete der formelle Name des Dirigenten, doch er beeilte sich, Elena und Nopileos sogleich die informelle Anrede anzubieten, vielleicht, so sagte er schmunzelnd, unter Hinzufügung seines Titels. Aber natürlich nur, wenn sie es so wünschten. Dirigent Cokadrareos war ein ausgesprochen freundlicher Teladi. Seine Schnauze stand stets einen Spalt weit offen, was den Eindruck eines Lächelns vermittelte, aber selbstverständlich lachten Teladi niemals, sondern blähten stattdessen ihre Schuppenfinne auf, wenn sie sich belustigt fühlten. Die Gesichtsbemalung des Dirigenten war in schlichtem Ocker gehalten, mit einigen sehr dezent aufgebrachten Flämmchen in hellem Braun, die sich von beiden Seiten der Stummelschnauze über den Nasenrücken zogen, die Augen umzüngelten, um sich schließlich unterhalb der karmesinroten Schuppenfinne zu vereinen. Seine Kleidung war ebenso schlicht: Über dem Leibchen aus krallenlangem, blütengemustertem Kunstfell trug er etwas, das einem Batikhemd ähnelte. Sein Beinkleid bestand aus einer Art Kilt oder Rock in bleichem Teladi-Grün – einer Farbe, die sich erstaunlicherweise bei Teladi dies- und jenseits Ianamus Zuras gleichermaßen großer Beliebtheit erfreute. Vom Bund ausgehend, zogen sich blasse Hieroglyphen spiralförmig um den Kilt herum, bis hinab zum Saum. Nopileos, die im noblen Eibrütheim zu Firmenstolz auch gelernt hatte, altteladianische Schriftzeichen zu lesen, schwieg peinlich berührt, nachdem sie die etwa zwanzig Worte des Schriftzugs auf dem Kilt des Dirigenten zum ersten Mal gesehen hatte. Ihre Stirnschuppe verdunkelte sich, doch nach ein paar Sezuras fing sie sich wieder. Man schien hier ganz offen und selbstverständlich mit Dingen umzugehen, die im Teladi-Unternehmen nicht mal flüsternd zur Sprache kamen, weil man sie dort schlichtweg über die Zeit vergessen hatte! Darüber hinaus gab es wohl weder Uniformen noch eine Anzugsordnung in der Gesellschaft der Planetenechsen von Ianamus Zura.

„O nein“, sagte der Computer gerade, der die Sätze des Dirigenten nahezu simultan übersetzte, „wir kennen keine Denkmaschinen, die in einem fernen Refugium Zuflucht suchen. Auch wie man ein Sternentor abschaltet, wissen wir nicht. Wer auch wollte je etwas Derartiges tun? Das Alte Volk jedoch kennen wir durch seine Präsenzwolke.“

Nopileos blickte Elena fast schon verzweifelt an. Seit zwei Stazuras sprachen sie nun mit dem Dirigenten, doch die Unterhaltung verlief im Kreis. Anfangs hatte alles noch vielversprechend ausgesehen. Man hatte sie durch die Instanzen geschleust, vom einfachen Ästheten zur Ästhetenaufsicht, bis hin zum Dirigenten. Doch von diesem Augenblick an stockten die Verhandlungen. Dirigent Cokadrareos anerkannte Elena zwar als wichtige, hochrangige Vertreterin eines Volkes, zu dem man möglichst bald diplomatische Beziehungen aufbauen wollte. Dass jedoch eine Maschinenspezies in der *Gemeinschaft der Planeten* vor dem Genozid stand, leuchtete ihm nicht ein. Dass Elena Hilfe benötigte, war ihm ebenfalls klar. Dass sie jedoch militärische oder polizeiliche Unterstützung brauchte, um die Piraten in ihrem beschädigten Schiff aufzufinden und zu überwinden, um dann nach Menelaus’ Paradies weiterzufliegen, wo sie ein Sternentor abzuschalten gedachte, war für ihn komplett unbegreiflich.

„Wir wissen nichts von Freibeutern“, setzte der Dirigent wieder an, nachdem Elena und Nopileos nichts erwiderten. Die Raumfahrerin stützte ihr Kinn auf die Hand und blickte durch das Fenster auf die schimmernde Front eines Hochhauses, dessen Form sie an eine unregelmäßig geschmolzene Softeiskugel erinnerte.

„Das Universum ist so wunderbar, dass es nur Platz für Freude hat. Und der Freude gibt es viel!“

Ghinn hatte recht, dachte Nopileos. *Sie sind ein wenig wie Boronen auf zwei Beinen.* Aber so, wie sich auch das Königinnenreich von Boron vor langer Zeit nach einem langen, schmerzhaften Lernprozess dem feindlichen Weltall gestellt hatte, würde sich auch Ianamus Zura irgendwann den Realitäten ergeben müssen.

„O Kollege Dirigent“, sagte Nopileos in der Handelssprache, „es ist wirklich von außerordentlicher Wichtigkeit, dass wir dem CPU-Schiff die Durchreise in das Refugium ermöglichen und das Sprungtor deaktivieren.“ Der Computer hinkte nur um eine halbe Sezura mit der Übersetzung hinterher.

„Nun, aber das verstehe ich!“, antwortete der Dirigent hilfsbereit. „Gerne dürfen Sie mit unserer diplomatischen Delegation in Ihre Planetengemeinschaft zurückkehren!“

Diesen Satz sagte der Dirigent, mit leichten Variationen, nun schon zum vierten oder fünften Mal. Immer noch blickte er Nopileos und Elena dabei freundlich an. Natürlich waren bei dem bisherigen Gespräch auch eine Reihe anderer wichtiger Informationen herausgekommen. Jedes Mal aber, wenn es um den Kern des Anliegens ging, versagte die Verständigung.

In die entstehende Stille hinein fielen die Töne einer seltsam vertrackten Melodie: Der Dirigent erhielt einen Anruf. Cokadrareos sprach ruhig zischend mit einem Videofeld, das erstaunlicherweise von hinten undurchsichtig blieb, sodass Elena und Nopileos nicht sehen konnten, mit wem er dort redete. „Liebe Freunde“, sagte er, nachdem das Feld erloschen war, „ich denke, Sie sollten mit mir mitkommen.“

Elena und Nopileos blickten einander fragend an, erhoben sich aber, um Dirigent Cokadrareos zu folgen.

„Ich rede nicht mit ihr."

Im ersten Moment erschrak Elena fürchterlich. Sie hörte auch Nopileos neben sich scharf Luft einatmen. Ghinn t'Whht lag, in dicke himmelblaue Bandagen eingewickelt, auf zwei notdürftig unterfütterten Schlafbänken teladianischer Bauweise. Entlang ihrer gesamten rechten Seite zeigten sich ein großer dunkler Fleck und eine unnatürliche Wölbung. Einige der Echsen wuselten um die Split-Frau herum, aber sie hielten sie offensichtlich nur unter Beobachtung. Erst jetzt fiel Elena das kleine, in Bahnen silbern schimmernden Tuchs gehüllte Bündel auf, das links neben Ghinn lag und sich in regelmäßigen Abständen bewegte. Jetzt verstand Elena. „Ghinn, ich … herzlichen Glückwunsch!"

„Ich rede nicht mit ihr", wiederholte Ghinn und schaute weg.

„Sie hat, sie ist, hat gelegt?", stammelte Nopileos. Mit aufgerissenen Augen starrte sie auf den kahlen, fahlgelben Kopf des Säuglings, der aus dem silbernen Bündel hervorschaute.

Bevor noch jemand Weiteres sagen konnte, gab Dirigent Cokadrareos, der den Wortwechsel schweigend beobachtet hatte, einen erschreckten Laut von sich, der sich wie eine Mischung aus Kreischen und Fauchen anhörte. Alle Blicke richteten sich auf den Ästheten. „Bitte entschuldigen Sie mich", übersetzte Nopileos das, was der Dirigent mit kalkbleicher Stirnschuppe zischelte. Cokadrareos rollte geschwind ein flexibles Sprechgerät zusammen und verstaute es in einem unscheinbaren Futter an seinem Kilt. „Schreckliche, schrecklich wichtige Nachricht", murmelte der Dirigent und verließ das Zimmer gehetzt. Beim Hinausgehen rempelte er um eine Schuppe einen weiteren Teladi an, der soeben hineinwollte.

Elena schaute Nopileos fragend an. „Was war denn das?"

Nopileos drehte die Handflächen nach oben. „Tshhh – wenn ich das nur wüsste!"

Die Echse, die soeben hineingekommen war, legte den Kopf schief und zwinkerte Nopileos und Elena freundlich zu. Sie trug knallenge, gelbe Leggins und keinerlei Gesichtsbemalung, dafür waren die Krallen ihrer Gehklauen abwechselnd weiß und schwarz lackiert. „Sie ist schon die ganze Zeit so abweisend. Aber das ist wohl normal. Schließlich ist sie ein Hasswesen", sagte sie auf Altteladianisch und deutete auf Ghinn t'Whht und ihr Kind.

„Sind Sie Arzt?", fragte Nopileos. Elena schaute verwirrt zwischen den beiden Teladi hin und her, da sie den Dialog natürlich nicht verstand. Cokadrareos' übereilter Abgang war vergessen.

„Ähm, nein. Ich bin Maler."

„Was sagt er, Nopileos?", mischte Elena sich ein.

„Er sagt, er sei Maler", antwortete Nopileos wahrheitsgemäß. Die Raumfahrerin zog ein verblüfftes Gesicht.

„Was, bitte, meinte doch gleich Ihr Freund?", wollte der Künstler wissen.

Nopileos zischte. „Tshhhhhh! Freundin! Meine Freundin! Und eines nach dem anderen! Also, das ist kein Hospital, sondern eine Vernissage?"

„Aber nein!" Die Schuppenfinne des Künstlers regte sich. „Natürlich nicht. Ich habe das Hasswesen gefunden und herbringen lassen, es war in einer furchtbaren Situation, so alleine, dort draußen. Mein Name ist übrigens Gonareos Ianusis Jolandalas IV, Mitglied der Künstlergilde."

Da sich Dirigent Cokadrareos während des Besuches bei Ghinn bis auf weiteres entschuldigt hatte, schlug Jolandalas spontan vor, Nopileos und Elena in der Zwischenzeit Ianamus Zura zu zeigen. Elena, die sich ohne Alternativen sah, da alle anderen Behörden freundlich, aber bestimmt auf den Dirigenten verwiesen und nicht auf eigene Faust Gespräche führen wollten, willigte nach kurzem Zögern ein. Jolandalas besaß einen kleinen Schweber in der Form eines flachgedrückten Geißeltierchens. Elena musste den Kopf einziehen und sich schmal machen, doch das war sie von den vielen Stazuras in der teladianischen Barkasse bereits gewohnt. Über einem weiten Sumpfgebiet, das exotischen Pflanzen, Blüten und Tieren ein Heim bot, hielt der Künstler das Fluggefährt schließlich an.

„Wir lieben die Schönheit über alles", sagte Jolandalas, mit seiner Klaue eine ausladende Bewegung vollführend, die das Land, den Horizont und die Sonne einzuschließen schien. Nopileos übersetzte simultan für Elena. „Schönheit ist Harmonie und Gegensatz, Farbe und Tristesse. Funktion muss nötigenfalls Form weichen, aber die dunklen Sonnenwenden sind vorüber", führte er aus. „Die Herrlichkeit des Universums spricht selbst aus seinen geringsten Teilen. Wissenschaft und Kunst verschmelzen zu einer Einheit."

„Das hört sich religiös an", bemerkte Elena. In der Tat, Ianamus Zura war ein reizvoller Planet. Seine ruhigen Landschaften, reizenden Kontraste und weiten, sauberen Städte beschwichtigten das Auge und waren dazu geeignet, selbst der Seele eines Menschen Frieden zu schenken, und sei es auch nur für den Augenblick.

„Wir kennen das Konzept der Religion“, antwortete Jolandalas, nachdem Nopileos fertig übersetzt hatte, „aber für uns ist es seit langer Zeit eine Worthülse ohne innere Bedeutung.“ Der Künstler machte eine Pause, stupste Nopileos neckisch an und startete den Schweber wieder. „Die Teladi in der Planetengemeinschaft allerdings“, fuhr er dann fort, „kennen eine Religion: Sie wird Credits genannt.“

Nopileos protestierte halbherzig. An dem, was Jolandalas sagte, war mehr als bloß ein Körnchen Wahrheit. Jetzt zu beteuern, dass sie nicht dem Geld hinterher jagte, wie alle anderen Teladi der *Gemeinschaft*, sondern im Gegenteil sogar plante, eine Non-Profit-Organisation ins Leben zu rufen, hielt sie für unangemessen. So wackelte sie nur mit den Ohren.

In den späten Stazuras des ersten Halbmittazuras setzte der Künstler das Schwebefahrzeug auf Wunsch Elenas nahe der Barkasse ab. Die Raumfahrerin verspürte einen nagenden Hunger, außerdem wollte sie dafür sorgen, dass auch Ghinn mit Nahrung versorgt wurde: Sie schalt sich innerlich selbst dafür, dass sie nicht eher an die Split-Frau und deren Neugeborenes gedacht hatte. Natürlich gab es auf diesem Planeten nichts, was Menschen oder Split gefahrlos verzehren konnten. In dem von Piraten beider Völker benutzten Beiboot gab es jedoch einige Vorräte an Nährstoffvollkonzentraten sowohl für Split als auch für Menschen! Elena nahm sich vor, die Rationen streng einzuteilen. Sie bat Nopileos, für sie ein Gespräch mit der Ästhetenaufsicht zu führen, doch der Anruf blieb ohne Ergebnis. Der Dirigent war nach wie vor verhindert, ließ aber mitteilen, dass er am kommenden Volltazura erneut für sie zur Verfügung stünde.

„Ich könnte heulen“, gestand sie Nopileos, „die scheinen nicht zu begreifen, wie wichtig unser Unternehmen ist und dass das Leben unserer Besatzung auf dem Spiel steht!“

„Weine nicht, Sternenkriegerin! Hast du nicht einmal gesagt, dass du nie weinst?“

Elena zauberte ein schwaches Lächeln auf ihr Gesicht und legte ihre Hand auf Nopileos’ Arm. Sie dachte an ihr Erlebnis an Bord des Terraformers. „Keine Sorge. Weiche Schale, harter Kern. Versprochen!“ Nopileos gab ein Zeichen der Zustimmung. Elena wies auf den Künstler, der mit seinem Schweber in ein paar Längen Entfernung verharrte. „Hey, ich glaube, Jolandalas wartet auf dich. Geh nur, ich bringe Ghinn die Nährstoffriegel, dazu benötige ich keine Dolmetscherin."

„Wirklich?"

„Aber ja. Sei nur morgen früh wieder hier, hörst du?"

„*Hai*, Schwester. Und Profit!" Mit diesen Worten lief Nopileos zum Schweber hinüber, und kurz darauf stieg das Gefährt mit einem winzigen Säuseln verdrängter Luft in die Abenddämmerung. Elena blickte ihm noch einen Moment hinterher, dann stieg sie in die Barkasse und suchte die Nahrungsrationen zusammen.

KAPİTEL 38

Das Alte Volk ist nicht weise, es ist arrogant!
THI T'GGT,
Erster Krieger der Familie Honh

„Verdammt noch mal!“ Major Seldon war aufgebracht, fast schon wütend. „Langsam werde ich sauer! Das sind nicht 76 Prozent *dafür*, dass wir am Zielort rauskommen, sondern *dagegen*!“

Drei blendend helle Sonnenscheiben standen einige Astronomische Einheiten entfernt in der Nacht des Alls und überstrahlten alle anderen Sterne mit ihrem Schein.

„Wir sind durch“, stellte Commander Borman fest. „Aber das ist nicht Menelaus' Paradies. Das ist überhaupt keines der Systeme der *Gemeinschaft der Planeten*.“ Sie musste nicht einmal den Computer bemühen, um diese Aussage zu überprüfen. In der *Gemeinschaft* gab es nur ein einziges Sternensystem mit drei Sonnen, und das war nicht dieses hier.

„Was? Sind Sie sicher?“ Es war Siobhan natürlich von Anfang an klar gewesen, dass die Sprungeinheit sich auch auf völlig unbekannte Sprungtore einmessen konnte. Allerdings sollte die Chance, nahe gelegene Tore zu erreichen, weitaus höher sein als die, in entfernten zu materialisieren. Die Krux dabei war natürlich, dass nicht alle vermeintlich benachbarten Sektoren der *Gemeinschaft* auch tatsächlich echte Nachbarn waren – manche mochten Hunderttausende, vielleicht Millionen Lichtjazuras voneinander entfernt sein, obwohl ihre Sternentore sie direkt miteinander verbanden. Wenn die *AP Providence* in einem Sternensystem materialisiert war, das nach kosmischen Maßstäben weit von den bekannten Sektoren entfernt lag, würde die Wahrscheinlichkeit, mit einem Folgesprung zurückzukehren, erheblich sinken!

Ditta Borman grunzte undamenhaft. „Verdammt sicher.“

„Gut. Immer mit der Ruhe – die Sprungfeldgeneratoren werden sich in weniger als zehn Mizuras erneut aufgeladen haben. Dann versuchen wir es noch einmal. Zakk, du überprüfst die Koordinaten.“ Siobhan schnallte sich los und schob den Sitz zurück. Vielleicht konnte sie die

Einstellungen der Sprungeinheit für die lokalen Verhältnisse optimieren. Bis sie das herausgefunden hatte, so beschloss sie, wollte sie die Besatzung mit ihren Vermutungen bezüglich der verringerten Rückkehrwahrscheinlichkeit noch nicht beunruhigen.

„Ich werde mir mal den Pulsgeber ansehen", sagte sie und trat an die Mittelkonsole, um einen raschen Blick hinauszuwerfen, bevor sie sich in den Frachtraum begab. Das Sprungtor, durch das die *AP Providence* soeben gekommen war, war nicht zu sehen, denn es versank gegenwärtig genau im Heck des Schiffes im Sternenmeer. Die rückwärtigen Kameras aber zeigten nichts Ungewöhnliches: Ein ganz normales Sprungtor der bekannten uralten Bauweise.

„Hier!", rief Ditta Borman plötzlich aufgeregt. Ihre Hände flogen und einige kleinere Videofelder flammten auf. Daten liefen darüber hinweg. „Wir empfangen Radiosignale. Nichtnatürlichen Ursprungs!"

Ungläubig sah Siobhan, wie zahllose Diagramme und Muster über das Datenfeld huschten. Sie ergaben keinen Sinn, entsprachen keinem ihr bekannten Schema. „Können wir damit etwas anfangen?"

„Computer?", bellte die Pilotin.

„Nein, Commander. Ich arbeite daran. Benötigen Sie Details?" Borman bejahte und der Computer rasselte die Liste der über die eingehenden Funksignale bekannten Fakten herunter.

„Unfasslich", murmelte Siobhan. „Ich wünschte, wir hätten die Gelegenheit …" Sie musste sich daran erinnern, dass ihre Zeit mehr als nur begrenzt war. Mit einem Ruck stieß sie sich von der Flugkonsole ab, winkte Zakk zu und verließ das Cockpit durch das Sektionsschott. Im Mitteldeck machte sie halt, um Ninu Gardna in ihrer Kabine eilig über die Ereignisse in Kenntnis zu setzen.

„Aber wir kommen rechtzeitig hier weg?", wollte die Gonerin mit vor Schreck geweiteten Augen wissen.

Siobhan nickte. „Natürlich kommen wir weg. Keine Sorge."

Der Frachtraum war – für die verhältnismäßig geringen Ausmaße des Schiffes – recht üppig ausgelegt. Ursprünglich zur Diplomatenlounge umfunktioniert, war die vorhandene luxuriöse Einrichtung bis auf das blanke Metall hinunter entfernt worden, um Sprungeinheit und zusätzliche Generatoren unterzubringen. Später, da war Siobhan sicher, würde man diese beiden Gerätschaften auf ein Volumen von unter einer Kubiklänge verkleinern können. Aber das wollte sie gerne den Ingenieuren überlassen. Sie lieferte lediglich die Theorie und wenn sie es genau nahm, steckten ihre Finger ohnehin schon viel zu tief in der Hardware des Systems.

Siobhan öffnete einen Werkzeugschrank und entnahm einen Passivtester. Nur wenig bewegliche Teile gab es in der Sprungeinheit, aber diejenigen, die vorhanden waren, mussten unerhört genau justiert sein. Sie bezweifelte, dass sie etwas würde ausrichten können, aber sie musste sichergehen. Mit geübten Bewegungen entriegelte sie die vordere Frontplatte der Sprungeinheit. Das Gerät besaß die Form eines doppelten Pilzes, der am oberen und am unteren Ende je einen abgeschrägten Kopf trug. Es war eineinhalb Längen im Durchmesser und zwei Längen hoch. Siobhan ließ die Finger über das Metall gleiten. Es war noch handwarm von der Benutzung. Polternd löste sich die entriegelte Platte, als sie daran zog. Sie lehnte das rechteckige Stück Verkleidung an die Einheit und richtete den Blick auf die soeben freigelegten Innereien.

Etwas krachte vernehmlich. War die Verkleidungsplatte umgefallen? Nein, sie stand noch! Seltsam. Siobhan schüttelte den Kopf und machte sich an die Arbeit.

Die vom Messgerät gelieferten Werte stimmten genau mit den Sollwerten überein. Siobhan stöpselte das Gerät wieder aus und griff nach der Frontplatte, um sie wieder anzubringen, als erneut ein Geräusch ertönte, das nicht hierher gehörte. Siobhan blickte sich im hellen Kunstlicht um. Zwischen Sprungeinheit und Wand des Frachtraums lagen mehrere Längen nackten Metallbodens und diese waren völlig leer, nichts befand sich darauf. Unter argwöhnischen Blicken nahm Siobhan die Frontplatte auf und brachte sie wieder an. Die Riegel schnappten ein. Noch acht weitere Messpunkte warteten. Sie öffnete die Verschlüsse der nächsten Platte. Schon wieder klackte etwas, das nichts mit der Sprungeinheit zu tun hatte, diesmal nur sehr leise.

Jemand beobachtete sie, das spürte sie. Ihre Nackenhaare richteten sich auf. „Hallo?“, rief sie. „Zakk?“ Ihre Stimme hallte blechern nach. Keine Antwort. Es gab drei Wandschränke, die als Instrumenten- und Werkzeugschränke verblieben waren, als man das Interieur aus der ehemaligen Lounge entfernt hatte. Sie hoben sich deutlich von dem kahlen Metall ab, da sie noch ihren ursprünglichen dunkelblauen Bezug mit den roten Föderationssymbolen trugen. Nur einer davon wurde tatsächlich genutzt, die beiden anderen standen leer. Auf leisen Sohlen näherte Siobhan sich dem zweiten Schrank und öffnete ihn mit einem Ruck: tatsächlich leer! Sie bildete sich das nur ein, hier gab es keine Geräusche und niemand beobachtete sie! Sie riss die Tür des dritten Schranks auf.

Und versteinerte. Zwei dunkle Augen starrten sie von unten an. Jemand kauerte sich im Schrank zusammen. Es war Ion Battler.

„Ich will nichts hören", schnaubte Siobhan. Innerlich war sie völlig ruhig. Es war geschehen. Aus welchem Grund auch immer, das Kind war hier, damit musste sie jetzt irgendwie klarkommen.

„Aber, Dr. Norman …"

Sie hob den Zeigefinger. „Nichts hören", wiederholte sie. „Ist das etwa nichts?"

„Nein, nein", stammelte der Junge, der sich jetzt mit hochrotem Gesicht aus dem Schrank herausschälte.

„In der zweiten Kabine rechts wartet Ninu. Den Gang runter, links um die Ecke. Und ab." Sie wies auf das offen stehende Schott.

„Ninu ist hier!"

„Natürlich. Das weißt du doch."

„Aber …"

„Und ab! Hopp!", wiederholte Siobhan mit Nachdruck. Der Junge gehorchte und verschwand aus ihrem Blickfeld.

„Wie gut, dass ich mich nicht aufrege", presste die Argonin zwischen den Zähnen hervor und fuhr mit ihren Messungen an der Sprungeinheit fort. Dass es dem Jungen gelungen war, sich an Bord zu schmuggeln, erstaunte sie nicht wirklich. In den vergangenen zwei Tazuras war er fast ungehindert überall in der Bodenwerft umher geschlichen und niemand hatte ihm mehr große Beachtung geschenkt. Auch, dass Ion seiner Halbschwester weiß gemacht hatte, er sei wütend auf sie und sei deshalb nicht zur Verabschiedung erschienen, war reine Berechung gewesen! So wenig Siobhan mit dem Jungen anfangen konnte, kam sie doch nicht umhin, ihm überdurchschnittliche Intelligenz zu bescheinigen. Im Rahmen der Möglichkeiten eines Teenagers selbstverständlich, schränkte sie in Gedanken ein. Wirklich schlau hatte Ion natürlich nicht gehandelt. Immerhin war es nicht ganz ungefährlich, sich während des Betriebs hier aufzuhalten! Die Energiemengen, die freigesetzt wurden, waren gewaltig. In dieser geringen Entfernung zu den Konvertern konnte die verzerrte Raumzeitgeometrie allerlei schädliche Effekte bei

Organismen hervorrufen. So konnten sich zum Beispiel polarisierende Felder bilden, welche die Membran menschlicher Zellen durchlässiger machten oder gar das Erbgut schädigten. Ion würde sich nach seiner Rückkehr einer intensiven medizinischen Untersuchung unterziehen müssen.

Nachdem ihre Messungen ohne jeden auswertbaren Befund blieben, begab sie sich zurück in Ninus Kabine. Ion Battler saß mit bleichem Gesicht schweigend auf einem der Sessel. Offensichtlich hatte Ninu ihm ordentlich die Leviten gelesen. Die Gonerin begann, sich für ihren Halbbruder zu entschuldigen, doch Siobhan winkte ab. „Wir stellen ihn vor das Tribunal des Vereinigten Gerichtshofs, wenn wir zurück sind“, drohte sie scherzhaft. „Vor die Elfte Kammer, wie damals Kyo t'Nnt!“ Ion schaute entsetzt zu ihr hinauf. „Wir springen in ein paar Mizuras“, sagte Siobhan und verließ die Kabine.

Im Cockpit begrüßte Zakk Folkna sie mit der erfreulichen Information, dass der Sprungantrieb aus seiner Perspektive einwandfrei in Ordnung sei und nicht nachjustiert werden müsse. „Aber schau mal aus dem Fenster“, schloss er.

Siobhan trat an die Mittelkonsole und stützte sich mit einer Hand zwischen zwei Kontrollfeldern an der sich zum Bug hin verjüngenden Decke ab. Was sie sah, verwirrte sie zunächst. Ein Pulk gigantischer Raumschiffe in großer Entfernung? Nein, irgendetwas stimmte mit den Dimensionen nicht! Keines der umherwirbelnden Schiffe schien größer als ein viersitziger Gleiter. Befanden sich diese Fluggeräte etwa in unmittelbarer Nähe?

„Sind vor ein paar Mizuras einfach so aus dem Nichts aufgetaucht.“

„Von wo, bitte?“, frage Siobhan.

Borman zuckte die Schultern. „Aus dem Nichts. Sie kamen nicht aus irgendeiner bestimmten Richtung. Sie waren plötzlich da. Sie können springen.“

„Wie können Sie da so ruhig bleiben?“

Wieder zuckte Borman die Schultern, sagte aber nichts.

Siobhan wies den Computer an, alles möglichst genau zu dokumentieren. Sie waren völlig unerwartet auf eine neue, raumfahrende Lebensform gestoßen und später würde man zurückkehren müssen – doch die Mission ging vor. „Manövrieren Sie uns vorsichtig von denen weg“, wies Siobhan Borman an. „Wir wollen die Sprungsequenz gleich noch mal versuchen. Computer." Sie übermittelte dem Bordcomputer alle notwendigen Informationen.

Als die *AP Providence* sich endlich in Bewegung setzte, folgten die fremden Kleinraumschiffe ihr im Pulk wie ein Schwarm Zugvögel. Etwas blitzte auf.

„Die schießen auf uns." Seldon schien eher verwundert als erschreckt. „Aber mit Zahnstochern. Das hat ja nicht mal das Energieniveau eines Kom-Lasers."

„Weitermachen", befahl Siobhan. „Wenn wir das ignorieren können, ignorieren wir es."

Vor dem Cockpitfenster und den Außenkameras blitzte es immer häufiger auf. Nach kurzer Zeit sprang der Schutzschirm automatisch an.

„Ups", machte Commander Borman. „Das zieht Leistung. Die Schussfrequenz steigt rapide und der Schirm wird von vielen Seiten zugleich getroffen. Jahn, ich glaube, das sind keine Waffen. Es sind Datenlaser."

Seldon zog ein unschlüssiges Gesicht. „Na ich weiß nicht. Jemanden von allen Seiten mit Daten zu beschießen, scheint mir als Kommunikationsform doch etwas ineffektiv."

Siobhan, inzwischen wieder vor ihrer Konsole sitzend, runzelte die Stirn. Die Zeit bis zum Aufladen des Feldgenerators hatte sich bereits mehr als verdoppelt und stieg weiter an. Siobhan fühlte sich unangenehm an die Katastrophe im Sektor Schwarze Sonne erinnert. „Wir müssen die Dinger abhängen, sonst aktiviert sich der Sprungantrieb bis zum Jüngsten Gericht nicht mehr.

„Ich versuche es ja schon", rief Borman.

Mizuras verstrichen. Auf einmal stellte der große Pulk Kleinraumschiffe den Beschuss ein. Ohne Übergang schrillte eine Sirene auf. „Kollisionsalarm", schrie der Computer, blinkte es von allen Anzeigen. „Ausweichmanöver!"

Durch das Cockpitfenster blickte die Besatzung auf etwas wie eine zerklüftete, schwarze Wand, die den Blick auf die Sterne stark einengte. Zu allen Seiten dieser massiven Wand öffneten sich riesige mechanische Greifer wie die Beine einer Spinne oder die Tentakel eines Oktopus', bereit, die *AP Providence* zu umschlingen. Laut Anzeige war das Hindernis kaum noch hundert Längen entfernt. Borman riss entsetzt an den Steuerzapfen – ohne jeden Erfolg.

„Kollision in zwei Sezuras.“

Borman zerrte an der Steuerung, als gäbe es nichts mehr zu verlieren. Aufkreischende Maschinen übertönten den schrillen Kollisionsalarm, die Crew duckte sich in Erwartung des Aufpralls tief in ihre Sitze. Nur wenige Längen vor dem Bug der *AP Providence* hob sich ein massiver, insektenähnlicher Körper aus schwarzem Stahlkristall in die Höhe.

„Es … kommt nicht näher!“, schrie Borman überrascht. „Es hält die Entfernung!“

„Dann rotieren sie die *Providence* mit den Gyroskopen“, schlug Zakk Folkna schreiend und mit sich überschlagender Stimme vor.

„Habe ich versucht. Die funktionieren nicht mehr.“

„Den Betriebsdaten zufolge schon“, kreischte Folkna, der von seinem Terminal rasch die aktuellen Daten des Bordcomputers abrief. „Sie arbeiten völlig normal!“

„Zeigen aber kaum Reaktion“, beteuerte die Pilotin. „Ich weiß, das ist unmöglich.“ Ein Gyroskop bestand im Grunde aus nichts anderem als rotierenden Schwungmassen. Es diente der Unterstützung des Lagekontrollsystems kleinerer Raumfahrzeuge – unvorstellbar, dass die zugrunde liegende, simple Physik nicht funktionierte!

„Verdammt, Computer, schalte den Alarm ab, ich werde noch verrückt!“, verlangte Seldon. Der Bordcomputer gehorchte, und als der schrille Ton verstummte, flaute die Panik der Cockpitbesatzung wenn auch nicht völlig, doch zumindest teilweise wieder ab.

Die beiden Piloten überprüften eine Datentafel nach der anderen. Die Fakten standen fest: Die *AP Providence* stürzte im freien Fall durch den Weltraum, die Gyroskope drehten wie wild, ohne Wirkung zu zeigen. Ein unbekanntes Insekten-Schiff in der Größe eines Trägers fiel nur Längen vor der Bugspitze voran und glich seine Bewegungen den wenigen schwerfälligen Manövern an, die das Testschiff noch ausführen konnte. Die Generatoren pumpten unablässig Energie in Schilde und Inertiakompensatoren, die Sprungeinheit würde erst in einer Quazura wieder vollständig betriebsbereit sein. Dutzende Kleinraumschiffe wimmelten hinter der *AP Providence* her und piekten sie mit immer häufiger werdenden Laserblitzen, ohne den Schutzschild wirklich zu schwächen.

Siobhan und Zakk Folkna lösten sich fast zeitgleich von ihren Sitzen.

Folkna zitterte noch immer. Siobhan trat hinter die Piloten und blickte an der zerklüfteten Bordwand des fremden Schiffes empor, die ganz weit oben mit dem Dunkel des Alls verschmolz. Unzählige Wölbungen, Einbuchtungen und andere Aufbauten unterteilten die Außenhaut des großen Raumers in verschiedene Sektionen. Am eindrucksvollsten und zugleich bedrohlichsten waren jedoch die langen gekrümmten Tentakel, deren Innenseiten purpurn schimmerten.

„Ist groß“, kommentierte Major Seldon trocken.

„Und hat Tentakel“, fügte Commander Borman nicht weniger trocken hinzu.

„Was unternehmen wir?“, erkundigte Zakk sich mit mahlenden Kiefern. Dem Wissenschaftler setzte die ganze Situation wesentlich stärker zu, als er die anderen wissen lassen wollte.

Siobhan antwortete. „Wir warten, bis die Sprungeinheit auf Grün steht und versuchen unser Glück.“

„Sie beeinflussen unsere Gyroskope. Den Sprungantrieb werden sie erst recht manipulieren“, wandte Borman ein. „Wir sollten unsere Waffen sprechen lassen.“

„Waffen? Welche Waffen, Ditta?“, rief Seldon, „Vielleicht den Asteroiden-Laser? Na danke!“

Ditta Borman verzog die Lippen zu einem Strich. „Stimmt. Ich vergaß.“

„Major, vielleicht sollten wir erst mal mit ihnen reden, bevor wir auf sie schießen“, gab Siobhan zu bedenken. Immerhin hatte man ihnen bisher nichts zuleide getan. Jedenfalls nicht wirklich. Auf eine neu entdeckte fremde Spezies das Feuer zu eröffnen – und sei es mit einem Asteroiden-Laser –, konnte keine Antwort sein. Sie räusperte sich. „Ich glaube nicht, dass sie die Funktion der Sprungeinheit manipulieren können. Die Gyroskope funktionieren einfach deshalb nicht, weil wir uns in einem stark polarisierten Traktorstrahl befinden.“

KAPİTEL 39

Ich bin einer ganz altmodischen Romanze mitnichten abgeneigt! Wenn Mann sich zu diesem Zweck an Bord eines ganz altmodischen Schlachtschiffes bequemen möchte?

MELISSA BANKS,
ArgoNet: CelebView, Ausgabe 46/545

Die beiden Teladi trieben rücklings auf dem Wasser der Wünsche, die Krallen ihrer Gehklauen auf höchst züchtige Art und Weise ineinander verhakt, damit sie von der Strömung nicht auseinander gebracht wurden. Sie blickten zum dunklen Halbmittazura-Himmel hinauf, so wie Nopileos es auf Nif-Nakh einmal getan hatte. Doch der wehende Schleier der Aurora Ianamus Zuras war schöner als alles, was es auf dem Dschungelplaneten zu sehen gab. Während sie Jolandalas' Worten zuhörte, dachte eine kleines Stimmchen in ihrem Hinterkopf: *Hatrak!,* und ihre Herzen wurden schwer. Bald aber lauschte sie wieder der Stimme des Künstlers, der mit nie gehörten, aber wohlverstandenen Worten ein aufregendes Bild des Lebens und Schaffens auf Ianamus Zura zeichnete.

Noch nie in seinem bereits zwanzig Sonnen währenden Leben hatte Jolandalas den Planeten verlassen. Nopileos war einigermaßen erschüttert, denn der Künstler musste wirklich die einzige Person sein, die sie kannte, die niemals zuvor ein Raumschiff betreten hatte. Für Jolandalas hingegen schien es sich dabei um die natürlichste Sache der Welt zu handeln. Er bemerkte zunächst gar nicht, dass Nopileos seinen Worten nicht mehr mit voller Konzentration folgte. „… und so ist die Transparenz der Seele eine Farbe jenseits der Augen – Nopileos?"

„Tsh?"

„Hörst du mir überhaupt zu?"

„Du warst noch nie im Weltraum, Jolandalas?"

„Nein. Noch nie."

Während die Wellen leise am nahen Ufer glucksten und der Wind sich kaum hörbar im Schilf verfing, trieben die beiden Echsen eine Weile schweigend nebeneinander her. Jolandalas schien vergessen zu haben, was er hatte ausführen wollen.

„Ist das schlimm?“, erkundigte sich der Künstler, als die Stille zu bedrückend wurde.

Nopileos suchte nach den richtigen Worten. „Nein. Aber es ist schwer zu begreifen. All die Schönheit des Universums, sollte ich sie dir, von allen Teladi, voraushaben?“

„All die Schönheit Ianamus Zuras, habe ich sie dir voraus?“, konterte Jolandalas. Ein bisschen kränkten ihn Nopileos' Worte schon, doch er wusste, dass sie auf gewisse Weise Recht hatte.

„Ich möchte auf Ianamus Zura eine Non-Profit-Organisation gründen“, platzte Nopileos heraus, die spürte, dass alle Antworten auf die letzte Bemerkung den Künstler in eine Richtung drängen würden, die ihm wenig behagte.

Jolandalas hakte plötzlich seine Krallen aus und tauchte elegant unter Nopileos hindurch. Auf der anderen Seite durchbrach er die Oberfläche wieder, absichtlich Wassertropfen versprühend. Unter dem Licht der Sterne und der Aurora konnte Nopileos sehen, dass sich die Schuppenfinne des Künstlers voll aufgerichtet hatte.

„Eine *was*?“, rief Jolandalas vergnügt. „Salamanderpastete!“

„Eine Organisation, die keinen Profit erwirtschaftet“, erklärte Nopileos beleidigt.

„Aber – um was zu tun?“

„Tsh! Ich …“ Nopileos brach verwirrt ab. *Ja – um was zu tun? Eiersalat!* Sie ließ sich unter Wasser sinken. Der Grund war kaum drei Längen tief, sie tauchte hinab, griff eine Klaue Sand und paddelte wieder nach oben. „Darüber denke ich später nach!“, rief sie lauthals. Ja, sie hatte noch nicht darüber nachgedacht, womit sich ihre Organisation befassen sollte, aber das würde sie noch tun! Mit einem gezielten Wurf schleuderte sie den nassen Sand in ihrer Klaue auf den Bauchpanzer des Künstlers. Jolandalas zischte in gespielter Entrüstung und verwandelte sich sofort in einen Orkan wirbelnder Arme und Beine, der wie eine Wasserhose auf Nopileos zuraste. Wie die Schlupflinge balgten Nopileos und Jolandalas miteinander, jagten einander gegenseitig durch das Wasser der Wünsche, bewarfen sich mit kleinen Steinchen, Siebenfüßlerkrabben und Schlammkrallen.

„Du hast Angst vor der Schönheit des Universums!“, neckte Nopileos und verschwand sofort unter Wasser.

„Und du läufst vor deinem eigenen Mut davon“, konterte Jolandalas.

„Im Moment schwimme ich!“

„Das nennst du schwimmen?“

„Ja! Wie nennst du es? Hüpfen?“

„Paddeln! Ich nenne es paddeln! Ihr Teladi in der Planetengemeinschaft habt verlernt, das Element zu würdigen.“

„Tshhhh!“ Nopileos nahm Anlauf und schoss nahezu senkrecht aus dem Wasser, drehte sich halb in der Luft und platschte lautstark wieder auf die Oberfläche wie ein Tümmler. „Dafür haben wir ein neues Element hinzugewonnen!“

„Das wir allerdings nie verloren haben“, erwiderte Jolandalas.

„So?“ Nopileos blickte den Künstler aus einigen Längen Entfernung abschätzend an. Ein kleiner Bach Wasser versiegte zwischen ihren Augenwülsten und perlte rechts der Schnauze hinab.

„Schau, Nopileos, wir Teladi leben zweihundertundfünfzig Sonnen oder mehr. Ich habe erst zwanzig Sonnen gesehen. Wie alt bist du? Deine Augen sind gelb, deine Schuppen in der dritten Trias. Elf? Zwölf?“

„Hai“, gab Nopileos zu. Sich daran erinnernd, dass Jolandalas der Handelssprache nicht mächtig war, wiederholte sie das Wort in Altteladianisch.

„Für alles gibt es eine Zeit und für alles einen Ort. Wir beide, du und ich, haben das Glück, zur rechten Zeit am rechten Ort zu sein.“ Mit diesen Worten hielt der Künstler auf das Ufer zu, von dem sie sich im Laufe ihres Herumtollens ein ganzes Stück entfernt hatten. Nopileos folgte ihm nach ein paar Sezuras.

„Ich möchte dir etwas verraten, Nopileos.“ Jolandalas schritt leise platschend die Böschung hinauf, bis er die kleine Landzunge erreichte, auf der sein Schweber stand. In hundert oder zweihundert Längen Entfernung ging ein weiteres Schwebefahrzeug auf einer kleinen Insel nieder, seine Außenbeleuchtung glimmerte gegen den Horizont. Das Wasser der Wünsche war auch des Nachts ein beliebtes Ziel. „Wenn du deiner Freundin helfen möchtest, dann sag ihr, sie soll dem Dirigenten nicht die Logik und Dringlichkeit ihrer Mission erläutern. Vielmehr sollte sie ihm die ganze Schönheit und Vollkommenheit ihres Plans in ästhetischer und ethischer Hinsicht darlegen. Wenn sie nur überzeugend genug ist, werden ihr Herzen, Gehör und Hilfe zufliegen.“

Darüber musste Nopileos erst einmal nachdenken. Sie fuhr sich mit der Zunge über die Nüstern und blickte für lange Momente zu der winzigen Insel hinüber, auf der vor kurzem der andere Schweber gelandet war. Die Lichter waren zu einem stumpfen Glühen verblasst, und wenn sie aufmerksam in den Wind hineinhorchte, schienen unverständliche, durch die Entfernung gedämpfte Worte herüberzuwehen. „Jetzt seid ihr Zuraner schon so, wie ich mir immer alle Teladi daheim in der *Gemeinschaft der Planeten* gewünscht habe, und trotzdem verwirrt ihr mich zutiefst."

Jolandalas schniefte. „Zeigst du mir deine Planetengemeinschaft? Lauter Teladi, alles Frauen! Das könnte mir gefallen."

„Profit", sagte Nopileos mit einer Prise Sarkasmus in ihrer Stimme. Jolandalas sah sie fragend an. „Ich glaube, ich begreife langsam, was der Beamte von der Einwanderungsbehörde gesagt hat, bevor er uns die Landeerlaubnis erteilte."

„Was sagte er?"

„Er sagte, so viele Teladi aus der *Gemeinschaft* herkommen, so viele gehen auch wieder. Ich verstehe das jetzt, weil ich meine Leute verstehe. Auf eine gewisse Weise."

„Und möchtest Ianamus Zura auch wieder verlassen, o Nopileos?"

Sie ließ sich mit der Antwort Zeit. Zu viel gab es zu erläutern, auch wenn sie jetzt wusste, welchen Weg sie beschreiten musste. Nichts war einfach, es gab keine simplen Antworten. Aber sie wollte es nicht schwerer machen, als es ohnehin schon war.

„Nein", sagte sie schließlich.

Jolandalas stieß ein kaum hörbares Zischen aus.

KAPİTEL 40

Es gibt einen einfachen Grund dafür, warum die Erbauer dieser Artefakte gerade in unserem Sonnensystem keine Sprungtore errichtet haben: Die Sterne sind nicht für uns bestimmt.

RENÉ FARNHAM,
„Sternengarn: Memoiren"

„Siobhan, darf ich mal einen Blick auf die Radiosignale werfen, die wir empfangen?" Sie hatte dem Jungen aus einem Impuls heraus erlaubt, sie mit ihrem Vornamen anzureden; warum wusste sie selbst nicht so genau. Vermutlich deshalb, weil sie es ohnehin überhaupt nicht schätzte, wenn man sie mit Titel und Nachnamen rief, denn beides sollte eigentlich ihrer entfernten Vergangenheit angehören.

Sie nickte. „Wenn es sich nicht vermeiden lässt, Ion. Major Seldon – gibt's da was Neues?"

Der Pilot hatte die unablässig einlaufenden Funksignale seit dem Auftauchen des großen Schiffes nicht wieder überprüft. Er tat es jetzt und machte ein verblüfftes Gesicht. Dem Bordcomputer war es offensichtlich zwischenzeitlich gelungen, einen Teil der Signale zu entschlüsseln. „Mehrere der Sender übertragen Bilddaten. Wir brauchen ein großes Videofeld, Computer."

Eine Projektion, die sich über die gesamte Länge der Konsole zwischen Pilot und Copilot erstreckte, öffnete sich.

„Was um alles …!"

„Khaak!", rief Ion Battler aus, „es sind Khaak!"

Man konnte kein Unten oder Oben erkennen, kein Hinten oder Vorne. Wie in einem Bienenschwarm wimmelten unzählige hässliche Kreaturen durcheinander, übereinander und aneinander vorbei. Ihre kaum halblängengroßen stämmigen Körper trugen braune Panzer und dunkelgrün schimmernde, leicht transparente Flügel. Zum Fortbewegen stützten sie sich mit den Schwingen ab und benutzten unförmige Stummel am hinteren Ende ihrer gedrungenen Leiber. Jede der Kreaturen besaß zwei gebogene Greifarme, die in vielfingrige, dünne Klauen mündeten. Manche der Lebewesen besaßen fünf, acht, ja, sogar zehn

Finger, andere wiederum bloß zwei oder drei. Ohne jeden Hals wuchs der ovale Kopf aus dem Rumpf, und die großen vielfach unterteilten Facettenaugen blickten alle gleich stumpf und bedrohlich. Der kurze gebogene Schnabel, der dem Kopf anstelle eines Mundes entsprang, erinnerte stark an den eines tropischen Vogels.

„Sie sind was?“, flüsterte Ditta Borman erschüttert. Diese Kreaturen waren hässlicher und bedrohlicher als alles, was sie je gesehen hatte, einschließlich des Hundertjährigerkaspandaras, dem sie einst tief im Ozean eines von Boronen besiedelten Planeten begegnet war.

„Khaak“, wiederholte der Junge geduldig. „Sie fressen sich von innen durch die Eingeweide und springen von einem zum nächsten. Dabei werden sie immer größer vom Fleisch ihrer Opfer, und manchmal wachsen ihnen deren Augen oder Finger oder so aus dem Rücken!“

„Wer erzählt denn so was?“, fragte die Pilotin mit angewidertem Gesicht, ohne den Blick von der wimmelnden Masse Pseudo-Insekten abwenden zu können, die sie zwar abstieß, aber zugleich auch faszinierte.

Siobhan, die beschlossen hatte, die Geschichte des Jungen zu ignorieren, ließ sich vom Computer bestätigen, dass es keine entzifferbaren Audiosignale gab. Wohl existierten mehrere Subkanäle, aber der Bordcomputer biss sich nach wie vor die Zähne daran aus.

„Die Kinder der Split bekommen das von ihren Eltern erzählt, wenn sie sich nicht benehmen“, antwortete Ion auf die Frage Ditta Bormans. „Wenn du nicht artig bist, holt dich ein Khaak und frisst deine Eingeweide!“

„Pädagogisch wertvoll wie immer“, meinte Borman ironisch. „Typisch Split.“

„Jadmanthrat“, murmelte Jahn Seldon.

„Volltreffer, das heißt Volltreffer!“, triumphierte Ion.

Seldon nickte. „Sehr richtig.“

„Wieso Volltreffer?“, wollte Siobhan verwundert wissen.

„Das J-Wort der Split. Alles ist ständig *Jadmanthrat*.“, antwortete der Pilot. „Und die Biester da sind wirklich *jadmanthrat* unansehnlich.“

Siobhan schüttelte unmerklich den Kopf und konzentrierte sich wieder auf die Daten des Bordcomputers. Als wenn es eine Rolle spielte, wie ansehnlich oder unansehnlich jemand die Khaak empfand – die neu entdeckte Spezies, korrigierte sie sich in Gedanken.

Langsam begann sich abzuzeichnen, dass alle Radioquellen in etwa das Gleiche übertrugen: Durcheinander quellende, entfernt insektoide Lebewesen, die schweigend unerklärliche Schwänzeltänze und ähnliche Rituale vollzogen, aber sonst weder Werkzeuge trugen, noch sonstigen erkennbaren Aufgaben nachgingen. Nach und nach gelang es, die Positionen der Sender zu bestimmten. Die meisten davon befanden sich nicht in dem großen Schiff, das vor der *AP Providence* durch den Raum fiel, sondern an anderen Orten dieses Sternensystems mit seinen drei Sonnen.

„Vielleicht sind das gar nicht die Erbauer der fremden Schiffe“, mutmaßte Zakk Folkna nach einer Inzura des Wartens. „Vielleicht strahlen sie nur ständig ein Bild ihres, ihres … Hauptnahrungsmittels aus. Und das sind halt Khaak. Bei uns sind es Argnus.“

„Danke, Zakk“, erwiderte Siobhan sarkastisch. „genauso wird es sein!“

„Nur ein Denkansatz“, murmelte der Ingenieur kleinlaut.

Plötzlich prustete Ditta Borman lauthals los. „Sehr gut, wirklich sehr gut!“, japste sie. Ihr Gelächter wirkte ansteckend, sodass bald die gesamte Crew mit einstimmte. „Ich will nicht wissen, was die als Beilage nehmen“, kicherte die Pilotin.

„Split-Kinder!“, rief Ion.

„Goner-Jungen!“, konterte Ninu Gardna und kniff ein Auge zu.

„Ha, ha!“, machte Ion. „Blondes Gift!“

„Was soll denn das sein?“, wunderte sich Ninu.

„Mal Ruhe, bitte“, rief Major Seldon, dessen Gesicht schon seit ein mehreren Sezuras wieder ernst war. Ein paar gejapste Lacher noch, dann herrschte wieder Stille – vom Arbeitsgeräusch der Konverter einmal abgesehen.

„Was ist los?“

„Etwas ist auf der Hülle gelandet“, behauptete Seldon. Mit fliegenden Händen rief er Informationen ab.

„Durch den Schutzschild?“, zweifelte Borman. „Du musst dich irren, Jahn.“

„Die Schilde sind unten! Als der Beschuss aufhörte, hat die Automatik sie abgestellt.“ Der Pilot wies den Bordcomputer an, den Schutzschild unverzüglich wieder zu aktivieren.

„Die Feldeffektgeneratoren sind leider defekt“, antwortete der Computer mit ehrlichem Bedauern in seiner wohl modulierten Stimme. „Ein schwerer Ausnahme …“ fuhr er fort, doch der Rest ging im Stimmengewirr unter.

Siobhan entsann sich der zusätzlichen Hüllenkameras, die nach der leidvollen Erfahrung mit der Supernova und den Kameradrohnen am Schiff angebracht worden waren. Mit ein paar kurzen Worten wies sie den Computer an, nach Unregelmäßigkeiten auf der Schiffshülle zu suchen. Nahezu sofort war eine solche gefunden. Dann eine zweite. Eine dritte. Weitere.

Insgesamt neunzehn Khaak hockten auf der Hülle der *AP Providence*. Damit war erwiesen, dass die Videoübertragungen der Insektoiden tatsächlich die Besatzungen der fremden Schiffe zeigten. Nicht ersichtlich war allerdings, was sie dort anstellten. Der Computer verneinte die Frage, ob sie versuchten, sich in das Schiff hineinzuschweißen. Aber irgendetwas taten sie dort!

„Sie leben im Vakuum! Seht doch!“ Ion war der erste, dem das Offensichtliche auffiel: Die Insektenvögel trugen scheinbar keinerlei Schutzausrüstung! Wie sie auf die Schiffshülle gelangt waren und auf welche Weise sie sich daran festhielten, um in der Schwerelosigkeit nicht abzudriften, blieb offen. Das Licht flackerte. Von irgendwoher kam das winselnde Geräusch eines auslaufenden Generators.

„Die Sprungeinheit?“ Siobhan schwang sich hastig in den Sessel ihrer wissenschaftlichen Station. „Lädt noch“, stellte sie erleichtert fest. Doch wie lange noch, bis auch dieser Generator ausfiel? Sie fasste einen Entschluss. „Commander Borman. Computer, aktiviere die Sprungeinheit und justiere sie auf die vorgegebenen Koordinaten.“

Ditta Borman nickte, als habe sie bereits selbst darüber nachgedacht. Auch Zakk Folkna widersprach nicht.

„Dr. Norman, ich muss Sie darauf hinweisen, dass die Sprungeinheit noch nicht bereit ist. Das Schiff wird die Zielkoordinaten nicht erreichen“, warnte der Computer mit seiner neutralen Stimme.

Siobhan nickte grimmig. „Ja, das ist mir klar. Führe meinen Befehl trotzdem aus.“

Der Computer schwieg einen Moment, was Siobhan nutzte, Ion und Ninu zurück in deren Kabine zu scheuchen. Sie sah dem bleichen Gesicht der Gonerin die Angst deutlich an. Nachdem der Bordcomputer die Freigabe der Wissenschaftler und des Piloten eingeholt hatte, begann er den Countdown bei minus vier Mizuras, doch Siobhan unterbrach ihn. „Minus null. Sprungeinheit sofort aktivieren", verlangte sie. Der Computer gehorchte.

Leerer Raum. Vereinzelte Sterne, durch endlose Leere voneinander getrennt, sparsam über die einsame Dunkelheit verstreut. Weit entfernt ein glitzernder Spiralnebel, so wunderschön wie das Leben selbst. Eine Milchstraße.

„Wo … wo sind wir?", stotterte Commander Borman verunsichert.

„Ein Sonne am Rande des Nichts", flüsterte Siobhan andächtig. „Eine sehr alte Sonne!"

Dunkel glimmte der uralte Stern im Zentrum seiner verlorenen Lebensinsel. Wie lange mochte es her sein, dass er sich von der Galaxie gelöst hatte, zu der er einst gehörte? Diesmal hatte der Teilsprungantrieb die *AP Providence* weit hinaus getragen, viel weiter, als jemals ein Schiff zuvor.

„Schaut, das Sprungtor!" Der Pilot legte das Bild der rückwärtigen Kameras auf die Konsole.

Es war alt, sehr alt. Nicht nur Hunderte von Millionen Jazuras hatten an ihm genagt, sondern Tausende: eine Milliarde Jazuras oder mehr! Das Tor war beschädigt, es war über und über mit kleinen und mittleren Kratern überzogen, als sei es seit undenklichen Zeiten nicht mehr gewartet und gepflegt worden. Es besaß eine andere Form als die Sprungtore, die man in der *Gemeinschaft der Planeten* kannte: die Ausleger breit und flach, der Bogen nicht rund, sondern leicht elliptisch. Und es taumelte. Ausnahmslos alle bekannten Sprungtore richteten ihre Durchgangsachsen an der Ekliptik des Sternensystems aus, in dem sie sich befanden. Dieses nicht. Es taumelte schwerfällig um mehrere Achsen wie ein Armreif, der auf schwarzem Marmor zum Drehen gebracht worden war. Irgendetwas musste ihm einst einen Drehimpuls versetzt haben, den es nicht mehr hatte ausgleichen können. Vielleicht, so überlegte Siobhan, waren die Wartungsmaschinen des Tores irgendwann ausgefallen. „Ein vergessenes Sprungtor", erkannte sie atemlos. „Als diese Sonne die Galaxie verließ, hat man es aufgegeben und nie mehr gewartet."

„Muss verdammt lange her sein", brachte Seldon mit bedeckter Stimme heraus. Schon längst hatte er den Computer angewiesen, alles haargenau aufzuzeichnen.

„Die Khaak?", wandte Folkna ein. Er räusperte sich.

„Was? Moment.“ Seldon überprüfte die Kontrollen.

„Sie sind fort. Alle neunzehn. Die Schildgeneratoren funktionieren wieder.“

„Wir sind zu weit entfernt.“ Zakk Folkna sprach diesen Satz mit so großer Gelassenheit aus, dass ihn zunächst niemand weiter beachtete. Erst nach einer Mizura fragte Siobhan wie in Trance nach, was er damit andeuten wolle.

„Das einzige Tor, das wir mit unserer Sprungeinheit anmessen können, ist dieses dort. Alle anderen sind zu weit entfernt für die Instrumente.“

Seldon und Borman blickten ihn an wie zwei Gespenster. Sie hatten seine Worte gehört und auch verstanden. Allein, sie wünschten sich, dass sie es nicht verstünden, dass er diese Worte niemals gesagt hätte.

„Hier kommen wir nicht mehr weg“, stellte Siobhan schließlich fest. Tiefes Schweigen. Nach einer Weile räusperte sie sich. „Wir können die Sprungeinheit nicht benutzen, weil wir keine Zieltore anmessen können, richtig. Aber vielleicht gibt es trotzdem einen Weg! Wir sind durch dieses Sprungtor hergekommen, das bedeutet, dass es zumindest in diese Richtung noch funktioniert. Aber wir wissen nicht, wohin es führt, ob es überhaupt noch mit einer Gegenstelle verbunden ist. Vielleicht führt es weiter hinaus in die Leere, vielleicht ans andere Ende des Universums. Vielleicht aber auch zurück in die Galaxie, zu der diese Sonne vor langem gehörte. Mit etwas Glück ist es die unsere.“

„Oder ins Nichts des Hyperraums“, flüsterte Zakk Folkna fast unhörbar. Der Ingenieur kannte die von Siobhan entwickelten Theorien nahezu so gut wie sie selbst.

Siobhan dachte an Ninu und Ion, die noch gar nicht über die jüngsten Ereignisse im Bilde waren. Sie aktivierte das Interkom und rief die beiden Goner ins Cockpit.

„Wir müssen es versuchen, und zwar sofort“, sagte der Junge. Seine Augen waren groß vor Sorge. „Die *Gemeinschaft der Planeten* zählt auf uns, wir dürfen nichts unversucht lassen.“

Ninu nickte. „Ion hat Recht. Die Zeit ist knapp. Wir müssen es versuchen, koste es was es wolle!“ Aber die Furcht stand ihr ins Gesicht geschrieben.

Wenige Mizuras später nahm die *AP Providence* Fahrt auf und hielt auf das Zentrum des uralten, taumelnden Sprungtores zu. In einem blauvioletten Strahlengewitter verschwand das Schiff. Das verlorene Sternensystem am Rande der leeren Einöde zwischen den Galaxien lag wieder ungestört in seiner äonenalten einsamen Todesstarre.

KAPITEL 41

Elena Kho ist der einzige Mensch den ich schätze und respektiere.
Ich habe ihr Blut gesehen und sie das meine; wir sind Freundfeinde.
Und daher werde ich sie eines Tages mit Freuden sterben sehen!

GHINN T'WHHT

Letztendlich bereitete es ihr doch wesentlich größere Umstände, die Nährstoffriegel aus dem Beiboot herbeizuschaffen, als Elena vorausgesehen hatte, denn die Stadt war immerhin einen geraumen Fußmarsch vom Landefeld entfernt. Kurze Zeit erwog sie, die teladianischen Flugkontrollen des Beiboots auf eigene Faust zu ergründen, aber den Gedanken daran gab sie schnell wieder auf. Ihre Hände passten kaum in die Steuerschäfte hinein, so groß waren sie im Vergleich zu denen der Echsen, und wenn man nicht genau wusste, was die Finger im Innern der Schäfte ertasteten, würde es eher gefährlich denn nützlich sein, wahllos Kontrollen zu betätigen.

Elena wartete die sich herabsenkende Mittazuranacht in der Barkasse ab und versuchte, ein wenig zu schlummern, was ihr eher schlecht als recht gelang. Am frühen Vollmittazuramorgen marschierte sie dann in Richtung Stadt los und erreichte diese nach zwei Stazuras. Das Hospital war schnell gefunden. Die Split-Frau überraschte Elena damit, dass sie sich artig für die Mühen bedankte. „Das hätte ich für Euch nicht getan, t'Kho", fügte Ghinn hinzu.

Elena zuckte müde die Schultern. „Deshalb habe ich Freunde und Ihr nicht", entgegnete sie und ging ohne ein weiteres Wort. Sie war erschöpft und deprimiert. Während sie die Stadt auf der Suche nach dem Büro der Ästhetenaufsicht langsamen Fußes durchquerte, kehrten ihre Gedanken zu Kyle Brennan zurück, um den sie sich Sorgen machte. Über sein Wohlergehen würde sie wohl noch geraume Zeit nichts in Erfahrung bringen können. Was aber, fragte sie sich auf einmal, würde sie wohl Kyles und ihren Vorgesetzten auf der Erde berichten, gesetzt den Fall, dass sie je zum blauen Planeten zurückgelangten? Doch die Erde war so fern, weiter weg als die Sterne, und das machte ihr manchmal Angst. Vielleicht würden weder sie noch Brennan jemals zum blauen Planeten zurückkehren können. *Ich hoffe, dir geht es gut, Kyle!*

Als plötzlich ein diffuser, größer werdender Schatten auf sie fiel, blickte sie nach oben. Säuselnd zischte ein halb schwarz, halb weiß lackierter Gleiter über ihren Kopf hinweg und setzte wenige Schritte vor ihr geräuschvoll auf dem Boden auf. Bevor sie das Gefährt noch als das Jolandalas' erkannte, fuhr die Kuppel auf und Nopileos sprang heraus.

„Schwester!", rief sie. „Wo willst du hin?"

Elena schaute sich um. Gedankenverloren war sie bereits ein ganzes Stück am Büro der Ästhetenaufsicht vorbeigelaufen. Sie deutete mit dem Zeigefinger über die Schulter. „Eigentlich dorthin."

„Der Dirigent würde sich freuen, uns jetzt erneut zu empfangen", sagte Nopileos. Auch Jolandalas stieg nun aus dem Schweber aus. Sezuras später fuhr die Kuppel wieder zu und das Gefährt schwebte unbemannt davon. Jolandalas blickte ihm nicht einmal hinterher.

„Du hast mit ihm gesprochen?"

„Wir waren an der Barkasse, aber du warst nicht dort", erklärte Nopileos.

Sie nickte. „Ja. Stimmt."

„O Elena, ich weiß jetzt, was wir tun können, damit der Dirigent unser Anliegen versteht und uns unterstützt!" Überstürzt sprudelte Nopileos mit dem hervor, was sie von Jolandalas gelernt hatte.

Elenas Blick wurde immer skeptischer, je länger sie zuhörte. „Eine hoch technisierte Gesellschaft auf der Basis reiner Ästhetik? Das kommt mir schon etwas weit hergeholt vor."

„Aber nein, Elena! Denn die Schönheit des Universums ist Motivation, nicht Hinderungsgrund." Nopileos' Tonfall war so begeistert, dass die Raumfahrerin schmunzeln musste.

„Du hast dich viel mit ihm unterhalten, hm?" Nopileos warf einen kurzen Seitenblick auf Jolandalas, der den Verlauf der Diskussion abwartend beobachtete.

„Ja, und ich habe schon viel von Ianamus Zura mit offenen Augen gesehen", ergänzte sie. „Es stimmt, Elena!"

„Mal angenommen, es stimmt. Was würden wir dem Dirigenten also sagen?"

„Schildere ihm die Ausgangssituation. Die Erhabenheit der Entstehung neuen Bewusstseins."

„Am Beispiel von Eva 2092, meinst du? Den Xenon?“

„Tsh! Richtig! Und von dem wunderbaren Plan der Boronen, einer neuen Spezies Schutz zu gewähren. So wie du es mir an Bord der *Regendrache* erzählt hast.“

„So wie ich es dir erzählt habe?“

„Vielleicht ein kleines bisschen pathetischer, Schwester, nur ein wenig!“ Nopileos Schuppenfinne regte sich. In Wirklichkeit hatte Elena seinerzeit recht nüchterne Worte verwendet und sich in keiner Weise überschwänglich ausgedrückt. Hauptsache, sie verstand, auf was es ankam. Und das tat sie offenkundig. Nopileos kannte Elena inzwischen gut genug um zu wissen, wann sie scherzte.

„Und das hat Jolandalas gesagt?“ Elena war noch immer nicht völlig überzeugt.

„Aber ja doch!“, quiekte Nopileos.

Elena wiegte den Kopf. Es hörte sich schon merkwürdig an. Einen dringlichen Sachverhalt nicht knapp und rational zu schildern, sondern ihm eine ästhetische Dimension zu verleihen, erschien ihr widersinnig. Wenn es aber das war, was es erforderte, dann sollte sie es nicht unversucht lassen. „Gut“, entschied sie deshalb. „Aber wo habe ich mein Wörterbuch gelassen: Boronisch für Anfänger?“

Wieder empfing Dirigent Cokadrareos sie mit einem freundlichen, wenn auch diesmal sehr ernsthaftem Gruß. Heute trug der Leiter der Ästhetenaufsicht keinen Kilt, sondern einen grauen Anzug. Unter dem offenen Jackett schaute sein bloßer Schuppenpanzer hervor. „Es tut mir außerordentlich Leid, dass wir unser gestriges Treffen so abrupt unterbrechen mussten. Etwas Unerhörtes ist geschehen. Ich … es ist meine Pflicht … Shhh!“ Der Dirigent rang sichtlich nach Worten, dann fuhr er fort: „Die Strahlen der jungen Gestirne schmeicheln den Lebenswiegen, doch ist dieses Geschenk ein freiwilliges. So viel mehr vermöchte eine jede Sonne geben, hervorblinzeln unter der Vielzahl ihrer Eischwestern, und sei es nur für einen winzigen Augenblick im Mahlstrom der Galaxien. Einmal nur schimmern als hellster Stern, als eine lodernde Fackel inmitten des blassen Kosmos’, aus der Ferne schon zu sehen, ‚hier bin ich‘ rufend, mit gleißendem Strahlenkranz.“

Der Dirigent hielt inne. Auf einmal sah er sehr, sehr betrübt aus. „Ich trauere“, zischte er leise. „Ein Bote überbrachte gestern der Regierung von Ianamus Zura die Nachricht, dass eine Sonne, die an unserem

Nachthimmel noch für lange Zeit lebendig sein wird, auf dem Gebiet der *Gemeinschaft der Planeten* ihren Lebenszyklus als Supernova beendet hat."

Elena öffnete geschockt den Mund um etwas zu sagen, schloss ihn aber sogleich wieder, da sie keine Worte fand. Eine entsetzliche Taubheit breitete sich schlagartig in ihr aus. Auch Nopileos rutschte auf ihrer Sitzbank in sich zusammen. „Welche – welche?", brachte die Raumfahrerin schließlich stammelnd hervor. „Welche Sonne und wer ist, wie viele … war es – war es bewohnt?"

Der Leiter der Ästhetenaufsicht drehte bedauernd die Greifklauen nach oben. „Leider, o meine Freunde, ist mir vieles noch unbekannt. Doch der Stern trug den Namen Schwarze Sonne."

„Ich weiß nicht was ich sagen soll", flüsterte Elena. Eine Sonne, ein ganzes Sternensystem, so viele Leben! „Gab es denn keine Vorwarnung? Sonnenflecken, Flares, Expansion der Korona?"

Der Dirigent hob die umgedrehten Greifklauen, als wolle er noch einmal bekräftigen, dass er keine weiterführenden Informationen besaß. „Sie möchten sicherlich in Ihre Planetengemeinschaft zurückkehren, nicht wahr, Frau Kho?"

Elena presste die Fäuste vor die Augen und atmete ein paar Mal tief ein. Sie fühlte sich elend. „Nein", flüsterte sie schließlich. „Bitte, lieber Dirigent, ich möchte Ihre Geduld nicht überstrapazieren, aber ich brauche eine Unterbrechung von einer Stunde, um mich zu sammeln." Zum jetzigen Zeitpunkt war sie definitiv nicht in der Lage, über die Ästhetik ihrer Mission zu sprechen. Cokadrareos legte den Kopf schief. „Von einer Quazura", korrigierte die Raumfahrerin.

„Aber selbstverständlich", sagte der Dirigent. „Also dann, in einer Quazura!"

Nach der abgesprochenen Auszeit hatte Elena sich zum größten Teil wieder gesammelt. Nopileos versicherte ihr, dass Schwarze Sonne keine Planeten innerhalb der Biosphäre besessen hatte, und zu den neu erschlossenen am Rand der *Gemeinschaft* zählte. Trotzdem würden vermutlich einige, erst kürzlich errichtete Industriekomplexe im Feuersturm der Nova verglüht sein, und vielleicht auch Erkundungsschiffe und Prospektoren, die das Sternensystem auf dem Weg durch die Sektoren routinemäßig passierten.

„Nopileos." Elena saß mit angewinkelten Knien auf dem Boden des

Vorzimmers, ihre teladianische Freundin kniete auf der Sitzbank. „Ich bin …“ Sie zögerte, fasste dann aber den Entschluss, ihren Gedankengang auszusprechen und fuhr fort: „… ich bin nicht dafür bekannt, Prioritäten durcheinander zu werfen, aber im Moment bin ich verwirrt. Emotional unten durch, sozusagen. Schau, unsere Aufgabe ist von diesem … dem Ereignis unabhängig. Wir helfen niemandem damit, wenn wir jetzt aufgeben, nicht wahr? So ist es doch?“

„Schwester, weder Paraniden noch Split werden sich von ihren Plänen abbringen lassen. Wenn wir nicht tun, was getan werden muss, wird das Unglück nur noch größer.“

Elena nickte langsam. Ein weiterer, erschreckender Gedanke kam ihr in den Sinn. „Was ist, wenn die Sprungtore vernichtet wurden? Wenn mich nicht alles täuscht, kommt man auf dem Weg nach Menelaus' Paradies durch dieses System.“

„Ich weiß es nicht, Elena. Die Tore sind dort recht weit draußen. Wenn sie weg sind, haben wir ein Problem. Wir alle!“

„Wir müssen es versuchen.“

„*Hai*, Elena-san, Sternenkriegerin, das müssen wir!“

„Wenn der Dirigent uns überhaupt Hilfe gewähren wird, heißt das. Lass es uns herausfinden.“ Elena erhob sich und wollte soeben den am unteren Ende des Türrahmens angebrachten Summer mit dem Fuß betätigen, da fiel ihr noch etwas ein. „Nopileos, falls wir einen Raumer bekommen: Du brauchst mich wirklich nicht auf diese Reise zu begleiten.“

„Tshhhh!“ Lang gezogen und empört klang Nopileos' Zischen. „Aber, Kollegin und Schwester! Darüber haben wir doch bereits gesprochen.“

„Ich dachte nur, wegen Jolandalas …“

„Was denn? Jolandalas ist eine Echse wie du und ich!“

Die Raumfahrerin lachte. „Na, ich jedenfalls bin keine Echse! Nopileos, überlege es dir, es könnte gefährlich werden.“ Mit diesen Worten betätigte sie den Summer. Einen Augenblick später öffnete sich die Tür zu Dirigent Cokadrareos' Büro.

Drei Stazuras und viele Rückfragen seitens des Dirigenten später setzte sich die Diskussion bereits auf oberster Regierungsebene fort. Die eilends herbeigerufene Verweserin Inalamas Samolodes Sumirasos VII wurde vom Dirigenten mit einem Schwall poetischer Worte empfangen. Nopileos berichtete Elena staunend von den vielen Komparativen und Superlativen, mit denen der Ästhet die Geschichte der Bewusstwerdung #efaas und der Xenon schilderte. Niemals hätte Elena damit gerechnet, dass die schöngeistige Verpackung, mit welcher sie dem Dirigenten versucht hatte, ihre Mission schmackhaft zu machen, so schnell dazu führte, dass sich Tür und Tor öffneten.

Wirklich überrascht wurde Elena auch von der Tatsache, dass die Verweserin den Namen des Wissenschaftsethikers Nola Hi kannte. Offenkundig waren die Teladi von Ianamus Zura den Boronen äußerst zugetan und Nola Hi – zumindest in Regierungskreisen – als Berater des boronischen Königinnenhauses bekannt. Umso begieriger waren Dirigent und Verweserin, Elenas Aufgabe jede Unterstützung zukommen zu lassen. Was auch immer die Boronen unternahmen, es war gewöhnlich von hohem moralischem und ästhetischem Wert.

„O ja, die Piraten sind auch uns schon als Übel bekannt“, räumte die Verweserin ein. Die Echse trug einen teladigrünen Overall und eine dunkelblaue Gesichtsbemalung mit roten Applikationen. „Wenn sich auch dem Gedanken an das Leben eines Freibeuters eine gewisse Erhabenheit nicht absprechen lässt.“

„Sie lässt sich absprechen“, brummelte Nopileos, die sich nur zu gut an den Überfall auf die *FL Regendrache* erinnerte.

„O ja, ja gewiss“, beeilte sich die Verweserin zuzustimmen. „Dies ist auch einer der Punkte, über den auf diplomatischer Ebene schon mit der Planetengemeinschaft diskutiert wird. Seit unsere Sternentore ihre Ziele geändert haben und wir mit der *Gemeinschaft der Planeten* in Kontakt stehen, werden wir von vielen unästhetischen Subjekten besucht. Heimgesucht, möchte man schon sagen.“

Elena nickte. „Das glaube ich gerne.“

„Sie müssen verstehen, dass wir den Einsatz von Waffen nicht gutheißen. Deshalb sind unsere Sternenschiffe nicht mit solchen ausgerüstet“, gab die Verweserin zu bedenken.

Hoffentlich besitzen eure Schiffe wenigstens Schutzschilde, dachte die Raumfahrerin. Aber so oder so: Etwas anderes, als auf das Angebot der Regierung einzugehen, blieb ihr ohnehin nicht übrig. Wenn bereits andere Piraten das treibende Sklavenschiff entdeckt und vielleicht sogar geborgen haben sollten, dann war die Reise ohnehin gescheitert.

„Wir werden ohne Waffen auskommen, Verweserin“, versicherte Elena.

Nopileos nickte beipflichtend – eine Geste, die Teladi eigentlich nicht kannten.

„Die Frage ist nur, wie schnell können wir starten? Jede Mizura kann entscheidend sein.“

Die roten Augen der Verweserin starrten Elena gewinnend an. „Aber liebe Frau Kho, das schnelle Regierungsschiff *Archipel der Sumpforchideen* wird in diesem Augenblick startklar gemacht.“

„Wunderbar“, entschlüpfte es Elena, noch bevor die Verweserin zu Ende gesprochen hatte. Fast wäre sie sofort aufgesprungen, doch sie beherrschte sich.

„O ja, das ist es! Die *Archipel der Sumpforchideen* ist ganz begierig darauf, ihre starken Muskeln zu beugen und sich endlich wieder auf große Fahrt zu begeben! Seit dreiundneunzig Sonnen liegt sie bereits schlummernd vor Anker!“

Später, in Jolandalas Schweber auf dem Weg zum Hospital, stützte Elena sich mit ihrem rechten Ellenbogen an der Glaskuppel des Cockpits ab und legte die Hand in den Nacken. Die Aurora der Nacht flackerte über ihr, doch die Schönheit des Naturschauspiels zu bewundern, kam ihr nicht in den Sinn. „Dreiundneunzig Jazuras“, murmelte sie zum wiederholten Mal. Sie dachte an ihr eigenes Schiff, die *USC Getsu Fune*, die ähnlich betagt gewesen war. Hoffentlich befand sich die *Archipel* in einem so guten Zustand wie das alte USC-Schiff von der Erde, bevor es über Argon Prime abgeschossen worden war.

Die beiden Teladi verhielten sich merkwürdig schweigsam. Nachdem Elena sie von dem Augenblick, in dem sie einander kennen lernten, fast pausenlos in Gespräche vertieft erlebt hatte, fiel die ungewohnte Ruhe umso mehr auf. Gelegentlich flogen einige Worte in Altteladianisch zwischen den Echsen hin und her, aber bei vereinzelten Kommentaren blieb es. Es herrschte eine seltsame Anspannung zwischen den beiden, die Elena sich nicht recht erklären konnte. Andererseits, wohin wollten ihre Gedanken? Piraten und eine Supernova lagen vor ihr, die Flottenverbände der Paraniden und Split, die Xenon-CPU #efaa und, nicht zuletzt, ein Sprungtor, das es zu deaktivieren galt. Das alles in einem unbewaffneten, dreiundneunzig Jazuras alten Raumschiff, das vermutlich wie eine bunte Amöbe aussah. War es da nicht verständlich, dass ihr Verstand wanderte, wenn es Gelegenheit dazu gab?

Jolandalas setzte den Gleiter sanft vor dem Hospital auf und sie stiegen aus.

„Nun, wann brechen wir auf?", fragte Ghinn t'Whht, als habe alles, was sie zuvor geäußert hatte, keine Gültigkeit mehr. Die Patriarchenfrau richtete sich auf ihren Ellenbogen auf und blickte Elena unternehmungslustig an.

Diese machte große Augen. „Ihr wollt in die andere Richtung, Ghinn, zurück in die *Gemeinschaft*, schon vergessen? Wir aber fliegen noch weiter hinaus."

„Mir geht es ausgezeichnet, dem kleinen Krieger hier auch." Sie wiegte das Baby. Die Schwellungen zu beiden Seiten ihres Körpers waren inzwischen wieder abgeklungen und Ghinn wirkte beinahe so agil und asketisch wie zu dem Zeitpunkt, als Elena ihr zum ersten Mal auf Nif-Nakh begegnet war.

„Nein, Ghinn, Ihr bleibt hier auf Ianamus Zura. Auf keinen Fall nehme ich eine Frau mit einem Kleinkind mit."

Die Augen der Split-Frau zogen sich zu Schlitzen zusammen und ihre Hände zuckten. Ein Wutanfall schien sich zusammenzubrauen, doch noch beherrschte sie sich. „Wir kommen nicht von diesem abscheulichen Planeten weg. Ich würde es vorziehen Euch zu begleiten. Ich habe keine Angst vor der Gefahr, wie Ihr sehr wohl wisst."

Elenas Mundwinkel zuckten. „Wir holen Euch auf dem Rückweg ab, versprochen."

„Nein, bei Thuruks stinkendem Zottelbart!", explodierte Ghinn. Ihr Gesicht wurde dunkel und sie wollte eine Gebärde formen. Doch sie hielt noch immer ihr Kind auf den Armen, das sich jetzt regte und zu schreien begann. „Die Kreatur nimmt mich mit, ich verlange es!"

„Tut sie nicht", zischte Nopileos vergnügt. Ghinn versuchte aufzustehen, doch sie klappte gleich wieder zusammen. Ganz so fit, wie sie wirkte, war sie demnach doch noch nicht.

Das Gezeter der Split-Frau ignorierend, machten Elena und Nopileos sich auf den Weg zur Barkasse – ein allerletztes Mal, um dort Elenas Nahrungsriegel abzuholen und von dort die Position des treibenden Piratenschiffes an den Bordcomputer der *Archipel* zu übermitteln. Bestimmt würde das kleine teladianische Beiboot von nun an viele Jazuras hier verweilen. Vielleicht ebenfalls für dreiundneunzig Jazuras, möglicherweise aber auch für immer. Elena blickte nicht zurück.

Die *Archipel der Sumpforchideen* war ein großes, beeindruckendes Schiff, selbst für Elenas Maßstäbe. Mit seiner, an eine bauchige Muschel erinnernden Form und den dezenten, schlammfarbenen und beigen Farbtönen wirkte es, obschon organisch und ungewohnt, doch auch seriös und irgendwie souverän. Die schweren Motoren beschleunigten mit Volllast, um die Koordinaten, die Elena aus der Barkasse übermittelt hatte, innerhalb der kürzestmöglichen Spanne zu erreichen, denn nichts war so knapp bemessen wie die Zeit. Jede Sezura mochten für Uchan t'Scct, Kalmanckalsaltt und Nola Hi über Leben und Tod entscheiden, und gleiches galt für #efaa. Elena versuchte, nicht daran zu denken, dass sie diesen Abschnitt des Weltraums nun bereits zum dritten Mal innerhalb weniger Tazuras durchquerte.

Die Kommunikation mit der Besatzung der *Archipel* gestaltete sich durchweg problematisch. Nopileos musste ständig hin und her übersetzen, da weder Bordcomputer noch Crew des Schiffes die Handelssprache beherrschten. Als besonders schwierig erwies es sich dabei, die Zielkoordinaten in die vom Standard der *Gemeinschaft* abweichende Notation Ianamus Zuras zu übertragen. Es dauerte zwar eine geschlagene Quazura, aber schließlich versiegten dem Navigatorkommandanten des Schiffes, Eladadys Ujarofolys Ebosirireos II, die schöngeistigen Worte und er blickte Elena und Nopileos fast schon verzweifelt an.

Auch Nopileos war mehr als nur entnervt. Ja, sie war eine gebildete Teladi und verstand nahezu alle Fachtermini. Diese allerdings ins Altteladianische zu übertragen, war meist unmöglich, und langatmige Umschreibungen und Erklärungen mit beständigen Rückfragen bei Elena waren die Folge. Letztendlich gelang es jedoch, den Kurs mit Hilfe des Bordcomputers halbwegs zu bestimmen. Eine kleine numerische Ungewissheit ließ sich dennoch nicht ausschließen.

Die Zentrale der *Archipel* war so geräumig, dass auch Elena sich darin wohl fühlte. Zwar waren die grellen, plastikbunten Farben des Interieurs, die die Konsolen und Bedienpulte wie Kinderspielzeug wirken ließen, gewöhnungsbedürftig, aber alles in allem hatte die Raumfahrerin schon seit langem kein so gefälliges Schiffsinnere mehr gesehen, genau genommen nicht mehr, seit sie die beengte, aber gemütliche *AP Nikkonofune* hinter sich zurückgelassen hatte.

Elena, Nopileos und Ebosirireos beobachteten gebannt die aktuellen Fluginformationen und das Ortungsgerät, auf dem sie jeden Moment das Erscheinen des gesuchten Raumfahrzeugs erwarteten. Der Computer gab die Daten nicht, wie an Bord von Schiffen der *Gemeinschaft* üblich, auf virtuellen Projektionsfeldern aus, die je nach Bedarf erschienen und verschwanden, sondern bediente sich einer Reihe ovaler Bildschirme, die so brillante Bilder lieferten, dass man sie leicht mit Fenstern hätte verwechseln können. Aber das All blieb leer. Ianamus Zura war nur noch ein winziger Punkt, durch Lichtjazuras und Sprungtore von der *Archipel* getrennt. Laut der errechneten Werte sollte das Schiff bereits vor zwei Inzuras die Zone erreicht haben, innerhalb welcher sich das havarierte Sklavenschiff orten lassen sollte.

„Vielleicht ist auch das Gravidar nicht in Ordnung“, mutmaßte Nopileos.

Elena wiegte den Kopf und dachte an die dreiundneunzig Jazuras, die das Schiff auf dem Buckel hatte. „Möglicherweise hast du Recht. Kann sein, es hat sich nach dem Tordurchgang nicht neu kalibriert. Frag Sobisirius.“

„Ebosirireos“, verbesserte Nopileos, aber sie versuchte sogleich, die Frage für den Navigatorkommandanten möglichst präzise zu übersetzen.

Dieser schnaubte hochnäsig, noch bevor sie endete. „Randschärfe und Optimalpunkt haben sich nicht verschoben, da die *Archipel der Sumpforchideen* stets sorgsam darüber wacht“, übersetzte Nopileos zurück.

„Elena, was sind Randschärfe und Optimalpunkt?“

Die Raumfahrerin musterte die kunterbunte Echse von Ianamus Zura, die jetzt wieder starr geradeaus durch das Fenster blickte, so als sei sie völlig allein an Bord. „Das heißt wohl, dass überhaupt nicht rekalibriert wurde“, stellte Elena grimmig fest. Scheinbar war weniger das Schiff, als seine Besatzung eingerostet! „Kannst du dem Starrkopf irgendetwas Ästhetisches erzählen, damit er seine Meinung ändert?“

„Was, zur gelben Salamanderpastete, soll ich ihm Ästhetisches darüber erzählen, wie er sein Gravidar zu bedienen hat!“, fluchte Nopileos mit umgedrehten Handflächen. Ihre Stirnschuppe wurde dunkler.

Elena machte ein ratloses Gesicht und zuckte die Schulter. „Poetische Gerechtigkeit, Schlupflinge im Nebel, ich weiß es nicht, erzähl’ ihm irgendetwas.“

Nopileos murmelte etwas Unverständliches, lehnte sich zurück und überlegte angestrengt. Schon nach ein paar Sezuras fiel ihr etwas ein. Was gab es Ästhetischeres als die Wahrheit in ihrer letzten, reinsten Konsequenz? Was wäre, wenn sie Ebosirireos rhetorisch in eine Ecke drängte, aus der er nicht mehr herauskäme? Konnte ihr, die sie des Altteladianischen nur bedingt mächtig war, das überhaupt gelingen? Nun, sie würde es alsbald herausfinden! Nopileos beugte sich wieder vor und versuchte, den Navigatorkommandanten möglichst unauffällig in ein Gespräch zu verwickeln. Obwohl anfänglich sehr knapp angebunden, biss Ebosirireos doch nach kurzer Zeit an.

Während die Teladi miteinander zischten und fauchten, bemühte Elena sich, ihre Ungeduld nicht zu zeigen, aber vermutlich würde der Teladi von Ianamus Zura ihre unbewusste Körpersprache ohnehin nicht zu deuten wissen. Schließlich, zehn Mizuras später (Ebosirireos hatte sich soeben enthusiastisch der epischen Eleganz der Wahrhaftigkeit verpflichtet und gleich darauf frustriert feststellen müssen, dass er sich selbst widerspräche, wenn er Elenas Wunsch nicht nachkäme), griff der Navigatorkommandant nach einer Kontrolle auf dem Bedienpult und bewegte zwei virtuelle Schieberegler in neue Positionen. Ohne Übergang blendete ein strahlend weißer Blip auf dem Gravidarschirm auf und verschwand blitzschnell wieder, während die Regler weitergeschoben wurden. Elena stieß einen kleinen Überraschungsschrei aus. Auch der Navigatorkommandant fauchte auf und zog die Schieberegler wieder so weit zurück, dass der helle Blip erneut erschien.

„Eiersalat, bin ich stolz auf mich!“, erklärte Nopileos in gestelzter Handelssprache. Der teladianische Kraftausdruck hörte sich in diesem Kontext gewollt komisch an.

Elena grinste, als sich Nopileos’ Schuppenfinne angesichts des etwas zerknirschten Gesichtsausdrucks Ebosirireos’ aufrichtete. „Eine wahre Kaufechse! Du würdest einem Elch noch eine Gasmaske verkaufen!“

„Tsh?“

„Ach, nicht so wichtig. Übersetzt du mir die Daten?“ Elena richtete sich auf. Der Navigatorkommandant blickte einen Moment irritiert an ihr hoch, dann widmete er sich wieder den Bildschirmen. Die Raumfahrerin von der Erde stützte sich an einer Seitenstrebe ab und beugte sich vor, um hinauszuschauen: nichts. Mit bloßen Augen ließ sich im Weltraum selten etwas ausmachen, es sei denn, es besaß planetare Ausmaße oder war bereits außerordentlich nahe, ansonsten gab es nur Sterne. Als sie sich nach einer Mizura die Haare aus dem Gesicht strich und wieder auf die Sitzbank zurücksinken wollte, sah sie Ebosirireos aufgeregt gestikulieren und mit der rechten Zeigekralle über Spalten gelber Hieroglyphen auf einem Display fahren.

„Die Masse ist viel zu gering“, übersetzte Nopileos. „Er sagt, das sei nicht das gesuchte Schiff.“

„Wir müssen es uns trotzdem anschauen.“

Der Navigatorkommandant wackelte mit den Ohren. Bedeutete das jetzt Zustimmung oder Ablehnung?

„Das wäre vergeblich“, übersetzte Nopileos. „Es ist nicht das gesuchte Schiff.“

Ärger stieg in Elena hoch. „Wer weiß, ob dieses Sumpfblumengravidar überhaupt die richtigen Werte anzeigt, es hat sich bereits einmal geirrt!“, blaffte sie Nopileos an.

Diese wirkte ob Elenas Tonfall sichtlich erschreckt. „Aber Schwester, ich übersetze doch lediglich!“

„Ja, ich weiß. Entschuldige bitte, Nopileos. Was sagt er?“

„Im Namen der Wahrhaftigkeit passt die *Archipel der Sumpforchideen* den Kurs dem georteten Objekt an.“

„Sehr gute Entscheidung“, murmelte Elena besänftigt. Kurz darauf blitzte es auf der rechten Seite des großen Cockpitfensters diffus auf, als die Justiertriebwerke den Kurs des Schiffes änderten. Langsam wanderten Sterne und ferne Galaxienhaufen durch das Blickfeld. Der große ovale Zentralbildschirm, der auf der rechten Seite des Navigatorkommandanten halbschräg in die Konsolen eingelassen war, zeigte bloß einen einzelnen Blip, dessen verrauschte Falschfarbendarstellung nahe legte, dass er im Spektrum des sichtbaren Lichts wohl nicht eigenständig leuchtete. Das musste das Zielobjekt sein. Nach einer Inzura gespannter Stille, während derer der Blip auf dem Bildschirm langsam flächig wurde, verrieten plötzlich einsetzende, dunkelblaue Leuchterscheinungen, die zu beiden Seiten der *Archipel* nach vorne weg ins All züngelten, dass Umkehrschub gegeben wurde. Noch immer ließ sich mit bloßem Auge nichts erkennen. Elena war mehr als beunruhigt. Als schließlich starke Scheinwerfer unerwartet aufleuchteten, blinzelte sie überrascht. Kaum hundert Meter voraus rotierte schräg oberhalb der *Archipel* ein offenbar winziges Fahrzeug um seine Längsachse. Der Zentralbildschirm schaltete auf Normalsicht um. Elena stieß hörbar Luft aus.

Sektorkontrolle, hatte jemand in wackeligen, argono-romanischen Lettern auf die Seite des Beibootes gekrakelt, das wie ein Ei dem anderen der Barkasse glich, mit der Elena, Ghinn und Nopileos Ianamus Zura erreicht hatten.

Langsam und schweigend rotierte die zerklüftete Oberfläche des Beibootes unter der Linse der herannahenden Kameradrohne hinweg, während die *Archipel* noch damit beschäftigt war, ihren Kurs minuziös anzugleichen. Nicht nur der freie Raum und das möglicherweise hohe Alter hatten dem kleinen Schiff übel zugesetzt: Flammenspuren, die an manchen Stellen arg zerknitterte Außenhaut sowie einige tiefe Beulen ließen erahnen, dass noch etwas Anderes, Schlimmes vorgefallen sein musste. Als der Bug der Barkasse sichtbar wurde, stockte Elenas Atem und die Stirnschuppen der beiden Teladi wurden heller. Die Metallglasscheibe, ausgelegt für härtesten Materialstress, war geborsten. Sie war nicht völlig zersprungen, aber von einer nahezu quadratischen Öffnung mit einer Kantenlänge von vielleicht fünfzig Zentimetern erstreckten sich feine, weiße Verästelungen in alle Richtungen. Etwas war mit brachialer Wucht in die Scheibe eingeschlagen und hatte sie durchstoßen.

„O Gott“, flüsterte Elena. Wer immer darin gesessen haben mochte, diesen Einschlag konnte er niemals überlebt haben, nicht einmal in einem Raumanzug. „Passt die Drohne durch die Öffnung? Schnell!“, drängte sie. Nopileos brauchte nicht zu übersetzen, denn der Teladi, der das Erkundungsgerät steuerte, versuchte bereits, es durch die gezackte Öffnung der Metallglasscheibe zu bugsieren. Durch die stete Kreiselbewegung des Beiboots gestaltete sich dieses Unterfangen als äußerst schwierig. Gerade die vielen miniaturisierten Justiertriebwerke, die der Drohne ihre hohe Wendigkeit verliehen, machten es ungeheuer schwer, die Präzession der Einschlagöffnung exakt auszugleichen. Immer wieder drückte ein nicht hundertprozentig dosierter Schubstoß die Drohne zur Seite, ließ sie abgleiten, und der Teladi fauchte und versuchte es erneut. Elena verfolgte die mühselige Prozedur mit wachsender Unruhe. Schließlich, nach dem siebten Anlauf, ließ Ebosirireos die Versuche einstellen.

„Er möchte das Boot in den Hangar nehmen“, erklärte Nopileos. Elena nickte grimmig.

Eine Inzura später schloss sich die große Hangarschleuse unter der Barkasse. Man hatte zuvor die Luft aus dem Hangar evakuiert und die

Beiboote der *Archipel* in ihre Transportalkoven eingehängt. Vorsichtig wurde jetzt die künstliche Schwerkraft erhöht, bis das noch immer kreiselnde Schiff schließlich mit schleifendem Geräusch aufsetzte und zum Stillstand kam. Nun wurde die Schwerkraft wieder ausgeschaltet, sodass die Kameradrohne sich dem Beiboot erneut nähern konnte.

„Siehst du das?“ Elena deutete auf den Bildschirm, auf dem der Bug der Barkasse wieder größer wurde. „Um das Cockpitfenster herum. Was ist das?“

„Hm! Das gehört nicht dorthin!“

Bevor Elena Genaueres erkennen konnte, tauchte die Drohne in das Cockpit, diesmal ohne Schwierigkeiten. Zwei Argonen hingen merkwürdig verrenkt in den viel zu kleinen Sitzen. Einer trug einen langen, schwarzen Haarzopf, der über seine Schulter nach vorne fiel und spröde über der Brust auffächerte. Elena presste die Zähne hart aufeinander und zwang sich, die Augen geöffnet zu halten. Das war einer der Sklaventreiber, sie hatte den Mann sogleich erkannt. Er war tot, und sein Komplize ebenfalls. Die Kameradrohne drang weiter in das winzige Schiff vor, fand aber sonst nichts mehr von Interesse. Erleichtert registrierte Elena sich dass ihre Befürchtung, Nola Hi, Kalmanckalsaltt und Uchan befänden sich an Bord der Barkasse, nicht bewahrheitete.

Als Messungen bestätigten, dass es keine gefährliche Strahlung gab, ließ Ebosirireos Atemluft in den Hangar pumpen, dann machten er, Elena und Nopileos sich auf den Weg zu der geräumigen Halle. Als das Schott auffuhr, blieben die beiden Teladi beim Anblick des schwer beschädigten Bootes stehen und begannen, miteinander zu zischeln. Elena jedoch hielt sich nicht mit einem ersten Überblick auf, sondern umrundete sofort den zerknitterten Bug, um etwas in Augenschein zu nehmen, was sie zuvor nur kurz hatte wahrnehmen können, als die Kameradrohne in das Boot eingedrungen war. Und tatsächlich: Ober- und unterhalb, sowie zu beiden Seiten des Cockpitfensters war das Material der Schiffshülle an insgesamt vier einander gegenüberliegenden Stellen silberhell verfärbt. Aus der Verfärbung auf der rechten Seite ragte ein unterschenkeldicker Zylinder etwa zwanzig Zentimeter empor, der sich zu einer scharfkantigen Bruchkante verjüngte. Es schaute aus, als hätten gewaltige Kräfte einen rot glühenden Eisenbarren entzwei gezogen, der danach wieder erkaltet war. Elena trat näher an die Schiffshülle heran und fuhr mit der flachen Hand vorsichtig über die Wandung. Hier schienen tatsächlich große Kräfte gewirkt zu haben: Dort, wo der Zylinderstummel aus dem Schiff heraustrat, wölbte sich das Material der Hülle deutlich nach außen.

Sie rief Nopileos. „Schau dir das hier mal an und sag mir, was du davon hältst“, sagte sie und ließ den Teladi stehen, um sich das Triebwerk der Barkasse anzusehen. Eine Vermutung stieg in ihr hoch. Während sie, das Kinn zwischen Daumen und Zeigefinger der linken Hand und den Ellenbogen mit der rechten Hand stützend, grübelnd vor den pechschwarzen und völlig ausgebrannten Expansionsdüsen stand, näherten sich Nopileos und Ebosirireos mit leise klackernden Krallen.

„Der Kollege Navigatorkommandant ist der Ansicht, dass das da vorne Schweißstellen sind.“ Ebosirireos zischte etwas, wie um Nopileos Worte zu bekräftigen. „Oh, und sehr dilettantisch ausgeführte noch dazu“, ergänzte Nopileos. „Das Triebwerk ist hin, nicht wahr?“, fragte sie, während sie die Maschinen ungläubig betrachtete.

Elena nickte. „*Hai*. Wenn es nicht so verrückt klänge, dann würde ich annehmen …“ Sie zögerte. „Es hört sich unwahrscheinlich an, aber ich behaupte, sie haben versucht, den Phönix mit der Barkasse zu beschleunigen.“

„Tsh! Das geht! Das müsste funktionieren!“

„Schon, aber sehr mühselig.“

„Erinnerst du dich, o Schwester? Ich habe den Antrieb des Sklavenschiffes zerstört, als wir flüchteten!“

„Und wären sie weniger schlampig vorgegangen, hätte ihr Plan am Ende vielleicht sogar funktioniert.“ Elena wandte sich zum Gehen. „Komm, Nopileos, zurück in die Zentrale. Ich glaube, ich weiß jetzt, wie wir das Sklavenschiff finden.“

Mit Kenntnis des genauen Vektors und der exakten Masse des Beibootes, sowie der ungefähren Schätzung dieser Daten für den teladianischen Phönix, gelang es dem Navigatorkommandanten, einen Suchbereich im All zu bestimmen, innerhalb dessen man das Sklavenschiff nach einem halben Tazura schließlich tatsächlich ortete. Es trieb ähnlich leblos wie sein Beiboot durch die Leere, kreiselte jedoch langsam und sehr behäbig um seine Längs-, und nicht die Querachse. Elena wusste augenblicklich, was sie zu tun hatte: Zum Sklavenschiff übersetzen, in es eindringen und dort nach ihren vermissten Mannschaftsmitgliedern suchen – und zwar alleine, ohne Nopileos!

Als sie das Schiff schließlich betrat, wurde sie von absoluter Dunkelheit empfangen. Irgendetwas klickerte leise, wie eine ablaufende Zeitbombe oder eine Eieruhr. Elena blickte sich im spärlichen Licht der Helmlampe alarmiert um, konnte aber nichts erkennen. Die Gänge des Sklavenschiffes waren luftleer, also gelangte das Geräusch wohl über den Boden des Schiffes und die Stiefel des Raumanzuges an ihre Ohren. Sie hatte keinen Schimmer, was an Bord dieses Schiffes in den letzten drei Tazuras vorgefallen war. Sie hoffte bloß inständig, dass Uchan und die beiden anderen noch lebten und sich hier in diesem Schiffswrack befanden.

„Nopi?“ Elena sprach bewusst laut in das Helmmikrofon, um das irrationale Gefühl, jemand beobachte sie, zu vertreiben. Nopileos zischelte fragend.

„Ich wollte nur sichergehen, dass du noch da bist, Nopileos“, sagte die Raumfahrerin. Es sollte scherzhaft klingen, aber die Teladi spürte, wie angespannt und nervös ihre irdische Freundin war.

„Alles in Ordnung, o Sternenkriegerin?“

Elena bestätigte. „Ja. Ich bin im Hangar. Die Tür ist aufgebrochen worden, mit einem Laser. Wenn ich das richtig in Erinnerung habe, müsste jetzt rechts …“ Sie unterbrach mit einem Keuchen. Nopileos fragte besorgt nach, und Elena beruhigte sie sogleich. „Moment … ich glaube, ich habe … da, warte!“

Elena erinnerte sich noch ganz genau an den Gang, durch den sie und Nopileos nur wenige Tazuras zuvor in die entgegengesetzte Richtung geflüchtet waren. Einige Meter vor dem Hangar hatten sie seinerzeit den Zugang zu einem abgeschotteten Umweltbereich gefunden. Tatsächlich, da war das Schott mit dem Guckloch! Elena trat näher heran und presste die elastische Sichtscheibe ihres Membranhelms an das Guckloch. Licht? Tatsächlich, Dämmerlicht zwar bloß, ja, aber es war nicht dunkel! Schemenhaft sah sie …

Ein Kratzen, dann platschte etwas so heftig gegen das Schott, dass sie es bis in ihren Raumanzug hörte. Ein großes, flaches Auge, wie das eines Oktopus’, starrte sie durch das Rund der Sichtscheibe hinweg an. In einem ersten Impuls wollte sie zurückweichen, doch dann begriff sie. Nola Hi!

Das Auge des Boronen wirkte nur aus allernächster Nähe flach, in Wirklichkeit wölbte es sich stark vor. Eine diffuse Wolke schwebte um den Kopf des Wissenschaftsethikers, der wild mit seinen Sekundärtentakeln wedelte.

„Ich habe Nola Hi gefunden“, informierte Elena Nopileos nüchtern. „Er scheint in Ordnung zu sein. Ich habe nur keine Ahnung, wie ich ihn hier herausbekomme.“

Wie haben die ihn hier überhaupt hineingekriegt? Elena hatte Mühe, sich das vorzustellen. Der Umweltbereich war mit boronischer Atemflüssigkeit gefüllt, in Ordnung, aber er besaß keine Schleuse: Also wie war Nola Hi ohne seinen Umweltanzug dort hineingelangt?

„Elena! Auf Bodenhöhe.“

„Ich weiß, teladianische Türöffner.“ Sie kniete sich nieder und tastete im Licht der Helmlampe den Rahmen ab. Bald hatte sie die Kontrollen gefunden, aber sie wagte es nicht, einen der Schalter zu betätigen. „Ich fürchte, ich muss in die Zentrale.“

„Weißt du auch, wo sich die Zentrale in einem Phönix befindet, Schwester?“

„Leider nein. Du?“

„Nein.“

„Also … Nopileos, manchmal machst du mich sprachlos.“

Die Teladi entschuldigte sich. Ihre Stimme klang blechern über den Helmfunk.

Seinerzeit waren die Piraten aus der anderen Richtung des Ganges gekommen. Elena signalisierte Nola Hi, so gut es ging, sich zu gedulden, und tastete sich langsam weiter vorwärts, durch halbgeöffnete Zwischenschotts und solche, die dienstbereit auffuhren, wenn sie den Fußschalter betätigte. Es gab also noch Leben in diesem Schiff, es funktionierte noch, auch wenn es in den Gängen keine Atmosphäre mehr gab. Sie hielt dies für ein positives Zeichen.

Schließlich erreichte sie einen großen, mit Konsolen und Wandtafeln ausstaffierten Raum, der in gewisser Weise an den Kontrollraum der *Archipel* erinnerte. Die meisten Instrumente und Anzeigen waren dunkel, aber viele glommen in magenta oder blaugelb. Während sie noch überlegte, welche Displays sie sich zuerst anschauen wollte, knisterte es im Helmfunk, und eine Kleinmädchenstimme weinte: „Ele Na, ästhetische, mutige, haarige Sternenkriegerin! Wenn du diese Frequenz hörst und wahrnimmst, dann antworte mir und melde dich!“

Elena schnappte nach Luft. „Nola Hi?“

Der Borone jubelte in einem Tonbereich, der Elenas Trommelfelle knacken ließ. „Ele Na, gütige und mutige, wunderschönste unter den schönen Argoninnen von der Erde, dem blauen Planeten, Gefährtin von Brennan-san und Gefährtin von Isemados Sibasomos Nopileos IV, der heldenhaften Echse, der Teladi, die …“

„Ich freue mich auch, Nola Hi, aber können wir abkürzen?“, unterbrach die Raumfahrerin den Redeschwall des Wissenschaftsethikers.

Dieser hielt inne. „Natürlich, Ele Na!“

„Wo sind Uchan und Kalmanckalsaltt? Sprichst du über deinen Umweltanzug?“

„Nein, nicht. Aber hier ist ein Kommunikator. Der Paranide ist im Kontrollraum“, antwortete Nola Hi ungewohnt knapp.

„Hier ist er nicht.“ Elena schritt auf die Konsolen zu und leuchtete mit ihrer Helmlampe auf die in teladianisch beschrifteten Bedienelemente. „Nopileos, kannst du das hier lesen?“

Einen Moment herrschte Schweigen. „Wackel nicht so, Elena“, kam dann über den Funk herein. „Ich denke, es bedeutet …“

Was immer Nopileos dachte, es sollte zunächst einmal ihr Geheimnis bleiben. Laut krachend knallte helles Kunstlicht durch die Zentrale und leuchtete auch die letzte Ecke grell aus. Elena fuhr herum, eine dürre, hoch gewachsene Silhouette ragte gegen das ebenfalls hell erleuchtete Zentralschott auf. Ohne lange nachzudenken, warf sich die Raumfahrerin herum. Hinter einer Konsole fand sie Deckung. Vorsichtig blinzelte sie über das Gerät hinweg und ganz langsam passten sich ihre Augen den Lichtverhältnissen an. Die Gestalt, die jetzt langsam in die Zentrale hineinkam, trug einen Kampfraumanzug mit einem Helm, der an ein Goldfischglas erinnerte.

„Kalmanckalsaltt!“ Elena richtete sich mit möglichst langsamen Bewegungen auf und versuchte, jede Hektik zu vermeiden. Vielleicht hatte Kalmanckalsaltt sie noch gar nicht erkannt, aber andererseits würde er in diesem Fall sicherlich die paranidische Kampfstellung einnehmen. Doch der Dreiäugige bewegte sich völlig entspannt. Es knackte im Funk.

„Elena Kho. Im Rundgang neben WJASL befindet sich der Umweltanzug des Boronen in einem Stauraum. Holt ihn. Atemluft wird den Hauptgang in Kürze füllen.“

„Wo ist Uchan?“

„Im Hangar. Geht jetzt. Wir treffen wieder aufeinander in Eurem Shuttleboot."

Elena schoss eine Reihe von Fragen durch den Sinn, doch sie verschob diese auf später. Erst als sie bereits einige Meter den jetzt beleuchteten Hauptgang entlanggesprintet war, fiel ihr ein, dass sie sich zumindest danach hätte erkundigen sollen, was genau Kalmanckalsaltt mit „Rundgang neben WJASL" meinte. Die Frage erübrigte sich aber, als sie ein Hinweisschild entdeckte, das in argono-romanischen Lettern mit der gesuchten Buchstabenkombination beschriftet war – was immer diese auch bedeutete. Kurze Zeit darauf fand sie den vom Paraniden erwähnten Stauraum und zog den Umweltanzug des Boronen heraus. Das Material fühlte sich weich an wie lebendiges Gummi. Merkwürdig bloß, das es weder einen Helm, noch ein Lebenserhaltungssystem gab! Elena richtete sich auf und eilte den Rundgang hinunter, bis sie hinter mehreren, halboffenen Sicherheitsschotts endlich wieder auf den Gang traf, der von der angeschmolzenen Hangartür abgeschlossen wurde. Inzwischen wallte ein dünner, weißer Nebel umher, ein lauter werdendes Zischen verriet, dass Kalmanckalsaltt offenbar erfolgreich gewesen war.

„Ele Na?" Nola Hi hatte sie durch das Guckloch erspäht.

„Ich bin hier. Wie bekomme ich den Umweltanzug zu dir hinein?"

„Ich glaube, vermute, bin mir sicher und gewiss, dass das Kraftfeld wieder eingeschaltet und aktiviert wurde. Öffne die Tür und habe keine Furcht, mutige und schöne Ele Na von der fernen Erde. Reiche meine Schwanenmembran herein!"

Natürlich! Jetzt begriff Elena, weshalb der Raum keine Schleuse besaß. Ein halbdurchlässiges Kraftfeld sorgte dafür, dass die Atemflüssigkeit nicht austreten konnte. Sie fand den Öffner und schnippte den breiten Schalter mit dem Stiefel nach oben. Sofort fuhr die Tür auf. Die Flüssigkeit waberte vor ihr auf, reichte schillernd vom Boden bis zur Decke, wie damals in jenem Konferenzraum der teladianischen Handelsstation, in welchem sie Nola Hi und Bala Gi zum ersten Mal persönlich begegnet war. Vorsichtig drückte sie den schlaffen Umweltanzug durch die vertikale Wasseroberfläche. Es gab einen spürbaren Widerstand, als das Bündel die Oberflächenspannung überwand, doch dann versank es im Umweltraum, ohne dass auch nur ein Tropfen Flüssigkeit vergossen wurde. Jeden Moment rechnete Elena damit, dass der

Borone sich über fehlende Bestandteile seines Anzuges beschwerte, doch ihre Sorge war unbegründet. Nach wenigen Sezuras durchbrach der Wissenschaftsethiker die Wasserfläche, in die bekannte milchige Schutzhaut gehüllt. Keinen Moment zu früh, denn nun stakste auch Kalmanckalsaltt mit langen, lauter werdenden Schritten herbei.

„Ihr habt doch ein Shuttleboot, nicht wahr, Elena Kho." Das war eine Feststellung und nicht etwa eine Frage.

Elena nickte. „Selbstverständlich."

„Gut." Ohne einen weiteren Kommentar beugte sich der über zwei Meter große Dreiäugige vor und hievte seinen Körper durch die Schmelzöffnung der Hangartür hinein. „Wo liegt das Boot, Elena Kho?"

Elena erklärte dem Paraniden in knappen Worten, wie sie, Nopileos und Ghinn sich vor einigen Tazuras einen Weg durch die Hauptschleuse des Hangars freigeschossen hatten. „Der Entertunnel des Boots liegt direkt an dieser Öffnung", schloss sie.

„Uchan t'Scct wird in drei Mizuras zu Uns stoßen."

„Ihr wisst, wo er sich befindet?"

„Ja. Wir haben Ihn befreit."

„Gibt es noch andere Überlebende an Bord?"

„Fragt dies Uchan t'Scct."

„Er übt … Vergeltung?"

Der Paranide schwieg und betrat geduckt den Entertunnel, gefolgt von Nola Hi.

„Entschuldigt mich." Elena drehte sich um und durchmaß den Hangar mit großen Schritten. Noch bevor sie durch die zerschmolzene Tür auf den Rundgang hinaustreten konnte, kam ihr der Split entgegen. Sein Gesicht ließ sich durch den Helm des Raumanzugs nicht richtig erkennen, aber Elena vermeinte, ein grausames Blitzen in seinen Augen zu entdecken. Offenbar hatte Uchan den vorangegangenen Helmfunkverkehr mitgehört.

„Zu gerne hätte ich den Angriff auf die *Regendrache* gerächt, aber an Bord dieses Schiffes befinden sich keine der verdammenswerten Kreaturen mehr!"

Elena ersparte es sich, Uchans Rachewunsch zu kommentieren. „Kommt", sagte sie stattdessen, mit einer Hand auf den Entertunnel des Beibootes auf der anderen Seite des Hangars weisend. „Eine große

Aufgabe liegt noch vor uns und vieles hat sich innerhalb der letzten Tazuras zugetragen. Schwarze Sonne existiert nicht mehr, aber ich berichte Euch darüber auf dem Weg zur *Archipel der Sumpforchideen*."

„Ich bin nicht damit einverstanden, dass Ihr die ehrenwerte Ghinn t'Whht auf der Teladi-Welt zurückgelassen habt", erklärte Uchan t'Scct. Der Split stand mit überkreuzten Armen seitlich neben Elenas Platz vor der Konsole der *Archipel*. Sein paranidischer Partner Kalmanckalsaltt hatte sich im hinteren Teil der geräumigen Zentrale aufgepflanzt und beobachtete schweigend das sich nähernde Sprungtor.

„So? Ich dachte, Ihr hättet Euch mit Ghinn überworfen", antwortete Elena, die Uchans Murren nur mit halbem Ohr zuhörte. In Kürze würde die *Archipel* das Sternensystem der Supernova Schwarze Sonne erreichen – wenn man denn überhaupt noch von einem Sternensystem sprechen konnte. Dass die Gegenstelle des hiesigen Sternentors noch funktionierte, war von einer Kundschafterdrohne bestätigt worden. Ob es allerdings auch möglich war, das System unbeschadet zu durchqueren, würde sich bald herausstellen.

„Ihr Menschen ahnt nichts von uns Split, t'Kho", behauptete Uchan. „Ghinn t'Whht und ich sind Freundfeinde."

„Euer Hass treibt manchmal merkwürdige Blüten, Uchan, wisst Ihr das?"

„Gerade unser Hass ist es, der uns von euch unterscheidet – und der uns überlegen macht." Lange hatte Uchan über diese Worte seines früheren Herrn, Cho t'Nnt, nachgedacht, die dieser ihm einst an Bord der *Knochenspäher* zu bedenken gegeben hatte. Als die Raumfahrerin nicht antwortete, trat der Split ein Stück näher an sie heran. „Wir werden Ghinn t'Whht auf dem Rückweg von Ianamus Zura abholen."

Am liebsten hätte Elena Uchan geantwortet, er möge sich zum Teufel scheren. Momentan hatten sie weiß Gott andere Probleme, doch sie hielt sich zurück. „Fragt Ebosirireos, wohin dieses Schiff zurückkehren wird, und Euch wird Erleuchtung zuteil", schnappte sie stattdessen beißend sarkastisch. Uchan lachte krächzend. Mit Erstaunen hatte Elena schon zuvor festgestellt, dass Split, entgegen aller Vorurteile, durchaus gelegentlich lachten.

„Ihr seid eine bemerkenswerte Frau, t'Kho. Ihr gefallt mir. Schade nur, dass Ihr so klein und so hässlich seid."

„Sind das nicht alle Menschenfrauen?“, fragte Elena rhetorisch.

Uchan schnaubte und trat wieder einen Schritt zurück. „Das ist wohl wahr.“

Inzwischen war das Sternentor voraus zu beachtlicher Größe herangewachsen, und nur wenige Sezuras darauf füllte der uralte Reif das gesamte Blickfeld aus. Dann tänzelten bläuliche Entladungen um das zuranische Schiff herum und rissen es aus dem Gefüge von Raum und Zeit, um es innerhalb von Sezurabruchteilen über einen interstellaren Abgrund zu befördern, der Dutzende, vielleicht Hunderte Lichtjazuras durchmaß.

KAPİTEL 42

Man kann nicht behaupten, dass sich die Entwickler der Terraformer nicht mit der Frage des Maschinenbewusstseins beschäftigt hätten. Konnten die Maschinen ihrer selbst bewusst werden oder nicht? Und wenn sie es konnten, wäre das gut oder schlecht – oder einfach egal? Bis zur Beantwortung dieser Frage vergingen achtzig lange Jahre. Danach wusste die Erde Bescheid.

NATHAN R. GUNNE,
aus einer E-Mail an Joan „Hydra" Mitchell

„Wir leben noch!", stellte Ninu fassungslos fest. Es hörte sich an, als habe sie nicht im Geringsten damit gerechnet, nach dem Tordurchgang in einem Stück auf der anderen Seite herauszukommen.

„Computer, Sektor identifizieren", verlangte Ditta Borman, da das Schiffsgehirn sich diesmal nicht selbsttätig beim Erreichen des Zielpunktes geäußert hatte.

„Unbekannter Sektor."

Siobhan öffnete ein Videofeld und schickte es auf die Hauptkonsole. „Schauen Sie sich das mal an."

Das Bild zeigte einen Ausschnitt der optischen Fernortung, in den so tief hineingezoomt worden war, dass die Ränder waberten. Dennoch erkannten die Piloten sofort, um was es sich handelte. „Die Halmnan-Aurora!", rief Seldon. „Wir sind daheim!"

„Nicht ganz – das ist die Aurora, wie sie vor etwa fünfhundert Jazuras ausgesehen hat. Oder mit anderen Worten …"

„Wir sind fünfhundert Lichtjazuras von der *Gemeinschaft* entfernt!", unterbrach Ion. „Das ist viel näher als vorhin!"

„Sehr richtig, nahe genug, dass die Sprungeinheit unser Zieltor in Menelaus' Paradies anpeilen kann."

Siobhan löschte das Videofeld und aktivierte die Sprungsequenz. Jetzt, da die Schilde nicht belastet wurden, sollten die Konverter in neun Mizuras betriebsbereit sein. Sie lehnte sich zurück und starrte auf die Daten der Missionskonsole. Nicht einmal fünf Stazuras waren seit dem Start der *AP Providence* von Argon Prime vergangen, aber ihr kam es vor, als seien es fünf Tazuras gewesen. Sie vertraute nach wie vor auf ihre Berechungen, und glaubte fest daran, dass der nächste Sprung das Raumschiff nach Menelaus' Paradies bringen würde. Die Wahrscheinlichkeit sprach dafür. Musste einfach dafür sprechen!

„Countdown läuft. Vier Mizuras bis zum Erreichen des Eintrittspunktes", sagte der Computer neun Mizuras später und fragte nach Freigabe. Siobhan und Borman bestätigten die Betriebsparameter der Sprungeinheit. Das Schiff nahm Fahrt auf und beschleunigte rasant.

„Zehn Sezuras bis zum Erreichen des Eintrittspunktes. Sprungeinheit ordnungsgemäß aktiviert."

Als die Energiewirbel schon grell und verwirrend um das Schiff strudelten, drehte sich Major Seldon noch einmal zu Siobhan um. „76 Prozent, was?"

„Einhundert!", sagte Siobhan mit Bestimmtheit, bevor die *AP Providence* kopfüber in den Sprungtunnel fiel.

„Schiff erreicht Eintrittspunkt. Alle Werte nominal", verkündete der Computer einen unmessbar kurzen Augenblick darauf. „Erreiche Sektor Menelaus' Paradies", fügte er nach der Rekalibrierung des Gravidars hinzu. Zahlreiche Sterne auf der Navigationskonsole erhielten plötzlich Namen, verbanden sich zu Konstellationen und wurden damit zu bekannten Sektoren. Im Cockpit brach ungestümer Jubel aus, doch die Freude war nur von kurzer Dauer.

Der Sektor wimmelte nur so von Raumschiffen. „Die Paraniden sind uns zuvorgekommen", schrie Commander Borman gellend über das Stimmengewirr hinweg. „Sie sind hier, die gesamte verfluchte Flotte!"

Schon allein der Blick aus dem Cockpitfenster hinaus ließ erahnen, wie viele Kampfschiffe die Paraniden entsandt hatten: Eine schier unendliche Kette weißer Punkte mit Feuerschweifen zog sich über das gesamte Firmament, und jeder dieser Punkte stand für ein Schiff. Das nächste der Kampfschiffe war nur eine Zehntel Lichtsezura entfernt, das am weitesten entfernte bereits eine ganze. Auf dem Gravidar sah man deutlich, dass sich die paranidische Flotte auf das Delta-Sprungtor zubewegte. Die ersten Kampfschiffe würden es in weniger als einer Inzura erreichen und wie in Vorbereitung des bevorstehenden Durchgangs begannen sie, ihre Formation zu ändern. Jeweils drei Schiffe fügten sich zu einem lang gezogenen Dreieck zusammen, gleichsam einer tödlichen Speerspitze auf dem Weg zu ihrem Opfer.

„Sie bilden Kampfformationen“, erkannte Seldon. Inzwischen war es wieder fast völlig still im Cockpit geworden, nur die Maschinen summten weit unten im Bauch des Schiffes. „Da ist ein fremder Raumer in der Nähe des Delta-Tores, der vom Computer nicht kategorisiert werden kann. Es sieht so aus, als wollten die Paraniden ihn angreifen.“

„Fremdes Schiff? Etwa die Khaak?“, fragte Zakk Folkna ängstlich, doch Seldon schüttelte den Kopf.

„Definitiv nicht. Die Massesignatur sieht nach nichts aus, was mir je begegnet ist.“

„Das müssen Nola Hi und Elena Kho sein“, sagte Siobhan. Um was für einen Schiffstyp es sich auch immer handelte, dass der Raumer zu exakt diesem Zeitpunkt genau dort vor dem Tor verharrte, war ein sicheres Zeichen dafür, dass es sich nur um die boronische Expedition zum Delta-Tor handeln konnte! „Das Sprungtor ist noch aktiv, in beide Richtungen – die Sprungeinheit kann seine Singularität anmessen.“

„Hier kann noch jemand etwas anmessen. Nämlich die Paraniden uns“, rief Ditta Borman alarmiert. Sie deutete auf das Gravidar. Die drei Paraniden-Raumer, die der *AP Providence* am nächsten waren, drehten in diesem Moment um und gaben Verzögerungsschub.

Ein Videofeld sprang auf. Das Gesicht eines Dreiäugigen erschien. „Hier spricht Lordkapitän Ulmanckessolnn. Dieses Sternensystem ist Sperrgebiet des Heiligen Gottesreiches von Paranid. Es wird verlangt, dass Ihr Euer unheiliges Schiff unverzüglich entfernt.“

Ditta Borman straffte sich. Sie musste keine Rücksprache mit Siobhan halten, um zu wissen, wie die Antwort auf diese unverschämte Behauptung lautete. „Dieses Sternensystem ist Hoheitsgebiet des Königinnenreiches von Boron. Wir haben die Erlaubnis, es zu durchqueren. Was man von Ihnen nicht behaupten kann.“

Lordkapitän Ulmanckessolnn plusterte sich zur paranidischen Drohgebärde auf. „Das Reich der unheiligen Königinnen von Boron hat Sein Recht auf dieses Sternensystem durch Seine geometrische Handlungsunfähigkeit verwirkt. Dies ist Eure letzte Chance, unheilige Zweiäugige, nehmt sie wahr, denn die Strafe des Xaars wird Euch sonst treffen!“ Das Videofeld erlosch.

„Schutzschilde hoch“, verlangte Borman lakonisch. Die optische Fernortung konnte inzwischen Details der drei sich nähernden Paraniden-Schiffe auflösen, deren Waffentürme sich auf die *AP Providence* richteten.

„Nein, keine Schilde, die Energie ist zu wertvoll. Wir warten, ob die Paraniden das Feuer eröffnen, und wenn sie es tun, springen wir von hier direkt zum Delta-Tor.“ Siobhan war sich mehr denn je der drohenden Gefahr der Torabschaltung bewusst. Es existierten viel zu viele Unbekannte in dieser Rechung, dennoch mussten sie alles auf eine Karte setzen. Es gab keinen anderen Ausweg.

„Ich verstehe. Nun gut, dann ist dies ab sofort ein Kampfeinsatz, und ich übernehme das Kommando. Alle Zivilisten verlassen sofort das Cockpit. Sie auch, Dr. Folkna. Dr. Norman, Sie nicht. Wie ist der Ladezustand des Konverters?“

„Drei viertel. Zwei Mizuras und siebzehn Sezuras.“ Siobhan nickte der Pilotin grimmig zu. Commander Borman schien wie ausgewechselt. Bislang hatte sie ihren Job mit professioneller Kälte erledigt. Nun schien noch etwas hinzugekommen zu sein. Verblüfft begriff Siobhan, dass es sich um nichts anderes als Kampfeslust handelte. Damit hätte sie keinesfalls gerechnet.

„Nicht dass wir uns falsch verstehen, Doktor“, sagte Borman, nachdem das Schott hinter den drei Zivilisten zugefahren war. „Ich halte Dr. Folkna für fachlich überragend kompetent. Aber sollte es zu einem Raumkampf kommen, möchte ich ihn nicht in meiner Nähe wissen.“

„Einen Kampf können wir uns nicht leisten, Commander, daran denken Sie bitte.“

„Aber natürlich. Keine Sorge“, erwiderte die Pilotin lächelnd.

Siobhan presste die Lippen aufeinander, schwieg aber. Diese Antwort hätte auch von ihr kommen können. Sie wusste ganz genau, was Borman in diesem Moment dachte.

Das im All hinter dem Schiff versinkende Alpha-Sprungtor blitzte auf. Auf dem Gravidar tauchte ein Blip mit einer gewaltigen Massesignatur und unscharf verwischten Konturen auf. Mehrere kleinere Punkte folgten rasch nacheinander.

„Was – was ist das? Borman, was ist das?“

„Wenn es nicht so schnell wäre, würde ich sagen, dass es ein Träger ist. Vielleicht das Kommandoschiff der Paraniden. Aber seine Geschwindigkeit ist viel zu hoch! Schauen Sie sich das an! Es kann nur …“

„Ja – ja, Sie haben Recht! Es ist das CPU-Schiff nebst Begleitschutz!“ Siobhan presste die Lippen aufeinander. Noch vier Mizuras, bis die Konverter einsatzbereit sein würden. „Die Zeit wird knapp. Was machen die Paraniden, Commander?“

„Die hinteren Formationen lösen sich auf, einzelne Schiffe scheren aus. Die Vorderen halten ihren Kurs auf das Delta-Tor.“ Borman schnaubte. „Eines der Paraniden-Schiffe behält uns weiter im Visier – die Biester lassen sich durch nichts in der Welt ablenken!“

„Die Zeit wird knapp“, wiederholte Siobhan. „Sehr knapp.“

KAPİTEL 43

Im Prinzip sind die Dreiäugigen gefährlicher als die Xenon.
Das einzige was sie davon abhält, die Gemeinschaft zu plätten,
ist der wahnhafte Zwang, immer und unter allen Umständen ihr
Gesicht zu wahren – so hässlich dieses auch sein mag ...
COLONEL BAN DANNA

Die heiße Phase von Sternenexplosionen dauert üblicherweise nur wenige Stazuras, oder bestenfalls einige Tazuras. Ein Stern beginnt, sich aufzublähen und den größten Teil seiner Substanz ins All hinauszuschleudern, bis er nur noch ein Schatten seiner selbst ist. Oft findet sich nach einer solchen kosmischen Katastrophe im Zentrum der Nova ein Pulsar, ein Neutronenstern, der sich mit unerhörter Geschwindigkeit um seine Rotationsachse dreht.

Nicht so hier. Schwarze Sonne existierte noch, doch der Stern leuchtete nur mehr schwach und unregelmäßig. Nola Hi vermutete, dass der endgültige Kollaps innerhalb einiger hundert oder tausend Jazuras zu erwarten sein würde, als eine erneute Nova, die diesen Raumsektor endgültig verwüstete. Alles in allem war dies die ungewöhnlichste Supernova, von der man je gehört hatte.

„Wenn es nicht völlig unmöglich wäre", murmelte Elena, „würde ich annehmen, jemand habe mit Absicht versucht, den Stern zu zerstören."

Nopileos schaute sie aus großen Augen an.

Schon drei Tazuras Bordzeit später erreichte die *Archipel der Sumpforchideen* dank ihrer starken Triebwerke das Sternensystem namens Menelaus' Paradies. Bisher hatte es keine weiteren Zwischenfälle gegeben, was möglicherweise darin begründet lag, dass der Raumflugverkehr graduell versiegte, je weiter das Schiff in die noch größtenteils unerforschten Neuen Sektoren vordrang.

Nola Hi schwebte neben Elena, Nopileos und Ebosirireos, die gebannt Gravidar, Flugleitsystem und den umgebenden Raum durch das Cockpitfenster beobachteten. Uchan hatte sich in den Hintergrund neben seinen Partner Kalmanckalsaltt zurückgezogen, um Tobsuchtsanfälle in der Gegenwart Nola His möglichst zu vermeiden. Der zweiäugige Paranide erinnerte Elena stärker denn je an ein übergroßes Insekt. Er stand in derselben Pose an genau jenem Ort, an den er sich zu Beginn der Reise vor drei Tazuras zurückgezogen hatte, ob immer noch oder schon wieder, entzog sich ihrer Kenntnis. Jedes Mal, wenn sie sich zum Schlafen in ihre Kabine zurückzog, stand Kalmanckalsaltt noch dort. Wenn sie nach mehreren Stazuras in die Zentrale zurückkehrte, hatte er sich offensichtlich keinen Finger breit weg bewegt. Manche Insektenarten auf der Erde konnten regungslos Tage, Monate, oft sogar Jahre verharren. Dass auch intelligente Lebensformen wie die Paraniden dazu in der Lage schienen, wirkte auf Elena besonders befremdlich, ja geradezu ein wenig unheimlich.

Auf dem Gravidar erschien als entfernter, schwacher Punkt das Ziel der Reise: das Delta-Sprungtor, das weiter in die als Xenon-Refugium deklarierten Sektoren führte, und das es im Auftrag der Regierung des Königinnenreichs von Boron zu deaktivieren galt. Nola Hi hatte versucht, Elena in die Einzelheiten der Sprungtortechnik des Alten Volkes einzuweihen, mit zweifelhaftem Erfolg. Während der Tazuras, die der Wissenschaftsethiker an Bord des herrenlos treibenden Sklavenschiffes verbracht hatte, war es ihm möglich gewesen, sich ausführlich mit den Konzepten zu befassen, die aus dem Bordcomputer der *Nyanas Glück* geborgen worden waren. Zunächst zeigte er sich erstaunt, als Elena ihm ab einem bestimmten Punkt nicht mehr folgen konnte. Dann begriff er: Die Sternenkriegerin hatte große Schwierigkeiten zu verstehen, wie er sich mit der Materie befassen konnte, ohne die Informationen des Alten Volkes tatsächlich vorliegen zu haben. Dabei war es doch so einfach: Die Erinnerungsspuren, die sich mit der Atemflüssigkeit in seiner Schwanenhaut vermischt hatten, schmeckten nach nahezu jedem Aspekt der gesuchten Information, mit dem er sich zuvor bereits beschäftigt hatte. Jeder Borone verbrachte Zeit seines Lebens in einem regelrechten See aus eigener und fremder Erinnerung. Selbst geringste RNA-Spuren wurden von den empfindlichen Lamellenrezeptoren wahrgenommen und interpretiert. Nicht umsonst hieß es, dass ein jeder Borone jederzeit alles wusste, wovon auch nur einer seiner vielen Artgenossen Kenntnis hatte.

„Was man mir nicht nehmen, entreißen und stehlen konnte, sind meine geschmacklichen, sachlichen Erinnerungen und Gedanken. Aber meine Gerätschaften, Werkzeuge und Instrumente blieben an Bord des unglücklichen, armen, schönen Schiffes *FL Regendrache* zurück und sind für immer verloren."

Elena wusste nicht, was mit der *FL Regendrache* geschehen war, nachdem sie geentert wurde. Wenn das Schiff nicht gesprengt worden war, existierte es womöglich noch. Doch das half ihnen hier und jetzt selbstverständlich nicht weiter. „Sicher gibt es an Bord der *Archipel* ebenfalls Werkzeuge. Vielleicht genügen die unserem Zweck?"

Nola Hi rümpfte zweifelnd den Rüssel, was die elastische Klarsichthaut des Umweltanzugs über seinem Gesicht dazu veranlasste, ein paar Zentimeter zurückzuweichen. „Das ist durchaus möglich und kann sein, ästhetische Ele Na, doch werden wir damit dem erhabenen und majestätischen Weltenportal, diesem Tor des Universums, weitaus mehr Gewalt antun müssen, als es mit meinen Instrumenten und Werkzeugen der Fall und vonnöten gewesen wäre."

Elena zuckte die Achseln. „Ich fürchte, daran können wir nun nichts mehr ändern."

„Nein, nicht", fiepte der Borone niedergeschlagen.

„Kopf hoch, Nola Hi. Wenn du das Tor tatsächlich ausschalten kannst, retten wir damit Eva 2092 vor der Koalitionsflotte", sagte Elena. Das gewaltige CPU-Schiff der Terraformer musste das Refugium schon längst erreicht haben – lange vor den Paraniden, von denen es weit und breit keine Spur gab. „Außerdem", fuhr sie fort, „bewahren wir zugleich die *Gemeinschaft der Planeten* vor weiteren Übergriffen der Xenon. Das ist es doch wert, nicht wahr?"

„Ja – und ja!", antwortete der Wissenschaftsethiker bereits ein wenig zuversichtlicher. Seine Sekundärtentakel wuselten verschwommen hinter dem milchigen Material des Anzugs. „Die Präsenzwolke wird unsere Wimmler vielfarbig polarisieren!"

Elena blieb keine Zeit, über diese rätselhafte Bemerkung des Boronen nachzudenken, denn ein Alarmsignal gellte auf. Die *Archipel* war etwas über eine Stazura weit in das Sternensystem eingedrungen und würde das Delta-Tor in einer Quazura erreichen, ohne dabei auch nur auf eine Astronomische Einheit an einen der zwölf Planeten des Systems herangekommen zu sein. Das zurückliegende Alpha-Tor, durch welches das teladianische Muschelschiff eingedrungen war, blitzte blau. Ein weiteres Sternenschiff materialisierte. Noch während die optische Sichtverbesserung immer tiefer in die dunkle Nacht des Alls hinein zoomte, flackerten die Energien erneut auf, dann noch mal, und viele weitere Male. Erst nachdem das Gravidar insgesamt 243 neue Blips in diesem bis dahin völlig unbelebten Sternensystem anzeigte, versiegten die bläulichen Energiegewitter der Sprungtorsingularität.

Elena war blass im Gesicht. „Wir sollten uns beeilen. Das ist die Streitmacht der Koalition."

Sezuras später bestätigten erste Detailauflösungen ihre Aussage. Reihe um Reihe fielen Raumer der Split und Paraniden in das System, langsamer als die *Archipel* mit ihren mächtigen Triebwerken; nichtsdestotrotz würde die Flotte das Delta-Tor in spätestens drei Stazuras erreichen.

„Und dann gute Nacht", murmelte Elena. „Nopileos – frage Ebosirireos, ob er noch etwas aus den Maschinen herauskitzeln kann."

Der Navigatorkommandant wirkte nicht so, als wüsste er die Bedrohung durch die Koalitionsflotte einzuschätzen. Dementsprechend dauerte es unglaublich lange, bis Nopileos ihn davon überzeugen konnte, die Beschleunigung weiter zu erhöhen und den Umkehrschub erst später einzuleiten.

Weitere 26 Mizuras später streckten sich die blauen Flammenzungen der Bremstriebwerke endlich den Auslegern des rasend näher kommenden Delta-Tors entgegen. Die Instrumente, die Nola Hi der Hangarmeisterin der *Archipel* hatte entleihen können, schienen ausreichend, wenn auch nicht perfekt. Der Borone war zuversichtlich, die Maschinerie des Tors damit entsprechend manipulieren zu können. Elena, wieder in einen alten, unbequemen Split-Raumanzug gehüllt, den sie der havarierten Barkasse entnommen hatte, nickte dem Wissenschaftsethiker an ihrer Seite beruhigend zu. Nola Hi klemmte mit flatternden Tentakeln hinter den Kontrollen des Beibootes, mit dem sie in wenigen Augenblicken zum Tor übersetzen würden. Zunächst wollte Nola Hi die Steuerung des Bootes Elena überlassen, zu tief saß noch die Erinnerung an den Zwischenfall auf Port Thornton in seinen Gliedern. Doch Elena bestand darauf, dass der Borone den Flug steuerte, denn nur er kannte den genauen Winkel, in welchem man sich dem Tor nähern musste, ohne den Sprungmechanismus auszulösen.

„Ich könnte, vermöchte, es wäre denkbar, dass … hast du keine Angst und Sorge, mit mir zu fliegen, Ele Na?"

Elena schüttelte den Kopf und lächelte. „Aber nein."

„Dann hast du weniger Angst vor meinen Flugkünsten und -fähigkeiten als ich selbst."

Die Raumfahrerin legte ihre Hand auf den Schutzanzug bewehrten Tentakel des aufgeregten Boronen. „Viel mehr Sorge bereitet mir der Gedanke daran, was die Koalitionsflotte unternimmt, wenn das Sprungtor nicht mehr funktioniert." Sie erkannte, dass diese Worte kaum dazu angetan waren, den flatternden Wissenschaftler zu beruhigen, doch Nola Hi reagierte gelassener als befürchtet. Als ein Signal die Startfreigabe verkündete, startete er die Aggregate des Boots und ließ es vorsichtig auf die sich öffnende Schleuse zuschweben.

„Da ist und existiert ein flossiges Wort der Weisheit und Ruhe in den Äquatorialströmen Nishalas", fiepte Nola Hi. Auf einmal wirkte der Borone wie ausgetauscht: Seine Fühler und Tentakel wuselten nicht mehr, die Stimme klang fast normal. Elena verstand erst mit Verspätung, auf was sich Nola Hi mit diesem seltsamen Ausdruck bezog.

„Und das wäre?"

„Es lautet und heißt", sang der Wissenschaftsethiker, während das Boot den Hangar verließ und rasch an Fahrt gewann, „wir wissen nicht, wie das Paradies aussieht. Aber vermutlich ist es blaumagenta mit rosafarbenen Sprenkeln. Doch wir sollten selbst dann das Beste daraus machen, wenn es nicht so ist, sondern grün-rot gequadert."

Elena lachte leise in sich hinein. Draußen kam das Sprungtor näher und wuchs in die Höhe. „Das werden wir."

Für ein paar Sezuras herrschte Schweigen, was der Raumfahrerin ein paar Momente der Reflexion einräumte, in denen sie den Reif des Sternentores betrachtete, dessen Seitenansicht über dem kunterbunten Instrumentenbrett immer mehr in die Breite wuchs. Erst ein einziges Mal zuvor hatte sie ein Sprungtor aus einer derart geringen Entfernung gesehen, doch dabei hatte es sich um das uralte, defekte Erdensprungtor von vor dem Terraformer-Krieg gehandelt. Dieses hier jedoch, das Relikt einer geheimnisvollen, seit ewigen Zeiten wirkenden Spezies, die nur als das Alte Volk bekannt war, schien so viel kolossaler und mächtiger als das irdische Tor, dass es fast automatisch alle Aufmerksamkeit an sich zog und die Gedanken in Ehrfurcht erstarren ließ. Wie alt mochte es sein? Tausend, hunderttausend, eine Million Jahre, Jazuras, oder älter? Niemand konnte es mit letzter Gewissheit sagen. Manche Wissenschaftler der *Gemeinschaft* schätzten, dass einige der Tore „lediglich“ einige tausend Jazuras alt waren, während andere schon Äonen lang existierten. Aber die gewaltigen Monumente, die vom guten Willen und der technischen Finesse ihrer Erbauer zeugten, widersetzten sich jeder allzu genauen Analyse ihrer Beschaffenheit. Passiv zwar, aber deshalb nicht weniger wirkungsvoll, behaupteten sie ihre Positionen, widerstanden allem, außer den gewalttätigsten Zerstörungsversuchen und blieben immer zeitlos, neu und Vertrauen erweckend.

Der Borone vollbrachte das Kunststück, das Beiboot nur ein paar Handbreit vor einem der Ausleger des Tores zum relativen Stillstand zu bringen, dann schaltete er die starken Suchscheinwerfer ein, deren grellweißes Licht vom grauen Material des Tors nur schwach reflektiert wurde. Elena legte den Kopf in den Nacken und blickte nach oben. Wie das Zentrum eines Zyklons schwebte der Reif des Sternentors über ihr, halb im Dunkeln liegend und so gewaltig, dass es ihr nicht gelang, den Ring in seiner Gesamtheit zu erfassen.

Die beiden Ausleger des Tores wiesen nach „unten“ – weshalb Nola Hi sich für diese Lage entschieden hatte, wusste Elena nicht, aber sie war sicher, dass es einen triftigen Grund dafür gab. Da der Borone, dessen Sekundärtentakel wieder hektisch wimmelten, merklich zögerte, stand Elena auf und trat in die Schleuse. Ein paar Sezuras später folgte Nola Hi ihr mit einer kleinen Schachtel in den Tentakeln, die in der Dunkelheit des Alls so abgrundtief schwarz erschien, als wolle sie alles Licht und alle Sterne in sich aufsaugen. Elena drehte sich auf der Schwelle der beidseitig offenen Doppelschleuse um. „Wohin?“

„Das Weltenportal besitzt eine Kontrollinstanz, die mit unseren bescheidenen Mitteln unzugänglich ist“, antwortete der Wissenschaftsethiker ungewöhnlich kurz angebunden, während Elena das Manövriergerät ihres Raumanzugs überprüfte. Keinesfalls wollte sie ohne Hoffnung auf Rettung hier, jenseits aller Bergungsmöglichkeit, in den leeren Raum abdriften. „Es gibt siebzehn Stellen, an denen die Maschinerie zum Stillstand gebracht werden könnte, allerdings um den Preis irreparabler Schäden“, fuhr der Borone fort.

Elena blinzelte an dem mächtigen Ausleger vorbei, der nur wenige Meter von ihr entfernt wie eine Himmelssäule gegen das schwache Licht der fernen Sonne nach „unten“ ragte. In wenigen Momenten, wenn sie das künstliche Schwerefeld des Beibootes verließ, würde sich ihr Empfinden von „oben“ und „unten“ radikal ändern. Sie versuchte, sich Linien und Umrisse des gewaltigen technischen Bauwerks genau einzuprägen. Erfahrungsgemäß würde dies den Moment der Desorientierung beim Wechsel in die Nullschwerkraft abmildern.

„Ich bin deshalb zum Schluss und zur Erkenntnis gelangt“, schloss Nola Hi seine Erläuterungen ab, „das Weltenportal in seiner Gesamtheit und Größe nicht abzuschalten, sondern lediglich einen seiner beiden Dimensionsanker zu unterbrechen.“

„Einen dieser Ausleger?“

„Ja – und ja!“

„Und wo?“ Sie fragte mit Absicht nicht nach dem Wie.

„Es gibt eine Stelle, einen Ort und einen Platz, der jedoch nicht markiert und gekennzeichnet ist, Ele Na.“

„Und wie können wir diesen finden? Generationen von Forschern haben Sternentore nach etwas Derartigem abgesucht.“

„Sie wussten nicht, was ich nun weiß, große, ästhetische, haarige Sternenkriegerin Ele Na. Vertrau mir. Bleibe nahe bei mir und beschütze mich.“ Mit diesen Worten schwebte der boronische Wissenschaftler in den Weltraum hinaus.

„*Chikisho*“, fluchte Elena verhalten, „lieber beschütze ich einen Vogelkäfig voller Heuschrecken!“ Sie bereitete sich innerlich auf das Gefühl des immerwährenden Falls vor und stieß sich ab.

Während Nola Hi sich dank seines Umweltanzugs auch im freien Fall gleichmäßig und elegant zu bewegen vermochte, gestaltete sich die Benutzung des Manövriersystems für Elena schwieriger. Ihr Atem keuchte angestrengt gegen die viel zu nahe Sichtscheibe des Raumhelms, wo er jedoch nicht als Nebel niederschlug, sondern in winzigen klaren Tropfen, die vom Lebenserhaltungssystem sofort aufgenommen und rezykliert wurden. Elena hielt inne und drehte den Kopf gegen den Widerstand des Halselements nach links. Die sich nähernde Koalitionsflotte war immer noch da, inzwischen bereits mit bloßem Auge als Wolke weißer Punkte erkennbar. Wie ein Schwarm silberner Mücken funkelten die 243 Schiffe im kalten Sonnenlicht, und ein vielzüngiger, transparent blauer Flammenschweif eilte ihnen voraus.

Eilte ihnen *voraus*! Die Flotte verzögerte bereits, damit die einzelnen Schiffe nacheinander in kleinen Gruppen das Sprungtor durchqueren konnten, so wie es bei großen Verbänden der Standardprozedur entsprach. Das bedeutete, erkannte Elena mit eisigem Schrecken, dass die ersten Kampfraumer in weniger als einer Stazura vor Ort wären.

„Nola …“ setzte sie an.

„Haarige, ich eile bereits derart, wie ich es nur vermag“, unterbrach der Borone sie scharf. Der Wissenschaftsethiker schwebte gleichmäßig voran. Er vermittelte schwerlich den Eindruck besonderer Hast, und schon gar nicht sah es danach aus, als nähme er Messungen und Untersuchungen vor. Elena presste die Lippen aufeinander und schwieg. Ihr Gehirn beharrte trotz der fehlenden Schwerkraft darauf, dass die Innenseite des Auslegers, auf der sie dem Boronen in Richtung des Reifs folgte, „unten“ sei und widersprach damit paradoxerweise dem eigenen Gleichgewichtsorgan. Das Zentrum des Sprungtores lag somit „voraus“. Die Schatten der beiden einsamen Gestalten, erzeugt durch die von hinten strahlenden Scheinwerfer des Beiboots, reckten sich länger werdend dem Meer der fernen Sterne entgegen, die ungerührt durch das Tor hindurchblickten.

Nach geraumer Zeit hielt Nola Hi inne. „Hier – und hier“, fiepte er. Elena senkte die Magnetstiefel auf den Ausleger und stoppte ihre Bewegung mit einem kurzen Manövrierschub.

„Hier?“, echote sie ungläubig. Sie befanden sich etwa auf dem vordersten Drittel des Auslegers, und das Material zu ihren Füßen sah noch ebenso aus wie im hinteren Bereich: große, dunkelgraue Platten im Wechsel mit mittel- und hellgrauen. Es gab jedoch keine sichtbare Verfugung oder sonstige Merkmale. Auch schienen dem Material über die Äonen hinweg keinerlei Mikrometeoriten zugesetzt zu haben, denn es war vollständig glatt, nahezu fabrikneu.

„*Hai*, hier“, bekräftigte der Wissenschaftsethiker in seiner seit Beginn des Weltraumspaziergangs unboronisch knappen Art. Er setzte die Schachtel mit den Werkzeugen auf dem Ausleger ab – erstaunlicherweise blieb sie auf Anhieb dort – und entnahm ihr ein Gerät, dessen Funktion sich Elena durch den bloßen Anblick nicht offenbarte. Falls der Borone vor hatte, die Bodenplatten des Auslegers zu öffnen, dann würde sich erst noch herausstellen müssen, auf welche Weise er dies zu tun gedachte. Die mehrere Quadratmeter großen Platten aus grauem, scheinbar eigenschaftslosem Material jedenfalls wiesen keine Fugen, Verriegelungen oder gar Bolzen auf. Das war natürlich nicht weiter verwunderlich. Auch auf der Erde verwendete man seit langem vorzugsweise nanotechnologisch gezüchtete Verbundmaterialien sowie monolithische Bauweisen für alles, das man nach der Fertigung nicht mehr zu öffnen beabsichtigte. In der *Gemeinschaft der Planeten* jedoch steckte diese Technik, wie die gesamte Nanowissenschaft, noch in den Kinderschuhen.

„Warte hier, an diesem Ort, und folge mir nicht, Ele Na." Der Wissenschaftsethiker schwebte Zentimeter für Zentimeter voran, bis er die Trennlinie zur nächsten, helleren Platte überschritten hatte, dann stoppte er wieder, einen rasenden Strom perlender Klicklaute ausstoßend.

„Alles in Ordnung?", vergewisserte sich Elena. Der Borone versicherte ihr, dass es an dem sei und kehrte zurück, um das unidentifizierbare Gerät in der Schachtel zu verstauen.

„Diese Planetenechsen und –warane, Teladi von Ianamus Zura, sind gewitzte, kluge und besonnene Werkzeugbauer", fiepte er, während er der Schachtel einen weiteren, nicht minder rätselhaften Gegenstand entnahm. „Sie übertreffen ihre Schwestern in der *Gemeinschaft der Planeten* in nachgerade allen Belangen, scheint und dünkt es mir."

Elena zuckte die Schulter und schwieg. Zwischenzeitlich war der Mückenschwarm der Koalitionsflotte wieder ein ganzes Stück näher herangekommen. Deutlich konnte sie sehen, dass der Verband damit begann, eine lang gezogene Linie zu bilden, auf deren gedachtem Vektor sich die einzelnen Schiffe fein säuberlich wie Perlen auf einer Schnur hintereinander in Dreiergruppen aufreihten. Mit Sicherheit hatten die Befehlshaber der Koalitionsflotte die *Archipel der Sumpforchideen* in ihrer Warteposition bereits geortet, vielleicht sogar das vor dem Tor verharrende Beiboot. Eindeutig schien man nicht mit Schwierigkeiten zu rechnen. Wieso sollte man auch? Niemand, gleich ob Paranide oder Split, konnte damit rechnen, dass ein Sprungtor deaktiviert wurde! Wenn überhaupt, dürfte man bestenfalls mit militärischem Widerstand gegen die provokante Verletzung boronischen Territoriums rechnen, überlegte Elena, während immer mehr Lichtpunkte ihre Positionen in der Perlenkette fanden und die Triebwerke abschalteten. Aber einen solchen Widerstand gab es nicht. Königstal hatte sämtliche Karten auf den Erfolg dieses einen Unternehmens gesetzt: auf die Still-Legung des Delta-Tors.

Wenn sie es überhaupt noch schafften, das Tor rechtzeitig zu deaktivieren! Mit wachsender Unruhe beobachtete Elena den Boronen, der zu der anderen Bodenplatte zurückgekehrt war und scheinbar Einstellungen an dem neuen Gerät vornahm. Es gab wenig, das sie tun konnte. Die erzwungene Untätigkeit machte sie nervös und kribbelig.

„Uchan t'Scct hier", krachte es plötzlich in die Weltraumstille ihres Helms und ihrer Gedanken hinein. Ein kleines transparentes Abbild des Split erschien auf der oberen linken Seite des Visiers. „Die Flotte der Dreiäugigen erreicht den Ereignishorizont des Tores in einer Inzura."

Eine Inzura? Sezuralang starrte Elena blicklos durch das Bild des Split hindurch, bis ihr schlagartig die Umrechnung in irdische Zeiteinheiten bewusst wurde. Eine Inzura entsprach ungefähr zweiundzwanzig Minuten. So bald schon? Sie fühlte, wie ihr das Blut aus dem Gesicht wich. „Habe verstanden", antwortete sie spröde. Der Split vollführte eine Gebärde mit beiden Händen, und während sein Abbild verblasste, erhaschte sie noch einen kurzen Blick auf Nopileos, der in diesem Moment hinter Uchan trat und dem Split über die Schulter schaute.

Klackernde Laute lenkten Elenas Aufmerksamkeit wieder auf den Wissenschaftsethiker. Ein dumpfes Leuchten drang gleichmäßig durch die gesamte Bodenplatte hindurch, mit der Nola Hi sich befasste. Während Elena des bedrohlichen, niederfrequenten Brummens gewahr wurde, das durch den Bodenkontakt ihrer Stiefel auf sie übertragen wurde, breitete sich ein tiefschwarzer, rechteckiger Fleck in der Bodenplatte aus. Er überdeckte das gedämpfte Glühen; von der Mitte ausgehend, erreichte er bald die Ränder der Platte. Eine große, vier mal vier Meter messende Öffnung in der Form eines Rechteck tat sich unweit der Füße der aufs Äußerste erstaunten Raumfahrerin auf. Noch während Elena einen überraschten Laut machte, setzte Nola Hi einen hell strahlenden Leuchtpunkt in den freien Raum über sich. Das Licht genügte vollends, die Innereien des Auslegers zu offenbaren. Als Elena näher an die Öffnung herantrat, erstarb das tiefe Brummen plötzlich. Die schlagartig einsetzende Stille führte einen viel bedrohlicheren Unterton mit sich als das Geräusch zuvor.

„Das – das ist es?", fragte sie.

„In ihrer großen, unübertroffenen Weisheit bringen sie zum Stillstand, was nicht stillstehen kann, relativieren sie, was absolut ist, erzeugen sie die Chroma die nie eines Wesen Auge geschaut."

„Ich … damit?" Sie blickte auf die schlichten, eng gewickelten Spulen hinab, die sich um eine Vielzahl parallel verlaufender Stäbe oder

Röhren wickelten, die denen eines Partikelbeschleunigers ähnelten. Alle paar Zentimeter umschlossen Begrenzer die Spulen, kugelförmige und quadratische Bauteile wiederholten sich in regelmäßigen Abständen und rankten stumpf glänzende Fühler in die gleichgerichtete Ordnung der Spulen hinein. Ob sich diese Struktur unverändert vom entfernten Ende des Dimensionsankers bis hin zum Ring des Sprungtores selbst zog, war nicht zu erkennen.

„Ehrlich gesagt verstehe ich es nicht. Stillstand, was nicht stillstehen kann, Chroma, die nie ein Auge geschaut? Nola?"

Der Wissenschaftsethiker war längst in die Öffnung hinabgestiegen und untersuchte die bloßliegende Maschinerie, peinlichst darum bemüht, nichts mit Tentakeln zu berühren. „O liebe, verehrte, ästhetische Sternenkriegerin Ele Na", fiepte er, „das liegt gewisslich und bestimmt nur an der Unzulänglichkeit meiner Worte, die angesichts des Unfassbaren versagen. Reiche mir bitte die Werkzeugschachtel herüber und gib sie mir." Elena entsprach dem Wunsch des Wissenschaftlers, der sofort damit begann, vermittels seltsamen Werkzeugs unverständliche Handgriffe zu verrichten. „Ich wünschte und wollte, dass du Schmecker besäßest, um das Purpur zu erwissen, die äquatorialwarme Worthaftigkeit der Präsenz des Wortlosen zu spüren. Die Größe und Wahrhaftigkeit der …" – so ging es noch eine Weile weiter. Augenscheinlich hatte der Borone wieder zu seinem gewohnt schwatzhaften Selbst zurückgefunden.

Elena wünschte, er würde wieder verstummen, denn ein Blick in Richtung der Koalitionsflotte verriet ihr, dass all die vielen Schiffe das Manöver des Aufreihens nun abgeschlossen hatten. Ohne Schwierigkeiten ließen sich Einzelheiten erkennen: Jeweils drei Schiffe bewegten sich in der Formation eines lang gezogenen, gleichschenkligen Dreiecks auf das Sprungtor zu, einundachtzig Dreiergruppen an einer Perlenkette, die sich über den größeren Teil einer Lichtsezura erstreckte. Was würde geschehen, schoss es Elena durch den Kopf, wenn das Tor sich aktivierte, während sie noch hier wären? Denn daran, dass der Borone die Maschinerie noch rechtzeitig ausschaltete, glaubte sie nicht mehr so recht. Es verblieben nur noch wenige Mizuras bis zum Durchgang.

„Nur paranidische Schiffe, ausnahmslos!", erkannte sie atemlos nach einigen weiteren Augenblicken. Keine Koalition, nur Dreiäugige im Alleingang! Ob der neue Patriarch seine Beteiligung an dem Unternehmen wohl kurzfristig zurückgezogen hatte? Vermutlich.

Die Schiffe wurden rasend größer, besaßen gewaltige Ausmaße, und sie kamen direkt auf sie zu. Natürlich, das mussten sie, wollten sie doch durch das Sprungtor hindurch! Der Anblick war beklemmend, und zum ersten Mal seit sehr langer Zeit fühlte Elena echte, instinktive, animalische Todesfurcht. „Nola Hi!“, schrie sie. „Nola!“

Die erste Dreiergruppe paranidischer Kampfschiffe donnerte lautlos heran, füllte den ganzen Himmel, stürzte mitten in Elenas Gesicht, zerschmetterte sie …

Nein! Sie lebte! Erst als die zweite, dritte, die vierte Dreiergruppe nur einige Dutzend Meter über ihrem Kopf durch den Mittelpunkt des Sternentores fiel, bemerkte Elena, dass sie noch immer schrie. Sie verstummte. Das Donnern der Kampfschiffe existierte lediglich in ihrem Kopf, erreichte ihren Hörsinn ausschließlich über den Sehnerv. Die titanischen, tödlichen Raumer, deren Formationen nur knapp über sie hinwegfegten, füllten ihre Sinne bis zum Rande der Wahrnehmungskapazität, bis die Nervenbahnen übersprachen.

Doch sie lebte! Keuchend drehte sie sich um und zwang sich, den Kopf nach oben zu reißen.

Die Raumer fielen durch das Sternentor.

Sie fielen einfach hindurch, keine blauen Energiewirbel, nichts!

Es aktivierte sich nicht!

Der Strom der Dreierformationen riss nicht ab, Mal um Mal durchquerten Gruppen von drei Schiffen den Mittelpunkt des Sternentors, und noch immer geschah nichts, als sei es nichts weiter als ein riesiger, unbelebter Reif im All, mit dem es keine besondere Bewandtnis hatte.

„Du hast es … du hast es geschafft! Nola Hi!“ Sie konnte es nicht fassen, der Borone hatte es tatsächlich fertig gebracht, das Tor zu deaktivieren!

„Ja – und ja!“, klickte Nola Hi vergnügt. Unterhalb des Wissenschaftsethikers wuchs in diesem Augenblick die Bodenplatte wieder zu, flammte kurz dumpf auf und erschien dann wieder im selben, unberührten Grau, das sie von den Tausenden anderer Bodenplatten ununterscheidbar werden ließ.

„Jetzt rasch zurück zum Boot“, rief Elena. Die ersten Einheiten der Paraniden-Flotte fächerten ihre Formation nach dem vergeblichen Tordurchgang auf und gaben Umkehrschub. Sie waren schnell, aber beileibe nicht schnell genug, um in weniger als zehn, zwanzig Mizuras kampfbereit und mit angepasster Geschwindigkeit vor Ort zu sein. Die *Archipel* war von den Paraniden mit Sicherheit wahrgenommen worden, Elena zweifelte keinen Augenblick daran. Die Dreiäugigen würden Fragen haben.

KAPITEL 44

Nur, wer drei Augen besitzt, kann das Konzept der Dreidimensionalität wirklich begreifen. Nur, wer das Konzept der Dreidimensionalität wirklich begreift, ist heilig.

PARANID BASHRA,
Erstes und Zweites Axiom des Xaar

Es stand einfach da und blickte Ninu mit seinen eiskalten Facettenaugen an. Eigentlich stand es nicht – es kroch. Seine ledrigen Flügel, durchsetzt mit dunklen Adern und Verästelungen, drückten den Leib des Wesens vom Boden hoch und stützten ihn ab. Das Hinterteil lief in einem breiten, knöchern wirkenden Fortsatz aus, der zusammen mit den beiden Knochenenden, die aus den Faltungen der Schwingen hervorschauten, eine Art Dreifuß bildete. Der Körper unterteilte sich in zwei stämmige Sektionen, wie bei einem Insekt. Aus der mittleren Einschnürung wuchsen zwei dünne Ärmchen hervor, mehrfach unterteilt und in jeweils drei spitze, fremdartige Finger mündend, die einige metallene Objekte umklammerten. Es war lediglich halb so groß wie ein Teladi, und sein Gesicht wirkte fremdartiger und erschreckender als selbst das eines Paraniden: Unter einer geschuppten und mit vereinzelten Borsten versehenen Schädelwölbung blickten schwarzgrüne Augen handflächengroß aus Tausenden von Facetten. Nur knapp darunter befand sich der Ansatz eines – für die geringe Körpergröße des Wesens gewaltigen – Schnabels, der den insektoiden Eindruck relativierte.

Für ein paar Sezuras stand Ninu mit aufgerissenem Mund und abgespreizten Armen im Durchgang zu ihrer Kabine. *Ein Khaak? Hier?* Als das Wesen mit raschelnden Schwingen wie ein krankes Pterodon auf sie zu kroch, stieß die Gonerin einen markerschütternden Schrei aus, stolperte rückwärts durch den Türrahmen und hieb mit großer Wucht auf den Schließer. Auf der gegenüberliegenden Seite des schmalen Ganges fuhr die Tür zum Männerquartier auf. Zakk und Ion stürmten heraus.

„Ninu! Was ist los?“

„Da ist ein Khaak … in meiner Kabine!“, stammelte die Gonerin und deutete auf die Tür. Ion trat vor und wollte den Öffner betätigen, doch sie hielt ihn zurück. „Nicht – ich glaube, es hat eine Waffe! Wir müssen Siobhan Bescheid sagen. Komm mit.“ Sie lief los. Zakk und der Junge folgten ihr mit besorgten Gesichtern. Ninus Hände zitterten voller Abscheu und Angst, während sie den Gang in Richtung Zentrale lief. Der Anblick des Khaak hatte sie zutiefst entsetzt. Wie auch immer das Wesen an Bord gelangt war, für sie sah es schrecklich gefährlich und Ekel erregend zugleich aus, wie eine Fehlgeburt der Natur. Das Zentralschott zischte auf. Atemlos berichtete sie Siobhan und den Piloten, was sie soeben gesehen hatte, während Zakk, der sich unter den missbilligenden Blicken der Pilotin sichtlich unwohl fühlte, ständig zurück in den Gang schaute.

„Wie sollte ein Khaak ins Schiff gelangt sein? Wir haben nun wirklich andere Sorgen.“ Sie deutete auf das Cockpitfenster, wo die sich nähernden Raumschiffe langsam mit bloßem Auge sichtbar wurden. Waffentürme zeichneten sich bedrohlich gegen das Schwarz des Alls ab. Sie konnten jeden Augenblick das Feuer eröffnen.

Siobhan blickte nur für einen Moment auf und widmete sich sogleich wieder ihrer Konsole. Wenn tatsächlich ein Khaak ins Schiff gelangt war, dann mussten sich die anderen darum kümmern. Der kommende Sprung durfte kein Fehlschlag werden, um keinen Preis der Welt. Nichts anderes zählte jetzt.

„Der Notsprung zur einsamen Sonne hat sie weggeblasen, Miss Gardna-san“, bekräftigte Seldon die Skepsis seiner Vorgesetzten. „Und zwar alle. Sie müssen sich irren.“

„Wie wäre es, wenn Sie sich einfach selbst überzeugten, Major? Würde Ihnen das helfen?“, schnappte Ninu wütend. „Ich weiß doch, was ich gesehen habe!“

Seldon warf einen Blick zu Ditta Borman hinüber. Diese verdrehte die Augen so, dass nur er es sehen konnte. „Gut, Jahn, du gehst der Sache nach. Beeil dich, der Spuk hier vorne geht jede Sezura los. Ich brauche dich an den Kontrollen.“

Seldon stemmte sich aus dem Sitz empor. „Nun gut. Wo genau haben Sie den Khaak gesehen?“

Ninu beschrieb es ihm. „Nehmen Sie keine Waffe mit?“, fragte sie anschließend.

Seldon klatschte mit der flachen Hand auf den Öffner des Zentralschotts, als dieses sich nicht schnell genug von alleine auftat. „Keine Schießeisen an Bord."

„Hier geblieben, Ion", rief Siobhan, als sich der Junge in Bewegung setzte, um seiner Halbschwester und dem Major zu folgen.

„Aber ..."

„Ruhe und hinsetzen!", schrie Siobhan außer sich. Dies war der denkbar ungünstigste Moment, mit einem Kind Diskussionen zu beginnen! Ion, der die Wissenschaftlerin noch nie hatte schreien hören, gehorchte eingeschüchtert. Das Zentralschott knallte zu.

Ninu folgte dem Major mit einem unguten Gefühl. Der zentrale Gang der *AP Providence* führte, vom Kontrollraum ausgehend, vorbei an den Zugängen zu Wartungsräumen, Kombüse, einer Nasszelle und den beiden Passagierkabinen. Dahinter mündete er in den Frachtraum, der die experimentelle Sprungeinheit beherbergte. Das Erste, was Seldon auffiel, als die Tür auffuhr, war ein abgestandener, regelrecht fauliger Gestank, der ihm aus dem Gang entgegenschlug. Selbst, wenn die Aufbereitung schwächelte oder ganz ausgefallen sein sollte, so bestialisch durfte es hier draußen nicht riechen. „Was ist das?", fragte er, und malte mit dem Zeigefinger einen Kringel in die Luft.

„Einbildung?", fragte Ninu schnippisch zurück.

Der Major presste die Lippen aufeinander und schwieg. Kurz darauf erreichte er die erste der beiden Passagierkabinen; diejenige auf der linken Seite, welche von Ninu, Siobhan und Ditta Borman benutzt wurde. Er wollte die Hand schon auf den Öffner pressen, da fiel ihm etwas auf. Seldon ließ sich auf die Knie nieder. „Hier." Er deutete auf den Rahmen. Seine Stimme klang auf einmal ernst und professionell.

Ninu beugte sich vor. „Ich habe sie geschlossen, als ich vor zwei Mizuras hier rauskam!"

Die Tür stand etwa einen halben Fingerbreit auf. Und das durfte es, technisch gesehen, gar nicht geben: Entweder, der Mechanismus schloss die Tür vollständig, oder er öffnete sie ganz. Halb auf, oder zu einem Spalt geöffnet, das war nicht vorgesehen. Das bedeutete ... Ein Zittern durchlief den Boden. Im Bauch des Schiffes arbeitete sich ein scharfes Kreischen zu Schwindel erregenden Höhen hinauf. Ninu zuckte zusammen, alles Blut wich ihr aus dem Gesicht. „Was ...?"

„Die Sprungeinheit." Der Krach der anlaufenden Konverter verunsicherte Seldon nicht halb so sehr wie das Wissen darum, dass die Paraniden das Feuer eröffnet haben mussten. „Verdammt!“

Er richtete sich auf, schob mit fliegender Hast die Hand in den Spalt und zog die Tür rasch auf, wobei er aber – trotz aller Eile – darauf achtete, dass sein Körper immer in Deckung blieb. Schließlich spähte er in den Raum hinein. Eine durchdringende Ausdünstung, halb chemisch, halb faulig, drängte durch die offensichtlich defekte, weil gegen ihren teiloffenen Zustand nicht protestierende, Tür auf den Gang hinaus. Ninu hielt sich die Nase zu und wandte sich von der Quelle des Gestanks ab. Seldon zog ein seltsames Gesicht. „In Ordnung, Sie hatten Recht, Gardna-san, und ich war im Unrecht. Aber es ist ziemlich tot.“

Ninu wagte sich einen Schritt vor und spähte in ihre Kabine hinein. Der Khaak lag erschlafft auf dem Boden, die ledrigen Flügel breiteten sich über seinem segmentierten Leib aus wie ein schmutziges Leichentuch. Die Haut des Wesens warf an mehreren Stellen eitrige Blasen, die Facettenaugen zerflossen langsam, und Hunderte der schwarzen Kügelchen rannen den Schnabel des Khaak hinunter wie schwarze Tränen. Die mehrgliedrigen Arme verschränkten sich unterhalb des Torsos auf Höhe der „Brust“. Die jeweils vier spitzen Finger hielten im Todeskampf die Wurzeln der gegenüberliegenden Schwingen umklammert. Ein mulmiges Gefühl stieg in der Gonerin auf. „Major, das ist ein anderer. Es ist noch einer an Bord.“

Seldon schnalzte. „Der ist kaputt. Kommt vielleicht mit O_2 nicht klar. Ich muss in die Zentrale, ich …“

„Hören Sie mir zu? Der von eben trug Waffen und hatte weniger Finger!“

„Ja, verdammt! Ich bin nicht taub! Also gut, Sie informieren Commander Borman, ich schaue mich kurz in den anderen Räumen und bei der Sprungeinheit um. Sehr kurz!“ Ninu nickte und lief zurück zum Zentralschott, während sich Seldon daran machte, die Tür der schräg gegenüber liegenden Kabine zu öffnen.

Inzwischen perlte das hochfrequente Sirren des Teilsprungantriebs mit wütender, kaum unterdrückter Vehemenz durch den Schiffsrumpf. Es würde nur noch wenige Sezuras, maximal eine Mizura dauern, bis das Schiff in den Sprungtunnel eintrat. Ninu wurde schlecht bei dem Gedanken daran, was ein Khaak im Maschinenraum in diesem Augenblick wohl anzurichten vermochte; noch viel unvorstellbarer erschien ihr das, was der *Gemeinschaft der Planeten* zustoßen würde, falls der Khaak die *AP Providence* vernichtete und den vielen hundert Milliarden Bewohnern somit die vielleicht einzige Chance aufs Überleben nahm.

Das Zentralschott stand eine Handbreit offen. Wie eine Faust donnerte die Angst und Betroffenheit in Ninus Gesicht. Die Gonerin kreischte laut und zerrte verzweifelt an der Tür, die sich diesem Ansturm widersetzte und nur schwerfällig nachgab. Von drinnen drangen seltsame Geräusche und Schreie heraus: Ein aufgeregtes Flattern und eine wilde Flut von Lauten, die sich wie das Rasseln und Klickern einer rostigen Kette anhörten. Ninu hörte den Bordcomputer mit neutraler Stimme nach der Freigabe für die Sprungeinheit fragen. Statt der erwarteten Antwort steigerte sich die Geräuschkulisse zu einem regelrechten Kampfgetümmel. Jemand schrie: „Da! Sie feuern!"

Ein heftiger Schlag fuhr durch das Schiffs und brachte es zum klingen wie eine Glocke. Beinahe hätte es Ninu von den Beinen gerissen, doch sie ließ sich geistesgegenwärtig auf die Knie fallen. Mit beiden Händen klammerte sie sich an dem Spalt fest, bis die Kompensatoren wieder vernünftig arbeiteten. „Ion! Ion!" Verzweifelt zerrte sie an der Tür. Wo blieb bloß Seldon? Endlich war die Tür so weit aufgezogen, dass sie sich hindurchzwängen konnte. Das Bild, das sich ihr bot, war chaotisch und grotesk zugleich: Ein Khaak lag, mit zu beachtlicher Spannweite ausgebreiteten Flügeln, quer über Siobhans Konsole. Er krallte sich mit seinen fünf Fingern daran fest, während ihm die schuppige Haut in Blasen und Fetzen vom Körper hinabhing; angeschlagen sahen auch seine Facettenaugen bereits aus. Ion zerrte an der Schulter des Wesens, während Siobhan den Fortsatz an seinem hinteren Ende mit ihren Stiefeln bearbeitete. Ion blutete aus einer großen Wunde am Oberarm, doch er achtete nicht darauf. Der Insektenvogel gab wilde, klackernde Geräusche von sich, deren Interpretation Spezies übergreifend sofort klar war: Er litt Todesangst und furchtbare Qualen, und doch wollte er kein Stück weit weichen. Es stank entsetzlich. Ein weiterer Khaak berührte in diesem Moment mit einer apfelgroßen Metallkugel Ditta Borman, die aufschrie und sich die Hüfte rieb. Sie trat nach dem Khaak, der ebenso lädiert wie sein Artgenosse aussah und sich nur schleppend voranbewegte.

Über der Instrumentenkonsole schwebte ein flackerndes Videofeld, auf dem Lordkapitän Ulmanckessolnn zu sehen war. „Dies war lediglich ein Warnschuss“, sagte er salbungsvoll, doch niemand achtete auf ihn.

„Bitte Freigabe erteilen, Dr. Norman, Dr. Folkna und Commander Borman“, verlangte der Bordcomputer über das Kampfgetümmel hinweg. „Energielevel kann nur noch eine Mizura und 26 Sezuras gehalten werden.“

„Sofort abbrechen!“, schrie Borman. „Schilde hoch!“

„Nein! Nicht abbrechen!“, rief Siobhan mit sich überschlagender Stimme. „Wir müssen springen, jetzt sofort! Die Singularität im Sprungtor schwankt, als wenn ...“ – ein ledriger Flügel wischte durch ihr Gesicht und ließ sie taumeln.

Borman setzte den Fuß auf das Genick des Khaak, der ihr soeben die Lähmungskugel erneut in die Seite drücken wollte. Der Kopfwulst des Wesens sackte nach unten, der Schnabel krachte auf den Boden. Borman verlagerte ihr Gewicht ruckartig auf den rechten Fuß. Ein widerliches Knacken ertönte. Der Khaak rührte sich nicht mehr, seine Schwingen erschlafften und breiteten sich im Tode weit aus. Der Leib des Wesens befand sich in einem fortgeschrittenen Zustand der Auflösung, immer noch warfen sich Blasen auf und die Facettenaugen zerflossen zusehends.

„Computer, Freigabe erteilt!“ Das war Siobhan, die an dem Schwanzende des verbliebenen, sich nach wie vor wehrenden, Khaak zog. Ninu eilte zu Ion hinüber, um ihn von dem Insektenvogel wegzuziehen.

„Nein, lass mich!“, rief der Junge. „Ich komm schon klar!“

Commander Borman blickte für einen Moment verwirrt Jahn Seldon entgegen, der in diesem Moment blutend und mit aufgeschlitztem Overall durch das halboffene Schott hineingehinkt kam. Die Statusanzeige auf den Projektionen zeigte an, dass der Energielevel nur noch zwanzig Sezuras gehalten werden konnte. „Freigabe Borman“, schrie die Pilotin, als sie bemerkte, dass das Gravidar eine von den Paraniden abgefeuerte Abfangrakete anzeigte, die jeden Moment einschlagen würde. Augenblicklich wölbte sich der blaue Energiewirbel um das Schiff und verschlang es. Der Khaak stieß einen spitzen Klagelaut aus.

Dort, wo noch einen Sezurabruchteil zuvor ein Schiff gewesen war, jagte ein paranidischer Marschflugkörper durch den leeren Raum.

KAPITEL 45

Liebe – und werde geliebt! Hasse – und werde gehasst!
VERFASSER UNBEKANNT

An Bord der *Archipel* empfing sie Navigatorkommandant Ebosirireos persönlich im Hangar, selbstverständlich in Begleitung von Nopileos. „Das Gravidar zeigt ein einzelnes Schiff an, das vor wenigen Mizuras durch das Alpha-Tor hereingekommen ist“, übersetzte diese.

„Welcher Art?“

„Wissen wir nicht. Es gab bisher keinen Sichtkontakt, das Licht ist noch unterwegs. Geringe Masse. Aufklärer oder so etwas.“

„Aufklärer?“ Elena runzelte die Stirn. Piraten vielleicht, wer sonst hätte hier, so weitab vom Schuss, etwas verloren?

Kalmanckalsaltt stand in der Zentrale noch immer an derselben Stelle, an der sie ihn zuletzt gesehen hatte. Uchan t'Scct kam Elena entgegen, als sie mit den beiden Echsen und Nola Hi durch das Schott trat.

„Hinfort“, sagte der Split nur. Nola Hi entschwebte kommentarlos unter die Decke, wie ein mit Gas gefüllter Ballon. „Schaut her, t'Kho, und habt eine Antwort parat.“

Auf dem zentralen Kommunikationsschirm zeichneten sich die undeutbaren Gesichtszüge eines Paraniden ab. Obwohl Elena die nahezu durchsichtigen Pupillen des Wesens kaum wahrnehmen konnte, wusste sie doch, dass der Dreiäugige nicht direkt in das Kamerafeld blickte – eine Geste, die demonstrieren sollte, wie wenig Bedeutung er seinem Gegenüber zumaß. Mehrere Sezuras verstrichen, während derer Elena langsam vor den Schirm trat, ihre Crew und den Kommandanten der *Archipel* hinter sich zurücklassend.

„So sind Wir Priesterherzog erster Klasse, Unterhändler und Beistand des großen Gottesrates“, begann der Dreiäugige schließlich mit messerscharf akzentuiertem, wenn auch kalt schnarrendem Tonfall, „Bevollmächtigter und Begünstigter des Bischofs, Gesandter des Pontifex Maximus Paranidia, Befehlshaber der Heiligen Flottille von Drei, Prophet erneuerter Offenbarung im eigenen und im Rechte Bashras und Xaars, Hochwürden Somancklitansvt.“

„Und seid gewarnt, unheilige Geschöpfe", fügte der Paranide hinzu, während Elena noch nach einer Entgegnung suchten „niemals nehmt Unseren Titel ohne Not in Eure Münder, wenn lediglich Unser Larvenname der Eurige zu nennen sei."

„Wie können wir Euch helfen, Somancklitansvt?"

„Ihr habt einen Akt der Blasphemie begangen, für den Ihr beizeiten mit Euren Leben einstehen müsst. Doch zuvor werdet Ihr das Dimensionstor reaktivieren." Obschon sich die runden Sprechlippen des Paraniden nur minimal bewegten, war die Bedrohung im Tonfall seiner schnarrenden Stimme ebenso deutlich wie die in seinen Worten.

„Eure Flotte befindet sich auf boronischem Hoheitsgebiet, Hochwürden Somancklitansvt. Euer Eindringen ist nicht erwünscht und auch nicht gerechtfertigt."

Aus den Augenwinkeln bemerkte Elena, dass das auf dem Gravidar immer noch zentrierte Alpha-Tor erneut aufblitzte. Wieder kam etwas hindurch, und diesmal besaß es das Vielfache der Masse eines Aufklärers.

„Kosmische Gesetze höherer Dimensionalität brechen diejenigen der *Gemeinschaft unheiliger Planeten*, deren Zugehörigkeit die Uns letztlich auferlegte Prüfung ist", fuhr Somancklitansvt fort.

„Nicht ganz, denn …"

„Und dann: Wer gibt Euch das Recht, für das Königinnenreich Boron Wort zu ergreifen, Argon-Weibchen?"

Elena warf einen Blick über die Schulter, um den Blick des unter der Decke schwebenden Boronen zu suchen. Nola Hi ließ sich zögernd herab und gesellte sich zu Elena.

„Ich, Hochwürden Somancklitansvt, denn ich besitze umfassende Vollmachten, Erlaubnisse und Rechte des Parlaments sowie der Königin – wie Ihr wohl wisst und Euch erinnert", fiepte er und schaute das Videobild des Paraniden abwartend an.

Die drei Stielaugen Somancklitansvts richteten sich ruckartig parallel zueinander aus. Verwundert registrierte Elena, dass er den Boronen offensichtlich kannte.

„Gesandter Nola Hi, Wissenschaftsethiker des Königinnenreichs von Boron! Es dauert Uns, dass Wir Einander erneut unter gleicher Prämisse und ähnlich widrigen Umständen wie zuletzt auf Hewa begegnen." Somancklitansvt breitete seine langen, knochigen Arme aus, als wolle er das Kamerafeld umarmen, und richtete den Blick theatralisch nach oben. „So nehmt es denn als ein Zeichen Unserer Wertschätzung“, intonierte er salbungsvoll, „dass Wir Euch drei Stazuras, drei Mizuras und drei Sezuras bemessen, um das Unrecht am Willen Bashras zu tilgen, das Ihr in Eurer Unwissenheit beginget.“

Somancklitansvt senkte seine vielgliedrigen Greifer, breitete die langen dürren Finger vor den drei Augen aus wie der leibhaftige Tod und krümmte seinen Rücken. „Anderenfalls werdet Ihr unverzüglich sterben“, flüsterte er mit Grabesstimme. Das letzte Wort hallte einige Sezuras nach, dann brach die Verbindung ab.

Für einen Moment herrschte Stille in der Zentrale, von Nopileos' leise gezischelter Übersetzung für Ebosirireos abgesehen. Elena, die sich des unwirklichen Gefühls nicht erwehren konnte, Somancklitansvts Drohungen seien plötzlich nebensächlich geworden, besann sich. „Was ist dort eben durch das Alpha-Sprungtor gekommen?“, wollte sie wissen. Nopileos beeilte sich, die Frage weiterzuleiten. Der Navigatorkommandant drehte die Handflächen nach oben.

„Ein Trägerschiff des Pontifex“, antwortete Uchan. Der Split wirkte sicher. Sein paranidischer Partner pflichtete ihm knapp bei.

„Schwester, der Navigatorkommandant schlägt vor, das System zu verlassen. Die Triebwerke der *Archipel der Sumpforchideen* sind stärker als alles, was die Kollegen Paraniden zu bieten haben und die Schilde schützen uns, bis wir außer Waffenreichweite sind. Sagt Ebosirireos.“

„Ja, das wäre auch mein Vorschlag gewesen. Uchan“, wandte Elena sich an den Split, „wir flüchten nicht vor den Paraniden: Es ist lediglich unsere Aufgabe hier abgeschlossen. Erfolgreich, wohlgemerkt.“

„Und doch ist es eine Flucht, t'Kho. Aber keine Sorge. In Verteidigung der Ehre für die Familie zu fallen, ist eine Sache. Für Geld eine andere.“

Elena wollte ihrem Erstaunen über diese – für einen Split doch reichlich pragmatische – Einstellung Ausdruck verleihen, aber ein alarmierendes Fiepen hinderte sie daran. Nola Hi, der das Gravidar im Auge behalten hatte, unterbrach seinen Entsetzensschrei. Aufgeregt flatterte der Borone mit seinen Primär- und Sekundärtentakeln. „Der Aufklärer …“, setzte er an, doch weiter kam er nicht.

Mehrere Dinge geschahen auf einmal. Der erste, kleinere der beiden unbekannten Blips verblasste und verschwand vom Gravidar. Zeitgleich erhoben sich Energiewirbel in dem durch das Cockpitfenster sichtbaren Delta-Sprungtor. *Es sollte ausgeschaltet sein*, dachte Elena verzweifelt. Hatten sie es nicht ausgeschaltet? Was war geschehen?

Ein kleiner Raumer materialisierte im Reif des vermeintlich deaktivierten Tores – eindeutig ein argonisches Modell. Eine Weile geschah nichts. Plötzlich zündeten die Justiertriebwerke des kleinen Schiffes, jedoch nicht in sinnvoller Abfolge, sondern in einer zufälligen und chaotischen Weise.

„Was tun und machen sie dort?"

Ehe Elena auf Nola His Frage antworten konnte, veränderte sich die Reihenfolge, in der die Justierdüsen an dem kleinen argonischen Raumschiff gezündet wurden. Die jetzt durchgeführten Korrektur-Sequenzen waren eindeutig wohl geplant und wirkten stabilisierend auf die Flugbahn ein.

Ein Summton signalisierte einen hereinkommenden Funkspruch, der vom Computer auf den Bildschirm umgeleitet wurde. „Hier spricht Cmdr. Borman von der *AP Providence*. Bitte kommen, unbekanntes Raumschiff." Eine rundgesichtige Frau mit kurzen blonden Haaren und durchdringenden blauen Augen blickte vom Schirm herab. Sie wirkte erschöpft, geradezu ausgelaugt.

Ebosirireos schaute Elena fragend an; diese nickte. „Hier Elena Kho an Bord der *Archipel der Sumpforchideen*", meldete sie sich. Die blonde Argonin schien weniger überrascht als man hätte erwarten können.

„Major Kho, ist der Borone dort neben Ihnen Wissenschaftsethiker Nola Hi?", fragte sie. Elena bestätigte. „Nola Hi, Major Kho! Im Namen und mit Vollmachten der IKSZ, Argon Primes und Königstals befehle ich Ihnen, das Delta-Tor umgehend wieder zu aktivieren. Tun Sie es – Erklärungen folgen später."

Tausend Gedanken fuhren Elena durch den Kopf wie ein wilder Sturm: Gründe? Konsequenzen? Täuschung? Und – wie?

„Ist es denn nicht aktiv? Sie sind mit Ihrem Schiff soeben hindurchgekommen, Commander …" Sie zögerte.

„Borman. Einen Moment Major Kho." Das Bild flackerte. Ein anderes Gesicht schaute übergroß und besorgt vom Schirm: lange, blonde Haare, gleichmäßige, ruhige Züge.

„Tsssshhhh! Schwester Gardna!", zischte Nopileos voller Überraschung.

„Ninu?“, erkannte Elena verblüfft.

„Elena, hör zu. Hier bei mir ist Dr. Norman von Projekt Providence.“ Als Elena kein Zeichen von Begreifen zeigte, fügte Ninu hinzu: „Projekt Providence – Teilsprungantrieb.“

„Ich … ich verstehe.“

„Dieses Sprungtor ist tatsächlich deaktiviert, ihr habt die Dimensionsanker ausgeschaltet, wie auch immer ihr das angestellt habt. Ich …“ Die Gonerin verstummte plötzlich und wurde bleich. Sie blickte gehetzt über die Schulter und schien zu schwanken, dann fing sie sich wieder und sprach hektisch weiter: „Ich verstehe nicht viel davon, aber man hat mir erklärt, dass das Tor nicht mehr passierbar ist, es sei denn mittels unseres Teilsprungantriebs.“

„Aber wieso sollten wir es wieder einschalten? Um die Paraniden zu besänftigen?“

„Nein. Elena, es gibt guten Grund zur Annahme, dass in jedem Sektor der *Gemeinschaft* ein Sonnenzerstörer auf seinen Einsatz wartet. Schwarze Sonne war nur der Anfang. Große Erde!“ Die Gonerin hielt entsetzt die Hand vor den Mund. „Ihr wisst das noch gar nicht!“

„Moment, Sek … zura. Wir wissen von der Supernova, Ninu. Willst du damit sagen, dass die Terraformer, die Xenon …?“ Elena rang um Worte. Eine Welle der Übelkeit stieg in ihr auf. Sie erinnerte sich der Worte #efaas. Das CPU-Schiff sollte sich längst auf der anderen Seite des abgeschalteten Sprungtores befinden, und somit in Sicherheit. Es gab keine Veranlassung für derlei drastische Verteidigungsmaßnahmen. Oder hatte #efaa das Refugium etwa doch noch nicht erreicht? Nein, das durfte nicht sein, alles nur das nicht!

„Schau auf das Gravidar“, flüsterte Ninu. „Siehst du den großen Blip bei minus 0,84 AE? Es ist ein CPU-Schiff der Xenon. Es könnte jede Sezura den Befehl geben, alles Leben in der *Gemeinschaft* auszulöschen, wenn es sein Gegenstück auf der anderen Seite nicht erreicht. Das Tor muss wieder aktiviert werden – sofort!“

Natürlich – seinerzeit hatte #efaa von einem zweiten CPU-Schiff gesprochen! Einem, das den Grat zur Bewusstwerdung erst noch überschreiten würde. Es musste sich bereits auf der anderen Seite des Delta-Tors befinden! Und das war folglich jenes CPU-Schiff, das die Paraniden auf Hewa gezeigt hatten, das, auf welches sie es von Anfang abgesehen hatten. #efaa hingegen musste der Aufmerksamkeit der

Dreiäugigen vollständig entgangen sein! Elena war jetzt nahezu sicher, dass es sich so verhielt. Die Paraniden-Flotte würde dieses Denkschiff vernichten, egal, wie hoch die Verluste wären. Das war auch der Grund, warum sie in Kampfformation in das Refugium einzudringen versuchten! Aber #efaas Schwesterschiff würde sich verteidigen. Und wenn es stimmte, dass die Xenon Singularitätswaffen besaßen, mit denen sie Sonnen zerstören konnten ...„Nola – was meinst du?"

„Ich spüre große Verwirrung und Unsicherheit", antwortete der Borone, dessen Umweltanzug unruhige Bewegungen vollführte. „Doch erschmecke ich immer noch im Nass der fortdauernden Äquatorialströme die Präsenz der weisen und gütigen Hüterin Norma Gardna, die zu kennen ich das Privileg und das Vergnügen hatte. Auch ihrer ebenso ästhetischen wie klugen Tochter Ninu erinnere ich mich noch als Kleines. Ich vertraue Ninu, Tochter Normas, und glaube ihr."

„Ninu, ich hoffe, du weißt, was geschehen wird, sobald das Tor wieder läuft. Ich weiß es nämlich nicht!"

„Lebe wohl, Elena!", schrie die Gonerin mit sich überschlagender Stimme und schreckgeweiteten Augen. Ein heller Blitz zuckte durchs Bild, löschte Ninus Gesicht aus und hinterließ einen grellweißen Schirm, der noch ein paar Augenblicke nachleuchtete und sich dann abschaltete.

„Sie sind unter Beschuss!", rief Nopileos. Und so war es – eines der Paraniden-Schiffe verließ in diesen Momenten seine Formation um die *AP Providence* abzufangen. Seine Waffentürme blitzten in schnellem Rhythmus. „Wir müssen ihnen helfen! Elena!"

Für einen winzigen Augenblick verharrte Elena, unschlüssig, was zu tun sei. Doch der Moment ging vorüber. „Keine Waffen an Bord", rief sie. „Das Tor aktivieren. Nola Hi!" Dann rannte sie in Richtung des Hangars los, dichtauf gefolgt von dem Boronen.

Entsetzt starrte Nopileos ihnen hinterher.

KAPİTEL 46

Es gibt keine wahre Hässlichkeit.
Es gibt lediglich hässliche Wahrheiten.
DR. SIOBHAN INJA NORMAN

Als das Gravidar wieder einsetzte, befand sich die *AP Providence* noch immer im System Menelaus' Paradies. Hinter ihr glänzte das Delta-Sprungtor, neben dessen ehernem Reif ein Beiboot verharrte. Nur einige tausend Längen davon entfernt schwebte das merkwürdigste Raumschiff im All, das Siobhan je gesehen hatte. Es besaß seltsame, fließende Formen und wirkte wie eine kunterbunt gefärbte Muschel.

Zakk stand auf, beugte sich zu der Wissenschaftlerin hinüber, vorsichtig bemüht, den Khaak nicht zu berühren, und machte Anstalten, seinen Arm um ihre Schultern zu legen, doch sie wehrte ihn mit einer heftigen Bewegung ab. Für einen Moment war Folkna überrascht, doch er fing sich sofort wieder. „Danke, mein Mädchen, ich wollte mich nur bedanken", murmelte er.

Siobhan blickte ihn mit weißem Gesicht an. „Danke mir nicht zu früh. Da, schau – die Paraniden-Flotte kommt direkt auf uns zu. Willst du mir noch immer danken?"

Folkna wurde bleich, zuckte aber die Schultern. „Was ist mit dem Sprungtor?"

„Gib mir eine Mizura." Sie vertiefte sich in die Datentafeln, als hätte es nie einen Kampf im Cockpit gegeben, als läge kein sterbender Insektenvogel auf ihrem Arbeitsplatz.

„Hinten sind noch zwei", keuchte Seldon, der die letzten Zuckungen des Khaak auf Siobhans Konsole angewidert beäugte. „Ich weiß nicht, wie sie reingekommen sind. Aber unsere Atemluft macht sie fertig."

„Sie machen unsere Atemluft auch fertig", fügte Ion hinzu.

Ditta Borman entrang sich ein einzelnes keuchendes Auflachen. „Reißt die Fenster auf, lasst Luft herein." Sie wurde sofort wieder ernst. „Gardna – kümmern Sie sich um den Jungen. Jahn – wie schlimm ist deine Verletzung?" Seldon winkte ab. „Fleischwunde. Nicht tragisch."

„Gut. Gibt es medizinische Kälteschlafkammern an Bord? Wir müssen dich und den Jungen einfrieren."

„Wir sind nicht vergiftet, Ditta."

„Hoffentlich sehen die in der Pathologie das ebenso, wenn ich deinen Totenschein gegenzeichne."

Siobhan blickte von ihren Datenfeldern auf. „Es gibt keine kryogenischen Vorrichtungen an Bord", sagte sie. „Und ich glaube auch nicht, dass sie uns noch helfen würden. Die Singularität des Sprungtores ist aktiv …"

Ninu blickte hoffnungsvoll auf. „Dann ist es noch aktiv?"

„Aktiv schon", antwortete Siobhan. „Aber nicht mehr passierbar. Die Dimensionsanker wurden unbrauchbar gemacht. Ohne Dimensionsanker kein Sprungtunnel. Und ohne Sprungtunnel ist das Tor nichts als ein Haufen Weltraumschrott."

Eine Weile herrschte Schweigen, während jeder seinen eigenen verzweifelten Gedanken nachhing.

„Das sind wir auch gleich", ergriff Seldon als erster wieder das Wort. „Weltraumschrott, meine ich."

Die Waffentürme des ersten Paraniden-Schiffes der dritten Rotte richteten sich für alle sichtbar auf die *AP Providence*. Innerhalb der nächsten Sezuras würden sie in Schussreichweite des Raumers kommen. Schneller, wenn der Paranide seinen Kurs auch nur geringfügig änderte.

„Rufen Sie das Muschel-Schiff, Commander." Ein Teil von Siobhan wunderte sich über die Ruhe, die plötzlich in ihrem Inneren herrschte. Während Borman der Anweisung nachkam, versuchte Siobhan sowohl Paraniden und Sprungtor, als auch das CPU-Schiff gleichzeitig im Auge zu behalten. Die Geschwindigkeit des Xenon hatte noch zugenommen und wurde vom Gravidar nun mit nahezu vierzig Prozent der Lichtgeschwindigkeit angegeben. „Verrückt", flüsterte sie. Bald würde das CPU-Schiff die gesamte Strecke bis zum Delta-Tor zurückgelegt haben – es war auch ohne Sprungantrieb nur unwesentlich länger als die *AP Providence* unterwegs gewesen! Kein in der *Gemeinschaft der Planeten* hergestelltes Raumfahrzeug war zu einer derartigen Beschleunigung fähig!

Aus den Augenwinkeln bemerkte Siobhan, wie Ninu sich nach vorne drängte und vor die Kamera trat. Die Frau auf dem Videofeld keuchte überrascht auf. „Ninu?“, hörte Siobhan Elena Kho rufen, doch ihre Aufmerksamkeit wurde von dem weißen Punkt auf dem Gravidar abgelenkt, von dem sie wusste, dass es sich um den Paraniden-Raumer handelte, dessen Waffentürme auf die *AP Providence* gerichtet waren. Das Schlachtschiff begann in diesem Moment mit einer Kursänderung. Auch Ditta Borman hatte es wahrgenommen und griff in die Steuerzapfen.

Inertiakompensatoren heulten auf, als das kleine Schiff wendete und Gegenschub gab. Seldon aktivierte die Schutzschilde ohne einen direkten Befehl dazu erhalten zu haben. Borman nickte ihm zustimmend zu. „Beeilung!“, rief sie.

Ninu warf ihr einen Schulterblick zu, dann wandte sie sich wieder an Elena Kho: „Ich verstehe nicht viel davon, aber man hat mir erklärt, dass das Tor nicht mehr passierbar ist, es sei denn mittels unseres Teilsprungantriebs.“

Natürlich, der Teilsprungantrieb! Siobhan überprüfte hastig den Ladezustand des Konverters. Das Ergebnis – wenn auch nicht überraschend – fühlte sich an wie ein Schlag in den Magen: Obwohl die Energieschilde noch gar nicht belastet wurden, bezogen sie bereits so viel Energie, dass der Sprungantrieb nicht vor zwei Stazuras wieder bereit sein würde. Nicht einmal zu einem Notsprung ins Ungewisse würde es reichen!

Als Borman die Triebwerke innerhalb kürzester Zeit auf vollen Schub hochfuhr, heulten die Kompensatoren wieder auf. „Jahn – der Asteroiden-Laser!“, rief die Pilotin. Seldon schaute sie verwirrt an. „Versuch, die Waffentürme zu treffen, die Triebwerke, irgendwas Verwundbares!“

Der Major wusste genauso gut wie seine Vorgesetzte, dass auch die Schiffe der Paraniden Schutzschilde besaßen und diese selbstverständlich aktiviert hatten. Dennoch tat er, wie ihm geheißen. Winzige, unsichtbare Funken blitzten in Richtung des Angreifers, nur, um unschädlich zu verpuffen.

Schließlich leuchteten die Strahlentürme des Schlachtschiffes auf. „Lebe wohl, Elena!“, konnte Ninu Gardna gerade noch schreien, bevor der erste Energiestrahl eintraf. Die *AP Providence* erhielt einen Schlag, der ihre Schutzschilde stark degradierte. Bereits der nächste Treffer zerfetzte die geschwächten Schilde vollständig und drang bis zur Hülle durch. Überall im Schiff knallten die Sicherheitsschotts zu. Rote Lichter auf der Konsole sprachen von Druckverlust in allen Sektionen außer den Kabinen und dem Cockpit. Sämtliche Holofelder und Anzeigen flackerten, dann verloschen sie.

Siobhan fand sich auf dem Boden hinter ihrer Konsole wieder. Sie rappelte sich mühsam auf. Nur Borman und Seldon saßen noch in ihren Sesseln, da sie angeschnallt gewesen waren. Ninu, Zakk und Ion hingegen waren in verschiedene Ecken des Cockpits geschleudert worden. Auch der tote Körper des Khaak war von Siobhans Wissenschaftskonsole hinweg gefegt worden.

„Einhundertsiebzehn Prozent Volllast!“, schrie Borman. „Jeden Moment zerreißt es unsere Triebwerke, jeden …“

Die Holofelder kamen flackernd wieder. Die rückwärtige Kamera zeigte den großen paranidischen Kreuzer, der inzwischen kaum noch fünftausend Längen von ihnen entfernt war und beständig aufholte. Wieder flackerten die Waffenmündungen. Ninu krallte sich in panischer Angst an der Sessellehne fest. Siobhan hingegen hob die Hände an und streckte ihre Finger, sodass ihre Handflächen knapp über der Konsole schwebten. *Deirdre!*

Der Einschlag kam eine Mikrosezura später. Er war vernichtend. Die Triebwerke explodierten in einer Apokalypse aus weißem Feuer und rissen das kleine Schiff in der Mitte auseinander. Augenblicklich versagten Kompensatoren, Energie und künstliches Schwerefeld. Siobhan fühlte sich angehoben und nach vorne geschleudert, als habe ein Riese sie in den Rücken getreten. *Ich habe keine Angst!* Heißer Schmerz durchfuhr sie, als ihr Hüftknochen gegen die unter ihr zusammenbrechende Konsole schlug. Ihr Schrei verhallte ungehört im tosenden Crescendo des Untergangs. Jeden Moment würde die explosive Dekompression sie hinwegfegen. *Gleich …* Sie blickte nach oben. Über der toten Konsole wirbelten die Sterne wild umher. Trümmerstücke und Aufbauten spiegelten sich im fernen Gewitter der Strahlwaffen. Blauweiß lodernd zog die Triebwerkssektion vor dem Cockpitfenster vorbei und trudelte der Unendlichkeit entgegen.

Keine Angst, keine Angst, keine …

KAPİTEL 47

Am Ende deines Weges, in deiner finalen Sezura, da wirst du noch ein letztes Mal eine Chance erhalten. Egal ob Verbrecher oder Heiliger: Dies ist die endgültige und unwiderrufliche Gelegenheit, alles richtig zu machen, die ‚guten' Antworten zu geben. Dein Leben wird dadurch nicht verschont; aber es wird vollständig. Daran denke immer, denn deine letzte Sezura wartet schon auf dich.

CHRISTIANE HATIKVAH,
„Gedanken einer Unverstandenen"

„Das Weltenportal, es signalisiert ‚berühre mich nicht', Ele Na!"

Die Raumfahrerin schaute den Boronen hilflos an. Über zwei Stazuras waren verstrichen, seit Somancklitansvt sein Ultimatum gestellt hatte. Inzwischen füllten die 243 Raumschiffe der Paraniden das All: Mächtige, drohende Schatten, die ihre solaren Orbits dem des Sprungtors anglichen, so weit das Auge auch reichte. Etwa ein Dutzend der Paraniden hatte Kurs auf die sich mit hoher Geschwindigkeit nähernde #efaa genommen, deren Kordon aus Xenon-Jägern sich nun langsam auffächerte. Ein mörderischer, mit allen Mitteln geführter Kampf schien unausweichlich.

Wenn sie den Kopf zurücklegte, konnte Elena die muschelförmige Silhouette der *Archipel* erahnen, die weit, weit über ihr in scheinbarem Stillstand verharrte. Aber wo war die *AP Providence*? Sie konnte das argonische Sprungschiff nirgends entdecken. Höchstwahrscheinlich hatte es seinen Sprungantrieb benutzt, um den Paraniden zu entkommen.

Elena richtete ihre Augen wieder auf den Boronen. „Was bedeutet das?"

„Etwas geht vor sich und vonstatten. Wir müssen warten und geduldig sein."

„Wir haben …" – *keine Zeit*, wollte Elena sagen. Ein winziges Schimmern bläulicher Energiefelder, das in ihren Augenwinkeln aufflammte, ließ sie innehalten. Arbeitete das Tor wieder? Nein, die normale Operation eines Sprungtores sah völlig anders aus. „Was ist das?", flüsterte sie. Das Herz schlug ihr bis zum Hals, als sich auf halber Strecke zur anderen Seite des Reifs eine kompakte, dunkle Form aus der Dunkelheit löste. „Nola Hi!“, entfuhr es ihr, als der Schatten sich zielstrebig auf sie und den Wissenschaftsethiker zuzubewegen begann. Der Ruf dröhnte in ihren eigenen Helmlautsprechern.

„Ja – und ja! Es ist ein Sohne!“

„Ein Gesandter des Alten Volkes?“

„Nein, nicht – eine Reparatureinheit.“

Der sich nähernde Kasten war nichts anderes als eben dies: Eine graue, mannshohe Schachtel mit abgerundeten Kanten und einer körnigen Oberfläche, die an die Haut eines Hais erinnerte. Die Grundfläche entsprach genau den Dimensionen einer der Bodenplatten des Sternentores. Mit mulmigem Gefühl wichen Elena und der Borone immer weiter zurück. Die Reparatureinheit senkte sich passgenau auf die Bodenplatte nieder. Das Sprungtor erzitterte. Etwas blitzte. Elena zuckte zusammen.

Doch das Aufleuchten kam nicht von dem Sohnen-Roboter. Der Kampf über ihren Köpfen war ausgebrochen! Auch die restlichen Raumer, die noch vor Sezuras wie erstarrte Regentropfen am Nachthimmel gehangen hatten, gerieten nun in Bewegung. Einige wenige beschleunigten in Richtung auf das Delta-Tor, doch die Hauptmasse bildete eine Angriffsformation, die den sich nähernden Terraformer-Schiffen galt. Energiepfeile prasselten auch auf die nichts ahnende *Archipel* nieder. „Warum tun sie das? Das Ultimatum ist noch nicht abgelaufen!“ Aber das Ultimatum war natürlich inzwischen völlig bedeutungslos geworden, das wurde Elena nun bewusst.

„Gleich – gleich“, fiepte der Borone. Es war nicht klar, wen oder was er damit meinte. Elena zündete das Manövriergerät und setzte sich in Richtung auf das Beiboot in Bewegung. „Ele Na! Wohin? Bleibe hier, bitte – und bitte!“ flehte der Borone mit seiner Kleinmädchenstimme.

„Wir müssen zur *Archipel* zurück!“

„Wir müssen hier bleiben, Ele Na! Bleibe hier, Sternenkriegerin!“

Intensiv weiße Antriebsflammen stachen aus den Motoren des Muschelschiffes hervor. Endlich reagierte es auf den Beschuss der Dreiäugigen und setzte sich in Bewegung. Der Helmfunk sprang an und Nopileos’ verrauschte Stimme erklang.

„Wir müssen abdrehen, Elena, Ebosirireos besteht darauf! Sie werden nicht auf euch feuern, ihr seid dem Tor zu nah. Wir werden Ninu zu …" Eine besonders heftige Energiesalve ließ die Stimme der Teladi in energetischem Prasseln untergehen. „Um jeden Profit!", endete sie.

Die *Archipel* drehte sich um ihre Rotationsachse und nahm Fahrt auf, doch einige der Paraniden-Raumer hatten scheinbar nur darauf gewartet und hefteten sich an ihr Heck. Mit rasender Beschleunigung entfernten sich die *Archipel* und ihre Verfolger immer weiter vom Delta-Tor. Elenas Blick folgte den Schiffen einen Moment – und ihre Augen weiteten sich. Aus dem Dunkel der Nacht schälte sich der titanische Leib #efaas hervor, begleitet von einem großen Schwarm schwarzer, auf grellen Flammen reitender Mücken. Die alte Terraformer-CPU näherte sich mit großer Geschwindigkeit. Die Paraniden-Flotte stob auseinander wie ein Schwarm aufgescheuchter Hühner.

„Nola – das Tor, arbeitet es wieder?" Elena warf einen gehetzten Blick zur Silhouette der Reparatureinheit hinüber. Unverändert – keine Bewegung. Der Roboter hockte nach wie vor dort wie ein fettes Insekt. Er regte sich nicht.

Der Borone verneinte. Entsetzt musste Elena zusehen, wie sich die Schlacht über ihrem Kopf immer mehr ausweitete. Mächtige Energiegewitter zuckten zwischen den ausschwärmenden Xenon-Jägern und den Paraniden-Raumern hin und her. Lautlose Explosionen flammten auf, Trümmer wurden in die Unendlichkeit gewirbelt, während das CPU-Schiff ungerührt weiter auf das Tor zufiel. Es verteidigte sich nicht selbst, verließ sich offenbar auf die unerschöpflichen Reserven seiner gewaltigen Energieschilde und die seiner schwarzen Begleitschiffe. Rasend wurde das erbitterte Kampfgetümmel immer weiter auf das Tor zugetragen.

„Na bitte, endlich haben sie, was sie wollen", murmelte Elena resigniert.

Zu spät, alles zu spät!

Ein Marschflugkörper löste sich aus dem Leib eines Paraniden-Raumers und zischte auf einen scheinbar leeren Punkt im Raum zu. Elena konnte beinahe das Fauchen des Projektils hören. Unerwartet, beinahe spielerisch, kreuzte sich die Bahn des Marschflugkörpers mit der eines schwarzen Abfangjägers an einem Sezurabruchteile zuvor noch unberührten Punkt im Nichts unweit des Sprungtores. Grell flammte die Explosionssonne auf und Elenas Visier verdunkelte sich schlagartig.

Sie schlug mit der flachen Hand auf die Sichtscheibe: Jetzt nur nicht dunkel werden! Sie konnte kaum noch etwas sehen, nur noch das wabernde Flammenmeer, das der getroffene Xenon hinter sich herzog wie eine lohende Fackel. Wie in Trance sah sie den zerfetzten, brennenden Leib des Xenon-Jägers exzentrisch rotierend hinabstürzen. Auf sie zu. Sie brachte es noch fertig, den Namen des Boronen zu rufen, dann schnitt das Wrack den Ereignishorizont des Tores. Und verschwand im bläulichen Leuchten des Sprunghorizonts.

Etwas explodierte in Elenas Kopf, ließ sie aufstöhnen und sich zusammenkrümmen. Das Tor aktivierte sich, obwohl es nicht funktionierte, obwohl das Wrack von der falschen Seite auf den Ereignishorizont getroffen war und zuvor nicht die Dimensionsanker passiert hatte!

„Ich habe, ich …"

„Ele Na! Ele …" Für einen Moment lichtete sich das Visier. Eine gewaltige schwarze Masse rotierte auf das Tor zu, umflort von flackernden Energiespeeren angreifender Paraniden. #efaa war viel zu groß für das Sprungtor – sie würde es zerschmettern. Jeden Augenblick.

Jetzt!

Die Dimensionsanker sandten massive blaue Entladungen umher, suchend, tastend, die Oberfläche des vorbeirasenden Riesenschiffes hektisch, aber nicht minder intensiv liebkosend.

„Dannnnaaaaaa!", schrie Elena voller Angst, den ersten und letzten Namen nennend, der ihr hier und jetzt, am Ende ihres Weges, in den Sinn kam.

Das blaue Licht kam, erfasste sie frontal, zerschmetterte ihre Sinne, durchpflügte jedes Molekül ihres Körpers – doch das helle Auflodern versagender Nerven erreichte ihr Gehirn nicht mehr.

KAPİTEL 48

Ich werde dich niemals vergessen!
MARTINUS SANDAS,
argonischer Kulturhistoriker,
Gründer der Goner-Bewegung, † 217

„Wir müssen abdrehen, Elena, Ebosirireos besteht darauf! Sie werden nicht auf euch feuern, ihr seid dem Tor zu nah!" Nopileos warf einen gehetzten Blick auf den Navigatorkommandanten, dessen Stirnschuppe – selbst durch das Make-up hindurch ersichtlich – plötzlich noch bleicher wurde.

Zwei der paranidischen Schiffe änderten ihren Kurs und richteten die Waffentürme auf die *Archipel der Sumpforchideen*. Strahlen zuckten auf, lautes statisches Geräusch fuhr durch die Sprechverbindung.

„Wir werden Ninu zu Hilfe eilen!", kreischte Nopileos, während draußen die Schutzschilde grell aufflammten. Im selben Moment wurde ihr bewusst, dass sie niemandem zu Hilfe eilen würden, da der Navigatorkommandant das Raumschiff soeben auf seiner Kreiselachse drehte, Umkehrschub gab und zu einer wilden Flucht ansetzte. Aber es musste einen Weg geben! Sie durften Elena und die Kollegin Ninu nicht zurücklassen! „Elena, Sternenkriegerin! Wo bist du?" Keine Antwort. „Wir werden zurückkehren, hörst du? Um jeden Profit!"

„Sie sehen zwar nicht aus wie echte Teladi, aber sie sind so feige wie echte Teladi", höhnte Uchan t'Scct, der mit überkreuzten Armen neben seinem paranidischen Partner Position bezogen hatte und das Geschehen passiv verfolgte. Unverständlicherweise schien er Gefallen an der Situation zu finden.

Kalmanckalsaltt, der Uchan um mehrere Köpfe überragte, richtete seine drei Augen schräg zur Decke. „Die Krieger des heiligen Gottesreiches von Paranid werden den Kampf schon bald beenden", stellte er fest, „falls das unheilige Denkschiff Seinen Weg ins Refugium findet und Nola Hi es noch einmal gelingt, das Sprungtor zu deaktivieren. Hochwürden Somancklitansvt wird bemüht sein, den Gesichtsverlust zu begrenzen."

„Der Pontifex wird ihn trotzdem zurück nach Paranid Prime beordern“, entgegnete Uchan grinsend. Kalmanckalsaltt schwieg dazu.

„Wir hängen sie ab! Wir hängen sie!“, hörte Nopileos Ebosirireos triumphieren. Natürlich hatte der Navigatorkommandant kein Wort des vorangegangenen Austausches verstanden, aber vermutlich wäre es ihm ohnehin einerlei gewesen. Denn ein kurzer Blick auf das Gravidar und aus dem Cockpitfenster hinaus bestätigte seine Aussage: Die paranidischen Schlachtschiffe konnten den starken Motoren der *Archipel* nichts Vergleichbares entgegensetzen.

Obwohl sich die Kreuzer redlich bemühten, blieben sie bald weit zurück und die tastenden Finger ihrer Strahlwaffen verblassten zusehends. Nopileos wunderte sich, warum man kein Lenkgeschoss auf sie abfeuerte. Aber vermutlich hatten die Dreiäugigen begriffen, dass das Muschelschiff von Ianamus Zura auch einer solchen Maßnahme kraft seiner mächtigen Triebwerke mühelos entkommen würde. Schließlich, nach mehreren Mizuras, gaben die Schiffe die Verfolgung auf und ließen sich mit blau flammendem Umkehrschub zurückfallen.

Als der riesige verschwommene Blip des CPU-Schiffes Sezuras später vom Gravidar verschwand, weil er durch das Delta-Tor ins Refugium übertrat, änderte sich schlagartig das Verhalten der Paraniden-Flotte: Fast gleichzeitig verstummten überall die Energiewaffen. Einige wenige Xenon-Jäger die es nicht mehr geschafft hatten, vor der – eindeutig gelungenen – Abschaltung des Tores zusammen mit ihrer CPU in das Refugium zu wechseln, vergingen in atomaren Blitzen, ausgelöst durch eine letzte Phalanx an Lenkgeschossen. Dann schwiegen auch diese Waffen. Trümmer von einem halben Dutzend paranidischer Schiffe und doppelt so vielen Xenon trudelten still in die Unendlichkeit, auf dem Gravidar erkennbar an winzigen Blips, die bald schon verschwanden. Nur ein paar größere Wrackteile zogen noch dünne weiße Fahnen auf dem ovalen Bildschirm.

„Tsh! Was machen die da?“, zischte Nopileos. Deutlich sichtbar brach die lange Kette der Dreierformationen nun auf, gruppierte sich um – zu welchem Zweck, ließ sich noch nicht erkennen. „Ebosirireos, haltet ein! Wir wollen umkehren! Wir müssen meinen Freundinnen helfen!“

„Für die epische Eleganz der Wahrhaftigkeit? Niemals!“, krähte der Navigatorkommandant. „Davon bin ich geheilt!“

„Wir haben uns zu keinem Zeitpunkt in Gefahr befunden, o Kollege!“, entgegnete Nopileos wider besseres Wissen, doch der Navigatorkommandant ließ sich nicht überzeugen. Das Alpha-Tor wurde schnell größer und Nopileos Gedanken rotierten. Wie sollten sie Ebosirireos bloß davon überzeugen, umzukehren? Sie *mussten* Elena und Nola Hi wieder an Bord nehmen und sich vergewissern, dass die *AP Providence* sich in Sicherheit hatte bringen können, es gab überhaupt keine Alternative dazu! In gewisser Weise musste sie Uchan Recht geben – eine solch kopflose Fluchtreaktion war eines Teladi von Ianamus Zura unwürdig!

Noch bevor Nopileos sich eine neue Strategie überlegen konnte, kam eine dünne, verrauschte Stimme aus den Lautsprechern, und der zentrale Kommunikationsschirm flammte auf.

„Hallo? Elena Kho? Hört uns jemand?“ Das ovale Gesicht einer Argonin erschien, umrahmt von einer schwerelosen Mähne hellblauer Haare. Trotz der durch das Bild laufenden Störungen ließen sich handfeste Verwüstungen hinter der Argonin ausmachen: zerborstene Konsolen, schwebende Trümmer und andere, undefinierbare Bruchstücke.

„Wer … was …?“, begann Nopileos mit schreckensbleicher Stirnschuppe, wurde aber sogleich wieder unterbrochen.

„Hier ist Siobhan Norman von der *AP Providence*. Was davon übrig geblieben ist, heißt das. Hört uns jemand? Bitte melden! Wir benötigen Hilfe!“

„Elena Kho ist … hallo, hier Isemados …*AP Provi* … wie geht es der Kollegin Ninu Gardna?“, brachte die völlig verschreckte Nopileos stotternd hervor. Sie spürte ihre Herzen wild schlagen. Warum hatte das Sprungschiff sich nicht in Sicherheit gebracht? *Ninu!*

„Na endlich!“, kam die Antwort. Die blauhaarige Argonin wischte sich ein paar widerspenstige Strähnen aus dem Gesicht. „Teladi-san, Sie sollten uns bergen, bevor die Paraniden Ihnen den Profit vor der Schnauze wegschnappen.“

„Profit? Ich verstehe nicht! Was ist mit Ninu Gardna?“

Die Argonin warf einen kurzen Blick über ihre Schulter. „Hat ein paar Schrammen abbekommen, wie wir alle, aber sie atmet. Können Sie unsere Position triangulieren?“

„Triangulieren? Natürlich, aber … Tsh!“

„Aber heute noch, ja?“, unterbrach die Argonin wieder. „Was gibt es da zu *tsshh*en? Hallo?“

Jetzt trat Kalmanckalsaltt vor das Aufnahmefeld. „Verzeiht der unheiligen und unwissenden Teladi-Kreatur. Wir können Euch helfen."

„Nein, nein!", signalisierte Ebosirireos, der begriff, was vorging, auch wenn er die Worte nicht verstand. Nopileos übersetzte hilflos. Kalmanckalsaltt drehte sich langsam auf seinen Gehstempeln zum Navigatorkommandanten um und plusterte sich dabei auf. Er sprach kein einziges Wort, aber das war auch gar nicht nötig – die Geste allein reichte.

„Sssh! Die Eleganz der Wahrhaftigkeit. Geht in Ordnung", schnorchelte der eingeschüchterte Teladi durch seine Nüstern. Der Paranide wandte sich wieder dem Bildschirm zu.

Innerhalb weniger Mizuras klärte sich auf, was vorgefallen war: Die *AP Providence* war unter dem Feuer der Paraniden-Schiffe regelrecht auseinander gebrochen. Lediglich das Cockpit hatte der Belastung standgehalten, da seine Strukturkomponenten aus mit Nividium verstärktem Diamandoid bestanden. Im Augenblick der Explosion hatte der Bordcomputer das Cockpit-Modul abgetrennt, dessen Umweltsystem dafür ausgelegt war, das Leben der Besatzung nötigenfalls für mehrere Stazuras zu erhalten. Nur wenige Raumer besaßen eine derart aufwändige und kostspielige Sicherheitseinrichtung – bei einem ehemaligen Schiff des diplomatischen Korps verstand sich das jedoch von selbst.

Während die *Archipel der Sumpforchideen* ihren Kurs änderte um die errechnete Position des Cockpit-Moduls zu erreichen, begann sich abzuzeichnen, was die Paraniden-Flotte vorhatte.

„Sie ziehen sich geordnet zurück und lassen lediglich eine Dreier-Wache zurück!", erkannte Nopileos verwundert. Mit etwas Derartigem hätte sie nicht gerechnet.

„Ein schwarzer Tazura für die Dreidimensionalität", verkündete Kalmanckalsaltt gelassen. „Manchmal schätze ich mich glücklich, nur noch zwei Augen zu besitzen."

Momentan sprachlos und mit vor Überraschung geweiteten Pupillen starrte Nopileos Kalmanckalsaltt an. *Sprechen Paraniden nicht grundsätzlich im Pluralis Majestatis von sich? Ob ihm wohl aufgefallen ist, was er da gerade gesagt hat?* Aber sie kam nicht dazu, weiter darüber nachzudenken, denn draußen im All schälte sich jetzt langsam das abgetrennte Cockpit der *AP Providence* aus der Dunkelheit.

Wie zuvor die havarierte Barkasse des Piratenschiffes, ließ Ebosirireos nun auch das vergleichsweise winzige Cockpit-Modul in den Hangar bugsieren. Als die künstliche Schwerkraft wieder vorsichtig aktiviert wurde, sank das stark beschädigte Modul langsam auf den metallenen Boden hinunter, wo es nach ein paar letzten Kreiselbewegungen mit einem lauten Kreischen zur Ruhe kam. Nopileos wartete mit kribbelnden Gehklauen darauf, dass die Atmosphäre im Hangar wiederhergestellt wurde. Dass Ninu nichts geschehen war, erleichterte sie zwar ungemein, aber was war mit Elena? Schon befand sich die *Archipel* auf dem Weg zurück zum Delta-Tor, das von einem von Paraniden-Raumern gebildeten Dreieck gesäumt wurde.

Das Schott am rückwärtigen Ende des Cockpit-Moduls öffnete sich knirschend und unter Schwierigkeiten. Dünner weißer Nebel wallte zischend aus der Öffnung und verflüchtigte sich sofort wieder. Schließlich erschien die blauhaarige Argonin in der Türöffnung. Sie schaute sich kurz um, winkte Nopileos zu und sprang mit einem kleinen Satz die Viertellänge hinunter, die zwischen Cockpit- und Hangarboden lag. Nach ihr kam …

„Ninu! Tshhhhh!“ Nopileos watschelte so schnell auf die Gonerin zu, wie es ihre Beine nur zuließen. „Bist du in Ordnung? Geht es dir gut, Schwester?“

Ninu Gardna keuchte: „Gütige Erde – Nopileos! Mensch, du lebst ja! Mir geht’s gut, aber wo ist Elena?“

„Mir geht’s auch gut!“, erklang eine junge Stimme. Ion Battler stolperte als er aus der Türöffnung sprang, und wäre beinahe mit der Teladi kollidiert.

„Junger Hüter übersteht die Explosion seines Raumschiffes unbeschadet, bricht sich aber beim Verlassen des Wracks sämtliche Knochen“, wurde das von der blauhaarigen Argonin kommentiert, während zwei Männer und eine Frau aus dem Cockpit-Modul kletterten. Ion grinste verlegen und lief rot an.

„Dann sind Sie Siobhan Norman?“, erkundigte sich Nopileos. Hinter ihr traten nun Uchan, Kalmanckalsaltt und Ebosirireos in den Hangar. Während der Navigatorkommandant deutliche Anzeichen von Nervosität zeigte, verrieten weder der Split noch der Paranide irgendwelche ungewöhnlichen Emotionen: Uchans Mundwinkel waren tief nach unten gezogen, während Kalmanckalsaltt in einer Geste demonstrativer Missachtung zur Seite schaute.

„Bis eben war ich's jedenfalls noch. Hier haben wir Commander Borman, Major Seldon, Dr. Folkna – Ninu und Ion kennen Sie ja offenbar schon“, antwortete Siobhan. Ihr kam all das wie ein bizarrer Traum vor: das seltsame Schiff, der zweiäugige Paranide, die geschminkten Teladi – unmöglich, sich darauf einen Reim zu machen! „Nicht, dass ich undankbar wäre“, fügte sie hinzu, „aber auf die Rechnung bin ich schon gespannt!“

„Rechnung? Welche Rechnung? Wir … tshh!“ Plötzlich wusste Nopileos, was sie antworten musste – es stand mit einer derartigen Klarheit vor ihrem inneren Auge, als habe es jemand mit riesigen leuchtenden Lettern über den Himmel projiziert: „Wir stellen keine Rechnung! Wir sind eine … eine *Non-Profit-Organisation*!“ Nun war es heraus.

Nur selten hatte es Siobhan jemals die Sprache verschlagen – im Allgemeinen fiel ihr zu jeder noch so vertrackten Situation eine sarkastische Bemerkung ein. Nicht so dieses Mal. Die Antwort des Teladi verblüffte sie so sehr, dass sie sezuralang zu keiner Erwiderung fähig war.

Dann brach sie in schallendes Gelächter aus.

KAPİTEL 49

Vierzig Jazuras habe ich gebraucht, um herauszufinden, dass ich sie noch immer liebe! Ich kann mir gut vorstellen, dass sich das für euch da draußen jetzt ziemlich verrückt anhört. Immerhin: Andere Leute werden geboren, heiraten, kriegen Kinder und sterben innerhalb dieses Zeitraums! Aber ich will euch mal was sagen: Zu ihrem Hundertsten werde ich sie überraschen!

DEIRDRE NORMAN,
ArgoNet: GenTalk, Ausgabe 5/544

Da war ein verhaltenes Geräusch das sich ungefähr alle zwei Sezuras wiederholte. Es blieb stets gleich – ein Klicken oder Knacken so leise, dass es sich nur gerade eben über die Schwelle der Wahrnehmung erhob. Zusammen mit einem fernen, flüsternden Rauschen bildete es einen seltsam vertrauten Rahmen für die ansonsten fast vollkommene Stille.

Elena ließ sich von dieser friedvollen Ruhe tragen wie eine Möwe von einem Sommerwind übers Meer, ohne Selbstzweifel, ohne Furcht und ohne Gedanken. Von den zwei Individuen, die im Kopf eines jeden Menschen leben – dem Erzähler und dem Zuhörer –, war nur der Zuhörer wach; der Erzähler schlummerte tief und fest. Zeit existierte nicht in Elenas Welt, zeitlos trieb sie auf den Wellen des bloßen Seins. Die Stimme, die plötzlich in ihr Universum des Friedens eindrang, konnte daher nicht ihre eigene sein.

„Sie schläft!"

Da war eine Präsenz. Jemand. Noch immer unkommentiert von ihrem inneren Erzähler spürte sie, wie etwas an ihrem Ich zog, es in eine bestimmte Richtung lenkte. Zu dem winzigen rhythmischen Klicken gesellte sich nunmehr eine weitere Wahrnehmung: Da war ein dunkelroter Lichtschimmer, der sich angenehm und warm in ihr ausbreitete. Die Anwesenheit – die Präsenz – verschwand mit einem lauten Geräusch, das ihren inneren Erzähler nahezu augenblicklich in die Wachheit und somit ins Leben zurückholte.

„Danna!", murmelte sie. *Habe ich das gesagt? War das meine Stimme?*

Mit dem Bewusstsein kehrte auch das Körpergefühl zurück. Ihr rechter Zeigefinger pochte schmerzhaft. Viel schlimmer aber war das dumpfe Zerren, das von ihrem Schädelansatz bis hinab ins Rückgrat ausstrahlte. *Was ist geschehen? Wo bin ich?*

Vorsichtig bewegte sie sich. Dabei stellte sie fest, dass sie auf einem bequemen weichen Untergrund lag und mit einer Steppdecke zugedeckt war. Sie blinzelte und hob die Augenlider. Der Raum, in dem sie sich befand, war winzig klein und schmal, und er lag fast vollständig im Dunkeln. Nur von der Wand zu ihren Füßen ging ein leichtes Schimmern aus – wie von einer auf Nachtbeleuchtung geschalteten Videowand. „Licht", murmelte sie. Sie hatte einen furchtbar trockenen Mund. Außerdem knurrte ihr Magen.

Als das Licht langsam aufblendete und ihre Augen sich nach und nach an die summende Helligkeit gewöhnt hatten, erkannte sie überrascht wo sie sich befand. Sie richtete sich auf ihre Ellbogen auf und hievte ihren Körper in die Höhe. Es gab keinen Zweifel: Dies war das kleine Schlafabteil zwischen Frachtraum und Cockpit der *AP Nikkonofune*, und sie lag in der oberen Pritsche des Etagenbettes! Aber wie war das möglich? Hatte sie all das bloß geträumt?

„Geträumt? Aber … was geträumt?", flüsterte sie, während sie sich langsam und vorsichtig von der Pritsche schwang und mit bloßen Zehen nach den Holmen der Leiter tastete. Da kamen die Bilder auf sie zugeschossen, Schnappschüsse all dessen, was vorgefallen war: Hewa. Der CEO. #efaa. Nif-Nakh. Piraten. Ianamus Zura. Menelaus' Paradies.

Das Delta-Tor …

„Niji – ich habe Hunger", sagte sie in den Raum hinein. Als sie an sich herunterschaute, sah sie einen zitronengelben Pyjama mit dem Emblem der Föderation Argons auf dem Ärmel. Jemand hatte ihren Zeigefinger fachgerecht bandagiert. Auf der Erde hätte man den Knochen und das Gewebe innerhalb einiger weniger Stunden wieder zusammenwachsen lassen können, aber hier … Elena zuckte die Schultern. „Niji!", wiederholte sie, als der Computer auch nach ein paar Sezuras nicht antworten wollte. Wieder keine Reaktion.

Elena ließ das Schott auffahren und trat in den engen Verbindungsgang zum Cockpit, wo sie beinahe über das aus der Wand geklappte Trainingsgerät gestolpert wäre. Sie bückte sich und betätigte einen

Schalter, der die Fitnessbank geräuschlos zurückfahren und in die Wand sinken ließ.

Die Tür zum Cockpit stand offen. Als Erstes ging Elenas Blick durch die Panoramascheibe hinaus ins All. Weit draußen zwischen den Sternen schwebte ein Sprungtor, zeitlos und irgendwie tröstlich.

„O Gott!“, entfuhr es ihr. Erst jetzt bemerkte sie die beiden riesigen schwarzen Zylinder, die viel näher waren, als das Sprungtor. Sie rotierten langsam um ihre Längsachsen und verharrten einige hundert Längen voneinander entfernt in der Formation eines gewaltigen T.

„Ele Na!“

„Lin!“

Über dem Copilotensitz schwebte ein Wesen in bleichem Umweltumzug, das sich soeben umdrehte und auf sie zu*schwamm*. Sie wusste sofort, dass es Nola Hi war, aber sie hatte nur Augen für den großen, drahtigen Mann, der sich so hastig aus dem Pilotensitz herausschälte, dass er dabei beinahe umgefallen wäre. Elena fehlten die Worte. Erst als starke Arme sie umschlossen und ihr vor Begeisterung auf den Rücken geklopft wurde, bezwang sie ihr Erstaunen.

„Kyle? Ich träume doch, oder? Was machst du denn hier?“

„Das ist eine ziemlich lange Geschichte … und eine so unglaubliche, dass du mich vermutlich für verrückt erklären wirst.“ Brennan hielt sie abwechselnd an ausgestreckten Armen von sich fort, um sie mit glänzenden Augen zu betrachten, dann zog er sie wieder zu sich heran, um ihr erneut auf den Rücken zu klopfen. Elena ließ dies eine Weile mit sich geschehen, dann befreite sie sich spielerisch aus der Umarmung ihres besten Freundes und ehemaligen Vorgesetzten.

„Dann ist das nicht die *AP Nikkonofune*.“

„Nein, es ist die *AP Telstar*, mein klappriger M4/Buster“, bestätigte Brennan. „Ich war gerade zufällig in der Gegend …“

Ein Strom lauter Klicklaute unterbrach den Raumfahrer von der Erde mitten im Satz. Nola Hi drängte sich nach vorne. Seine Sekundärtentakel wimmelten aufgeregt hinter der milchigen Membran seines Anzugs. „Zufällig! Der große, lustige, haarige Mensch und ästhetische Erdensohn Brennan aus dem Sektor des blauen Planeten beliebt zu scherzen, drollige Späße zu verbreiten, sowie seiner Unsicherheit ein humorvolles und angemessenes Ventil zu bereiten beziehungsweise zu öffnen!“ Nola Hi schwebte so nahe an Elena heran, dass sich die Gesichter der beiden ungleichen Wesen nur eine Hand breit voneinander entfernt auf gleicher Höhe befanden.

Brennan räusperte sich. „Zugegeben – ich befand mich mitsamt der *Telstar* fast zwei Wozuras an Bord eines uralten Terraformer-Schiffes namens #deff. Nach allem, was ich weiß, war das kein Zufall."

„Langsam, langsam, Kyle. Also ist #deff das zweite CPU-Schiff. Und es hat dich festgehalten?"

„Anfangs hatte ich eine Heidenangst, das darfst du mir glauben. Aber ich habe viel von ihm gelernt. Sehr viel. Du musst Hunger haben – Lin?"

Obwohl ihr Magen lautstark nach Nahrung verlangte, schüttelte sie den Kopf. Eine dumpfe Angst hatte sich ihrer bemächtigt. „Unwichtig. Wo ist die *Archipel der Sumpforchideen*? Wo ist Nopileos?"

„O Ele Na, mutige und ästhetische Sternenkriegerin, der lustige Schuppenknauserer und Echsenabkömmling Isemados Sibasomos Nopileos IV verweilt auf der anderen Seite des Weltenportals, im Sektor Menelaus' Paradies, dem äußersten Außenposten des Königinnenreichs."

„Als ich euch in der Nähe des Sprungtors aufsammelte, dachte ich, ihr wäret beide tot", erläuterte Brennan. „Die Raumzeit-Verzerrung beim Durchgang von #efaa war gigantisch und hat euch mit durch den Ereignishorizont gerissen. Es war wirklich außerordentlich gewagt, zu diesem Zeitpunkt auf dem Tor herumzukraxeln. Oder sollte ich lebensmüde sagen?"

Ohne ein weiteres Wort zwängte Elena sich an Brennan und Nola Hi vorbei ins Cockpit und ließ sich in den Pilotensitz fallen. Mit verbissenem Gesichtsausdruck überprüfte sie mizuralang das Gravidar und die Datenanzeigen, immer und immer wieder. Abgesehen von drei Planeten, zwei Sprungtoren, den beiden CPU-Schiffen sowie der *AP Telstar* selbst war der Sektor völlig leer. Schließlich fragte sie den Bordcomputer konsterniert nach dem Namen des Gebiets und ließ sich – bereits wissend, was der Computer *nicht* antworten würde – in den Pilotensitz zurücksinken.

„Der Name dieses Sektors lautet Refugium Eins", sagte der Bordcomputer.

Nach einer Weile spürte sie, dass Kyle sich auf dem Sitz des Copiloten zu ihrer Rechten niederließ. Doch sie schaute nicht zu ihm hinüber, sondern starrte hinaus auf die beiden Terraformer-Schiffe und das nutzlose Sprungtor. Ihre Mission war also gelungen – von einem winzig kleinen Schönheitsfehler abgesehen. Die Terraformer waren jetzt hier im Refugium und die Paraniden noch immer drüben, auf dem Gebiet der *Gemeinschaft der Planeten*. Das hiesige Sprungtor war nicht mehr mit dem Delta-Tor in Menelaus' Paradies verbunden, anders ließ sich die Abwesenheit der Paraniden-Flotte nicht erklären. Der Plan der Boronen war somit aufgegangen! Aber weshalb waren sie hier – und warum Brennan? Wie sollten sie nun zurück auf das Gebiet der *Gemeinschaft* gelangen? Waren sie etwa gestrandet? Schon wieder?

Aber nein! Da war doch dieses Teilsprungschiff, die *AP Providence!* Es konnte auch die Gegenstelle eines abgeschalteten Sprungtors als Zielpunkt benutzen. Es musste dem Beschuss durch die Paraniden unter Verwendung des Sprungantriebs entgangen sein.

„Sie holen uns hier ab, Kyle“, sagte Elena mit neu geschöpfter Zuversicht und blickte Brennan von der Seite an. „Bald schon. Du wirst sehen!“

Dieser nickte langsam. „Nola Hi hat mir davon erzählt. Ist wohl nur eine Frage der Zeit.“

„Ja – und ja!“, klickerte der Borone begeistert.

Elena ließ sich noch tiefer in den Pilotensitz sinken und setzte ihre bloßen Füße auf den Rand der Konsole. Das Sprungtor stand genau zwischen ihren beiden großen Zehen.

Alles würde sich klären. Bald würde sie Nopileos wieder sehen. Sie und Nola Hi – und die gesamte *Gemeinschaft!* – hatten noch einmal Glück gehabt. Nein, es war mehr als Glück – es grenzte an ein Wunder.

„Ich weiß noch nicht genau, wie all das zusammenhängt“, sagte sie und ließ den Blick zwischen Brennan und dem Boronen hin- und herwandern. „Aber eins weiß ich: Diesmal sind wir nicht gestrandet. Die Kavallerie ist schon unterwegs, um uns hier abzuholen! Nicht wahr?“

ENDE

Nachwort und Danksagung

Wenn man mit dem Erfinden von Zitaten Geld machen könnte, säße ich jetzt auf einem Haufen Kohle!
☺☺☺☺☺

Immer wieder höre ich die Frage, wie eigentlich so ein Roman entsteht. „Woher nimmst du die ganzen Ideen?“, fragt man mich, und manchmal auch: „Was rauchst du bloß?“ Letzteres ist einfach geklärt – ich rauche gar nichts, ich bin immer so. Die Antwort auf die Fragen nach Herkunft der Ideen und Entstehung eines Romans ist jedoch nicht so leicht hergebeamt; genauso gut könnte man eine Henne nach der Entstehung eines Eies fragen: „Nun ja, man gackert halt ein wenig, und plötzlich ist's da!“ Nur dass im Fall des vorliegenden Romans das Gackern gut drei Jahre andauerte – selbstverständlich nicht durchgehend, möchte ich vorsorglich hinzufügen …

Vielleicht kommen wir ja der Antwort etwas näher, wenn wir ein wenig im Staub der Historie stöbern.

Am Anfang stand also mein erster Roman aus dem X-Universum, „Farnhams Legende“, der den ersten 20 000 Exemplaren des Spiels „X-Tension“ beilag. Fast unmittelbar nach Erscheinen im Sommer 2000 wurde mir klar, dass ich einen Fehler begangen haben musste: Eigentlich hatte ich den markigen Kyle-William Brennan und seine bildhübsche Kollegin Elena Kho als die Hauptfiguren der Geschichte angedacht. Dessen ungeachtet entwickelte sich aber flugs der quietschfidele Teladi-Jüngling Nopileos zu jedermanns Liebling! Und ausgerechnet Nopileos' Schicksal verblieb im Dunkeln: „Farnhams Legende“ verließ den Teladi nämlich, während er in seinem brennenden Raumschiff über Nif-Nakh abstürzte. Die Palette der Schelte, die mir dafür zuteil wurde, reichte vom simplen „Warum hast du ihm das angetan!“ über die indignierte Feststellung „Nopileos ist tot!“ bis hin zur vagen Drohung: „Wehe, wenn Nopileos etwas Schlimmes geschehen ist …“

Da half es auch nicht zu versichern, dass es Nopileos gut ginge und es nie meine Absicht gewesen sei, ihm auch nur ein Haar zu krümmen. (Schließlich – und das weiß ein jedes Kind – haben Teladi doch gar keine Haare!) Ergo musste eine Fortsetzung her, denn wie anders sollte ich beweisen, dass Nopileos – naiv wie ehedem, rotzfrech und putzmunter – weiterhin sein Unwesen im Universum treibt?

Der Ideen gab es genug: Schon als ich das Wort „ENDE“ unter „Farnhams Legende“ schrieb, wusste ich im Groben, wie es mit Nopileos und den anderen weitergehen würde. Also setzte ich mich fast sofort wieder hin und gackerte. Ackerte. Und plötzlich war sie da, die Geschichte von Nopileos, dem Teladi – die Geschichte einer Echse auf dem Weg zu den Sternen!

Es ist aber auch die Geschichte der großartigen und geheimnisvollen *Gemeinschaft der Planeten* mit all ihren schillernden, verrückten, liebenswerten, Nerv tötenden und manchmal auch ziemlich bösartigen Bewohnern: Argonen, Boronen, Paraniden, Split, Xenon, Khaak – und natürlich dem kleinen, pelzigen Wesen aus dem Andromeda-Nebel, das immer sagt: „Heute war’s aber ganz besonders metaphysisch!“

Danken möchte ich einer ganzen Reihe von Personen, ohne die es diesen Roman mit Sicherheit nicht – oder zumindest nicht in dieser Form – gegeben hätte:

Bernd Lehahn und dem Team von Egosoft, die mit „X – Beyond the Frontier“, „X-Tension“ und dem jetzt niegelnagelneuen „X^2 – Die Bedrohung“ die bislang interessantesten und vielschichtigsten Weltraum-Computerspiele aller Zeiten erschaffen haben; *Jürgen Goeldner, Michael Nürnberg* und *Ole Mogensen,* ohne die es niemals „Farnhams Legende“ gegeben hätte – und folglich auch „Nopileos“ nicht! Bei *Jo Löffler* und Panini bedanke ich mich herzlich für das fortgesetzte Engagement, ohne das dieser Roman ebenfalls nicht erschienen wäre. *Yannick Le Guern* habe ich viele außergewöhnliche Denkanstöße zu verdanken, von denen einige ihren Weg in das Buch gefunden haben. *Sabine Filitz, Christopher Barilich* und *Anne Blankenburg* waren meine unersetzlichen und gnadenlos kritischen Probeleser, ohne deren Blick fürs Detail der Roman ein anderer, weniger lesenswerter geworden wäre. (Alle eventuell verbliebenen Ungereimtheiten sind alleine mir anzulasten!) Den Jungs meiner Band *Dragonfyre* danke ich für ihr

Verständnis und ihre Unterstützung während der langen Wochen des Schreibens und Überarbeitens; und – last but not least – danke ich von ganzem Herzen der *X-Community*, die mit absoluter Sicherheit die freundlichste, interessanteste – kurzum *beste* – Community ist, die es im Internet überhaupt gibt.

Ihr seid einsame Spitze, Leute!

Helge T. Kautz
Krefeld, im November 2003

Auch im ArgoNet:

Nopileos	http://www.nopileos.de/
Helge Kautz	http://www.helge.de/
Egosoft	http://www.egosoft.de/
Panini	http://www.panini.de/

Ja – und ja!

Die neue Romanreihe zum preisgekrönten
SF-Game von Blizzard Entertainment
StarCraft
StarCraft
LIBERTYS KREUZZUG
JEFF GRUBB
Starcraft Band 1:
Libertys Kreuzzug
ISBN 3-8332-1043-5
StarCraft Band 2 - ab Juli 04 erhältlich!
StarCraft © 2004 Blizzard Entertainment. All rights reserved.
Blizzard Entertainment
IM BUCHHANDEL
Dino
www.dinocomics.de